Tote Fische beißen nicht

Jetzt wird's persönlich – Die Autorinnen stehen ihrer Heldin
Rede und Antwort:

Pippa Bolle: Ich freue mich, dass wir uns endlich persönlich kennenlernen. Wir trinken gerade Blanquette – ist das Ihr Lieblingswein?
Auerbach & Keller: Wir genießen, was die Region uns bietet. Hier in Frankreich ist es Blanquette, in England war es Cider …
Pippa Bolle: Im Buch entdecke ich Angeln als Hobby. Angeln Sie auch?
Auerbach & Keller: Nur nach Ideen …
Pippa Bolle: Gutes Stichwort. Was inspiriert Sie?
Auerbach & Keller: Meist sind es Landstriche oder Orte, in denen wir uns besonders wohl fühlen und die für uns persönlich eine Bedeutung haben. Wir hören den Menschen zu, die dort leben, schauen in ihre Kochtöpfe, nehmen die Musik, die Atmosphäre, die Eigenarten der Gegend in uns auf … und dann ist die Geschichte plötzlich da – und kann nur dort und nirgendwo anders spielen.
Pippa Bolle: Dann bin ich gespannt, in welche Gegend Sie mich als Nächstes schicken. Darf ich auf Venedig hoffen?
Auerbach & Keller: Ihr nächster großer Auftrag als Haushüterin führt Sie in eine der ältesten Kulturlandschaften Deutschlands, die Altmark. Dort gibt es einen Ort, der gerne als »Venedig des Nordens« bezeichnet wird … würde Ihnen das reichen?
Pippa Bolle: Werden wir uns dort auch begegnen?
Auerbach & Keller: Leider nein. Wir recherchieren und schreiben gerade Ihr nächstes Abenteuer. Aber eines können wir versprechen: Irgendwann werden wir in Venedig mit einem echten Spritz Brüderschaft … Pardon, Schwesternschaft trinken, ganz sicher!

Die Autorinnen

Frau Auerbach liebt einsame Inseln aller Längen- und Breitengrade, auf denen und über die sie schreibt.
Frau Keller ist freie Schriftstellerin und lebt an der Nordseeküste.

Von den Autorinnen sind in unserem Hause bereits erschienen:
Unter allen Beeten ist Ruh'
Dinner for one, murder for two
Ins Gras gebissen

Auerbach & Keller

Tote Fische beißen nicht

Ein neuer Fall für Pippa Bolle

List Taschenbuch

Besuchen Sie uns im Internet:
www.list-taschenbuch.de

Originalausgabe im List Taschenbuch
List ist ein Verlag der Ullstein Buchverlage GmbH, Berlin.
1. Auflage Juni 2012
3. Auflage 2013

Umschlaggestaltung: bürosüd° GmbH, München
Titelabbildung: © Illustration von Gerhard Glück
Satz: LVD GmbH, Berlin
Gesetzt aus der Sabon
Papier: Munkenprint von Arctic Paper Munkedals AB, Schweden
Druck und Bindearbeiten: CPI – Clausen & Bosse, Leck
Printed in Germany
ISBN 978-3-548-61089-4

Per Jürgen

–

Que nos revelèt la Montanha Negra.

Visca Tolosa!

Visca Occitània!

Personen

Pippa Bolle	wird von Männern umschwirrt
Karin Wittig	arbeitet im Berliner Hintergrund
Leonardo »Leo« Gambetti	hat es nicht so leicht wie erhofft
Pia und Jochen Peschmann	haben ein Haus gekauft – Geheimnis inklusive
Ede Glasbrenner	hat eine verboten niedrige Rente

Hôtellerie du Vent Fou

Pascal Gascard	Anpassungsprofi und Koch-Gott
Alexandre Tisserand	passionierter Maler und Kenner der Gegend
Ferdinand Legrand	Wirt des *Vent Fou*, grollt schon viel zu lange
Lisette Legrand	seine Frau, würde sich gern zur Ruhe setzen
Tatjana »Tatti« Remmertshausen	wird von vielen falsch eingeschätzt

Sissi Edelmuth	hat sich ihren Mann geangelt und will jetzt auch noch Fische

Auberge Bonace

Thierry Didier	Wirt der *Auberge Bonace;* hart, aber herzlich
Cateline Didier	seine Frau und Schwester von Lisette Legrand, eine schicksalhafte Konstellation
Eric, Franck, Marc und Cedric Didier	hoffnungsvoller Nachwuchs und Chaos-Equipe
Jean Didier	wird schmerzlich vermisst

Chantilly-sur-Lac

Gendarm P. Dupont	Polizeigewalt von Chantilly-sur-Lac
Régine-Une	weiß die örtliche Polizei zu nehmen
Régine-Deux	bietet ihren Gästen paradiesische Ausblicke und guten Rat
Tibor Mihàly	Polier mit Leidenschaft für Wettgeschäfte

Kiemenkerle e. V.

Wolfgang »Wolle« Schmidt	Kommissar im Urlaub – muss trotzdem arbeiten
Abel Hornbusch	Ex-Schwager von Schmidt, braucht dringend Ablenkung
Achim Schwätzer	nomen est omen
Dr. Gerald Remmertshausen	lernt, dass Schweigen nicht immer Gold ist
Franz Teschke	angelt über seine Verhältnisse
Horst »Hotte« Kohlberger	will nur angeln – am liebsten mit Kumpel Rudi
Rudolf »Rudi« Feierabend	will nur angeln – am liebsten mit Kumpel Hotte
Jan-Alex Weber	muss leider passen
Vinzenz Beringer	stilles, aber tiefes Wasser
Blasko Maria Krabbe	plädiert für Zucht und Ordnung
Bruno Brandauer	viel Muskel und noch mehr Herz
Lothar Edelmuth	dachte, Flitterwochen und Angelurlaub ließen sich problemlos kombinieren

Prolog

»Einstimmig angenommen!«

Dr. Gerald Remmertshausen, Vorsitzender des Anglervereins Kiemenkerle e. V., sah erleichtert in die Runde. »Wir werden unsere Angelfreizeit also wieder in Südfrankreich verbringen: am Lac Chantilly in den Montagne Noire. Selbstredend mit Preisangeln. Ich übergebe das Wort an unseren Kassenwart.«

»Unser Konto ist gut gefüllt – dank eurer Beiträge, externer Spenden und dem Verkauf des Fischereigewässers im Oderbruch. Wir können Fische im Wert von zwölftausend Euro in den Lac setzen lassen«, sagte Hotte Kohlberger, »man wird vor Fischen kein Wasser mehr sehen. Da kommt kein Kiemenkerl zu kurz.«

»Und die Reisekosten? So eine weite Reise kann ich mir nicht mehr leisten«, wandte Franz Teschke ein. »Ich brauche dringend eine neue Elektrorolle. Mit Tiefenanzeige und Speedjiggingfunktion!«

Der Vorsitzende schüttelte den Kopf. »Du bist verrückt, Franz. Du hast schon jetzt das beste Equipment. Wieso willst du Hunderte von Euro verpulvern, um deine Angelschnur elektrisch einzuziehen? Nimm deine Rente endlich für die Dinge des täglichen Bedarfs: Kleidung, Essen ...«

»Aber das ist mein täglicher Bedarf.« Teschke war ehrlich erstaunt. »Und zum Essen hab ich Fische!«

Der Vorsitzende machte eine resignierte Handbewegung in Richtung Kassenwart, und dieser nahm seinen Faden wieder auf: »Unsere Rücklagen reichen außerdem für Busfahrt, Campingplatz und Verpflegung für alle. Selbst nach Abzug sämtlicher Reisekosten bleibt noch ein Preisgeld von«, er machte eine wohldosierte Kunstpause, »zehntausend Euro, meine Herren!«

Die Männer am Tisch jubelten, klatschten sich ab und pfiffen schrill.

Dr. Remmertshausen hob die Hände, um sich Gehör zu verschaffen. »Und, Jungs, das darf ich doch wohl voraussetzen: Wir werden fair um den Pokal kämpfen. *Vive la Coupe Turbulente*!«

»*Vive la Coupe Turbulente*!«, antworteten die Männer im Chor und prosteten einander zu.

»Aber es heißt: Gemeinsam reisen – getrennt kämpfen!«, rief Achim Schwätzer. »Bei diesem Preisgeld kenne ich keine Freunde mehr, Herrschaften.«

»Kommen wir also zum Punkt *Verschiedenes* auf unserer Tagesordnung. Rudi, du hast das Wort.« Remmertshausen nickte dem Schriftführer der Kiemenkerle auffordernd zu.

Rudi Feierabend blätterte durch die vor ihm auf dem Tisch liegenden Papiere und las vor: »Unser geschätztes Mitglied Wolfgang Schmidt hat den Antrag gestellt, eine weitere Person mit auf die Reise nehmen zu dürfen.«

»Ohoho!«, johlten die Männer, und Achim Schwätzer schlug Schmidt jovial auf den Rücken.

»Aha, die Auserwählte!« Schwätzer schaffte es, das Wort schlüpfrig klingen zu lassen. »Dann bekommt man die große Unbekannte endlich zu Gesicht – ich habe schon nicht mehr daran geglaubt, dass sie wirklich existiert!«

Schmidt errötete. »Ich rede nicht von meiner Freundin. Ich möchte meinen Ex-Schwager mitnehmen. Abel Hornbusch. Die Scheidung von meiner Schwester macht ihm schwer zu schaffen. Ich dachte, ein Angelausflug bringt ihn auf andere Gedanken.«

»Hornbusch? Wohnt im Spreewald, der Mann«, schnarrte Blasko Maria Krabbe. »Auf dem platten Land. Kann der überhaupt angeln?«

»Gibt es im Spreewald Wasser? Klar kann er angeln!«, gab Schmidt zurück. »Und du könntest den Oberfeldwebel ruhig in der Kaserne lassen, wenn du zu unserem Treffen kommst, Blasko. Außerdem entscheidest du nicht allein, sondern wir alle.«

»So wie du dich um Abel kümmerst, könnte man meinen, du bist der wahre Scheidungsgrund«, ätzte Schwätzer und erntete dafür einen tadelnden Blick von Gerald Remmertshausen, während Blasko Maria Krabbe sich brüllend auf die Schenkel schlug.

Wolfgang Schmidt beschloss, Schwätzers Bemerkung nicht zu kommentieren, sondern bat um die Meinung der anderen.

»Sind denn schon alle zwölf Plätze vergeben?« Jan-Alex Weber hob sein Weißbierglas, und sein Gesicht verzerrte sich. Er stellte es abrupt ab, um es mit der anderen Hand zu greifen. »Ich komme leider wieder nicht mit. Dieser verdammte Tennisarm … mein Arzt hat mir das Angeln verboten. Abel kann gerne meinen Platz übernehmen.«

»Danke, Jan. Hervorragend.« Remmertshausen entspannte sich bei dieser Nachricht zusehends und überflog dann die Teilnehmerliste. »Bisher angemeldet sind Wolfgang Schmidt, Achim Schwätzer, unsere Fahrer Hotte Kohlberger und Rudi Feierabend, Vinzenz …«

»Das ist ja eine Überraschung: Unser Eremit fährt mit«, tuschelte Rudi Feierabend seinem Freund Hotte zu. »Das verringert unsere Chancen auf den Pott aber gewaltig.«

Hotte winkte ab. »Ich will nicht den Pott – ich will den Inhalt.« Er runzelte die Stirn und fragte laut: »Hat Abel Hornbusch Anrecht auf die zehntausend Euro, wenn er mitangelt?«

Webers ruhige Stimme übertönte die lebhafte Diskussion, die Hottes Frage auslöste. »Selbstverständlich. Wer das Startgeld zahlt, muss auch gewinnen dürfen. Angst vor Konkurrenz, Freunde? Dann bleibt lieber gleich zu Hause.«

Die Runde am Tisch verstummte.

»Damit dürfte geklärt sein, dass niemand hier im Raum Mitbewerber fürchtet«, bemerkte der Vorsitzende ironisch und fuhr mit der Teilnehmerliste fort: »Blasko Maria Krabbe, Bruno Brandauer, Lothar Edelmuth, Franz Teschke und ich natürlich.« Er räusperte sich verlegen. »Tatjana wird ebenfalls mitkommen.«

»Wie bitte?«, rief Achim Schwätzer empört. »Wir hatten ganz klar abgesprochen, dass wir diesmal unter uns bleiben! Keine Frauen und keine langweiligen Kulturprogramme, haben wir gesagt. Ich fahre nicht nach Südfrankreich, um mir Kirchen, Schlösser oder Museen anzusehen. Ich will angeln. Nichts als angeln. Wie sich das gehört – unter richtigen Männern.«

Wieder steckten Hotte und Rudi die Köpfe zusammen. »Die schöne Tatjana hat ihn wohl abblitzen lassen, was?«, flüsterte Hotte. »Sonst konnte er ihr doch nie schnell genug die Luftmatratze aufblasen.«

Während Gerald Remmertshausen betreten schwieg, hob Lothar Edelmuth schüchtern den Finger. »Aber wir haben doch jedes Jahr Frauen ... Und ich habe erst vor zwei Wochen geheiratet ...«

»Dann solltest du deine Holde jetzt allmählich kennen«, spottete Achim Schwätzer ungerührt.

Aber Lothar Edelmuth ließ sich, ganz gegen seine sonst übliche Art, nicht mundtot machen. »Ich habe Sissi Flitterwochen versprochen.«

»Liebesgeflüster? Nicht in meinem Lager!«, dröhnte Blasko Maria Krabbe prompt.

»Frauen wollen baden und essen gehen. Und schwatzen«, murrte Franz Teschke. »Da beißen die Fische nicht.«

»Die Frauen werden sich schon selbst beschäftigen. Wirst

sehen, die brauchen uns gar nicht. Eine Frau bleibt nie allein. Eine zieht die nächste an und die nächste und die nächste«, dozierte Hotte. »Wie ein Schwarm Heringe.«

Achim Schwätzer, der gerade abfällig nicken wollte, stutzte. »Meinst du? Das wäre nun wieder ein Argument dafür.« Er kicherte anzüglich. »Her mit den kleinen Französinnen!«

Bruno Brandauer, der die Teilnehmer an den Fingern abgezählt hatte, sah mit unglücklichem Gesicht auf. »Damit sind wir aber dreizehn Leute. Das ist nicht gut. Das ist gar nicht gut! Da hab ich ein ungutes Gefühl, ein ganz ungutes Gefühl.«

Achim Schwätzer verdrehte die Augen. »Anglerlatein schön und gut – aber verschone uns bitte mit deinem Aberglauben, Bruno.«

»Mir wäre es wirklich lieber, die Frauen kämen nicht mit«, sagte Bruno Brandauer zögernd. »Dann wären wir elf. Irgendwie beruhigender, die Zahl, finde ich. Elf. Viel beruhigender.«

»Wie wäre es damit ...« Wolfgang Schmidt sah seine Angelfreunde der Reihe nach an. »Wir essen doch abends ab und an im Restaurant *Le Vent Fou* – könnten wir die Frauen nicht in deren Ferienwohnungen unterbringen? Dann wären sie nicht bei uns im Lager und doch nur einen kurzen Spazierweg über den Staudamm von ihren Ehemännern entfernt. Und wenn ihr unbedingt wollt, kann Abel auch dort übernachten.«

Der Vorsitzende griff zum Telefon, verhandelte kurz mit dem Besitzer des Restaurants und verkündete dann mit fester Stimme: »Es sind nur noch zwei Studios frei, die gehen an Tatjana und Sissi. Ich schlage vor, dass Wolfgangs Schwager bei uns auf dem Zeltplatz schläft.«

Die Männer am Tisch nickten – bis auf Bruno Brandauer: »Dieser Beschluss und die Zahl Dreizehn ... Männer, das werden wir noch bereuen.«

Kapitel 1

»Was?« – »Das ist hoffentlich ein Scherz!« – »Wieso dat denn? Un wat is mit uns?« – »Das kann nicht dein Ernst sein!«, riefen alle durcheinander.

Pippa Bolle zog unwillkürlich den Kopf ein. Zwar hatte sie erwartet, dass ihre Familie, Freunde und Nachbarn nicht begeistert sein würden, aber mit dieser spontanen Empörung hatte sie nicht gerechnet.

Sie saß mit den anderen Bewohnern der Transvaalstraße 55 im Schatten der großen Kastanie ihres Berliner Hinterhofes an einer langen Kaffeetafel, an der es zwischen Befürwortern und Gegnern ihrer Zukunftspläne gerade zu tumultartigen Auseinandersetzungen kam. Pippa verfluchte sich selbst. Musste sie die frohe Botschaft ausgerechnet an einem der legendären Samstagstreffen der Hausgemeinschaft verkünden? Ihre Mutter Effie hatte diese Tradition vor vielen Jahren eingeführt, um im Haus ein echtes Miteinander zu schaffen. Pippa stöhnte innerlich. Sah ganz so aus, als würde ihr genau dieser unverbrüchliche Zusammenhalt diesmal das Leben schwermachen.

»Die Party im Hof ist bereits geplant«, erklärte Berti Bolle mit seiner ganzen hausmeisterlichen Autorität. »Daran gibt es nichts zu rütteln, liebe Tochter. Du wirst schließlich nur einmal im Leben vierzig. Alle sind seit Wochen dabei, den Tag zu organisieren.«

»Wir haben ein Festkomitee gebildet, um alle Vorschläge unter einen Hut zu bekommen«, warf Miriam ein. Die Schauspielschülerin aus der Wohngemeinschaft im 2. Stock wies auf ihre drei Kolleginnen. »Wir haben ein Stück über deine aufregenden Erlebnisse auf Schreberwerder und in Hideaway geschrieben! Es heißt: *Sein oder tot sein* – die Premiere soll an deinem Geburtstag stattfinden. Verdirb uns nicht den Spaß!«

Miriams Mitbewohnerin Annett sah sich suchend um. »Wir brauchen nur noch einen jugendlichen Liebhaber und eine dekorative Leiche.«

»Nehmt een von de Jungs als jujendliches Mordopfer, denn jeb ik dir den dekorativen Liebhaber. Janz jefleecht un akkurat. Vasprochen.« Ede Glasbrenner setzte sich mit seinen stattlichen siebzig Jahren in Positur. »Un Pippa, det will'ste doch jewisslich sehn, oda?«

Pippa öffnete den Mund, aber ihre Freundin Karin Wittig kam ihr zuvor. »Es sollte eine Überraschung sein, aber unter diesen Umständen ... Und dann auch noch so weit weg! Montagne Noire. Die Schwarzen Berge. Wo ist das überhaupt? Wirklich, Pippa, du darfst diesen Tag nicht allein verbringen.«

»Genau.« Freddy Bolle nickte. »Ich sehe meine Schwester schon mutterseelenallein an einem Extratisch in einer schäbigen Brasserie. Zwischen Küchendurchreiche und Toilette. Unbeachtet. Und alle sprechen französisch!« Seine Stimme bekam einen panischen Unterton. »Willst du mich ... dich etwa um unser Geburtstagsbüfett bringen? Alle aus dem Haus steuern etwas Leckeres bei. Ich erstelle gerade eine Wunschliste. Bei der Fülle der kulinarischen Angebote nicht einfach. Eigentlich müsste ich alles einmal probeessen, um ein echtes Ausschlussverfahren durchführen zu können.«

»Jetzt denkt doch nicht nur an euch selbst, sondern lasst Pippa endlich zu Ende erzählen«, sagte Hetty Wilcox beschwichtigend und beugte sich zu ihrem Bobtail Sir Toby herunter, der – wie zur Bestätigung ihrer Worte – ein blechernes Bellen ausstieß.

»Vielen Dank, Grandma.« Pippa atmete durch. »Ich will nicht einfach abhauen. Ich will nur ein paar Wochen in den Süden, um ein wenig Erholung zu tanken. Und um mich besser konzentrieren zu können.« Sie hob einen großen braunen Umschlag hoch und schwenkte ihn. »Ich habe endlich so etwas wie einen literarischen Übersetzungsauftrag bekommen. Hemingway.«

»Ich dachte, der ist schon übersetzt«, bemerkte Pippas Mutter Effie, während sie eine Runde Stachelbeerkuchen vom Blech auf Teller verteilte.

»Und dafür musst du wegfahren?«, rief Freddy dazwischen. »Das kannst du doch ebenso gut hier machen.«

»Ja ... nein.« Pippa suchte nach Worten. »Keine Romanübersetzung. Zwei Professoren aus Deutschland und USA und ein Biograph aus Italien wollen ihren Briefwechsel von mir sichten lassen, in dem sie wichtige Zitate Hemingways diskutieren. Daraus soll eine Festschrift für die Universität Venedig werden.«

Ede Glasbrenner kratzte sich am Kopf. »Wer will denn sowat lesen?«

»Ich gebe zu: Richtig prickelnd ist das Thema nicht, aber die drei zahlen erstaunlich gut.«

»Das ist doch endlich einmal ein gutes Argument«, sagte Karins Mann Matthias.

»Dank dieses Auftrags und durch meine Ersparnisse vom letzten ist es mir endlich möglich, mir nicht nur hier im Haus eine Wohnung zu nehmen, sondern sie auch renovieren zu lassen.«

»Und zwar von mir. Mein Geschenk zu deinem Geburtstag«, warf Bertie Bolle ein und rieb sich die Hände. »Gute Handwerkerarbeit – das geht nicht ohne Lärm. Ich bin trotzdem enttäuscht, dass du deinen Vierzigsten nicht mit uns verbringen möchtest.«

»Jenau.« Ede Glasbrenner verschränkte trotzig die Arme vor

der Brust. »Ick hab jedacht, wa feiern ne richtje Orje, mit allen Schnickschnack: Lampinjongs, Musike und'n Bottich Weisse. Wär' ooch nett, ma wieda'n bisschen det Tanzbein zu schwingen ... jenau unta Frau Luna ... »

»Mit Damenwahl?« Mira Kasulke hob interessiert den Blick von der Brüsseler Spitze, die sie mit zierlichen Stichen auf den hauchzarten Schleier applizierte, den ihre Schwester Käthe vorsichtig zwischen den Händen spannte, um ihr die Arbeit zu erleichtern. Die beiden unverheirateten Schneiderinnen kicherten. Sie waren zwar schon lange im Pensionsalter, erstellten aber noch immer mit großem Enthusiasmus für ihre Kundschaft eine eigene extravagante Kollektion.

Glasbrenner verbeugte sich schwungvoll. »Keene der Damen muss vajeblich hoffen. Noch iss meene Tanzkarte leer ...«

Er sprang von seinem Stuhl auf, ergriff Effie Bolles Hand und walzte mit ihr schwungvoll über den gepflasterten Hof.

»Der Berliner Bär und die zierliche Engländerin – Let's Dance!«, rief Bertie Bolle gut gelaunt, froh, nicht selber tanzen zu müssen.

Die Runde am Tisch lachte und klatschte den Takt, und Pippa war erleichtert, dass Edes kleine Einlage die Stimmung wieder entspannt hatte.

»Auch wenn ich mich jetzt unbeliebt mache: Ich kann Pippa verstehen«, sagte Matthias Wittig, als Effie und Ede sich wieder setzten. »Hier ist es manchmal ganz schön laut ...«

Er sah hinauf zu seiner Tochter Lisa, die gemeinsam mit den Sprösslingen der türkischen Familie Abakay die Kastanie gerade als Kletterfelsen für Sicherungsübungen und Abseilen missbrauchte, bis sie endlich unter viel Geschrei über einen besonders starken Ast den ersten Stock des Hinterhauses erreicht hatte. Ihr älterer Bruder Sven stand in einem offenen Fenster und leistete Schützenhilfe.

Pippa folgte Matthias' Blick. »Gott sei Dank sind sie nicht auf Freeclimbing verfallen.«

»Fallen ... genau«, knurrte Karin. »Ich kann gar nicht hinsehen.«

»Du hast gesagt: Alles, nur nicht tauchen!«, rief Sven und half seiner kleinen Schwester unter dem Beifall der anderen Kinder galant über die Fensterbank ins Haus.

»Ich fasse zusammen«, nahm Matthias den Faden wieder auf. »Unsere liebe Pippa kehrt der Transvaal wieder einmal den Rücken, und das zu ihrem vierzigsten Geburtstag.« Er zwinkerte ihr zu. »Deshalb schlage ich vor, wir holen das Feiern nach, wenn sie wiederkommt – und zwar nicht zu knapp. Ich weiß auch schon, wer dann die Zeche zahlt: Pia Peschmann, denn sie hat uns Pippa abgeworben. Pia, du hast das Wort. Und ich hoffe, du hast gute Argumente.«

Pia Peschmann lächelte. »Einige von euch kennen mich bereits von Schreberwerder, meine Familie hatte dort einen Kleingarten. Jochen, mein Mann, arbeitet seit langem bei Airbus in Toulouse. Vor genau einem Jahr haben wir deshalb Wohnung und Parzelle in Berlin verkauft und sind nach Frankreich gezogen. Meine Kinder und ich lieben Südfrankreich, aber im Sommer ist es in Toulouse stickig und heiß.«

»Jeht eben nischt über'n echten Berlina Hinterhof: kühl, jeräumich, ruich ...«, rief Ede Glasbrenner.

In diesem Moment krachte der Tapetentisch mit den Backblechen unter lautem Getöse zusammen. Eines der Abakay-Kinder hatte versucht, in Feuerwehrmanier am Seil aus der Kastanie herunterzurutschen und dabei im Vorbeisausen eines der Kuchenstückchen zu greifen, und war damit gescheitert. Alle sprangen auf, um zu sehen, ob dem Jungen etwas passiert war – nur Freddy blieb wie gelähmt sitzen. »Zwei große Stück Kuchen«, flüsterte er, »für immer verloren.«

Nachdem der Abakay-Sprössling allen versichert hatte, dass außer Blechkuchen keine Schäden zu beklagen seien, sagte Pippa triumphierend: »Seht ihr, was ich meine? Man kann in diesem Tollhaus nicht einmal in Ruhe Kaffee trinken, geschweige denn kontinuierlich arbeiten. So gern ich euch alle mag: Ich will nach Frankreich, auch wenn das dummerweise genau zu meinem Geburtstag ist. Bitte, Pia, erklär ihnen, warum du mich brauchst.«

»Wegen der sommerlichen Hitze in der Stadt haben wir uns ein kleines Haus am See gekauft«, sagte Pia Peschmann, »etwa dreißig Minuten von Toulouse.«

»Aber nur, wenn Jochen am Steuer sitzt«, warf Karin ein, »sonst kann man die Fahrtzeit getrost verdoppeln.«

»Jedenfalls ist es zu weit weg von Toulouse, als dass wir den Umbau täglich selbst kontrollieren könnten«, sagte Pia Peschmann. »Das Haus stand jahrelang leer und muss dringend saniert werden. Der Garten sieht aus wie der einzige Urwald Frankreichs, aber auch das soll sich ändern.«

»Das klingt, als könnte Pippa sich auf viele Wochen unter südlicher Sonne freuen«, bemerkte Karin. »Und wir haben das Nachsehen.«

»Pippa kann dort bestimmt wunderbar arbeiten und dabei die Renovierungsarbeiten beaufsichtigen«, warb Pia Peschmann weiter. »Sie würde uns damit einen großen Gefallen tun.«

»Das gönnt ihr mir doch?«, bat Pippa. »Unbeschwerte Tage in Südfrankreich – und wenn ich wiederkomme, feiern wir mit den Köstlichkeiten aus meinem Gepäck ein großes Fest, versprochen.«

»Was isst man denn so in Toulouse und Umgebung?«, fragte Freddy.

»Wer fährt nach Toulouse?«, rief Lisa Wittig, die mit Sven auf den Hof heruntergekommen war. Die beiden Teenager setzten sich an die Tafel.

»Ich – nächsten Samstag«, sagte Pippa. »Ich hüte das zukünftige Ferienhaus der Peschmanns. Aber nicht in Toulouse, sondern in Chantilly-sur-Lac, einem kleinen Ort in der Nähe.«

Lisa horchte auf. »Ist Daniel auch da?«

Jetzt erwachte auch Svens Interesse. Wo Daniel Peschmann war, konnte dessen Schwester Bonnie nicht weit sein ...

»Ich könnte mitkommen und für dich einkaufen gehen, kochen und aufräumen«, schlug Lisa eifrig vor und sah Pippa hoffnungsvoll an. »Ich habe mich dieses Schuljahr in Französisch mächtig angestrengt, genau, wie ich es dir auf Schreberwerder versprochen habe. Vielleicht könnte ich sogar für dich dolmetschen.«

»Du willst dort bestimmt arbeiten. Da sollte technisch alles einwandfrei laufen«, sagte Sven. »Ich könnte mich um deinen Computer kümmern.«

Karin Wittig warf ihrem Sohn einen fragenden Blick zu. »So wie du dich seit Wochen um den Computer in meinem Reisebüro kümmerst? Na, prost Mahlzeit, Pippa. Dann wirst du mit der Hand schreiben müssen.«

»Mama!« Sven errötete.

»Jaja, ich weiß schon.« Karin winkte ab. »Es ist immer spannender, anderen Leuten zu helfen als der alten Mutter. Wenn ich Bonnie heißen würde und deine Hilfe bräuchte, würdest du zu Fuß nach Frankreich laufen, mein Sohn.«

Svens Röte vertiefte sich, und sein Vater eilte ihm zu Hilfe. »Wer würde nicht gern mitfahren? Braucht ihr noch jemanden, der euch allen bei der Arbeit zusieht?«

»Dass du vor der Renovierung deiner Wohnung flüchtest, finde ich absolut nachvollziehbar, Liebes«, sagte Effie Bolle. »Aber kommst du in Frankreich nicht vom Regen in die Traufe? Wenn ich das richtig verstanden habe, sitzt du in einem Haus, das komplett umgebaut wird. Wie willst du dich dort auf deine Arbeit konzentrieren?«

Pia Peschmann wollte zu einer Erklärung ansetzen, aber Pippa ergriff selbst das Wort. »Das ist das Beste an Pias Vorschlag«, erklärte sie strahlend. »Die Peschmanns haben diesen Ort und das Haus gefunden, weil ihr langjähriger Freund im besten Restaurant von Chantilly kocht und ihnen davon erzählt hat.«

»Im *Le Vent Fou*«, sagte Pia. »Es gehört zwar den Legrands, einem reizenden älteren Ehepaar, aber Pascal schaltet und waltet dort wie ihr eigener Sohn. Er ist der beste Koch, den ich kenne.«

»Wie heißt das Restaurant? Verrückter Wind?« Lisa kicherte. »Ist der Koch verrückt? Oder ist er ein Zauberer, der in den dunklen, dunklen Wäldern in schwarzen Kesseln Zaubertränke braut, die einen in ein Monster verwandeln können?«

»Ganz im Gegenteil – nach Pias Meinung ist Pascal ein Engel«, erwiderte Pippa. »Während er das Restaurant führt, kümmern sich die Legrands um das ehemalige Hotel, dass sie mit viel Geschmack und historischem Fingerspitzengefühl zu Ferienwohnungen umgebaut haben. Ich werde in einer davon wohnen, im Wald spazieren gehen, auf der Hotelterrasse arbeiten, im See schwimmen …«

»Und jeden Tag essen wie Gott in Frankreich«, fiel Freddy ihr neidisch ins Wort.

»… und auf die Bauarbeiter aufpassen und etwaige Probleme klären, bis die Peschmanns endlich ihren Urlaub antreten können. Danach werden sie ein fertiges Sommerhaus vorfinden.«

»Reichen denn deine Sprachkenntnisse?«, erkundigte Bertie Bolle sich besorgt. »Du sprichst doch gar nicht so gut Französisch.«

»Das ist nicht weiter tragisch«, sagte Pia Peschmann, »die Bauarbeiter auch nicht. Die sind aus Ungarn und Polen und Rumänien.«

Freddy wagte einen letzten Vorstoß. »Mein Französisch ist ziemlich gut – ich könnte mich mit dem Koch bestens verständigen. Ich kenne alle Vokabeln, die man braucht, um gutes Essen zu bestellen: Mousse au Chocolat, Cassoulet, Escargots, Foie gras, Tarte Tartin, Coq au vin, Bœuf Bourguignon, Soufflé au fromage, Brioches ...« Er seufzte sehnsüchtig. »Nimm mich mit, Pippa – ich habe noch zwei Wochen Urlaub. Wie soll dieser Wahnsinnskoch sonst wissen, was du essen möchtest?«

Pippa schüttelte lachend den Kopf. »Tut mir leid, das ist nicht nötig, kleiner Bruder. Pascal stammt aus dem Elsass. Er spricht Deutsch.«

Kapitel 2

Das Auto der Peschmanns schnurrte über die französische Autobahn in Richtung Toulouse. Pia fuhr zügig, aber nicht rasant, und Pippas Vorfreude wuchs mit jedem Kilometer, den sie zurücklegten.

»Du wirst die Montagne Noire lieben«, sagte Pia. »Fischreiche Seen, schattige Wälder, aufregende Geschichte, köstliche Weine … und rosa Knoblauch.«

»Rosa?« Pippa riss sich vom Anblick der weiten Landschaft jenseits der Straße los und sah zu Pia hinüber.

»Rosa Knoblauch ist eine Spezialität der Gegend, er wird gern pur auf geröstetem Brot gegessen – eine Delikatesse«, erklärte Pia und grinste, als Pippa das Gesicht verzog. »Warte ab, bis du die berühmte Soupe à l'Ail rose de Lautrec serviert bekommst – du wirst ihr sofort verfallen.«

»Lautrec? Der Maler?«

»Nein – der Ort. Eines der schönsten Dörfer Frankreichs.«

»Und eines der am stärksten duftenden, möchte ich wetten«, sagte Pippa ironisch.

»Lass dich überraschen, meine Liebe. Nicht nur von der Suppe, sondern auch von der wunderschönen Landschaft, die erstaunlicherweise nicht von Touristen überlaufen ist. Manchmal denke ich, die Franzosen wissen nicht einmal, welch paradiesische Fleckchen sie hier haben – die meisten düsen ohne anzuhalten durch bis ans Mittelmeer.«

»Ich dachte, Chantilly-sur-Lac bietet alles, was das Urlauberherz begehrt?«, fragte Pippa erstaunt. »Restaurants, Pensionen, Souvenirläden, Campingplatz, Bootsverleih, Minigolfplatz ...«

Pia bestätigte: »Ein Ferienort, wie er im Buche steht, dennoch ist es dort unter der Woche ruhig. In die Wälder verirrt sich kaum jemand, und selbst Revel, die nächste Marktstadt, ist eher Naherholungsgebiet als Hauptattraktion. Aber gerade das gefällt mir. Jeder Urlauber wird persönlich willkommen geheißen.«

»Bist du sicher, dass du nicht im Auftrag des Touristenbüros unterwegs bist? So, wie du schwärmst, solltest du dich dort bewerben.«

»Die Touristeninformation von Revel ist praktisch mein zweites Zuhause. Sie liegt mitten im historischen Zentrum. Meine Freundin Régine arbeitet dort. Wir planen, gemeinsam deutschsprachige Führungen durch die Umgebung und Wanderungen entlang der Rigolen anzubieten, um die Schwarzen Berge bekannter zu machen.«

»Du musst mich unbedingt auf eine dieser Wanderungen mitnehmen«, sagte Pippa mit leicht spöttischem Unterton, »damit ich Rigolen erkenne, wenn ich sie sehe.«

»Entschuldige, meine Begeisterung geht gerade mit mir durch.« Pia lachte. »Rigole sind kilometerlange künstliche Entwässerungsgräben, durch die das Wasser der Berge bis in die Stauseen geführt wird. Erst sie haben den Bau des Canal du Midi von Toulouse bis zum Mittelmeer erlaubt. Und der ist Weltkulturerbe und die älteste ...«, Pia unterbrach sich selbst. »Ich halte schon wieder Vorträge. Am besten gehst du im Touristenbüro vorbei. Régine kann dir alles viel anschaulicher erklären.«

»Fährt ein Bus dorthin?« Pippas Interesse war geweckt.

»Pascal leiht dir ein Fahrrad, dann bist du unabhängig und nicht auf die seltenen Busse angewiesen. Besonders an Markttagen sind die rappelvoll.«

Pippa horchte auf. »Ich habe eine Schwäche für Märkte – und für das, was dort angeboten wird.«

»Revels Samstagsmarkt gilt als einer der besten. Dort bekommst du alles, was das Herz begeht.«

»In Knoblauchöl eingelegte Oliven und Ziegenkäse mit einhundert Prozent Fett? Baguette am laufenden Meter und Ströme von Cidre?«

Bei diesem Stichwort wanderten Pippas Gedanken zurück in den kleinen englischen Ort Hideaway, wo der selbstgekelterte Cider des Dorfwirtes ihr nicht nur das tägliche Glas Milch ersetzt, sondern auch durch aufregende Mordermittlungen geholfen hatte.

Pias Stimme weckte sie wieder aus ihren Erinnerungen.

»Hier wird eher Blanquette getrunken, ein spritziger Schaumwein, der dich innerlich von der Sommerhitze befreit – oder dagegen unempfindlich macht. Je nachdem, wie viel du davon trinkst.«

»Hör auf! Ich ahne jetzt schon, dass ich meinen Plan, bis zu meinem Geburtstag ein paar Pfund abzunehmen, vergessen kann.«

»Abnehmen? Dann hättest du dich in die kulinarische Einöde verkriechen müssen, aber nicht nach Chantilly-sur-Lac, wo sämtliche Straßen nach Knoblauchgerichten oder den dazu passenden Weinen benannt sind! Dort lebst du mitten in einer Speisenkarte!« Pia leckte sich die Lippen. »Ich liebe die französische Küche. Sie ist die beste der Welt …«

»Vorsicht«, gab Pippa zurück, »ich habe immerhin sieben Jahre in Italien gelebt – dort versteht man auch etwas von leckerem Essen. Da muss die französische Küche einiges auffahren, um mich zu überzeugen. Dann gibt es noch die deutsche Küche, die ich sehr schätze …«

»Du musst es wissen: Du bist halbe Engländerin, da ist man

sicher besonders sensibilisiert.« Geschickt wich Pia einem freundschaftlichen Knuff ihrer Beifahrerin aus.

»Ich wünschte, ich hätte Freddys Statur«, sagte Pippa. »Er kann ungeheure Mengen verschlingen, ohne auch nur ein Gramm zuzunehmen. Eine Gemeinheit.«

»Da pfeif ich drauf. Mein persönliches Idol ist Marilyn Monroe, und ihre Figur kann man nur als saftig bezeichnen. Ihre Ausstrahlung übertrifft diese Twiggytypen um Längen.«

»Du wolltest sicher ›Breiten‹ sagen, gertenschlanke Pia Peschmann«, brummte Pippa.

Pia schüttelte lachend den Kopf. »Pascal wird von dir begeistert sein. Er liebt es, wenn einer Frau sein Essen schmeckt – und es *wird* dir schmecken!«

»Lass uns bitte das Thema wechseln, sonst halte ich es nicht mehr bis zum Mittagessen aus und zwinge dich, an der nächstbesten Raststätte rauszufahren ...«

»Alles, was du willst«, sagte Pia. »Wenn du mir im Gegenzug erzählst, warum du keinen Moment gezögert hast, unser Haus zu hüten, obwohl dein Geburtstag ansteht. Warum sitzt du jetzt neben mir?«

»Es gab einige Gründe, deinen Vorschlag anzunehmen«, sagte Pippa. »Ich hatte Sehnsucht nach südlicher Sonne und warmem Badewetter. Außerdem freue ich mich auf die Übersetzungsarbeit.«

»Und der wahre Grund?«

Nach kurzem Zögern antwortete Pippa: »Ich habe vor einigen Wochen in Berlin die Scheidung eingereicht. Leonardo müsste jetzt alle Unterlagen erhalten haben. Ich wollte einfach weg sein, wenn er aufkreuzt, um seinem Ärger Luft zu machen.«

»Ich dachte, zwischen euch wäre längst alles geklärt. Ist er gegen eine Scheidung?«

»Wäre er nicht, wenn es ohne Aufwand, ohne Kraftanstrengung und vor allem ohne Kosten abginge. Aber das italienische Scheidungsrecht ist kompliziert. Wir haben drei lange Jahre vor uns, bis wir mit allem durch sind. Das wird ihm gar nicht gefallen.«

Pia warf ihr einen erstaunten Seitenblick zu. »Verstehe ich nicht. Es kann ihm doch nicht behagen, ewig getrennt zu leben.«

»Im Gegenteil: Das ist für ihn die ideale Situation. So kann er jeder Frau, die er um den Finger wickelt, glaubhaft versichern, dass ihm für eine festere Beziehung die Hände gebunden sind.«

»Und du selbst?«

»Ich will meine Hände endlich frei haben. Und nicht nur die!«, antwortete Pippa.

Sie blickte aus dem Seitenfenster und bewunderte einen schmucken Ort, der auf einem sonnenbeschienenen Hügel thronte. Natursteinhäuser standen eng beieinander, und der spitze Kirchturm ragte aus ihrer Mitte wie ein riesiger mittelalterlicher Wegweiser zum Himmel.

»Ist die Gegend nicht ein Traum?«, fragte Pia.

»In der Tat.« Pippa runzelte die Stirn. »Ich werde nur das Gefühl nicht los, dass du mir auch etwas verschweigst. Du malst mir Chantilly und Pascal und die Umgebung in derart glühenden Farben, dass ich allmählich misstrauisch werde. Ich habe dir meinen Grund, hierher zu kommen, genannt. Jetzt bist du dran: Wo ist dein Haken?«

Zu Pippas Verwunderung errötete Pia Peschmann tief und blieb stumm.

»Ich wusste es!«, rief Pippa. »Los, spuck's aus.«

»Ich habe dir doch erzählt, dass das Haus jahrelang leer stand«, sagte Pia zögernd und verstummte wieder.

»Ja klar, deshalb muss es gründlich saniert werden«, gab Pippa zurück. Dann schlug sie sich an die Stirn. »Moment mal! Ein attraktiver Ferienort unweit Toulouse und ein Haus in

Seenähe – das soll nicht verkäuflich sein? Was ist in dem Haus passiert, dass niemand es haben will?«

Statt zu antworten, blickte Pia konzentriert auf die Straße und beschleunigte, um einen vor ihnen fahrenden Wagen zu überholen, obwohl dieser sie nicht behinderte. Sie rasten einige Zeit lang auf der Überholspur dahin, bis Pia endlich wieder langsamer wurde und auf der rechten Spur einfädelte.

»Spukt es im Haus?«, drängte Pippa weiter. »Ist es das? Hofft ihr, dass der Geist sich verzieht, sobald er mich sieht, mitsamt meiner schrillen Hüte und Kappen?«

Ihr Scherz löste bei Pia nicht einmal ein Lächeln aus. Stattdessen sagte sie ernst: »Das nicht gerade.«

»Pia, bitte. Wie schlimm kann es schon sein? Ungeziefer? Damit werde ich spielend fertig. Solange es sich nicht um Mord und Totschlag ...«

Sie brach ab, als sie Pia zusammenzucken sah, und stöhnte.

»O nein. Alles, bloß das nicht. Mein Bedarf an solchen Sachen wurde in den letzten zwölf Monaten für die nächsten zwölfmal zwölf Jahre gedeckt.«

»Du hast auf Schreberwerder und in Hideaway alle Geheimnisse aufgeklärt«, rief Pia. »Deine Art, unkonventionell zu denken, konnte sogar der Polizei auf die Sprünge helfen, oder etwa nicht? Und da dachten wir, du kommst nach Chantilly, und wir können zwei Fliegen mit einer Klappe schlagen.« Sie runzelte die Stirn und fügte leise, wie zu sich selbst, hinzu: »Oder drei.«

»Es gab also einen Mord, der bis heute nicht aufgeklärt ist? Deshalb wollte niemand das Haus?«

Pia nickte, ohne den Blick von der Straße zu wenden. »So ungefähr.«

»Und ihr wollt wissen, was damals passiert ist?«

Wieder nickte Pia nur.

»Und ihr glaubt, ich bin die Richtige, um das herauszufinden?«

»Hm.«

»Dann möchte ich deinen ausufernden Redefluss jetzt unterbrechen«, sagte Pippa ironisch. »Sag nichts mehr, bis ein großer Milchkaffee vor mir steht. Ein ganz großer. Und eine Grappa.«

»In Frankreich heißt das *Marc*«, warf Pia schüchtern ein.

»Mir egal. Hauptsache, sie knallt und du zahlst. Da vorn ist eine Raststätte.«

Pia bog von der Autobahn ab und fuhr langsam auf den Parkplatz. Sie ergatterten eine Parkbucht, die gerade von einem roten Geländebus mit Kühlanhänger freigegeben wurde.

»Das war jetzt hoffentlich die letzte Pinkelpause«, sagte Achim Schwätzer genervt, während der Bus Fahrt aufnahm. »Ich habe gleich gesagt, wir sollen keine Frauen mitnehmen. Wer Frauen dabeihat, kann nicht im Zeitplan bleiben.«

Sissi Edelmuth, auf die seine Bemerkung gemünzt war, reagierte nicht. Sie strich sich die dunklen Locken aus dem Gesicht und schmiegte sich an ihren Mann, der glücklich lächelte.

»Muss Liebe schön sein«, bemerkte Tatjana Remmertshausen träge.

Achim Schwätzer lachte meckernd. Sein Sitznachbar Vinzenz Beringer stand daraufhin wortlos auf und setzte sich in die letzte Reihe. Dort zog er ein Buch aus der Jackentasche und vertiefte sich darin. Sein stets nachdenklich wirkendes Gesicht wirkte noch verschlossener als sonst.

»Was ist los, Vinzenz? Genervt? Das bin ich auch«, rief Schwätzer ihm hinterher.

Bruno Brandauer drehte sich auf seinem Sitz um und sah sie bittend an. »Jungs, seid doch nett zueinander. Wir sind auf einer so schönen Reise. Einer so schönen Reise.«

»Ist doch wahr«, brummte Schwätzer, »an jeder verdammten Raststätte müssen wir anhalten, weil eine der Damen mal dringend Pipi muss. Oder die Tünche auf dem Gesicht nachbessern. Ich habe doch gleich gesagt, wir sollen die Weiber nicht mitnehmen. Oder, Blasko? Was sagst du als Soldat dazu?«

Zwei Reihen weiter vorn blickte Blasko Maria Krabbe von seinem Klemmbrett auf. Seit Beginn der Fahrt schrieb er verbissen an einer Liste. »Was sage ich wozu?«, fragte er verwirrt.

»Zur Frauenquote an Bord«, säuselte Tatjana Remmertshausen und klimperte kokett mit den Wimpern. »Achim will wissen, ob unsere Anwesenheit dich stört. Er scheint Sissi und mich als feindliche Eindringlinge zu betrachten. Aber gegen so hübsche Feinde kann doch auch der beste Soldat nichts einzuwenden haben, oder?«

»Solange die Disziplin im Glied gewahrt bleibt«, sagte Krabbe todernst und wandte sich wieder seiner Liste zu. Das dröhnende Gelächter im Bus quittierte er mit einem verständnislosen Achselzucken.

Tatjana kicherte glockenhell und reckte den Hals, um die mitreisenden Männer zu mustern. »Wo ist eigentlich der schöne Jan? Kommt er nach?«

»Jan-Alex Weber hat abgesagt.« Gerald Remmertshausen sah seine Gattin forschend an. Als sie enttäuscht das Gesicht verzog, kräuselten sich seine Lippen ironisch. »Ich nehme an, wenn du das vorher gewusst hättest, wärst du zu Hause geblieben.«

Tatjana hatte sich wieder gefangen und zuckte betont gleichmütig mit den Schultern. »Frankreich ist ein großes Land. Es wird sich schon ein Zeitvertreib für mich finden, solange du mit deinem kostbaren Angelkram beschäftigt bist.«

»Tut mir leid, wenn ich wenig Zeit für dich habe, Tatti. Aber als Vorsitzender …«

»Du angelst Fische«, unterbrach sie ihn brüsk, »und ich mir Frankreich. Und nenn mich nicht Tatti – das dürfen nur meine Freunde.«

In der Reihe vor ihnen stießen sich Hotte Kohlberger und Rudi Feierabend grinsend an. »Das kann ja heiter werden«, flüsterte Hotte, und Rudi nickte begeistert.

Pippa streckte sich und blinzelte auf der Terrasse der Raststätte in die Sonne.

»So, Pia, jetzt mal Butter bei die Fische«, sagte sie, nachdem sie den letzten Schluck Milchkaffee getrunken und die Reste des Milchschaums mit einem Löffel sorgfältig aus der Schale gekratzt hatte. »Wer hat euch das Haus empfohlen? Und euch auch gleich von einem Mord erzählt? Was wisst ihr darüber?«

»Sagte ich doch: Pascal hat es empfohlen. Er hat einen Spottpreis für uns ausgehandelt, und wir haben ihm im Gegenzug versprochen, dass wir ...« Sie unterbrach sich und zog eine Landkarte aus ihrer Umhängetasche, die sie auf dem einfachen Holztisch ausbreitete. »Wir wissen so gut wie nichts über die Tat. Deshalb brauchen wir dich.«

Sie zeigte auf einen Punkt auf der Karte und sagte: »Bald kannst du dich selber informieren. Es ist nicht mehr weit. Wir sind bereits in der Lauragais-Ebene, sozusagen am Fuße der Schwarzen Berge. Diese Gegend wird auch Pays de Cocagne genannt.«

»Pays de Cocagne? Schlaraffenland? Ich habe mich immer gefragt, wo das liegt.«

Pia lachte eine Spur zu schrill. »Genau – aber *cocagne* nennt man auch den berühmten Exportartikel dieser Gegend, die Färberwaidpflanze, aus der man Indigo gewinnen kann. Das blaue Gold, das *Pastel,* hat die Menschen hier früher reich gemacht. Einige der *Pastel*-Barone haben sich prunkvolle Schlösser bauen lassen. Heute nutzt man das Färberwaid kaum noch zur Farbstoffgewinnung, sondern eher im Kosmetikbereich und in der traditionellen chinesischen Medizin. Die Färberwaidwurzel wird zur Grippebekämpfung eingesetzt und ...«

Pia stürzte sich in einen detaillierten Vortrag über die Vorzüge der Pflanze. Sie schaffte es, dass Pippa zu fragen vergaß, was genau Familie Peschmann ihrem Freund Pascal für die Vermittlung des Hauses eigentlich versprochen hatten.

»Die sind aber flott unterwegs«, sagte Pippa, als sie den roten Geländebus überholten, dessen Parkbucht sie an der Raststätte übernommen hatten. »Ich kann mir kaum vorstellen, dass man mit einem Kühlanhänger so schnell fahren darf.«

Amüsiert betrachtete sie den Aufkleber, der die Seite des kastenförmigen weißen Anhängers zierte: Eine buntschillernde Forelle sprang aus einem angedeuteten Bach, darunter stand in kühn geschwungenen feuerroten Buchstaben: *Kiemenkerle e. V. Berlin.*

»Hast du das gesehen, Pia? Wir haben es mit humorvollen Anglern zu tun. Diese Kombination ist mir gänzlich neu.«

Die beiden lachten, während Pia beschleunigte, um das Gespann hinter sich zu lassen.

»Da vorne ist schon die Mautstelle«, sagte Pia und wechselte auf die Abbiegerspur. »Hier fahren wir raus, und danach ist es nur noch ein kleines Stück über Land.«

Sie manövrierte das Auto an die Sperre der unbemannten Mautstation, schob ihre Kreditkarte in den Kartenschlitz und drückte die erforderlichen Knöpfe. Die Schranke vor ihnen rührte sich nicht.

»Was zum …«, fluchte Pia leise. »Na gut, dann eben so.«

Sie kramte Geld aus der Jackentasche und warf es ein. Die Münzen fielen deutlich hörbar in den Auffangbehälter im Inneren des Automaten, aber wieder rührte sich die Schranke keinen Millimeter. Hinter ihnen bildete sich eine Schlange, und als Pippa sich nervös umblickte, entdeckte sie den Bus mit den Berliner Anglern drei Wagen hinter ihnen.

Pia behielt die Ruhe und drückte den Rufknopf, um ihr Problem zu schildern. Niemand meldete sich.

»Das waren paradiesische Zeiten, als die Mautstationen noch bemannt waren«, sagte sie. »Geld wurde gewechselt, Quittungen wurden übergeben, ohne zu zerreißen, und die Schranke fuhr in Sekundenschnelle in die Höhe. Heute kannst du froh sein, wenn du jemand anderem die Bettelei um Hilfe überlassen kannst.« Sie seufzte und drückte noch einmal den Rufknopf.

Endlich knisterte es im Lautsprecher des Automaten, und eine Stimme quäkte: »Bitte zahlen Sie bargeldlos.«

»Das habe ich schon versucht«, rief Pia, »hat nicht funktioniert!«

»Bitte werfen Sie Bargeld ein«, forderte die Stimme sie auf.

»Noch einmal?«, protestierte Pia empört. »Kommt nicht infrage. Der Automat hat mein Geld geschluckt, also machen Sie bitte die Schranke auf!«

Zu Pippas Erstaunen reagierten die Fahrer der französischen Autos überaus gelassen auf die ungeplante Wartezeit. Sie rauchten gemütlich und unterhielten sich. In Deutschland würden alle schon wie besessen hupen, dachte Pippa, die hier sind nicht zum ersten Mal in dieser Situation …

»Könnte bitte endlich jemand von Ihnen kommen und die Schranke manuell öffnen?«, verlangte Pia noch einmal.

»Wir haben noch zehn Minuten Pause«, knisterte die Stimme und verstummte dann.

Pippa stieg aus dem Wagen, um sich die Beine zu vertreten. Auch aus dem Berliner Kleinbus kletterten etliche Männer und reckten neugierig die Hälse. Der Busfahrer, ein molliger rotblonder Mann mit roten Wangen, kam eilig zur Schranke, gefolgt von einem riesigen, vierschrötigen Kerl in kariertem Hemd und robuster Drillichhose, der an einen aufrecht stehenden Grizzlybären erinnerte. Ein weiterer Insasse des Busses, deutlich kleiner als die anderen, bemühte sich krampfhaft, mit den beiden Schritt zu halten. Sie trafen gleichzeitig mit einer zierlichen Französin an der Schranke ein, deren Schildchen an der adretten Weste sie als Angestellte der Autobahngesellschaft auswies.

Die Frau drückte planlos auf den Knöpfen des Automaten herum, ohne den geringsten Erfolg zu erzielen. Dann rüttelte sie vergeblich an der Schranke und hob die Hände in Richtung Autoschlange zu einer Tut-mir-ja-auch-leid-Geste.

Pia stöhnte und ließ den Kopf auf das Lenkrad fallen.

»Bruno, pack doch mal mit an«, sagte der Busfahrer zu dem karierten Riesen neben sich.

Dieser griff mit beiden Händen zu. Er riss die Schranke mit einem beherzten Ruck nach oben und aus ihrer Verankerung. Mit einem zufriedenen Nicken stellte er sie behutsam hochkant an den Automaten. »Jetzt können wir fahren, Rudi. Alles offen.« Er strahlte.

Die wartenden Autofahrer klatschten begeistert Beifall, und die Französin schüttelte dem Mann die Pranke, in der ihre Hand gänzlich verschwand. Dann winkte sie den Autofahrern zu und kehrte seelenruhig in ihre Pause zurück.

Pippa stand neben dem Auto und starrte ungläubig auf die Szene, bis Pia sie aufforderte, wieder einzusteigen. Sie fuhren los, gefolgt von sämtlichen Autofahrern – von denen keiner zahlte.

»Das lassen die durchgehen?«, fragte Pippa verblüfft.

»Im wahrsten Sinne des Wortes«, antwortete Pia und lachte. »Wir befinden uns in Okzitanien, meine Liebe, das ist ein recht spezieller Teil Frankreichs. Hier lebt ein ganz besonderer Menschenschlag. Alles geht – vorausgesetzt, ein Problem wird gelöst, ohne dass man dabei ins Schwitzen gerät …«

Pippa stimmte in die Heiterkeit ihrer Fahrerin ein. »Höchst sympathisch!«

Sie ahnte nicht, dass sie in den folgenden Wochen oft an Pias Worte denken – und lernen würde, nach dieser Maxime zu handeln …

Kapitel 3

Wir sind fast da!«, verkündete Pia und bog in einen Kreisverkehr ein, der den Anfang einer schattigen Allee mit knorrigen alten Bäumen bildete. Etwas ungeschickt, da sie gleichzeitig ihr Seitenfenster herunterkurbelte, verließ sie das Rondell wieder.

»Riechst du es, Pippa? Steineichen, Buchen, Tannen, Fichten ... das ist echter Wald! Der See ist auch nicht mehr weit. Nur noch diesen Hügel hinauf, dann sind wir da.«

Genießerisch sog Pia die würzige Luft ein und nickte zufrieden, als Pippa ebenfalls ihr Fenster öffnete.

»Das ist meine neue Heimat«, sagte Pia. »Sobald ich durch diese Allee fahre, setzt bei mir absolute Entspannung ein, es ist wie Magie. Ich bin endlich angekommen.«

»Funktioniert das immer? Und bei jedem?«

»Versprochen. Ich werde Pascal bitten, dir dabei zu helfen. Und die Legrands und den See und die Wälder und die Schwarzen Berge ...«

Pia ging vom Gas, da sie an eine Kreuzung kamen. Auf der linken Straßenseite bemerkte Pippa eine Gendarmerie und einen einladenden Landgasthof.

»Ist es das?« Pippa deutete aus dem Fenster.

Pia schüttelte den Kopf. »Das ist die Auberge Bonace, Pascals größte Konkurrenz.«

»Ein besserer Koch als er selbst?«

»Nie im Leben – es gibt keinen besseren als Pascal«, sagte Pia entrüstet, »allein die Vorstellung grenzt an Majestätsbeleidigung. Aber dass die Legrands sich mit Pascal einen ortsfremden Nachfolger gesucht haben, ist für Thierry Didier, den Patron der Auberge, eine Kröte, die er nicht zu schlucken bereit ist. Er und seine Frau sind mit einer ganzen Heerschar jugendlicher Tyrannen gesegnet, und die würden sie nur zu gerne bei den Legrands in die Lehre schicken, damit diese sich bei Onkel und Tante nützlich machen – und erben.«

»Onkel und Tante?«

»Cateline Didier ist Lisette Legrands Schwester. Allerdings ist das Verhältnis der Familien zueinander kompliziert, und das hat leider auch mit unserem neuen Haus zu tun.«

»Klingt spannend. Wie viele dieser Tyrannen gibt es denn?«

»Jetzt noch vier.«

Pippa lächelte erfreut. »Ah, wie die Kästner-Kinder auf Schreberwerder.«

»Nein.« Pia schüttelte den Kopf. »Wie der harte Kern um Billy the Kid.«

»Zum Angeln woll'n wir geh'n, zum Angeln woll'n wir geh'n und Rudi heut verlieren seh'n …«, schmetterten die Männer im Bus, wobei die Lautstärke eine deutlich größere Rolle spielte als die gesangliche Harmonie. Rudi lachte am lautesten, als sein Name fiel, und stimmte die nächste Strophe an: *»Zum Angeln woll'n wir geh'n, zum Angeln woll'n wir geh'n und Blasko heut verlieren seh'n …«*

Tatjana Remmertshausen verdrehte die Augen. »Das ist wie auf einem Pfadfinderausflug. Noch ein paar Strophen, und ich steige aus.«

»Macht doch Spaß!«, rief Sissi Edelmuth und quietschte vor Vergnügen, als auch sie als Verliererin besungen wurde.

»Frisch verheiratet habe ich diesen Quatsch noch begeistert

mitgemacht«, sagte Tatjana gallig. »Mittlerweile habe ich mich weiterentwickelt.«

»Du angelst jetzt selbst?«, fragte Sissi und riss beeindruckt die Augen auf.

»Fische bestimmt nicht«, murmelte Tatjana und sah gelangweilt aus dem Fenster.

»Wir sind in Revel, bitte alles aussteigen!«, rief Rudi Feierabend munter, stellte den Bus auf einem großen Parkplatz ab und öffnete die Türen. »Samstagsmarkt. Und Essen fassen! Blasko, hast du die Einkaufslisten verteilt?«

Alle nickten, während Blasko Maria Krabbe markig schnarrte: »Alle Listen am Mann!«

»Danke, Blasko, wenn wir dich nicht hätten.« Rudi schlug seinem Angelkollegen auf die Schulter. »Dann erwarte ich euch in zwei Stunden mit eurer Beute am Kühlwagen, Freunde.«

Die Insassen stiegen aus, streckten sich und strebten in Richtung Wochenmarkt.

Tatjana Remmertshausen wandte sich an ihren Mann. »Ich gehe zum Touristenbüro und schaue, ob ich ein paar interessante Dinge finde, mit denen ich mir hier die Zeit vertreiben kann. Du übernimmst doch meine Einkäufe?«

Ohne seine Antwort abzuwarten, drückte sie ihm ihre Liste in die Hand, drehte sich auf dem Absatz um und ging. Die Miene ihres Mannes verdüsterte sich, während er ihr nachsah. Als er die neugierigen Blicke der anderen bemerkte, zwang er sich schnell ein Lächeln ins Gesicht, und so entging Gerald Remmertshausen, dass Achim Schwätzer sich unauffällig an Tatjanas Fersen heftete.

Tatjana Remmertshausen ignorierte geflissentlich den Eingang des Touristenbüros und ging zielstrebig auf einen alten Citroën HY zu. Der mit Wellblech verkleidete Lieferwagen war in den okzitanischen Landesfarben Blutrot und Dottergelb lackiert und diente als Verkaufsstand für Knoblauchspezialitäten. Die Seitenklappe war hochgestellt und konnte so entweder als Sonnen- oder als Regenschutz für das Verkaufsfenster fungieren. Im Inneren des Oldtimers wurde auf kleinen Regalen die Ware präsentiert: Wurst, Käse, Gläser mit eingelegtem Knoblauch und ausgesuchte Weine.

Tatjanas strahlendes Begrüßungslächeln erstarb, als sie den weißhaarigen, wettergegerbten Herrn hinter der Verkaufsluke erkannte, der bei ihrem Anblick unwillig den Mund verzog.

»Madame Remmertshausen«, sagte er dennoch höflich, »sind Sie also bereits eingetroffen.«

»Ja, ja.« Tatjana wedelte ungeduldig mit der Hand. »Wo ist er?«

»Wo wird er schon sein? Pascal steht in der Küche, Mittagessen zubereiten«, antwortete Ferdinand Legrand.

»Aber ihr habt doch mittags gar nicht geöffnet!«, entfuhr es ihr verblüfft.

»Das handhaben wir flexibel, wenn auch nicht für jeden ... oder jede«, murmelte Legrand, nickte und bediente eine Kundin, die ein paar eingelegte Knoblauchknollen und eine Flasche Blanquette kaufen wollte.

Tatjana Remmertshausen wandte sich wütend um und stieß mit Achim Schwätzer zusammen, der sie an den Oberarmen festhielt.

»Na, hast du hier nicht bekommen, was du haben wolltest?«, fragte er anzüglich. »Vielleicht kann ich es dir besorgen?«

»Du solltest nichts versprechen, was du nicht halten kannst, Achim Schwätzer.« Tatjana sah ihn betont mitleidig an. »Aber wenn du nur noch deinen Fähigkeiten angemessene Angebote machen würdest, müsstest du ja für immer schweigen.«

Sie befreite sich mit einem Ruck und schlenderte lässig entlang der Stände über den Marktplatz, bis sie im Büro der Touristeninformation verschwand. Achim Schwätzer sah ihr mit einer Miene nach, die einer Kriegserklärung gleichkam.

Pia zog Pippa an der Hand über eine Wiese bis zu einem Pavillon, zu dem einige Stufen hinaufführten. Von dort aus konnten sie fast den gesamten See überblicken. Umrahmt von dunkelgrün bewaldeten Hügeln lag der Lac Chantilly zu ihren Füßen und schillerte in Dutzenden von Blautönen. Am äußersten Rand des Pavillons hatte ein Maler seine Staffelei aufgebaut, konzentriert bannte er das beeindruckende Panorama auf Leinwand. Bei ihrer Ankunft drehte er sich um und nickte ihnen freundlich zu. Er trug Jeans, Ringelshirt, farblich passendes Halstuch und Baskenmütze, und Pippa registrierte erstaunt, dass er trotz seines Vollbarts jungenhaft wirkte.

Sie lehnte sich an die Brüstung und betrachtete das Funkeln der Sonne auf dem Wasser. Mitten auf dem See saß ein Angler in einem Ruderboot, und einige Spaziergänger schlenderten den Uferweg entlang.

»Das hier kann unmöglich Südfrankreich sein!«, rief Pippa begeistert. »Bin ich während der Fahrt eingeschlafen, und du hast mich heimlich nach Kanada verfrachtet?«

Pias Lachen klang so stolz, als hätte sie die Landschaft selbst entworfen. »Ich habe dir doch versprochen, dass hier alles ein wenig anders ist. Das Sahnehäubchen der Montagne Noire: unser Chantilly-sur-Lac. Eine Oase der Ruhe. Wenn Jochen und ich Probleme wälzen, umrunden wir einfach einmal den See. Wir durchwandern dabei nicht nur das waldreiche Ontario, waten durch die Sümpfe des Hohen Fenn, aalen uns am Strand eines norditalienischen Sees oder faulenzen auf einer südenglischen Picknickwiese, sondern haben am Ende des Weges auch völlig vergessen, warum wir uns gestritten haben.«

Pippa grinste. »Vielleicht sollte ich mal mit Freddy hierher kommen – oder sogar mit Leo.« Dann trat sie näher an die Staffelei und nickte dem Künstler anerkennend zu, der mit schwungvollem Pinselstrich immer neue Blautöne auftrug, um die Farben des Sees naturgetreu zu erfassen.

»Jetzt verstehe ich, warum Kommissar Schmidt letztes Jahr so wütend war, als die Morde von Schreberwerder ihm den Angelurlaub in den Montagne Noire versaut haben. Das hier hätte ich auch nicht gerne verpasst«, sagte Pippa nachdenklich. Sie fuhr erschrocken zusammen, als Palette und Pinsel des Malers scheppernd zu Boden fielen und dieser vernehmlich fluchte.

Pippa bückte sich und half ihm, seine Utensilien aufzusammeln. Sie fand es amüsant und sympathisch zugleich, dass dieser Könner sich durch eine Bewunderin nervös machen ließ.

»Tut mir leid, wenn wir Sie in Ihrer Konzentration gestört haben«, sagte sie leise, aber der bärtige Mann winkte stumm ab.

»Komm, ich zeige dir unser Haus«, drängte Pia, »ich muss gleich nach dem Mittagessen weiter nach Toulouse. Jochen wartet.«

Pippa nickte dem Maler noch einmal zu. Er hatte seine Fassung zurückerlangt und verbeugte sich leicht. Dann folgte sie Pia, die bereits die Straße überquert hatte und an der Einmündung einer schmalen Seitenstraße auf sie wartete. Auf halber Strecke drehte Pippa sich noch einmal um und erwischte den Maler dabei, wie er ihr nachsah – und seinen Blick schnell wieder abwandte.

Ich muss doch in Frankreich sein, dachte sie belustigt, wo sonst verfolgen Männer eine fast Vierzigjährige mit Blicken …

»Rue Cassoulet 4. Willkommen in unserem Häuschen.«

Pia drückte die Klinke des verrosteten hellgrünen Gartentors hinunter. Es quietschte protestierend, gab ihrem energischen

Tritt aber schließlich nach und schwang auf. In einem völlig verwilderten Garten mit kniehoch wucherndem Gras erblickte Pippa ein aus groben Natursteinen gemauertes Haus, dessen Tür und Fensterläden ebenfalls hellgrün lackiert waren. Zwei flache seitliche und ein spitzer Giebel über der Haustür verrieten, dass es nicht nur im Erdgeschoss, sondern auch unter dem Dach Wohnraum gab. Die halbrunden Stürze über den Fenstern waren weiß-rot gestreift und verliehen dem Haus das Aussehen einer Puppenstube, die darauf wartet, dass man mit ihr spielt. Im Garten stand ein Wohnwagen mit ungarischem Nummernschild.

Pia stapfte durch das hohe Gras und klopfte an die Tür des Trailers. »Tibor! Tibor! Sind Sie da?«

Als sich nichts rührte, sagte sie: »Unser Polier ist sicher auf dem Markt. Schade, ich hätte euch gerne einander vorgestellt. Komm einfach am Montag um neun Uhr her, da erwartet er dich. Keine Sorge, sein Deutsch ist deutlich besser als mein Französisch, ihr werdet prima miteinander klarkommen.«

»Erst am Montag? Und was liegt morgen an?«

»Morgen ist Sonntag, liebe Pippa. Da spielt sich außer Freizeit gar nichts ab. Komm in Ruhe an, pack deine Taschen aus, sieh dich um. Alles andere findet sich.«

»Klein, aber mein«, sagte Pia, als sie durch das Erdgeschoss gingen. »Hier unten haben wir die Gästetoilette, den Wohnraum mit offenem Kamin und die Küche mit Zugang zum Garten. Tibor wird uns davor eine Terrasse anlegen. Im Sommer spielt sich das Familienleben ohnehin draußen ab.«

»Da habt ihr noch einiges an Arbeit vor euch«, konstatierte Pippa.

»Nicht wir – Tibor und seine Crew. Ich bin guter Dinge, denn die Jungs haben während der letzten Wintersaison den Mitteltrakt des Vent Fou renoviert, und das in Rekordgeschwindigkeit und vom Allerfeinsten. Der Seitenflügel ist im nächsten Winter an der Reihe.«

Pippa zog die Stirn kraus. »Lass mich raten: Genau da liegt meine Ferienwohnung, richtig?«

Die beiden Frauen standen im Wohnzimmer, einem verlotterten Raum mit Wasserflecken an der Decke und herabhängenden, verschimmelten Tapeten.

»Die ist aber trotzdem deutlich besser in Schuss als diese Bude hier.«

Pippa fasste durch ein glasloses Fenster, das von windschiefen Fensterläden umrahmt wurde. »Hauptsache, die Klimaanlage ist moderner als die hier.«

Pia grinste. »Da kann ich dich beruhigen. Deine Ferienwohnung hat gar keine.« Dann öffnete sie mühsam die Tür eines völlig verzogenen Holzschranks und entnahm ihm eine Mappe. »Hier, die Pläne des Hauses. Damit du den Überblick behältst.«

Pippa schlug die Mappe auf und überflog den Bauplan. Dabei fiel ihr ein Bereich auf, der für einen normalen Raum zu niedrig wirkte. Sie zeigte mit dem Finger darauf. »Und was ist das hier?«

»Ein Kriechkeller. Der Eingang ist die Holzklappe im Boden vor der Treppe«, sagte Pia. »Echt gruselig. Ganz niedrig und voller Spinnweben. Der hat früher als Vorratsraum für Gemüse und Weinlager gedient. Jetzt kann man ihn benutzen, um dort neue Leitungen zu verlegen. Eigentlich ganz praktisch, aber ich habe es mir verkniffen, ihn zu erforschen. Mir haben die fetten Spinnen gereicht, die ich im Schein der Taschenlampe sah.«

»Dann werden wir Tibor die weitere Prüfung des Kellers überlassen. Ich dränge mich jedenfalls nicht danach. Weiß dein Polier vom Geheimnis dieses Hauses?«

»Gott bewahre!«, rief Pia erschrocken aus. »Und er darf es auch niemals erfahren! Der Mann ist so abergläubisch, der geht unter keiner Leiter durch!«

»Für einen Bauarbeiter eine echte Herausforderung«, erwiderte Pippa trocken.

Sie stiegen die enge, knarrende Treppe zum Obergeschoss hinauf, auf deren hellen abgetretenen Holzdielen sich dunkle Flecken abzeichneten. Pippa hockte sich hin, um die Stellen näher zu betrachten.

»Tod durch freien Fall?«, fragte sie und sah zu Pia hoch.

»Astrein kombiniert, Miss Marple. Es wird vermutet, dass der junge Mann die Treppe hinuntergefallen ist – oder gestoßen wurde. Auf jeden Fall ist das Blut, und zwar jede Menge davon. Dummerweise hat man die Leiche des vermeintlichen Opfers nie gefunden, aber es gibt jede Menge Gerüchte. Und bei diesen Gerüchten ist es all die Jahre geblieben. Bevor wir hier einziehen, wüssten wir aber gern mehr über die damaligen Ereignisse. Ganz gleich, was du herausfindest – es wird uns weiterhelfen.« Sie sah Pippa bittend an. »Dann werden wir uns hier sicherer fühlen.«

Pippa wich Pias Blick aus und richtete sich auf. Neugierig sah sie sich im Dachgeschoss um. Von dem schmalen Flur gingen vier Türen ab. Die Türblätter waren ausgehängt, und sie sah in Kammern mit starker Dachschräge sowie in ein Bad, das seinem Namen nur noch durch vereinzelte Fliesen an der Wand gerecht wurde.

Pia führte Pippa in den größten der Wohnräume, und beim Blick aus dem Fenster wurde klar, dass sie sich über der Haustür befanden.

»Rechts und links werden die Kinder schlafen, und das Bad geht nach hinten raus«, erklärte sie und schaute auf ihre Armbanduhr. »Verdammt, schon fast zwei Uhr. Pascal erwartet uns zum Mittagessen! Lass uns gehen. Dabei kann ich dir alles Weitere erzählen.«

Sie liefen zurück zum Auto und fuhren ein Stück die Rue Cinsault entlang, bis Pia in eine breite Auffahrt einbog und auf einem Parkplatz anhielt. Mit Pippas Gepäck beladen, folgten sie einem Kiesweg, der an einer überdachten Terrasse entlang zum Haupthaus führte. Pippa blieb stehen und betrachtete die Gartenmöbel. »Belle Époque vom Feinsten. In diesen gemütlichen Sesseln werde ich hervorragend aussehen. Und mich fühlen wie im Schlaraffenland. Im wahrsten Sinne des Wortes.« Sie blickte sich um. »Und natürlich werde ich meine Übersetzungsarbeit erledigen«, fügte sie eilig hinzu, als sie Pias amüsierten Blick bemerkte. »Wann öffnet die Kaffeebar?«

»Täglich um 15 Uhr – außer montags. Du kannst dir auch drinnen einen Kaffee holen und ihn mit nach draußen nehmen. Aber vergiss bei aller Arbeit nicht die Montagne Noire und das wirkliche Leben.«

»Die kommen erst dran, wenn ich mit meiner Arbeit fertig bin«, sagte Pippa und seufzte.

»Du musst dir unbedingt die Gegend ansehen. Pascal soll dich mitnehmen, wenn er zu den Bauern fährt, um für das Restaurant einzukaufen. Dann hast du Abwechslung.«

»Das klingt, als würdest du damit rechnen, dass euer Umbau erst zum Winter fertig wird und du mich bis dahin bei Laune halten müsstest.«

Aus der Eingangstür trat eine zierliche ältere Frau und winkte ihnen zu.

»Das ist Lisette!«, sagte Pia und rief: »Bonjour, Lisette! Wartet ihr schon?«

Lisette Legrand kam ihnen ein paar Schritte entgegen. »Willkommen, willkommen!« Sie umarmte zuerst Pia und gab dann auch Pippa Küsse auf beide Wangen. Dann griff sie umstandslos und mit erstaunlicher Energie nach einem von Pippas Koffern.

»Den Rest lassen wir hier stehen«, befahl Lisette Legrand

resolut. »Darum kann Ferdinand sich kümmern, wenn er vom Markt zurück ist. Jetzt wird erst einmal gegessen, ihr müsst vollkommen ausgehungert sein.«

Trotz des schweren Koffers schaffte sie es, die Tür einladend aufzuhalten. Sie stellte das Gepäckstück an einer kleinen Rezeption ab und führte die beiden Frauen weiter in das gemütliche Restaurant.

»Sie spricht phantastisch deutsch«, flüsterte Pippa, und Pia nickte.

Lisette hatte offenbar Ohren wie ein Luchs, denn sie sagte: »Ich stamme aus dem Elsass, aus Wissembourg, das liegt nur zwei Kilometer von der deutschen Grenze entfernt – da war es notwendig, dass man beide Sprachen spricht. Ich habe dort in einem kleinen Grenzhotel gearbeitet. Heute fühlt es sich so an, als wäre das in einem anderen Leben gewesen. Aber ich bleibe im Training, denn ich gebe im Winter Deutschkurse für die Gendarmerie, die Angestellten der Souvenirläden und das Servicepersonal der Hotels und Pensionen. Eigentlich jedem, der möchte.«

»Und da kommt jemand? Freiwillig?«, fragte Pippa erstaunt.

Pia zwinkerte ihr zu. »Pascal serviert nach der Schulstunde das jeweils passende Gericht. Das steigert die Attraktivität deutscher Grammatik beträchtlich.«

»Die Kurse haben großen Zulauf, denn hier gibt es im Winter wirklich sehr wenig Abwechslung«, erklärte Lisette. »Die deutschen Touristen schätzen es, französisch zu speisen, scheuen sich aber häufig, französisch zu sprechen. So ist jedem geholfen. Vor allem, wenn es um den Erwerb von Angelscheinen oder Hilfegesuche an die Polizei geht.«

Sie bat ihre Gäste an einen einladend gedeckten Tisch.

»Setzen wir uns doch. Ich leiste euch Gesellschaft, wenn ihr erlaubt.« Aus einer Karaffe füllte Lisette Legrand die Gläser mit Wasser, bevor sie selbst Platz nahm.

»Darf ich fragen, wie es Sie aus dem Elsass in diese Gegend verschlagen hat?«, fragte Pippa neugierig.

»Mein Ferdinand stammt aus Chantilly, hat aber im gleichen Hotel gearbeitet wie ich. Wir haben uns verliebt, und als sich die Gelegenheit bot, in seiner Heimat dieses Haus zu übernehmen, haben wir zugeschlagen – zusammen mit meiner Schwester.« Nach kaum spürbarem Zögern fuhr sie fort: »Wir haben all unser Geld und unsere Schulden zusammengetan, um ...«

Die Schwingtür zur Küche flog auf, und der Koch kam herausgestürmt. Er hatte drei Teller dabei und stellte sie schwungvoll vor den Damen ab, bevor er sich Pippa zuwandte, um sie zu begrüßen.

»Gestatten: Pascal Gascard. Ergebenster Diener«, sagte er und verbeugte sich.

Pippa nickte nur und starrte den attraktiven Elsässer offenen Mundes an. Er hatte dunkle Haare, einen schmalen Oberlippenbart und ein winziges Ziegenbärtchen, das seine Grübchen vorteilhaft zur Geltung brachte. Seine braunen Augen sprühten vor Temperament und guter Laune. Hätte Hollywood Bedarf an der perfekten Verkörperung eines fröhlichen, gutaussehenden Franzosen, dachte Pippa fasziniert, Pascal wäre die Idealbesetzung. Mühsam riss sie den Blick von seinem Gesicht los und fixierte das undefinierbare Gericht auf ihrem Teller. Es bestand aus einer dicken, gebratenen Wurstscheibe, die um einiges weniger ansprechend aussah als ihr Koch.

»Was ... was servieren Sie uns denn da Schönes?«, stotterte sie hilflos, als Pia begeistert rief: »Melsat mit Knoblauch! Gebraten! Pascal, du bist ein Schatz!«

Pascal grinste zufrieden, drehte sich um und eilte zurück in seine Küche.

Pia und Lisette aßen bereits mit großem Appetit, aber Pippa sah noch immer zweifelnd auf ihren Teller.

»Los, trau dich«, nuschelte Pia mit vollem Mund. »Du wirst dich sofort verlieben.«

Pippa probierte einen Bissen und musste Pia zustimmen. Verlieben würde sie sich – und vermutlich nicht nur in die köstliche Wurst.

Kapitel 4

Die kleine Ferienwohnung im zweiten Stock des Vent Fou war wie für Pippa gemacht. Blanke Holzdielen auf dem Fußboden, schlichte Möbel und Fenster mit Ausblicken, die Ansichtskarten zur Ehre gereicht hätten.

Vom kombinierten Schlaf- und Arbeitszimmer aus konnte sie das gesamte Panorama vom See bis zu den Bergen überblicken, und das Bad verfügte über ein Fenster zur Liegewiese des Pools und zur schmiedeeisernen Wendeltreppe, die außen am Haus als Fluchtweg diente. Durch die bodentiefen Fenster des Wohnraums mit Küchenzeile und Sofa sah man auf den Eingang des Restaurants, den Hof und die überdachte Terrasse.

Höchst angetan von ihrem Domizil auf Zeit kehrte Pippa nach ihrem Rundgang zu Pia zurück, die auf der Arbeitsplatte der Küchenzeile saß, mit den Beinen baumelte und erwartungsvoll grinste. »Genau dein Geschmack, oder?«

»Absolut! Ich bin beeindruckt«, sagte Pippa begeistert.

»Das war nicht zu übersehen.«

Pippa wunderte sich kurz über Pias süffisanten Tonfall. Verdutzt ließ sie sich auf einen der Küchenstühle fallen, als ihr ein Licht aufging. »Du meinst überhaupt nicht diese entzückende Wohnung – du sprichst von Pascal! Du hattest Hintergedanken, als du mich hierhergelockt hast.«

Pia präsentierte einen unschuldigen Augenaufschlag. »Ich wollte nur das Notwendige mit dem Angenehmen verbinden. Jedes Obsttörtchen wird durch einen Klecks Sahne geadelt. Und wenn die Sahne dann noch von einer leckeren Kirsche gekrönt wird ...«

Wie aufs Stichwort kam das Gesprächsthema mit Pippas Gepäck zur Tür herein.

»Mit der Kirsche ist hoffentlich diese Wohnung gemeint und mit der Sahne der Auftrag, auf Tibor und seine Crew aufzupassen – und nicht umgekehrt«, sagte Pascal und stellte die Koffer ab. »Ich bin sicher, Sie werden sich hier wohl fühlen. Was immer ich dazu beitragen kann ...«

»Jede Menge, möchte ich wetten«, murmelte Pia kaum hörbar, sprang von der Arbeitsplatte, setzte sich zu Pippa und lud Pascal per Handzeichen ein, sich ebenfalls niederzulassen.

»Hast du Pippa schon alles erzählt?«, fragte er.

»Zum Teil.«

Pippa, die inständig hoffte, dass man ihr die Verlegenheit angesichts des attraktiven Kochs nicht ansah, blickte Pia erstaunt an. »Wie viele Teile gibt es denn? Und wovon?«

»Von der Rue Cassoulet Nr. 4«, erwiderte sie ernst, »zu viele unbekannte und wahrscheinlich noch mehr unerwünschte.«

Pascal nickte. »Vermutlich hätten Lisette und Ferdinand niemals einen anderen Käufer für das Haus gefunden als Pia und Jochen.«

»Vielleicht hätte es geholfen, es nicht so verkommen zu lassen«, sagte Pippa trocken.

»Keine Chance.« Pascal hob beide Hände. »Kein Einheimischer betritt dieses Haus – weder Makler noch Handwerker, und erst recht nicht Lisette und Ferdinand.«

Sieh an, dachte Pippa, also sind Tibor und seine Jungs nicht nur billige, sondern auch ahnungslose Arbeitskräfte ...

»Uns liegt viel daran, dass die Gerüchte endlich verstummen – und das geht nur, wenn wir wissen, was damals wirklich passiert ist.« Pia sah Pippa bittend an.

»Eintausendsiebenhundert Kilometer lang habe ich wirklich geglaubt, ich sollte hier nur eine gemütliche Bauaufsicht übernehmen«, gab diese zurück. »Danke, Pia.«

»Um ehrlich zu sein – es war meine Idee«, gab Pascal zu. »Pia hat so viel von Ihnen erzählt und davon, dass Sie schon zwei Mal an Mordermittlungen beteiligt waren.« Er nahm ihre Hand und fügte eindringlich hinzu: »Ich bin überzeugt, du bist die Richtige für diese Aufgabe.«

Pippa bewunderte Pascals Überredungskunst. Dieser Mann übersprang spielend mehrere Stufen des Kennenlernens – und das auf äußerst charmante Weise. Sie zog ihre Hand aus seiner und sagte: »Ich dachte, niemand weiß, ob in diesem Haus tatsächlich ein Mord geschah. Außerdem kann ich mich nicht erinnern, je meine Dienste als Detektivin angeboten zu haben. Ich bin Übersetzerin und hüte Häuser. Das ist alles.«

»Aber du hast doch schon Mörder überführt!«, rief Pascal.

Pippa machte eine abwehrende Handbewegung. »Alles purer Zufall und ein paar unerwartet zielsichere Treffer meines Gehirns. Eigentlich wollte ich immer nur meine Ruhe wiederhaben. Auf keinen Fall würde ich sagen, dass ich die Mörder überführt habe.«

»Du untertreibst maßlos«, meldete sich Pia zu Wort. »Immerhin war ich auf Schreberwerder dabei.«

Pascal stand auf und öffnete den Kühlschrank. Gerührt registrierte Pippa, dass dieser bis zum Rand mit Leckereien gefüllt war. Der Koch holte eine Flasche Blanquette heraus und nahm drei Gläser vom Regal über der Spüle, bevor er zum Tisch zurückkehrte.

»Alles steht bereit, falls du dich selbst verpflegen willst. Frühstück und Abendessen warten dann in Pascals Restaurant«, sagte Pia.

Pippa deutete auf den Kühlschrank. »Wenn ihr glaubt, dass

ihr mich auf diese Art rumkriegt«, sie schwieg und kostete die mit Spannung geladene Stille voll aus, »... dann habt ihr absolut recht.«

Pia und Pascal sahen sich erleichtert an und riefen synchron: »Dann wirst du uns helfen?«

»Ich werde es versuchen. Aber ich halte es für eine verrückte Idee, mich mit Detektivarbeit zu betrauen. Ich kenne weder die beteiligten Personen noch die Gegend hier. Und noch dazu reden wir von einem *Vielleicht*-Mord. Es gab schließlich nicht mal eine Leiche!«

»Die Gegend wird Pascal dir ...«, rief Pia aufgeregt.

»Genau! Und die Legrands erzählen dir alles über den Fall, und ansonsten fragst du im Dorf herum«, fiel Pascal ihr ins Wort.

»Mein Französisch ist allerdings miserabel«, gab Pippa zu bedenken.

»Aber, aber!« Pascal lächelte sie strahlend an. »Stell dein Licht nicht unter den Scheffel – außerdem gibt es immer noch mich, wenn du nicht weiterweißt. Hand drauf, Pippa.«

Wie hypnotisiert starrte Pippa auf die Hand, die er ihr hinstreckte. Sie dachte fieberhaft nach. Dass sie die Wahrheit über die Rue Cassoulet 4 herausfinden würde, hielt sie für mehr als unwahrscheinlich, aber wenn ihr das die Gelegenheit gab, mit diesem Bild von einem Franzosen Zeit zu verbringen, sollte es ihr recht sein.

Pippa schlug ein, und Pia ließ den Korken aus der Flasche schießen. Der Schaumwein sprudelte in die Gläser, und sie stießen gutgelaunt auf die Vereinbarung an.

Sie kamen nicht dazu, den Blanquette auch zu trinken, denn lautes Geschrei aus dem Hof störte die fröhliche Runde.

Eine durchdringende Frauenstimme verlangte herrisch nach Pascal, und dieser reckte den Hals, um aus dem Fenster zu blicken. Was er sah, schien ihm nicht zu gefallen, denn er verzog das Gesicht und stellte sein Glas mit einem Seufzer ab.

»Stammgäste«, sagte er, »früher als erwün... als angekündigt. Ich werde Lisette beim Einchecken helfen, Ferdinand ist noch nicht vom Markt zurück.«

Die Neugier trieb Pippa ans Fenster. Vor dem Eingang des Restaurants standen zwei Frauen inmitten von Gepäck, und auf dem Parkplatz erkannte sie den Bus der Angler aus Berlin. Ein paar der Männer schleppten weitere Koffer und Taschen heran.

»Das gibt es nicht!«, sagte Pippa erstaunt. »Wie klein die Welt ist. Unsere Retter von der Autobahn, Pia! Wo wollen die denn unterkommen? Habt ihr so viele Wohnungen, Pascal?«

Der Koch schüttelte den Kopf. »Nur die Damen ziehen hier ein. Die Männer zelten auf dem hauseigenen Campingplatz am anderen Seeufer – die wollen nur ihre Zelte abholen.« Mit deutlichem Widerwillen ging er zur Tür.

»Du lässt mich doch jetzt nicht alles allein mit Pippa besprechen?«, fragte Pia.

Pascal zuckte bedauernd die Achseln. »Kann ich momentan nicht ändern. Familienbetrieb und selbständig, da gibt es kein Entkommen. Wird Zeit, dass ich mir eine vielköpfige Familie zulege, die für ihr Erbe um die Wette ackert. Wir sehen uns beim Abendessen. Auf der Terrasse.«

Vergeblich suchte Tatjana Remmertshausen in Pascals Gesicht nach Anzeichen von Freude darüber, sie endlich wiederzusehen. Hieß es auch bei ihm: aus den Augen, aus dem Sinn? Hatte er deshalb ihre Mails nicht mehr beantwortet?

»Pascal«, sagte sie leise, »was ist denn los? Freust du dich nicht, mich zu sehen?«

Pascal runzelte die Stirn. Unwillkürlich trat er einen Schritt zurück, um ihrer drängenden Nähe zu entgehen, aber Tatjana folgte ihm.

Der Koch machte eine höfliche Verbeugung. »Wie schön, dass Sie wieder bei uns zu Gast sind, Madame. Ich hoffe, Sie und Ihre Freunde haben einen angenehmen Aufenthalt.«

»Das sind nicht meine Freunde«, zischte Tatjana, »das weißt du ganz genau.«

Einige ihrer Mitfahrer waren näher gekommen, sie bemerkte, dass Achim Schwätzer interessiert die Ohren spitzte. Tatjana sah sich schnell nach Gerald um, aber ihr Mann bugsierte gerade einen riesigen Gaskocher zurück in den Bus und hatte keine Augen für sie.

Als Pascal sich anschickte, Sissi zu begrüßen und die Angler für den Campingplatz einzuweisen, schaltete Tatjana einen Gang höher. Sie ließ sich gegen Pascal fallen und hauchte: »Mir ist furchtbar heiß. Ich glaube, ich werde ohnmächtig.«

Pascal rief sofort nach ihrem Gatten und übergab sie umstandslos an Remmertshausen, der die junge Frau in den Schatten der Terrasse zog.

Tatjana genoss die Aufmerksamkeit, die ihr zuteilwurde, sichtlich, registrierte aber dennoch, dass Pascals Blicke immer wieder zu einem Fenster im Obergeschoss des Seitenflügels wanderten. Sie bat ihren Mann um ein Glas Wasser, um Pascal in Ruhe beobachten zu können.

Tatjana presste die Lippen zusammen, als sie bemerkte, dass am Fenster eine Frau stand und das Treiben im Hof beobachtete. Eine Frau mittleren Alters, mit absurd roten Haaren und etlichen Pfund zu viel auf den Hüften.

Erleichtert atmete sie auf. Gott sei Dank keine Konkurrenz, dachte sie und winkte der Rothaarigen fröhlich zu, die ihren Gruß erstaunt erwiderte. Auf das Glas Wasser wartete sie nicht mehr.

Als Tatjana Remmertshausen das Vent Fou betrat, hatte sie bereits einen Plan: Sie würde sich mit dieser Rothaarigen anfreunden. Denn falls diese einen direkten Draht zu Pascal hatte, könnte sich das als sehr nützlich erweisen.

Am späten Nachmittag schlenderten Pia und Pippa durch den Ort und genossen es, sich nach zwei Tagen Fahrt die Füße vertreten zu können.

Pippa deutete auf das Schild der ansteigenden Straße, in die sie einbogen. »*Rue Soupe à l'Aile Rose?*«, fragte sie amüsiert. »Straße der rosa Knoblauchsuppe? Wie kommt man denn auf diesen Straßennamen? Die Leute hier haben Humor.«

Als Pia nickte, stieß Pippa sie in die Seite. »Nun erzähl schon, du weißt doch etwas darüber.«

»Der Ort wurde zusammen mit dem See zur Zeit des Sonnenkönigs angelegt. Die Seen der Umgebung, wie unser Lac Chantilly oder der Lac Saint-Ferréol, speisen den Canal du Midi, den berühmten Wasserweg von Toulouse zum Mittelmeer. Der Lac Saint-Ferréol ist bis heute das Hauptreservoir für den Kanal, unser Stausee hier war schon immer weniger Notwendigkeit als vielmehr Ausflugs- und Anglerparadies.«

»Davon leben die Legrands«, sagte Pippa.

»Genau.« Pia nickte. »Die Angler sind ihre Haupteinnahmequelle. Sie kommen einzeln oder in Gruppen. Ihre Fänge sind beliebtes Zahlungsmittel für ihre Unterkunft und bereichern Pascals Speisekarte um manche Delikatesse.«

Der Anstieg endete hinter der Ortsgrenze. Von hier reichte der Blick bis hinunter nach Revel, da die kargen Hügel unbebaut waren und nur ein schmaler Fahrradweg ins Tal führte. Zwischen zwei einsamen Buchen hatte man eine Bank aufgestellt, unter der sich die weite Ebene ausbreitete.

»Ist das schön!«, sagte Pippa und bat die Freundin, sich einen

Moment zu setzen und das Panorama zu genießen. Ein wenig fühlte Pippa sich an die Cotswolds erinnert, aber die Landschaft war wilder und ungezähmter als die englische Heimat ihrer Mutter.

Aus Chantilly quälte sich ein Rennradfahrer zu ihnen herauf, passierte sie keuchend und stürzte sich dann in rasender Schussfahrt auf der anderen Seite hinunter.

»Todesmutig. Das sind doch mindestens fünfzehn Prozent Gefälle«, sagte Pippa besorgt.

»Wer die Bremse benutzt, ist feige«, erwiderte Pia lachend und zeigte auf vier Jungs auf Mountainbikes, die sich gegenseitig anfeuerten, auf der Steigung nicht schlappzumachen. »Die Didier-Söhne«, sagte sie und verdrehte die Augen. »Wenigstens hört man sie kommen, von unauffälligem Anschleichen verstehen die Bengel nichts.«

Der Erste hatte die Hügelkuppe erreicht und begrüßte den Abhang mit wildem Geheul.

»Das war Eric«, kommentierte Pia und fuhr in schneller Folge fort: »Marc. Franck. Cedric.« Bei jedem Namen flog ein weiterer kräftiger Teenager an ihnen vorbei und verschwand johlend die steile Straße hinunter.

»Runter brauchen sie nur fünf Minuten«, kommentierte Pia, »zurück mindestens eine halbe Stunde. Glückliches Chantilly-sur-Lac – dreißig Minuten Ruhe und Frieden.«

Pippa sah die Freundin forschend von der Seite an. »Es muss doch einen Grund geben, warum du so schlecht auf die Jungs zu sprechen bist. Raus mit der Sprache: Wer von ihnen stellt eurer Bonnie nach?«

»Alle«, sagte Pia grimmig. »Ich bin kurz davor, richtig sauer zu werden.« Sie sah auf ihre Armbanduhr. »Ich sollte langsam an Toulouse denken. Jochen wird mich schon vermissen. Wollen wir?«

Sie folgten einer Querstraße oberhalb des Ortes und bogen dann in die Rue Millasson ein, die zum See hinunterführte.

»Diesmal gehen wir also durch eine Nachspeise«, sagte Pippa. »Und du hast mir immer noch nicht erzählt, warum.«

»Stimmt, die Straßennamen! Die sind gelebter Eigensinn. Alle Welt hat sich damals an Versailles orientiert. Die Leute hier hielten sich zwar brav an die vorgegebenen Baupläne, lebten ihre anarchische Ader dann aber bei den Namen aus: Alle Nebenstraßen sind nach okzitanischen Nationalgerichten benannt, die großen Straßen nach Weinen von den Südhängen der Gegend.« Sie lachte. »Sie haben ihr eigenes Süppchen gekocht – im wahrsten Sinne des Wortes.«

»Und mit diesen Querköpfen bekomme ich es also jetzt zu tun. Prost Mahlzeit!«

»Tröste dich«, sagte Pia, »Pascal ist Vollblut-Elsässer, und Lisette ist hier nur assimiliert ... Sieh mal, dort sitzt sie!«

Sie hatten die Hauptstraße, die Rue Cinsault, wieder erreicht, und Pia zeigte hinüber zur Eisdiele neben der Einfahrt des Vent Fou. Lisette Legrand genoss die warme Spätnachmittagssonne und nippte an einem Espresso. Am Nebentisch saß ein turtelndes, sichtlich verliebtes Paar, in dem Pippa zwei Mitglieder der Anglertruppe wiedererkannte.

Lisette hatte Pia und Pippa entdeckt und winkte sie an ihren Tisch. Zur Erinnerung an Leo und florentinische Eisdielen bestellte Pippa sich einen opulenten Eisbecher, während Pia sich mit einem erfrischenden Eiskaffee begnügte.

»Mögen Sie mir etwas über das Haus in der Rue Cassoulet erzählen, Lisette?«, bat Pippa, aber die Wirtin des Vent Fou winkte ab.

»Meine Liebe, alles, was ich Ihnen erzählen würde, wäre durch meine Sichtweise gefärbt, und das halte ich nicht für hilfreich. Ich habe beschlossen, Sie alles selbst herausfinden zu lassen – nur dann können Sie Ihre eigenen Schlüsse ziehen und werden nicht von mir auf einen Weg geführt, der sich vielleicht als Sackgasse erweist oder Sie blind für neue Erkenntnisse macht. Ganz gleich, was Sie herausfinden – es wird mehr Wahrheit enthalten, als ich Ihnen nach langen Jahren des Nachdenkens offerieren kann. Selbst wenn Sie nur herausfinden, was wir schon wissen, ist Ferdinand und mir mehr geholfen, als Sie ahnen.«

Pippa war überrascht. Auf der einen Seite will Lisette nichts verraten, um mich nicht zu beeinflussen, dachte sie, auf der anderen schlägt Pascal vor, für mich zu dolmetschen – damit könnte er mich aber nicht nur beeinflussen, sondern auch meine sämtlichen Schritte kontrollieren.

Eine höchst interessante Konstellation, die nur bedeuten konnte, dass die beiden völlig unterschiedliche Gründe für den gleichen Auftrag hatten.

»Hat jeder den Aufbauplan zur Hand?«, fragte Blasko Maria Krabbe, aber niemand reagierte. Er stemmte die Hände in die Hüften und sah sich streng um. Dieses unkoordinierte Chaos machte ihn wahnsinnig – wie konnten erwachsene Männer nur derart undiszipliniert sein? Aus seiner Sicht bauten seine Angelfreunde ihre Zelte deutlich zu planlos auf. Wenn seine Männer in der Kaserne sich so konfus aufführen würden, dann würde er sie exerzieren lassen, bis keiner mehr aufrecht stehen konnte.

Er schnaubte ärgerlich. »Haltet euch an meinen Plan, Männer! Kreisförmige, geschlossene Anordnung der Unterkünfte, damit die Sicherheit im Camp gewährleistet ist – nicht einfach durcheinander!«

»Entspann dich, Blasko«, sagte Wolfgang Schmidt, »wir sind schließlich nicht im Krieg.«

»Das ausgerechnet aus deinem Mund, Wolle.« Blasko

schnaubte wieder. »Ich möchte dich mal sehen, wenn dein Dezernat …«

»Wir sind im Urlaub, Blasko, Ur-laub«, schaltete Bruno Brandauer sich ein. »Entspannung, keine beruflichen Pflichten und alle Zeit der Welt. Alle Zeit der Welt.«

»Für mich ist das hier alles andere als entspannend«, grollte Krabbe weiter und ging kopfschüttelnd zu Hotte und Rudi. Die beiden hockten kichernd unter ihrem Zelt, das gerade zum zweiten Mal zusammengebrochen war.

»Wer mit wem?«, fragte Achim Schwätzer und richtete sich auf, nachdem er den letzten Hering in den Boden geschlagen hatte.

»Frag Blasko«, gab Schmidt zurück, »ich setze einen Hunderter, dass er auch dafür einen Plan hat.«

Krabbe hatte ihn gehört und rief: »Natürlich habe ich das festgelegt. Moment.«

Aus den Tiefen der Cargotasche an seinem linken Hosenbein zog er ein Blatt Papier. Ehe er es auseinanderfalten konnte, sagte Hotte: »Jetzt mach mal halblang, du Spinner, und fass lieber mit an. Wir sind nicht deine Kompanie oder wie man deine grüne Zombie-Truppe auch immer nennt.«

Blasko Maria Krabbe schnappte empört nach Luft. »Meine Kompanie funktioniert wenigstens reibungslos. Ihr hingegen seid ein Sauhaufen. Ich komme mir vor wie im Kindergarten!«

»Pass auf, was du sagst!« Hottes Augen funkelten angriffslustig.

»Bitte, liebe Freunde! Wir wollen uns doch alle vertragen«, sagte Bruno Brandauer beschwörend und rang die Hände.

»Spitze. Erst lässt Blasko den Vier-Sterne-General raushängen und jetzt Bruno den Sozialarbeiter.« Rudi verdrehte die Augen. »Wenn wir so weitermachen, holt Wolle gleich Handschellen aus seinem Koffer und Doktor Gerald die Beruhigungsspritzen.«

Die gespannte Stimmung löste sich in allgemeinem Gelächter, selbst Krabbe stimmte ein.

»Also: die Zeltverteilung«, fuhr Rudi fort. »Ich teile mein Zelt natürlich mit Hotte. Wolle, du gehst sicher mit deinem Schwager in eins, oder?«

»Auf jeden Fall. Bei uns wäre aber noch Platz für einen Dritten, unser Steilwandzelt ist groß genug. Vinzenz, willst du?«, fragte Schmidt.

Vinzenz Beringer schüttelte den Kopf. »Nicht nötig. Ich hab ein eigenes Zelt dabei. Hat Jan Weber mir geliehen. Das baue ich dort hinten auf.« Er zeigte zum äußersten Rand des Campingplatzes. »Ich schnarche.«

»Dann schlage ich vor, dass sich unsere beiden Ehemänner ein Zelt teilen«, sagte Blasko eilig, um wenigstens noch den Rest der Zelte zuordnen zu können. »Einverstanden, Gerald? Lothar?«

Da kein Einspruch kam, fuhr er fort: »Außerdem Franz und Achim, dann bleiben noch Bruno und ich.«

Keiner hatte Lust, wieder mit Blasko zu streiten, damit war die Verteilung der Zelte beschlossene Sache.

Pippa hatte Pia nachgewunken und dann begonnen, sich in ihrer Wohnung einzurichten. Die Kleidung hing im Schrank oder lag ordentlich gefaltet in der windschiefen Kommode, die Hüte hingen an den einfachen Garderobenhaken, und die Wörterbücher und sonstige Literatur und Unterlagen, die sie für ihren Hemingway-Auftrag benötigte, hatten Platz im Regal gefunden. Gerade hatte sie den WLAN-Schlüssel eingegeben und ihren Computer wieder heruntergefahren, als ihr Blick müßig aus dem Fenster schweifte. Dass sie bei der Arbeit auf den See blicken konnte, war ein willkommenes Geschenk. *Die süße Kirsche auf der Sahne,* dachte sie.

Sie kniff die Augen zusammen, um besser sehen zu können,

was am gegenüberliegenden Ufer des Sees vor sich ging. Dort flackerte bereits ein Lagerfeuer, und ein Dutzend Männer baute ein Zeltlager auf. Die Angler haben schon die ersten Fische auf dem Grill, dachte Pippa. Zeit, dass ich mir meine nächste Pascal-Ration hole. Die sollte ich weder anbrennen noch kalt werden lassen.

Ich esse nur einen Happen und gehe dann früh ins Bett, schwor sie sich, als sie die Terrasse vor dem Hotel betrat.

Das verliebte Paar aus der Eisdiele turtelte bereits an einem der Tische. An einem weiteren saß die Frau, die Pascal am Nachmittag auf den Leib gerückt war, zusammen mit einem deutlich älteren Mann. Pippa schlängelte sich an den beiden vorbei, um einen Schattenplatz zu erreichen, als die Frau aufsprang und ihr den Weg versperrte.

»Guten Abend, ich höre, Sie sind aus Berlin und ebenfalls heute angekommen«, sagte sie strahlend und streckte Pippa die Hand hin. »Ich freue mich, Sie kennenzulernen. Mein Name ist Tatjana Remmertshausen – das ist Gerald, mein Mann.«

Dein Mann?, dachte Pippa. War er der beste Freund deines Vaters? Sie ließ sich ihre Überraschung nicht anmerken und schüttelte die angebotene Hand.

»Pippa Bolle«, sagte sie.

»Setzen Sie sich doch bitte zu uns«, fuhr Tatjana Remmertshausen fort. »Ich bitte Pascal, noch ein Gedeck …«

»Die Dame hat einen weiten Weg hinter sich und möchte sicher ihre Ruhe«, meldete ihr Gatte sich zu Wort.

Da will jemand eindeutig keine fremden Leute am Tisch haben, dachte Pippa und zögerte. Einerseits wollte sie Tatjana gegenüber nicht unhöflich sein, andererseits …

Die Entscheidung wurde ihr abgenommen, als eine Hand sie sanft am Ellbogen fasste und eine männliche Stimme sagte:

»Entschuldige die Verspätung. Ich habe beim Malen die Zeit vergessen. Kommst du? Wir sitzen dort drüben.«

Vor Verblüffung zu keiner anderen Reaktion fähig ließ Pippa sich von dem Maler, den sie und Pia nachmittags im Pavillon am See getroffen hatten, zu einem romantisch beleuchteten Tisch führen, auf dem bereits eine gut gekühlte Flasche Clairette stand.

Charmant zog er ihren Stuhl zurück und bat sie mit einer Handbewegung, Platz zu nehmen. Dann setzte er sich ihr gegenüber, lächelte sie entwaffnend an und sagte leise: »Vielen Dank, dass Sie mitspielen. Ich habe mich den ganzen Nachmittag gefragt, wie ich Sie ansprechen kann, ohne mir eine Abfuhr zu holen.«

Er erhob sich kurz und verbeugte sich wie ein Gentleman. »Alexandre Tisserand, Auftragsmaler und Restaurator auf Inspirations- und Angelurlaub. Bitte gönnen Sie mir diesen Abend in Ihrer Gesellschaft. Ich habe sonst so selten Gelegenheit, Deutsch zu sprechen.«

»Gern«, sagte Pippa geschmeichelt und fügte hinzu: »Pippa Bolle. Ich freue mich, Sie kennenzulernen. Von mir aus können wir auch gerne beim Du bleiben.« Sie zwinkerte ihm zu. »Schließlich kennen wir uns schon Urzeiten, nicht wahr?«

Er nickte erfreut, und sie bemerkte aus den Augenwinkeln, dass Tatjana sie nicht nur gespannt beobachtete, sondern seltsamerweise gleichzeitig erleichtert wirkte.

Pippa wandte ihre Aufmerksamkeit ihrem Gegenüber zu. »Bist du zum ersten Mal in Chantilly-sur-Lac, Alexandre?«

»Zum ersten Mal in diesem Hotel. Ich komme seit mehr als zwanzig Jahren hierher – es ist so herrlich nah an Toulouse. Ich wohne normalerweise oben auf dem Hügel im Chambres d'hôtes au Paradis. Wegen des Lichts und wegen der Ruhe. Aber diesmal will ich nicht nur malen, sondern auch angeln. Und beides lässt sich am besten verbinden, wenn ich direkt am See logiere.«

Sofort wurde Pippa hellhörig. »Seit zwanzig Jahren? Dann kennst du hier bestimmt jeden Baum und jeden Strauch.«

»Wenn ich ihn schon mal gemalt habe, ganz sicher.« Sein strahlendes Lächeln enthüllte blendend weiße, ebenmäßige Zähne. »Warum fragst du?«

»Ich möchte hier einige Nachforschungen anstellen«, antwortete Pippa, »aber ich weiß nicht, wie, und auch nicht, wo ich anfangen soll.«

Wieder deutete Tisserand eine Verbeugung an. »Ich bin gerne bereit, mein Wissen mit dir zu teilen. Urlaub ist dazu da, Überraschendes zu tun.«

Erst sehr viel später, als sie bei offenem Fenster in ihrem Bett lag, den Geräuschen der lauen Sommernacht lauschte und den Tag Revue passieren ließ, fiel Pippa auf, dass Alexandre Tisserand an diesem Abend viel von ihr und ihrem Auftrag erfahren hatte. Sie hingegen wusste noch immer nicht, warum er ein so hervorragendes Deutsch sprach. Aber die Erinnerung an Pascals Blick, als er sie zusammen mit dem gutaussehenden Maler am Tisch hatte sitzen sehen, ließ sie lächelnd einschlafen.

Kapitel 5

Im Haus war kein Laut zu hören, als Pippa bereits hellwach am geöffneten Fenster stand. Noch lagen Nebelschwaden über dem See, und die Farbpalette der Natur beschränkte sich auf Blau- und Grautöne. Sie beschloss, schon vor dem Frühstück spazieren zu gehen. Gegen die morgendliche Kühle zog sie sich eine Strickjacke über, bevor sie leise ihre Wohnung verließ und auf Zehenspitzen zum Notausgang schlich. Leise drückte sie die Verriegelung herunter und stellte einen Turnschuh zwischen Tür und Rahmen, um die schwere Eisentür später von außen wieder öffnen zu können.

Während sie die gewundene Stahltreppe hinunterstieg, ging in der Küche des Restaurants das Licht an. Geschäftiges Geschirrgeklapper erklang, und Pippa fragte sich, ob es wohl Pascal war, der seinen Dienst antrat. Als eine klare Frauenstimme und ein tiefer Bass ein fröhliches Duett anstimmten, von dessen Text Pippa kein Wort verstand, blieb sie stehen, um Ferdinand und Lisette zu lauschen. Das muss Okzitanisch sein, dachte Pippa und stellte mit Erstaunen fest, dass sie die Volksweise bereits aus den Tälern des Piemont kannte, wo sie früher mit Leo die Ferien verbracht hatte. Schon damals hatte diese harmonische Klangmischung aus Italienisch, Spanisch und Französisch ihr professionelles Interesse geweckt.

Sie schlenderte summend am Pool vorbei und über die Hauptstraße bis zum Staudamm, der den See schnurgerade von der dahinterliegenden Landschaft trennte. Linker Hand lag das Wasser, das für alle möglichen Wassersportaktivitäten genutzt wurde. Am Fuß des Dammes, im neuentstandenen Tal, hatte man ein Arboretum angelegt, zu dem ein gewundener Pfad hinunterführte. Pippa nahm sich vor, den Park mit seinen seltenen Baumarten bei einem ihrer nächsten Spaziergänge zu erkunden. Die Dammkrone war angelegt wie ein breiter Spazierweg, der von einer Seite von der steinernen Brüstung begrenzt wurde und von der anderen durch eine niedrige Hecke, die den Blick ins Tal vor der Staumauer kaum beeinträchtigte.

Pippa blieb vor einem großen Findling stehen, der an den Bau des Damms erinnerte. In den drei Jahrhunderten seit seinem Entstehen hatte sich der See so gut in die Landschaft eingepasst, dass er kaum noch als künstlich zu erkennen war. Sie lehnte sich über die Steinbrüstung der Staumauer, blickte in das klare Wasser und sog tief den Duft von Pinien ein, der vom Arboretum heraufwehte. Im Osten bauten sich beinahe drohend die höchsten Gipfel der Schwarzen Berge auf, die im Zwielicht ihrem Namen alle Ehre machten. Auf der Kuppe eines Hügels oberhalb des Campingplatzes thronte in einer Lichtung ein einsames Chalet. Gerade ging hinter diesem Haus die Sonne auf und ließ es einen Augenblick lang aussehen, als wäre es ihr Zentrum. Das musste die Privatpension namens »Paradies« sein, von der Alexandre Tisserand gesprochen hatte.

Pippa spazierte weiter und entdeckte eine Steintreppe, die auf der Landseite des Dammes zu einem Parkplatz führte, der von Besuchern des Arboretums und des Sees gleichermaßen genutzt wurde. Auf dem Parkplatz stand der Bus der Berliner Angler mitsamt Kühlwagen.

Ich fürchte, von denen wird es hier zu jeder Tages- und Nachtzeit wimmeln, dachte Pippa und beobachtete zwei ältere und einen jungen Mann, die der Treppe gegenüber an der Brüstung zum See standen und ins Wasser sahen. Die zwei Älteren hatten Angelruten ausgeworfen, der Jüngere stand daneben, die Hände tief in den Hosentaschen vergraben. Er beobachtete jede ihrer Bewegungen, als erwartete er eine Offenbarung. Sie unterhielten sich auf Deutsch.

»Hier ist der Abfluss des Sees«, erklärte einer der Älteren gerade. »Wenn es geregnet hat, öffnet der Wasserwart die Schleusentore etwas weiter, damit mehr Wasser zu Tal fließen kann. Dieser Sog zieht viele Fische an, die nur darauf warten, angelandet zu werden.«

Der jüngere Mann sagte: »Klingt gut, Hotte, aber sind das nicht nur kleine Fische, die in diese Strömung geraten?«

Hotte lachte. »Wir geben dir nur einen kleinen Grundkurs. Heute Morgen geht es nicht um den Pokal, Abel. Heute wollen wir nichts anderes gewinnen als unser Mittagessen. Richtig, Rudi?«

Der Angesprochene, in dem Pippa den Busfahrer von der Mautstelle wiedererkannte, knurrte: »Grundkurs im Quatschen oder was? Sind wir hier, um die Flucht der Fische durch den Abfluss zu kommentieren, oder zum Angeln?«

Pippa spähte über die Brüstung, entdeckte aber statt des erwähnten Abflusses lediglich einen leichten Wasserstrudel, der die Stelle markierte, wo das Wasser in die Öffnung im Inneren des Damms drückte.

Sie grüßte die Angler freundlich, erntete jedoch lediglich ein desinteressiertes Kopfnicken, da in diesem Moment vom Vent Fou her ein Jogger auftauchte.

»Guten Morgen. Ihr seid ja früh auf.« Der Jogger, ein mittelgroßer, schlanker Mann um die vierzig, trabte auf der Stelle und grinste verlegen.

Hotte pfiff durch die Zähne und rief: »Schau an, der Lothar! Hat deine Holde dich aus dem Bettchen geschubst?«

»Ganz egal, wo er gerade ist und was er gerade tut – einem

wird er immer untreu. Entweder seiner Frau oder seinem Verein«, setzte Rudi noch eins drauf, als wäre der Jogger gar nicht da.

»Und ich weiß nicht, was schlimmer ist.« Hotte wiegte den Kopf, als würde ihm dieser Umstand wirklich Sorgen bereiten.

Der Jogger stand jetzt still und wand sich unbehaglich. Er hielt eine große Tüte hoch und sagte: »Ich war nur in der Küche des Vent Fou und habe frische Baguettes geholt. Brötchen gab es keine.«

»Der Lothar backt nachts nicht mal kleine Brötchen«, feixte Hotte. »Arme Sissi.«

Hotte und Rudi schlugen sich vor Lachen auf die Schenkel, während der jüngere Mann die Augenbrauen hochzog. Sichtlich verärgert setzte der Jogger seinen Weg fort.

Am Ende der Dammkrone begann der Spazierweg, der in einigem Abstand zum Wasser um den ganzen See führte und dabei auch am *Camp Turbulente* der Legrands vorbeikam. Lisette hatte erwähnt, dass dieser Abschnitt des Seeufers zum Territorium des Vent Fou gehörte. Pippa beschloss, den Grillplatz des Campingplatzes in Augenschein zu nehmen, um entscheiden zu können, ob es sich lohnte, ihn einmal selbst zu nutzen.

Das einige Meter entfernt liegende Camp, das aus etlichen Zelten unterschiedlicher Größe bestand, war trotz der frühen Stunde bereits belebt. Ein paar Männer deckten einen mit Wachstuch bedeckten Tapeziertisch; ein weiterer hantierte mit einem Gaskocher.

Ein athletischer Mann mit Bürstenhaarschnitt brachte Pippa zum Lächeln: Wichtigtuerisch lief er von einem zum Nächsten und erteilte Befehle, die von den Angesprochenen weitgehend ignoriert wurden.

»Disziplin, Leute«, forderte er herrisch, »sonst ist das Frühstück heute Mittag noch nicht fertig! Wir sind schließlich nicht zum Spaß hier!«

»Doch, Blasko, sind wir«, konterte ein Hüne, der ein Tablett mit einer opulenten Käseauswahl trug.

Pippa erkannte ihn sofort: Er war der Mann, der an der Mautstelle die Schranke abgerissen hatte, als wäre sie ein Streichholz. Das ist also die komplette Angel-Equipe, dachte sie, die *Kiemenkerle* aus Berlin. Pascal hatte erwähnt, dass der Verein für zwei Wochen nicht nur das Camp, sondern auch die Angelrechte gemietet hatte – und das Leuchten seiner Augen hatte Pippa verraten, dass dies für den Koch ein lukratives Geschäft war.

Sie hob die Hand und winkte dem Riesen einen Gruß zu. Der stellte sofort sein Tablett ab und kam strahlend auf sie zu.

»Das ist aber schön, Sie hier zu treffen«, sagte er überschwänglich und hielt ihr eine riesige Pranke entgegen.

Pippa nahm sie vorsichtig, und der Mann packte zu, indem er seine zweite Hand schützend über die ihre legte.

»Sind Sie auch Anglerin?«, fragte er hoffnungsvoll.

Pippa war sich bewusst, dass sie allgemeine Aufmerksamkeit bei den anderen Männern erregten, als sie lachend erwiderte: »O nein. Vom Fischen habe ich keine Ahnung – nur vom Fisch essen.«

»Das heißt *Angeln,* Gnädigste«, sagte eine nasale Stimme hinter ihr. »Wann werdet ihr Weiber euch diesen Unterschied endlich merken? Ihr findet euch doch auch blind zwischen zig Gesichtscremes zurecht und merkt euch die Namen von hundert verschiedenen Designern!«

Pippa drehte sich zu der Stimme hinter ihr um. Dich habe ich doch auch schon gesehen, dachte sie. Du bist einer von denen, die zugucken, statt zuzupacken.

Vor ihr stand der leicht untersetzte Enddreißiger, der an der

Mautschranke gute Ratschläge erteilt, selbst aber die Hände in den Taschen behalten hatte. Er trug einen strengen blonden Seitenscheitel und wirkte nicht nur neben dem hünenhaften Bruno Brandauer klein.

Das kannst du haben, dachte Pippa und sah ihn langsam von oben bis unten an. Dann sagte sie: »Ich merke es mir in dem Moment, in dem Männer mit Napoleonkomplex es nicht mehr nötig haben, sich wegen Lappalien aufzuplustern.«

Achim Schwätzers Gesicht verfärbte sich scharlachrot. »Was hast du überhaupt hier zu suchen?«, blökte er wütend. »Das ist hier Privatgelände. Von uns gemietet. Du hast hier nichts verloren, Gnädigste. Verschwinde.«

Pippa trat ganz nah an ihn heran und starrte in seine zornfunkelnden Augen. »Auch *Ihnen* einen schönen guten Morgen und einen friedlichen Tag.«

»Achim, du bist ein echter Idiot«, ereiferte sich der Riese und zog Pippa weg. »Ich bin Bruno Brandauer, und ich möchte mich für meinen Kollegen entschuldigen.«

»Das müssen Sie nicht«, erwiderte Pippa. »Er ist für sein Verhalten ganz allein verantwortlich.«

»Was ist denn hier los?«, fragte Gerald Remmertshausen, den die lauten Stimmen angelockt hatten. In seinem Kielwasser erschien ein älterer rotblonder Mann mit Angelrute. Er blinzelte neugierig durch die dicken Gläser seiner Nickelbrille und stellte sich nach der Begrüßung als Franz Teschke vor.

Pippa hob beschwichtigend die Hände. »Nichts passiert, wir haben nur die Claims abgesteckt.«

»Dann biete ich die Friedenspfeife an. Darf ich Sie mit einer frischen Tasse Kaffee entschädigen?«, fragte Brandauer freundlich.

Sie stimmte zu, und Bruno führte sie um das große Küchenzelt herum. Mit dem Rücken zu ihnen hantierte dort ein großer, blonder Mann mit einer Thermoskanne und füllte Steingutbecher mit dampfendem schwarzem Gebräu.

»Kann ich einen Kaffee für unseren Gast bekommen?«, fragte Bruno.

Der Mann drehte sich um und ließ die Tasse fallen. »Pippa!«, japste er und starrte sie entsetzt an.

Heißer Kaffee ergoss sich über ihre Schuhe und spritzte an die Hose.

»Au, verdammt!«, schrie Pippa. Dann sagte sie leiser: »Die Mordkommission. Guten Morgen, Wolfgang Schmidt.«

Bevor der verblüffte Bruno verstand, was los war, ergriff Schmidt unsanft Pippas Arm und zog sie mit sich in Richtung Wald. Er sprach kein Wort, bis sie außer Hörweite seiner Angelfreunde waren.

Endlich gelang es Pippa, sich aus seinem Griff zu befreien.

»Sie tun mir weh«, beschwerte sie sich und rieb sich die schmerzende Stelle am Oberarm. »Was soll denn das? Es kann doch so schlimm nicht sein, dass auch ich an Ihrem kostbaren See bin. Ich fang Ihnen ja nichts weg. Oder sind Sie undercover hier, und ich bin Gift für Ihre Tarnung?«

Schmidts Blick flog zu seinen Kollegen, die sich neugierig am Rand des Camps versammelt hatten und sie beobachteten. Auch die drei Männer, die Pippa bereits auf dem Staudamm gesehen hatte, gesellten sich zu ihren Freunden.

»*Das* ist seine Pippa?«, fragte Bruno mit betrübtem Gesicht. »Wie schade. Sie ist so nett. Wirklich so nett.«

»Sie muss ihm hinterhergefahren sein«, sagte Rudi. »Donnerwetter, die liebt ihn wirklich.«

Achim Schwätzer kniff die Augen zusammen. »Bei der hättest du sowieso keine Chance, Bruno. Emanzen wie die da wollen einen Mann mit Intellekt.«

Bruno Brandauer fuhr herum. »Ach ja? Und warum ist sie dann mit Wolle zusammen?«

Abel Hornbusch wirkte panisch. »Und wer bringt mir jetzt das Fischen bei? Wolle hat mir versprochen ...«

»Es heißt *Angeln*«, zischte Schwätzer. »Und Wolle hat behauptet, dass du das schon kannst.«

Vinzenz Beringer wandte sich Schmidts verzweifeltem Schwager zu und sagte ruhig: »Keine Sorge, Abel – ich bringe dir beides bei.«

»Was machen Sie hier?«, blaffte Schmidt.

»Urlaub«, gab Pippa zurück und trat vorsichtshalber einen Schritt zurück.

Schmidt rückte nach. »Unsinn. Hier machen nur Leute Urlaub, die angeln wollen. Sie sind italienischer Strand und Sonnencreme.«

»Ach, und das wissen Sie so genau, weil wir zusammen einen Mordfall gelöst haben?«, fragte Pippa ironisch.

Er schnaubte und schob sie vor sich her in den Wald, bis sie vor den Blicken der anderen Männer geschützt waren. Schweigend liefen sie nebeneinander den Weg entlang.

»Wann reisen Sie wieder ab?«, fragte er schließlich.

»Ich bin gerade erst angekommen. Und ich werde einige Wochen hierbleiben«, schnappte sie beleidigt.

Er wandte sich ab und schlug fluchend mit der Faust gegen einen Baum.

Das wird ja immer schöner, dachte Pippa und sagte: »Ich finde zwar auch, dass wir uns unter denkbar ungünstigen Bedingungen kennengelernt haben, Kommissar Schmidt. Aber Ihre derzeitige Abneigung und Ihre offenkundige Wut über mein Erscheinen gehen mir nun doch etwas zu weit.«

»Das verstehen Sie falsch«, murmelte er.

»Was gibt es daran falsch zu verstehen? Sie zerren mich brutal aus dem Camp, Sie schreien mich an, Sie können kaum erwarten, dass ich wieder verschwinde. Klingt für mich nicht nach Wiedersehensfreude, Herr Kommissar.«

»Jetzt lassen Sie doch mal den Kommissar weg«, bat er und sah sie endlich an.

Pippa zuckte mit den Schultern, aber schwieg.

»Es ist so ...«, sagte er verlegen drucksend, »Ihr Erscheinen ist für mich mehr als unangenehm. Sie sind nämlich mein Alibi. Gewesen.«

Auf diese unerwartete Enthüllung konnte Pippa nicht anders reagieren, als mit der Hand ein großes Fragezeichen in die Luft zu malen.

»Das ist jetzt sehr peinlich für mich«, murmelte Wolfgang Schmidt und lief rot an. Dann gab er sich einen Ruck. »Die Kiemenkerle glauben mir einfach nicht, dass ich nur wegen meines Jobs oft überhaupt nicht oder verspätet zum Angeln, zu Vereinsabenden oder zu Sitzungen erscheine. Kein Mensch nimmt mir ab, dass ich so viel arbeite. Besonders Achim Schwätzer reitet ständig darauf herum und behauptet, dass ich stattdessen ...«

Er verstummte, aber Pippa ließ nicht locker. »Dass Sie stattdessen *was* tun?«

»In den Puff gehen«, antwortete er kaum hörbar.

Pippa lachte laut auf und rief: »Das ist das wahre Vereinsleben! Nicht einmal meine Mutter will so genau wissen, wo ich bin und was ich mache! Und schon gar nicht, mit wem.« Sie wurde wieder ernst. »Und was hat das mit mir zu tun?«

Schmidt holte tief Luft. »Nachdem wir uns vor einem Jahr kennengelernt haben, kam mir eine Idee. Um diesen ewigen Diskussionen aus dem Weg zu gehen, benutze ich Sie als Alibi. Immer, wenn ich keine Zeit oder Lust auf den Verein habe, besuche ich ... Sie.«

»Sie haben mich als Ihre Freundin ausgegeben!«, sagte Pippa ungläubig.

Er zog den Kopf ein, als rechnete er mit einer Ohrfeige. »Hat problemlos geklappt. Bisher kannte Sie ja niemand.«

»Eines verstehe ich nicht. Sie hätten sich doch einfach jemanden ausdenken können.«

»So viel Phantasie habe ich nicht – und erst recht nicht genug Erinnerungsvermögen, um mir jede meiner Lügen zu merken«, antwortete er betreten. »Ich habe Sie im letzten Jahr einige Male erwähnt, nachdem die Ermittlungen abgeschlossen waren. Und als mich Bruno fragte, ob mit Ihnen was läuft ... Sie sind doch nicht etwa verheiratet? Sie ... tragen keinen Ehering.«

Pippa zögerte. Eigentlich ging es ihn nichts an, aber immerhin war die Scheidung offiziell eingereicht. »Ich lebe in Trennung«, sagte sie schließlich. »Das wird sich früher oder später ohnehin herumsprechen.«

Sie erreichten eine Wegbiegung mit einer Steinbank, von der aus man über den See bis hinüber zum Dorf schauen konnte. Schmidt ließ sich schwer auf die Bank fallen, und Pippa setzte sich neben ihn.

Der Kommissar stieß einen Seufzer aus. »Jetzt denken natürlich alle, wir hätten uns heimlich hier verabredet. Oder Sie wären mir gefolgt, um mich zu überraschen.«

»Ich bin eben eine treue Seele«, sagte Pippa ironisch und fing wieder an zu lachen. Schließlich stimmte Wolfgang Schmidt ein.

»Und wie geht es jetzt weiter?«, fragte sie, als sie sich wieder beruhigt hatten.

»Ich weiß nicht ... Könnten Sie sich vielleicht vorstellen, die nächsten drei Wochen lang mitzuspielen? Nur vor den Jungs natürlich. Wir duzen uns, und ich lege mal den Arm um Ihre Schultern ... ganz unverbindlich selbstverständlich.«

»Selbstverständlich«, wiederholte Pippa im Ton einer Sekretärin, die zwar weiß, dass ihr Vorgesetzter Unsinn redet, seine Wünsche aber dennoch ausführt. Sie schmunzelte. »Aber ich bestehe auf einer offenen Beziehung. Ich verbringe meine Zeit, wie es mir passt. Keinerlei Verpflichtungen Ihren Anglerkollegen gegenüber. Ich kann tun und lassen, was ich will.«

»Natürlich. Solange Sie es mit mir tun.«

Seine Stimme war ernst und sein Blick so intensiv, dass Pippa nicht einschätzen konnte, wie er seine letzte Bemerkung gemeint hatte.

Aus Verlegenheit versuchte sie es mit Ironie. »Verstehe – Angler sind eher konservativ.«

»Hm«, brummte er.

Plötzlich kam ihr eine Idee. »Vorschlag: Ich spiele deine Freundin, und wir fangen sofort damit an. Es würde seltsam aussehen, wenn wir uns weiterhin siezen, nicht wahr? Aber ich habe eine Bedingung.«

»Raus damit«, sagte er erleichtert.

Pippa erzählte ihm vom Haus in der Rue Cassoulet und dem damit verbundenen Ermittlungsauftrag. »Du könntest dein kriminalistisches Gespür einsetzen und mir helfen«, schloss sie.

»Sehr gern! Wenn das alles ist. Und die Jungs spanne ich auch ein. So kommen sie in den fangfreien Zeiten nicht auf dumme Gedanken und tun noch ein gutes Werk.«

»Mir oder dir?«

Als sie ins Camp zurückkehrten, hatte Wolfgang den Arm um sie gelegt. Die Männer am Frühstückstisch blickten ihnen neugierig entgegen, und Schmidt stellte sie offiziell als seine Freundin vor.

»Ach herrje«, sagte Franz Teschke, »noch eine mehr, die plappert.«

»Oder abspült«, schlug Achim Schwätzer gallig vor.

Vinzenz Beringer sah gelassen von einem zum andern. »Oder angelt.«

»Bloß nicht«, keuchte Schwätzer entsetzt, gab aber für den Rest des Frühstücks Ruhe.

Pippa und Schmidt meldeten sich freiwillig zum Spüldienst, was am Tisch Gejohle und jede Menge Sprüche auslöste, in denen das Wort »Turteltäubchen« mehrfach vorkam. Dann nahmen die meisten Männer ihr Angelzeug und gingen zum Ufer. Nur Vinzenz Beringer schlenderte am See entlang, die Hände in den Hosentaschen, und blieb ab und zu stehen, um über das Wasser zu blicken.

»Ihr seid eine ziemlich bunt zusammengewürfelte Truppe, oder?«, fragte Pippa.

Schmidt wühlte ungeschickt in der Schüssel mit heißem Wasser und jeder Menge Schaum. Er reichte ihr eine glitschige Tasse nach der anderen. »Sind wir das? Keine Ahnung. Ich kenne sie alle schon seit Urzeiten und habe mich an ihre Eigenheiten längst gewöhnt. Aber auf dich als Außenstehende wirken wir wohl etwas seltsam.«

»Ich habe die meisten erst vor ein paar Minuten kennengelernt, aber euer Bruno ist mir schon an der Mautschranke positiv aufgefallen.«

Schmidt prustete los. »Das war typisch Bruno! Er sieht aus, als würde er Lämmchen bei lebendigem Leib den Kopf abbeißen, ist aber der sanfteste Mann, den ich kenne. Er hat ein Herz aus Gold. Geistig manchmal ein bisschen langsam, aber das macht er durch seine Güte dreimal wett. Er betreut Obdachlose und setzt sich dafür ein, dass sie ein Heim bekommen, in dem ihre Hunde willkommen sind.«

»Bewundernswert. Und dieser verhinderte Kommisskopp?«

»Blasko. Von wegen verhindert. Er ist ein echter Oberfeldwebel und schafft es leider nur selten, seinen Rang zu vergessen.«

Pippa trocknete sich die Hände ab und sah sich um. »Wir sind fertig, oder? Ich zisch dann mal ab. Auf mich warten drei Männer, die mich für mein Erscheinen gut bezahlen.«

Wolfgang Schmidt schnappte unwillkürlich nach Luft und sah sie alarmiert an.

»Professor Archibald Rutledge von der Washington University in Seattle, Professor Benedetto Libri, Universität Venedig, und Professor Ludwig Trapp, Freie Universität Berlin«, erklärte Pippa, um ihn zu erlösen.

Der Kommissar atmete sichtlich erleichtert aus. »Papiertiger – mit denen nehme ich es allemal auf.«

Pippa lachte, denn Wolfgang Schmidt nahm seine Rolle als eifersüchtiger Partner ernster, als sie erwartet hatte. »Und nicht vergessen, du hast versprochen, die Kiemenkerle für den Cassoulet-Fall zu angeln. Ich verlasse mich darauf.«

»Versprochen.«

Pippa wandte sich zum Gehen, als Gerald Remmertshausen, sein Mobiltelefon am Ohr, gerade in einem der Steilwandzelte verschwand. Als sie an dem Zelt vorbeikam, hörte sie seine aufgebrachte Stimme: »Natürlich weiß ich, dass Sie mir keine Erfolgsgarantie geben können – aber ich muss es wenigstens versuchen. Wenn Sie nicht mit mir zusammenarbeiten wollen, suche ich mir eine andere Klinik!«

Manche nehmen ihren Job sogar mit in den Urlaub, dachte Pippa amüsiert. Genau wie ich.

Kapitel 6

Kurz darauf saß Pippa am Schreibtisch und schob zum wiederholten Male die Stapel ihrer Übersetzungsarbeit von einer Seite auf die andere. Keine der nach Themen geordneten Briefsammlungen konnte sie ausreichend fesseln. Ihr Blick wanderte immer wieder aus dem Fenster, hinüber zum Anglerlager.

Nur wer eine eigene Melodie hat, darf auch auf die Welt pfeifen, stand auf einem der Materialordner, die die kopierten Abhandlungen der Professoren enthielten. Gutes Zitat, dachte sie. Das ist von Hemingway? Respekt. Mit diesen Texten fange ich an. Ein Ordner *dolce far niente* wird sich nicht finden lassen, und dafür bin ich leider auch nicht hier.

Vier Stunden später schob sie den Stuhl zurück und streckte sich. Ihr Magen knurrte und erinnerte sie daran, dass sie sich sputen musste, um noch irgendwo ein Mittagessen zu ergattern.

Zielstrebig ging sie die Rue Cinsault hinauf bis zur Abzweigung nach Revel und versuchte es in der Brasserie gegenüber der Auberge Bonace. Sie war der einzige Gast. Touristen und Einheimische hatten um diese Zeit längst gegessen und hielten jetzt *sieste* unter den Sonnenschirmen am Strand. Auf ihren fragenden Blick hin nickte das junge Mädchen hinter der Theke freundlich und deutete auf einen Tisch am Fenster. Pippa stellte erfreut fest, dass sie von dort aus in den Hinterhof des Bonace blicken konnte, wo eine Frau mittleren Alters gerade den Kaffeetisch deckte.

Das muss Cateline sein, dachte Pippa, die Ähnlichkeit mit Lisette ist trotz des Altersunterschieds unübersehbar.

Die beiden jüngeren Didier-Söhne kickten einen Fußball über den Hof und trafen den Tisch. Zu Pippas Erstaunen schimpfte Cateline nicht, sondern schnappte sich lediglich den Ball und gab ihn nicht wieder her.

Ganz schön abgehärtet, dachte Pippa. Ich wäre wütend geworden – oder hätte völlig unergiebige Vorträge gehalten.

»Ist es schon zu spät für einen Croque?«, fragte sie, als die Kellnerin an ihren Tisch kam und nach ihren Wünschen fragte.

»Natürlich nicht. Madame oder Monsieur?«

»Ohne Ei, bitte«, erwiderte Pippa.

Die Bedienung nickte und verschwand in der Küche. Pippa beobachtete, wie Cateline den Ball immer wieder in die Luft warf und auffing, bis ihre Söhne den Wink verstanden und den Kaffeetisch wieder in Ordnung brachten. Als sie mit der Arbeit ihrer Sprösslinge zufrieden war, warf sie ihnen den Ball wieder zu.

Pippa musste lächeln, weil ihr bei dieser beeindruckenden Demonstration mütterlicher Gelassenheit die ungestüme Kinderbande der heimischen Transvaalstraße in den Sinn kam. Sie nahm sich vor, sich in Zukunft von Catelines Erziehungsstil inspirieren zu lassen.

Ein deutlich älterer Mann kam aus dem Haus. Cateline drehte sich zu ihm um, und sie umarmten sich wie frisch Verliebte.

Das muss Thierry Didier sein, dachte Pippa. Hut ab, die beiden verstehen sich also noch immer, trotz der äußerlich schwierigen Situation – oder gerade deswegen?

»Einmal Croque Monsieur, bitte sehr.«

Die junge Kellnerin stellte den überbackenen Käse-Schinken-Toast auf den Tisch und fragte: »Machen Sie hier Ferien, Madame?«

Da Pippa am ersten Bissen kaute, nickte sie nur. Dann sagte

sie: »Ich beneide Sie. Sie dürfen leben, wo andere Leute Urlaub machen.«

Das Mädchen zog die Schultern hoch und wiegte den Kopf. »Ich weiß nicht. Im Sommer ist es ganz nett hier, aber im Winter ... todlangweilig. Alles wie ausgestorben, bis auf die kulinarischen Deutschkurse und natürlich die Angler, die schreckt gar nichts ab. Die kommen zu jeder Jahreszeit. Ich würde gern in Revel arbeiten, oder noch lieber in Toulouse.« Sie warf einen Blick zur Küchentür und dämpfte die Stimme. »Aber das erlauben meine Eltern nicht. Ich bin hier wie festgenagelt.«

Pippa sah hinüber in den Hof des Bonace, wo mittlerweile die ganze Familie um die Tafel saß und sich Kaffee und Kuchen schmecken ließ.

»Aber es gibt doch noch andere Jugendliche hier.« Pippa zeigte aus dem Fenster. »Da kann man doch etwas zusammen unternehmen.«

Das Mädchen warf einen kurzen Blick auf die Didiers. »Die? Mit denen ist man lieber vorsichtig ...«

»Vielleicht findest du im Herbst neue Verbündete, da werden Freunde von mir mit ihren Kindern nach Chantilly ziehen. Daniel müsste etwa so alt sein wie du, und Bonnie ist vierzehn.«

»Das ist ja klasse! Endlich mal neue Leute in diesem Kaff. Wo werden die denn wohnen?«

Jetzt bin ich gespannt, dachte Pippa und sagte: »Rue Cassoulet 4.«

»Waaas?« Das Mädchen plumpste mit schreckgeweiteten Augen auf den Stuhl neben ihr. »Da spukt es!«

»Wie kommst du denn darauf?«

»Da ist doch ...« Das Mädchen unterbrach sich und zeigte verstohlen hinüber zum Hof des Bonace. Sie beugte sich vor und flüsterte: »Da wohnten früher die Didiers.«

Jetzt schnappte Pippa nach Luft. Da Ferdinand und Lisette

Legrand das Haus an die Peschmanns verkauft hatten, war sie zwangsläufig davon ausgegangen, dass die beiden früher auch dort gewohnt hatten. So viel zu mir als gewiefte Ermittlerin, dachte sie ironisch.

»Wirklich? Diese große Familie lebte in dem kleinen Haus?«, fragte Pippa vorsichtig weiter.

Das Mädchen schüttelte heftig den Kopf. »Nur Vater und Sohn.«

»Thierry Didier und nur ein Sohn? Wieso denn das? Ich dachte, er hat vier.«

»Nein, keiner von den Rüpeln.« Das Mädchen machte eine wegwerfende Handbewegung. »Obwohl – Eric hat seine guten Seiten, wenn er will. Und ein so schönes Lächeln. Aber er kann echt eklig sein.«

Bleib bei der Sache, Mädchen, dachte Pippa ungeduldig. »Ekliger als der Sohn, mit dem Thierry Didier in der Rue Cassoulet wohnte?«

Das Mädchen blickte sie erstaunt an. »Woher soll ich das wissen? Der war längst tot, als ich geboren wurde!«

»Tot? Das ist schrecklich. Ein Unfall?«

Wieder beugte sich das Mädchen weit über den Tisch. »Mord«, flüsterte sie eindringlich, »und meine Familie ...«

»Weiß nichts darüber«, sagte ein vierschrötiger Mann mit Kochschürze barsch, der wie aus dem Nichts neben dem Tisch erschienen war.

Nachdenklich sah der Wirt Pippa durch das Fenster nach, die bei seinem Auftauchen resigniert nach der Rechnung verlangt hatte.

»Ein Wasser, ein Croque Monsieur«, murmelte er, »die war nicht nur wegen des Essens hier.« Er verzog unwillig das Gesicht und herrschte seine Tochter an: »Was ist das Teuerste auf der Karte?«

»Der Cinsault und das Cassoulet«, antwortete das Mädchen eingeschüchtert.

»Cassoulet. Das passt ja.« Der Wirt grinste. »Wenn die Frau noch einmal hier aufkreuzt, wirst du ihr genau das empfehlen. Mit allen Zutaten! Verstanden?«

»Aber du hast doch eben gesagt ...«

Er hob die Hand, um sie zu unterbrechen. »Eben hast du nur getratscht. Ab jetzt verkaufst du die Informationen.«

Pippa redete sich gar nicht erst ein, sie würde den Pavillon rein zufällig ansteuern. Sie suchte jemanden, mit dem sie ihre neuesten Erkenntnisse besprechen konnte, und Alexandre schien ihr nicht nur aus diesem Grunde ein geeigneter Gesprächspartner zu sein.

Auf dem Weg dorthin kam sie am Minigolfplatz vorbei, wo die Kiemenkerle gerade eine Spielrunde beginnen wollten. Sie ließ sich nicht lange bitten, als Hotte rief: »Kommen Sie, Pippa! Sissi und Lothar spendieren eine Runde, als Dankeschön für die Glückwünsche zu ihrer Hochzeit.«

Er deutete mit dem Daumen auf das junge Ehepaar, das sich verliebt anlächelte. In Lothar erkannte Pippa den Jogger, den sie am Morgen zusammen mit den drei Anglern auf dem Damm gesehen hatte.

Sie nahm den Schläger, den Wolfgang Schmidt ihr in die Hand drückte, und hörte aufmerksam zu, als Sissi sachkundig erklärte, wie man den Schläger hielt und sicher einlochte.

»So wie du ausholst, müsstest du eine hervorragende Fliegenfischerin sein, Schatz«, rief Lothar sichtlich stolz.

»Dann kauf *Schatz* mal schnell eine Fliegenklatsche«, stichelte Achim Schwätzer prompt, ohne damit allerdings die erhoffte Reaktion bei den beiden Frischverheirateten zu erreichen.

Stattdessen antwortete Tatjana Remmertshausen: »Die darf aber nicht zu klein sein, damit man mit ihr auch größeres Ungeziefer erschlagen kann.« Sie warf Schwätzer einen vielsagenden Blick zu.

»Etwa von der Größe, die du für deinen Mann gebrauchen könntest«, ätzte dieser zurück, »damit du endlich freie Bahn hast?« Er trat nah an sie heran und fügte halblaut hinzu: »Wer im Glashaus sitzt, sollte nicht mit Fliegenklatschen werfen, liebe Tatti.«

»Kleiner ist gerne auch mal gemeiner.« Tatjana musterte ihn abschätzend von oben bis unten. »Das trifft nicht nur für deine Drohungen zu, Achim. Aber was will man von einem *Schwätzer* auch anderes erwarten?«

Alle Achtung, dachte Pippa, diese spitze Zunge könnte es sogar mit Karin Wittig aufnehmen. Nur ist Achim Schwätzer nicht der passende Gegner. Sie sollte damit lieber mal ihren Mann aus der Reserve locken.

Pippa sah sich um, aber niemand außer ihr hatte dem Schlagabtausch der beiden Beachtung geschenkt, denn alle waren mit dem Spiel beschäftigt. Ihr fiel auf, dass Gerald Remmertshausen der einzige der Kiemenkerle war, der nicht zum Minigolf erschienen war – dafür sah sie Pascal, Lisette und Ferdinand kommen, dicht gefolgt von Alexandre Tisserand. Dieser trug seine Malutensilien unter dem Arm und kam wie zufällig vom Pavillon herbeigeschlendert. Er nickte Pippa zu und blieb etwas abseits stehen.

»Schön, dass ich Sie alle hier antreffe«, sagte Ferdinand, »ich möchte für heute Abend zu einem Grillfest auf unsere Terrasse einladen. Speis und Trank auf Kosten des Vent Fou. Ein Lampionfest für meine Anglerfreunde aus Deutschland, die so großzügig sind, dass sie an den Wochenenden nicht auf ihrem Exklusivrecht bestehen, sondern auch andere Angler ans Wasser lassen.«

Die Kiemenkerle ließen Ferdinand lautstark hochleben und klatschten Beifall, nur Franz Teschke murrte: »Samstag *und* Sonntag, ein ganzes langes Wochenende. Verlorene Zeit. Was sollen wir mit Tagen anfangen, an denen wir unseren See nicht für uns allein haben? Blöde Neuerung. Und diese dämliche Regel, dass alle Hotelgäste bei uns angeln dürfen! Wahrscheinlich ist der Kühlwagen völlig überflüssig, weil die anderen uns alles vor der Nase wegfangen. Aber Hauptsache, das Vent Fou schaufelt sich so viel Geld wie möglich in seine Taschen. Wer gibt denen eigentlich das Recht, im Lac Chantilly ...«

Bruno legte ihm beschwichtigend die Hand auf den Arm. »Es sind französische Fische, Franz.«

Wütend schüttelte Teschke die Hand ab und schwang seinen Schläger. Blasko Maria Krabbe verdankte es nur seinem raschem Wegducken, dass er nicht am Kopf getroffen wurde.

»Verdammt, Franz«, grollte Blasko, »das ist ein Golfschläger und keine Angelrute! Damit kannst du Leute umbringen!«

Auf einen Wink ihres Mannes stellte sich Sissi hinter Teschke und führte seinen Arm, um ihm den besten Schwung beizubringen. Als Pascal dasselbe Pippa anbot, mischte Tatjana sich ein.

»Bei Pippa sah es schon recht gut aus, aber ich könnte Hilfe gebrauchen, Pascal.«

»Ich kann dir helfen«, sagte Schmidt, aber Tatjana ignorierte sein Angebot und stellte sich zu Pascal.

Zähneknirschend folgte dieser ihrer Aufforderung, und Tatjana nutzte die Situation, indem sie sich eng an ihn drängte, als er sie umfasste.

Das war der älteste Trick der Welt, Tatjana, dachte Pippa, musste aber gleichzeitig vor dieser Frechheit den Hut ziehen. Sie nimmt sich einfach, was sie will, ohne Rücksicht auf Verluste oder verletzte Gefühle – und wirkt dabei dennoch anziehend.

Ich wünschte, ich hätte mehr von deiner Zielstrebigkeit und deinem Mut, Tatjana, schließlich hätte ich auch nichts dagegen, wenn Pascal mir den Schläger führt – oder Alexandre Tisserand den Pinsel.

Die Kiemenkerle übergingen die Szene, als wären sie derlei von Tatjana gewöhnt. Lisette und Ferdinand sahen einander unangenehm berührt an, Tisserand wirkte amüsiert, aber Achim Schwätzer schaute drein, als hätte man ihn bei der Verteilung von Schokolade übergangen.

Sieh an, dachte Pippa, in diesem Fall ist der Eifersüchtige also nicht der Ehemann. Wenn Achim wirklich bei Tatjana landen will, sollte er allerdings dringend seine Taktik ändern.

Da für den Abend eine große Party anstand, entschied Pippa, doch nicht weiter am Minigolfspiel teilzunehmen, sondern lieber noch einige Stunden zu arbeiten. Alexandre Tisserand bot ihr an, sie zum Hotel zu begleiten. Schmidt knirschte buchstäblich mit den Zähnen, als Pippa ihn zum Abschied kurz in den Arm nahm.

»Vorsicht«, flüsterte sie ihm zu, »der Achim-Schwätzer-Look steht dir nicht ... zu. Ebenso wenig wie ihm selbst.«

»Hast du wieder im Pavillon gemalt?«, fragte Pippa auf dem Weg zum Vent Fou.

»Nur kurz«, erwiderte Tisserand, »dann hat die Neugier mich in die Rue Cassoulet getrieben. Ich habe mir den Tatort angesehen.«

»Ach?« Pippa sah den Maler irritiert an.

»Unheimlich, das Haus. Die Treppe ist tatsächlich sehr steil und gefährlich. Da ist der Hals schnell gebrochen, wenn man hinunterfällt.«

Pippa stellte fest, dass seine Vorgehensweise sie unangenehm berührte. Sie hatte ihn zwar als langjährigen Kenner der Gegend um seine Meinung gebeten, aber dass er eigenmächtig ermittelte, gefiel ihr nicht.

»Wie bist du ins Haus gekommen?«, fragte sie einen Ton schärfer, als es sonst ihre Art war.

Falls Tisserand ihre Verstimmung bemerkte, ließ er es sich nicht anmerken. »Kein Problem. Das Haus ist fast eine Ruine, und das Gelände war frei zugänglich.«

Da Pippa sich absolut sicher war, dass Pia am Vortag das rostige Tor sorgfältig abgeschlossen hatte, konnte nur Tibor so nachlässig gewesen sein, es offen stehen zu lassen.

»War der Polier nicht dort?«, fragte sie weiter.

»Außer einem unablässig schimpfenden Vogel und zwei fetten Spinnen im Kriechkeller war niemand da.«

»Du hast den Kriechkeller entdeckt?« Pippa war verblüfft. »Ohne den Bauplan hätte ich den niemals gefunden.«

Er lächelte sie entwaffnend an. »Das Auge des Malers entdeckt so manches.«

Pippas Neugier siegte über ihren Ärger. »Und – wie ist dein Eindruck?«

»Soll ich ehrlich sein? Ich denke, deine Freunde sollten den Keller zuschütten, das alte Gemäuer abreißen, ein schmuckes, neues Häuschen hinsetzen – und die ganze Sache vergessen.«

Pippa war erstaunt, dass ausgerechnet Tisserand nicht für das malerische Steinhaus plädierte. »Bist du sicher?«

»Absolut. Dabei geht es doch um den Zwist zweier Familien, oder? Damit haben deine Freunde nichts zu tun. Ein neues Haus wird man nach kurzer Zeit nur noch mit den Peschmanns in Verbindung bringen und nicht mehr mit dem Verschwinden eines halbwüchsigen Jungen, der eine passende Gelegenheit genutzt hat, sich davonzumachen und die Welt zu sehen.«

»Du glaubst, der vermisste junge Mann ist einfach abgehauen? Warum hätte er das tun sollen?«

Tisserand lachte kurz auf. »Überall auf der Welt reißen Teenager von zu Hause aus. Dafür kann es hundert Gründe geben: Liebeskummer, pure Abenteuerlust, eine bloße Dummheit.«

»Aber das viele Blut auf der Treppe! Und warum ist er dann nie zurückgekommen? Oder hat sich wenigstens gemeldet?«

Alexandre strich sich gedankenverloren über den Bart. »Das ist allerdings eine berechtigte Frage. Die kann dir wohl nur der junge Mann selbst beantworten.«

Nachdem Pippa ein paar Stunden konzentriert gearbeitet hatte, zog sie sich für die Party um und begutachtete sich im Spiegel. Sie trug ein buntes, schwingendes Kleid der Kasulke-Schwestern und hatte sich ein farblich passendes Tuch in die roten Haare gebunden.

Das sollte die Aufmerksamkeit meiner potentiellen Verehrer erregen. Ganz gleich, ob Wolfgang Schmidt, Pascal oder Alexandre, mir ist jeder Bewerber recht, dachte sie und sagte zu ihrem Spiegelbild: »Tut mir leid, Tatjana, aber heute Abend kenne ich kein Pardon. Du hast bereits einen Ehemann.«

Sie trat näher an den Spiegel heran und zog die Nase kraus. »Na gut – ich habe auch einen. Aber nur noch auf dem Papier und hoffentlich nicht mehr lange. Ich habe alles Recht der Welt, mich wieder umzusehen.«

Sie hielt einen Moment inne. »Oder sind wir uns noch ähnlicher, als ich dachte, Tatti, und wir beide sitzen im gleichen Scheidungsboot? Und wenn, wer steht dann bei euch am Ruder – du oder Gerald?«

Die Terrasse war festlich geschmückt, und es herrschte ausgelassene Stimmung. Nur Ferdinand sah immer wieder besorgt zum Himmel. Ein paar winzige Wolken hatten sich über dem See zusammengezogen, aber die Sonne ging in perfekten Rot- und

Gelbtönen unter. Mit jeder Minute kamen die Lampions besser zur Geltung.

Lisette folgte Ferdinands Blick und sagte: »Das sind nur Vorboten. Ein paar Tage haben wir noch, bis alle verrückt werden.«

Wolfgang Schmidt stand als Freiwilliger am Grill, um die vom Verein gestifteten frischen Fische zuzubereiten. Er kämpfte mit dem ersten Ansturm der Gäste, als Lisette um Gehör bat.

»Sehr verehrte Kiemenkerle, ich möchte Sie heute Abend bitten, Ihren internen Wettbewerb zu öffnen und auch andere Gäste des Hotels daran teilhaben zu lassen. Das Vent Fou ersetzt Ihnen dafür nicht nur einen Teil Ihrer Investitionen, sondern stiftet zusätzlich einen wertvollen Pokal: den goldenen Fair-Play-Cup.«

Auf einen Wink von ihr präsentierten Pascal und Ferdinand einen schimmernden Henkelpokal von beeindruckender Größe.

»Ist der schön!«, rief Sissi. »O bitte, Lothar, versuch den zu gewinnen – da hast du eine reelle Chance.«

»Versuchen Sie es doch selbst, meine Liebe«, sagte Alexandre Tisserand, »ich bin sicher, Ihr Mann hilft Ihnen dabei.«

»Wenn er mir das Angeln beibringt, kann er selbst nicht genug üben«, antwortete Sissi besorgt. »Dies ist sein erstes Vergleichsangeln. Er braucht die vierzehn Trainingstage vorher dringend, um sich zu verbessern.«

Tisserand kniff die Augen zusammen. »Für mich sah es so aus, als könnten Sie selbst auch Spaß am Angeln haben.«

»Schon, aber Lothars Angelfreunde sind nicht gerade erpicht darauf, dass wir Frauen mitmachen.«

Franz Teschke streute großzügig Salz auf seinen Grillfisch und murmelte: »In einem Männergesangverein ist nun mal kein Platz für Sopranstimmen.«

Tisserand lächelte, als hätte er von einem Vollblutangler nichts anderes erwartet, wandte sich dann aber wieder an Sissi.

»Und weil seine Kollegen solche Meinungen äußern, fragt Ihr Mann erst gar nicht?«

Sissi nickte betrübt.

Pippa bemerkte, dass Vinzenz Beringer dem Gespräch zwischen Sissi und Tisserand aufmerksam folgte. Auch Tatjana hatte die letzten Sätze aufgeschnappt und sagte: »Unsere mutigen Ehemänner. Meiner würde auch nie fragen.«

»Keine Ahnung, vor was die sich fürchten«, schaltete sich Achim Schwätzer ein, »ein richtiger Mann hat doch keine Angst, gegen eine Frau anzutreten!«

»Genau das ist es, Achim. Nicht gegen: *mit!*«

Schwätzer sah sie verblüfft an, und Tatjana schüttelte den Kopf angesichts seiner völligen Verständnislosigkeit. Aber Pippa erkannte sofort, dass er seine Taktik gegenüber Tatjana änderte, als er erwiderte: »Von mir aus könnt ihr Mädels gerne mitmachen. Auch wenn fünfundneunzig Prozent aller Angler in Deutschland Männer sind, muss das noch lange nicht für Frankreich gelten. Ich jedenfalls fürchte mich nicht vor *Konkurrenz.*« Beim letzten Wort malte er Anführungszeichen in die Luft.

Selbst wenn er etwas Nettes sagt, kommt eine Art Beleidigung dabei heraus, dachte Pippa. Tatjana hatte mit ihrer Einschätzung von Schwätzer völlig recht. Er lag mit seinen Kommentaren immer ein wenig daneben. Oder war gerade das seine Kunst?

Das Auftauchen von Hotte und Rudi lenkte Pippa ab, denn die beiden setzten sich zu ihr und prosteten ihr zu.

»Sie sind also die legendäre Pippa«, stellte Hotte fest und schenkte ihr Clairette nach.

»Wissen Sie, wir haben gedacht, Sie wären eine *imaginäre* Freundin, wenn Sie verstehen, was ich meine.« Rudi kicherte. »Aber nun sitzen Sie leibhaftig mit uns am Tisch.«

Hotte warf einen Blick zum Grill, wo Schmidt die nächste

Runde Fische auf Teller verteilte, und zwinkerte Pippa zu. »Nun erzählen Sie mal – wie war das, als Sie unseren Kommissar Wolle kennengelernt haben?«

Gott sei Dank kenne ich Wolfgangs Version, dachte Pippa und berichtete den neugierig lauschenden Freunden vom Sommer auf Schreberwerder, wo Kommissar Schmidt ermittelt hatte und sie sich begegnet waren.

Während sie erzählte, bemerkte sie aus den Augenwinkeln, dass Vinzenz Beringer Alexandre Tisserand zur Seite nahm und eindringlich auf ihn einredete. Der sonst so zurückhaltende Beringer sprach ungewohnt lebhaft. Pippa stellte anerkennend fest, dass er mit seinem markanten Cäsarenkopf und der schlanken Figur trotz seiner über sechzig Jahre neben dem attraktiven Tisserand durchaus bestehen konnte. Tisserand hörte aufmerksam zu, sah sich dann nach den anderen Partygästen um und nickte schließlich. Am Ende schüttelten sich die beiden Männer die Hand, als schlössen sie einen Pakt.

Rudis Stimme riss Pippa aus ihren interessanten Beobachtungen. »Und? Wollen Sie sich unseren Wolle für immer angeln?«

Ehe die sprachlose Pippa eine Antwort parat hatte, trat Beringer heran und sagte: »Wozu sollte sie? Es gibt so viele Fische im See, nicht wahr, Pippa?«

Hut ab, dachte Pippa, vor dem muss man sich vorsehen. Der redet nicht viel, aber er beobachtet mindestens so gut wie ein Maler.

Ein paar Meter entfernt legte Tisserand seinen Arm um Sissis Taille und bugsierte sie in eine ruhige Ecke der Terrasse, wo sie eine angeregte Diskussion begannen. Sissi wirkte so glücklich, dass Pippa sich unwillkürlich fragte, ob sich zwischen den beiden etwas anbahnte.

Erst wirft Tatjana sich Pascal an den Hals, und jetzt flirtet Tisserand unverhohlen mit Sissi, dachte sie, die Zahl meiner

Verehrer schrumpft rapide. Ich werde mich doch wohl nicht ernsthaft mit dem Herrn Kommissar beschäftigen müssen?

Als hätte Lothar Edelmuth ihre Gedanken gehört, verließ er wütend die Terrasse und stapfte davon.

»Lothar! Wo willst du hin?«, rief Sissi ihm nach.

Lothar Edelmuth blieb kurz stehen und drehte sich um. »Ich bin müde. Sehr müde!«, antwortete er grimmig. »Ich schlafe heute im Lager.«

»Was zum …?«, murmelte Sissi verdutzt und wandte sich hilfesuchend an Tatjana, die Lothars Abgang nachdenklich verfolgte.

»Deiner bleibt also auch nicht«, sagte Tatjana und seufzte. »Irgendwas am Angeln ist stärker als wir.«

Sissi nickte traurig und zeigte auf Pippa. »Sie ist auch schon den ganzen Abend solo. Wolle steht lieber am Grill, als mit ihr Händchen zu halten.« Sie winkte Pippa. »Komm doch rüber und mach unser Strohwitwen-Trio komplett.«

Diese ließ sich nicht zweimal bitten – das Gespräch mit Hotte und Rudi war ihr deutlich zu heikel geworden.

Tatjana holte bei Pascal einen Cocktail und drückte ihn Pippa in die Hand. »Der wird dich aufmuntern. Pascal nennt ihn *Hurricane Irene* – und er wird dich umblasen, das verspreche ich dir.«

Prompt löste der erste Schluck bei Pippa einen Hustenanfall aus.

»Tattis Mann lässt sich nur selten ohne Telefon am Ohr sehen«, sagte Sissi, »und meiner erträgt die Stänkereien der anderen, ohne mich zu verteidigen. Obendrein ist er sofort beleidigt, wenn ich mich mal mit einem anderen unterhalte. Und du bist so weit gereist, und trotzdem stellt dein Freund einen heißen Grill zwischen euch. Wirklich toll.«

Tatjana nickte vehement. »Wir sollten unsere Männer mit

unseren eigenen Waffen schlagen. Frauen müssen zusammenhalten.«

Pippa suchte nach Worten. Sie konnte nachvollziehen, dass die beiden enttäuschten Ehefrauen sich mit ihr in einem Boot wähnten – aber wie sollte sie ihnen erklären, dass sie das selbst keineswegs so sah? Da sie ihre Liebeslüge nur mit der für Wolfgang vernichtenden Wahrheit aufklären konnte, hielt sie lieber den Mund.

Tatjana und Sissi nahmen Pippas Schweigen als Zustimmung und nickten einander verschwörerisch zu.

Dann sagte Sissi so leise, dass niemand sie belauschen konnte: »Wir haben da ein großartiges Angebot von Vinzenz und diesem netten Maler. Und wir würden es gerne annehmen – aber nur, wenn du mitmachst.«

Kapitel 7

Pippa brauchte einen Moment, um zu begreifen, dass das fordernde Klopfen an der Tür nicht zu ihrem faszinierenden Traum gehörte.

»Pippa? Schläfst du noch?«

Jetzt nicht mehr, Wolle, dachte sie grimmig. Trotzdem rührte sie sich nicht. Wenn sie Glück hatte, vermutete er sie auf einem Spaziergang und verschwand wieder – und sie könnte für ein paar Minuten noch einmal zur umschwärmten Traum-Pippa werden, die sich gerade aus einer beträchtlichen Reihe ansehnlicher Männer einen verlässlichen, treuen Partner aussuchte.

»Pippa!« Seine Stimme wurde schmeichelnd. »Ich habe Frühstück für dich!«

Sie öffnete widerwillig die Augen und sah auf die Uhr. Schon nach zehn! Um diese Zeit hatte sie längst in der Rue Cassoulet sein wollen. Ohne weiter nachzudenken, sprang sie aus dem Bett und öffnete die Tür.

Auf Wolfgang Schmidts Gesicht breitete sich ein Lächeln aus. »Wirklich lecker! Und damit meine ich nicht das Frühstück.«

Erst jetzt wurde Pippa bewusst, dass sie höchst unzulänglich gekleidet war. Sie trug ein ausgeleiertes T-Shirt, das ihr Noch-Gatte ihr vor langer Zeit zum Geburtstag geschenkt hatte. Ein Leo-typisches Andenken, denn die Vorderseite zierte der *David* von Michelangelo – allerdings mit Leos Gesicht.

Spontan knallte sie die Tür vor Schmidts Nase zu. »Stellen Sie das Tablett einfach ab, ich hole es mir später.«

»Keine Chance, Liebling.« Die Stimme des Kommissars klang dumpf von der anderen Seite der Tür. »Außerdem sind wir beim Du, seit wir offiziell ein Paar sind.«

Pippa verzog das Gesicht. Wie hatte sie sich nur auf dieses verrückte Arrangement einlassen können, mit Wolfgang Schmidt ein Liebespaar zu spielen?

»Jetzt stell dich nicht so an, Pippa«, drängte Schmidt weiter, »lass mich rein. Strategie-Gespräch!«

Was soll's, dachte sie und seufzte. Sie wickelte sich in ihren Bademantel und öffnete wieder. Ehe Schmidt etwas sagen konnte, riss sie ihm das Tablett aus der Hand und verschwand damit ins Badezimmer. Auf dem Frühstücksteller lag eine rote Rose. Ob das Wolfgangs Idee gewesen war? Oder doch Pascals?

»Was machst du da? Duschen?«, hörte sie ihn durch das prasselnde Wasser fragen.

»Was wohl? Die Rose braucht Wasser!«, schrie sie zurück.

Auf der anderen Seite der Tür hörte sie ihn lachen. Sie genoss das warme Wasser auf ihrer Haut und fühlte, wie ihre Lebensgeister erwachten. Heute würde sie ihre Aufgabe als Haushüterin beginnen und sich ernsthaft um das Geheimnis der Rue Cassoulet 4 kümmern.

Sie stellte die Dusche ab, schlang das Badetuch eng um sich und goss sich Kaffee ein. Genießerisch biss sie in ein Croissant.

»Der *maître* war überhaupt nicht angetan, als ich dein Frühstück einforderte. Ich wette, er hätte es dir liebend gerne selbst gebracht«, sagte Schmidt. Seine Stimme klang so laut, dass er direkt an der Tür stehen musste.

»Hm«, machte Pippa mit vollem Mund und klopfte das Ei auf.

»Sogar ein Blümchen hat er aufs Tablett gelegt, der liebe Pascal. Will der was von dir? Muss ich mir Sorgen machen, Liebste?«

Pippa verdrehte die Augen und giftete: »Das Ei ist hart.«

Schmidt prustete vergnügt. »Das sagt mir immerhin, dass du keine Sonderbehandlung bekommst. Dazu müsstest du auch zuerst unsere Tatti ausstechen. Während der letzten drei Jahre hatte sie ihn nämlich gepachtet. Exklusiv.«

Vergeblich versuchte Pippa, den Unterton in seiner Stimme zu analysieren. War er triumphierend? Bedauernd?

Pippa hielt mit dem Abtrocknen inne – wieso überhaupt Tatti? Sicher, sie flirtete mit Pascal, aber diente das nicht nur dazu, ihren Mann eifersüchtig zu machen?

»Tatti ist doch in festen Händen«, sagte Pippa und bemühte sich, nicht allzu interessiert zu klingen.

Schmidt seufzte theatralisch. »Das dachte ich von uns auch.«

»Lass den Quatsch«, fauchte sie, »wie reagiert denn Remmertshausen auf Tattis Verhalten? Macht es ihm überhaupt nichts aus?«

»Der merkt kaum etwas. Ich finde, er hätte niemals eine zweite Ehe eingehen sollen.«

»Zweite Ehe? Er war schon mal verheiratet?«

»Ist er noch.«

Prompt verhedderte Pippa sich in dem leichten Pullover, den sie sich gerade über den Kopf zog. Es dauerte einen kurzen Moment, bis sie sich befreit hatte. »Wie bitte?!«

»Mit seiner Arbeit. Die schlimmste Form der Bigamie, die es gibt.«

»Sympathischer Zug vom feinen Herrn Doktor.« Pippa schlüpfte in ihre Jeans und begann dann, sich die feuchten Locken zu frottieren. »Wahrscheinlich hat er nie Zeit für seine Frau – und dann schleppt er sie auch noch auf seinen Männerurlaub mit. Als gäbe es keine romantischeren Ziele. Bestimmt nicht abendfüllend für sie, ihm beim Angeln zuzusehen.«

»Da hast du allerdings recht«, sagte Schmidt nachdenklich. »Gerald hat noch nie so viel Zeit im Verein verbracht wie momentan. Sogar zum Vorsitzenden hat er sich wählen lassen. Er steht kurz vor dem Ruhestand und braucht wohl eine neue Beschäftigung.«

»Ha. Und dann sucht er sich ausgerechnet das Angeln aus? Er sollte lieber etwas mit Tatti unternehmen. Kapiert der denn überhaupt nichts?«

»Dafür kapiert Tatti umso mehr. Die Stimmung zwischen den beiden ist höchst explosiv. Irgendetwas muss vorgefallen sein. Jeden Tag gibt es neue ...«

Seine Stimme ging im Dröhnen des Föns unter. »Ich kann dich nicht hören!«, schrie sie und widmete sich ganz der Aufgabe, ihre Locken zu trocknen.

Als Pippa das Bad verließ, traf sie fast der Schlag: Nicht nur Wolfgang Schmidt grinste sie an, sondern der halbe Angelverein hatte sich während des Föhnens in ihre Wohnung geschlichen und im Raum verteilt.

»Was macht ihr denn alle ...«, entfuhr es ihr, aber dann winkte sie resigniert ab. Schließlich hatte sie selbst die Büchse der Pandora geöffnet, als sie den Kommissar und seine Angelfreunde um Hilfe gebeten hatte.

»Guten Morgen, Pippa. Deine Truppe meldet sich zum Dienst, wie unser Blasko sagen würde.« Rudi Feierabend lächelte jovial. »Und jetzt schlage ich vor, wir lassen die olle Siezerei sein, oder? Schließlich bist du jetzt eine von uns – als Wolles Freundin.«

Die anderen Männer murmelten Zustimmung.

»Gerne«, antwortete Pippa. »Und vielen Dank, dass ihr mich unterstützen wollt.«

»Besser, als durch staubige Museen oder langweilige Klöster zu schlurfen«, brummte Hotte.

Bruno nickte begeistert. »Genau. Eine echte Schnitzeljagd. Das wird spannend. Wirklich spannend.«

»Ich habe mir ein paar Gedanken dazu gemacht.« Blasko stand am Fenster und hob sein unvermeidliches Klemmbrett. »Wenn wir alles generalstabsmäßig organisieren, wird die Suche nach dem Mörder ein Kinderspiel. Ein guter Schlachtplan ist alles.« Er deutete auf einen freien Stuhl am Tisch. »Pippa, setz dich bitte zu den anderen.«

Das war es also, was Wolfgang mit Strategiegespräch gemeint hat, dachte sie. Er war nur die Vorhut.

»Wie bei jeder Truppe gibt es natürlich auch bei uns einige Fahnenflüchtige«, referierte Blasko weiter. »Franz Teschke trainiert lieber, unser Herr Vorsitzender kann oder will nicht von Computer und Funktelefon weg, und Lothar Edelmuth zieht es vor, sich wegen abgängiger Gattin der Melancholie hinzugeben. Unser Angelbruder Achim Schwätzer ...« Sein beredtes Kopfschütteln sagte mehr als tausend Worte.

Wahrscheinlich hat Schwätzer dich ob des Ansinnens, mit den anderen auf Informationsbeschaffung zu gehen, schlicht ausgelacht, dachte Pippa amüsiert.

»Jetzt die Aufteilung der Teams.« Blasko Maria Krabbe blickte mit wichtiger Miene auf sein Klemmbrett. »Hotte und Rudi – ihr übernehmt die *Bar-Tabac,* das ist in französischen Kleinstädten *die* Nachrichtenzentrale. Eine Kombination aus Kneipe und Tabakladen, perfekt als Sammelstelle für Tratsch und Informationen.«

»Sprecht ihr Französisch?«, fragte Pippa die beiden Freunde.

»Wir können Gebärdensprache ...« Rudi fuhr sich mit einer Hand quer über seinen Hals und stieß ein Röcheln aus. »*Das* dürfte jeder verstehen.«

Die Runde lachte, und Abel sagte: »Ich begleite euch. Mein Französisch ist recht gut – und wird mit jedem Pastis flüssiger.«

»Okay.« Blasko machte sich eine Notiz auf dem Einsatzplan.

»Bruno und ich übernehmen den Tennisplatz und befragen den Besitzer. Einverstanden, Bruno?«

Dieser nickte. »Sportplätze sind gut. Verdammt gut. Da gibt es immer Leute, die über alles Bescheid wissen.«

»Und euer Französisch?« Pippa konnte sich die Nachfrage nicht verkneifen.

Bruno strahlte. »Blasko war schon mal auf einem deutsch-französischen Manöver!«

»Ich war bei der *Brigade franco-allemande*!«, korrigierte Blasko stolz. »Informationsbeschaffung somit gesichert.«

»Nicht schlecht«, sagte Pippa beeindruckt, »aber du hast Vinzenz vorhin nicht erwähnt. Hat er keine Lust, mitzumachen?«

»Der wollte irgendwas besorgen«, meldete sich Wolfgang Schmidt zu Wort.

Und ich kann mir auch denken, was – und mit wem. Pippa grinste, als sie an den Plan dachte, der am Abend zuvor ausgeheckt worden war.

»Sieht also so aus, als wären wir nur zu zweit, mein Schatz. Wir ziehen zusammen los, wie in alten Zeiten auf Schreberwerder«, fuhr Schmidt fort.

Pippa schüttelte den Kopf. »Später gerne, aber jetzt will ich erst in die Rue Cassoulet.«

»Nicht nur du«, dröhnte Blasko, »auch die Fußtruppen müssen den Kriegsschauplatz inspizieren.«

Das geht auf keinen Fall, dachte Pippa alarmiert, Tibor weiß von nichts, und wenn die ganze Bande dort aufmarschiert ... »Kommt nicht in Frage. Nur Wolfgang und ich.«

Bruno sah sie gerührt an. »Kann man verstehen. Sie will endlich mal mit Wolle allein sein. Können wir alle verstehen. Wirklich alle. Wir gucken dann einfach später mal über den Zaun.«

Als alle gemeinsam das Vent Fou verließen, nahm Wolfgang Schmidt Pippas Hand. »Etwas verliebter, bitte«, flüsterte er.

Pippa knirschte mit den Zähnen und warf ihm einen giftigen Blick zu. Kaum waren die anderen Männer außer Sichtweite, riss sie ihre Hand aus der seinen, so als hätte sie sich verbrannt. Auf dem kurzen Weg zu ihrem Ziel achtete sie sorgfältig darauf, Abstand zu halten.

»Wir sind da«, sagte sie schließlich und öffnete das Gartentor.

Aus dem Dachgeschoss des Hauses drangen Stimmen und hämmernde Geräusche.

»Tibor? Sind Sie da?«, rief sie laut, und ein kleiner, drahtiger Mann mit sonnenverbranntem Gesicht und schwarzem Haarschopf kam neugierig heraus.

»Madame Pippa?«, fragte er.

Als sie nickte, trat er strahlend auf sie zu und schüttelte ihre Hand, die in seiner schwieligen Pranke beinahe zerquetscht wurde. Obwohl er dem hünenhaften Bruno vermutlich kaum bis zur Schulter reichte, waren Tibors Hände noch größer als die des sanften Riesen.

Der Polier stürzte sich in einen weitschweifigen Bericht über den Stand der Bauarbeiten und nickte nur kurz, als Wolfgang Schmidt fragte, ob er die Toilette benutzen dürfe, und im Haus verschwand.

»Ein Freund von Ihnen?«, fragte Tibor.

»So etwas Ähnliches«, sagte Pippa, »er ist mit Freunden auf Angelurlaub hier. Sie planen einen Wettbewerb.«

Der Polier horchte auf. »Angeln? Um die Wette? Großartig. Meinen Sie, die Jungs und ich können zusehen?«

Ach herrje, dachte Pippa, wie soll ich es Franz Teschke erklären, wenn noch mehr Leute seine Fische vergraulen?

»Ich kann ja mal nachfragen«, sagte sie zögernd und beschloss, rasch das Thema zu wechseln. »Wie wollen wir in den nächsten Wochen vorgehen? Soll ich jeden Tag zur gleichen Zeit auf die Baustelle kommen? Zum Beispiel kurz vor Feierabend? Wenn irgendetwas Wichtiges entschieden werden muss, bin ich auch leicht über das Vent Fou erreichbar. Sie brauchen nur eine Nachricht an der Rezeption zu hinterlassen.«

Tibor winkte ab. »Nicht nötig, dass Sie jeden Tag herkommen. Wir kommen gut allein zurecht. Schließlich habe ich Madame Peschmann versprochen, Sie nur im Notfall zu stören. Meine Jungs und ich sind ein eingespieltes Team. Fragen Sie Lisette.«

Jetzt habe ich seine Berufsehre angekratzt, weil ich ihm über die Schulter schauen will. Da ist meine ganze Diplomatie gefragt, dachte Pippa, denn ganz bestimmt hätte Pia mich nicht den weiten Weg hierher geschleift, wenn sie Tibor das Versprechen abgenommen hätte, mich *nicht* zu stören.

Wolfgang Schmidt kam zurück. »Da haben Sie aber noch einiges vor. Das Haus hat die Renovierung mehr als nötig«, sagte er zu Tibor.

»Sie sind einer der Angler?«, erwiderte der, ohne auf Schmidts Frage einzugehen. Als dieser nickte, fuhr der Polier eifrig fort: »Haben Sie schon einen Buchmacher? Ich könnte das für Sie arrangieren. Meine Jungs und ich ...«

Zu Pippas Überraschung fiel der Kommissar dem Polier sofort begeistert ins Wort. »Das ist eine brillante Idee! In welcher Höhe würde sich denn der zusätzliche Ansporn für uns Angler bewegen?«

Die beiden stürzten sich in eine Diskussion über Anteile und die Möglichkeit, durch zahlende Zuschauer noch weiteres Potential aus dem Wettbewerb kitzeln zu können.

»Ich kümmere mich um alles«, versprach Tibor mit glänzenden Augen. »Natürlich außerhalb meiner Arbeitszeit«, fügte er mit einem schnellen Seitenblick zu Pippa eilig hinzu.

Schmidt und er schüttelten einander die Hand wie alte Freunde. »Kommen Sie doch zu uns ins Camp, bevor wir heute zum Nachtangeln aufbrechen«, sagte der Kommissar. »Die anderen werden begeistert sein.«

»Was war das denn gerade?«, sagte Pippa zu Wolfgang Schmidt, als sie das Grundstück verlassen hatten. »Ein Staatsbeamter wie du sollte eigentlich wissen, dass privates Glücksspiel mit Geldeinsatz verboten ist.«

Schmidt setzte ein harmloses Gesicht auf. »Geld? Wer hat denn etwas von Geld gesagt? Es geht um Ansporn, und der muss zugkräftig sein und zu Höchstleistungen anstacheln. Du als Übersetzerin solltest *das* eigentlich wissen.«

»Verschone mich mit deiner Wortklauberei. Natürlich geht es um Geld. Und wann hat je etwas mehr angespornt als Geld? Menschen morden dafür – aber wem erzähle ich das?«

Schmidt antwortete nicht, sondern beschleunigte stattdessen seine Schritte, so dass Pippa alle Mühe hatte, mitzuhalten.

»Himmel – musst du so rennen? Wo gehen wir überhaupt hin?«, rief sie außer Atem.

Er blieb kurz stehen und wartete auf sie. »Wo man so hingeht, wenn man einen Mord aufklären will«, sagte er. »Zur Polizei.«

Die Polizeistation befand sich in einem winzigen Gebäude neben der Auberge Bonace. Ohne den blauen *Gendarmerie-nationale*-Schriftzug hätte es wie ein normales Einfamilienhaus ausgesehen.

An einem Schreibtisch hinter dem abgeschabten Tresen saß ein Polizist mittleren Alters. Er las so konzentriert in einem Groschenroman, dass er beim Lesen die Lippen bewegte. Bei ihrem Eintreten sah er auf und schlug mürrisch das Heft zu.

Er liest einen Nackenbeißer, dachte Pippa amüsiert, als sie

auf dem Titelbild des Heftes einen breitschultrigen Mann entdeckte, der dem zarten Mädchen vor ihm auf die weißen Schultern schmachtete. Die habe ich in der Pubertät verschlungen. Ätherische Wesen zähmen ständig widerborstige Helden, die sie dann liebestrunken auf Händen in den Sonnenaufgang tragen. Leider trug mein Leo viel zu schwer an seiner eigenen Eitelkeit, als dass es für mich auch noch gereicht hätte.

In diesem Moment erhob sich der Gendarm widerwillig von seinem hölzernen Drehstuhl. Ein handgeschriebenes rot-gelbes Schild auf dem Tresen wies ihn als *P. Dupont* aus.

Ohne lange Vorrede zückte Wolfgang Schmidt seinen Polizeiausweis und hielt ihn dem Gendarmen unter die Nase. »Kommissar Schmidt aus Berlin, Kollege Dupont. Ich benötige Amtshilfe. Meine Freundin hier«, er wies mit einem Nicken auf Pippa, »hat Grund zu der Annahme, dass die Besitzverhältnisse des Hauses Rue Cassoulet 4 nicht eindeutig geklärt sind. Ihre Freunde«, wieder ein Nicken in Richtung Pippa, »renovieren momentan das Haus und sind nicht sicher, ob mit dem Kaufvertrag alles seine Richtigkeit hat. An wen können wir uns wenden, um die Bedenken auszuräumen?«

Dupont wirkte alarmiert. Er richtete seine Dackelaugen auf Schmidt und hob beide Hände in einer Keine-Ahnung-Geste. Dann seufzte er demonstrativ und warf einen sehnsüchtigen Blick hinüber zum Groschenheft. »Wir sind die Polizei. Mit An- und Verkäufen von Immobilien haben wir nichts zu tun.«

Der Herr Gendarm ist nicht erpicht darauf, sich stören zu lassen, und schaltet auf verständnislos, dachte Pippa enttäuscht. Und das trotz Wolfgangs erstaunlich lupenreinem Französisch und Lisettes Deutschkursen.

Aber Schmidt war nicht gewillt, aufzugeben und den desinteressierten Gendarmen wieder seiner romantischen Lektüre zu überlassen. Noch einmal trug er eindringlich sein Anliegen vor.

Während die beiden Männer diskutierten, sah Pippa aus dem Fenster neben dem Schreibtisch – und direkt in Cateline Didiers neugieriges Gesicht. Pippa fühlte sich ertappt und schaute schnell zur Seite, aber ihre Gedanken rasten. Ob Cateline wusste, warum sie mit Schmidt in der Gendarmerie stand? Hatten der Wirt der Brasserie oder die junge Kellnerin getratscht? Und falls ja – was hatten sie erzählt? Spielten hier alle Katz und Maus? Und welche Rolle hatte man dabei eigentlich ihr zugedacht?

Dupont warf jetzt den Ausweis, den er sorgfältig studiert hatte, verächtlich auf den Tresen. »So ein Ding kann sich jeder basteln.«

»Sie können gern meine Dienststelle in Berlin anrufen«, erwiderte Schmidt ärgerlich.

»O, là, là, Monsieur!« Duponts Blick wurde hart. »So gehen Sie also mit den Steuergeldern französischer Staatsbürger um. Kommt gar nicht in Frage. Von mir werden Sie die gewünschte Auskunft nicht bekommen. Guten Tag.«

»Das werden wir sehen«, schnaubte Schmidt, drehte sich auf dem Absatz um und zog Pippa mit sich auf die Straße.

»Woher kannst du so gut Französisch?«, fragte Pippa, als sie wieder vor der Gendarmerie standen.

»Collège Français in Berlin.«

»Du warst auf dem Französischen Gymnasium? Ich fass es nicht. Du hast dein Abitur auf Französisch gemacht.«

Schmidt lachte auf. »Leider nicht. Ich habe kurz vorher aufgegeben und an der Abendschule weitergemacht.«

»Oh – weshalb?«

Schmidt grinste ungerührt. »Wegen Französisch!«

In diesem Moment ratterte der jüngste der Didier-Jungs auf einem Skateboard laut polternd auf sie zu und brüllte: »Eric!

Franck! Marc! Essen! Schnell, sonst fressen die Pensionsgäste alles weg!«

Pippa sprang erschrocken zur Seite. Schmidt griff blitzschnell zu, zog den Jungen von seinem rollenden Untersatz und nahm ihn in den Schwitzkasten. Seine Brüder stürmten aus drei verschiedenen Richtungen heran. Angesichts der sich ihnen bietenden Szene bremsten sie ab und kamen nur zögernd näher.

»He, lass mich los, Alter!«, protestierte Cedric Didier und versuchte vergeblich, sich aus Schmidts Klammergriff zu befreien.

»Erst wenn du mir versprichst, nicht mehr wie ein Irrer über den Bürgersteig zu rasen und Leute umzufahren, Kleiner«, forderte Schmidt und verstärkte seinen Griff noch ein wenig.

»Au! Ich werde gar nichts versprechen! Wer bist du überhaupt?«

Schmidt schüttelte den Jungen. »Einer mit einem festen Handgriff, mein Lieber.«

Seine Brüder kamen langsam näher. »Lassen Sie ihn sofort los, sonst …«, sagte der Älteste drohend und ballte die Fäuste.

»Sonst?«, gab Schmidt unbeeindruckt zurück. »Alle für einen, einer für alle?«

»Ganz genau«, gab der Teenager zurück, »wir gegen alle. An Ihrer Stelle würde ich mich vorsehen. Wer sich mit einem von uns anlegt, der legt sich mit der gesamten Familie Didier an.«

Schmidt klemmte sich den zappelnden Jugendlichen unter einen Arm und kratzte sich mit der freien Hand grübelnd am Kopf. »Wartet mal, wo habe ich das schon mal gehört? *Der Pate,* Teil zwölf? Oder *Es war einmal in Amerika* – französische Sicht?«

Die Jugendlichen starrten ihn verständnislos an.

»Ich merke schon, ihr seid zu jung, um Hollywoods Sternstunden der Verbrecherfrüherziehung zu kennen. Wie schade«, sagte Schmidt und seufzte.

»Aber ich nicht!«, donnerte eine wütende Stimme hinter ihnen.

Thierry Didier war eine eindrucksvolle Erscheinung. Sein sonnengegerbtes, zerfurchtes Gesicht ließ sein volles weißes Haar leuchten. Trotz seines Alters von Mitte sechzig war sein Körper fest und muskulös. Neben ihm sah Cateline aus wie eine Elfe neben dem mächtigen Zauberer: deutlich jünger und zierlicher, mit einem blonden Zopf, der ihr lang über den Rücken hing. Mit ihren tiefgrünen Augen sah sie Pippa unverwandt an.

Warum erinnern mich die beiden jetzt an Duponts Groschenheft?, dachte Pippa und unterdrückte ein Kichern. Ganz sicher, weil die beiden eine Zierde für jedes Nackenbeißer-Cover darstellen würden – als reales Beispiel für ewige, wahre Liebe.

Inzwischen lockerte Schmidt seinen Klammergriff. Sofort rannte der Junge zu seinen Brüdern und warf dem Kommissar einen triumphierenden Blick zu.

Thierry Didier und Schmidt, von gleicher Größe, standen sich schweigend gegenüber.

Schließlich sagte Schmidt ruhig: »Gestatten, Wolfgang Schmidt, friedliebender Erdenbürger auf Angelurlaub. Gehe ich recht in der Annahme, dass Ihre Sprösslinge einen Waffenschein für diese Skateboards besitzen?«

»Kümmern Sie sich gefälligst um Ihre eigenen Angelegenheiten«, erwiderte Didier grollend, »sonst ...«

»... wären Sie versucht, Ihre Kräfte mit mir auf andere Art und Weise zu messen?« Schmidt hielt ihm die ausgestreckte Hand hin. »Das würde ich sehr begrüßen. Wie wäre es deshalb mit einem fairen Wettstreit beim Angeln? Das Vent Fou hat einen Preis ausgelobt – und ich finde, es wäre nur recht und billig, auch den Anrainern dieses begnadeten Sees die Chance zu geben, ihn zu gewinnen. Schlagen Sie ein.«

Kapitel 8

»Denkst du, dass Thierry tatsächlich zum Wettangeln kommt?«, fragte Pippa, als sie mit Wolfgang zum Vent Fou zurückschlenderte.

»Keine Ahnung, schwer zu sagen. Kommt auf seinen Ehrgeiz an. Und auf ihren Einfluss. Hast du gesehen, wie sie … He, du hörst mir ja überhaupt nicht zu!«

Pippa wandte ihren Blick vom leeren Pavillon zurück zu dem entrüsteten Kommissar. »Natürlich höre ich dir zu. Ich wollte nur … Wo Alexandre wohl heute malt?«

»Offensichtlich nicht im *Pavillon d'amour.*«

»Heißt der so?«

»Muss wohl«, schnappte Schmidt. »Zwei Leute, die sich da drin begegnen, scheinen sich unweigerlich ineinander zu verlieben. Aber wem erzähle ich das?«

Pippa blieb stehen und funkelte ihn an. »Das geht dich nichts an.«

»Dass Alexandre und Pascal dich anhimmeln, ist nun wirklich nicht zu übersehen.«

»Eifersüchtig?« Pippa konnte sich kaum das Lachen verkneifen.

»Keineswegs. Wir zwei sind uns ja auch nicht im Pavillon über den Weg gelaufen, nicht wahr?«

»Du scheinst überhaupt noch nie dort gewesen zu sein, sonst hättest du mich nicht als Freundin engagieren müssen.« Um Wolfgang abzulenken, deutete sie auf den See. »Du warst doch schon öfter in Chantilly, ich erinnere mich, dass du auf Schreberwerder davon erzählt hast. Konntest du denn letztes Jahr noch herfahren?«

Schmidt warf ihr einen vernichtenden Blick zu und ging weiter. »Vier kurze Tage. Mehr blieb nicht, nachdem ihr euch auf Schreberwerder unbedingt gegenseitig an die Kehle musstet.«

»Und für die ganzen Morde gab es natürlich nur einen Grund: dir den Urlaub zu versauen. Genialer Plan, nicht wahr?«

Schmidt presste die Lippen zusammen und beschleunigte seinen Schritt.

Pippa erkannte, dass sie in ein Fettnäpfchen getreten war, und suchte nach einer Möglichkeit, ihn zu besänftigen. »Wie habt ihr diesen wunderschönen See überhaupt entdeckt? Pia sagt, selbst bei den Franzosen ist er kaum bekannt.«

Schmidt grinste. »Entschuldigung angenommen!« Er deutete über den See. »Du hast recht, der Lac Chantilly ist außergewöhnlich. Der schöne Jan hat ihn entdeckt.«

»Der schöne Jan?«

»Jan Weber. Auch ein Kiemenkerl. Aus Krankheitsgründen nicht dabei. Seines Zeichens Weinhändler und deshalb ständig in ganz Frankreich unterwegs. An den Südhängen der Montagne Noire gibt es berühmte Weinanbaugebiete. Von seinem Lieblingsweingut, der *Domaine d'Esperou*, bringt er uns immer ein paar Flaschen mit. Göttlicher Wein.«

»Und auf einer seiner Reisen hat der schöne Jan dann dieses Sahnehäubchen von See entdeckt?«

»Er hat wieder und wieder davon geschwärmt, ihn als reinstes Anglerglück beschrieben – und uns schließlich mit seiner Begeisterung angesteckt. Das war vor drei Jahren, und seither sind wir jedes Jahr wiedergekommen. Prachtvolle Karpfen – allein dafür lohnt es sich.«

Geduldig lauschte Pippa seinen Erzählungen über Lagerfeuerromantik, kapitale Fänge, entspannte Grillabende und schräge Gesänge zur Klampfe.

»Ich werd nicht mehr – Bruno singt für euch?«, fragte sie lachend.

»Mit ganzer Leidenschaft. Es gibt nichts Besseres, als am abendlichen Feuer zu sitzen und Brunos Interpretation von *Wir lagen vor Madagaskar* zu lauschen. Pure Entspannung.«

»Heute Abend wird allerdings weniger Entspannendes zu hören sein.«

»Wohl wahr.« Schmidt nickte grimmig und sagte in perfekter Imitation Brunos: »Das wird aufregend. Sehr aufregend.«

Am Swimmingpool des Vent Fou entdeckten die beiden Tatjana und Pascal. Die junge Frau trug ein knappes Badedress aus Jeansstoff, das ihre Figur eindrucksvoll zur Geltung brachte.

»Du liebe Güte«, entfuhr es Pippa, »dieses exklusive Stückchen Stoff habe ich gerade in einer Zeitschrift bewundert. Tatjana sieht darin besser aus als das Fotomodell. Wie eine Porzellanpuppe. Kein Wunder, dass euer Doktor sie unbedingt haben wollte.«

Wolfgang Schmidt kniff die Augen zusammen und sah zu Tatjana hinüber. »Schade nur, dass er die Puppe ins Regal gestellt und dort vergessen hat. Er hat nie begriffen, dass kostbares Porzellan gepflegt werden muss.«

Pippa sah ihn prüfend an. »Du magst sie.«

Er zuckte mit den Achseln. »Sie ist nicht verkehrt. Sie lebt nur in ihrer sehr eigenen Welt.«

»In einer äußerst exklusiven, wie es scheint.«

Pascal hatte sie entdeckt und winkte.

»Pippa, komm doch rüber, schwimmen«, rief Tatjana ihr zu. »Das Wasser ist herrlich!«

»Ein anderes Mal, ich muss arbeiten«, rief Pippa zurück.

»Freundinnen fürs Leben?«, fragte Schmidt spöttisch. »Ausgerechnet Tatti und du?«

»Komplizinnen«, erwiderte Pippa geheimnisvoll und freute sich über sein erstauntes Gesicht.

In der Wohnung war es warm und stickig. Pippa hatte zwar daran gedacht, die Fenster geschlossen zu lassen, aber die Vorhänge nicht zugezogen. In der Hoffnung auf ein erfrischendes Lüftchen riss sie alle Fenster auf.

»Hast du etwas Kühles zu trinken?«, fragte Schmidt und ließ sich auf einen Stuhl am Esstisch fallen.

Pippa holte Mineralwasser aus dem Kühlschrank und füllte zwei Gläser, bevor sie sich zu ihm setzte. Durstig trank sie in großen Schlucken, dann deutete sie auf die Plastiktütchen, die vor Schmidt lagen.

»Was ist da drin?«

Schmidt grinste zufrieden. »Spuren aus dem Geisterhaus. Blut von der Treppe, Holzsplitter und so weiter.«

»Ehrlich? Aber das Blut ist fünfundzwanzig Jahre alt. Kann man mit so alten Proben noch etwas anfangen?«

Schmidt lachte. »Wenn man sogar anhand der Blutflecken an Kaspar Hausers Kleidung beweisen konnte, dass er nicht aus fürstlichem Hause stammte, dürften läppische fünfundzwanzig Jahre kein Problem darstellen. Solange humanes Gewebe – gleich welcher Art – sichergestellt werden kann, spielt das Alter keine Rolle. Ich ziehe diesen Fall einfach durch wie jeden anderen auch. Improvisation ist nicht meine Stärke.«

»Das sah gestern Morgen aber anders aus.«

»Angst verleiht Flügel«, sagte Schmidt verlegen und wechselte eilig das Thema. »Hast du hier ein Telefon?«

Pippa zeigte ihm den Apparat, und er führte einige Gespräche auf Französisch. Sie hörte trotzdem heraus, dass er zuletzt mit einem internationalen Kurierdienst sprach, und wurde aufmerksam, als er eine Sendung nach Wiesbaden ankündigte.

»Du willst die Proben zum BKA schicken?«, fragte sie, als er aufgelegt hatte. »Ist es nicht verboten, eure Experten für Privatsachen einzuspannen?«

»Ich schicke alles an meinen Freund Stephen und bitte ihn, sie sich anzusehen«, antwortete Schmidt. »Ob, wann und wie intensiv er sie sich ansieht, liegt nicht in meiner Hand.« Er grinste. »Aber eines weiß ich: Er hat die schärfsten Augen.«

Als der Kurier vor der Tür stand, musste Pippa tief in die Tasche greifen, um für die Sendung zu bezahlen.

Fassungslos sah sie Schmidt an, der seelenruhig in sein Baguette mit Käse biss. »Wieso habe ich jetzt so viel bezahlt? Und für was?«

»Dein Fall oder meiner?«, fragte Schmidt zurück, leerte sein Glas mit einem großen Schluck und verabschiedete sich.

Pippa vertiefte sich in ihre Übersetzungen und überarbeitete die bereits erledigten Texte. Dann fragte sie per E-Mail bei Professor Benedetto Libri an der Universität Venedig nach, ob er das schon übersetzte Material für die geplante Festschrift gerne vorab lesen würde.

Sie griff sich den nächsten Stapel Briefe. Auf dem Aktendeckel klebte ein Zettel mit dem Zitat: *Man ist nicht feige, wenn man weiß, was dumm ist.*

Je länger sie las, übersetzte und korrigierte, desto mehr fesselten sie Abenteuerlust, Großwildjagd und Stierkampf. Ihr Respekt vor der hingebungsvollen Forschungsarbeit ihrer Auftraggeber wuchs mit jedem Brief, den sie bearbeitete. Sie selbst hatte Hemingway immer als Großmaul und unverbesserlichen Macho abgetan. Da sie mit Leo ein Vollblutexemplar dieser Gattung an ihrer Seite gehabt hatte, schien Hemingway keine Bereicherung ihrer Welt. Damals hatte Pippa stattdessen immer häufiger zu Theodor Fontane und Jane Austen gegriffen, um sich bestätigen zu lassen, dass auch andere Formen des Lebens und Liebens existierten als die ihres untreuen Gatten.

Es war bereits Abend, als sie ihren Laptop zuklappte und sich streckte. Allmählich wurde es Zeit, ins Camp zu gehen und mit ihren Kundschaftern erste Informationen auszutauschen. Verführerischer Knoblauchduft lockte sie in die Restaurantküche.

»Gibst du mir eine Tasse Suppe?«, fragte sie Pascal, der geschäftig zwischen Herd und Arbeitstisch hin und her eilte. Mit ungeduldigen Handbewegungen forderte er zwei Küchenhilfen auf, beim Schneiden des Gemüses an Tempo zuzulegen.

»Es gibt gleich Abendessen. Verdirb dir nicht den Appetit, ich habe etwas ganz Besonderes.« Er unterbrach sich und öffnete fluchend den Backofen, dem eine heiße Qualmwolke entwich.

»Ich kann leider nicht bleiben. Ich bin auf dem Weg zum Zeltplatz«, sagte Pippa bedauernd.

Sichtlich widerstrebend schöpfte er Knoblauchsuppe in eine Schale und brach ein Stück von einer Baguettestange ab. Er knallte beides auf die Arbeitsplatte und sah Pippa mit verschränkten Armen beim Essen zu.

»Ich bekomme dich nie zu Gesicht«, brummte er schließlich. »Die Kiemenkerle nehmen dich ja sehr in Anspruch.«

»Oder ich sie – kommt ganz auf den Blickwinkel an«, gab Pippa zurück. Sie wischte die letzten Tropfen der Suppe mit dem Brot aus der Schale. »Köstlich.«

»Komm doch morgen früh mit mir auf meine Einkaufstour. Dann können wir uns endlich mal unterhalten, und du siehst etwas von der Gegend.«

»Einverstanden. Wohin geht es?«

Pascals Laune besserte sich schlagartig. »Unter anderem zur

berühmten Ferme von Las Cases.« Er küsste genießerisch seine Fingerspitzen. »Die machen die beste Melsat.«

Ehe Pippa nachfragen konnte, wann sie zu der Tour aufbrechen würden, kam Lisette herein. Sie trug einen riesigen Weidenkorb, der bis zum Rand mit Artischocken gefüllt war.

»Das ist die Vorspeise, die du verpasst, Pippa«, rief Pascal und wies auf den Korb. »In Weißwein-Kräutersud gegarte Artischocken!«

Pippas fester Vorsatz, auf das Abendessen im Vent Fou zu verzichten, geriet ins Wanken. Gegen frische Artischocken war sie normalerweise machtlos.

»Hast du schon mit den Erkundigungen zu unserer Vergangenheit begonnen?«, fragte Lisette und lenkte Pippa damit ab.

»Wir sind mittendrin«, antwortete sie, »ich bin gerade auf dem Weg zu meinen Helfern.«

»Helfer?«

Lisette und Pascal wechselten einen schnellen Blick, und Pippa wurde klar: Den beiden behagte keineswegs, dass sie die Nachforschungen nicht allein durchführte.

Pascal nickte kaum merklich, und Lisette hakte sich bei Pippa ein.

»Wenn du schon gehen musst, begleite ich dich ein Stück«, sagte Lisette und lächelte. »Ein paar Schritte an der frischen Luft werden mir guttun.«

Sie verließen das Restaurantgelände und schlenderten auf dem Damm entlang.

»Ich dachte, Sie würden allein nach der Antwort auf unsere Fragen suchen«, sagte Lisette schließlich. »Mit Pascal. Nur Sie und er.« Sie zeigte zurück zum Vent Fou. »Er soll alles ohne Hypotheken übernehmen, ohne finanzielle und ohne persönliche. Ich möchte, dass er das weiß.«

»Wann wollen Sie aufhören zu arbeiten? Steht das schon fest?«, fragte Pippa.

»Wir werden ihm in der Hochsaison noch helfen – aber ab Winter würden wir gerne auf Reisen gehen. Ferdinands Traum ist es, eine Kreuzfahrt zu machen. Und ich möchte wieder einmal länger ins Elsass. Alte Freunde treffen. Familie habe ich dort keine mehr.«

»Ich dachte, Ihre Familie ist hier«, sagte Pippa vorsichtig.

»Cateline ...« Lisette sprach den Namen beinahe sehnsüchtig aus und seufzte. Dann fuhr sie mit fester Stimme fort: »Seltsam, dieser Ort hat nur knapp zweihundert Einwohner, und meine Schwester und ich schaffen es seit Jahrzehnten, uns konsequent und erfolgreich aus dem Weg zu gehen.«

»Klingt so, als wären Sie beide Großmeister im Vermeiden von Aussprachen.«

Lisette lachte bitter. »Aussprachen? Wir wissen doch nicht einmal genau, worüber wir uns aussprechen müssen. Deshalb setze ich so große Hoffnung in Sie, Pippa.«

»Wer verhindert die Versöhnung: Ferdinand oder Thierry?«

Wieder seufzte Lisette. »Einer so stur wie der andere. Sie sind wie Stier und Torero – nur dass die Rollen ständig wechseln. Ich bete seit Jahren, dass die beiden nicht irgendwann die passende Arena finden und ein weiteres Unglück geschieht.«

Pippa fühlte sich an den Briefwechsel der Professoren über Mut und Feigheit erinnert, den sie soeben bearbeitet hatte: *Solange der Torero in seinem Territorium bleibt, ist er sicher, aber betritt er das Gebiet des Stiers, besteht Lebensgefahr.*

»Ich sehe keine Möglichkeit, wie die beiden je wieder zusammentreffen könnten, ohne sich an die Gurgel zu gehen.« Lisette schüttelte den Kopf.

Pippa legte ihr die Hand auf den Arm. »Aber ich.«

Lisette sah sie neugierig an.

»Wolfgang Schmidt hat Thierry angeboten, beim Wettangeln mitzumachen. Ferdinand angelt doch auch, oder?«

Lisette nickte, und ihr Gesicht leuchtete auf. »Sie meinen …?«

»Beim Wettangeln würden sich die beiden Kampfhähne auf neutralem Territorium treffen – und geredet werden darf auch nicht viel. Jedenfalls nicht, wenn es nach Franz Teschke geht.«

In diesem Moment sah Pippa, wie Sissi und Vinzenz die Treppe vom Parkplatz zur Dammkrone heraufkamen. Beide schleppten schwer an nagelneuem Angelgerät. Sie riefen Pippa und Lisette einen fröhlichen Gruß zu und baten um Hilfe beim Transport bis zum Zeltlager. Obwohl Vinzenz unter dem Gewicht eines Bündels langer Angelruten sichtlich schwitzte, wurde Pippa bewusst, dass sie ihn zum ersten Mal beinahe ausgelassen erlebte.

Verrückt, dachte sie, der Mann ist älter als mein Vater, aber ich finde ihn unglaublich anziehend. Vielleicht ist es doch möglich, dass Tatti einmal richtig in ihren Gerald verliebt war – ohne Hintergedanken an Sicherheit und Versorgung.

Im Camp wurde gerade das Essen abgeräumt, als die Vierergruppe eintraf. Vinzenz bat seine Kollegen, sich wieder auf den Bänken und Klappstühlen niederzulassen.

»Sind wir vollzählig?«, fragte Vinzenz, als alle Plätze besetzt waren.

»Franz ist am See unterwegs«, sagte Wolfgang Schmidt, »auf der unermüdlichen Suche nach dem optimalen Platz, um den Wettbewerb zu gewinnen.«

Die Kiemenkerle gackerten, während Sissi und Tatjana sich einen amüsierten Blick zuwarfen. Tatjana rief Pippa und Lisette zu sich auf eine Biergartenbank. Blasko Krabbe sprang sofort auf, um der Wirtin seinen gepolsterten Klappsessel anzubieten, aber Lisette winkte lächelnd ab und setzte sich zu den anderen Frauen.

»Liebe Freunde, ab morgen gibt es am Lac Chantilly eine

Angelschule, und zwar unter meiner Leitung«, begann Vinzenz seine Rede. »Ich habe zudem kompetente Unterstützung – in Alexandre Tisserand, einem Maler aus Toulouse, der ebenfalls passionierter Angler ist.«

»Ich fass es nicht, Vinzenz, du kannst ja ganze Sätze! Und auch noch so viele!«, rief Hotte und klatschte Beifall.

»Der muss als Professor immer so viel quatschen. Da ist er froh, wenn er mit den Fischen um die Wette schweigen kann«, mutmaßte Rudi feixend.

Vinzenz Beringer hob zur Bestätigung den Daumen. »Ein paar Schülerinnen haben sich bereits angemeldet«, fuhr er fort, »und wie es der Zufall will, sind diese Damen unter uns.«

Die Kiemenkerle sahen sich erstaunt um und blickten in die strahlenden Gesichter von Sissi, Tatjana und Pippa.

Abel Hornbusch meldete sich wie in der Schule, um Vinzenz Beringers Aufmerksamkeit zu erregen. »Ich würde auch gern mitmachen, geht das?«

Lothar Edelmuth und Wolfgang Schmidt stießen sich an und rollten mit den Augen.

»Wir werden uns mit unseren frisch erworbenen Kenntnissen beim Preisangeln beteiligen«, sagte Sissi triumphierend. »Wir haben zwar keine Chance, aber jede Menge Enthusiasmus.«

»Und einen Namen haben wir auch schon«, verkündete Tatjana in Richtung ihres Mannes, der ihrem Blick konsequent auswich. »Wir sind die Blinkerbabys.«

Achim Schwätzer lachte auf. »Wohl eher Blinker-*Barbies*, meine Damen. Wollt ihr die Fische mit grellem Make-up in den Infarkt treiben? Dann wären wir Männer ja völlig chancenlos. In diesem Fall würde ich lieber zu dir überlaufen, Tatti. Ich ziehe dir auch gerne die Angelhaken aus dem Körper, wenn du die Schnur nicht ausgeworfen bekommst.«

»Kommt gar nicht in Frage, Achim«, schnaubte Blasko, »du

bleibst bei uns. Sonst kommen die Mädels noch auf die Idee, als Mannschaft gegen uns anzutreten.«

»Guter Vorschlag, Blasko«, sagte Beringer ungerührt, »das machen wir. Danke für die Anregung. In welcher Gruppe wärst du denn gerne? Noch kannst du dich entscheiden.«

Blasko sah Beringer ungläubig an. »Wie bitte? Natürlich bleibe ich, wo ich bin. Es ist anstrengend genug, diese Truppe hier in Reih und Glied zu halten – noch chaotischer brauche ich es wirklich nicht.«

Die anderen Kiemenkerle nickten oder murmelten Zustimmung.

»Das hätte ich nicht von dir gedacht, Abel, dass du auf die andere Seite wechselst«, murrte Wolfgang Schmidt und funkelte seinen Ex-Schwager von der Seite her an, aber dieser zuckte unbeeindruckt mit den Schultern.

»Wer hat Lust, uns zu unterstützen?« Vinzenz sah sich auffordernd in der Runde um, und zu Pippas Erstaunen meldete sich Lisette. »Ich habe schon lange keine Zeit mehr zum Angeln gehabt. Ich würde es gern mal wieder versuchen.«

Pippa hatte einige Schwierigkeiten, sich die stets elegante Erscheinung der Restaurantwirtin in einer Gummihose im Wasser vorzustellen, war aber erleichtert, dass außer ihr noch jemand ein Auge auf Ferdinand und Thierry haben würde, falls diese beim Wettbewerb mitmachten.

»Das würde mich sehr freuen, Madame Legrand.« Vinzenz verbeugte sich galant vor Lisette. »Wir haben den kostspieligen Einkauf im hiesigen Angelgeschäft übrigens auch genutzt, um den glücklichen Verkäufern die Zunge zu lösen, und sie nach den Vorkommnissen in der Rue Cassoulet gefragt. Geldscheine machen eben gesprächig.«

Sissi ergriff das Wort. »Sie haben Pascal als Koch gelobt, aber …« Sie brach ab und sah Vinzenz hilfesuchend an.

Vinzenz übernahm souverän. »Aber sie sind klar der Meinung, dass er der letzte Nagel im Zerwürfnis zwischen den Familien Legrand und Didier ist.«

Lisettes Gesicht zeigte keine Regung. Sie hielt ihre Hände ruhig im Schoß gefaltet und sah Vinzenz aufmerksam an. Mit einem Nicken forderte sie ihn auf, weiterzusprechen.

Vinzenz berichtete: »Einer der Verkäufer meinte, es wäre naheliegender, Didiers ältesten Sohn Eric in die Pflicht zu nehmen. Und auch die anderen Söhne, sobald sie alt genug sind. Immerhin seien die vier Jungen Blutsverwandte.«

»Er sagte, es wäre eine echte Erholung für die ganze Region bis hinunter nach Revel, wenn Eric endlich beschäftigt wäre«, fügte Sissi hinzu. »Und wohl auch für die Mädchen der Umgebung …«

Die gespannte Aufmerksamkeit der Zuhörer löste sich in Gelächter.

»Jedenfalls wünscht sich hier wohl jeder, dass die Bengel von der Straße wegkommen«, sagte Vinzenz.

»Und vom See, wie ich höre.« Hotte sah sich entrüstet um. »Angeblich haben diese Rabauken sogar Dynamit eingesetzt, um frischen Fisch für das Bonace zu besorgen.«

Ein empörtes Raunen ging durch die Zuhörer, aber Lisette schüttelte leicht den Kopf. »Gewildert haben sie – aber nicht mit Dynamit.«

»Wie auch immer«, rief Rudi erbost. »Die Polizei sieht jedenfalls tatenlos zu.«

»Vielleicht kriegen die Gendarmen immer ihren Anteil von der Beute«, mutmaßte Blasko, was wieder allgemeine Heiterkeit auslöste.

Vinzenz hob die Hand. »Wir sollten uns nicht über Dinge echauffieren, die weder verifiziert werden können noch für unsere Nachforschungen relevant sind.«

Er sah eindringlich in die Runde, bis wieder Ruhe herrschte, und lächelte dann Lisette zu. »Wichtiger ist, wie der Junge geschildert wurde, der seit Mai 1987 vermisst wird. Er muss knapp achtzehn gewesen sein und – wie ich anmerken möchte – wohl recht naiv für sein Alter. Ein Jugendlicher, der die zweite Ehe seines Vaters nicht guthieß. Allerdings nicht, weil er ihm diese Liebe nicht gönnte oder seinen Vater nicht teilen wollte, nachdem sie jahrelang allein in einem Männerhaushalt gelebt hatten. Der Grund war vielmehr, dass der junge Mann selbst in jugendlicher Schwärmerei – in erster Liebe sozusagen – für die schöne Cateline entbrannt war, die viel jünger als sein Vater und kaum älter als er selbst war.«

Pippa spürte neben sich eine Bewegung: Lisette war bei Beringers letzten Worten leicht zusammengezuckt.

»Typisch – junge Frau und alter Mann«, grölte Schwätzer, »kennt man ja: Diese Kombination führt gerne zu Schwierigkeiten.«

Blasko Krabbe prustete, aber Bruno sah Achim Schwätzer strafend an, als Gerald Remmertshausen abrupt aufstand und im Küchenzelt verschwand. Tatjana verfolgte seinen Abgang mit undefinierbarem Gesichtsausdruck.

Jetzt hätte Gerald die Gelegenheit gehabt, den Beweis anzutreten, dass diese Konstellation sehr wohl klappen kann, dachte Pippa. Er hätte nur zu seiner jungen Frau stehen müssen.

»Ganz wie unser Achim, dem die Gefühle seiner Mitmenschen stets gleichgültig sind«, fuhr Vinzenz ruhig fort, »ging der junge Mann unverhohlen in Konkurrenz zu seinem Vater. Er versuchte Cateline davon zu überzeugen, dass er die bessere Wahl wäre, holte sich aber eine Abfuhr nach der anderen.«

»Und auch das wiederholt sich immer und immer wieder«, warf Hotte grinsend ein. »Nicht wahr, Achim?«

Schwätzer holte Luft, als wollte er heftig entgegnen, besann sich dann aber und schwieg.

Lisette sah wieder auf ihre Hände hinab, und Pippa schien es, als atmete sie kaum. Auch Vinzenz streifte Lisette mit einem mitfühlenden Blick und überlegte ganz offensichtlich, ob er weitererzählen sollte.

»In jedem Fall – Cateline hat nicht auf den jungen Didier gehört«, sagte er leise. »Sie hat, wie geplant, seinen Vater geheiratet. Man kann sich vorstellen, wie schwierig es für alle drei wurde, zusammen unter einem Dach zu leben.«

»So klein, wie das Haus ist, konnte man sich da bestimmt nicht aus dem Weg gehen.« Hotte schüttelte betroffen den Kopf.

»Genau.« Vinzenz nickte. »Deshalb hat der junge Mann auch darauf bestanden, auszuziehen.«

»Das hat man uns in der Bar-Pastis ebenfalls erzählt«, sagte Rudi. »Sein Vater weigerte sich aber, ihn finanziell zu unterstützen. Thierry Didier war der Meinung, dass sein Sohn, solange der sich keine eigene Wohnung leisten konnte, die Füße gefälligst unter den elterlichen Tisch zu stellen und bedingungslos zu gehorchen habe.«

Bruno seufzte schwer. »Diesen Satz gibt es also länderübergreifend. Meine Güte, ich fass es nicht.«

Vinzenz nickte wieder. »Diese Ohnmacht seinem Vater gegenüber hat den Jungen noch wütender werden lassen. Es muss in ihm gekocht haben.«

»Und dann ist der Kleene zu den Legrands ins Vent Fou gezogen, um seinem Vater zu beweisen, dass er sehr gut ohne seine Hilfe zurechtkommen kann«, warf Hotte ein. »Damit hat er die väterliche Autorität verhöhnt und Thierry vor dem ganzen Dorf bloßgestellt.«

»Thierry Didier fand, dass die Legrands ihm mit der Aufnahme des Jungen in den Rücken fielen. Er verlangte von ihnen, seinen Sohn zurückzuschicken. Madame Legrand und ihr Mann boten stattdessen an, weiter für den Jungen zu sorgen. Sie versprachen, ihm Haus und Campingplatz zu vererben, weil sie selber keine Kinder bekommen konnten, sich aber immer welche gewünscht haben.«

Ein beinahe unmerkliches Nicken von Lisette bestätigte Vinzenz' Worte.

Zu Pippas Überraschung stand jetzt Tatjana leise auf. Sie nahm allerdings nicht den kurzen Weg über den Damm zurück zum Vent Fou, sondern wählte die deutlich längere Route um den See herum und durch den Wald.

Achim Schwätzer sah Tatjana einen Moment lang nach, holte dann rasch eine Jacke aus seinem Zelt und folgte ihr. Er erreichte sie noch vor der Wegbiegung und legte den Arm um sie, als wollte er sie trösten. Ohne dass Tatjana sich gegen seine Geste wehrte, verschwanden die beiden im Wald.

Pippa war von diesem Anblick so fasziniert, dass sie dem Gespräch im Lager erst wieder Aufmerksamkeit schenkte, als Vinzenz mit der Familiengeschichte der Didiers fortfuhr.

»Dann kam die Nacht, in der die Situation eskalierte. Thierry und Cateline hatten den Jungen zu einem Festessen eingeladen, denn die Legrands glaubten an Versöhnung und hatten dieses Treffen verlangt. Da der Junge sich nach Cateline sehnte, ging er hin.«

»Verhängnisvolle Entscheidung«, verkündete Bruno betrübt, »das haben wir auf dem Tennisplatz erfahren.«

»Stimmt leider«, sagte Vinzenz, »denn das glückliche Ehepaar wollte ihm nicht nur mitteilen, dass sie ihm vergeben hätten und ihm von jetzt an eine Wohnung zahlen würden, sondern auch, dass sie sich auf Nachwuchs freuten.«

Bruno machte ein bekümmertes Gesicht. »Für den Jungen

musste es so aussehen, als würde ihn das neue Baby endgültig aus der Familie drängen.«

»Darüber, was dann geschah, gibt es nur wilde Gerüchte«, meldete Blasko sich zu Wort. »Es muss auf jeden Fall hoch hergegangen sein. Unsere Informanten mutmaßen, dass es zu einer Schlägerei kam, an der alle drei beteiligt waren: Thierry, Cateline und natürlich dieser Junge.«

Pippa riss der Geduldsfaden. »Dieser Junge ... dieser Junge ... der muss doch einen Namen gehabt haben! Sagt doch endlich mal seinen Namen!«

Lisette antwortete mit fester, aber trauriger Stimme: »Jean. Er hieß Jean Didier.«

Sie erhob sich steif von der Bank und ging langsam in Richtung Damm. Alle sahen ihr geschockt und stumm nach – irgendwie hatten sie vergessen, dass Lisette zu den Betroffenen gehörte.

Pippa sprang auf und folgte Lisette eilig. Als sie die elegante Dame eingeholt hatte, erkannte sie zum ersten Mal das Leid hinter dem Bedürfnis, die Vorkommnisse in der Rue Cassoulet aufzuklären. Behutsam legte sie ihr den Arm um die Schultern, wie es zuvor Achim bei Tatjana getan hatte. Bei der Berührung begann Lisette sofort zu weinen.

Ich ermittle nicht in einem fiktiven Geheimnis, dachte Pippa erschrocken, hier geht es um echte Menschen. Das ist kein Spiel.

Kapitel 9

Pippa setzte sich am nächsten Morgen mit einem mulmigen Gefühl an den Frühstückstisch.

Lisette hat mich sehr nah an sich herangelassen, dachte sie, hoffentlich ist es ihr nicht unangenehm, mir jetzt zu begegnen. Durch den tiefen Einblick, den sie mir in ihr Seelenleben gewährt hat, ist die Vergangenheit urplötzlich zu meiner persönlichen Gegenwart geworden. Ich wünschte, ich könnte die ganze Sache hinwerfen und mich stattdessen in den Bauarbeiten und meinen Übersetzungen vergraben …

Sie schluckte trocken, als ihr die Ironie dieses Gedankens bewusst wurde – schließlich war eine der Hypothesen zu Jean Didiers Verschwinden, dass er getötet und vergraben worden war. Unwillkürlich schüttelte sie sich.

»So schlecht ist französisches Frühstück nun wirklich nicht«, sagte Pascal, der lautlos an ihren Tisch getreten war. »Ich weiß, dass unsere Angewohnheit, nur Croissants zu essen, die wir obendrein in Kaffee tunken, den Rest der Welt irritiert – aber ich serviere doch wenigstens frisch gepressten Orangensaft und einen hervorragenden Obstsalat – die Früchte habe ich heute Morgen höchstpersönlich gejagt und geschlachtet.«

Pippa ließ sich von seiner Fröhlichkeit gern anstecken, zumal sie erleichtert war, dass Pascal sie nicht auf den vergangenen Abend ansprach. In ihr keimte der Verdacht, dass Lisette weder Ferdinand noch ihrem Wunsch-Erben jemals von ihrer inneren Not erzählt hatte.

Pascal beobachtete zufrieden, dass Pippa ihr Frühstück mit großem Appetit genoss. »Du erinnerst dich doch an unsere Verabredung?«, fragte er. »Kannst du in einer halben Stunde abfahrbereit sein? Ferdinand übernimmt für mich den Rest des Service.«

Pippa nickte mit vollem Mund, und Pascal verschwand wieder in der Küche, aus der bald fröhliches Pfeifen und lautes Topfgeklapper erklang.

Auf dem Weg zum Parkplatz kam ihnen Alexandre Tisserand mit Angelrute entgegen.

»Guten Morgen zusammen. Ich sehe, du bist schon vergeben, Pippa? Schade, ich wollte mich gerade zu einem gemeinsamen Recherchetag anbieten. Nirgends erfährt man so viel wie von einheimischen Anglern.« Er grinste und fuhr fort: »Besonders dann, wenn man sie nach Herzenslust über andere Angler herziehen lässt. An einem so strahlenden Tag wie heute werden wir jede Menge von ihnen treffen.«

»Angler?«, fragte Pippa verdutzt. »Während der Woche sind doch die Kiemenkerle Alleinherrscher über den See.«

»Deshalb trifft sich der eingeweihte Petrijünger auch oben auf dem Berg«, sagte Tisserand und zeigte hinauf zum Chambres d'hôtes au Paradis, von dem er ihr am ersten Abend so begeistert erzählt hatte. »Dort, im kühlen Schatten der alten Steineichen, warten die Forellen.«

Trotz der noch recht frühen Stunde brannte die Sonne vom Himmel, und Pippa blickte sehnsüchtig zu den schattigen Wäldern am Hang hinauf.

»Geht leider nicht, Alexandre. Mein Programm für heute steht fest.« Sie zuckte bedauernd mit den Schultern und entlockte Pascal damit ein triumphierendes Lächeln.

»Dann vielleicht morgen?«

»Auf jeden Fall!« Pippas begeisterte Zustimmung ließ Pascals Lächeln wieder verschwinden.

Heute Pascal. Morgen Alexandre. Übermorgen nichts als Hemingway, beruhigte Pippa sich selbst. Ich werde mich in meinem Zimmer verbarrikadieren und zusehen, dass ich der Abgabe meiner Übersetzung ein gutes Stück näher komme.

Pippa stieg in den rotgelben Wellblech-Lieferwagen, den sie schon auf dem Hof des Vent Fou gesehen hatte. Während sie das Gelände verließen, erklärte ihr Pascal jede Funktion des skurrilen Gefährts. An der Kreuzung zur Rue Cassoulet bat sie ihn, kurz zu halten, weil sie auf der Baustelle nach dem Rechten sehen wollte.

»Ich habe Sie gestern Abend vermisst«, sagte Tibor, der rauchend auf der Treppe vor dem Haus saß. »Ich war bei den Anglern im Camp, um mit Ihrem Freund und seinen Kollegen den Wettstreit zu besprechen. Ihr Deutschen habt eine tolle Sprache: Wettstreit, wetteifern, Wettbewerb ... allein durch diese Worte wird man geradezu gezwungen, Wetten abzuschließen!«

»Diese Auslegung hat sicher etwaige Bedenken der Kiemenkerle nachhaltig zerstreut«, sagte Pippa und lachte. »Ich hatte noch zu arbeiten und bin deshalb zurück ins Vent Fou.«

Tibor nickte ernst und stand auf. »Frau Peschmann hat mir gesagt, dass Sie sehr viel über Ihren Büchern sitzen und ich Sie möglichst wenig stören soll. Aber ich brauche dringend eine Entscheidung wegen der Badfliesen. Bestellt wurde dunkelblau glänzend. Geliefert wurde allerdings in matt.«

Sie gingen in den ersten Stock, um sich die Kisten mit den Fliesen anzusehen. Pippa war sicher, dass Pia die falsche Lieferung als Wink des Schicksals verstehen würde – bei matten Fliesen gab es deutlich weniger zu putzen.

»Ich versuche noch heute, Pia Peschmann zu erreichen«,

sagte sie, »und gebe dann so schnell wie möglich Bescheid. Arbeitet bis dahin bitte weiter an der Wandverkleidung im Schlafzimmer. Und macht aus dem Kriechkeller endlich einen weniger gruseligen Ort.«

Tibor sah sie fragend an. »Der Kriechkeller ist doch nicht so wichtig.«

»Glauben Sie mir, Tibor – er ist es. Lassen Sie bitte die Spinnweben entfernen und die Wände weißen.«

Als Pippa wieder nach unten kam, stand Pascal im Haus und starrte nachdenklich auf die Treppe.

»Warst du schon mal hier?«, fragte Pippa leise.

Pascal schluckte und schüttelte den Kopf. »Nie. Ich habe mich absichtlich ferngehalten. Ich wollte mich nicht einmischen. Aber jetzt kann ich mich wohl nicht mehr heraushalten.«

»Lass uns verschwinden.« Pippa zog Pascal rasch aus dem Haus und auf die Straße, damit Tibor die Unterhaltung nicht mitbekam.

Erst dann sagte sie: »Mich interessiert deine Version. Was geschah an dem Abend, als Jean Didier verschwand?«

»Die Legrands und der Junge waren an diesem denkwürdigen Tag in der Rue Cassoulet eingeladen – zu einem Festessen.«

Sieh mal an, dachte Pippa, die Legrands waren auch da? Dieses wichtige Detail haben die Kiemenkerle nicht herausgefunden. Und Lisette hat sie nicht korrigiert.

»Erst war alles einigermaßen harmonisch«, fuhr Pascal fort, »bis Thierry stolz verkündete, dass er Vater wird. Der Junge ist ausgerastet. Lisette und Ferdinand konnten ihn verstehen: Schließlich war er bisher der einzige Sohn – jetzt würde er teilen müssen. Aber Thierry wurde wütend. Er warf den Legrands vor, sie würden ihm den Jungen mutwillig entfremden und ihn aufhetzen. Sofort gingen die beiden Männer aufeinander los. Die

Frauen konnten eine Schlägerei gerade noch verhindern. Dann hat Thierry die Legrands rausgeworfen.«

»Verstehe. Lisette und Ferdinand fühlen sich also an der Eskalation mitschuldig.«

»Nicht nur das: Sie machen sich Vorwürfe. Jean war allein, ohne ihren Schutz.« Er schüttelte bekümmert den Kopf. »Am nächsten Morgen war der Junge verschwunden. Nur Cateline und Thierry können wissen, was wirklich geschehen ist.«

»Wer hat dir das alles erzählt? Lisette oder Cateline Didier?«

»Ferdinand und Lisette sind meine einzigen Quellen, aber ich habe keinen Grund, ihnen nicht zu glauben. Ich habe noch nie mit irgendjemandem aus dem Bonace gesprochen. Und ich habe auch nicht vor, das zu tun. Warum sollte ich auch?«

»Du bist schon drei Jahre hier!«

»Wenn du wüsstest: Die Didier-Jungs scheinen es als ihre Pflicht zu betrachten, dem Vent Fou Streiche zu spielen. Mal setzen sie Karpfen aus dem See in unseren Pool, mal schütten sie Salz in den Kaffeeautomaten auf der Terrasse, mal findet sich Schmieröl im Eiswagen.«

Obwohl sie es zu unterdrücken versuchte, entfuhr Pippa ein Kichern. »Ganz schön erfinderisch.«

»Zumal sie jeden Streich wirklich nur einmal spielen. Keine Ahnung, was sie damit provozieren wollen.«

Das liegt doch wohl auf der Hand, dachte Pippa. Dass die Legrands mit ihnen reden – und du wieder verschwindest.

»Und wie reagierst du darauf?«, fragte sie.

»Wie schon? Ich schicke Thierry die Rechnung«, erwiderte der Koch trocken.

Erst als Pippa wieder neben Pascal im Lieferwagen saß, wagte sie das Thema anzusprechen, das ihr seit ihrem abendlichen Gespräch mit Lisette auf der Seele lag.

»Bist du sicher, dass es eine gute Idee war, die alten Wunden aufzureißen?« Als Pascal schwieg, fügte sie hinzu: »Lisette hat gestern Abend geweint.«

»Manche Wunden können nur verheilen, wenn man sie ordentlich säubert. Sonst infizieren sie sich und schwären immer weiter.«

»Da hast du recht. Manche infizieren sich derart, dass die Folgen schlimmer sind als die ursprüngliche Verletzung. Obwohl – bei einem verschwundenen Teenager hinkt dieser Vergleich natürlich. Was, glaubst du, ist Jean passiert?«

»Fragst du, ob er nur vermisst oder doch tot ist?«

Er sah sie von der Seite an, und Pippa nickte.

»Ich glaube, er ist abgehauen«, sagte Pascal, »und dann ist etwas passiert, das ihn daran hinderte, sich zu melden.«

»Du meinst Unfall, Krankheit oder Tod?«

»Da gibt es viele Szenarien. Irgendetwas hat ihn davon abgehalten, zurückzukommen – das ist für mich ganz klar. Er wollte es seiner Familie mal so richtig zeigen, ihr ordentlich Angst einjagen – und dann ...« Er zuckte mit den Achseln und konzentrierte sich ganz darauf, den Wagen über die staubtrockenen Straßen zu lenken. Umsichtig wich er einigen Schlaglöchern aus.

Wahrscheinlich hat er recht, dachte Pippa. Es war wohl wie so oft: Man verschiebt so vieles auf später – und dann ist es plötzlich zu spät und nicht mehr zu ändern. Wir sind alle große Künstler darin, Fehler nicht sofort zuzugeben und zu korrigieren, geschweige denn, uns zu entschuldigen.

»Wieso ist es bloß so schwer, Kurzschlusshandlungen zu bereuen oder Fehler zuzugeben?«

Pascal grinste sie verschmitzt an. »Keine Ahnung – mir passiert so etwas nicht!«

Während der nächsten Kilometer hingen beide ihren Gedanken nach.

Schließlich hielt Pascal vor einem verwitterten Gedenkstein an. »Dieses Monument erinnert an Emmanuel-Augustin-Dieudonné-Joseph de Las Cases, einen berühmten Sohn dieser Gegend«, erklärte er. »Las Cases diente als Marineoffizier unter Napoleon und folgte ihm bei dessen zweiter Abdankung freiwillig nach Sankt Helena. Was dich besonders interessieren dürfte: Vor seiner Laufbahn beim Militär war Las Cases Buchhändler in Paris. Durch die Veröffentlichung von Napoleons Tagebüchern wurde er später weltberühmt.«

Er startete den Motor wieder und gab knatternd Gas.

»Und jetzt fahren wir zu dem berühmten Hof, der seinen Namen trägt. Sie haben eine eigene Schweinezucht und produzieren die köstlichste Wurst weit und breit.«

Sie fuhren durch eine Einfahrt auf einen staubigen Platz und stiegen vor einem langgestreckten hellen Gebäude aus. Durch eine einladend geöffnete Flügeltür betraten sie einen gemütlichen Hofladen.

Eine sehr große rundliche Dame mit einer riesigen braunen Einkaufstasche hielt sämtliche Verkäufer auf Trab, drehte sich um und musterte Pippa und Pascal von oben bis unten. Sie trug ein helles Strohhütchen und einen leichten blauen Sommermantel. Ihr Blick war keineswegs unfreundlich, vielmehr neugierig und keck. Pascal grüßte kurz, dann wandte sie sich wieder ihren Einkäufen zu.

Du liebe Güte, dachte Pippa beeindruckt, gibt es eigentlich eine weibliche Form von Herkules? Herkuline? Diese Frau braucht bestimmt niemanden, der ihr die Einkäufe nach Hause trägt.

»Sieh dich in Ruhe um«, sagte Pascal. Er deutete auf die beiden Ladentheken. »Dort stehen immer Häppchen zum Probieren, die solltest du dir nicht entgehen lassen.«

Pippa wusste nicht, wohin sie zuerst schauen sollte. Von der dunklen, niedrigen Balkendecke hingen duftende Schinken und Dauerwürste. In den Regalen vor den rustikalen Natursteinwänden standen Gläser mit vielen Marmeladen- und Honigsorten, eingelegtem Knoblauch und Spezialitäten aus der Region. In der Auslage der gläsernen Verkaufstresen lockten Braten, Koteletts, Bratwürste und Schnitzel aus eigener Herstellung.

Pascal wurde von einem älteren Herrn begrüßt, dem er eine lange Einkaufsliste übergab. Gemeinsam verschwanden sie in einem Raum hinter der Verkaufstheke. Pippa arbeitete sich begeistert durch die Probierportionen des Angebots, die auf Porzellantellern angerichtet waren. Sie schmeckten genauso verführerisch, wie sie aussahen: kleine Häppchen zarter Mettwurst, Dauerwurst mit Knoblauch, rauchig duftende Leberwurst auf kleinen Stückchen Bauernbrot – sie musste aufpassen, dass sie sich nicht den Appetit für das Mittagessen verdarb.

Sie ging zu einem Tisch mit eingelegten Leckerbissen und kostete Oliven und Peperoni, die auf Zahnstocher gespießt waren. Als Pippa die Hand nach dem eingelegten Knoblauch ausstreckte, stand plötzlich die Hünin mit der Einkaufstasche neben ihr. Die Frau riss ein Stück von einer Baguettestange ab, die aus ihrer Einkaufstasche ragte, und reichte es Pippa mit freundlichem Nicken.

»Den Knoblauch sollten Sie nicht ohne Baguette genießen«, sagte sie lächelnd. »Stopfen Sie ein paar Stückchen in das Brot. Das schmeckt wunderbar.«

Pippa bedankte sich und folgte ihrem Rat. Es war ein Hochgenuss. Der Knoblauch hatte knackigen Biss, die Sauce war leicht süßlich. Sie schloss die Augen und biss noch einmal vom Baguette ab.

»Mmm, danke, wirklich köst…«, sagte sie, als sie die Augen wieder öffnete, aber die edle Spenderin war bereits auf dem Weg aus dem Laden. Pippa sah noch die prall gefüllte Einkaufstasche um die Ecke verschwinden.

Neugierig ging sie zum Fenster. Zu ihrer Überraschung verstaute die Frau ihre Tasche und weitere Einkäufe, die ein Verkäufer ihr nachtrug, auf einem grasgrünen Motorroller. Auf die hintere Hälfte der Sitzbank war ein großer Drahtkorb montiert, von dem ein beschrifteter Wimpel flatterte. In drei Sprachen forderte er auf: *Schlafen Sie im Paradies.*

Bevor die Dame den Korb verschloss, setzte der hilfreiche Verkäufer vorsichtig mehrere große Packungen Eier auf die Einkaufstasche. Man verabschiedete sich voneinander, dann schwang die Frau sich auf den Roller. Die Räder gaben besorgniserregend nach. Die Hünin startete den Motor und knatterte flott vom Hof.

Das waren mindestens fünfzig oder sechzig Eier, dachte Pippa. Wenn Herkuline weiter so rasant fährt, gibt es noch vor dem Ziel Rührei!

Sie sah sich nach Pascal um und entdeckte ihn am anderen Ende des Hofes: Er scherzte mit zwei jungen Mädchen, die ihn unverhohlen anhimmelten. Es war Pippa unbegreiflich, wieso der fröhliche Koch keine Partnerin hatte. Alle Frauen schienen sich um ihn zu reißen, und selbst Tatjana buhlte um seine Aufmerksamkeit.

Pascal ist alles, was eine Frau sich wünschen kann, dachte Pippa. Er ist ein begnadeter Koch, nicht ganz blöd, charmant und ehrlich. Er ist der Erbe eines nicht unbeträchtlichen Anwesens. Wieso hat so ein Schmuckstück noch keinen Ring am Finger?

Gemeinsam verstauten sie die Einkäufe im Wagen. Nachdem Pascal sich ausgiebig von jedem der Mitarbeiter des Hofs verabschiedet hatte, machten sie sich auf den Weg nach Revel.

»Hat es dir gefallen?«, fragte Pascal. »Hast du alles probiert?«

Pippa nickte und erwiderte sein Lächeln. Einen Moment kämpfte sie mit sich, dann platzte sie heraus: »Wieso gibt es keine Frau in deinem Leben?«

»Die Damen wollen immer nur das eine von mir – dass ich für sie koche.« Er setzte ein harmloses Dackelgesicht auf. »Wenn sie das Vent Fou zum ersten Mal sehen, sind sie schwer beeindruckt. Aber irgendwann schwant ihnen, dass sie als Ehefrau nicht mehr bedient werden, sondern selbst bedienen müssen. Dann darf ich noch genau einmal für sie kochen, und die Diät machen sie beim Nächsten. Vorzugsweise in Toulouse, bei einem gutbezahlten Mitarbeiter von Airbus. Bei dem droht nicht vierundzwanzig Stunden Arbeit an dreihundertfünfundsechzig Tagen im Jahr.«

Pippa musste lachen. »Jetzt übertreibst du aber ein wenig ... du hast doch auch mal Winterpause. Aber im Ernst: Nicht alle Frauen sind so. Ich würde mich an deiner Stelle mal richtig auf die Suche machen.«

Pascal wurde ernst und blickte angestrengt über das Lenkrad hinweg auf die Straße. »Das tue ich ja gerade«, murmelte er.

Als sie in Revel einen Zwischenstopp einlegten, ging Pascal zur Bank, und Pippa schlug den Weg zum Marktplatz ein. Die Straßencafés unter den Arkaden ringsum waren gut gefüllt. Sie schlängelte sich durch die Tische und betrat die Touristeninformation, die sich im historischen Marktgebäude auf der Mitte des Platzes befand.

Interessiert sah sie sich die Auslagen mit den zahlreichen Prospekten an. Museen, Klöster und Weingüter und das Buchdorf Montolieu wurden angepriesen. *Mitten in den Bergen leben die meisten Menschen hier in erster Linie von Büchern,* las Pippa. *Es gibt mehr als zwanzig Buchhandlungen und Buchbindereien so-*

wie ein Museum, das sich der Kunst der Grafik und des Drucks verschrieben hat.

Ein Dorf nach meinem Geschmack, dachte Pippa. Ich fürchte, ich werde seinen Erhalt mit meinem kompletten Budget unterstützen.

Sie entdeckte noch ein Faltblatt über die Burg von Saissac, von der Tisserand behauptet hatte, man könne dorthin bequem mit dem Fahrrad fahren.

Klar, dachte Pippa, nachdem sie auf der Straßenkarte den Anfahrtsweg mit seiner beachtlichen Steigung studierte hatte, wenn das Fahrrad im Kofferraum eines Autos liegt …

Sie durchblätterte einen Prospekt über Angelmöglichkeiten der Region, als eine hübsche Frau auf sie zukam und ihr die Hand zur Begrüßung hinstreckte.

»Guten Tag, Pippa. Freut mich, dass du den Weg zu uns gefunden hast. Ich habe dich schon erwartet. Ich bin Régine, die Freundin von Pia.«

»Wie hast du mich erkannt?«, fragte Pippa verdutzt.

»Ich hatte eine perfekte Beschreibung von dir: ein Wasserfall roter Locken – vorzugsweise unter einem Strohhut mit echten Blumen …«

Pippa lachte und musterte Régine, die ein kunstvoll zu einem Turban geschlungenes Tuch um den Kopf trug, unter dem ein paar brünette Strähnen hervorlugten. Ihr apartes Gesicht wirkte durch eine breitrandige dunkle Brille sehr lebendig.

»Ich freue mich immer, auf eine Schwester im Geiste zu treffen. Im wahrsten Sinne des Wortes: Hut ab«, kommentierte Pippa Régines Kopfputz.

»Man tut, was man kann. Ich will gerade Feierabend machen, wollen wir einen Happen essen gehen?«

Als sie vor die Tür traten, deutete Régine zum Himmel. »Normalerweise arbeite ich länger, aber heute ist vielleicht einer der letzten schönen Tage, bevor der gefürchtete Autan-Wind kommt. Den will ich nicht in meinem dunklen Büro verbringen.«

Pippa sah zum strahlend blauen Himmel hinauf. »Woran siehst du denn bitte, dass sich das Wetter verschlechtern wird?«, fragte sie verblüfft.

»In den Tagen vor dem Autan ist es besonders klar und windstill. Und man kann meilenweit sehen. Die Bauern der Umgebung wissen dann: Der Autan will wehen. Nutzt eure Zeit!«

»Dann lass uns das tun.«

Sie setzen sich vor ein winziges Restaurant, das unter den Arkaden und auf dem Marktplatz Tische aufgestellt hatte. Eine mit Kreide beschriftete Tafel wies auf das Mittagsangebot hin. Während die beiden wählten, trat Pascal an ihren Tisch. »Ich muss zurück, Pippa. Kommst du mit?«

»Ich würde gerne noch einen Moment bleiben. Hast du nicht Lust, dich zu uns zu setzen?«

»Lust ja – Zeit nein. Der Wagen ist voller Lebensmittel, und ich muss das Abendessen vorbereiten. Ich könnte dich später abholen.«

»Ich kann Pippa anschließend mitnehmen, Pascal«, bot Régine an, »dann brauchst du nicht zweimal zu fahren.«

»Du machst aber meinetwegen keinen Umweg, oder?« Das wollte Pippa auf keinen Fall.

»Keine Sorge, ich wohne selbst in Chantilly«, erklärte Régine.

Pippa strahlte. Ihre Zeit in Chantilly hatte sie bisher ausschließlich mit den Anglern, deren Frauen und der Crew des Vent Fou verbracht – sie sehnte sich nach einem Stück echtem Frankreich. Außerdem wollte sie unbedingt ein Fernglas kaufen, damit sie Vögel und die Landschaft beobachten konnte, während sie am Schreibtisch saß.

Beim Essen kamen die beiden Frauen schnell auf die Suche nach Jean Didier zu sprechen.

»Ich habe Pia geraten, das Geheimnis zu lösen«, erklärte Régine, »die ewige Tuschelei im Ort muss endlich aufhören. Die Peschmanns sollen unbeschwert dort leben können.«

»Kannst du mir aus deiner Sicht etwas zu dem Fall sagen?«, fragte Pippa.

Régine schüttelte den Kopf. »Ich war damals zehn Jahre alt. Ich kann mich nur an die Aufregung und das Misstrauen im Ort erinnern. Und daran, dass das Wasser aus dem See abgelassen wurde, um nach der Leiche zu suchen.«

»Wie bitte? Der gesamt Lac Chantilly wurde geleert?«

»*Toilette* machen – so nennt man das hier. Wir Kinder fanden das natürlich klasse. Turnusmäßig geschieht das ohnehin alle zehn Jahre, um den See schlammfrei zu halten – aber die letzte *Toilette* war erst drei Jahre her. Weitere sieben wollte Thierry Didier nicht auf Gewissheit warten. Die Rechnung für diese Aktion konnte er dann aber nicht bezahlen.«

»Man hat ihm für die Suche nach seinem vermissten Sohn eine Rechnung geschickt?«, fragte Pippa ungläubig.

»Für Taucher, Polizeieinsatz, Helikopter und die gesamte Suche wurde er nicht zur Kasse gebeten. Aber das reichte ihm nicht. Thierry war wie besessen – er war davon überzeugt, dass er seinen Sohn im Schlamm des Sees finden würde, und bestand auf der *Toilette,* also musste er auch dafür bezahlen.«

»Ich vermute, er hat sein Haus in der Rue Cassoulet mit einer Hypothek beliehen, um an Geld zu kommen?«

»Viel schlimmer«, sagte Régine, »es sollte zwangsversteigert werden. Hätten die Legrands es nicht gekauft, wäre das Bonace vielleicht auch noch draufgegangen.«

»Das war doch sehr nett von Lisette und Ferdinand.«

»Die Didiers haben das nicht so gesehen. Ihrer Meinung nach

waren die Legrands schuld an all dem Kummer und Unglück, von dem sie dann auch noch profitierten.«

»Eine klassische Sackgasse«, sagte Pippa nachdenklich. »Kein Wunder, dass es aus dieser vertrackten Situation keinen Ausweg gibt.«

»Und du? Was hast du schon herausgefunden?«

Pippa berichtete kurz von ihren Ermittlungen und den Erkenntnissen ihrer zahlreichen Helfer. »Du siehst – ich habe jede Menge Unterstützung. Nur nicht durch die örtliche Polizei.«

Régine lachte vergnügt. »Du warst in der Gendarmerie von Chantilly?«

»Monsieur Dupont fühlte sich durch uns eindeutig gestört.« Pippa verdrehte die Augen. »Wir haben ihn von seiner Lektüre weggeholt.«

»Was lag denn auf seinem Schreibtisch?«

»Ein echter Schmachtfetzen. Liebesseufzen pur.«

Régine stand auf und legte Geld für beide Essen auf den Tisch. »Komm mit!«

Erstaunt folgte Pippa der jungen Frau. »Wohin gehen wir?«

Régine sah sich für die Antwort nicht einmal um. »Zur Schießerei am O. K. Corral.«

Kapitel 10

In Chantilly führte Régine Pippa direkt zur Gendarmerie. Als sie die Polizeistation betraten, hatte Pippa das irrationale Gefühl, seit ihrem ersten Besuch wäre die Zeit stehengeblieben: Ohne von ihrem Eintreten Notiz zu nehmen, saß Gendarm Dupont an seinem Schreibtisch und las konzentriert in einem Heftroman.

»Huhu!«, rief Régine fröhlich und trommelte mit den Fingern auf den hölzernen Tresen, um den Polizisten aus seiner Versunkenheit zu wecken.

Dupont blickte ärgerlich auf und schlug sein Heft zu. Jetzt verstand Pippa Régines geheimnisvolle Bemerkung zur *Schießerei am O. K. Corral:* Auf dem Titelbild standen sich auf der staubigen Straße einer klassischen Westernstadt zwei Männer mit gezückten Colts gegenüber, bereit zum Duell in der Mittagssonne.

Sieh da, dachte Pippa amüsiert, ich habe wohl die Bandbreite der literarischen Interessen Monsieur Duponts unterschätzt. Solange er nicht selbst den Revolver zieht, nur weil wir ihn gestört haben, soll es mir recht sein.

Aber der Gendarm reagierte gänzlich anders als am Vortag. Als er Régine erkannte, strahlte er, sprang auf und kam dienstfertig zum Tresen geeilt, wo er sich die Uniformjacke glattzog und sich hinter seinem rot-gelben Namensschild in Positur warf.

»Meine liebe Régine, wie ich mich freue! – Madame.« Er nickte Pippa zur Begrüßung kurz zu, dann wandte er sich wieder an ihre Begleiterin. »Was führt dich her? Was kann ich für dich tun?«

Régine erwiderte den tiefen Blick des Polizisten und gurrte: »Du musst uns helfen, mein Lieber.« Sie unterbrach sich und fuhr lächelnd fort: »Was sage ich: Nur *du* kannst uns helfen. Ich kenne niemand Besseren als dich, wenn es um polizeiliche Unterstützung geht.«

Dupont errötete tief und verwandelte sich vor Pippas Augen in ein Hündchen, das darauf wartete, ein Stöckchen apportieren zu dürfen.

Ich sollte nur noch mit Régine oder Tatti unterwegs sein, wenn ich etwas erreichen will, dachte sie beeindruckt, von den beiden kann ich einiges über den Umgang mit Männern lernen.

»Es geht um den Fall in der Rue Cassoulet 4«, sagte Régine ohne weitere Umschweife. »Wir wüssten gern, was in der Akte steht.«

Duponts Gesicht zeigte reines Bedauern. Er hob beide Hände und schüttelte den Kopf. »Das ist mehr als zwanzig Jahre her – damals war ich noch nicht einmal auf der Polizeischule.«

Pippa traute ihren Ohren kaum, als er hinzufügte: »Ich kann mir die Akte aber ansehen. Die müsste in Revel liegen.« Er beugte sich über den Tresen näher zu Régine. »Das mache ich sehr gern, wenn ich dir damit helfen kann.«

Régine berührte mit der Hand seinen Arm. »Das wäre doch ein guter Anfang, mein Lieber.«

Dupont starrte auf Régines Hand und stammelte: »Wann ... ich meine ... Wie schnell braucht ihr das denn?«

»Sagen wir ... spätestens Sonntag?«, erwiderte Régine leichthin.

Dupont nickte beflissen. Fehlt nur noch, dass er ihr aus Dankbarkeit, für sie arbeiten zu dürfen, die Hände küsst, dachte Pippa.

Dupont nahm sichtlich allen Mut zusammen. »Dann ...

Dann können wir zusammen essen gehen, und ich erzähle dir, was ich herausgefunden habe ...?«

Sein Vorschlag klang wie eine vorsichtige Frage, bei der er mit einer ablehnenden Antwort rechnete. Er atmete auf, als Régine zustimmte: »Aber gerne: Sonntagmittag im Vent Fou. Du zahlst.«

Kaum standen sie wieder auf der Straße, platzte Pippa heraus: »Was war das denn bitte? Ich habe den Herrn Gendarm ganz anders kennengelernt! Der ist in deiner Gegenwart vollkommen verändert!«

»Findest du?« Régine grinste geschmeichelt. »Ich weiß eben, welcher Tag für eine kleine Bitte gut ist.«

»Offenkundig ist Dienstag ein guter Tag.«

Régines Grinsen vertiefte sich. »Ein *sehr* guter Tag.«

»Verstehe. Dienstags eifert er seinen Westernhelden nach.«

»Sozusagen.«

Durch das Fenster sah Pippa, dass Dupont wieder am Schreibtisch saß und sich erneut seiner Lektüre widmete.

»Interessant. An welchem Tag reitet er denn als Robin Hood durch Sherwood Forest? Oder sitzt als edler Ritter an König Arthurs Tafelrunde?«

In Régines Augen blitzte Heiterkeit auf. »Entnehme ich deiner Nachfrage, dass du dir mehr aktive Hilfe von der hiesigen Polizei wünschst?«

»Das würde einiges vereinfachen.«

Régine lachte leise. »Wenn du dich da mal nicht täuschst. Wir sind in Okzitanien ... So etwas wie Berechenbarkeit gibt es hier nicht.«

Sie gingen am Bonace vorbei die Straße hinunter. An der Kreuzung blieb Régine stehen und verabschiedete sich. »Wir sehen uns am Sonntag. Zum Abendessen im Vent Fou.«

Während Régine nach Haus ging, schlenderte Pippa Chantillys kleine Einkaufsstraße hinunter, um endlich ein Fernglas zu erstehen. Im Camping- und Outdoorladen neben der Brasserie sah sie sich begeistert um. Der Verkaufsraum war nicht nur mit Campingartikeln aller Art, sondern auch mit typischen Andenken vollgestopft.

Solange der junge Verkäufer noch mit anderen Kunden beschäftigt war, schlenderte Pippa zwischen den Regalen umher und suchte nach Souvenirs, mit denen sie Lisa, Sven und ihre Familie überraschen konnte. Durch ihre intensive Suche bemerkte sie nicht, dass Abel Hornbusch von draußen durch das Schaufenster des Campingladens ins Innere spähte und erleichtert aufatmete, als er sie sah.

Als der Verkäufer endlich Zeit für sie hatte, erklärte Pippa ihm, wonach sie suchte. Der junge Mann präsentierte ihr eine Auswahl günstiger Ferngläser, und Pippa entschied sich für eines, das ihr auch im Theater gute Dienste leisten würde.

Sie ging zur Kasse und bezahlte, als Cateline Didier den Laden betrat und sich dicht neben sie stellte.

Cateline deutete auf das Fernglas, das der Verkäufer in eine Tüte packte. »Brauchen Sie das, um besser spionieren zu können?«

Pippa fuhr wie ertappt zusammen und starrte die Frau an, vor Schreck zu keiner Entgegnung fähig.

»Warum reden Sie mit allen möglichen Leuten, aber nicht mit *uns*?«, fragte Cateline weiter. »Um uns geht es doch, oder?«

Obwohl die Fragen weniger wütend als vielmehr resigniert klangen, suchte Pippa verzweifelt nach Worten, um sich zu erklären, und stotterte verlegen: »Ich wollte nur … Lisette … das Haus … wir … Pascal …«

»Genau. Pascal.« Cateline nickte langsam. »Der hat den Stein ins Rollen gebracht, nicht wahr? Oder war es Ihre Freundin aus Deutschland?«

Pippa überfiel das gleiche Gefühl wie am Vorabend beim Gespräch mit Lisette: Das war kein Spiel, hier ging es um echte Menschen und echte Schuld. Wieder fiel ihr keine Antwort ein, obwohl sie gern etwas gesagt hätte. Lediglich ihr Mund öffnete und schloss sich wie das Maul eines Fisches, der auf dem Trockenen verzweifelt nach Luft schnappt.

»Jeder redet über uns – aber niemand redet mit uns«, sagte Cateline.

»Aber nein! Sobald wir die Geschichte besser verstehen, hatten Pippa und ich genau das vor«, sagte plötzlich Abel Hornbusch hinter ihnen. »Je mehr wir wissen, desto leichter wird es uns fallen, Ihnen die richtigen Fragen zu stellen und mit Ihrer Hilfe alles in die richtige Reihenfolge zu bringen.«

Die beiden Frauen fuhren herum.

Hornbusch hob ein großes, in Papier eingeschlagenes Kuchentablett, das er in den Händen trug. »Natürlich können wir bei Obsttörtchen mit Sahne und einem leckeren Kaffee auch jetzt schon Einzelheiten austauschen. Dann wird es für alle Beteiligten leichter. Wir dürfen Sie doch einladen, Madame Didier? Kommen Sie. Wir freuen uns.«

Weder Pippa noch die überrumpelte Cateline erhoben Einwände, als Abel Hornbusch sie sanft, aber bestimmt aus dem Laden geleitete und zum Picknickgelände am See führte. Auf dem kurzen Weg dorthin machte er leise Konversation mit Cateline, während Pippa – noch immer verwirrt durch die unerwartete Entwicklung der Ereignisse – hinter den beiden hertrottete. Für sie war Abel Hornbusch bisher nur der ehemalige Schwager von Wolfgang Schmidt gewesen, der sich in dessen Gegenwart stets im Hintergrund hielt. Von ihm hätte sie zuallerletzt erwartet, dass er sie aus dieser prekären Situation rettete.

Am Rand der Wiese, im Schatten eines Baumes, saß Bruno Brandauer auf einer Picknickdecke und blickte ihnen neugierig entgegen. Vor ihm stand eine riesige Thermoskanne.

Wenn ich nicht genau wüsste, dass dies alles improvisiert ist, könnte ich tatsächlich auf den Gedanken kommen, die beiden hätten mich gesucht, dachte Pippa. Aber wozu? Nur, um mit mir Kuchen zu essen?

»War gar nicht so schwer, die Damen zu finden, Bruno«, sagte Abel munter, bevor dieser den Mund aufmachen konnte. Stattdessen nickte der gutmütige Hüne nur und holte Kuchengabeln, Tassen und Teller aus dem mitgebrachten Korb.

Drei Gedecke, dachte Pippa. Irgendjemand war hier nicht eingeplant.

Bruno machte eine einladende Geste. »Setzen Sie sich doch bitte, meine Damen, und schlagen Sie kräftig zu. Abel schwört auf den Kuchen aus der Brasserie.« Lächelnd tätschelte er seinen Bauch. »Ich verzichte lieber auf die Zwischenmahlzeit, sonst passe ich nicht mehr in meine Anglerhose.«

Er übernahm es, die Tassen zu füllen, während Abel Cateline freundlich nötigte, auf der Decke neben Pippa Platz zu nehmen, und dann den Obstkuchen verteilte. Aus einer Pappschale häufte er großzügig Sahne neben den Kuchen und überreichte Cateline augenzwinkernd den ersten Teller mit den Worten: »Aber bitte mit Sahne! *Chantilly* am Lac Chantilly. Stilecht, oder?«

Sie aßen schweigend, und Pippa bemerkte, dass Bruno und Abel beredte Blicke wechselten, bis der bärige Sozialarbeiter schließlich kaum merklich nickte.

»Es freut mich sehr, Madame Didier, dass wir endlich die Gelegenheit haben, mit Ihnen zu sprechen«, sagte Bruno. »Mein Angelfreund Wolfgang Schmidt hatte bereits gestern das Vergnügen – allerdings hat er fahrlässigerweise nur die männliche Seite Ihrer Familie zu unserem Wettbewerb eingeladen.«

Er berichtete von der Gründung der überwiegend weiblichen Mannschaft, den Blinkerbabys, und schloss seinen kleinen Vortrag mit den Worten: »Und sehen Sie, die Damen sind alle ganz neu in diesem Metier. Sie brauchen dringend Hilfe von kompetenter Seite.« Er sah Cateline erwartungsvoll an.

Diese ließ ihre Kuchengabel sinken und fragte erstaunt: »Und da fragen Sie mich?«

»Ganz genau.« Bruno nickte bestimmt. »Sie und Lisette Legrand.«

Catelines Gesicht ließ nicht erkennen, wie sie über den Vorschlag dachte. Elegant stellte sie ihren Kuchenteller auf die karierte Decke und strich sich sorgfältig eine nicht vorhandene Falte aus dem Kleid.

Bei dieser kleinen Geste wurde Pippa die große Ähnlichkeit Catelines mit ihrer älteren Schwester Lisette bewusst. Um eine Reaktion herauszufordern, sagte sie wie nebenbei: »Lisette hat zugesagt.«

Endlich hob Cateline den Kopf. »Was wollen Sie erreichen? Meine Schwester und ich reden schon seit Jahren nicht mehr miteinander.«

»Wir wollen die Fische ja auch nicht aus dem Wasser quatschen«, brummte Bruno, was ein schnelles Lächeln über Catelines Gesicht huschen ließ.

»Mit Reden gewinnt man keinen Angelwettbewerb«, warf Abel ein, »Sie gelten als hervorragende Anglerin, Madame Didier.« Er warf Pippa einen Seitenblick zu. »Wir haben uns erkundigt.«

»Und zwar, wie ich hörte, bei allen, die das beurteilen können«, erwiderte Cateline ironisch.

Abel lachte und stürzte sich in einen Monolog über den Wettbewerb, die zu gewinnenden Preise und besonders über den Pokal, der von den Legrands gestiftet wurde. Sein wortreicher

Eifer ließ keinen Zweifel daran aufkommen, dass er Cateline unbedingt zur Teilnahme überreden wollte, aber Bedenken hatte, nicht überzeugend genug zu wirken.

»Nicht nur die Damen brauchen Ihre Unterstützung«, schloss er, »ich selbst bin auch Mitglied der neuen Mannschaft. Und ich habe noch nie geangelt!«

Cateline schwieg einen Moment und trank einen Schluck aus ihrer Tasse. Dann sagte sie: »In Ordnung. Thierry und ich sind dabei. Unter einer Bedingung.«

Pippa, Bruno und Abel warteten gespannt darauf, dass Cateline weiterredete. Diese stellte ihre Tasse ab, erhob sich langsam von der Decke und strich wieder ihre Kleidung glatt.

Dann sagte sie ruhig und mit klarer Stimme: »Keine Nachforschungen mehr über Jean Didier.«

Ohne eine Antwort abzuwarten, drehte sie sich um und ging quer über die Wiese in Richtung Pavillon d'amour.

Pippa, Bruno und Abel sahen ihr stumm hinterher.

»Das ist eine Zwickmühle. Eine echte Zwickmühle«, murmelte Bruno endlich.

Pippa schüttelte den Kopf. »Recht hat sie. Bisher haben unsere Nachforschungen eher neue Gerüchte in die Welt gesetzt, als alte zum Verstummen zu bringen. Ich werde erst mit Lisette und dann mit Pia reden. Was ist letztendlich wichtiger: ein altes Geheimnis zu lösen oder zu helfen, dass hier und heute wieder Frieden einkehrt?«

Die drei räumten das benutzte Geschirr in den Picknickkorb und achteten sorgfältig darauf, den Platz so sauber zu hinterlassen, wie sie ihn vorgefunden hatten, dann schlenderten sie gemächlich um den See herum zum Lager.

Pippa fröstelte. »Bilde ich mir das ein, oder ist es kühler geworden?«, fragte sie und warf sich die Picknickdecke über die

Schultern. Sie schaute hinauf zum Himmel, an dem kleine Wolken schwebten.

»Ich glaube nicht«, sagte Abel. »Es ist wohl eher die angespannte Situation, auf die du gerade reagierst.«

»Mag sein. Das alles nimmt mich doch mehr mit, als ich dachte.« Sie seufzte und zog die Decke enger um sich. »Was ist denn eure Meinung? Was ist damals wirklich passiert?«

»Zunächst einmal: Mir tun alle leid«, antwortete Abel. »Ich möchte mit keinem der Beteiligten tauschen. Stellt euch vor, jemand verschwindet, und du bleibst zurück. Ganz gleich, auf welcher Seite du stehst – die Tür ist zu. Du kannst nicht mehr mit ihm reden, nichts mehr klarstellen, dich nicht mehr entschuldigen. Das ist grausam. Das wird bei allem, was du tust, immer in deinem Kopf sein, ein dicker, dunkler Fleck aus Schuld. Für den Rest deiner Tage wirst du alles, was dir begegnet, im Licht dieser Erfahrung bewerten.«

Er schauderte, als hätte der kühle Hauch, den Pippa zu spüren glaubte, jetzt auch ihn erreicht. »Dann doch lieber eine unschöne Scheidung wegen eines klügeren Mannes, der auch noch mehr Geld verdient«, fuhr er fort. »Das sind wenigstens klare Verhältnisse, auch wenn es schmerzt.«

Pippa war von Abels Einfühlungsvermögen und seiner Offenheit beeindruckt.

»Dein Plädoyer lässt es noch notwendiger erscheinen, die übrigen Familienmitglieder wieder zusammenzuführen«, sagte sie.

Die drei gingen schweigend nebeneinander her und hingen ihren Gedanken nach.

»Die Daheimgebliebenen machen sich gegenseitig für das Geschehene verantwortlich«, sagte Pippa schließlich. »Das verstehe ich. Aber was ist mit Jean? Wenn er wirklich noch lebt, warum versteckt er sich? Aus Wut auf seinen Vater? Kann man wirklich so lange auf seinen Vater böse sein? Angst vor Bestrafung wird es wohl nicht mehr sein.«

Bruno schüttelte den Kopf. »Er schweigt nicht aus Angst oder Wut – er schweigt aus Scham.«

»Aus Scham?«, fragte Pippa erstaunt. »Aber man hat ihm seine Teenager-Schwärmerei für Cateline und seinen Ausraster doch bestimmt längst vergeben.«

»Aber er sich nicht. Er sich selber nicht«, sagte Bruno ernst.

Abrupt blieb Pippa stehen und sah die beiden Männer an. »Muss man sich wirklich jahrzehntelang dafür schämen, wegen einer jugendlichen Verliebtheit dumme Dinge gesagt und getan zu haben? Das scheint mir doch reichlich übertrieben.«

»Deswegen nicht«, erwiderte Abel. »Aber erinnere dich: Es war Blut auf der Treppe. Von wem stammt dieses viele Blut? Und wie kam es da hin?«

»Ich habe nicht die geringste Ahnung.« Pippa zuckte mit den Schultern. »Ich weiß nur, dass dieses Blut der Auslöser für die Mordtheorie war.«

»Bruno und ich glauben es zu wissen – und Cateline hat uns mit ihrer Bedingung die Bestätigung für unseren Verdacht gegeben.«

»Welche Bestätigung? Habt ihr beide mehr gehört als ich?«

»Wir können zählen. Gut zählen. Stimmt's, Abel?«

Dieser nickte. »Allerdings.«

Pippa verdrehte die Augen. »Hört bitte auf, in Rätseln zu sprechen, und sagt mir endlich, was Cateline eurer Meinung nach bestätigt haben soll.«

»Wie viele Kinder haben Cateline und Thierry?«, fragte Abel mit der geduldigen Stimme eines Grundschullehrers.

»Vier. Vier Söhne.«

»Und? Ist einer davon vierundzwanzig Jahre alt?«

Pippas Verwirrung wuchs. »Natürlich nicht. Der älteste der

Jungs ist vielleicht achtzehn oder neunzehn.« Sie stutzte. »Ihr meint ... was Vinzenz erzählt hat! Cateline war schwanger, als dieses verhängnisvolle Essen bei den Didiers stattfand. Das war die Neuigkeit, die Jean so ausrasten ließ. Es kam zu Handgreiflichkeiten, und dabei ...« Sie verstummte erschrocken.

»... ist sie die Treppe heruntergefallen«, vollendete Abel.

»Und hat ihr erstes Kind verloren ...«, sagte Bruno.

Wieder schloss Abel den Satz ab. »... und sehr viel Blut.«

Pippa wurde eiskalt. »Ihr denkt, es war Absicht?«

Bruno verzog bekümmert das Gesicht. »Das denken wir. Genau das denken wir.«

»Deshalb sollen wir nicht weiter nach Jean suchen«, sagte Pippa nachdenklich. »Sie will ihn nicht wiedersehen, weil sie ihm nicht verzeihen kann. Aber dann erklärt mir eines: Warum haben die Didiers das nie jemandem erzählt? Das hätte sie doch entlastet.«

»Nur wenn man daran glaubt, dass der Junge freiwillig gegangen ist«, gab Abel zu bedenken.

»Verstehe«, sagte Pippa langsam. »Thierry war wütend, und Jean musste verschwinden. Für immer.«

Bruno sah aus wie ein trauriger Rauhaardackel, als er sagte: »Verschwinden. Für immer. So ... oder so ...«

Kapitel 11

»Tooor! Toooooor! TOOOOOOOR!!!«, gellte es über den See.

Pippa, Bruno und Abel blieben wie angewurzelt stehen. Nach Brunos düsterem Kommentar waren sie, jeder in seine eigenen Gedanken versunken, weitergegangen, aber die Rufe holten sie schlagartig in die Gegenwart zurück.

»Was war das denn?«, fragte Pippa und sah sich um.

Bruno hielt grinsend drei Finger hoch. »Drei Rufe. Franz hat einen kapitalen Fang aus dem Wasser gezogen. Einen Riesenkarpfen, nehme ich an.«

Abel war ebenso erstaunt wie Pippa. »Und das verkündet er durch derartiges Gebrüll?«

»Ein Tor: normaler Fisch. Zwei Tore: mittlere Größe, aber schon ganz ordentlich. Drei Tore: Kawenzmann«, erklärte Bruno. »Franz ist heute Nachmittag mit dem Boot los, auf Karpfen. Der kennt jeden Trick. Da war einiges zu erwarten.« Er zeigte über den See. »Da – seht mal.«

Pippa schirmte die Augen mit der Hand gegen die Sonne ab und entdeckte auf dem flimmernden Wasser ein heftig schaukelndes Ruderboot, in dem ein Mann stand und versuchte, jubelnd einen riesigen Fisch in die Luft zu stemmen.

»Du liebe Güte – der ist wirklich groß. Woher weißt du, dass es ein Karpfen ist?«

Bruno hob den Finger. »Der Boot-Trick«, dozierte er, »nutzt die Angewohnheit des Karpfens aus, sich im Schatten zu halten.

Er steht gern unter Bootsstegen oder in Schilfgürteln. Du musst das Boot einfach treiben lassen und ganz leise sein. Dann wirfst du ein paar Brotstückchen ins Wasser, um die Karpfen anzulocken. Die Jungs sind absolute Vielfraße. Sie schwimmen unter deinem Boot mit, weil es darunter so schön schattig ist. Und dann musst du nur noch die Angel mit einem leckeren Köder auswerfen.« Er nickte ernst. »Franz weiß, wie Karpfen denken.«

Abel blickte zum Boot hinüber. »Eins habe ich in diesen wenigen Tagen schon gelernt: Beim Angeln muss man leise sein. Also warum brüllt er so?«

»Noch ein Trick«, antwortete Bruno und rollte mit den Augen. »So verscheucht er die Fische, wegen der Konkurrenten. Wenigstens heute kann ihn niemand mehr überbieten. Franz will das Preisgeld gewinnen. Dafür tut er alles.«

»Du unterstellst ihm böse Absicht?«, fragte Pippa erstaunt.

Bruno zuckte mit den Schultern. »Franz will nichts als angeln, angeln, angeln – und gewinnen«, wiederholte er. »Sonst interessiert ihn gar nichts. Jemand aus dem Verein heiratet? Franz nimmt nur dann am Rutenspalier für die Brautleute teil, wenn die Trauung am Seeufer stattfindet und er die Angel danach sofort wieder auswerfen kann. Jemand ist krank? Dann kann er wenigstens keinen größeren Fisch aus dem Teich holen als Franz.«

Abel lachte und sagte: »Dann vermute ich mal: Jemand stirbt? Solange es nicht der Fisch an seiner Angel ist, ist es ihm völlig egal.«

Zur Bestätigung reckte Bruno den Daumen hoch. »Du hast es erfasst, Abel. Das ist unser Franz Teschke: angelsüchtig.«

»Der Mann lebt nur für den Angelsport«, konstatierte Abel. »Andere Menschen braucht er nicht.«

Pippa stemmte die Hände in die Hüften und sah die beiden empört an. »Keine besonders differenzierte psychologische Beurteilung, meine Herren. Ihr macht es euch reichlich einfach.

Vielleicht überdeckt Franz mit seinem Ehrgeiz nur seine Einsamkeit?«

Bruno schüttelte den Kopf. »Der braucht andere Menschen nur, um sich mit ihnen beim Angeln zu messen und sie zu übertrumpfen. Glaub mir, Pippa – Franz kann mir nichts vormachen. Als Sozialarbeiter habe ich täglich mit alten Männern seines Schlages zu tun. Ich erlebe menschliche Gier in sämtlichen Formen und weiß, wovon ich spreche.«

»Und ich bin Masseur und Bademeister«, sagte Abel und grinste. »Ich weiß, warum Menschen untergehen.«

»Oh – na dann …«, bemerkte Pippa ironisch und zeigte zum Camp, wo die restlichen Kiemenkerle am Ufer standen und angeregt miteinander diskutierten. »Wir sind offensichtlich nicht die Einzigen, die der Fang beeindruckt hat. Wird Franz sich nicht ärgern, dass dieser Fisch noch nicht für den Wettbewerb zählt?«

»Keine Sorge, er wird schon seinen Vorteil daraus ziehen«, brummte Bruno, »und wenn es nur ist, dass er die anderen erfolgreich einschüchtert. Vielleicht verkauft er den Fisch auch an Pascal, und vom Erlös schafft er sich neues Equipment an.«

»Kapitaler Fisch gegen Kapital!«, rief Abel kichernd.

»So hätte ich ihn wirklich nicht eingeschätzt«, sagte Pippa, »er sieht so … so …«

»Harmlos aus?« Bruno vervollständigte ihren Satz, weil Pippa vergeblich nach Worten suchte, und sie nickte.

»Ist er auch«, fuhr Bruno fort, »aber wenn es ums Angeln geht, verwandelt sich die unscheinbare Elritze in einen Schwertfisch, mit dem man sich besser nicht anlegt.«

Als Pippa, Abel und Bruno das Lager erreichten, wurde Franz Teschke gerade mit seiner Beute ans Ufer gezogen. Die Kiemenkerle umringten ihren Kollegen, der mit stolzgeschwellter Brust seinen Karpfen präsentierte.

Wolfgang Schmidt drehte sich nach den Neuankömmlingen um, verzog das Gesicht, als er Abel sah, und sagte zu ihm: »Auch du, Brutus ... Glaub nicht, dass ich den Dolch in meinem Rücken nicht spüre.«

Abel grinste und schlug Schmidt auf die Schulter. »Keine Sorge, Kumpel, du bist in Sicherheit.«

Wenn sogar Abel ihm glaubt, spielt Wolfgang seine Rolle als mein Liebhaber wirklich gut, dachte Pippa amüsiert.

»Nicht schlecht, Franz«, sagte Rudi Feierabend, »bildschönes Tier. Schuppenkarpfen.«

Pippa reckte den Hals und spähte ins Boot. Sie schnappte nach Luft, als sie den riesigen Fisch sah: mächtig und dickbäuchig, die Schuppen am Rücken fast schwarz und zum Bauch hin immer heller und silbrig werdend, lag der Karpfen da und starrte sie vorwurfsvoll an. Seine Schwanzflosse war größer als Brunos Schaufelhände, und die Kopfpartie des Tieres schien kaum kleiner zu sein als ein menschlicher Kopf. Es fehlte nur noch, dass Teschke wie ein Großwildjäger in Afrika den Fuß auf seine Beute stellte.

»Glückwunsch, Franz!«, rief Hotte. »Der wiegt doch mindestens zwanzig Kilo!«

»Das will ich meinen«, sagte Franz Teschke. »Den werde ich vergolden, Jungs, und zwar mit Tibors Hilfe: Ich stelle ihn aus und lasse die Leute wetten, wie viel er wiegt.«

Er rieb sich feixend die Hände, und Pippa fing einen Blick von Bruno auf. *Siehst du,* sagte sein Gesichtsausdruck, *was habe ich gesagt?*

»Ich brauche in Berlin dringend ein eigenes Boot«, fuhr Teschke selbstgefällig fort. »Und mit meinem Anteil aus der Wette und dem Verkauf meines Freundes hier wäre schon mal ein solider Anfang gemacht.« Er sah Schwätzer abschätzend an. »Was meinst du, Achim? Ich könnte dir deins abkaufen. Einem armen Rentner wie mir machst du doch sicher einen fairen Preis.«

Achim Schwätzer presste die Lippen zusammen und starrte Teschke wütend an, ohne zu antworten, aber dieser ließ nicht locker.

»Achim, stellst du die Waage bereit? Ich brauche die Daten nicht nur für meine Wette, ich werde meinen Fang auch melden. Blasko, kannst du mir bitte helfen? Mein Fisch ist so groß, dass ich ihn kaum tragen kann. Kann mir jemand meinen Wiegesack holen? Bruno, bist du so nett?«

Pippa sah sich unter den Kiemenkerlen um. Trotz offenkundiger Anerkennung für Teschkes Fangerfolg bemerkte sie auch die eine oder andere gerunzelte Stirn ob seiner Selbstgefälligkeit. Franz stand mit verschränkten Armen neben dem Boot, blickte beifallheischend um sich und sah aus, als hätte er die Formel für den Weltfrieden entdeckt.

Hotte wirkte besonders verärgert. Er zog Schwätzer am Arm ein paar Schritte von den anderen weg. »Ich habe dich schon zigmal auf dein Boot angesprochen, Achim«, murrte er, »wenn du es jetzt dem Teschke verkaufst, bin ich wirklich sauer.«

Schwätzer verdrehte genervt die Augen. Er zog ein Schlüsselbund aus der Tasche, an dessen Ring ein Karpfenanhänger aus Plastik baumelte, und ließ die Schlüssel dicht vor Hottes Nase klimpern. »Sieh sie dir gut an, Hotte«, zischte er, »weder du noch Franz noch sonst jemand wird *mein* Boot jemals damit starten.«

Bruno kam mit einem großen Netz zurück, das einer Einkaufstasche ähnelte. Gemeinsam mit Blasko hievte er den Fisch hinein. In einer kleinen Prozession – mit Teschke vorneweg – marschierten alle zur Waage. Blasko und Bruno, die den Karpfen geschleppt hatten, hängten das Netz an den Haken der Federwaage, die an einem stabilen Metallgestell befestigt war.

»Mein Karpfen ist hoffentlich nicht zu schwer für die Waage«, sagte Teschke.

Blaskos Augenbrauen hoben sich. »Da mach dir mal keine

Sorgen, Franz. Zur Not hängen wir dich auch noch mit dran, das hält die locker aus.«

Die Kiemenkerle lachten, und Bruno aktivierte die Waage. Die rotleuchtenden Ziffern der Anzeige zählten rasend schnell höher. Alle sahen gespannt hin, und ein kollektiver Seufzer erklang, als die Zahlen bei 23 Kilo und 395 Gramm stehenblieben.

»Jawoll!«, schrie Teschke. »Das ist Vereinsrekord! Dafür ist nicht zufällig auch ein hübsches Sümmchen ausgelobt?«

»Nicht so gierig, Franz«, fauchte Achim Schwätzer.

»Nur kein Neid«, schoss Teschke zurück. »Wenn man etwas zu verkaufen hat, verdient man Geld. Wie wär's, wenn du mein Schätzchen endlich vermessen würdest? Wozu führst du das Buch, in dem wir unsere Fänge notieren?«

Schwätzers mit deutlichem Widerwillen durchgeführte Messung ergab eine Länge von fünfundneunzig Zentimetern, für die Teschke sich wieder ausgiebig feiern ließ. »Das müsst ihr erst mal toppen!«, rief er begeistert.

»Wenn das keine Motivation ist«, sagte Rudi. »Dieser See ist immer wieder für Überraschungen gut.«

Hotte nickte. »Ich hoffe, dieser Bursche hat viele, viele Brüder. Das wird ein spannender Wettbewerb.«

Die beiden Freunde sahen sich an und stiefelten wie auf ein geheimes Kommando hin zum See, um weiterzuangeln.

»So ein schönes großes Tier«, flüsterte Sissi, die den Karpfen fasziniert anstarrte. »Aber hätte man ihn nicht am Leben halten und nach dem Wiegen wieder aussetzen können?« Sie drängte sich wie schutzsuchend an ihren Mann.

»So kann nur eine Frau sprechen«, höhnte Teschke und wandte sich an Schwätzer. »Achim, du hilfst mir doch sicherlich gern, meinen Fang zum Kühlwagen zu bringen?«

Er weidete sich sichtlich an Schwätzers Ärger. Achim sah aus, als würde er die Bitte seines Vereinskollegen am liebsten ablehnen. Dann ergriff er aber doch einen der Henkel des Wiegenetzes und hob es zusammen mit Teschke vom Haken. Gemeinsam trugen sie den Fisch Richtung Parkplatz.

Wolfgang Schmidt sah ihnen nachdenklich hinterher. »Damit hat Teschke ganz schön vorgelegt. Mit einem solchen Brocken kann kaum jemand konkurrieren.«

Und Franz Teschke ist kein Meister an Bescheidenheit, dachte Pippa. Warum sorgt der Herr Vorsitzende in so einer Situation nicht für bessere Stimmung? Wo ist er überhaupt? Und wo ist Tatti?

Vinzenz Beringer klatschte in die Hände und riss Pippa damit aus ihren Gedanken.

»Konkurrenz wegen der Größe, Wolfgang? Interessiert die Blinkerbabys nur marginal. Wir haben es auf den Fair-Play-Pokal abgesehen: Fair Play gegenüber unseren Mitstreitern, unseren Gegnern – und den Fischen.« Er sah sich um. »Zeit für die erste Lektion. Pippa, Sissi, Abel – es geht los!«

Vinzenz führte sie ans Ufer, wo vier Angeln bereitlagen.

»Wir beginnen mit dem Unterhandwurf«, sagte er und drückte jedem eine Angelrute in die Hand. »Das ist eine sogenannte Steckrute, knapp vier Meter lang und sehr biegsam. Mitsamt der Rolle wiegt sie etwas unter siebenhundert Gramm. Lasst die Angel mal wippen, damit ihr ein Gefühl für sie bekommt.«

Die Schüler versuchten, dem Lehrer nachzueifern, und Pippa wunderte sich über die Leichtigkeit, mit der ihre Angel auf die kleinste Handbewegung reagierte und durch die Luft federte.

»Ihr seht, die Rolle ist ganz unten am Griff befestigt«, fuhr Vinzenz fort. »Ihr müsst die Schnur beim Ausholen festhalten und beim Auswurf im genau richtigen Moment loslassen. Der

Rollenfuß liegt zwischen Mittel- und Ringfinger, während der Zeigefinger die Schnur festhält.«

»Da ist ja gar kein Haken an der Schnur«, stellte Sissi enttäuscht fest, was Vinzenz ein Grinsen entlockte.

»Wir üben erst einmal das Auswerfen, Sissi – solange das nicht reibungslos klappt, möchte ich die Verletzungsgefahr so gering wie möglich halten. Ich habe ein leichtes Bleigewicht an der Schnur befestigt. Ihr werdet es mir danken, glaubt mir.«

Nacheinander legte er die Hände seiner Schüler in der richtigen Haltung um Angelgriff und Rolle. Als er zufrieden war, nahm er seine Angel auf und sagte: »Aufpassen.« Er hielt sie so vor seine Körpermitte, dass sie parallel zum Boden mit der Spitze aufs Wasser zeigte, und schwang sie mit einer Pendelbewegung nach links.

»Jetzt hole ich Schwung, beschleunige mit einem Ruck zurück in Richtung Wasser und lasse die Schnur bei leicht angehobener Angel los.«

Mit feinem Sirren rollte die dünne Schnur sich ab, und das Bleigewicht flog auf den See hinaus, bis es nach ein paar Metern auf der Wasserfläche auftraf und versank.

»Habt ihr gesehen?« Vinzenz drehte sich zu seinen Schülern um. »Schnur loslassen und dann wieder bremsen, wenn die gewünschte Stelle erreicht ist. Jetzt ihr.«

Was bei Vinzenz so leicht aussah, stellte sich in der Praxis als durchaus kompliziert heraus. Pippa gelang es einfach nicht, die Schnur im richtigen Moment loszulassen, das kleine Blei schlug immer wieder gegen ihre Beine. Jetzt wusste sie genau, warum Vinzenz sie nicht mit Haken üben ließ.

Sissi stellte sich deutlich geschickter an, und Vinzenz bat sie, Pippa zu helfen, während er selbst sich um Abel kümmerte, der es geschafft hatte, sich das Blei vor die Stirn prallen zu lassen.

»Wo ist Tatti eigentlich?«, fragte Pippa, während Sissi immer wieder die Schnur auswarf, um ihr die richtige Technik zu zeigen.

Sissi drehte konzentriert an der Kurbel der Rolle, um ihre Schnur wieder einzuholen. »Da hast du heute Morgen was verpasst. Tatti kam ins Lager gestürmt und rauschte in Geralds und Lothars Zelt, ohne nach rechts und links zu gucken. Kurz danach sind die beiden zusammen weg.«

»Ich vermute, sie sind nach Toulouse gefahren«, sagte Wolfgang Schmidt, der unbemerkt herangekommen war und die Trockenübungen der Angelschüler mit verschränkten Armen kritisch beobachtete.

»Endlich unternehmen sie mal etwas zusammen. Das wurde aber auch Zeit!«, sagte Pippa, ohne den Blick von Sissis Händen zu nehmen. »Toulouse soll ja sehr schön sein. Da würde ich auch gerne mal hinfahren – und möglichst mit einem wirklich netten Mann.«

Schmidt schnaubte, drehte sich abrupt um und marschierte davon.

Sissi hob den Blick. »Was hat er denn?«

Pippa zuckte mit den Schultern. »Keine Ahnung. Wenn du jemanden kennst, der mir die Männer erklären kann, dann stell ihn mir vor, und zwar so schnell wie möglich.«

Vinzenz ließ Abel allein weiterüben und stellte sich neben Pippa.

»Zeig mal, ob es jetzt klappt.«

Pippa schwenkte die Angel seitlich und mit einem kräftigen Ruck wieder zurück, und zu ihrer eigenen Überraschung ließ sie die Schnur in genau der richtigen Zehntelsekunde los, um das Bleistückchen weit auf den See fliegen zu lassen.

Ihr lauter Jubel brachte Vinzenz zum Lächeln. »Bravo, Pippa! Weiter so!«

Er ging zurück zu Abel, dem es gelungen war, sich die Schnur mehrmals um den Körper zu wickeln.

»Hast du heute noch etwas über die Rue Cassoulet herausgefunden?«, fragte Sissi.

Pippa schüttelte den Kopf. »Nichts Gravierendes. Deine und Vinzenz' Infos waren bisher die besten.«

»Wenn du meinst …«

Bei Sissis zweifelndem Tonfall wurde Pippa hellhörig. »Du etwa nicht?«

Sissi ließ die Angel sinken. »Ich weiß nicht recht. Um ehrlich zu sein: Ich habe mich gestern Abend gefragt, woher Vinzenz all diese Informationen hat«, sagte sie mit gesenkter Stimme, nachdem sie sich vergewissert hatte, dass Vinzenz mit Abel beschäftigt war.

»Das verstehe ich nicht. Du warst doch mit ihm zusammen unterwegs.«

»Eben – deshalb wundert es mich ja. Ich kann ganz gut Französisch, also hätte ich das Gleiche hören müssen wie er. Hab ich aber nicht.«

»Dann hat er sich bestimmt noch mit jemand anders unterhalten und dabei mehr erfahren.«

Sissi runzelte die Stirn. »Das ist die einzig mögliche Erklärung, aber wo denn und wann? Vinzenz und ich waren die ganze Zeit beieinander.«

Die beiden Frauen fuhren wie ertappt zusammen, als Vinzenz plötzlich rief: »Ich bitte um Aufmerksamkeit! Wir üben nun den Überkopfwurf! Gleiche Ausgangsposition wie beim Unterhandwurf, aber beim Zurückschwenken führen wir die Spitze zügig über die rechte Schulter nach hinten und drücken die Angel dann mit Schwung wieder nach vorne. Diesmal lasst ihr die Schnur los, sobald die Spitze nur noch leicht nach oben zeigt, denn dann ist die höchste Beschleunigung erreicht …«

»Auf ein Neues«, flüsterte Pippa, und sie und Sissi hoben die Angeln und versuchten, Vinzenz' Bewegungen so gut wie möglich nachzumachen.

Erst als den drei Schülern die Arme lahm wurden, erklärte Beringer die erste Lehrstunde für beendet. Sie gingen zu den anderen, die bereits am Grillplatz ums Lagerfeuer saßen und Brunos virtuosem Banjospiel lauschten. Auf einem Rost lag ein gutes Dutzend Fische, die ihrer kulinarischen Perfektion entgegenbrutzelten.

Während Vinzenz, Abel und Sissi sich in den Kreis setzten, blieb Pippa stehen.

»Ich kann leider nicht bleiben. Wir sehen uns morgen. Danke für deine Geduld, Vinzenz.«

Sie wandte sich zum Gehen, als Wolfgang aufsprang und ihr den Arm um die Schultern legte, um sie über den Damm zum Hotel zu begleiten.

»Ist der Gedanke an Pascals Essen so attraktiv«, sagte er, kaum dass sie außer Hörweite waren, »oder hast du von Grillfisch schon die Nase voll, bevor du deinen ersten eigenen gefangen hast?«

Pippa schüttelte den Kopf. »Unsinn. Aber ich mache hier keinen Urlaub, sondern habe einige Dinge zu erledigen. Ich muss heute Abend noch dringend mit Pia telefonieren.«

Auf der Mitte des Damms drehte Schmidt sich zum Lager um und kam zu dem Schluss, dass sie von dort aus nicht mehr zu sehen waren. Prompt nahm er den Arm von ihrer Schulter.

Schade, dachte Pippa, so unangenehm hat sich das jetzt gar nicht angefühlt.

»Und – wie war dein Tag?«, fragte Wolfgang plötzlich. »Was hast du so gemacht?«

Pippa berichtete ihm von ihrem Ausflug mit Pascal, dem Treffen mit Régine und dem anschließenden gemeinsamen Besuch bei Dupont in der Gendarmerie. Aber nicht einmal die Tatsache, dass der Gendarm wesentlich zugänglicher war als bei dem Gespräch mit Wolfgang, weckte beim Kommissar sichtbares Interesse. Stattdessen blickte er während ihres Berichtes ungeduldig über den See.

Plötzlich fragte er: »Und was hast du mit Abel und Bruno gemacht?«

Pippa lachte und antwortete: »Andersherum, mein Lieber: Was haben die beiden mit mir gemacht? Das ist die korrekte Frage.«

»Ja und?«, fragte er nervös.

»Sie sind der Grund, weshalb ich Pascal heute wieder enttäuschen muss und nur zur Hauptspeise greifen werde.« Pippa deutete auf ihren Hosenbund. »Der kneift ganz schön – dank Bruno und Abel. Sie haben mir Meisterwerke okzitanischer Konditoreikunst kredenzt, ich hatte also das Dessert heute vor dem Hauptgang.«

Noch während sie sprach, entschied sie sich aus zwei Gründen, Wolfgang Schmidt nichts von ihrem Gespräch mit Cateline zu erzählen: Erstens wollte sie zuerst mit Lisette sprechen, und zweitens hörte er offensichtlich nur mit halbem Ohr zu – und für Halbherzigkeiten war ihr die Angelegenheit zu wichtig.

Auf der Terrasse des Vent Fou saßen zahlreiche Gäste und ließen sich Pascals köstliches Essen schmecken. Alexandre Tisserand, der allein an einem Zweiertisch speiste, erhob sich kurz von seinem Stuhl und begrüßte Pippa mit einer charmant angedeuteten Verbeugung.

Schmidts Gesicht verzog sich spöttisch. »Sieh da – unser Schönling. Ganz einsam und allein. Bei seinem Aussehen sollte er doch von Verehrerinnen geradezu umlagert sein. Aber dafür ist er dann wohl doch nicht schön genug.«

»Lass den Blödsinn, Wolfgang. Setz dich lieber noch ein wenig zu mir und leiste mir Gesellschaft.«

»Gerne«, sagte der Kommissar, ging zu Tisserand an den Tisch und setzte sich auf den freien Stuhl.

Weder der Maler noch Pippa ließen sich ihre Überraschung anmerken. Tisserand zog einen Stuhl für Pippa heran und sagte: »Wie nett. Allein zu speisen macht keinen Spaß. Und ich habe Gelegenheit, dich an unseren Ausflug morgen zu erinnern, Pippa. Darf ich dir etwas empfehlen?«

Dazu kam es allerdings nicht, denn Pascal erschien am Tisch und stellte einen Teller mit einem verführerisch aussehenden Gericht und einen Brotkorb vor Pippa ab.

»Was ist das denn Leckeres?« Tisserand griff neugierig zur Menükarte.

Pascal sah Tisserand und Schmidt giftig an. »Steht nicht auf der Karte, Messieurs. Eine Kreation speziell für Pippa. Mit Ziegenkäse, rosa Knoblauch, Lammfleisch, durchwachsenem Speck, Thymian und frischem Bauernbrot. Alles, was sie liebt.«

»Liebe geht durch den Magen, was?«, sagte Schmidt spöttisch. »Und wie heißt diese *spezielle Kreation*?«

Pascal warf sich in die Brust und sah Pippa tief in die Augen. »*Coup de foudre* – Blitzschlag der Liebe. Oder wie ihr Deutschen sagt: Liebe auf den ersten Blick.«

Pippa verkniff sich ein Lächeln und nahm Pascals Kompliment mit einem Nicken entgegen. Der Koch blieb mit verschränkten Armen am Tisch stehen, und auch die beiden anderen Männer warteten gespannt darauf, dass sie zu essen begann.

Ohne mich, dachte Pippa, ich will in Ruhe genießen und mir nicht von euch jeden Bissen von der Gabel starren lassen. Sie stand auf und nahm Teller und Brotkorb vom Tisch. »Meine Herren – ihr entschuldigt mich bitte. Ich habe noch zu tun. Ich nehme mein Essen mit nach oben.«

Die sichtliche Enttäuschung ihrer Begleiter ließ Pippa grinsen. Bei Pascal konnte sie sich auch morgen noch gebührend für die liebevolle Geste bedanken – unter vier Augen.

In ihrer Wohnung öffnete sie alle Fenster, um die Abendluft hereinzulassen. Ein Blick auf die Terrasse zeigte ihr, dass Pascal und Wolfgang Schmidt verschwunden waren; Tisserand saß wieder allein an seinem Tisch.

Sie setzte sich ans Fenster zum See, legte die Füße auf einen kleinen Hocker und genoss das ihr gewidmete Gericht. Wie recht du hast, Wolfgang, dachte sie, Liebe kann sehr wohl durch den Magen gehen. Selbst wenn aus Pascal und mir nie etwas werden sollte – dieses Rezept ist jede Sünde wert.

Erst als sie das Geschirr wegstellte, fiel ihr Blick auf ihr Nachtschränkchen, und sie bemerkte das Blinken des kleinen roten Lämpchens am Anrufbeantworter des Telefons. Sie drückte die Abspieltaste und hörte ihren Patensohn Sven Wittig sagen: »Hallo, Tante Pippa, ehrlich, hier ist vielleicht was los! In der Transvaal spielen alle verrückt. Und jetzt will Mama auch noch ohne uns nach Frankreich fahren!«

»Das ist echt voll unfair!«, rief seine Schwester Lisa dazwischen. »Wir sind schließlich deine Patenkinder. Das ist doch fast wie richtig. Und wenn du ein Problem hast, helfen wir auch immer.«

»Und außerdem haben Bonnie und Daniel bald frei«, meldete Sven sich wieder zu Wort, »du, dann könnten wir alle vier dafür sorgen …«

Ein schriller Pfeifton unterbrach Svens empörte Tirade und signalisierte das Ende der Speicherkapazität.

Wie nett von Karin!, dachte Pippa gerührt. Sie will mich an meinem Geburtstag nicht allein lassen, kratzt alles Geld zusammen, um mich zu besuchen, und dann reicht es nicht mehr für die Kinder. Es ist wohl weniger die Transvaalstraße als Sven und Lisa, die ein Problem haben. Ich werde morgen früh mit Karin reden. Es wäre doch zu schön, wenn sich für alle eine Lösung fände.

Dann griff sie nach dem Telefonhörer und wählte die Nummer der Peschmanns. Pia hob nach dem ersten Klingeln ab.

»Hast du etwas von Lisa oder Sven gehört?«, fragte Pippa. »Ich habe da eine kryptische Nachricht auf meinem Anrufbeantworter.«

»Keine Ahnung«, sagte Pia, »die beiden sollen in den Ferien zu uns kommen, das ist abgemacht. Und ich werde mich hüten, daran zu rütteln, sonst treten meine Kinder in Streik. Kurz vor Ende des Schuljahres ist ein Motivationsabfall das Letzte, was ich riskieren möchte.«

Pippa sprach das Fliesenproblem im Haus an und – wie erwartet – stimmte Pia ihr zu.

»Übrigens hat dein Tibor behauptet, du hättest ihm die Anweisung gegeben, mich nicht zu oft zu stören«, sagte Pippa.

»Da hat er nicht ganz unrecht. Ich habe gesagt, er soll dich an deiner Übersetzung arbeiten lassen und dich nicht mit jeder Kleinigkeit behelligen«, antwortete Pia ausweichend. »Wie verstehst du dich mit Pascal? Habt ihr schon etwas herausgefunden?«

Pippa dachte fieberhaft nach. Auch Pia wollte sie nicht gestehen, dass sie auf Catelines Bitte hin nicht weiterforschen wollte, ohne zuvor mit Lisette geredet zu haben.

Stattdessen fragte sie: »Wie habt ihr Pascal eigentlich kennengelernt – Jochen und du?«

»In der Winterzeit gibt er in Toulouse Kochkurse, und Jochen und ich haben einen mitgemacht. Danach waren wir neugierig und wollten seine Künste an seiner eigentlichen Wirkungsstätte erleben. Im Vent Fou.«

»Und dabei habt ihr dann nicht nur ein paar Kilo zugelegt, sondern auch eure Liebe zu Chantilly entdeckt.«

»So ähnlich.«

Dann berichtete Pippa von der Gründung der Blinkerbabys, von Vinzenz' Angelschule und dem Plan, mit den Kiemenkerlen um den Fair-Play-Pokal zu angeln, und erntete von Pia unverhohlene Bewunderung für ihren Einsatz.

»Kommt ihr zum Wochenende her?«, fragte Pippa. »Du könntest mit uns angeln lernen.«

Pia lachte auf. »Bloß nicht – mir graust es vor glitschigen Leibern mit großen Augen und Mäulern, die verzweifelt nach Luft schnappen. Wir fühlen uns von dir bestens vertreten, das sehe ich doch an den Fliesen. Nein, wir kommen raus zu dir, sobald die Anglertruppe weg ist und der See wieder ruhig daliegt. Aber für dich gerne weiterhin: Petri Heil!«

Nach dem Telefonat duschte Pippa kurz und ging ins Bett. Sie wollte am nächsten Tag besonders früh aufstehen, um noch an den Übersetzungen arbeiten zu können, bevor Tisserand sie zum Forellenangeln entführte.

Die Nacht war so still, dass sie die Kiemenkerle am gegenüberliegenden Seeufer feiern hören konnte. Über das Wasser wehten die Klänge eines vielstimmig und enthusiastisch gesungenen Liedes, das lediglich am Text als *Wir lagen vor Madagaskar* zu identifizieren war.

Die Angler lachten und prosteten sich zu, und dann erhob sich eine klare Tenorstimme, die ganz allein ein französisches Lied sang.

Pippa hielt den Atem an, um keinen Ton zu verpassen. Das ist ja Abel, dachte sie fasziniert, wie wunderbar er singen kann. Liebe geht nicht nur durch den Magen – auch eine schöne Stimme kann betören.

Sie driftete dem Schlaf entgegen, wurde aber kurz vor dem Einschlummern durch lautstark klappende Türen im Stockwerk unter ihr wieder geweckt.

»Das heißt, du glaubst mir nicht!«, hörte sie Tatjana schreien. »Verstehe ich das richtig?«

»Bist du denn sicher, dass kein Missverständnis vorliegt?«, antwortete Gerald Remmertshausens sonore Stimme ruhig. »Du weißt schon, ein ...«

»Missverständnis?«, fiel Tatjana ihm empört ins Wort. »Was gibt es denn da falsch zu verstehen? Die Sachlage ist doch wohl eindeutig.«

»Ich meinte auch nicht, dass *du* etwas falsch verstanden hast, sondern *er*«, erwiderte Gerald. »Schließlich bist du ...«

»Ach ja? Ich?«, unterbrach sie ihn wieder. »Ich bin ... *was*?«

Ihr wisst vielleicht nicht, dass euer Fenster offen ist, dachte Pippa peinlich berührt und stand auf, um ihres zu schließen.

»Du weißt genau, was ich meine«, schoss Gerald zurück. »Jan-Alex, Pascal, dann Tisserand – und jetzt eben Achim Schwätzer. Er hat es mir selbst erzählt. Noch gestern Abend. Direkt danach.«

»Und du glaubst ihm?«, schrie Tatjana, mittlerweile völlig außer sich. »Du glaubst ihm eher als mir? Das ist mehr, als ich ertragen kann, Gerald! Mein eigener Mann glaubt mir nicht!« Sie brach ab und holte tief Luft.

Als sie wieder sprach, klang ihre Stimme ruhig und kalt. »Ich habe gelernt, mit allem allein fertig zu werden. Ich werde auch damit fertig. Genauso wie mit dir. Lass dich erst wieder blicken, wenn du dich entschieden hast, für mich einzutreten. Sonst bleib bei deinen verdammten Angelruten. Und jetzt raus, bevor ich mich vergesse.«

Mit der Hand am Fenstergriff stand Pippa da und lauschte erschrocken in die nun folgende Totenstille.

Kapitel 12

Ein Klopfen an der Tür weckte Pippa am nächsten Morgen. Ich hoffe, das wird nicht zur Gewohnheit, Kommissar Schmidt, dachte sie grimmig, und auch noch zwei Stunden früher als gestern. Schlaftrunken quälte sie sich aus dem Bett und öffnete. Ohne hinzusehen, drehte sie sich wieder um und tappte in Richtung Bad.

»Hoffentlich ist das Ei nicht wieder hart«, knurrte sie.

»So anspruchsvoll am frühen Morgen?«

Pippa erstarrte zur Salzsäule. Das war nicht Schmidts Stimme. Auch nicht die von Pascal. Das war ...

Fassungslos fuhr sie herum. »Leo!« Das war alles, was sie herausbrachte.

Leonardo Gambetti betrat die Wohnung und schloss so lässig die Tür, als wäre es die normalste Sache der Welt, dass er nicht in Florenz, sondern in Chantilly-sur-Lac war.

»Wie ich sehe, bin ich nachts immer bei dir«, sagte er und deutete auf ihr Michelangelo-Nachthemd.

Das muss ein Alptraum sein, dachte sie, ein fürchterlicher Alptraum. Ich mache jetzt die Augen zu, und wenn ich sie wieder öffne, ist er weg. Sie zwinkerte, aber auch danach stand Leo immer noch mitten im Zimmer und strahlte sie an.

»Was willst du hier?«, fauchte sie.

Statt einer Antwort kam Leo mit ausgebreiteten Armen auf sie zu, und sie wich zurück, bis sie die Wand in ihrem Rücken spürte.

»Wage es nicht, Leo. Woher weißt du, dass ich hier bin?«

Ihr Noch-Gatte hob beide Hände und grinste. »Ede Glasbrenner hat eine verboten niedrige Rente.«

Deshalb der kryptische Anruf von Sven und Lisa, dachte Pippa. Es ging gar nicht um die Frankreich-Reise der beiden.

»Jetzt begreife ich auch, warum in der Transvaal alle verrückt spielen – deinetwegen!«

»Immerhin habe ich es geschafft, hier zu sein, bevor man dich warnt«, sagte er. »Wäre auch zu schade gewesen. Ich liebe Überraschungen.« Sorgfältig zupfte er eine imaginäre Fluse vom Ärmel seines Leinenhemdes. »Du könntest dich ruhig ein bisschen freuen. Ich bin die ganze Nacht durchgefahren, um dich zu sehen. Und du weißt, wie sehr ich lange Autofahrten hasse.«

»Hör auf damit«, gab sie ungeduldig zurück. »Wieso bist du hier, Leo?«

»Aber Schatz!« Er schüttelte amüsiert den Kopf. »Das sollte doch wohl klar sein. Ich will dich nach Hause holen. Florenz ist so leer ohne dich.«

»Wieso? Gibt es dort keine Frauen mehr, die du noch nicht mit deiner Zuneigung beglückt hast?«

Sein Lächeln verschwand. »Nun sei doch nicht so nachtragend. Müssen wir diese alten Kamellen immer wieder aufwärmen?«

Ich darf mich auf diese Diskussion nicht einlassen, beschwor sich Pippa, bloß nicht ablenken lassen.

»Warum bist du hier?«, wiederholte sie unerbittlich. »Sag es – und dann verschwinde wieder.«

Statt ihre Frage zu beantworten, ging er zum Kühlschrank und sah hinein. »Ich habe noch nicht gefrühstückt. Ich schlage vor, wir lassen uns etwas kommen und besprechen alles in Ruhe.«

Pippa schnappte nach Luft. »Was gibt es denn zu besprechen, das wir nicht schon hundert Mal besprochen haben?«

»Unsere Ehe.«

»... ist vorbei, mein Lieber. Oder sind dir die Scheidungspapiere nicht zugegangen?«

»Ich glaube einfach nicht, dass du die Scheidung willst. Ich dachte, du liebst mich. Ich habe akzeptiert, dass du etwas Zeit für dich brauchtest ... aber jetzt ...« Er zauberte ein liebevolles Lächeln ins Gesicht. »Du hast doch noch Gefühle für mich, oder, *cara mia*? Ich jedenfalls liebe dich noch wie am ersten Tag. Und ich bin gewillt, das zu beweisen.«

Da war er wieder – der charmante Italiener mit dem Schmelz in der Stimme, in den sie sich verliebt hatte. Er war der attraktivste Mann, den sie kannte: hochgewachsen, eisgraue Haare, Lachfältchen im braungebrannten Gesicht, stets lässig-elegant gekleidet, immer *bella figura*.

Und natürlich hatte sie noch Gefühle für ihn – wie könnte sie nicht? Nur durch die Entfernung zwischen Florenz und Berlin hatte sie es geschafft, sich von ihm zu lösen.

Abrupt drehte sie sich um und ging ins Bad.

Geduscht und angekleidet fühlte sie sich deutlich stärker. Als sie ins Zimmer zurückkam, stand Leo an ihrem Schreibtisch und blätterte in ihren Arbeitsunterlagen.

»Na, wie macht sich deine Übersetzung? Professore Libri hat interessante Ansätze, nicht wahr?«

»Woher ...?« Sie stemmte die Hände in die Seiten. »Du hast von der Festschrift gewusst. Moment – hast du den Auftrag eingefädelt?«

»Natürlich, ich habe dich vorgeschlagen«, erwiderte er stolz. »Wie hätte man sonst wohl auf dich kommen sollen?«

»Ja, wie wohl«, sagte sie resigniert. Die Erkenntnis, dass sie den Auftrag nicht ihrem guten Namen als Übersetzerin verdankte, enttäuschte sie zutiefst.

»Professore Libri nutzt unsere Dienste seit vielen Monaten. Vor allem für seine privaten Belange. Er zahlt gut. Und ich wollte dir mit diesem Auftrag zeigen, welch interessante Arbeit in Italien auf dich wartet, *cara*.«

»Unsinn. Du willst, dass ich dir dankbar bin. Und du willst mich daran erinnern, wie leicht ich über dich immer an Übersetzungsaufträge gekommen bin.«

Als Antwort zuckte er mit den Schultern und strahlte sie an.

»Bezeichnend, dass du ausgerechnet dieses Thema ausgewählt hast, Leo. Neben deinem Macho-Gehabe wirkt Hemingway wie ein weichgespülter Kuschelbär.«

Er zuckte nicht mit der Wimper. »Wo wir gerade von Übersetzungen sprechen: Deine Anwesenheit in Italien ist mehr als erwünscht. Und zwar über die drei Trennungsjahre hinaus.«

»Und ich dachte immer, Trennung bedeutet, sich *nicht* zu sehen. Das habe ich wohl gänzlich falsch verstanden.«

Ihre Ironie prallte wirkungslos an ihm ab. »Ich bin Anfang des Jahres in das Übersetzungsbüro meines Bruders eingestiegen«, fuhr er ungerührt fort. »Seit Claudio von Carla geschieden ist, schafft er die Arbeit nicht mehr allein, zumal wir expandieren wollen. Wir planen ein Büro in Mailand und eins in Venedig.«

»Du bist nicht mehr an der Uni? Ich fand immer, du passt perfekt an die Fakultät, an der Boccaccio sein *Decamerone* geschrieben hat.«

»Er hat Lektionen über Dantes *Göttliche Komödie* gehalten – das *Decamerone* hat er in seiner Freizeit geschrieben«, dozierte Leo prompt.

»Eben – genau wie du«, schoss Pippa zurück.

Leo runzelte die Stirn und sah sie grimmig an. Ihr fiel ein, dass er es nicht leiden konnte, wenn man sich über ihn lustig machte.

»Ich will mir mit den Büros ein zweites Standbein aufbauen«, sagte er schließlich. »Mehr zu Hause arbeiten. Hast du dir das nicht immer gewünscht?«

»Ja, damals, als ich noch bei Claudio arbeitete. Jetzt nicht mehr. Du scheinst vergessen zu haben, dass ich bereits länger als ein Jahr aus Florenz weg bin.«

»Und genau das will ich wieder ändern.«

Er drehte sich um und ging zur Tür, denn es hatte geklopft.

Sichtlich verblüfft starrte Alexandre Tisserand den unbekannten Mann an, der ihm geöffnet hatte.

Dann spähte er an Leo vorbei, entdeckte Pippa und sagte: »Guten Morgen, Pippa. Da bin ich.« Er warf einen irritierten Blick auf seine Armbanduhr. »Bin ich zu früh? Die Forellen warten auf uns.«

»Nein, Alexandre, nur ...«, setzte Pippa an, wurde aber von Leo unterbrochen: »Pippa ist beschäftigt. Sie geht dann später. Lassen Sie ihr einfach ein paar Forellen übrig.«

»Leo!«, rief Pippa empört.

Sie ging an ihm vorbei zu Tisserand und sagte: »Hör nicht auf ihn. Ich komme natürlich mit – nur nicht sofort. Macht es dir etwas aus, wenn wir erst am Mittag gehen? Sagen wir, zwölf Uhr im Pavillon?«

»Das ist zwar nicht die beste Angelzeit, aber im Wald ist es immer schattig und kühl. Ich könnte auch den anderen Blinkerbabys Bescheid sagen. Dann ziehen wir die Praxisstunde am Fließgewässer einfach vor.«

»Das ist eine gute Idee, Alexandre. Bis nachher.«

Sie schloss die Tür hinter ihm und dachte: Du hast mir gerade die Einzelstunde mit einem wirklich netten Mann vermasselt, Leo. Damit heftest du dir keinen Orden an die Brust.

»Willst du mich nur als Leiterin deiner venezianischen Filiale oder als Ehefrau?«, fragte sie ihn angriffslustig.

Leo blickte nachdenklich an ihr vorbei auf die geschlossene Tür. »Der mag dich«, sagte er.

»Ich weiß«, schnappte Pippa. »Und ich ihn auch.«

Er sah ihr ernst in die Augen. »Ich will keine Scheidung. Ich will weiter mit dir zusammen leben und arbeiten.«

»Florenz und Venedig sind nicht gerade Nachbarstädte. Zwischen ihnen dürften ... warte mal ... knapp dreihundert Kilometer liegen.«

»Deswegen habe ich vor, nach Venedig zu ziehen. Und dann fangen wir noch einmal ganz von vorne an, Pippa. Neue Stadt – neues Glück.«

»Ich komme nicht dahinter, was da wirklich im Busch ist. Könntest du mal alle Karten auf den Tisch legen, Leo?«

»Ich weiß doch, dass Venedig dir immer besser gefallen hat als die Toskana«, sagte er schmeichelnd.

Wider Willen musste Pippa zugeben, dass Leo überaus geschickt taktierte. Es war immer ihr Traum gewesen, in Venedig zu leben, aber er hatte stets damit argumentiert, an der dortigen Universität würde er keine der begehrten Stellen bekommen.

Sie spürte, wie sie ins Schwanken geriet. Eine feste Stelle in Venedig, nicht nur für sie selbst, sondern auch für Leo ...

»Und du bist doch immer so gut mit Carla ausgekommen. Sie zieht wahrscheinlich auch nach Venedig, zu ihrem Onkel«, setzte er nach.

Auch damit hatte Leo absolut recht, denn ihre Schwägerin Carla und deren Tochter Vera waren Pippa während ihrer Zeit in Florenz sehr ans Herz gewachsen. Sie vermisste sie jetzt ebenso sehr wie damals, als sie in Florenz lebte, ihre eigene Familie und die Wittigs.

Verdammt, ich darf mich von Leo nicht einlullen lassen, dachte sie ärgerlich. »Carlas Scheidung von deinem Bruder ist also endlich durch«, sagte sie, »die Glückliche. Ich habe leider noch drei lange Jahre vor mir.«

Leos Gesicht verdüsterte sich. Er wollte etwas entgegnen, wurde aber wieder durch ein Klopfen unterbrochen.

»Was zum ...«, fauchte er und stürmte zur Tür, die er mit einer heftigen Bewegung aufriss.

Pascal, ein Frühstückstablett in den Händen, sah Leo hochmütig an und stolzierte ohne Gruß an ihm vorbei ins Zimmer.

»Guten Morgen, Pippa. Alles in Ordnung bei dir? Der Maler hat gesagt, du könntest eine Stärkung gebrauchen.« Er stellte das Tablett auf dem Tisch ab.

Sein aggressiver Ton ließ keinen Zweifel daran, dass er eigentlich *Ver*stärkung meinte.

Allmählich fand Pippa die Situation amüsant. Attraktive Männer gaben sich bei ihr die Klinke in die Hand und beäugten einander wie Kampfhähne. Schade, dass Wolle davon nichts mitbekommt, dachte sie, das wäre wirklich die Krönung.

»Darf ich die Herren einander vorstellen?«, sagte sie. »Leo Gambetti, mein Noch-Ehemann – Pascal Gascard, unumschränkter und souveräner Herrscher über die Küche des Vent Fou.« Sie lächelte. »Und über meinen Magen.«

Pascal erwiderte ihr Lächeln erfreut und warf Leo einen angriffslustigen Blick zu. »Und weit mehr als ein guter Freund – wenn Pippa das will.«

»Und das sagen Sie in Gegenwart ihres Ehemannes?«, fragte Leo empört. »Ich finde das ganz schön dreist.«

Aber Pascal ließ sich nicht einschüchtern und ging einen Schritt auf Leo zu. »Wie können Sie es wagen, hier unangemeldet aufzutauchen? Das finde *ich* dreist. Pippa hat längst ihr eigenes Leben.«

»Wo denn – hier etwa?« Leo lachte spöttisch auf. »In diesem sogar von den Franzosen vergessenen Nest? Was haben Sie ihr denn schon zu bieten?«

Pascal schnappte nach Luft und stemmte die Hände in die Seiten. »Ein erstklassiges Restaurant, zehn Ferienwohnungen und einen Campingplatz – mitten in der Idylle. Bei mir bräuchte Pippa sich nie wieder mit Übersetzungen abzuquälen.«

»Dafür dürfte sie neben Kartoffeln schälen, Betten machen und Toiletten putzen dann wohl auch keine Zeit mehr haben.« Leo grinste süffisant. »*Ich* biete ihr ein Leben in Venedig!«

Pascal winkte ab. »Dorthin fährt man im Urlaub – da wohnt man nicht. Immer nur Filmkulisse ist auf Dauer stinklangweilig.«

»Und dann euer Essen ... ein Trauerspiel.« Leo schüttelte demonstrativ bekümmert den Kopf. »Ihr wisst doch nicht einmal, wie man eine vernünftige Tomatensoße kocht.«

»Ich kann mich nicht erinnern, dass es Pippa auch nur einen Tag nach Pasta verlangt hätte. Bisher ist sie mit dem, was ich koche, mehr als zufrieden.«

»Und die Preise für eure Weine! Pippa liebt Pinot Grigio und kühle moussierende Weißweine. Die kann sich doch hier kein Mensch leisten.«

Ein Lächeln breitete sich auf Pascals Gesicht aus. »Hier gibt es Blanquette – und das Vent Fou bekommt Rabatt«, erwiderte er ungerührt.

Jetzt reicht es aber langsam, dachte Pippa. Nicht nur, dass die beiden sich aufführen wie kleine Jungen beim Wettpinkeln – sie reden auch noch über mich, als wäre ich überhaupt nicht anwesend.

Bevor Leo auf Pascals letzte Bemerkung reagieren konnte, hob sie die Hand.

»Stopp. Beide. Und raus hier – ebenfalls beide. Ich möchte in Ruhe und Frieden frühstücken und arbeiten, und danach habe ich eine Verabredung.«

Sie öffnete auffordernd die Tür, und die beiden Männer setzten sich widerwillig in Bewegung.

»Ich hole dich zum Lunch ab«, sagte Leo und fügte mit einem Seitenblick auf Pascal hinzu: »Hier wird sich doch irgendwo ein halbwegs anständiger Italiener finden lassen, oder?«

Ohne zu antworten, knallte Pippa die Tür hinter den beiden zu und lehnte sich mit dem Rücken dagegen. Ihr Herz klopfte heftig, und sie brauchte einen Moment, um ihre Fassung halbwegs zurückzuerlangen.

Die Männer hatten um ihre Zukunft gestritten, und offenbar hatte jeder von ihnen ganz klare Vorstellungen davon, wie diese aussehen sollte. Von Leo war sie das gewöhnt, aber dass Pascal konkret ein Leben mit ihr plante, hatte er ihr bisher nicht signalisiert.

Sie ging zum Tisch, biss lustlos in ein Croissant und legte es wieder weg – ihr war der Appetit vergangen. Vielleicht würde die Arbeit ihr helfen, wieder einen freien Kopf zu bekommen.

Am Schreibtisch nahm sie den Stapel Briefe zur Hand, den sie sich für diesen Morgen zurechtgelegt hatte. Er war mit *Ein Tag, der morgens beginnt, kann nicht mehr gut werden* beschriftet.

Mühsam rang sie um Konzentration. Sie las die Texte, schlug einzelne Worte nach – und hatte sie vergessen, kaum dass das Wörterbuch zugeschlagen war. Immer wieder erwischte sie sich dabei, dass sie gedankenverloren am Stift kaute und abwesend dasaß. Ihre Gedanken wirbelten durcheinander, und kein einziger davon hatte im Entferntesten mit Hemingway zu tun.

Sie sprang auf und lief unruhig in der Wohnung auf und ab.

Es ging um ihre Zukunft. Plötzlich stand wieder in den Sternen, was gestern noch geregelt schien. Nach langem Hadern hatte sie die Scheidung eingereicht und damit die Weichen für ein neues Leben gestellt, und prompt tauchte Leo auf und warb um ihre Rückkehr. Auch Pascal wollte sie an seiner Seite – und bot als Mitgift ein gutgehendes Unternehmen.

Sie ertappte sich dabei, dass sie schon eine ganze Weile vor dem geöffneten Kühlschrank stand und hineinstarrte. Sie hatte keinen Schimmer, was sie dort holen wollte.

Sie schlug die Tür des Kühlschranks zu und griff kurz entschlossen zum Telefon. Nacheinander wählte sie die Nummern von Karin Wittig, Oma Hetty und ihren Eltern, aber niemand hob ab.

Ich brauche frische Luft, dachte sie.

Pippa verließ ihre Wohnung, öffnete den Notausgang, stellte wieder einen Schuh in die Tür und setzte sich auf die Treppe. Unten am Pool fischte Ferdinand mit einem Kescher Blätter aus dem Wasser. Trotz des frühen Morgens lag bereits eine leichte Schwüle in der Luft.

Als sie ein Geräusch hinter sich hörte und sich umblickte, bemerkte sie, dass sie genau auf der Höhe von Tatjanas Fenster saß und diese gerade ihr Studio betrat. Rasch stieg Pippa ein paar Stufen weiter hinunter, um nicht den Eindruck einer neugierigen Beobachterin zu erwecken.

Gerade gesellte Lisette sich zu Ferdinand, zeigte zum Himmel und redete mit ihm. Er nickte und legte die Regenabdeckung für den Pool zurecht.

Pippa zog die Knie an und vergrub das Gesicht in den Händen. Zu gern hätte sie sich jetzt bei irgendjemandem Rat geholt. Leise Schritte auf der eisernen Wendeltreppe ließen sie den Kopf heben.

Lisette kam herauf und setzte sich neben sie. »Ist Ihre Rangliste gerade durcheinandergeraten, meine Liebe?«

»Hier spricht sich ja alles sehr schnell herum«, sagte Pippa.

»Es ließ sich nicht übersehen. Besser gesagt: überhören. Pascal flucht in der Küche vor sich hin, lässt alles fallen und hat das Soufflé versalzen. Das ist ihm noch nie passiert. Aber man sagt ja: Wenn der Koch verliebt ist …«

»Schön, dass er wenigstens anderen gegenüber deutlich wird – ich konnte über seine Absichten bisher nur spekulieren.«

»Er ist eben schüchtern«, sagte Lisette und lächelte, »wir Elsässer sind so. Nicht so feurig wie die Leute hier – und erst recht nicht wie Ihr Italiener. Aber dafür sind wir treu und verlässlich.«

»Ach ja? Treu? Und was ist mit Tatti?«

»Tatjana Remmertshausen.« Lisette seufzte. »Die ist ein Kapitel für sich.«

»Dann schlagen Sie es bitte für mich auf und lesen mir daraus vor. Ich denke, unter diesen Umständen sollte ich Bescheid wissen, denken Sie nicht?«

Lisette warf einen Blick zu Tatjanas Fenster hinauf und vergewisserte sich, dass es geschlossen war. Trotzdem senkte sie die Stimme, als sie sagte: »Tatjana wollte mit Pascal ihren Mann eifersüchtig machen. Und ihn zum Handeln zwingen. Pascal war damit einverstanden.«

»Sie meinen, die Liebelei war abgesprochen?« Damit hatte Pippa nicht gerechnet.

»Es war keine Liebelei, sondern Schauspielerei. Aber es hat nichts genützt. Gerald Remmertshausen hat nicht reagiert. Er hat in aller Ruhe zugesehen und darauf gewartet, dass sie zu ihm zurückkommt. Das tut sie immer. Sie geht immer zu ihm zurück. Jedes Mal. Nach jedem Versuch, ihn aus der Reserve zu locken. Nur diesmal nicht.«

»Sie hat sich wirklich in Pascal verliebt?«, fragte Pippa erstaunt.

Lisette deutete über das Anwesen. »Wohl eher in all das hier. Als Chefin des Vent Fou bewundert werden und im Mittelpunkt stehen – das würde ihr gefallen.« Sie machte eine kurze Pause und fuhr mit harter Stimme fort: »Aber uns nicht.«

Aha, Pascal darf also nicht jede x-Beliebige mit nach Hause

bringen, dachte Pippa, sein Erbe ist doch an Bedingungen geknüpft.

»Pascal braucht keine hübsche Puppe zum Repräsentieren – er braucht eine tatkräftige Frau. So wie Sie, Pippa. Wie ist es mit Ihnen? Ist Pascal Teil Ihrer Zukunftspläne?«

Pippa verschlug es die Sprache. Ob Pascal seine Chefin vorgeschickt hatte, um die Lage zu sondieren und sie weichzukochen?

Sie fand, dass diese direkte Frage eine Grenze überschritt, zumal es zwischen Pascal und ihr bisher keine Situation gegeben hatte, die mehr als freundschaftlich war. Ehrlicherweise musste sie allerdings zugeben, dass sie sich nicht gewehrt hätte, wäre es zu einem Kuss gekommen.

Pippa spürte, wie ihr Gesicht heiß wurde, weil sie mit der einzig möglichen Antwort auf Lisettes Frage, einem klaren und deutlichen *Nein,* bereits viel zu lange gewartet hatte.

Lisette nickte zufrieden, erhob sich und sagte: »Lassen Sie sich mit Ihrer Entscheidung nicht zu viel Zeit, Pippa. Wie ich höre, werden Sie demnächst vierzig. Ihre biologische Uhr tickt. In Ihrem Alter kann man sie leider kaum noch überhören.«

Sie stieg ein paar Stufen hinab und fuhr fort: »Machen Sie nicht den gleichen Fehler wie ich – ich habe stets vermeintlich wichtigere Dinge vorangestellt: Arbeit, Arbeit, Arbeit, das Hotel, die Abzahlung der Schulden. Und dann war es zu spät.«

»Sie haben keine Kinder?«

»Nur Jean, wenn man so will.«

»Die Didiers haben also recht: Es ging Ihnen nicht allein darum, Jean hier als Erben einzusetzen.«

Lisette nickte traurig. »Ich will ehrlich sein. Es war eine ganze Menge Eigennutz dabei. Wir wollten Jean ganz auf unsere Seite ziehen. Wir wollten einen eigenen Sohn.« Sie wandte den Blick ab. »Ohne uns hätte er sich seinem Vater gegenüber nicht so stark gefühlt, hätte sich nicht so aufgeführt. Auch wir tragen Schuld an dieser Geschichte.«

Spontan entschied Pippa, dass jetzt der richtige Zeitpunkt war, Lisette mit Catelines Bitte zu konfrontieren.

Lisette hörte ihr mit unbewegtem Gesicht zu, ohne sie zu unterbrechen. Als Pippa schilderte, weshalb sie annahm, dass Cateline Jean nicht wiedersehen wollte, schüttelte Lisette vehement den Kopf.

»Das ist ganz sicher nicht der Grund. Ich glaube, sie wusste sehr bald, wo Jean sich aufhielt. Wenn er wirklich verliebt in sie war, hat er sich nach seinem Verschwinden auch bei ihr gemeldet. Schon allein deshalb, um herauszufinden, wie es ihr geht. Aber Cateline hat sich entschieden, niemandem davon zu erzählen.« Sie verfiel in nachdenkliches Schweigen.

Plötzlich sagte sie: »Catelines Ehe mit Thierry ist wirklich glücklich. Niemand außer ihr könnte es mit diesem alten Brummbären aushalten. Ihre Kinder sind ihr Ein und Alles. Sie will keine Aufklärung, um das alles nicht zu zerstören, da bin ich sicher. Und Jeans Rückkehr würde es zerstören.«

»Sie gehen davon aus, Cateline weiß, dass er noch lebt?«

Lisette nickte. »Und mehr noch: Sie bezahlt ihn wahrscheinlich dafür, dass er nicht wiederkommt.«

»Wie bitte? Meinen Sie das ernst?«, rief Pippa verblüfft. »Aber warum dann die Gerüchte und die Geheimnistuerei? Das ist doch völlig unsinnig. Wie kann man so etwas über Jahre hinweg aushalten? Wer steht denn schon gerne freiwillig unter Mordverdacht?«

»Das will ich Ihnen sagen.« Lisette stieg langsam die Stufen der Treppe hinab und sagte mehr zu sich selbst: »Eine Frau, die nicht mit der zwanzig Jahre jüngeren Version ihres alternden Mannes konfrontiert werden will.«

Pippa blieb stumm auf der Treppe zurück, während Lisette

aufrechten Ganges um die Hausecke verschwand. Durch das Gespräch mit Lisette waren ihre eigenen Probleme in den Hintergrund getreten, und sie freute sich auf ihre Verabredung mit Tisserand.

Sie sprang auf, nahm ihren Schuh aus der Tür und ging noch einmal in die Wohnung, um ihre Haare à la sechziger Jahre mit einem Tuch zu bändigen. Sie schlang es um den Kopf, kreuzte die Enden unter dem Kinn und verknotete sie im Nacken. Bei einem kritischen Blick in den Spiegel dachte sie: Wie Grace Kelly – fast.

Dann verließ sie das Haus wieder durch die Notausgangtür, rannte die Wendeltreppe hinunter und machte sich auf den Weg.

Der Pavillon lag verlassen in der Mittagssonne. Pippa vermutete, dass Tisserand noch damit beschäftigt war, die anderen Blinkerbabys zusammenzutrommeln. Sie stellte sich an die Brüstung und blickte über das Wasser zum Lager der Angler. Selbst aus der Entfernung sah sie, dass dort große Geschäftigkeit herrschte.

Ist es wirklich erst wenige Tage her, dass ich in Chantilly angekommen bin?, fragte sie sich. Pia hat recht, dieser Ort wirbt nicht offen für sich, aber er lässt jeden bei sich ankommen. Ein Ort, an den man immer wieder zurückkehren – oder für immer bleiben möchte. Sie war so in die Betrachtung der Landschaft versunken, dass sie dem Geräusch hinter sich keine Beachtung schenkte. Erst als jemand hüstelte, drehte sie sich um und blickte in Pascals ernstes, aber wild entschlossenes Gesicht.

Sieh an, dachte Pippa, Lisette hat dich geschickt.

»Lisette und ich meinen … ich glaube, ich muss endlich …« Pascal brach ab und rang um Worte. »Ich mag dich sehr gern, Pippa. Und zwar schon länger, als du denkst.«

Wie lange soll das sein? Fünf Tage?, dachte Pippa und fragte: »Wie meinst du das?«

Er wand sich verlegen. »Pia hat immer so viel von dir erzählt, und dann bin ich extra nach Berlin, und dann habe ich …«

Sofort fiel sie ihm ins Wort. »Bitte? Pia und du? Ihr habt mich für *dich* hergelockt?«

Er nickte. »Und Lisette und Ferdinand.«

»Sind das schon alle?«, fragte sie trocken. »Zu einer ordentlichen Verschwörung gehören doch ein paar mehr Leute.«

Sie war kaum überrascht, als er wieder nickte.

»Deine Freundin Karin, deine Oma Hetty …«

Pippa ließ sich auf die Bank fallen. »Das ganze Theater in Berlin um meinen Geburtstag – eine einzige Inszenierung. Wäre es nicht viel einfacher gewesen, man hätte uns einfach einander vorgestellt?«

»Alle waren der Meinung, dass das Leo auf den Plan rufen würde. Weil er dich trotz allem keinem anderen Mann gönnt.«

Er setzte sich zu ihr auf die Bank und nahm ihre Hand. »Bitte, Pippa, geh nicht zurück nach Italien«, sagte er beschwörend, »bleib in Chantilly. So lange du willst. Ich möchte dich wirklich näher kennenlernen, und ich hoffe, du mich auch.«

Obwohl sie überrumpelt war, versuchte Pippa, besonnen zu bleiben. Sein Gesicht wirkte offen und ehrlich, seine Augen waren liebevoll und sehnsüchtig. Und Lisette glaubt, Pascal hat kein Feuer?, dachte sie. Dann kennt sie aber diesen Blick nicht.

Pippa war so abgelenkt, dass sie Leos Ankunft im Pavillon nicht bemerkte, bis er sich theatralisch vor ihr auf die Knie warf und ausrief: »Bitte, Pippa, lass uns verheiratet bleiben! Komm mit mir zurück nach Hause!«

Als wäre sein Nebenbuhler nicht da, sagte Pascal ruhig: »Sieh dir hier alles in Ruhe an, Pippa. Überleg dir gut, was du tust. Bald werden auch Pia und ihre Familie hier wohnen. Du hättest Freunde hier.«

Leo warf dem Koch einen giftigen Blick zu. »Denk an deine

Familie in Italien, denk an Carla, an Vera. Sind sie dir gar nicht wichtig?«

Pippas Gedanken liefen Amok. Sie fühlte sich bedrängt, und das machte sie wütend. Wenn Pascal und Leo sie weiterhin derart unter Druck setzten, würde sie beide zum Teufel jagen, und zwar ohne Aussicht auf Wiederkehr.

Sie wollte den beiden Männern diese Entscheidung gerade mitteilen, als sie hörte, dass jemand laut und aufgeregt ihren Namen rief.

Pippa drehte sich um und sah, dass Bruno quer über die Picknickwiese zum Pavillon stürmte. Alles an seiner massigen Gestalt war in Bewegung, während er wild mit den Armen ruderte und seine stampfenden Füße kleine Grassoden nach rechts und links fliegen ließen.

Am Pavillon angekommen, beugte er sich japsend vor, stützte beide Hände auf den Oberschenkeln ab und keuchte: »Pippa, du musst sofort mitkommen … Wolle …« Er konnte nicht weitersprechen und rang um Atem. Dann rief er: »Wolle hat mich geschickt … etwas Furchtbares ist geschehen … etwas ganz Furchtbares …«

Er richtete sich mühsam auf. Seine Augen waren voller Entsetzen, als er hinzufügte: »Franz Teschke ist tot.«

Kapitel 13

Pippas Kehle brannte, als sie die Treppe hinunterhastete, die vom Damm auf den Parkplatz führte. Das Kopftuch hatte sich beim Laufen an ihrem Zopf verheddert und würgte sie. Ungeduldig zerrte sie am Knoten im Nacken, löste ihn und holte tief Luft.

Als sie dafür am Fuß der Stufen abrupt stehenblieb, wären Pascal und Leo fast in sie hineingelaufen, so dicht waren sie ihr gefolgt. Bruno war weit abgeschlagen, er hatte sich zuvor, als er Pippa informierte, zu sehr verausgabt.

Keiner der Kiemenkerle registrierte Pippas Eintreffen im Lager. Alle schauten betroffen und stumm auf die weit geöffnete Tür des Kühlanhängers, obwohl der Blick ins Innere durch die dicken Plastiklamellen des Kälteschutzvorhangs versperrt war.

Pippa konnte Wolfgang nirgends entdecken. Er muss im Anhänger sein, dachte sie. Energisch bahnte sie sich einen Weg durch die geschockten Angler, um in den Wagen zu steigen, da fing sie einen ungläubigen Blick von Leo auf. Seine Miene wirkte, als sähe er sie zum ersten Mal und könnte es nicht fassen, dass sie wirklich freiwillig den Toten anschauen wollte.

In diesem Moment wurden die Lamellen im Inneren des Anhängers beiseitegeschoben, und Wolfgang Schmidt erschien in der Türöffnung. Sein Gesicht war düster, als er zu Pippa sagte: »Da bist du ja. Wenn ich dir einen Rat geben darf: Erspar dir den Anblick. Ernsthaft.«

Pippa trat einen Schritt zurück, damit er aus dem Wagen steigen konnte. »Was ist passiert? Bruno sagt, Franz …«

Schmidt nickte. »Er ist erfroren. Oder erstickt. Oder beides.«

Bruno hatte sie endlich eingeholt, er lehnte keuchend an einem Auto. »Der arme Franz – es ist eine Tragödie … eine echte Tragödie«, murmelte er erschüttert.

Pippa schluckte. »Wer hat ihn gefunden? Du?«

Wolfgang Schmidt schüttelte den Kopf: »Blasko und dein Polier.«

Pippa fragte sich kurz, wieso Tibor hier und nicht auf der Baustelle war, als dieser neben sie trat und sagte: »Ich war mit Franz verabredet. Er wollte mir und meinen Jungs Fische verkaufen. Ganz frisch, von heute Morgen. Und natürlich wollte ich mir seinen Riesenfisch ansehen. Ich sollte für ihn – uns – eine Wette organisieren.« Er hielt ihr ein Bündel Zettel hin, auf denen Franz' Konterfei und seine Unterschrift prangten. »Ich habe sogar die Wettscheine dabei. Franz wollte, dass sie wie Autogrammkarten aussehen.«

Pippa betrachtete Teschkes grinsendes Gesicht und seine krakelige Signatur. Sie schüttelte den Kopf. Dieser Kerl war wirklich von sich und seinen Angelkünsten überzeugt … gewesen!

»Ich habe eine halbe Stunde gewartet. Aber Franz tauchte nicht auf. Dann kam Blasko und dann …« Tibor sah Blasko hilfesuchend an.

»Ich habe übernommen.« Blasko rang um Fassung. »Dachte, ich zeige dem Kollegen Tibor den Karpfen und bespreche mit ihm die Wette. Franz hat gestern Abend diverse Male ausführlich erklärt, wie er sich das vorstellt.«

Einen Moment herrschte betretene Stille.

»Wenn ich nicht mehr bin, Rudi, hat Franz immer gesagt, dann kriegst du meine Ausrüstung. Du kannst damit wenigstens etwas anfangen.« Rudis Gesicht wurde grünlich. »Aber doch nicht so. So will ich sie nicht ...«

»Dieser verdammte Riesenkarpfen!«, sagte Blasko wütend. »Franz war so glücklich. Ich wette, er wollte ihn sich vor dem Schlafengehen noch einmal ansehen. Hätte ich an seiner Stelle auch getan.«

»Er hatte extra eine Taschenlampe bei sich«, warf Lothar ein, der eine ungewöhnlich blasse Sissi umschlungen hielt.

»Und dann ist die Tür zugefallen. Einfach zugefallen.« Bruno wischte sich die Augen.

Pippa sah Wolfgang ungläubig an, und dieser nickte. Trotzdem sagte sie: »Unsinn. Dann hätte er sie doch ganz einfach von innen wieder öffnen können. Und wozu brauchte er eine Taschenlampe? In einem modernen Kühlanhänger gibt es doch wohl Licht, oder?«

Die Kiemenkerle warfen einander unbehagliche Blicke zu. Gerald Remmertshausen seufzte. »Normalerweise schon, aber das Licht ist defekt. Und die Notentriegelung auch. Seit langem. Franz konnte ohne fremde Hilfe nicht raus, wenn die Tür ...« Er brach ab.

»Ironischerweise war Teschke für den Kühlwagen zuständig«, sagte Wolfgang Schmidt. »Jeder Kiemenkerl hat irgendeine Aufgabe im Verein, und Franz ... Er hätte die Verriegelung und das Licht schon lange reparieren lassen sollen.«

»Teschkes dämlicher Geiz!« Achim Schwätzer schnaubte. »Hunderte Male haben wir ihm gesagt, er soll sich endlich darum kümmern. Aber er wollte einfach kein Geld dafür ausgeben. Immer gab es irgendetwas, das wichtiger war.«

»Und wie habt ihr das dann gemacht, wenn jemand Fische in den Wagen legen wollte?«, fragte Pippa. »Seid ihr zu zweit gegangen, und einer hat die Tür gesichert?«

Die Kiemenkerle schüttelten betreten die Köpfe.

»Wir haben ein dickes Stück Holz zwischen Tür und Rahmen gelegt und sie damit aufgehalten«, erklärte Hotte.

»Ihr habt einen hochmodernen Kühlwagen für was weiß ich wie viel tausend Euro und haltet die Tür mit einem Stück Holz auf?« Pippa zog die Luft ein und zwang sich, die scharfe Bemerkung, die ihr auf der Zunge lag, hinunterzuschlucken. »Dem armen Franz ist das gute Stück also weggerutscht.«

»Das vermute ich auch.« Wolfgang Schmidt nickte.

Bruno schluchzte auf und schlug die Hände vor das Gesicht.

Lothar, Bruno und Rudi sind die Einzigen, die ehrlich betroffen aussehen, dachte Pippa, alle anderen benehmen sich, als wäre Teschkes Tod eine unglaubliche Schererei, eine lästige Störung ihres Urlaubs.

»Ich weiß, warum ich da nie rein bin«, sagte Rudi plötzlich, »ich kriege in so was Kleptomanie.«

»Du meinst *Klaustrophobie*«, ätzte Achim Schwätzer. »Aber deine Wortwahl passt, denn laut Aufzeichnungsbuch haben in letzter Zeit ständig Fische gefehlt, und ich frage mich, wer ...«

Er brach ab, als ihn Gerald Remmertshausens tadelnder Blick traf.

»Es kann doch nicht sein, dass Franz Teschke sich nicht bemerkbar gemacht hat«, sagte Pippa, »um Hilfe schreien, gegen die Wand klopfen – irgendetwas.«

Schmidt winkte ab. »Das habe ich die Jungs auch schon gefragt. Niemand hat etwas gehört oder gesehen. Der Parkplatz liegt einfach zu weit weg vom Camp.«

»Als ich gestern Nacht nach Hause kam, lag alles im Tiefschlaf«, sagte Remmertshausen. »Ich fürchte, meine Clubkameraden hatten ein wenig zu tief ins Glas geguckt.«

»Fisch will schwimmen. Und das war ein großer Fisch.« Hotte rieb sich die Hände. »Also brauchten wir viel Flüssigkeit.

Und dieser Blanquette ...« Auch ihn brachte ein Blick von Remmertshausen zum Verstummen.

Pippa mochte nicht glauben, dass es keine Anhaltspunkte gab. »Hat wirklich keiner von euch bemerkt, dass Franz fehlte?«

»Ich war die ganze Nacht mit Sissi zusammen«, erklärte Lothar. »Wir sind gemeinsam zum Vent Fou, das war noch vor Mitternacht. Da stand Franz oben auf dem Damm und hat geangelt.«

Sissi nickte bestätigend. »Er war so euphorisch wegen seines Karpfens. Ein solcher Fang wäre besser als ein Orgasmus, sagte er, und er könne jetzt sowieso nicht schlafen. Dann sagte er noch ...« Sie errötete und holte Luft, bevor sie weitersprach. »Er grinste und meinte, er würde uns auch wünschen, dass wir nicht schlafen können.«

»Achim, was ist mit dir?«, fragte Abel. »Du teilst doch ein Zelt mit Franz.«

»Was soll mit mir sein?«, gab Schwätzer patzig zurück. »Ich gehe immer vor Teschke ins Bett ... ging, meine ich. Der Mann hat während des Angelns sogar geschlafen – Hauptsache, er musste nicht weg von seinen Fischen. Ein Glöckchen an der Angel hat ihn geweckt, wenn einer angebissen hat. Das Zelt hat er so gut wie nicht gebraucht. Ich war immer schon im Land der Träume, wenn er kam. Wenn er überhaupt kam.«

»Und als er nicht zum Frühstück auftauchte?«, setzte Pippa nach. »Irgendwann muss einer von euch doch misstrauisch geworden sein oder sich Sorgen gemacht haben!«

»Erstens wäre es da ohnehin zu spät gewesen«, sagte Schmidt, »und zweitens war er kein regelmäßiger Teilnehmer an den gemeinsamen Mahlzeiten. Wenn er irgendwo auf einen besonderen Fang lauerte, hat er schlicht die Zeit vergessen.«

Hemingway hatte recht mit seiner Prophezeiung, dachte Pippa, *ein Tag, der morgens beginnt, kann nicht mehr gut werden.*

Von Pascal per Handy alarmiert, eilte Ferdinand über den Damm in Richtung Parkplatz, während Thierry Didier und seine vier Söhne sich von der anderen Seite näherten – in Anglermontur samt Equipment.

Schlechte Neuigkeiten verbreiten sich rasend schnell, dachte Pippa. Sie verfolgte neugierig die Begegnung der beiden verfeindeten Männer. Was würden sie tun, wenn sie an der Treppe zusammentrafen und begriffen, dass sie ein gemeinsames Ziel hatten?

Nahezu synchron blieben Thierry und Ferdinand stehen und musterten sich. Die Didier-Söhne zappelten aufgeregt hinter ihrem Vater, redeten auf ihn ein und zogen an seiner Jacke, um ihn zum Weitergehen zu bewegen. Schließlich siegte sowohl bei Ferdinand als auch bei Thierry die Neugier. Sie kamen nacheinander die Steinstufen herunter und erreichten zusammen den Kühlwagen.

»Ist das wahr? Liegt da ein toter Mann drin? Können wir mal gucken?«, fragte der jüngste der Jungen und versuchte vergeblich, sich an Wolfgang Schmidt vorbeizudrängen, der mit verschränkten Armen vor der Tür des Kühlanhängers stand.

»Wir haben noch nie einen Toten gesehen. Nur im Computerspiel!«, setzte einer seiner Brüder nach.

»Und das ist für meinen Geschmack schon viel zu viel«, knurrte Schmidt. Er wich keinen Zentimeter zur Seite und suchte Pippas Blick, die bestätigend nickte.

»Papa! Das ist gemein! Wir wollen den toten Mann sehen!«, rief der Jüngste empört.

»Erlauben Sie es ihnen, Monsieur Didier?« Bruno sah Thierry fragend an.

»Wenn sie das wollen – mir soll es recht sein.« Thierry räusperte sich und fügte mit fester Stimme hinzu: »Meine Jungs sind keine Memmen.«

Bruno nickte, als hätte er genau diese Antwort erwartet. »Und ihr? Seid ihr ganz sicher?«, fragte er die Jungen eindringlich.

»Klar!« – »Logisch!« – »Sowieso!« – »Wir haben schließlich schon mindestens hunderttausend tote Fische gesehen!«, riefen sie durcheinander und bauten sich vor Schmidt auf, der den Weg nur widerwillig freimachte und die Lamellen des Kälteschutzvorhangs beiseiteschob.

»Ich bin der Älteste. Ich geh' zuerst«, sagte Eric.

»Ich bin auch schon fünfzehn ... fast«, protestierte Franck. »Ich komme mit. Marc und Cedric können anschließend rein.« In seinem Eifer, Eric ins Innere zu folgen, stolperte der Junge beinahe über seine eigenen Füße.

Schmidt ließ grimmig die Plastiklamellen zurückfallen, was ein klackerndes Geräusch verursachte, das sich wie das Klappern der Knochen eines Skeletts anhörte. Prompt drang aus dem Wagen ein unterdrückter Aufschrei, und Franck Didier kam bleich wieder ans Tageslicht gestürzt. Die beiden Jüngeren klammerten sich an ihren Vater, während ihr Bruder hinter dem Wagen verschwand. Würgende Geräusche zeugten von einem schwachen Magen, der den Schock nicht ausgehalten hatte.

Nur Eric, der jetzt aus dem Kühlwagen trat, gab sich souverän, wenngleich sein blasses Gesicht die betont männliche Pose Lügen strafte. Als Franck wieder auftauchte, schnappte Eric sich seinen Bruder und stieg mit ihm die Stufen zum Damm hinauf.

Seine jüngeren Brüder hatten schlagartig das Interesse am Kühlwagen und seinen Geheimnissen verloren und sahen unsicher zu ihrem Vater auf.

»Geht mit«, brummte Thierry und schickte die beiden mit einem Klaps hinter seinen anderen Söhnen her.

»Tja, das ist eben *kein* Computerspiel«, sagte Hotte und seufzte.

»Genau«, fügte Rudi hinzu, der ebenso blass war wie die Didier-Söhne, »denn dann würde Franz einfach wieder aufstehen.«

Ferdinand und Thierry standen schweigend nebeneinander, ohne sich anzusehen.

Pippa fragte sich schon, ob die beiden wieder auseinandergehen würden, ohne auch nur ein Wort miteinander gewechselt zu haben, als Ferdinand plötzlich zu Thierry sagte: »Immer, wenn wir uns treffen, gerät die Welt aus den Fugen.«

Thierry starrte auf den Kühlwagen und antwortete, ohne Ferdinand anzusehen: »Weil wir nicht zugeben wollen, dass es irgendwann einmal genug ist.«

Ferdinand nickte. »Deshalb müssen wir reden, Thierry. Die Zeit ist reif. Lass uns zu deinen Jungs gehen.«

Pascal machte eine unwillkürliche Bewegung, als wollte er den beiden folgen, besann sich dann aber eines Besseren und verschränkte stirnrunzelnd die Arme vor der Brust.

Pippa blickte den beiden nach, als sie die Treppe hinaufstiegen, und sah, dass Ferdinand auf dem Damm ein Gespräch mit den Didier-Söhnen begann und dem Jüngsten durch die Haare strich. Dann wurde sie vom Eintreffen eines Polizeiwagens abgelenkt, der mit Schwung auf den Parkplatz einbog und einige Meter vom Kühlwagen entfernt mit quietschenden Reifen stoppte. Gendarm Dupont und Vinzenz Beringer stiegen aus.

Beringer gesellte sich zu Tisserand, der etwas abseits stand und die Szenerie so aufmerksam beobachtete, als wollte er sie später aus dem Gedächtnis malen. Dupont holte mit grimmigem Gesicht seine Uniformjacke aus dem Kofferraum, schlüpfte hinein und zog sie mit ärgerlichen Bewegungen glatt.

Auf dem Armaturenbrett entdeckte Pippa einen Liebesroman. Himmel hilf – das ist überhaupt nicht gut für uns, dachte sie, Dupont im Nackenbeißer-Modus.

Missmutig stapfte der Gendarm zum Kühlwagen und starrte mit zusammengekniffenen Augen auf die geöffnete Tür. Wolfgang Schmidt ging auf ihn zu, aber bevor er etwas sagen konnte, fuhr Dupont ihn an: »Sie schon wieder! Und wieder in der Mittagsruhe!«

Pippa kannte Schmidt mittlerweile gut genug, um ihm anzusehen, dass er am liebsten ebenso heftig reagiert hätte. Aber er riss sich zusammen und erklärte dem Polizisten knapp und in klaren Worten die Sachlage.

Dupont neigte den Kopf zur Seite und lauschte mit geschlossenen Augen. Dann blickte er Schmidt vorwurfsvoll an und sagte: »Ein Unfall also. Und dafür holen Sie mich mitten in der *sieste* hier raus? Der Herr bleibt da drin doch bestimmt noch bis zum Nachmittag frisch, oder?«

Ungläubigkeit malte sich in den Gesichtern der Umstehenden. Aber sie waren von der unerwarteten Reaktion des Polizisten so überrumpelt, dass alle nickten.

Dupont machte keine Anstalten, ins Innere des Kühlanhängers zu klettern. Stattdessen ging er darum herum und entdeckte schließlich das deutsche Nummernschild, was seine Laune schlagartig verbesserte.

»Deutsch, oder?«, rief er begeistert. »Ein deutsches Auto – ein deutscher Toter. Somit liegt der Mann nicht auf französischem Gebiet. Damit haben wir nichts zu tun. Darum brauchen wir uns nicht zu kümmern.« Er strahlte über das ganze Gesicht und verschränkte zufrieden die Arme vor der Brust.

»Das ist nicht Ihr Ernst, Kollege, das könn…«

Dupont unterbrach Schmidts Protest mit einer lässigen Handbewegung. »Wenn deutsche Angler ihren toten Kameraden herumfahren wollen«, sagte er mit einem Achselzucken,

»dann ist das ihre Sache.« Bedenklich wiegte er den Kopf. »Angler – schon ein komisches Völkchen.«

Er tippte kurz seine Mütze an, drehte sich um und ging zurück zu seinem Auto. In aller Ruhe knöpfte er seine Uniformjacke auf und öffnete den Kofferraum, um sie hineinzulegen.

Wie die anderen sah Schmidt ihm offenen Mundes nach. »Wie ... was war das bitte? Was soll ich daraus lernen?«

Pippa seufzte. »In Chantilly-sur-Lac sollte besser nichts an einem Mittwoch passieren.«

»Von wegen ... nicht mit mir«, sagte Schmidt entschlossen und sprintete hinter seinem französischen Kollegen her.

Der Disput am Polizeiwagen wurde so laut geführt, dass alle mithören konnten. Trotz Schmidts deutlichen Protestes bekräftigte Dupont, dass er keinerlei Problem damit habe, wenn der Tote umgehend nach Deutschland überführt würde.

»Wer soll den Totenschein ausstellen? Wir müssen einen Arzt rufen«, verlangte Schmidt.

Dupont winkte ab. »Darum wird sich der Bestatter kümmern. Ich kenne einen, der international arbeitet. Der kann alles Weitere übernehmen«, sagte er und erklärte die Diskussion damit für abgeschlossen. »Ich fahre Sie gern hin.«

Wolfgang Schmidt zögerte kurz und nickte dann. Er ging um den Wagen herum und wollte einsteigen, als er von der Dammkrone aus gerufen wurde.

»Wolfgang! Ich muss dringend mit dir sprechen«, rief Tatjana und winkte. »Jetzt!«

Schmidt sah unschlüssig zwischen Tatjana und Dupont hin und her und öffnete dann die Autotür. »Später! Ich bin so bald wie möglich zurück. Bruno wird sich hier um alles kümmern.«

Selbst von unten war zu erkennen, dass Tatjana wütend mit dem Fuß aufstampfte, als Wolfgang im Polizeiwagen davonfuhr. Dennoch setzte sie ihren Weg zum Parkplatz fort.

»Das hätte unsere Tatti auch nicht gedacht, dass Franz Teschke ihr mal den Rang abläuft«, sagte Hotte.

»Und sie ausnahmsweise nicht im Mittelpunkt steht«, fügte Rudi hinzu.

»Ja, wen haben wir denn da?«

Pippa fuhr herum. Sie hatte Leos Anwesenheit völlig vergessen. Ihr Noch-Gatte kniff die Augen zusammen und musterte Tatjana, die mit schnellen Schritten die Stufen herunterkam. Es war deutlich, dass ihm gefiel, was er sah. »Wen haben wir denn da?«, wiederholte er leise.

»Dein Beuteschema, mein Lieber. Oberliga«, kommentierte Pippa trocken.

Leo zögerte nicht lange. Er ging Tatjana entgegen, nahm sie fürsorglich am Arm und führte sie zurück zu den Stufen. Sanft nötigte er sie, sich zu setzen, und redete beruhigend auf sie ein.

Schonend informierte er Tatjana über Franz Teschkes Tod, während diese fasziniert an den Lippen des attraktiven Fremden hing.

»Ja«, murmelte Pippa, »darin ist er Experte – wenn er will.«

Gerald Remmertshausen, der die Szene zwischen Tatjana und Leo mit gerunzelter Stirn beobachtet hatte, fragte prompt: »Sie kennen den Herrn?«

Pippa erinnerte sich an die Auseinandersetzung zwischen den Eheleuten Remmertshausen am Abend zuvor, die sie unfreiwillig belauscht hatte. Sie fühlte sich automatisch solidarisch mit Tatjana und wollte kein weiteres Öl ins Feuer gießen, also antwortete sie so leise, dass nur Gerald Remmertshausen sie hören konnte: »Ich bin mit ihm verheiratet.«

Bevor sie das entscheidende Wörtchen »noch« hinzufügen konnte, traf sie der verächtliche Blick ihres Gegenübers.

Dann sagte er: »Auf die gleiche Art wie Tatjana, wie es scheint.«

Vinzenz Beringer schloss die Tür des Kühlwagens und verkündete: »Wir sollten endlich etwas Sinnvolles tun, Herrschaften. Achim und ich packen Franz' Sachen aus dem Zelt zusammen. Ihr anderen sucht das Lager ab, Franz hatte seinen Kram überall verstreut.«

»Und was ist mit den Fischen?«, fragte Blasko. »Sollen die jetzt nicht mehr verkauft werden? Wir könnten das Geld für die Überführung nach Berlin gut brauchen.«

»Überhaupt!«, rief Hotte. »Fahren wir denn jetzt alle nach Berlin zurück?«

Die Kiemenkerle begannen eine Diskussion, ob man den Urlaub abbrechen oder bleiben solle. Auch Tatjana löste sich aus Leos Bann und kam dazu.

»Das sollten wir alle gemeinsam besprechen – auch Wolfgang sollte dabei sein«, entschied Vinzenz. »Ich schlage vor, wir treffen uns heute Abend alle auf der Terrasse des Vent Fou zum Abendessen.« Er sah sich unter den Umstehenden um. »Ich gehe doch recht in der Annahme, dass heute niemandem danach ist, im Lager zu kochen und zu essen?«

Alle murmelten Zustimmung.

»Ich habe es gleich gesagt«, sagte Bruno düster, »und ich habe leider recht behalten: Die Zahl Dreizehn und der Beschluss, Frauen mitzunehmen, waren ein Fehler. Ein verheerender Fehler.«

»Jetzt sind wir nur noch zwölf. Damit müsste alles wieder in Ordnung sein«, murmelte Achim Schwätzer vor sich hin, »und wir sind alle sicher.«

Pippa fragte sich noch, was er damit meinte, als sie Tatjana flüstern hörte: »Definiere *sicher*, Achim. Vor allem du: Definiere sicher.«

Kapitel 14

Tatjana drehte sich um und ließ Achim Schwätzer stehen. Ohne ihm Gelegenheit zu geben, auf ihre Bemerkung zu reagieren, ging sie über den Damm zurück zum Vent Fou. Ihre Schritte, die bei ihrer Ankunft so forsch und entschlossen gewirkt hatten, waren jetzt müde und schleppend.

Pippa sah ihr nach. Ich hätte nicht gedacht, dass Teschkes Unfall sie so mitnimmt, dachte sie.

»Ein wirklich hübsches Mädchen«, sagte Leo hinter ihr, »aber mit dir kann sie nicht konkurrieren.«

»Das tun die hübschen Mädchen nie, mein Lieber«, erwiderte Pippa und wandte sich zu ihm um. »Du hast nie verstanden, dass ich nicht in diesen Kategorien denke.«

»Immerhin habe ich nicht eine von denen, sondern dich geheiratet.«

»Hast du gedacht, das würde mir als Liebesbeweis reichen?« Sie schüttelte den Kopf. »Mir ist nicht genug, diejenige zu sein, zu der du immer wieder zurückkehrst, Leo. Ich bin gegangen, weil ich die Einzige sein will, die Geliebte. Nicht das gute alte Butterbrot, das praktische Hausmütterchen, das brav und berechenbar daheim wartet und nur deine ungewaschenen Socken und den Alltag abkriegt.«

Leo legte seinen Kopf schief und sah sie eindringlich an. »Das habe ich mittlerweile verstanden. Aber was willst du dann mit Pascal?«

Für einen Moment hielt Pippa betroffen inne. War es so, dass ein Schwerenöter den anderen sofort erkannte, oder warum stellte Leo diese Frage?

»Er kocht besser als du«, sagte sie dann, um das Thema zu beenden.

Sie wandte sich ab und marschierte auf den Wald zu. Ein kleiner Spaziergang um den See würde ihr jetzt guttun. Als sie hörte, dass Leo ihr folgte, beschleunigte sie ihre Schritte noch. Sollte er sich ruhig ein wenig anstrengen, wenn er sie begleiten wollte.

Sie liefen schweigend nebeneinander her, bis sie auf Tisserand und Vinzenz Beringer trafen, die auf einer Bank mit Blick auf den See saßen und ernst miteinander sprachen. Pippa wollte mit einem Nicken vorbeigehen, aber Tisserand sprach sie an.

»Heute wird es wohl nichts mit den Forellen.«

»Ich denke, nach diesen Neuigkeiten ist niemandem mehr danach zumute«, erwiderte Pippa. Sie fühlte sich erschöpft, die wattige Schwüle des Tages machte ihr zu schaffen.

Tisserand deutete zum dicht bezogenen Himmel. »So, wie ich die Gegend hier kenne, wird sich das schöne Wetter nicht mehr lange halten – und bei Sturm oder Regen ist es oben im Wald unangenehm. Falls du wirklich noch einmal auf Forellen gehen willst, sollten wir das spätestens morgen tun.«

»Vielleicht ist das für alle eine Abwechslung«, sagte Vinzenz. »Ich werde den Kiemenkerlen vorschlagen, auch auf den Berg zu gehen. Dann müssen die Jungs nach diesem traurigen Tag nicht am See stehen, wo alles sie an Franz erinnert.«

»Werden die Kiemenkerle denn überhaupt noch angeln?«, fragte Pippa. »Wollt ihr nicht sofort abreisen?«

Vinzenz zuckte mit den Achseln. »Schätze, das hängt von den Formalitäten ab und wie schnell der Leich… Franz überführt werden kann. Zumindest so lange müssen wir bleiben.«

»Nur rumsitzen und warten«, gab Tisserand zu bedenken,

»das macht trübsinnig. Ein Ausflug auf den Berg ist eine schöne Ablenkung, denke ich.«

Leo lächelte ironisch. »Darf man auch mitkommen, wenn man Angeln für überflüssig hält, solange Trattorien leckeren Fisch anbieten, ohne dass man sich zuvor stundenlang an einen Teich stellen muss?«

Pippa verdrehte die Augen und zog Leo weiter. Konnte er sich nicht ein einziges Mal seine blöden, überheblichen Bemerkungen verkneifen, die automatisch aus ihm heraussprudelten, sobald sie mit einem anderen Mann sprach? Wütend presste sie die Lippen zusammen und versuchte, Leos Anwesenheit zu ignorieren.

»Ich verstehe, dass du über meine Vorschläge noch in Ruhe nachdenken musst«, sagte er schließlich.

»O bitte, Leo – nicht schon wieder«, gab sie verärgert zurück und ging zielstrebig über eine kleine Brücke, vor der sich der Weg gabelte. Ein Wegweiser zeigte zum Dorf, ein anderer verkündete, dass bis zum Grillplatz auf dem Berg etwas mehr als drei Kilometer Aufstieg zu bewältigen waren.

Leo blieb stehen und blickte über das Brückengeländer.

»Was ist denn das?«, fragte er und wies auf eine leere, ausgemauerte Wasserrinne unter ihm. »Von euch Deutschen bin ich eine so übertriebene Ordnung ja gewöhnt – aber wieso betonieren die Franzosen mitten in der schönsten Natur einen Bachlauf aus?«

»Weil alles hier künstlich angelegt ist«, Pippa beschrieb mit einer Armbewegung das ganze Rund des Stausees, »aber sich in Hunderten von Jahren hervorragend in die Umgebung eingepasst hat. Und ich glaube, das ist kein Bachlauf, sondern eine sogenannte Rigole. Sie sorgt bei Regen dafür, dass das Wasser dorthin gelangt, wohin es soll: in den See. Pia und ihre Freundin haben mir davon erzählt.«

Sie holte tief Luft. »Was hältst du davon, wenn du hier so

lange stehenbleibst, bis das passiert? Auf jeden Fall – lass mich endlich in Ruhe!«

Zielstrebig marschierte sie weiter in Richtung Dorf, als sie ein Stück Holz entdeckte. Es hatte genau die richtige Größe, um die Notausgangtür am Zufallen zu hindern, wenn sie wieder auf der Feuertreppe saß, um frische Luft zu schnappen. Als sie sich bückte, um es aufzuheben, hatte Leo sie eingeholt.

»Ziehst du mir das über den Schädel, wenn ich dich nicht in Ruhe lasse?«

»Probier es aus«, knurrte Pippa.

»Tut mir leid – aber in deinem eigenen Interesse kann ich deinem Gesuch nach Ruhe nicht stattgeben«, sagte er fröhlich. »Erstens lasse ich dich nicht schutzlos allein durch den dunklen Wald gehen, und zweitens haben wir zufällig den gleichen Weg. Außerdem bist du es, die mir folgt, denn ich bin auf direktem Weg zu meiner Unterkunft.«

»Zu deiner Unterkunft?« Pippa zog die Augenbrauen hoch. »Wo soll denn das sein?«

Sie bogen in die Geschäftsstraße ein, und Leo deutete auf die Kreuzung am Ende der Ladenzeile.

»In der Auberge Bonace. *Gasthaus Windstille* – nie wurde ein unpassenderer Name vergeben. Die Häuser sollten tauschen: Vent Fou – *Verrückter Wind* – würde wesentlich besser zur Chaos-Truppe des Bonace passen.«

Pippa horchte auf. Das war interessant – und die einmalige Chance, Leo von seinem Lieblingsthema abzulenken. »Erzähl mal.«

»Die Söhne der Didiers sind das reinste Strafbataillon.« Er lachte leise. »Jeder von ihnen hat ständig etwas auf dem Kerbholz – und das wird lautstark von der ganzen Familie diskutiert. Aber eines muss man den Jungs lassen: Sie halten zusammen wie Pech und Schwefel. Keiner verrät den anderen. Echte Brüder.

Gepetzt wird nicht – lieber treten sie alle gemeinsam eine Strafe an.«

»Werden die Jungs denn überhaupt bestraft?«

»Sollte mich wundern, wenn irgendein Tag ohne Küchendienst vergeht. Ziemlich praktisch – so müssen die Didiers kein Geld für eine Küchenhilfe ausgeben.«

»Tatsächlich? Ich hatte das Gefühl, dass die Eltern ihnen so einiges durchgehen lassen. Nach außen hin scheint es, als dürften sich die Jungen alles erlauben. Auf mich wirken sie wie kleine egoistische Monster.«

»Diesen Eindruck hast du gerne von uns Männern.«

»Und der wird zumindest von dir auch immer wieder bestätigt.«

»Man tut, was man kann.«

Leo verbeugte sich galant, und wider Willen musste Pippa lachen. Noch etwas, was Leo perfekt beherrschte: Auch wenn sie noch so wütend auf ihn war, schaffte er es immer, sie zum Lachen zu bringen.

Sie hatten die Brasserie gegenüber der Auberge Bonace erreicht, und Pippa blieb stehen.

»Wollen wir eine Kleinigkeit essen?«, fragte Leo und hielt ihr die Tür auf.

»*Ich* möchte dort hineingehen. Allein.«

Gleichmütig zuckte Leo mit den Achseln. »Wie du willst. Ob es dir allerdings ohne ausgewählte Gesellschaft so gut schmecken wird ...«

Pippa war erleichtert, dass er sich ohne Protest abwimmeln ließ, und betrat die wohltuend kühle Brasserie.

Der Wirt bot ihr sofort den Spähtisch am Fenster an, aber Pippa lehnte ab. Sie wollte in Ruhe nachdenken, der Blick in den Hinterhof des Bonace würde sie nur ablenken.

Sie sah sich im Gastraum um. Drei Tische waren mit Gästen besetzt, an einem davon erkannte sie die freundliche Riesin aus der Ferme de las Cases. Sie nickte zu ihr hinüber, und die Frau antwortete mit einem einladenden Lächeln. Da ihr nicht nach Konversation zumute war, suchte Pippa sich dennoch einen Einzeltisch.

Der Wirt wandte sich wieder der Tätigkeit zu, die ihn bereits vor Pippas Eintreten beschäftigt hatte: Er nahm vergilbte und verstaubte Fotografien des Lac Chantilly von der Wand. Wo sie gehangen hatten, blieben auf der Wand helle Rechtecke zurück, die von einem dunklen Rand umgeben waren.

Die junge Bedienung trat an Pippas Tisch. Nach einem schnellen Blick zu ihrem Vater sagte sie laut: »Bonjour, Madame. Wir haben Cinsault und Cassoulet. Alles andere ist aus.«

»Danke, sehr freundlich, aber weder noch. Ich hätte lieber nur eine Flasche gut gekühltes Wasser, ein paar Oliven und etwas Baguette«, antwortete Pippa und murmelte halblaut, mehr zu sich selbst: »Und eine große Portion Vergessen.«

Auf dem Weg zur Theke ging die Kellnerin an ihrem Vater vorbei und machte eine entschuldigende *Ich-habe-es-immerhin-versucht*-Geste.

Das Mädchen servierte eine beschlagene, eiskalte Flasche Wasser und goss ein Glas ein, das Pippa sofort in einem Zug leerte.

Der Wirt begann Aquarelle mit Ansichten des Sees und der Umgebung auf die vorhandenen Nägel zu hängen und schlug so zwei Fliegen mit einer Klappe: Die Bilder verliehen dem Raum nicht nur ein frischeres Aussehen, sondern verdeckten durch ihr größeres Format auch die Spuren der alten Fotografien.

So kann man natürlich auch renovieren, dachte Pippa.

Direkt neben ihren Tisch platzierte der Wirt ein Gemälde des Pavillon d'amour.

Er bemerkte ihren Blick und sagte: »Die Bilder habe ich günstig von einem Maler aus Toulouse. Er war ein paarmal zum Essen hier. Der wollte haargenau die gleichen Sachen wissen wie Sie … und hat die Informationen mit diesen Bildern bezahlt.« Er trat einen Schritt zurück und begutachtete das Gemälde. »Ich habe ein gutes Geschäft gemacht, finde ich. Für einen Amateur sind die Bilder wirklich gut.«

Er redet von Tisserand, dachte Pippa. Vielleicht denkt er, Alexandre und ich sind Journalisten, die hier für einen Artikel das Geheimnis der Rue Cassoulet recherchieren.

»Tja, wenn einer meiner Mitarbeiter schon alle Informationen hat, muss ich Sie ja nicht mehr belästigen«, sagte Pippa ironisch.

Das Gesicht des Wirts verdüsterte sich, als er erkannte, dass aus Pippa kein Profit mehr zu schlagen war.

»Die Bilder sind tatsächlich gut«, fügte Pippa hinzu.

Die Hünin am Nachbartisch hatte ihr Mahl mit einer Tasse Kaffee abgeschlossen und winkte den Wirt zu sich. »Das finde ich auch. Sag mal, wie heißt der Maler? Der könnte mein Paradies malen.«

Pippa entsann sich des Wimpels am Roller der Frau – ihr gehörte also das Chambres d'hote oben auf dem Berg!

»Tisserand heißt der Mann, Régine«, antwortete der Wirt. »Alexandre Tisserand. Macht gerade Urlaub im Vent Fou.«

»Schreib mir den Namen bitte auf, Antoine«, bat die Frau und erhob sich. »Und wenn er wiederkommt, sag ihm, ich habe einen Auftrag für ihn.«

Siehe da – Régine Nummer zwei. Und du solltest dich eigentlich an den Namen des Malers erinnern, Régine-Deux, dachte Pippa, zeichnet das nicht eine gute Wirtin aus? Der Mann macht seit Jahren bei dir Urlaub. Pascal hat sich Tattis Namen bestimmt schon nach ihrem ersten Besuch gemerkt.

Pippa verließ die Brasserie und ging in die Rue Cassoulet, um sich ein Bild vom Fortgang der Bauarbeiten zu machen und Tibor von Pias Entscheidung wegen der Fliesen in Kenntnis zu setzen. Das Thema vorhin auf dem Parkplatz anzuschneiden war ihr deplatziert vorgekommen.

Als sie anschließend ins Vent Fou weiterwollte, bemerkte sie, dass Tibor noch etwas anderes unter den Nägeln brannte.

»Gibt es noch etwas, das wir klären müssen?«, fragte sie.

»Es geht um ... es ist wegen ...«, druckste Tibor und fasste sich dann ein Herz: »Wegen Franz Teschke.«

»Ja, das ist wirklich ein trauriges Ende eines schönen Urlaubs.«

»Hm ... ja ... natürlich. Aber was ist denn jetzt mit den Wetten? Soll ich weitermachen?«

Das hätte ich mir denken können, dachte Pippa und sagte: »Damit habe ich nichts zu tun, Tibor. Möchte ich auch gar nicht, um ehrlich zu sein. Wenden Sie sich damit an die Kiemenkerle.«

»Wirklich tragisch. Ich hatte große Pläne mit dem Mann.« Tibor schüttelte enttäuscht den Kopf. »Den hätte man ganz groß rausbringen können – bei dem Talent an der Angel ... ein herber Verlust. Der wäre eine wirkliche Berühmtheit geworden. Und dann hätte er doch bestimmt einen cleveren Manager gebraucht, nicht wahr?«

Pippa war bereits Stunden in ihre Übersetzungsarbeit vertieft, als Karin anrief.

»Mit dir habe ich noch ein Hühnchen zu rupfen, du Intrigantin«, sagte Pippa. »Ich weiß alles über das Komplott mit Pascal.«

»Und? Findest du ihn etwa nicht nett? Als ich ihn in Berlin kennenlernte, dachte ich sofort, er ist der richtige Mann für dich.«

»Ach so? Du hast ihn sogar kennengelernt? Und als er durch

deine Qualitätskontrolle gelaufen war, hast du beschlossen, mich nach Frankreich zu verschachern, oder wie war das? Du kannst mich wohl nicht schnell genug loswerden.«

»Unsinn!«, rief Karin erschrocken. »Ich wollte nur, dass du wieder glücklich bist, und hielt ihn für das passende Geschenk zu deinem Vierzigsten.«

»Das sagen normalerweise Mütter zu ihren Töchtern. Bei mir reicht die Mutter allein nicht aus, da hängen sich noch eine Freundin mit rein und eine Großmutter und ...«

»Stopp! Zur Ehrenrettung deiner Mutter solltest du wissen, dass sie uns davon abhalten wollte. Sie meint, du findest dein Glück ohne Hilfe von außen – oder es findet dich.«

»Und damit hat sie absolut recht«, sagte Pippa. »Schade, dass ihr sie überstimmt habt. Tut mir den Gefallen und helft in Zukunft nicht mehr nach, ja?«

»Jetzt erzähl schon, wie es dir geht«, forderte Karin ungeduldig. »Es ist nicht zufällig gerade neuer Besuch eingetroffen?«

»Du meinst Leo. Ja, er ist hier. Und bei der Gelegenheit: Einen schönen Gruß an Ede Glasbrenner, er kann sich schon mal warm anziehen und auf meine Rückkehr freuen.«

»So schlimm?«

Pippa seufzte. »Schlimmer. Leo reckt schon wieder den Hals nach anderen Frauen, und Pascal kocht sich für mich die Seele aus dem Leib. Und dazu die Berliner Angler. Einer von ihnen wurde heute tot aufgefunden. Ein tragischer Unfall. Es könnte mir also nicht besser gehen.«

»Sag ein Wort, und ich mache mich sofort auf den Weg und rette dich.«

»Nicht nötig, wirklich.« Pippa lachte leise. »Gib lieber deinen Kindern ihren Seelenfrieden zurück. Die Ärmsten denken, dass die versprochene Reise nach Frankreich gestrichen ist.«

Wolfgang Schmidt wirkte abgekämpft, als er später bei ihr vorbeikam.

»Begleitest du mich heute Abend?«, bat er.

Sie stimmte zu und fragte: »Hast du beim Beerdigungsinstitut etwas erreicht?«

Schmidt nickte müde. »Sie haben Franz abgeholt und erledigen auch sonst alles Nötige.«

Er sah so erschöpft aus, dass Pippa ihn einfach an der Hand nahm. Sie zog ihn aus dem Zimmer und hinunter zur Restaurantterrasse.

Die Kiemenkerle waren vollzählig versammelt. Alle trugen ihre grünen Anglerhosen und karierte Flanellhemden. Schmidt bemerkte Pippas verblüfften Blick und erklärte: »Das ist ihre Art, Franz zu ehren: Anglergruß.«

Die Männer suchten sich Plätze an der langen Tafel, und Pippa setzte sich zwischen Wolfgang und Bruno.

Gerald Remmertshausen erhob sich und klopfte an sein Glas. »Liebe Freunde, wir haben uns hier versammelt, um unseres Freundes Franz Teschke zu gedenken. Er war ein großer Angler und geschätztes Mitglied der Kiemenkerle. Als letzten Beweis seiner Kunst zog er gestern einen bemerkenswerten Karpfen aus dem See und brach damit den bisherigen Vereinsrekord. Auf Franz!«

»Auf Franz!«, wiederholte die Runde am Tisch und trank.

»So muss man abtreten«, sagte Hotte, »im Augenblick des größten Triumphs.«

Zunächst blieb die Stimmung am Tisch traurig und gedämpft. Aber Flasche um Flasche Blanquette, Clairette und Cinsault wurden serviert und geleert, und bald klang vereinzelt erstes Gelächter auf. Es wurde viel über Franz Teschke geredet – und nicht nur Gutes, wie Pippa heraushörte.

»Dann kannst du dein Boot jetzt doch an mich verkaufen,

Achim«, rief Hotte quer über den Tisch, »ich trage dir nicht nach, dass du Franz vorziehen wolltest.«

Schwätzer verdrehte die Augen. »Noch einmal zum Mitschreiben: Ich will mein Boot nicht verkaufen, an dich nicht und auch an keinen anderen.«

»Das hat sich gestern Abend aber ganz anders angehört!« Rudi nickte seinem Kumpel Hotte zu. »Ich habe genau mitbekommen, wie Franz zu dir gesagt hat …«

»Richtig – *Franz* hat gesagt, nicht ich.« Schwätzer blickte die Freunde wütend an. »Nur weil Franz mal wieder sein dummes Maul zu weit aufgerissen hat …« Er unterbrach sich, weil alle am Tisch ihn empört anstarrten. »Ist doch wahr …«, murmelte er.

Nach einem Moment betretenen Schweigens fragte Blasko: »Was ist mit der Rechnung für heute Abend? Wollen wir einfach durch alle Anwesenden teilen? Wir sind …« Er begann, durchzuzählen, aber Gerald Remmertshausen unterbrach ihn.

»Lass mal, Blasko. Das ist ein Essen für Franz. Das zahlen wir aus der Kasse der Mitgliederbeiträge. Hotte?«

Der Kassenwart hob bedauernd die Hände. »Geht leider nicht. Da ist nicht mehr genug drin.«

»Wie bitte?« – »Das ist unmöglich!« – »Mach keine schlechten Scherze, Hotte!« – »Wo ist das ganze Geld?«, riefen die Männer am Tisch durcheinander.

Hotte wand sich verlegen, als hätte er sich vor genau diesem Moment schon lange gefürchtet. Endlich sagte er: »Vor unserer Abfahrt habe ich Franz das Geld gegeben, damit er das Licht und die Tür des Kühlwagens reparieren lässt.«

»Das ist wieder typisch Teschke!«, donnerte Blasko wütend. »Nimmt der Trottel das Geld und vergisst dann den Auftrag. Sieht ihm ähnlich.«

»Ganz so war es nicht«, meldete Hotte sich wieder zu Wort.

Alle wandten sich ihm zu, und er fuhr zaghaft fort: »Er hat eine Rechnung für Ersatzteile eingereicht. Deshalb bin ich davon ausgegangen, dass er den Wagen repariert hat.«

»Hat er nicht – sonst würde er ja noch leben«, fauchte Blasko.

»Immerhin ...«, Hotte sah sich panisch in der Runde um, »es gibt diese Rechnung. Darauf stehen eine neue Tür und seine Arbeitsstunden. Ich habe ihn gefragt, ob es ein neuer Riegel nicht auch getan hätte, aber er sagte, das reiche nicht. Ich dachte noch, dass wir für das Geld fast einen gebrauchten Kühlanhänger in Topzustand hätten kaufen können.«

Blasko schlug mit der Faust auf den Tisch, dass Gläser und Geschirr laut klirrten. »Dieses Kameradenschwein – lässt sich für Arbeitsstunden bezahlen, die er gar nicht geleistet hat.«

»Warum hast du Franz das durchgehen lassen und uns nicht informiert?«, fragte Wolfgang Schmidt ärgerlich.

»Ich wollte uns allen den Urlaub nicht verderben«, antwortete Hotte.

»Die Tür hat jedenfalls noch den gleichen Defekt wie vorher«, sagte Rudi. »Und somit wissen wir endlich, wie er die Schickimicki-Angel mit der Speedjiggingfunktion bezahlt hat.«

»Dann hat ihn seine verdammte Gier das Leben gekostet?«, fragte Lothar und schüttelte entsetzt den Kopf.

»Hört sich für mich nach ausgleichender Gerechtigkeit an«, polterte Blasko.

»Liebe Freunde!«, rief Bruno erschüttert. »Was ist mit euch los? Ein Clubkamerad ist tragisch ums Leben gekommen, und ihr ...« Er konnte nicht weitersprechen.

»Bruno hat recht«, sagte Achim Schwätzer scharf, »wir sollten kein vorschnelles Urteil fällen. Vielleicht hat Franz die Ersatzteile gekauft und es nur nicht mehr geschafft, alles rechtzeitig einzubauen. Wir sitzen hier zusammen, um Franz zu ehren – und über einen Toten soll man nichts Schlechtes sagen.«

»Das sagt der Richtige!«, höhnte Blasko. »Seit wann fällt ausgerechnet dir zu anderen etwas Gutes ein?«

Alle am Tisch redeten durcheinander, schimpften oder diskutierten miteinander.

»Hier ist ja was los«, flüsterte Pippa Wolfgang Schmidt zu.

In diesem Moment verschaffte sich Remmertshausen wieder Gehör, indem er ein weiteres Mal an sein Glas klopfte. »Bitte, meine Herren, wir werden uns doch zu benehmen wissen. Es geht hier um Wichtigeres.«

»Wir sind schließlich auch hier, um über den Wettbewerb zu sprechen«, sagte Vinzenz, der sich bisher zurückgehalten hatte. »Wie soll es damit weitergehen?«

»Genau!«, meldete Achim Schwätzer sich zu Wort. »In unserer Mannschaft fehlt jetzt ein Angler. Das ist ungerecht. Wir sollten Tibor fragen, ob …«

Beringer machte eine Handbewegung, als wollte er eine lästige Fliege verscheuchen, und unterbrach seinen Kollegen. »Wir sollten den Wettbewerb absagen. Wir bleiben noch, bis Franz überführt wird, und begleiten ihn zurück nach Berlin – das ist mein Vorschlag.«

Bruno nickte zustimmend. »Das ist ein guter Vorschlag. Ein wirklich guter Vorschlag. Und bis dahin angeln wir einfach des Angelns wegen.«

»Und das ganze Geld?«, rief Hotte aufgebracht. »Die zehntausend Euro? Was wird mit dem Preisgeld?«

»Damit bezahlen wir Franz' Überführung und seine Beerdigung«, schlug Vinzenz vor.

»Genau«, sagte Wolfgang Schmidt trocken, »er hätte das Geld sowieso gewonnen.«

Kapitel 15

Gegen Mitternacht verabschiedete Pippa sich von der Feier und ging in ihre Wohnung. Nach einer ausgiebigen Dusche saß sie mit einem Glas Blanquette auf dem Bett und ließ den Tag Revue passieren. Selbst durch das geschlossene Fenster konnte sie die lebhaften Diskussionen der Kiemenkerle von der Terrasse hören.

Nach und nach verebbten die Gespräche, und es klang nach Aufbruch. Pippa stellte sich ans Fenster und beobachtete den Rückweg der Angler ins Camp. Jeder ging für sich allein über den Damm; selbst Rudi und Hotte, sonst unzertrennlich, hielten Abstand.

Ihr fiel auf, dass Lothar Edelmuth mit hängenden Schultern hinter den anderen hertrabte.

Warum suchte Lothar nicht Trost bei seiner Frau? Oder Gerald Remmertshausen bei Tatti?

Nachdenklich spülte Pippa das Glas, kuschelte sich ins Bett und löschte das Licht. Obwohl sie todmüde war, wollte der Schlaf sich zunächst nicht einstellen; zu viel ging ihr im Kopf herum. Sie konzentrierte sich darauf, ruhig und tief zu atmen, und endlich dämmerte sie weg.

Klack!

Sie schlug die Augen auf und lauschte. Hatte sie sich das Geräusch nur eingebildet?

Klack! Klack!

Sie richtete sich auf. Jemand warf Steinchen gegen ihr Fenster! Sie seufzte und quälte sich aus dem Bett. Als sie das Fenster öffnete, prallte ein Stein gegen ihre Stirn.

»Au! Verdammt! Wer …« Sie rieb sich die schmerzende Stelle und sah vorsichtig hinaus.

»Oh, Madame Pippa«, rief eine Kinderstimme entsetzt aus, »das wollte ich nicht! Ich bin's! Cedric!«

Unter ihrem Fenster stand der jüngste Sohn der Didiers und schaute mit zerknirschtem Gesichtsausdruck zu ihr hoch. Er trug einen viel zu großen Pyjama und stand barfuß auf den kalten Wegplatten. In der nächtlichen Kühle zitterte er am ganzen Körper.

Da trägt jemand die Sachen der größeren Brüder auf, dachte sie, oder will erwachsener wirken.

»Was machst du hier, Cedric?«

»Sie sind doch Detektivin«, antwortete der Junge, »ich muss dringend mit Ihnen sprechen. Bitte.« Seine Stimme klang verzweifelt.

»Jetzt? Mitten in der Nacht?«

Sie konnte nicht genau erkennen, ob er nickte oder vor Kälte schlotterte. Sie stieß einen leisen Fluch aus. »Also gut. Warte einen Moment, Cedric, rühr dich nicht von der Stelle. Ich komme zu dir.«

Pippa zog sich einen Trainingsanzug über das Nachthemd und schlüpfte in Turnschuhe. Beim Hinausgehen schnappte sie sich eine warme Decke und das Holzstück, das sie aus dem Wald mitgebracht hatte. Sie klemmte es zwischen Tür und Rahmen des Notausgangs und lief eilig die Wendeltreppe hinunter.

Cedric stand noch immer unter ihrem Fenster und blickte ihr erwartungsvoll entgegen. Fröstelnd hatte er die Arme um sich geschlungen und trippelte von einem Fuß auf den anderen. Er wehrte sich nicht, als Pippa ihn in die Wolldecke hüllte. Sie legte ihm den Arm um die schmalen Schultern und ging mit ihm die Auffahrt hinunter auf die Straße zu.

»Es ist fast zwei Uhr – was um alles in der Welt tust du hier? Ich nehme doch nicht an, dass deine Eltern wissen, wo du steckst?«

Er schüttelte den Kopf und sagte stolz: »Ich hab gewartet, bis alle schlafen. Dann bin ich aus dem Fenster geklettert. Da ist eine riesige Steineiche, ihre dicken Zweige reichen bis an mein Fenster. Es ist ganz einfach. Ich habe das schon oft gemacht.«

Wieso überrascht mich das jetzt nicht?, dachte Pippa. »Ich bringe dich zurück nach Hause. Es ist zu kalt, um ohne Schuhe durch die Nacht zu geistern. Viel kälter als die Nächte zuvor.«

»Das kommt von unserem Wind, der heißt Autan und kommt vom Mittelmeer rüber«, erklärte der Junge altklug. »Der bringt mächtig Kopfschmerzen, und nach ein paar Tagen drehen alle Leute durch. Vor allem die Erwachsenen.« Unvermittelt blieb er stehen und rief angriffslustig: »Nach Hause gehe ich erst, wenn ich Ihnen meinen Auftrag erteilt habe!«

»Auftrag?!«, fragte Pippa verblüfft.

Cedric nickte. »Das habe ich im Fernsehen gesehen. Das macht man so. Man hat ein Problem. Dann sucht man sich einen Detektiv, und dann erteilt man den Auftrag, und der Detektiv macht alles wieder wie vor dem Problem.« Er ließ sich weiterziehen und fügte zögernd hinzu: »Im Fernsehen sind das alles Männer. Aber Sie gehen auch. Ich kenne ja keinen anderen Detektiv.«

Pippa verkniff sich ein Schmunzeln. »Korrektur: Du kennst *gar keinen* Detektiv. Ich bin nämlich keiner. Und ich nehme auch keine Aufträge an.«

Cedric machte eine wegwerfende Handbewegung. »Klar – das müssen Sie sagen, weil Sie undercover sind. Das habe ich auch gesehen. Ich weiß Bescheid.«

Nach einer kleinen Pause fragte er: »Sind Sie sehr teuer?«

Er nestelte ein Sparbuch aus der Tasche seiner Schlafanzugjacke und hielt es ihr hin. »Das ist vom Zeitungaustragen und vom Spüldienst. Das können Sie alles haben, wenn Sie meinen Bruder wiederfinden.«

Jetzt blieb Pippa stehen. »Einer deiner Brüder ist weg?«, fragte sie erschrocken.

Cedric sah sie aus großen Augen ernst an. »Ja. Der, den ich nicht kenne.«

Sie standen am Ende der Auffahrt, als sie eilige Schritte hörten, die sich näherten. Eine Frau kam mit wehendem Mantel die Rue Cinsault entlanggelaufen.

»Oh, Mist«, murmelte Cedric, »*maman*.«

»Mein Gott«, sagte Cateline außer Atem, als sie Pippa und Cedric erreicht hatte, »Junge – was machst du denn mitten in der Nacht hier draußen?«

»Wie hast du überhaupt mitgekriegt, dass ich weg bin?«, fragte Cedric zerknirscht. »Ich war doch ganz leise.«

»Nicht leise genug, mein Lieber.« Cateline zog ihn liebevoll an den Ohren. »Außerdem bist du viel zu jung, um dich nächtens zu einer älteren Frau zu schleichen.«

Als der Junge merkte, dass seine Mutter viel zu erleichtert war, ihn gefunden zu haben, um ihn zu bestrafen, bekam er Oberwasser. »Aber sie kann uns helfen«, sagte er eifrig, »sie hat so was schon öfter gemacht. Madame Pippa klärt Geheimnisse auf.«

Pippa fing Catelines durchdringenden Blick auf und fragte Cedric: »Woher hast du denn das?«

»Ich war gestern schwimmen«, erklärte er stolz, »und als ich mich zum Trockenwerden auf die Felsen gelegt habe, redete Régine aus dem Touristenbüro gerade mit Régine aus dem Paradies. Erst hat sie ihr ein paar Besucher angekündigt – und dann haben die beiden sich unterhalten. Über Sie.« Er zeigte auf Pippa.

»Dass sie weiterhilft, wo die Polizei es nicht kann«, fuhr er aufgeregt fort, »und bei uns konnte sie ja nicht.«

Cateline packte ihren Sohn bei den Schultern. »Wovon redest du denn, um Himmels willen?«

Cedric schluckte, dann sagte er leise: »Der Mann heute – der tote Angler, meine ich –, der hat hier keine Familie, aber er hat all diese Männer um sich rum, die sich um ihn kümmern. Sogar, wo er jetzt tot ist. Jean, der hat Familie, aber keiner von uns kümmert sich um ihn. Der ist jetzt vielleicht ganz alleine tot, und das sollte nicht sein. Auch wenn man tot ist, sollte man jemand um sich haben. Uns.«

Cateline ließ Cedric los und trat betroffen einen Schritt zurück.

Als der Junge weitersprach, klang seine Stimme vorwurfsvoll. »Ihr habt uns immer wieder gesagt, wir sind Brüder, und Brüder bekämpfen sich nicht. Alle für einen, einer für alle, wie bei den Musketieren. Aber warum dann nicht für Jean?«

Cateline starrte ihren Sohn an, als sähe sie ihn zum ersten Mal. In ihrem Gesicht arbeitete es, und Pippa hielt den Atem an, während sie auf Catelines Reaktion wartete. Diese zog Cedric liebevoll an sich und flüsterte: »Du hast recht, mein Kleiner, vielen Dank, dass du mich daran erinnert hast. Niemand sollte allein sein. Jean gehört zur Familie. Ganz gleich, was er gemacht hat. Ganz gleich, ob lebendig oder tot. Ich werde alles mit Pippa regeln, versprochen – aber du gehst jetzt ins Bett, und zwar sofort.«

Der Junge entwand sich den Armen seiner Mutter und sah Pippa hoffnungsvoll an.

»Du kannst dich auf uns verlassen, Cedric«, sagte sie. »Wir tun, was wir können.«

Cedric strahlte und stürmte dann die Straße entlang nach Hause. Alle paar Schritte machte er einen kleinen Luftsprung.

»Auf den können Sie stolz sein«, sagte Pippa zu Cateline, die ihrem Sprössling nachdenklich hinterherblickte.

»Ich weiß. Bei mir selbst bin ich da nicht so sicher.«

Weil du mich vor weniger als vierzig Stunden gebeten hast, nicht mehr nach Jean zu suchen, dachte Pippa, und jetzt steckst du in einer Zwickmühle, weil du eine Kehrtwendung machen musst.

»Lassen Sie uns zum Pavillon gehen, Cateline. Dort können wir uns ungestört unterhalten.«

Cateline nickte. Wortlos gingen sie über die Picknickwiese, denn Pippa wollte Cateline noch ein wenig Zeit zum Nachdenken geben.

Der Wind hatte sich gelegt, und im Pavillon waren sie zusätzlich geschützt. Sie setzten sich eng nebeneinander auf eine Bank.

»Sieht so aus, als müsste ich Sie bitten, mit Ihren Nachforschungen fortzufahren«, sagte Cateline.

»Gern – wenn Sie sich dessen sicher sind«, erwiderte Pippa. »Erzählen Sie mir bitte ehrlich, was damals passiert ist.«

Cateline blickte auf ihre Knie. Eine Zeitlang rang sie mit sich, dann seufzte sie und begann zu sprechen: »Der Junge lebte seit unserer Hochzeit bei den Legrands – aber Thierry wollte seinen Sohn gerne wieder bei uns haben. Deshalb haben wir zu diesem Essen eingeladen. Wir wollten ihm sagen, dass wir ihm die Entscheidung überlassen, wo er wohnen möchte. Er sollte wissen, dass unsere Tür jederzeit für ihn offen steht – dass er genauso in die Familie gehört wie das Kind, das ich erwartete.«

»Und das war mit Ferdinand und Lisette abgesprochen?«, fragte Pippa vorsichtig.

Wieder seufzte Cateline. »Unglücklicherweise nicht, denn

Thierry war der Meinung, er könne das allein entscheiden. Damit haben wir Lisette und Ferdinand natürlich überrumpelt, und es gab bösen Streit. Die beiden wollten gehen und fragten Jean, ob er mitkäme. Als der Junge sich ihnen anschließen wollte, flippte Thierry aus. Er warf Lisette und Ferdinand vor, sie würden den Jungen gegen ihn aufhetzen und ihm mutwillig entfremden.«

Warum hat Vinzenz das eigentlich nicht erwähnt, dachte Pippa. Oder hat er es nicht herausgefunden?

»Lisette und Ferdinand waren zu Recht wütend«, fuhr Cateline fort, »Thierry und ich haben alles falsch gemacht. Wir haben die beiden vor den Kopf gestoßen und den Jungen völlig überfordert. Wir wollten alles auf einmal. Der Junge sollte sich mit uns versöhnen und sich gleichzeitig über das neue Kind in der Familie freuen. Ich weiß nicht, wer wütender war über meine Schwangerschaft: Ferdinand oder der Junge.«

Cateline holte tief Luft. »Dummerweise hat Ferdinand dann gesagt, dass wir den Jungen doch gar nicht mehr bräuchten, wenn wir bald ein eigenes Kind bekommen. Ich hätte nicht gedacht, dass Thierry noch wütender werden könnte, aber er wurde es. *Ein eigenes Kind?*, hat er wie von Sinnen gebrüllt. *Jean ist mein Kind! Mein Sohn! Und daran ist nichts zu rütteln! Wenn du einen Sohn haben willst, krieg selber einen!*«

»Ich schätze, das hat Ihrem Schwager gar nicht gefallen.«

»Er hat meinem Mann einen Kinnhaken versetzt. Als Thierry zurückschlagen wollte, hat sich der Junge dazwischengeworfen. Ich bin sicher, er wollte nur helfen – eine Schlägerei verhindern, aber ...«

»Jean hat Thierrys Antwort abbekommen.«

»Mitten ins Gesicht. Das war entsetzlich. Ich dachte schon, er hätte ihm ein paar Zähne ausgeschlagen – jedenfalls hat der Junge stark aus Mund und Nase geblutet. Thierry hatte ihn noch nie geschlagen. Auch wenn es keine Absicht war ... wir waren alle schockiert.«

»Ist so das Blut auf die Treppe gekommen?«

Cateline schüttelte den Kopf. »Nein. Die Schlägerei fand im Wohnzimmer statt. Thierry war über sich selbst entsetzt und hat gebrüllt, dass alles Ferdinands Schuld sei. Sein Schwager wolle einfach nicht zugeben, dass vielleicht er derjenige ist, der keine Kinder bekommen kann, und nicht die arme Lisette – und eigne sich deshalb fremde Kinder an.«

»Ein Schlag unter die Gürtellinie. Nicht besonders schön für die Legrands.«

»Ferdinand war der festen Überzeugung, dass Schwangerschaften *reine* Frauensache sind. Wenn er den Tatsachen ins Auge gesehen und sich zum Arzt getraut hätte, wäre Lisette vielleicht heute selbst Mutter. Aber Ferdinands Angst um seine verdammte Männlichkeit ließ das nicht zu.«

»Gott sei Dank hat sich das heutzutage geändert.«

»Glauben Sie? Ich wäre mir da nicht so sicher. Manche Männer gehen auch heute noch nicht zum Arzt, wenn sie Angst haben, es könnte bei ihnen Unfruchtbarkeit festgestellt werden. Dann wären sie ja kein ganzer Mann mehr!« Cateline lachte bitter auf. »Aus dem gleichen Grund lehnen sie es empört ab, sich sterilisieren zu lassen, wenn genug Kinder im Haus sind – das könnte ja ebenfalls ihre Männlichkeit schwächen. Bei der Frau finden sie einen derartigen Eingriff natürlich vernünftig oder erwarten von ihr, dass sie die Pille nimmt ... Aber so ist Frankreich. Mag sein, dass das in Deutschland schon anders ist.«

Dein kleiner Exkurs hat mir jetzt mehr über deinen Thierry verraten, als dir lieb sein kann, Cateline, dachte Pippa. Vielleicht ist er eben doch eine andere Generation. Obwohl, wenn ich es recht bedenke: Leo hätte auch Theater gemacht.

»Und nachdem Thierry seinen Schwager der Unfruchtbarkeit

bezichtigt hatte, sind die Legrands gegangen – ohne Jean?«, fragte Pippa.

Cateline nickte. »Genau. Thierry hat ihnen jeglichen weiteren Umgang mit dem Jungen verboten. Dann hat er Jean nach oben auf sein altes Zimmer geschickt.«

Tatsächlich?, dachte Pippa. Pascal hat doch erzählt, dass Jean in den Kriechkeller gesperrt wurde! Oder haben Lisette und Ferdinand da übertrieben, um Pascal zu beeindrucken?

»Und wie ging es Ihnen nach diesem turbulenten Abend, Cateline?«, fragte sie.

»Nicht gut. Ich fühlte mich schuldig, denn meine Schwangerschaft hatte alles ins Rollen gebracht. Nach der ganzen Aufregung war mir fürchterlich übel, und ich hatte große Angst, dass der Streit zwischen Thierry und dem Jungen weiter eskalieren könnte.« Sie seufzte. »Ich habe Thierry aus dem Haus gezogen, damit er sich beruhigt. Wir sind spazieren gegangen. Um den ganzen See. Leider habe ich mich zwischendurch immer wieder ausruhen müssen. Wir waren Stunden weg.« Sie blickte traurig über den ruhig daliegenden Lac Chantilly, als würde sie den Weg in ihrer Erinnerung noch einmal gehen. »Unser zweiter Fehler: Wir haben uns nach diesem Eklat nicht sofort um Jean gekümmert. Wir haben ihn alleingelassen.«

Cateline schwieg einen Moment. »Es war ein schlechter Tag für dieses Treffen. Der Autan wehte. Da sind die Menschen nervöser – und unberechenbarer als sonst.«

Pippa erwiderte nichts, um Cateline nicht zu unterbrechen. Es herrschte tiefe Stille, im Camp war keiner der Angler noch wach. Nur der Mond schien, und oben am Berg leuchtete das Licht des Chambres d'hotes du Paradis.

Nach einer langen Pause sprach Cateline endlich weiter. »Als wir ins Haus zurückkamen – das war schrecklich. Der Junge war verschwunden. Er hatte ein paar Kleinigkeiten in seine

Sporttasche gepackt, und im Safe fehlten die letzten beiden Raten für das Bonace.« Sie schüttelte sich. »Am entsetzlichsten war das viele Blut. Es ergoss sich über die ganze Treppe, wie ein Bach. Und überall dieser eklige, süße Geruch. Bis heute kann ich kein Blut riechen, mir wird immer noch genauso schlecht davon wie damals.« Sie rang nach Luft. »Ich habe diesen grauenvollen Gestank einfach nicht ausgehalten und mir die Seele aus dem Leib gekotzt. Ich konnte einfach nicht aufhören. Thierry hat mich nach Revel zum Arzt gefahren. Aber es war zu spät.«

»Sie haben Ihr Kind verloren.«

Trotz der Dunkelheit sah Pippa, dass Cateline nickte.

Also hatten Bruno und Abel recht mit der Fehlgeburt – aber die erklärte nicht das Blut auf der Treppe.

»Ich habe mich jahrelang nicht davon erholt«, sagte Cateline, »von Kindern wollte ich erst einmal nichts mehr hören.« Sie lachte leise. »Aber ich habe ganz schön aufgeholt, was?«

»Eine Frage habe ich noch, Cateline. Mir fällt auf, dass alle immer nur von *dem Jungen* sprechen. Niemand nennt seinen Namen.«

»Jean ... er war für alle immer noch das Kind. Er war so ein wunderschöner Junge.«

Pippa wandte sich Cateline zu und sah sie prüfend an.

»Ich habe ihn wirklich gern angesehen«, sagte Cateline leise. »Es treibt mich um, dass er das missverstanden und sich Hoffnungen gemacht hat. Jean hatte sich in mich verliebt, und ich habe es zugelassen. Ohne diese Schwärmerei wäre das alles nicht passiert.«

»Waren Sie viel mit ihm allein?«

»Er hat in den Sommerferien im Vent Fou gejobbt – wir haben uns praktisch täglich gesehen. Durch ihn habe ich Thierry überhaupt erst kennengelernt.«

Auch das noch, dachte Pippa. Es muss ein schwerer Schlag

für Jean gewesen sein, die erste große Liebe an den eigenen Vater zu verlieren.

»Jean hat seinen Vater sehr verehrt«, erzählte Cateline weiter, »aber er hat Thierry natürlich zu einer anderen Generation gezählt als mich und sich selbst. Als einen möglichen Konkurrenten um meine Gunst hat er ihn überhaupt nicht wahrgenommen. Verständlich – Thierry ist zwanzig Jahre älter als ich und Jean nur fünf Jahre jünger. Und wir hatten so viele gemeinsame Interessen. Er begleitete mich auf der Gitarre, wenn ich sang, er archivierte die Fossilien, die ich sammelte, wir waren häufig zusammen angeln und ...« Ihre Stimme brach.

»Hatten Sie ein Verhältnis mit Jean?«

Cateline machte eine abwehrende Handbewegung. »Du liebe Güte – nein. Er war der Erste, den ich in dieser fremden Umgebung kennenlernte, und er war nett zu mir. Ich gebe zu, ich habe mich geschmeichelt gefühlt. Alle Mädchen waren in ihn verknallt, aber ich nie. Wirklich nicht. Für mich war er nur der Sohn des Mannes, den ich liebte. Das war ein großer Fehler.«

»Und jetzt, wie ist es jetzt? Ihre Schwester meint, Sie haben vielleicht Angst, Jean heute zu begegnen.«

»Ach ja?«, fragte Cateline interessiert. »Wieso denkt sie das?«

»Nun ja ...«, Pippa druckste unbehaglich, »immerhin ist er die jüngere Version Ihres Gatten ...«

Cateline saß einen Moment völlig ruhig da. Dann sagte sie: »All die Jahre – und meine Schwester kennt mich immer noch besser als ich mich selbst.«

Kapitel 16

Auf einmal sprang Cateline auf und ging an die Balustrade. Sie lehnte sich vor und deutete zum Strand unterhalb der Picknickwiese. »Wir sind nicht allein, Pippa. Schauen Sie mal.«

Pippa stellte sich neben Cateline und kniff die Augen zusammen, um im schwachen Mondlicht besser sehen zu können.

Am Ufer des Sees entledigte sich eine schlanke Frau ihrer Kleidung. Sie stand einen Moment nackt vor dem ruhigen Wasser und ging dann so langsam hinein, als hoffte sie, die glatte Oberfläche durch ihr Eindringen nicht zu stören. Es sah aus, als würde die Gestalt mit dem See verschmelzen.

»Das ist Tatjana Remmertshausen«, sagte Pippa, »was macht die denn um diese Zeit hier? Ich dachte, sie schwimmt ausschließlich im Pool.«

»Sie hat doch nicht etwa vor …«, rief Cateline besorgt.

Sie sahen einander entsetzt an und rannten gleichzeitig los.

Cateline riss sich schon im Laufen den Mantel herunter und stürzte sich ohne Zögern ins Wasser, während Pippa wie gelähmt am Ufer stand und verzweifelt in ihrem Gedächtnis kramte, was sie über die Lebensrettung Ertrinkender wusste.

Cateline erreichte Tatjana mit wenigen kräftigen Schwimmstößen. Sie umklammerte die Überraschte, drehte sie auf den Rücken und umfasste sie von hinten mit dem linken Arm. Dann schwamm sie mit dem freien rechten Arm rückwärts zum Ufer, die zappelnde Tatjana hinter sich herziehend.

»He!«, schrie Tatjana. »Was soll das?«

Cateline ließ ihr keine Chance, sich aus dem fachmännischen Rettungsgriff zu befreien. Der *Brust-Schulter-Schleppgriff*, schoss es Pippa durch den Kopf, als ihr Gehirn sich plötzlich entschloss, die Informationen freizugeben.

Cateline zerrte Tatjana ans Ufer und legte sie auf den Rücken in den Sand, wo sie bewegungslos liegen blieb.

»Alles in Ordnung mit Ihnen?«, fragte Cateline außer Atem.

Pippa ließ sich neben Tatjana auf die Knie fallen. »Tatti, sag doch was! Geht es dir gut? Können wir dir helfen?«

Tatjana setzte sich auf und starrte die beiden Frauen sprachlos an.

»Kein Kummer ist so groß, dass Freunde ihn nicht lindern können«, sagte Cateline.

»Sag doch endlich was«, rief Pippa beschwörend. »Was können wir für dich tun?«

Tatjanas Mundwinkel zuckten. »Mich schwimmen lassen«, erwiderte sie, »oder wonach hat das für euch ausgesehen?«

»Ich dachte, du …« – »Es sah aus, als wollten Sie …«, setzten Pippa und Cateline gleichzeitig an.

»Beeindruckend, dieser Lac Chantilly. Hier ist die Lebensrettung sogar mitten in der Nacht im Einsatz«, unterbrach Tatjana sie trocken.

»Das kommt davon, wenn man vier Kinder hat«, sagte Cateline, »da nimmt man immer das Schlimmste an, um das Allerschlimmste zu verhindern!«

»Ich konnte nicht schlafen«, erklärte Tatjana, »und wollte ein paar Schritte laufen. Der See sah so verlockend aus. Ich liebe es, in eine ruhige Wasserfläche zu gleiten und allein meine Kreise zu ziehen.«

»Das Wasser sieht wirklich verlockend aus«, sagte Pippa.

Tatjana sprang auf und rief: »Na los, Mädels, traut euch. Runter mit den Klamotten. Das Wasser ist noch richtig warm!«

Pippa musste nicht überredet werden – und Cateline war ohnehin nass. Sie zogen sich aus und rannten zusammen ins Wasser.

Tatjana hatte recht – trotz der kühlen Nachtluft hatte der See noch die Wärme der vergangenen Tage gespeichert, und selbst an den tiefsten Stellen war die Temperatur angenehm. Nach kurzer Zeit schwammen sie aufeinander zu.

»Das ist ja wunderbar«, sagte Pippa wassertretend, »das hätte ich schon längst mal machen sollen.«

»Wenn das die Kiemenkerle wüssten – drei Meerjungfrauen, direkt vor ihrer Nase.« Tatjana kicherte, schluckte etwas Wasser und hustete lachend.

»Ich glaube, Fischleiber sind denen lieber«, prustete Pippa.

»Ich könnte mir noch andere Interessenten vorstellen«, sagte Cateline. »Sie sind doch mit allen beiden befreundet, nicht wahr?«

Tatjana wurde abweisend. »Wen meinen Sie?«

»Pascal und diesen Maler, Monsieur Tisserand«, erwiderte Cateline.

Tatjana entspannte sich sichtlich. »Befreundet würde ich nicht sagen«, sagte sie leichthin. »Gut bekannt.«

»Sie haben mich gestern nicht bemerkt, aber ich habe gesehen, wie Tisserand Sie gemalt hat – hinter dem Dorf, auf der Bank am Spazierweg nach Revel. Zwischen den großen Buchen. Ich war auf der Suche nach den Jungs, wie immer. Die Rabauken waren weg, ihre Fahrräder waren weg – das bedeutet wilde Schussfahrten ins Tal.«

»Ich habe mir den Ort selbst ausgesucht«, erklärte Tatjana. »Es ist so langweilig, porträtiert zu werden, da wollte ich wenigstens die Aussicht genießen. Es ist mein Lieblingsplatz in Chantilly.«

»Soll das Porträt für deinen Mann sein?«, fragte Pippa.

»Ich dachte eher, ein Verehrer malt Sie. Für mich sah es so

aus, als würde Monsieur Tisserand Sie sehr bewundern«, sagte Cateline.

»Ha – von wegen!« Tatjana schlug mit der Hand aufs Wasser. »Bei Pascal läuft Pippa mir gerade den Rang ab, und für Alexandre bin ich nur ein zahlendes Modell.« Leiser fügte sie hinzu: »Außerdem wäre es mir viel lieber, man würde nicht nur meine Nähe suchen, um mich anzubeten oder zu bewundern, sondern, um mit mir Pferde zu stehlen.«

»Sie glauben an echte Freundschaft zwischen Männern und Frauen?«, rief Cateline. »Meine Damen, lassen Sie es sich gesagt sein: Echte Freundschaft und Chantilly – das geht nicht zusammen. Erst recht nicht zwischen Mann und Frau. Hier will jeder, wenn er sich um den anderen bemüht, immer nur irgendetwas bei oder durch ihn oder sie. Hier geschieht nichts aus reiner Sympathie.«

»Kommen Sie, es kann doch nicht alles Berechnung und Hinterlist sein«, gab Pippa zu bedenken.

»O doch«, murmelte Tatjana.

Urplötzlich schnellte sie mit dem Oberkörper aus dem Wasser, legte jeder Frau eine Hand auf den Kopf und drückte sie schwungvoll unter Wasser.

»Du Biest, na warte«, keuchte Pippa, als sie wieder an die Oberfläche kam, aber Tatjana war schon auf dem Weg zurück ans Ufer.

»Haben wir nicht irgendeinen Grund zum Feiern?«, fragte Pippa, als sie sich wieder angezogen hatten, »mir ist gar nicht danach, ins Bett zu gehen.«

»Geht mir auch so«, sagte Cateline sofort. »Und es macht mir Spaß, mein verrostetes Deutsch aufzupolieren. Ich habe es seit meinem letzten Besuch im Elsass nicht mehr gesprochen – das ist schon ewig her.«

Tatjana zeigte zum Bergrücken hinauf, wo ein schmaler, hellgrau schimmernder Streifen den Morgen ankündigte. »Feiern wir, dass es bald hell wird. Ich habe seit Urzeiten keine Nacht mehr durchgemacht.«

»Feiern wir doch uns selbst – und dass wir eine Flasche Blanquette zum Feiern haben«, entschied Pippa gutgelaunt. »Ich lade euch zu einem Umtrunk in meine Ferienwohnung ein. Im Gleichschritt marsch, wie unser Blasko sagen würde.«

Kichernd wie Teenager, die sich nachts heimlich ins Elternhaus zurückschleichen, stiegen sie die Feuertreppe zu Pippas Stockwerk hinauf. »Pscht«, machte Pippa, als sie die Notausgangtür erreichten, und löste damit bei allen einen erneuten, kaum zu unterdrückenden Lachanfall aus.

Pippa wollte die schwere Eisentür mit Schwung aufziehen – und drehte sich erstaunt zu den anderen um, als sie feststellte, dass der Notausgang fest verschlossen war.

»Das gibt es doch gar nicht – die Tür ist zugefallen. Dabei habe ich extra ein Stück Holz zwischen Tür und Rahmen gelegt.«

Pippa schüttelte den Kopf. »Aber das hat sich schon bei Franz Teschke nicht bewährt.«

»Schätze, das Haus will nicht, dass ich es nach so vielen Jahren heimlich durch die Hintertür entere …« Cateline sah die Tür nachdenklich an.

»Quatsch«, gab Tatjana zurück, »Lisette wird glücklich sein, dass Sie hier sind. Sie wird uns höchstpersönlich das Frühstück servieren.«

»So ein blöder Mist«, sagte Pippa, die noch immer vergeblich nach einer Möglichkeit suchte, die Tür aufzuhebeln. »Notausgangtüren kann man nur von innen öffnen.«

»Und wie kommen wir dann jetzt an den Blanquette?« Cateline leckte sich durstig die Lippen.

»Keine Ahnung. Meinen Haustürschlüssel habe ich auch nicht dabei.«

»Aber ich.« Tatjana kramte in ihren Hosentaschen, bis sie das Gesuchte gefunden hatte. »Ich gehe durch das Hauptportal und mache euch auf. Bis gleich.«

Sie schlich die Wendeltreppe hinunter und verschwand ums Hauseck, während Pippa und Cateline sich auf die Stufen setzten.

»Das gibt mir die Gelegenheit …«, sagte Pippa, brach ab und setzte neu an: »Wir sind vorhin unterbrochen worden, weil wir ja ein Leben retten mussten. Ich habe noch eine wichtige Frage.«

»Eines muss man Ihnen lassen: Sie nutzen jede Situation«, erwiderte Cateline lächelnd. »Also gut. Was wollen Sie noch wissen?«

»Wie reagierte Thierry auf die Fehlgeburt? War er wütend?«

»Auf Jean?« Cateline schüttelte den Kopf. »Nicht, dass ich wüsste. Auf sich selbst: sehr. Bis heute lässt er unseren Söhnen einiges mehr durchgehen als nötig.« Sie lachte leise. »Und mir noch viel mehr.«

»Hereinspaziert!«

Pippa öffnete die Tür zu ihrer Wohnung und ließ ihre Gäste vorgehen. Sie stutzte und sah sich stirnrunzelnd um.

»Was ist los? Stimmt etwas nicht?«, fragte Cateline.

Pippa zuckte mit den Schultern. »Ich weiß nicht. Ich dachte, ich hätte das Fenster offen gelassen, als ich zu Cedric runtergerannt bin. Jetzt ist es geschlossen, und mein Fernglas liegt sauber und ordentlich auf der Fensterbank.«

»Das kenne ich – partieller Gedächtnisschwund«, sagte Tatjana, »passiert mir häufig in Schuhgeschäften. Ich kann mich dann partout nicht mehr daran erinnern, ob ich außer dem Paar, das ich gerade trage, noch weitere besitze. Ich gehe dann auf Nummer sicher und kaufe welche.«

»Bei mir sind es Handtaschen«, kicherte Cateline.

»Ihr Glücklichen.« Pippa seufzte theatralisch. »Hüte, Kappen, Schals, Tücher, Handschuhe, Bücher: Vor euch steht eine wahre Sammlerin.«

Pippa holte den Schaumwein aus dem Kühlschrank und ließ den Korken knallen.

»Was haltet ihr davon, wenn wir Brüderschaft ... Pardon: *Schwesternschaft* trinken?«

»Gerne!«, sagte Cateline erfreut. »Übrigens – hätten Sie ... gäbe es hier ein Handtuch für mich?«

Pippa stellte die Flasche auf den Tisch und deutete auf die Badezimmertür. »Natürlich! Da hängt auch mein Bademantel. Bedien dich!«

Tatjana beobachtete, wie der Blanquette im Glas perlte, und wurde grün im Gesicht. »Seid mir nicht böse – ich renne schnell nach unten in meine Wohnung und hole mir einen Kräutertee. Mir ist gerade nicht nach Alkohol. Das muss an der frühen Stunde liegen.«

Als Tatjana die Wohnung verlassen hatte, wechselten Pippa und Cateline einen wissenden Blick.

Pippa deutete mit dem Kopf zur Tür. »Was denkst du?«

»Morgenübelkeit, könnte sein.«

»Dann hätten wir doch noch einen Grund zum Feiern!«, sagte Pippa erfreut. »Wir sollten uns aber mit Glückwünschen zurückhalten, bis sie es selbst anspricht. Was meinst du?«

Cateline nickte. »Vielleicht ist es noch nicht offiziell.«

»Oder wir irren uns.«

Pippa zog sich um, während Cateline im Bad in den Bademantel schlüpfte. Um ihre nassen Haare wickelten sie sich Handtücher.

»Eine Sache noch«, sagte Pippa, als sie Cateline half, das Handtuch im Nacken festzustecken.

»Meine Güte – du gibst wohl nie auf?«

»Wie eine echte Detektivin eben. Dein Cedric wäre sehr zufrieden mit mir«, gab Pippa zurück und grinste. Dann wurde sie ernst. »Lisette glaubt, du weißt, wo Jean ist und dass es ihm gutgeht.«

»Das hat sie gesagt?«, fragte Cateline erstaunt.

»Nicht nur das.« Pippa räusperte sich unbehaglich. »Sie vermutet sogar, dass du ihm Geld gibst, damit er sich von Chantilly fernhält.«

Cateline wandte sich dem Spiegel zu und stopfte konzentriert einige Strähnen unter das Handtuch. Schließlich sagte sie: »Das muss ich gar nicht. Er ist sowieso gerade ... verhindert. Und wird es noch für geraume Zeit sein.«

Ehe Pippa nachfragen konnte, klopfte an es der Tür, und sie verließ das Bad, um zu öffnen.

Auch Tatjana hatte ein Handtuch um ihre Haare geschlungen. Sie trug eine riesige Tasse, aus der es dampfte und nach Kamille duftete. Als Cateline aus dem Bad kam, lachte Tatjana auf.

»Lasst uns den Club der Radschas gründen, Mädels. Die passenden Turbane tragen wir ja schon. Ich bin der grüne Radscha, Cateline der blaue und Pippa der gelbe.« Sie hob ihre Tasse. »Prost! Auf uns!«

»A notre santé«, sagte Cateline.

»Genau – auf uns!«, rief Pippa. »Cateline ... Tatti ...«

Tatjana stöhnte. »Bitte nicht auch noch du, Pippa. Ich bin achtunddreißig Jahre alt. Ich mag nicht mehr *Tatti* heißen. Das ist ein Name für kleine Mädchen, aber nicht für eine erwachsene Frau.« Sie lächelte schief. »Ich gebe zu, dass ich mich nicht immer erwachsen benehme, aber ich bin es echt leid. Stell dir vor, du heißt dein ganzen Leben lang *Steffi* statt Stefanie, *Bine* statt Sabine, *Susi* statt Susanne ...«

»Du hast völlig recht, Tatjana. Ich gelobe Besserung«, sagte

Pippa ernst. »Lasst mich dazu einen passenden Trinkspruch von Hemingway ausbringen: *Ich habe mich entschieden, nicht mehr mit Speichelleckern zu trinken. Ich trinke nur noch mit Freunden. Ich habe dreißig Pfund abgenommen.*« Sie hob ihr Glas. »In diesem Sinne: Tchin-tchin, die Damen!«

Sie grinsten sich verschwörerisch an und tranken. Nach einem Moment des Schweigens lehnte Cateline sich auf dem Stuhl zurück und sagte ernst: »Das ist wirklich eine besondere Nacht. Pippa, du hast mich sehr persönliche Dinge gefragt, aber nicht aus Sensationsgier, sondern aus echtem Interesse.« Sie wandte sich Tatjana zu. »Auch du, Tatjana, nimmst mich einfach so, wie ich bin – und das, obwohl Pascal bestimmt mit dir über mich gesprochen hat.«

Sie goss Pippa und sich selbst nach und fuhr fort: »Ich habe mich außerhalb meiner Familie selten so wohl gefühlt wie mit euch. Ich habe nicht viele Freundschaften in Chantilly ...« Sie brach ab und lachte. »Selbst wenn man eine wunderbare Familie wie meine hat, sollte man ab und an auch ohne sie unbeschwert verrückt sein dürfen, nicht wahr?« Sie hob ihr Glas.

Die drei stießen erneut an, dann sagte Cateline: »Ich mag euch beide – deshalb möchte ich euch einen guten Rat geben.«

Pippa und Tatjana sahen sich überrascht an.

Cateline beugte sich vor und sagte eindringlich: »Seid vorsichtig mit Pascal. Überlegt euch gut, was ihr ihm glaubt. Denkt sorgfältig nach, bevor ihr eine Entscheidung trefft.«

Tatjana wiegte den Kopf. »Du magst ihn nicht, weil du glaubst, er nimmt dir und deinen Jungs das Erbe weg.« Sie grinste breit. »Ganz ehrlich: Dazu hätte ich tatsächlich Lust. Das Vent Fou ist einfach zu schön, um es nicht selbst zu wollen. Aber wenn ich mir Pippa so ansehe ... ich fürchte, ich habe das Rennen verloren. Sie hat klar die Nase vorn.«

»Ich weiß, und genau aus diesem Grund sage ich euch das«,

erwiderte Cateline. »Pascals Werben hat weder bei dir noch bei Pippa das Geringste mit Liebe zu tun.«

»Ich verstehe, dass du so von ihm denkst«, sagte Pippa. »Er taucht plötzlich hier auf, macht sich bei deiner Schwester und damit in deiner Familie breit, macht sich unentbehrlich ...«

Cateline machte eine abwehrende Handbewegung. »Nein, nein, das ist es nicht. Im Gegenteil: Ich finde ihn sehr charmant. Aber ich ...« Sie trank hastig einen Schluck Blanquette und holte tief Luft. »Ich werde euch jetzt etwas sagen, das niemand weiß: Ich habe über Jahre viel Geld für Nachforschungen ausgegeben, um Jean zu finden. Als dann Pascal auf der Bildfläche erschien ...«

»Kam für deinen Detektiv noch ein Auftrag hinzu«, mutmaßte Tatjana.

Cateline nickte. »So ähnlich. Er sollte herausfinden, woher Pascal kam. Und er wurde fündig.«

Sie beugte sich wieder vor und winkte die beiden anderen heran, so als könnte hinter der Badezimmertür ein ungebetener Mithörer lauern.

»Er kam direkt aus dem Gefängnis. Pascal Gascard ist ein Betrüger.«

Kapitel 17

Nachdem ihr Besuch sich verabschiedet hatte, wollte sich der Schlaf nicht einstellen. Pippa lag auf dem Bett und versuchte den Stich der Enttäuschung zu verdrängen, der Catelines Worten über Pascal gefolgt war. Wer hörte schon gern, dass die romantischen Gefühle eines Verehrers vorgetäuscht waren, weil sie auf materiellen Überlegungen beruhten?

Pascal, ein Betrüger? Pippa runzelte die Stirn. Wieso hatte er den Nachforschungen über Jean dann zugestimmt? Immerhin könnten die Legrands erfahren, dass er aus purer Berechnung hier aufgetaucht war und sich ihr Vertrauen erschlichen hatte.

Sie richtete sich im Bett auf, als ihr ein elektrisierender Gedanke kam: Oder hat er das gar nicht? Sind Ferdinand und Lisette in alles eingeweiht? Wissen sie Bescheid über sein Vorleben? Über Jean?

Aber wieso sollte Pia mich dann einschalten? Das ergibt keinen Sinn, es sei denn …

Erleichtert ließ sie sich in die Kissen fallen, als ihr die einzig plausible Erklärung durch den Kopf schoss: weil sie so von Beginn ihres Besuches an gemeinsam mit Pascal eine Aufgabe zu lösen hätte und ihn von seiner besten Seite kennenlernen würde – ohne Vorurteile.

Und ich habe mir für die Suche eine halbe Armada zu Hilfe geholt, unter der jetzt mehr als nur das Vent Fou unterzugehen droht. Dabei sollte es in erster Linie um holde Zweisamkeit gehen, dachte Pippa und kicherte vor sich hin. Pascal, du hast durch deine Bemühungen, mich auf Biegen und Brechen nach Chantilly zu locken, mehr als einen Pluspunkt – und mein Wohlwollen – verdient. Ich werde nicht darüber spekulieren, warum du im Gefängnis gesessen hast, denn ich werde es erfahren, wenn ich den Bericht von Catelines Detektiv lese. Oder ich frage dich selbst danach. Unter vier Augen. Früher oder später musst du mir ohnehin davon erzählen.

Weiter kam sie nicht in ihren Überlegungen, denn ihr Körper forderte seinen Tribut, und sie schlief ein.

Schrilles Läuten weckte sie. Völlig desorientiert tastete Pippa nach dem Telefon auf dem Nachtkästchen und meldete sich schlaftrunken. Sie wurde schlagartig wach, als sie die drängende Besorgnis in der Stimme des Anrufers hörte.

»Madame Pippa, wir haben ein Problem«, sagte Tibor, »können Sie kommen? Jetzt gleich?«

»Was ist los, Tibor? Um was geht es?«

»Wenn ich das wüsste«, wand sich der Polier unglücklich, »kommen Sie lieber gleich her. Das sollten Sie sich selbst ansehen.«

Mehr wollte er nicht preisgeben, und so versprach Pippa, schnellstmöglich in die Rue Cassoulet zu kommen. Sie machte sich frisch und zog sich an. Ihre Haare widersetzten sich jedem Versuch, sie zu kämmen, also stopfte sie ihre Locken unter eine karierte Schiebermütze.

Als Pippa die Wohnung verließ, stolperte sie über das Holzstück, das in der vergangenen Nacht versagt hatte. Sie fluchte leise und hielt dann inne. Etwas in ihrem Hirn reagierte auf die Tatsache, dass der Klotz durch die schwere Eisentür in den Flur gedrückt worden war, aber sie bekam es nicht zu fassen: Zu viel Adrenalin während der Nacht und zu wenig Schlaf in den Morgenstunden verhinderten erfolgreich jeden klaren Gedanken. Sie zuckte die Achseln und verließ das Haus. Die Rue Cassoulet Nummer 4 war jetzt wichtiger.

Vor dem Vent Fou belud Pascal gerade seinen Lieferwagen.

»Du bist nicht mit den anderen auf dem Berg!«, rief er erstaunt. »Als du heute Morgen auf mein Klopfen nicht geöffnet hast, dachte ich, du bist schon weg.«

Pippa schlug sich mit der Hand vor die Stirn. »Meine Güte – das habe ich völlig vergessen!«

Er deutete in den Wagen. »Ich will den Kiemenkerlen gerade ihr Picknick bringen. Möchtest du mitfahren?«

»Picknick ... Essen ... das klingt gut. Da bin ich dabei«, sagte Pippa und freute sich über die günstige Gelegenheit, mit Pascal reden zu können, »aber ich muss vorher noch auf die Baustelle und nach dem Rechten sehen. Tibor hat angerufen.«

Jemand schrie: »Pippa! Pippa! Nicht losfahren!«

Pippa und Pascal drehten sich um. Bruno, beladen mit Angelruten, kam keuchend die Auffahrt heraufgehastet.

So viel zu meinem Vier-Augen-Gespräch mit Pascal, dachte Pippa resigniert, winkte Bruno aber bestätigend zu.

»Die anderen sind schon vorgegangen.« Bruno lehnte sich schwer atmend an den Wagen. »Ich wollte Pascal mit dem Picknick helfen und dich abholen.«

Und rein zufällig ersparst du dir auf diese Weise den mühsamen Aufstieg, dachte Pippa amüsiert und zwinkerte Pascal zu. »Wie sieht es aus – ist zwischen den Pasteten, Hähnchenkeulen und Baguettestangen noch Platz für Bruno?«

»Klar«, gab Pascal zurück, »aber dann braucht ihr mich eigentlich nicht, und ich kann mir den Weg und vor allem die Zeit sparen. Ich habe genug in der Küche zu tun.« Er zeigte auf den blauen Himmel über ihnen. »Auch wenn es nicht so aussieht: Gegen Abend wird sich das Wetter verschlechtern. Wenn es kühler wird, setzen sich die Leute gern an den Restaurantkamin, um sich aufzuwärmen. Und das heißt für uns doppelte Gästezahl.«

Pascal hielt Pippa den Autoschlüssel hin, aber diese warf einen skeptischen Blick auf den vorsintflutlichen Citroën HY.

Bruno nutzte die Chance und schnappte sich den Schlüssel. »Keine Sorge, Pascal, ich werde ihn hüten wie meinen Augapfel. So ein Schmuckstück wollte ich immer schon mal fahren.«

Fröhlich pfeifend deponierte er die Angelruten im Innenraum und erklomm den Fahrersitz.

Pippa lotste Bruno in die Rue Cassoulet, und zu ihrer Überraschung hielt Tibor bereits am Gartentor nach ihr Ausschau.

»Sind Sie abergläubisch, Madame?«, platzte der Polier heraus, kaum dass Bruno und sie ausgestiegen waren.

Pippa schüttelte lachend den Kopf, aber Bruno sagte: »Jeder Mensch ist abergläubisch, wenn die Zeichen stimmen. Solange alles im Lot ist, kann man leicht darüber scherzen.« Er warf Pippa einen düsteren Blick zu und ergänzte: »Wenn die Zeichen auf Unglück stehen, stellt auch die Angst sich ein.« Er schüttelte den Kopf, und Pippa wusste, dass er an Franz Teschke dachte.

»Genau so sehe ich das auch.« Tibor war sichtlich froh, in Bruno einen Gleichgesinnten gefunden zu haben. »Ich gehe immer vom Schlimmsten aus – dann kann ich nur angenehm überrascht werden. Besonders beim Wetten kann das sehr hilfreich sein.«

»Genug der Unkenrufe«, unterbrach Pippa den Polier etwas ungeduldig, »die Kiemenkerle warten auf ihr Mittagessen. Sie haben mich sicherlich nicht alarmiert, weil Sie Ihr heutiges Horoskop beunruhigt.«

Tibor trat unbehaglich von einem Fuß auf den anderen.

»Nein, natürlich nicht, aber vielleicht sollte erst mal nur Bruno mitkommen und sich ansehen …«

»Unsinn«, sagte Pippa kategorisch, »ich habe Pia Peschmann versprochen, dass ich mich um alle Belange des Hauses kümmere, und das werde ich auch tun. Also: Was ist passiert?«

Tibor warf Bruno einen hilfesuchenden Blick zu, aber der zuckte mit den Schultern. Sie will es so, sagte diese Geste, und Tibor gab seinen Widerstand auf.

»Sie haben gesagt, dass wir den Kriechkeller … also statt die Fliesen zu verlegen …«, stammelte der Polier, »damit haben wir auch angefangen. Und während die Jungs jetzt oben im Bad … da habe ich weiter … der Keller muss schließlich auch fertig werden, nicht wahr? Und da habe ich mir diese verfaulte Bretterwand vorgenommen, die wollte ich ersetzen. Die muss schon oft im Wasser gestanden haben. Von draußen fließt alles in den Keller, weil kein richtiger Abfluss … alles verstopft. Also habe ich mit einem Vorschlaghammer …« Er brach ab und holte tief Luft. »Dann ist die ganze Wand eingestürzt, und dahinter …« Er verstummte.

Pippa hatte ihm mit wachsender Unruhe zugehört. Was um Himmels willen versuchte er, ihr beizubringen? Hatte er Hinweise auf Jean Didiers Verbleib gefunden? Sie konnte sich Schöneres vorstellen, als sich in einem modrigen Kriechkeller ein Skelett ansehen zu müssen.

Unsinn, rief sie sich selbst zur Ruhe, wir sind im wahren Leben und nicht in einem Horrorstreifen. Außerdem geht Catelines Detektiv davon aus, dass Jean noch lebt.

»Schon gut, Tibor, ich habe starke Nerven«, sagte sie mit betont munterer Stimme. »Ich bin an Dramen gewöhnt. Schließlich hat so gut wie jeder hier ein paar Leichen im Keller. Da werde ich diese hier auch noch verkraften.«

Den beiden Männern war anzusehen, dass ihr Scherz wirkungslos verpufft war, aber immerhin hatte er ihre eigene Nervosität gelindert. Was sollte sie nach Schreberwerder, Hideaway, einer Ehe mit Leo und dem verrückten Haufen in der Transvaalstraße noch groß schockieren können?

»Wie Sie meinen«, sagte Tibor.

Trotz seines ausgeprägten Aberglaubens wollte Bruno die Rolle des Beschützers nicht aufgeben, er sprang über seinen Schatten. »Zu zweit ist man weniger allein. Ich komme mit«, sagte er entschlossen. »Ich komme ... gerne mit.«

Sämtliche Bauarbeiter hatten sich im Erdgeschoss versammelt. Niemand sagte ein Wort, als Pippa, Bruno und Tibor in den Keller gingen, aber dann drängten die Männer ebenfalls nach. Unwillkürlich musste Pippa schlucken.

So ist das also mit der Angst, die sich einstellt, wenn die Zeichen stimmen, dachte sie und sah sich vorsichtig um.

An der rechten Wandseite klaffte ein großes Loch. Tibor leuchtete mit der Taschenlampe hinein, und Pippa sah einen Gang, der sich in der Dunkelheit verlor. Wände und Decke waren im Halbrund mit Backsteinen ausgemauert, und am Boden verlief eine Schussrinne, die zwar feucht war, aber kein fließendes Wasser führte.

»Was soll das sein? Ein Geheimgang?«, fragte Pippa ironisch.

»Eher ein alter Wassertunnel«, erklärte Tibor, »so einen haben wir bei der Renovierung des Vent Fou auch gefunden. Die wurden angelegt, um sämtliches Wasser aufzufangen und in den Lac Chantilly zu leiten. Ein ausgeklügeltes Kanalsystem mit natürlichem Gefälle. Damit hat man seit Jahrhunderten das Dorf trocken gehalten. Eigentlich clever.«

»Unterirdische Rigole, sozusagen«, sagte Pippa.

»Und dafür braucht man fast mannshohe Tunnel?«, fragte Bruno verblüfft. »Mitten in Südfrankreich? Solche Regenmengen würde ich eher in England oder Irland erwarten.«

Tibor zuckte mit den Achseln. »Wahrscheinlich konnten die Abschnitte so besser gewartet werden. Jeder Hausbesitzer musste sich wohl um seinen Teil des Kanals kümmern – deshalb nur die Bretterwand.«

»Na, dann ist doch alles klar«, sagte Bruno erleichtert. »Das Haus bekommt eine ordentliche Drainage, die Wand wird wieder hochgezogen, und du lässt eine Einstiegsluke für die Kanalwartung. Problem gelöst.«

Tibor machte ein paar Schritte in den Tunnel und drehte sich zu ihnen um. »Schon klar. Deshalb habe ich Pippa auch nicht geholt.« Seine Stimme hallte dumpf und eindringlich durch den Gang. Der tanzende Lichtstrahl der Taschenlampe verstärkte den unheimlichen Effekt. Er zeigte neben sich. »Die Frage ist: Was machen wir hiermit?«

Pippa seufzte und kletterte über die Lehm- und Bretterreste zu Tibor hinüber. Der Polier stand an einer gemauerten Nische, wo früher einmal eine Eisenleiter durch einen mittlerweile verschlossenen Gullideckel ans Tageslicht geführt hatte. Die Leiter lag am Boden, und lediglich einige durchgerostete Halterungen waren an der Wand zurückgeblieben.

Tibor richtete die Taschenlampe auf die Wand. »Da«, sagte er und trat beiseite, um den Blick freizugeben.

An der Wand klebten Fotos von Pascal. Auf allen Bildern waren seine Augen ausgestochen und sein Herz mit langen Nägeln durchbohrt. Daran baumelten faulige Rattenschwänze und lange rote Schleifenbänder, die wohl den Eindruck erwecken sollten, als würde Blut aus den Herzen fließen.

»Oh«, sagte Pippa und trat unwillkürlich einen Schritt zurück.

Tibor bewegte den Lichtstrahl der Taschenlampe, und sie entdeckte weitere Fotos: von Lisette und Ferdinand und sogar eines von sich selbst, auf die gleiche Weise verunstaltet wie die von Pascal. Umrahmt wurde das Ganze von zahlreichen alten Zeitungsausschnitten zum Verschwinden von Jean Didier. Auf einigen der verrostenden Halterungen der Leiter standen abgebrannte dicke Kerzen, deren herabgelaufenes Wachs beeindruckende Stalagmiten gebildet hatte.

»Voodoo!«, keuchte Bruno neben ihr. »Wie kommt denn das hierher? Das ist nicht gut – das ist gar nicht gut!«

Er schrie entsetzt auf, als ihm eine Ratte über die Füße lief und quiekend im Dunkel des Ganges verschwand.

Nachdenklich betrachtete Pippa die Wand. »Nein, das ist nicht gut. Die Wut der Didiers auf Pascal, die Legrands – und auf mich – ist wohl doch größer, als wir dachten.«

»Du glaubst, das waren die Didiers?« Bruno starrte sie ungläubig an und schüttelte dann den Kopf. Er war eindeutig nicht bereit, eine derart pragmatische Erklärung für den gruseligen Schrein im Untergrund zu akzeptieren.

»Nicht Thierry oder Cateline«, sagte Pippa langsam, »ich denke eher an die Viererbande.«

Sie wandte sich zu den beiden Männern um. »Ich möchte, dass dies alles hier unter uns bleibt.«

»Sollen wir uns auf die Lauer legen?«, fragte Tibor, der mit Pippas Theorie zu den Schuldigen deutlich zufriedener war als Bruno. »Und rausfinden, ob Ihre Vermutung stimmt?«

»Das kann nicht schaden«, sagte Pippa. »Meinen Sie, dass Ihre Männer den Mund halten können, bis wir wissen, wer es war?«

Tibor nickte und grinste breit. »Klar. Wenn ich daraus eine Wette mache.«

»Dass du so cool bleiben konntest«, sagte Bruno und bog mit so viel Schwung in einen Waldweg ein, dass Pippa sich am Türgriff festklammerte.

Sie rumpelten an einem Bach entlang durch dichten Buchenwald. Ab und zu führte ein schmaler Brettersteg über das flott dahinfließende Wasser. An einer Abzweigung wies ein Schild nach rechts über eine alte Eisenbrücke, die sowohl den Bach als auch eine trockene Rigole überspannte. Der Weg zum Paradies, dachte Pippa und lächelte. Ein wirklich romantischer Ort für einen Urlaub.

Der Wasserlauf wurde breiter und reißender. Er floss an mehreren Wehrstufen vorbei talwärts, während sie sich weiter mit dem alten Citroën den Berg hinaufkämpften.

»Dieses Kinder-Voodoo hat dich wirklich erschreckt, oder?«, fragte sie, und Bruno nickte heftig.

»Ich weiß ja, dass du mich für albern hältst«, sagte er, »aber nachdem das mit Franz passiert ist, liegen meine Nerven blank. Du kannst dich natürlich darauf verlassen, dass ich den anderen kein Sterbenswort erzähle. Ich will nicht, dass sie in Panik geraten. Ich weiß, wovon ich spreche: Ich habe Dutzende Dinge erlebt, die mich vorsichtig gemacht haben.«

Er stürzte sich in Geschichten über schwarze Katzen, Unglückszahlen und Leitern, unter denen er leichtsinnig hindurchgegangen war und die prompt Fürchterliches ausgelöst hatten.

»Bruno, hör bitte endlich auf«, unterbrach Pippa ihn schließlich, »hast du denn kein anderes Gesprächsthema?«

Bruno deutete durch die Windschutzscheibe auf große Trittsteine, die im schäumenden Wasser des Baches einen Übergang markierten.

»Von hier aus ist es nicht mehr weit«, murmelte er. »Wenn man den Fußweg heraufkommt, sind die Trittsteine die letzte Hürde. Dann hat man es fast geschafft.«

Pippa reckte den Hals und sah zurück zu dem Übergang. »Ganz ohne Geländer – das gäbe es in Deutschland nicht.«

Bruno nickte. »Dabei sind die Steine weit über einen Meter

hoch. Und wenn der Bach viel Wasser führt, auch gerne mal rutschig. In unserem HY ist es viel bequemer.«

Pippa hörte an seiner Stimme, dass er zwar auf ihre Bemerkung geantwortet hatte, aber nicht wirklich bei der Sache war. Sie fing einen schnellen Seitenblick von ihm auf und sah, dass er nervös an der Unterlippe nagte.

»Ich muss dir etwas sagen, Pippa.« Ihm war sichtlich unbehaglich.

»Raus damit.«

»Kannst du dich noch an unser Kaffeekränzchen am See erinnern?«, fragte er vorsichtig.

»Obstkuchen und Sahnehügel – wie könnte ich das vergessen?« Pippa lachte. »Außerdem ist das erst zwei Tage her.«

»Fühlt sich aber länger an«, sagte Bruno düster. »Viel länger.«

Pippa gab zu, dass die Ereignisse der vergangenen achtundvierzig Stunden selbst eine ganze Woche hätten geschäftig wirken lassen.

»Was hat das mit unserem Kaffee am See zu tun?«, fragte sie.

Bruno räusperte sich. »Wir ... Abel und ich ... wir haben *dich* gesucht. Nicht Cateline.«

»Dachte ich mir.«

»Echt? Wieso denn?« Bruno blickte erstaunt zu ihr herüber.

»Zu wenig Kuchen«, antwortete Pippa. »Ich konnte mir nicht vorstellen, dass ihr Kuchen für drei kauft, wenn ihr vier Personen erwartet.« Sie zwinkerte ihm zu. »Nicht, wenn du dabei bist.«

Bruno wurde rot. »Du bist eben doch eine Detektivin.«

»Nein, nur jemand, der deinen Verzicht zu schätzen weiß.« Sie stieß ihm freundschaftlich in die Seite. »Also raus mit der Sprache: Warum diese heroische Selbstaufgabe?«

Eine Lichtung kam in Sicht, und Pippa konnte die Kiemenkerle sehen, die sich erwartungsvoll nach dem Motorengeräusch umblickten.

»Wir wollten dich warnen. Damit du dir nicht weiter Hoffnungen machst – und dann enttäuscht wirst.«

Pippa rollte mit den Augen. Das würde Wolfgang Schmidt gar nicht gefallen. Offenbar war Pascals Geheimnis und ihre Vorliebe für ihn schon durch andere Kanäle ins offene Meer gesickert. Und dieser Kanal konnte nur weiblich sein.

»Verstehe«, sagte sie leise. »Tatjana!«

Bruno schnaufte. »Du hast es gewusst? Und es macht dir nichts aus?«

»Keine Angst. Die Affäre zwischen Tatjana und Pascal war nur gespielt! Die muss mich nicht stören.«

»Pascal?« Bruno ging vom Gas, bremste und starrte sie an. »Wieso Pascal? Ich rede von Wolle. Unser Kommissar liebt Tatjana. Schon seit Ewigkeiten.«

Die Angler kamen auf den Wagen zu, während Bruno mit angehaltenem Atem Pippas Reaktion erwartete.

Pippas Augen weiteten sich ungläubig. Dann prustete sie los und lachte, bis ihr die Seite weh tat. Schließlich wischte sie sich die Lachtränen von den Wangen und sagte: »Das ist doch endlich mal eine gute Nachricht.«

Kapitel 18

Pippa sprang gutgelaunt aus dem alten Citroën-Lieferwagen und weidete sich an Brunos Fassungslosigkeit angesichts ihrer unerwarteten Reaktion.

Sie streckte sich und atmete tief ein. Die würzige Waldluft vermischte sich mit dem köstlichen Duft bratender Fische.

»Hm, Forelle«, sagte sie. »Da läuft mir das Wasser im Munde zusammen.«

Sissi und den Kiemenkerlen ging es beim Anblick der Vent-Fou-Delikatessen ebenso, denn sie ließen alles stehen und liegen und umringten den Wagen mit großem Hallo. Nur Alexandre Tisserand ließ sich nicht stören und blieb an seiner Staffelei.

»Essen auf Rädern – und keinen Moment zu früh!«, rief Sissi. »Hier drohte schon der Aufstand.« Sie umarmte Pippa herzlich.

»Keine Panik – auf Pascal ist Verlass. Er hat mehr als genug für alle eingepackt«, antwortete Pippa und sah sich um.

Am offenen Unterstand, in dem ein grob gezimmerter Tisch mit einfachen Holzbänken auf das Picknick wartete, vereinigten sich zwei kleinere Wasserläufe zum Paradiesbach, der im Tal den Lac Chantilly speiste. Ein Stück weiter befand sich ein ansehnliches Wehr, mit dem der Wasserwart die Zuflussmenge für den See regulieren konnte. Eine zusätzliche glatte Schussrinne diente als Überlauf, um Überschwemmungen zu verhindern.

Das Stauwehr ist voll und die Wasserrinne tief – so langsam glaube ich, dass es hier mehr regnen kann, als man das für Südfrankreich vermutet, dachte Pippa.

»Das ist ja ein verträumtes Plätzchen hier«, sagte sie begeistert.

»Und – ausgeschlafen?« Wolfgang Schmidt warf einen Seitenblick auf Pippa und nahm von Bruno einen großen Korb mit Baguettestangen und frischem Bauernbrot entgegen.

»Ausgeschlafener als du denkst«, antwortete Bruno und grinste zufrieden. Er reichte das Essen weiter an die Kiemenkerle, die die Schüsseln und Platten voller Vorfreude zum Unterstand trugen und auf dem Tisch verteilten.

Pippa stellte fest, dass Leo nicht unter den Männern war, und murmelte, mehr zu sich selbst: »Darauf hätte ich gefahrlos mit Tibor wetten können.«

Gemeinsam mit Bruno, Abel, Lothar und Sissi deckte sie den Tisch, während Gerald Remmertshausen an einem Grillrost stand und die erste Lage Forellen wendete.

»Die dritte von links habe ich gefangen«, sagte Sissi.

Pippa gratulierte mit echter Bewunderung, und Sissi errötete stolz.

Achim Schwätzer verzog den Mund. »Das arme Vieh ist aus purem Entsetzen gestorben, als es begriffen hat, dass es an der Angel einer Frau hängt. Außerdem – was ist schon eine einzige Forelle? Du kannst von Glück sagen, dass man nicht nur essen darf, was man selbst gefangen hat, sonst ...«

»Von dir sind vermutlich alle anderen Forellen?«, fragte Pippa kampflustig.

Schwätzer warf ihr einen giftigen Blick zu. »Ich hatte noch keine Gelegenheit. An meinem Abschnitt standen zu viele Leute, sonst hätte ich sicherlich ...«

Pippa winkte lässig ab. »*Natürlich,* Achim. Wie gut für dich, dass deine Regel nicht gilt – sonst müsstest du heute hungern.«

Hotte lachte meckernd und rief: »Pech gehabt, alter Knabe! Es gibt auch Frauen, die du nicht beeindruckst!«

»Meines Wissens gibt es *nur* Frauen, die er nicht beeindruckt«, flüsterte Sissi Pippa zu.

»Bei dieser verdammten Schwüle kann man keine großen Fänge erwarten«, schnappte Achim Schwätzer und knallte Besteck neben die Teller, um zu demonstrieren, dass er Wichtigeres zu tun hatte, als sich weiter zu unterhalten.

»Wo ist denn Tatjana eigentlich?«, fragte Pippa. »Ich vermisse sie hier.«

»Ihr anfängliches Interesse am Angeln hat sich wohl wieder gelegt«, antwortete Gerald Remmertshausen ärgerlich. »Keine Ahnung, wo sie steckt.«

Pippa überlegte für einen kurzen Moment, ob sie ihm von dem nächtlichen Bad im Lac Chantilly erzählen sollte, aber Gerald wandte ihr brüsk den Rücken zu und signalisierte, dass er nicht zum Plaudern aufgelegt war.

Dann eben nicht, dachte Pippa und zog Sissi ein paar Schritte zur Seite. »Rate mal, wie ich die letzte Nacht verbracht habe«, sagte sie und berichtete ihr ausführlich von den Stunden mit Tatjana und Cateline. Als sie zum frühmorgendlichen gemütlichen Beisammensein in ihrer Wohnung kam, rief Sissi: »Blinkerbabys mit Blanquette, und ich schlafe in seliger Ahnungslosigkeit, unglaublich! Das nächste Mal möchte ich geweckt werden! Warum soll ich einsam und allein in meinem Bett liegen, wenn Lothar ins Lager geht, um zu maulen?«

»Versprochen!« Pippa hob zwei Finger zum Schwur, dabei fiel ihr Blick auf Alexandre Tisserand und Vinzenz Beringer.

Die beiden Männer standen abseits der anderen am Paradiesbach. Vinzenz hielt seine Angel ins Wasser, und Alexandre arbeitete an seiner Staffelei. Sie waren nicht nur jeder in seine Tätigkeit, sondern auch in ein ruhiges Gespräch vertieft und vermittelten ein Bild freundschaftlicher Gelassenheit und echten Einverständnisses.

»Erwachsene Männer«, sagte Pippa und seufzte.

Sissi nickte. »Die beiden haben sich wirklich gesucht und gefunden.«

»Es gibt eben Gott sei Dank nicht nur Achim«, gab Pippa trocken zurück, »es gibt auch richtige ... Angler.«

Bei Vinzenz' Anblick erinnerte sich Pippa, dass sie Sissi eine Frage stellen wollte. »Du hast mir während unserer ersten Angelstunde erzählt, Vinzenz' Schlüsse aus eurer Recherche im Angelshop hätten dich stutzig gemacht. Wie hast du das genau gemeint?«

Sissi überlegte einen Moment und sagte dann: »Ich arbeite als Reiseleiterin für Busreisen. Mein Französisch stammt aus Dutzenden von Seniorenfahrten nach Paris. Ich habe die Sprache also nicht en détail studiert, aber ich komme durch. Bei dem Gespräch im Angelladen habe ich durchaus verstanden, um was es ging.« Sie runzelte nachdenklich die Stirn. »Deshalb wundere ich mich, wie viel und vor allem welche Informationen Vinzenz daraus entnommen hat. Ich habe nur herausgehört, dass die Dorfbewohner sich wünschen, dass die Didier-Jungs endlich von der Straße kommen, und dass Jean Didier das Gegenteil seiner jüngeren Brüder war: sanft und verträumt. Er liebte Musik, spielte selbst Gitarre, sang im Chor. Ein Künstlertyp. Alle mochten ihn und hätten ihm gegönnt, dass er einmal das Vent Fou übernimmt. Das war meiner Ansicht nach alles. Mehr haben die Verkäufer nicht gesagt.«

»Mehr nicht?«, fragte Pippa verblüfft.

»Mehr nicht.«

»Vielleicht haben die Kiemenkerle Vinzenz noch einiges gesteckt.«

»Nichts, was ich nicht auch gehört habe. Außerdem war dazu keine Gelegenheit«, erwiderte Sissi bestimmt. »Du hast uns doch selbst auf dem Damm getroffen, als wir das neue Angelzeug ins Lager geschleppt haben. Wir sind gleichzeitig mit dir dort angekommen.« Sie machte eine Pause und sprach leiser weiter: »Ich denke eher, dass unser Professor Beringer eine allzu blühende Phantasie hat. Das passiert wohl, wenn man Bücher schreibt.«

»Vinzenz schreibt Bücher?«

»Das wusstest du nicht? Er schreibt historische Jugendbücher und ist ein berühmter Sprachwissenschaftler. Selbst das Fernsehen zieht ihn regelmäßig als Experten zu Rate. Er kann gut erklären: kurz und knapp und auf den Punkt.« Sie zuckte mit den Schultern. »Nur bei Jean Didier nicht.«

Ehe sie weiterreden konnten, rief Bruno zu Tisch. Alle versammelten sich um die reich gedeckte Tafel, nur Tisserand nahm davon keine Notiz und malte konzentriert weiter.

Abel bemerkte Pippas Blick zu Alexandre und fragte: »Sollen wir ihm etwas bringen?«

»Gute Idee.«

Pippa belud einen Teller mit Fisch und Salaten und ging zu dem Maler hinüber, Abel folgte mit Wein, Wasser und Gläsern. Alexandre bedankte sich für die Aufmerksamkeit, legte den Pinsel beiseite und wischte sich die Hände mit einem Tuch ab.

»Wie schön.« Pippa deutete auf die Leinwand.

Das Bild zeigte zwei Angler am Bachzusammenlauf. Für den Mann hatte unübersehbar Vinzenz Modell gestanden, die Frau war eher der französische Typ à la Cateline.

»Ich mag deine Bilder, sie erinnern mich an Bonnard«, sagte Pippa. »Die gleiche Intensität der Farben.«

»Vielen Dank«, erwiderte Tisserand erfreut, »das ist wirklich ein großes Kompliment. Pierre Bonnard ist tatsächlich eines meiner Vorbilder.«

»Ich würde seine Bilder gerne mal im Original sehen.«

»Dann solltest du unbedingt nach Toulouse fahren, wenn du

schon in der Gegend bist. In der Fondation Bemberg ist ihm ein ganzer Raum gewidmet.«

»Das wäre großartig. Von dieser Gemäldegalerie habe ich nur Gutes gehört«, sagte Pippa sehnsüchtig.

Tisserand nickte. »Das kann ich nur bestätigen. Alte Meister, wundervolle Möbel und Manet, Pissaro, Sisley, Marquet, Henry Cross und Bonnard, Bonnard, Bonnard. Und alles in einem traumhaft schön renovierten alten Gebäude. Das sollte sich niemand entgehen lassen.«

»Warst du schon öfter dort?«

»Du vergisst, dass ich aus Toulouse stamme. Die Galerie ist praktisch mein zweites Zuhause. Kehr Chantilly für einen Tag den Rücken und fahr hin – es lohnt sich.«

»Ich habe mir auch schon einige Male gewünscht, einfach einen Tag abzudampfen«, warf Abel ein, »und sei es nur, um endlich mal wieder ein Essen *ohne* Fisch vorgesetzt zu bekommen! Gerald und Tatti haben es richtig gemacht: ein ganzer Tag Toulouse – ein ganzer Tag ohne Anglerchaos.«

Wenn du wüsstest, dachte Pippa. Die waren zwar beide einen Tag lang weg – aber nicht gemeinsam.

Auch Alexandre fühlt sich nicht bemüßigt, Abel über seinen Irrtum aufzuklären. Überhaupt: Was Tatjana gemacht hat, weiß ich, aber wo war Gerald?

Bei diesem Gedanken blickte sie unwillkürlich zu Remmertshausen hinüber und begegnete seinem forschenden Blick, den er blitzschnell abwandte, als er sich ertappt sah.

»Wenn du Toulouse sehen willst, solltest du dich beeilen«, sagte Pippa zu Abel, »aller Voraussicht nach fahrt ihr am Montag zurück nach Berlin, und heute ist schon Donnerstag. Viel Zeit bleibt dir nicht mehr.«

Abel warf einen Blick hinüber zu den Anglern, die sich ihr Essen schmecken ließen, und seufzte. »Stimmt. Und ich muss hier mal raus – sonst fahre ich genauso deprimiert zurück nach Berlin, wie ich nach meiner Scheidung hier angekommen bin.«

»Sie sind auch geschieden?«, fragte Tisserand.

Als Abel betrübt nickte, fuhr der Maler zu Pippas Erstaunen unerwartet offen fort: »Ich war mit einer Deutschen verheiratet. Fünf Jahre lang. Toulouse ist ein internationales Pflaster, da habe ich sie kennengelernt. Leider hat Christine dort dann auch einen regelmäßiger verdienenden Airbus-Mitarbeiter getroffen, mit dem sie nach England abgedampft ist. Schade, ausgerechnet jetzt, da es mir finanziell endlich bessergeht und ich mehr Aufträge bekomme. Die schöne deutsche Sprache ist mir geblieben.«

Wolfgang Schmidt stand plötzlich neben Pippa und hielt ihr ein Glas Limonade hin. »Die hast du auf dem Tisch stehenlassen. Du hast doch bestimmt Durst.«

Pippa begriff, dass er einen Vorwand suchte, um mit ihr zu sprechen. Die Runde am Tisch löste sich gerade auf, und einige der Angler verfolgten interessiert, dass Pippa und der Kommissar beieinanderstanden. Sie zwinkerte Bruno zu, schlang Wolfgang demonstrativ den Arm um die Taille und schlenderte mit ihm am Bach entlang. Die Kiemenkerle griffen feixend zu ihren Angeln und begaben sich ebenfalls ans Ufer.

Wolfgang lotste sie unauffällig von den anderen weg und flüsterte: »Die Ergebnisse der Proben sind da.«

Pippa blieb abrupt stehen. »Das sagst du erst jetzt? Und?«

»Es ist kaum zu glauben: Es ist Rattenblut. Sämtliche Proben. Rattenblut! Verstehst du das?« Er schüttelte ratlos den Kopf. »Kein Tropfen menschliches Blut ... Jean Didier ist da jedenfalls nicht ums Leben gekommen.«

»Rattenblut – das macht Sinn«, sagte Pippa grinsend und schlenderte unbeeindruckt weiter.

Wolfgang ging ihr nach und hielt sie fest. »Was soll das heißen: Das macht Sinn! Wie kann denn das Sinn machen? War Jean in deinen Augen vielleicht eine Ratte?«

»Nein, aber ein gerissenes kleines Schlitzohr. Das scheint in der Familie zu liegen.«

Sie zog ihn weiter und erzählte ihm vom dilettantischen Voodoo-Altar hinter dem Kriechkeller in der Rue Cassoulet. »… in diesem alten Gang gibt es ganze Rattenkolonien. Würde mich nicht wundern, wenn Jean sich dort bedient hätte«, schloss Pippa ihren Bericht.

»Zwei, drei Ratten ausdrücken wie Blutwurst«, sagte Schmidt nachdenklich, »und du hast eine großartige Schweinerei, mit der du dich an deinem Vater rächen kannst – plus das Gefühl, das letzte Wort zu behalten.«

»Zeit dazu hätte Jean jedenfalls gehabt. Die Didiers haben Stunden gebraucht, bis sie um den See gelaufen waren.«

»Klingt eklig, ist aber möglich.« Der Kommissar schwieg einen Moment. »Aber warum wurde das damals nicht festgestellt? Jede normale polizeiliche Untersuchung hätte das doch ans Licht bringen müssen.«

Pippa zuckte mit den Achseln. »Das werde ich spätestens erfahren, wenn ich mich mit Régine und Gendarm Dupont treffe und erfahre, was in der Akte steht.« Sie lachte leise. »Die Rattenblut-Aktion passt jedenfalls perfekt zu den kleinen Voodoo-Priestern der Familie Didier …«

»Gruselige Bande.« Er verzog das Gesicht. »Bist du dir sicher, dass es die Didier-Jungs waren?«

»Wer sonst sollte es gewesen sein? Du hättest ganz andere Möglichkeiten, deinen Nebenbuhler und mich loszuwerden.« Sie warf ihm einen beredten Blick zu. »Aber vielleicht können die Jungs dir einen Tipp für einen Liebeszauber geben, mit dem du deine wahre Angebetete bezirzen kannst.«

Schmidts Gesicht bewölkte sich, und er stieß einen leisen

Fluch aus. »Bruno ist eine alte Klatschbase ... und ich dachte schon, er hätte nach Teschkes Tod aufgehört, sich in Angelegenheiten einzumischen, die ihn nichts angehen.«

Pippa legte ihm beruhigend die Hand auf den Arm. »Keine Angst, dein Geheimnis ist bei mir gut aufgehoben.«

»Das haben Abel und Bruno auch gesagt«, stieß er hervor.

»Sie wollten mich nur vor einer Enttäuschung bewahren. Sie werden es sicher nicht herumerzählen«, sagte Pippa. »Und Tatjana? Weiß sie, dass du ...?«

»Wahrscheinlich ist sie die Einzige, die nie geglaubt hat, dass du und ich ...«

Tatjana hat tatsächlich immer nur von Pascal gesprochen, wenn es um mich und Männer ging, dachte Pippa, so als gäbe es die offizielle Liebe zwischen Wolfgang und mir überhaupt nicht ... Sie hat durchschaut, dass er das alles inszeniert, damit es im Verein kein Gerede gibt – und um ihr zu zeigen, dass er ihre Ehe respektiert ...

»Wirklich ritterlich, dein Verhalten«, sagte Pippa leise, »daran sollte Schwätzer sich mal ein Beispiel nehmen.«

Ihr Spaziergang hatte Pippa und Wolfgang wieder zurück zu den Anglern geführt, und der Kommissar ging los, um Angelzeug für Pippa und sich zu holen. Bis auf Lothar und Abel, die ein Stück Holz zwischen sich hin und her kickten, standen alle mit ihren Angelruten am Ufer und versuchten, weitere Forellen zu erbeuten. Der Anblick des Holzstücks erinnerte Pippa an eine Frage, die ihr auf der Seele brannte, und sie ging zu Blasko hinüber.

»Sag mal, kannst du dich noch erinnern, wo das Stück Holz lag, mit dem Teschke die Tür des Kühlwagens aufhalten wollte?«

Blasko zuckte mit den Schultern. »Warum? Ist doch jetzt egal, oder?«

»Mir ist heute Nacht das Gleiche mit der Notausgangtür passiert. Ich versuche herauszufinden, wieso. Dass die schwere Tür aufs Holz drückt und es dadurch wegschiebt, verstehe ich. Beim nächsten Mal will ich es richtig platzieren, damit ich nicht wieder vor verschlossener Tür stehe.«

Blasko dachte nach und sagte dann: »Außen. Es lag außen vor dem Kühlwagen – aber für Teschke spielt das jetzt keine Rolle mehr ...«

Leider tut es das sehr wohl, dachte Pippa, denn wenn die Tür das Holz weggedrückt hätte, hätte es innen gelegen. Die andere Variante geht nur durch Menschenhand ...

Sie ging Wolfgang Schmidt entgegen und sagte: »Blasko sagt, das Holzstück, mit dem Franz die Tür sichern wollte, lag draußen vor dem Kühlwagen.« Sie machte eine Kunstpause. »Du weißt, was das bedeutet?«

Wolfgang Schmidt sah sie einen Moment nachdenklich an, als würde er sich die Szenerie am Kühlwagen vergegenwärtigen, dann schluckte er und sagte leise: »Du denkst, Teschkes Tod war kein Unfall, sondern Mord.«

Kapitel 19

Schmidt nahm Pippas Arm und zog sie erneut von der Gruppe weg.

Als sie außer Hörweite waren, sagte er leise: »Das ist eine reichlich gewagte These, meine Liebe. Und eine ungeheure Anschuldigung. Wie bist du darauf gekommen?«

Pippa erzählte ihm von der Notausgangtür, aber Schmidt blieb skeptisch.

»Nur wegen dieser zufälligen Parallelität?«

Pippa verschränkte die Arme vor der Brust und fragte angriffslustig: »Du bist also ganz sicher, dass Franz Teschkes Tod lediglich ein Unfall war?«

»Das ist es ja, Pippa ...«, Schmidt seufzte, »wenn du in der Nähe bist, habe ich da meine Zweifel.«

»He, ihr zwei!«, rief Hotte. »Was ist denn jetzt – seid ihr nur zum Turteln hier, oder wollt ihr auch angeln?«

Die übrigen Kiemenkerle hatten sich jetzt ebenfalls bei Alexandre Tisserand eingefunden und sahen neugierig zu ihnen herüber.

»Tisserand will uns etwas über die Gegend hier und das Forellenangeln erzählen«, erklärte Lothar. »Wir warten nur noch auf euch.«

»Wir kommen sofort, Moment noch!«, antwortete Schmidt und sagte dann leise zu Pippa: »Wir treffen uns heute nach dem Abendessen in deiner Wohnung und sprechen alles noch einmal durch, okay? Je weniger Aufsehen wir jetzt erregen, desto besser.«

Er grinste spitzbübisch und legte demonstrativ den Arm um sie. »Obendrein beflügeln wir damit die romantischen Phantasien der Kiemenkerle ... jedenfalls derer, die dich nicht vor mir retten wollen.«

Pippa musste lachen. »Genau so machen wir es. Und du hast natürlich recht – von Mord zu sprechen hat schwerwiegende Konsequenzen. Vorher sollten wir noch einmal an der Notausgangtür probieren, ob und wie das Holzstück auch nach außen gedrückt werden kann.«

»Kommt gar nicht in Frage, meine Liebe: *Ich* mache Versuche mit der Kühlwagentür, und *du* erfährst das Ergebnis. Und *ich* sehe mir auch den Voodoozauber an. Höchstpersönlich und allein. Das ist alles nichts für Amateure.«

Pippa sah in sein Gesicht und stellte erfreut fest, dass der lockere Kommissar, den sie auf Schreberwerder kennen und schätzen gelernt hatte, zurückgekehrt war. Wie gut, dass die Fronten zwischen uns geklärt sind und wir wieder entspannt miteinander umgehen können, dachte sie erleichtert.

»Wenn du schon den Kommissar heraushängen lässt, ist es auch deine Aufgabe, Pascal über seine Fanwand zu informieren«, sagte sie. »Und bevor du bei den Didiers ein Donnerwetter loslässt, denk kurz darüber nach, was hier wirklich wichtig ist. Doch wohl Franz, oder?«

»Verstehe – du willst nicht, dass die Jungs bestraft werden. Guter Plan. Damit werden sie sich bestätigt fühlen und noch viele weitere dieser Streiche aushecken.«

»Eins musst du doch zugeben: Die Streiche sind zwar nicht immer puppenlustig, aber sie entbehren nicht einer gewissen Kreativität. Das gefällt mir.«

»Du willst also den ganzen Kram einfach abnehmen und die Kellerasseln wieder sich selbst überlassen?«, fragte er kopfschüttelnd.

»Versuch doch zu verstehen, was dahintersteckt«, sagte Pippa. »Versetze dich mal in die Lage der Jungs: Sie wohnen zwar in Chantilly, aber die Familie war nie wirklich Teil des Dorfes. Und warum nicht? Weil alle sich noch an Jean erinnern – und an sein Verschwinden. Seit Jahren kämpfen die Jungs mit ihren Streichen gegen dieses Phantom an, sie wollen endlich wahrgenommen werden. Es ist eine Flucht nach vorn, mit der sie ständig das Gegenteil erreichen, denn die allgemeine Aufmerksamkeit richtet sich nicht auf sie, sondern auf ihre verzweifelten Streiche ... und auf Pascal, den neuen Liebling der Legrands.« Sie lächelte und fuhr fort: »Und natürlich jetzt auch auf mich, als Ergänzung ihrer Heile-Welt-Pläne für Pascal. Da haben die Jungs eben gehofft, der Voodoozauber bringt wenigstens den Zustand *vor* unserem Auftauchen wieder zurück.«

»Ich kann kaum glauben, was ich höre: Pippa im Weichspülgang«, gab Schmidt unbeeindruckt zurück. »Du hast eindeutig zu viel Zeit mit Bruno verbracht.«

Sie gesellten sich zu den anderen. Hotte sagte gerade: »Ich weiß nicht, mir macht das Angeln gar keinen richtigen Spaß mehr, seit Franz ... Für keinen von uns ist das Angeln so sehr Passion wie für ihn ... Er war unser Motor.«

Schmidt nickte. »Er hat uns alle angetrieben. Und mitgerissen. Für ihn war Angeln wie Atmen.«

»Nee, so automatisch nun doch nicht«, warf Bruno ein. »Er hat es richtig genossen ... so *richtig,* versteht ihr? Eher wie ... wie ...«

»Sex, mein Lieber, ist das Wort, das du suchst«, sagte Achim Schwätzer, »aber das kommt in deinem Friede-Freude-Eierkuchen-Hirn ja nicht vor. Ihr seid in dieser Hinsicht alle eher unterbelichtet. Da muss ich bei einigen fast mithelfen. Ist wohl das Alter, nicht wahr, Gerald? Aber keine Angst, ich biete mich immer gerne als Ersatz an – und in deinem Fall bin ich ganz besonders gern zu Diensten.«

Gerald Remmertshausen machte einen langen Schritt hinüber zum Unterstand, riss die Grillzange vom Rost und ging drohend auf Schwätzer zu. Obwohl er die glühend heiße Zange direkt vor Schwätzers Gesicht hielt, wich dieser keinen Millimeter zurück. Die Umstehenden sahen atemlos zu, aber niemand griff ein.

»Ich warne dich, Achim«, zischte Remmertshausen drohend, »treib es nicht zu weit.«

Achim Schwätzer zuckte nicht mit der Wimper, sondern beantwortete die Drohung mit einem mokanten Lächeln.

Remmertshausen rang sichtlich um Fassung. Schließlich ließ er die Grillzange ins Gras fallen, drehte sich ohne ein weiteres Wort um und stapfte wütend davon.

»Bleib doch hier, Gerald«, rief Bruno hinter ihm her, »du weißt doch, wie er ist! Du weißt doch, wie Achim ist ...«

Aber Remmertshausen reagierte nicht, sondern schlug den Weg in Richtung Chantilly ein und verschwand hinter einer Wegbiegung.

»Er weiß doch, wie Achim ist ...«, murmelte Bruno noch einmal betrübt.

»Eben«, sagte Achim Schwätzer und warf einen beredten Blick auf Sissi, »und die Damen wissen es auch ... früher oder später ...«

»Du lässt deine Dreckspfoten von meiner Frau!«, schrie Lothar Edelmuth unbeherrscht, bevor Sissi ihn stoppen konnte.

»Lothar hat Angst um die Einzige, die sich je nach ihm umgedreht hat«, stänkerte Schwätzer unbeirrt weiter, »und jede Menge Angst vor dem direkten Vergleich, nehme ich an. Kann man ja verstehen.«

Lothar riss sich von Sissi los und machte einen Satz auf Schwätzer zu, der auch diesmal nicht zurückwich.

»Sieh an, Lothar Edelmuth verliert seinen Edelmut …« Achim Schwätzer kicherte anzüglich. »Du solltest dir stattdessen ein Beispiel an deinem Namensvetter nehmen, Lothar … oder bist du auch kein guter Fußballspieler?«

Lothar holte aus, um zuzuschlagen, aber Wolfgang Schmidt drängte sich schnell zwischen die beiden. »Es reicht jetzt, Achim«, fuhr er Schwätzer an, »es reicht schon lange. Pass auf, dass du den Mund nicht voller nimmst, als du auch schlucken kannst, hörst du?«

Achim Schwätzer schnaubte ärgerlich.

Es ist, als hätte er eine Schlägerei mit Lothar geradezu herbeigesehnt, dachte Pippa, so als müsste er nach der Konfrontation mit Gerald unbedingt Dampf ablassen …

»Mach dir um die Größe meines Mundes mal keine Sorgen, Wolfgang«, fauchte Schwätzer. »Was ich will, das kriege ich auch. Ich nehme mir, was ich brauche.«

Pippa riss der Geduldsfaden. Sie hatte die Nase voll von Imponiergehabe, dummen Sprüchen und zweideutigem Gerede.

»Ach wirklich, tust du das?«, sagte sie eisig zu Achim Schwätzer. »Und wenn es nicht klappt? Wird die Frau dann einfach als uninteressant oder als Niete eingestuft?«

Schwätzers Lippen wurden schmal. »Höre ich Eifersucht? Habe ich dich bisher nicht genug beachtet? Ist Wolle zu selten zu Hause?«

Ehe sie reagieren konnte, ließ Schwätzer seine Angel fallen, legte Pippa den Arm um die Taille und zog sie an sich. Mit der freien Hand zog er ihr die Schiebermütze vom Kopf, und ihre roten Locken fluteten über ihre Schultern. Pippa wand sich in seinem Griff, aber er hielt sie fest.

»Rotes Haar – das hätte ich auch versteckt«, höhnte Schwätzer, »aber immerhin: Ihr sollt gute Liebhaberinnen sein … leidenschaftlich.«

»Und wie!«, schrie Pippa, befreite sich mit einem Ruck und schlug ihm mitten ins Gesicht.

Schwätzer fuhr überrascht zurück und presste eine Hand an seine knallrote Wange. Die umstehenden Männer, die schon Anstalten gemacht hatten, Pippa zu Hilfe zu eilen, lachten und applaudierten ihr, was Schwätzer nur noch wütender machte.

»Du blödes, fettes Nilpferd!«, brüllte er, völlig außer sich. »Du hältst dich wohl für etwas Besonderes! Und dabei bist du bei allen Männern immer nur die Nummer zwei, weil sie die Nummer eins nicht haben können – die gehört nämlich mir!«

Er redet von Tatjana, dachte Pippa und spürte sofort das Bedürfnis, diese zu verteidigen. »Was zu beweisen wäre«, schoss sie zurück. »Ich glaube viel eher, sie hat *dich* in der Hand.« Sie pustete über ihre leere Handfläche. »... und sie kann dich so leicht wegblasen.«

Schwätzer erstarrte und wurde blass. Seine Stimme klang unsicher, als er schließlich sagte: »Ach ja? Du und sie – ihr seid wohl neuerdings Beichtschwestern? Erzählt euch alles, was? Passt bloß auf, dass ihr euch nicht in die eigene Tasche lügt mit eurem Weibergeschwätz. Ich habe gleich gesagt: die Frauen und die Zahl Dreizehn werden wir noch bereuen.«

»Das habe ich gesagt! Das ist mein Satz!«, beschwerte Bruno sich empört.

»Typisch Achim – reagiert absolut humorlos, wenn ihm einer das Wasser reichen kann.« Sissi kicherte amüsiert.

»Ein*e*«, korrigierte Pippa, »das ist ja das Schlimme.«

Wieder lachten alle und spendeten Beifall. Achim Schwätzer erkannte, dass er den Schlagabtausch verloren hatte, verließ – wie vorher Gerald – beleidigt die Angelstelle und schlug den Heimweg ein.

»Nachdem nun hoffentlich sämtliches Pulver verschossen ist«, sagte Vinzenz und seufzte, »können wir uns jetzt vielleicht mit den friedvollen Bächen der Montagne Noire und ihrem Fischreichtum beschäftigen. Alexandre möchte uns gern etwas darüber erzählen. Alexandre – du hast mein Versprechen, dass wir alle so friedlich lauschen werden, wie es dieser Idylle geziemt.«

Tisserand nickte lächelnd. »Vielen Dank, Vinzenz. Diese Bäche hier fließen zum Wehr und können dort reguliert werden. Die Rinne, die ihr dort seht, Rigole genannt, wird nur bei Unwetter benutzt. Dann wird auch das Wehr in ihre Richtung geöffnet, und die Wassermassen schießen durch das gemauerte Bett zu Tal.« Er deutete auf den Bach, an dem sie standen. »An Tagen wie heute reicht die Kapazität des Paradiesbaches aus, um das Wasser zum Lac Chantilly zu bringen.«

Während Tisserand anschaulich erklärte, beobachtete Pippa die Kiemenkerle. Offenbar nahm niemand Geralds oder Achims Ausbrüche allzu ernst – aber traurig über den demonstrativen Abgang erst des einen und dann des anderen schienen sie ebenfalls nicht zu sein.

Die Nerven liegen nach dem plötzlichen Tod Teschkes eben blank, dachte Pippa, und ich bin sicher, dass alle erschrockener sind, als sie zugeben wollen. Kann einer von ihnen diese ungute Situation herbeigeführt haben? Ist einer von ihnen ein Mörder?

Sie musterte Tisserands Zuhörer. Alle waren ganz bei der Sache und lauschten interessiert, wie er von den unzähligen Zuläufen in die verschiedenen Stauseen erzählte, die den berühmten Canal du Midi speisen. Sie konnte sich die Ungeheuerlichkeit, dass einer unter ihnen Teschke umgebracht haben sollte, beim besten Willen nicht vorstellen.

»Und es ist ganz gleich, wo Sie sich mit Ihrer Angelrute hinstellen«, sagte Tisserand, »von den Bächen im tiefsten Buchenwald bis hin zu den künstlich angelegten Wasserwegen – überall werden Sie prächtige Fänge machen. Hier in Südfrankreich werden die größten Fische aus dem Wasser gezogen, die die Welt je gesehen hat. Der – wenn auch inoffizielle – Weltrekord liegt bei mehr als einundvierzig Kilo für einen Karpfen. 2008 wurde er in einem See bei Dijon gefangen, nur ein paar Autostunden von hier entfernt.«

Das beeindruckende Gewicht des Rekordkarpfens löste bei den Männern ehrfürchtiges Gemurmel aus.

»So viele Bäche, so viele Seen – so wenig Zeit«, sagte Rudi sehnsüchtig.

Tisserand lächelte und fuhr fort: »Wenn das Wetter sich hält, zeige ich Ihnen gerne meinen Lieblingsplatz: *Prise d'eau d'Alzeau,* sozusagen der Ausgangspunkt aller Wasser des Canal du Midi. Dort steht auch ein Denkmal für Pierre Paul Riquet, den genialen Konstrukteur dieser einzigartigen Anlage. Dort oben beginnt das Wassernetz, das seit der Zeit Ludwigs XIV. dafür sorgt, dass der Regen dieser Berge dorthin gelangt, wo er am dringendsten gebraucht wird: in den Kanal des Südens.«

»Nehmt nur euer Angelzeug – ich packe alles ein, was ins Vent Fou muss«, sagte Pippa eine gute Stunde später, als es an den Aufbruch zurück ins Tal ging. »Ihr könnt ruhig schon loslaufen.«

Bruno war die Enttäuschung deutlich anzusehen, als er ihr den Schlüssel für den Citroën HY aushändigte. »Bist du sicher, dass du allein aufräumen willst?«, fragte er und setzte hoffnungsvoll hinzu: »Ich helfe wirklich gern!«

Pippa ahnte, warum er ihr dieses Angebot machte. »Du kannst mit mir hinunterfahren, wenn du willst.«

Er zögerte kurz, schüttelte aber dann den Kopf. »Ich verstehe schon – du willst mal fünf Minuten deine Ruhe.« Unauffällig deutete er mit dem Kopf auf Wolfgang Schmidt, der ein paar Schritte entfernt den Grill reinigte. »Du brauchst Zeit zum Nachdenken. Ein gemächlicher Spaziergang zurück ins Tal tut mir ganz gut. Ich werde sowieso immer bequemer und steifer.«

Als wollte er seine eigenen Worte Lügen strafen, ergriff er den riesigen, schweren Korb, in dem sich leere Schüsseln und Teller stapelten. Ohne erkennbaren Kraftaufwand hievte er ihn mit einem Schwung ins Auto.

»Bruno, wirklich, wenn du lieber mitfahren möchtest …«, bot Pippa noch einmal an.

»Keine Angst, Bruno, der Weg ist leicht zu schaffen«, sagte Schmidt, der in diesem Moment dazukam, »wir nehmen den kürzesten Weg hinunter, über die großen Trittsteine. In wenig mehr als einer halben Stunde sind wir unten im Lager.«

»*Du*, Wolle, *du* bist dann im Lager«, erwiderte Bruno düster.

Pippa sah den Kiemenkerlen nach und atmete tief durch.

Werde ich mit den Jahren immer weniger menschenkompatibel, oder sind die Kiemenkerle einfach besonders anstrengend?, dachte sie. Komisch, und ich habe geglaubt, ich bin durch die Transvaalstraße abgehärtet.

Sie genoss die Ruhe, die sich einstellte, als das Geplapper der Gruppe im Wald verklang. Nur das einschläfernde Gurgeln des Baches und Vogelgezwitscher waren noch zu hören. Erst jetzt merkte sie, wie müde sie nach der durchwachten Nacht und den Turbulenzen dieses Tages war. Sie setzte sich auf eine der Bänke am Tisch der Grillhütte, legte die Arme auf die Tischplatte und bettete ihren Kopf darauf.

Nur ein paar Minuten, dachte sie, und schon schlief sie tief und fest.

Sie erwachte, als eine heftige Windböe durch die Grillhütte fuhr. Große Regentropfen klatschten lautstark auf das Dach. Verwirrt blickte Pippa auf ihre Armbanduhr und stellte fest, dass sie mehr als eine Stunde geschlafen hatte. Dennoch passte die Dämmerung nicht zur Uhrzeit, aber ein Blick in den Himmel zeigte eine dichte Wolkendecke, aus der es immer stärker regnete. Das zuvor so einladend frische Grün des Waldes wirkte jetzt dunkel und undurchdringlich.

Pippa trat unter dem Dach hervor und zog unwillkürlich den Kopf ein, als dicke Regentropfen sie trafen.

Da sie keine Lust hatte, in tiefer Dunkelheit ins Tal fahren zu müssen, trotzte sie tapfer dem Regen und sprintete einige Male zwischen der Hütte und dem Auto hin und her, bis alles verladen war. Dann machte sie noch einen letzten Kontrollgang über das Gelände, um vergessene Gegenstände einzusammeln, aber sie fand nicht einmal Schwätzers Angel, obwohl sie sich genau erinnerte, dass er sich ohne sein Equipment auf den Heimweg gemacht hatte.

Das ist nun wieder ein netter Zug, dass die Jungs ihm den Kram hinterhertragen, dachte Pippa. Ich wette, das war Bruno.

Sie sah sich ein letztes Mal um und ging zum Grill, um sich zu vergewissern, dass er ordnungsgemäß gelöscht war. Ein vergessenes Geschirrtuch lag auf der Ablage, und als sie es hochnahm, entdeckte sie Gerald Remmertshausens Smartphone.

»Oho«, sagte Pippa verblüfft, »Gerald hat bestimmt schon bemerkt, dass er nackt herumläuft.«

Sie steckte das Telefon in die Hosentasche und lief hinüber zu dem alten Wellblech-Lieferwagen, der unter einem so dichten Blätterdach hoher Bäume stand, dass bisher kaum ein Regentropfen bis zu ihm vorgedrungen war. Sie kletterte auf den Fahrersitz und starrte ratlos auf das übersichtliche Armaturenbrett des Wagens. Es gab zwar nur wenige Knöpfe – aber welcher war der für die Scheibenwischer? Pippa probierte einen nach dem andern aus. Als sich schließlich zwei metallene Stummel kreischend über die Windschutzscheibe bewegten, fuhr sie erschrocken zusammen. Offenbar hatte sie zufällig den richtigen Schalter erwischt, aber die Scheibenwischer waren abgebrochen.

»Na super – offensichtlich muss der Markt in Revel bei Regen ohne Ferdinand auskommen. Der feine Herr fährt wohl nur bei Sonnenschein«, fluchte sie und startete den Motor.

Vorsichtig steuerte sie den Wagen im Schritttempo den Waldweg hinunter. Sie konnte durch den strömenden Regen kaum etwas sehen und rumpelte immer wieder durch Schlaglöcher. Ihr brach der Schweiß aus, und sie wünschte sich sehnlichst Bruno zurück ans Steuer. Angestrengt spähte sie durch die tropfnasse Scheibe.

Plötzlich knallte es, und sie verriss das Lenkrad. Der Wagen rutschte zur Seite weg, nahm wieder Fahrt auf und landete mit einem harten Ruck an einer riesigen Buche.

Starr vor Schreck schloss Pippa für einen Moment die Augen, um sich wieder zu sammeln.

»Pascal, mein Lieber«, murmelte sie mit zusammengebissenen Zähnen, »das stellt unsere junge Liebe jetzt auf eine harte Probe.«

Sie kletterte aus dem Lieferwagen, um sich den Schaden anzusehen. Die imposant vorstehende Nase des Citroëns glich jetzt der eines Boxers nach verlorenem Kampf. Besorgt ging sie um den Lieferwagen herum und entdeckte vorne rechts einen platten Reifen, in dem ein großer Nagel steckte.

»Verdammt. Verdammt. Verdammt.«

Während sie darüber nachdachte, wie es weitergehen sollte, ertönte aus ihrer Hosentasche ein leises Geräusch.

»Geralds Smartphone!«, rief sie vor Erleichterung laut aus und zog es hervor. »Dein Besitzer wird mir sicherlich verzeihen, wenn ich dich benutze!«

Auf dem hellen Display leuchtete eine Textnachricht, die sie – ohne es zu wollen – automatisch las: *Ergebnis wie erwartet. Wiederherstellung chancenlos. Clinique privée Hôpital Saint-Georges, Toulouse.*

Pippa war über sich selbst erschrocken, weil sie die an Remmertshausen gerichtete Nachricht gelesen hatte. Heilfroh sah sie, wie der Text automatisch vom Display verschwand. Sie versuchte, die Nummer des Vent Fou einzutippen, aber das Gerät verweigerte ihr den Dienst, indem ein neuer Text aufleuchtete: *Pin-Nummer eingeben.*

Müssen diese neuen Dinger denn für alles und jedes gesichert sein? Hat sich denn die ganze Welt gegen mich verschworen?, dachte sie verzweifelt. Immerhin, der Regen hat nachgelassen. Dann werde ich es mal per pedes versuchen.

Hoffentlich freuten sich Ferdinand und Pascal wenigstens darüber, dass sie gut versichert war ...

Sie folgte dem Weg bis zu den großen Trittsteinen im Bach, wo ein kleiner Wegweiser zum Lac Chantilly zeigte. Gott sei Dank ist der Weg gut ausgeschildert, dachte sie, ich sollte ohne Probleme zurückfinden ...

Sie trat auf den ersten Stein und blickte fasziniert ins schäumende Wasser, das sich zwischen den Steinen hindurchdrängte und in Kaskaden weiter in Richtung Lac Chantilly floss.

Vorsichtig balancierte sie weiter über die glitschigen Quader. Als sie das andere Ufer erreicht hatte, knackten hinter ihr Zweige, und sie fuhr erschrocken herum. Nichts bewegte sich zwischen den Bäumen, und sie atmete auf.

»Dies ist ein Wald, Pippa«, murmelte sie. »Wenn hier Zweige knacken, dann ist das völlig normal. Jetzt ist Dämmerung, die Jagdzeit für die Tiere des Waldes. Alles ist in Ordnung – nur du bist eine Memme.«

Ihre Atmung hatte sich gerade wieder beruhigt, als ein Kiesel viel zu nah an ihrem Kopf vorbeisauste und gegen einen Baumstamm prallte. Von der Wucht des Einschlags splitterte Rinde ab und rieselte zu Boden.

Pippa sah sich wütend um. Wo waren diese vier Monster? So klein seid ihr nicht mehr, dass euch nicht klar ist, wie fürchterlich so etwas schiefgehen kann, dachte sie. Ich habe jedenfalls kein Interesse an einem Loch im Kopf. Ein bisschen Kinder-Voodoo ist eine Sache, eine David-und-Goliath-Schleuder eine andere.

»Jungs, das ist jetzt gerade kein Spaß mehr!«, rief sie in den Wald hinein. »Außerdem: Redet mal mit Cedric – der hat die Seiten gewechselt! Genauso wie eure Frau Maman!«

Bis auf das Rauschen des prompt wieder einsetzenden Regens hörte sie keinen Laut.

»Ich arbeite nicht nur für die Legrands – ich arbeite auch für euch!«, versuchte Pippa es weiter. »Wir sind keine Feinde! Niemand ist gegen euch!«

Sie entschied, auf die andere Seite zurückzugehen, um ihren guten Willen zu demonstrieren. Als sie den Fuß auf den ersten Trittstein setzte, flog das nächste Wurfgeschoss direkt an ihrem Gesicht vorbei, gefolgt von weiteren, die immer schneller in ihre Richtung flogen. Es grenzte an ein Wunder, dass sie nicht getroffen wurde. Eilig sprang sie ans Ufer zurück und verschanzte sich hinter einem Baum, während der Regen stärker und dichter wurde.

»Jungs?«, schrie sie durch das Rauschen. »Marc? Eric? Franck? Seid doch vernünftig!«

Pippa hielt den Atem an und lauschte. Niemand antwortete auf ihr Rufen, aber es flogen auch keine Kiesel mehr. Sie wartete noch einige Minuten, doch es blieb ruhig.

Sie beschloss, sich bis zur trockenen Rigole zu schleichen, von der Tisserand gesprochen hatte. In der Deckung des betonierten Kanals schaffte sie es hoffentlich mit heiler Haut bis hinunter zum See.

Und dort unten, meine Lieben, werden wir ein ernstes Gespräch führen, dachte sie grimmig, denn meine Geduld ist erschöpft. Ihr glaubt, ihr wisst, wie stark der Autan bläst? Das ist ein laues Lüftchen gegen den Wind, den ich machen kann. Macht euch auf etwas gefasst.

Sie kroch langsam durch das Unterholz und versuchte, so wenig Geräusche wie möglich zu machen. Als sie die betonierte Rigole erreicht hatte, ließ sie sich vorsichtig hineingleiten und ruinierte sich dabei mit Algen und Moos die Kleidung.

Das ist es mir wert, dachte Pippa, wäre doch gelacht, wenn ich bei eurem Katz-und-Maus-Spiel nicht die Oberhand behielte.

In gebückter Haltung schlich sie durch die anderthalb Meter tiefe Betonrinne, immer bemüht, in den glitschigen Pfützen nicht auszurutschen. Dennoch schlitterte sie mehr als zu laufen und suchte immer wieder krampfhaft Halt an der glatten Seitenwand. Der immer stärker fallende Regen setzte ihr zu, aber sie biss die Zähne zusammen.

Sie hielt inne, als sie oberhalb der Rinne ein kreischendes Geräusch hörte, so als schrammte Eisen über Eisen. Pippa überlegte noch, ob sie es wagen sollte, den Kopf hinauszustrecken, als ein lautes Donnern erklang und die Seitenwand unter ihrer Hand spürbar zu vibrieren begann.

Sie blickte hinter sich und sah eine schäumende Wasserwelle direkt auf sich zurasen. Noch während sie begriff, dass jemand das Wehr geöffnet haben musste, riss das Wasser sie mit sich. Ihre Hände tasteten verzweifelt nach Halt, der sich nirgends fand. Sie wurde unter Wasser gezogen, ihre Beine schrammten an der Betonwand entlang, dann wurde sie wieder an die Oberfläche gespült, wo sie kurz nach Luft schnappen konnte und um Hilfe zu schreien versuchte.

Aber die gurgelnden, brodelnden Wassermassen erstickten ihren Schrei und zogen sie wieder hinunter.

Kapitel 20

Pippa hatte keine Ahnung, wie weit sie schon mitgerissen worden war oder wie lange ihre Rutschpartie bereits dauerte. Sie kämpfte wütend und verbissen gegen ihre Erschöpfung an. Das Schicksal konnte unmöglich vorgesehen haben, dass sie kurz vor ihrem vierzigsten Geburtstag in einer französischen Wasserrinne ertrank. Schon allein um den außer Rand und Band geratenen Didier-Bengeln gehörig die Ohren langziehen zu können, mobilisierte sie ihre letzten Kräfte. Dem Steinhagel auszuweichen war schon kein Spaß mehr gewesen, aber dass ausgerechnet jetzt auch noch der Wasserwart das Wehr öffnen musste, ließ sie an ihrer gerade erwachten Sympathie für die Schwarzen Berge zweifeln.

Die donnernden Fluten schleiften sie unbarmherzig weiter durch die Betonrinne, als Pippa sah, dass sie sich einer Brücke näherte.

Jetzt oder nie, dachte sie und streckte die Arme aus. Sie umklammerte den eisernen Brückenpfeiler, und die rasende Rutschpartie stoppte mit einem heftigen Ruck.

»Au, verdammt!«, schrie sie, denn es fühlte sich an, als würden ihr die Arme aus den Schultergelenken gerissen. Die Seitenteile der Eisenpfeiler machten der hiesigen Schmiedekunst alle Ehre, sie waren mit verschnörkelten Rosenblüten, -ranken und -blättern verziert.

Pippa schaffte es, Hände und Füße in die Aussparungen zu stecken, und konnte endlich einen Moment lang verschnaufen, während das Wasser nun vergeblich an ihr zerrte. Um sich eine noch sicherere Position zu verschaffen, schob sie sich langsam zwischen Pfeiler und Rinnenwand und konnte ihre schmerzenden und verkrampften Arme und Beine etwas entlasten.

Minuten dehnten sich zur Ewigkeit, aber endlich floss das Wasser deutlich ruhiger, und sie wagte sich aus ihrer Deckung. Sie benutzte die Verzierungen des Brückenpfeilers, um sich hinaufzuziehen und aus der Rinne zu klettern.

Völlig erschöpft ließ Pippa sich am Ufer auf den Rücken fallen und schloss die Augen. Jetzt schlafen, nur schlafen, dachte sie müde.

Sie spürte, wie sie langsam wegdämmerte, und zwang sich, die Augen wieder zu öffnen. Mittlerweile war es stockfinster geworden, und sie hatte keine Ahnung, wo sie war. Mühsam rappelte sie sich auf und stand schwankend in der Dunkelheit. Ihre Kleidung war verdreckt und zerrissen, und sie fror am ganzen Körper. Sie musste unbedingt ins Warme, und das so schnell wie möglich.

Langsam setzte sie sich in Bewegung und folgte einfach dem Weg.

Wie ein Automat setzte sie Schritt vor Schritt, noch immer zitternd vor Schock und Angst, aber angetrieben von purem Überlebenswillen. Beinahe glaubte Pippa an eine Halluzination, als sie nach der nächsten Wegbiegung ein Natursteinhaus erblickte, aus dessen Fenster ihr einladendes Licht entgegenschien. Vor Erleichterung kamen ihr die Tränen, als sie das Schild an der kurzen Auffahrt las: *Willkommen im Paradies*.

Pippa betrat den Hof, als plötzlich mehrere Lampen aufflammten und ihr den Weg wiesen. An der Haustür hing eine alte Schiffsglocke; sie lärmte ohrenbetäubend, als Pippa sie anschlug.

Zweifelnd sah sie an sich hinunter. Ihr Äußeres war nicht gerade vertrauenerweckend: Ihre Kleidung starrte vor Dreck, ihre Haare klebten am Kopf, das linke Hosenbein war zerfetzt und zeigte ein aufgeschürftes, blutiges Knie. Jede Vogelscheuche sah besser aus. Pippa betete, dass man ihr nicht die Tür vor der Nase zuschlagen würde.

Endlich näherten sich Schritte, und die Tür ging auf. Vor Pippa stand Régine, die Hünin mit dem Motorroller.

Sie musterte Pippa schweigend.

Dann sagte sie: »Sieh an, noch eine nasse Katze«, fasste Pippa am Arm und zog sie umstandslos ins Haus.

Die Wirtin stieß einen leisen Pfiff aus, und prompt kam eine Katze angelaufen, der das nasse Fell auf der Haut klebte wie die Kleidung an Pippa.

Régine bugsierte Pippa eine Treppe hinauf in den ersten Stock und schob sie in ein erstaunlich modern eingerichtetes Badezimmer mit groben Natursteinwänden. Während sie die Hähne der Badewanne aufdrehte, um Pippa ein heißes Bad einzulassen, plauderte sie, als wäre Pippa ein ganz normaler Gast und als gäbe es keinerlei andere Fragen: »Ihre Schicksalsgenossin ist meine kleine *Blanquette*. *Cinsault* und *Clairette* treiben sich noch draußen herum! Und dabei heißt es, dass Katzen kein Wasser mögen. Völliger Unsinn, oder?« Sie schüttelte den Kopf. »Und jetzt runter mit den nassen Kleidern und ab in die Wanne.«

Pippa war unendlich froh, dass nichts anderes von ihr erwartet wurde, als sich aufzuwärmen. Sie warf ihrer Gastgeberin einen dankbaren Blick zu und genoss das Wohlwollen, das ihr entgegengebracht wurde. Einfach nur ausruhen, dachte Pippa und streifte sich die nassen Schuhe von den Füßen.

»Ich bin Régine«, sagte die Wirtin, »herzlich willkommen in meinem Paradies.«

»Pippa, Pippa Bolle«, krächzte Pippa.

Régine lächelte. »Das weiß nun wirklich ganz Chantilly-sur-Lac, meine Liebe.«

Die Paradies-Wirtin ließ sie allein, und Pippa zog sich aus und stieg in das dampfend heiße Wasser. Ihr Körper schmerzte, aber die Wärme brachte Erleichterung und Entspannung. Sie schloss die Augen und lag still in der Badewanne. Erst gestern Nacht habe ich ein Bad im warmen See genossen, dachte sie, und vorhin musste ich im eiskalten Wasser der Bergbäche um mein Leben kämpfen ...

Als sie die Wanne verließ, entdeckte sie, dass ein großes, weiches Badetuch und ein voluminöser Bademantel bereitlagen. Ihre nasse Kleidung war verschwunden. Régine musste noch einmal im Badezimmer gewesen sein, ohne dass Pippa es mitbekommen hatte.

Régine erwartete sie im mollig warmen Wintergarten. Ein Feuer brannte im Kamin, und das Holz knisterte und knackte. Die Wirtin reichte ihr einen Becher heißer Milch und bat Pippa mit einer Handbewegung auf eine gemütliche Récamière, während sie selbst in einem ausladenden Sessel Platz nahm. Pippa nippte vorsichtig, um sich nicht die Lippen zu verbrennen, obwohl sie das Getränk am liebsten in einem Schluck hinuntergestürzt hätte. Die Milch schmeckte köstlich und wärmte ihren Magen gründlicher durch, als sie es sonst von diesem Getränk gewohnt war. Pippa sah ihre Gastgeberin fragend an.

»Ich koche, ich braue, ich brenne ...«, sagte Régine und zuckte mit den Achseln, »hier oben muss man autark sein.« Sie hob ihren Becher und prostete Pippa zu. »Sie werden mit Calvados wesentlich besser schlafen als ohne.«

»Zweifellos«, erwiderte Pippa, »aber zwischen mir und meinem Bett liegen noch etliche Kilometer glitschiger Waldweg.«

Die Wirtin schüttelte energisch den Kopf. »Kommt überhaupt nicht in Frage, heute Nacht gehen Sie nirgends mehr hin. Bis Samstag sind meine drei Zimmer frei. Suchen Sie sich eines aus. Zimmer und Frühstück gehen aufs Haus – aber dafür erzählen Sie mir haarklein, wie Sie in diesem interessanten Zustand bis vor meine Tür gekommen sind.«

Bereitwillig berichtete Pippa von dem Picknick, der Angelstunde am Bergbach und dem, was passiert war, als die Kiemenkerle schon auf dem Weg zurück nach Chantilly waren. Bei der Schilderung der dramatischen Vorfälle wich das Lächeln in Régines Gesicht einer zunehmend ungläubigen Miene.

»Und dann wollte ich den Didier-Jungs ein Schnippchen schlagen und bin in die trockene Rinne, um in ihrer Deckung zum Campingplatz zu gelangen«, schloss Pippa. »Bei meinem sprichwörtlichen Glück musste der Wasserwart natürlich ausgerechnet heute die Wehre öffnen und mir einen Ritt auf den Wellen verschaffen.« Sie schnaubte ärgerlich.

Régine sah aus dem Fenster in den strömenden Regen. Dann sagte sie nachdenklich: »Bei dem bisschen Wasser? Es regnet doch noch gar nicht lange. Das glaube ich nicht. Außerdem – heute ist doch Donnerstag, oder?« Sie vergewisserte sich mit einem Blick auf den Kalender am Kamin. »Heute öffnet niemand die Schleusen.«

Hätte ich eigentlich wissen müssen, dachte Pippa und fragte: »Nur um mich zu vergewissern: Der Wasserwart heißt nicht zufällig Dupont?«

Régine nickte. »Genau. Und der hat heute ganz bestimmt nicht den Befehl zum Ablassen des Wassers gegeben.«

»Stört es Sie nicht, dass der Mann nur jeden zweiten Tag wirklich arbeitet?«

»Nö – wollen wir das nicht alle? Dupont hat eine Möglichkeit gefunden, und dafür zollen wir ihm Tribut.« Régine lächelte.

»Okzitanier sind Individualisten – und manche eben ... doppelt so viel wie andere.«

Pippa verdrehte die Augen. »Deshalb kommen die Kiemenkerle gerne hierher, die sind auch doppelt so viel wie andere. Von allem.«

Régine setzte sich interessiert auf. »Erzählen Sie doch mal – wie sind die Angler denn so? Wäre da was für mich dabei?«

Auf Pippas überraschten Blick hin fügte sie hinzu: »Ja, was denn? Glauben Sie, ich lebe nur von der Aussicht auf die Landschaft? Ich hätte schon gerne einen, der zupacken kann – und zwar in jeder Hinsicht.«

Pippa musterte die Hünin amüsiert, und prompt fiel ihr die Szene an der Mautstation ein. »Vielleicht ist da wirklich jemand. Er heißt Bruno und ist bärenstark. Allerdings ist er vielleicht ein bisschen jung.«

Régine machte eine wegwerfende Handbewegung. »Das stört mich nicht – dann bleibt er länger frisch.«

Pippa lachte laut heraus, und die Wirtin stimmte ein. Wie gemütlich es hier ist, dachte Pippa und kuschelte sich selig in den weichen Bademantel. »Ich würde etwas darum geben, hierbleiben zu dürfen. Ich bin völlig erschöpft. Aber im Vent Fou wird man sich Sorgen machen, und ich habe noch eine Verabredung mit Kommissar Schmidt.«

»Unsinn«, sagte Régine bestimmt, »für die ist morgen auch noch Zeit. Sie suchen sich ein Bett und schlafen aus. Ich muss heute ohnehin noch ins Tal, ich habe nämlich auch eine Verabredung. Dabei gehe ich im Vent Fou vorbei und hole Ihnen frische Sachen. Ihrem Kommissar sage ich, dass er Sie hier anrufen darf. Versprochen.« Sie grinste. »Und bei der Gelegenheit sehe ich mir mal den starken Bruno an!«

Mit einem Krachen fiel die Haustür hinter Régine ins Schloss. Sekunden später wurde der Motor des Rollers gestartet, und Pippa hörte ihre Wirtin den Berg hinunterknattern.

Sie streckte sich auf der Récamière aus, und sofort kam die Katze heran, kletterte auf Pippas Bauch und rollte sich dort zusammen. Das Kaminfeuer wärmte Pippas Füße, und sie löschte die kleine Lampe neben sich. Bis auf das flackernde Licht der Flammen lag jetzt das ganze Haus im Dunkeln.

Das monotone Prasseln der Regentropfen auf das Glasdach des Wintergartens wirkte entspannend. Aus den Lautsprechern der Musikanlage kam leise Musik okzitanischer Troubadoure, die Régine eingelegt hatte, bevor sie sich verabschiedete.

Ich sollte mich wirklich ins Bett legen, dachte Pippa, aber dann müsste ich die arme *Blanquette* wecken … und außerdem ist der Weg nach oben viel zu weit …

Die gemütliche Atmosphäre des Hauses nahm sie völlig gefangen. Alle Räume – soweit Pippa sie bisher gesehen hatte – waren in warmen Farben gestrichen und mit alten, aber keineswegs unmodernen Möbeln eingerichtet. Kein Wunder, dass Tisserand hier so gern Quartier nahm, diese Umgebung musste jeden inspirieren.

Pippa konnte sich nicht erinnern, wann sie zuletzt so ruhig gewesen war, und freute sich schon darauf, den Blick auf den Lac Chantilly bei Tageslicht zu genießen.

Hier möchte ich meinen Vierzigsten feiern, dachte Pippa, nur so für mich, mit einem guten Buch, auf genau dieser Récamière, und wenn ich hochsehe, fällt mein Blick hinaus aus dem Wintergarten bis zum See und hinüber zum Vent Fou. Alles ist schnell erreichbar, wenn ich es will – aber wenn ich nicht will, habe ich hier meine Ruhe. Ich muss Régine unbedingt fragen, ob sie am 13. Juli noch ein freies Zimmer für mich hat …

Als wenig später das Telefon klingelte, erwachte die Katze und hob den Kopf. Pippa hatte überhaupt keine Lust, den Anruf anzunehmen. Bestimmt war es Schmidt, aber sie wollte jetzt einfach nicht reden.

Leider hörte das Gerät nicht auf zu klingeln, und Pippa seufzte ergeben. Sie setzte die Katze in ihren Korb und ging in den Flur, um das Telefon in den Wintergarten zu holen.

»Hallo, Herr Kommissar«, sagte sie, »bis eben war hier alles so friedlich.«

»Ja, ich freue mich auch, mit dir zu sprechen.« Schmidt versuchte, ironisch zu sein, aber die Aufregung in seiner Stimme war nicht zu überhören. »Ich war halb verrückt vor Sorge! Wir wollten schon einen Suchtrupp organisieren, als plötzlich dieser Felsbrocken von Frau im Lager auftaucht und herumschreit, dass sie sofort einen Kommissar braucht! Ich habe mich fast nicht aus dem Zelt getraut! Und was sie mir erzählt hat, trug auch nicht gerade zu meiner Beruhigung bei. Brauchst du einen Arzt?«

Prompt bekam Pippa ein schlechtes Gewissen. »Nein, es ist alles in Ordnung mit mir, wirklich. Ich habe nur ein aufgeschürftes Knie und bin ansonsten wieder trocken und warm. Bitte entschuldige meine zickige Begrüßung, aber ich bin wirklich todmüde und hatte gerade keine Lust auf niemand.«

»Das klingt aber gar nicht nach dir, meine Liebe. Bist du ganz sicher, dass du völlig …«

»Mir fehlt nichts, was ein guter Nachtschlaf nicht wieder geradebiegen könnte.«

Schmidt lachte leise. »Das hat dein Wachhund gerade auch sehr deutlich gemacht. Sie will, dass du ausschläfst, und zwar so lange du willst. Ich darf dich erst morgen Nachmittag besuchen – und muss auf jeden Fall vor dem Dunkelwerden wieder verschwinden.«

»Régine hat dich beeindruckt!« Bei dieser Vorstellung konnte Pippa sich ein Kichern nicht verkneifen.

»Wie bitte? *Das* ist Régine? Die Régine, die uns die Jean-Didier-Akte besorgen will? Die habe ich mir aber ganz anders vorgestellt. Obwohl: In Gegenwart dieser Frau würde Monsieur Dupont wahrscheinlich lieber selber einen Mord gestehen, als sich Ärger einzuhandeln.«

»Nein, die Gendarm-Dupont-Dompteuse ist eine andere Régine. Régine-Une, sozusagen. Régine-Deux gehört das einsame Haus oben auf dem Berg. Das Paradies.«

»Ach, deshalb konnte sie dich so problemlos unterbringen.«

»Hat sie dir denn nicht die Adresse gegeben?«, fragte Pippa verwirrt.

»Sie wollte wohl ganz sichergehen, dass ich nicht sofort losstürze, um dich zu besuchen. Sie hat lediglich die Telefonnummer rausgerückt.«

»Du meine Güte. Warum macht sie denn so ein Geheimnis daraus?«

»Sag ich doch: Wachhund. Vielleicht wusstest du es noch nicht, aber du hast jetzt offenbar einen Bodyguard, vor dem auch ich mich fürchte. Sie will mich morgen mit ihrer Vespa hier abholen.« Schmidt lachte leise. »Wie soll das gehen? Legt sie mich an die Kette, und ich laufe nebenher? Oder schiebe ich sie und den Roller den Berg hinauf?«

Pippa kicherte. »Jetzt weißt du ja, wo ich bin. Du brauchst ihren Service also nicht in Anspruch zu nehmen.«

»Das stimmt. Zu laufen ist mit Sicherheit die weniger abenteuerliche Variante.«

»Eh ich es vergesse: Hat sie zufällig nach Bruno gefragt?«

»Was heißt hier *gefragt*?«, gab Schmidt zurück. »Sie hat ihn sich unter den Arm geklemmt und ist mit ihm in die Brasserie abgedampft. Wenn ich das richtig verstanden habe, unter der

Androhung, ihm die Speisekarte rauf und runter zu bestellen und sein Schicksal zu deuten.«

Pippa lachte laut auf. »Das ist also die Verabredung, die sie hatte!«

»Wie bitte? Verabredung?«, fragte Schmidt verständnislos.

»Vergiss es, es ist nicht wichtig«, antwortete Pippa, »aber das erinnert mich an etwas anderes. Ich habe am Picknickplatz Geralds Smartphone gefunden.«

»Oh – Gott sei Dank!«, rief Schmidt. »Dann kann er aufhören, unsere Zelte zu durchwühlen. Gerald hat uns schon völlig verrückt gemacht. Er führt sich auf, als hätte er Herztabletten verloren, ohne die er die nächsten zwei Stunden nicht überlebt.«

Pippa stöhnte innerlich. »Auch wenn du ihm jetzt sagen kannst, wo es ist – benutzen kann er es leider nicht mehr.«

»Verstehe: Du bist damit durch die Wasserrinne geschossen. Das erklärst du ihm aber bitte selbst. Du weißt doch, der Überbringer der schlechten Nachrichten ...«

»Feigling. Dann sag es Tatjana, wenn du dich nicht traust, dem großen Vorsitzenden selbst entgegenzutreten. Und sag ihr auch noch, dass eine Textnachricht zu lesen war.« Pippa versuchte, sich an den Inhalt der Nachricht zu erinnern. »Es war etwas wie *Ergebnis wie schon erwartet. Keine Wiederherstellung möglich*. Und dann der Name einer Privatklinik: *Hôpital Saint-Georges, Toulouse*. Unser Herr Doktor wird bestimmt wissen, was gemeint ist. Genauer kann ich mich beim besten Willen nicht erinnern.«

»Kein Wunder – bei allem, was du hinter dir hast«, sagte Schmidt. »Ich komme dann morgen Nachmittag vorbei. Nachdem ich bei den Didiers war. Diesmal wirst du mich nicht davon abhalten, den Jungs einen Dämpfer zu verpassen.«

»Du hast recht, diesmal sind sie wirklich weit über das Ziel hinausgeschossen«, erwiderte Pippa und seufzte. »Weder die

Steinschleuder noch die Schussfahrt durch die Rigole möchte ich noch mal mitmachen müssen.«

»Das wirst du nicht. Versprochen. Stattdessen werden die Jungs ihren ganz eigenen Voodoozauber erleben. Darauf kannst du Gift nehmen. Ich werde berichten.« Er lachte leise und fuhr fort: »Und nun, liebes Geißlein, warte brav auf deine Mutter – und mach dem bösen Wolf nicht auf.«

Pippa legte auf und blieb einen Moment lang regungslos sitzen. Sie spürte bleierne Müdigkeit und entschied, dass es Zeit war, ins Bett zu gehen.

Im ersten Stock besichtigte sie die zur Verfügung stehenden Zimmer. Sollte sie das mit den lachsroten Wänden wählen, in dem ein verschnörkeltes Metallbett mit einer farblich passenden Tagesdecke wartete? Oder den maigrünen Zwilling dieses Raums? Vielleicht doch lieber das helle Zimmer, das in Eierschalenfarben gestaltet war?

Sie entschied sich für den Traum in Maigrün und kuschelte sich schläfrig ins Bett. Es regnete nicht mehr, und so herrschte tiefe Stille. Wohlig glitt sie dem ersehnten Schlaf entgegen, als plötzlich sämtliche Außenlichter um das Haus aufflammten.

Die Bewegungsmelder haben reagiert, dachte Pippa, aber Régine kann es nicht sein, ihre Vespa hätte ich gehört.

Sie lauschte mit angehaltenem Atem, ob die Haustür vielleicht doch klappte, aber nichts dergleichen geschah. Auf Zehenspitzen schlich sie zum Fenster. Sie zuckte zurück, als sie einen Schatten zu sehen glaubte. Spähte jemand durch die Fenster des Wintergartens?

Ihr Herz klopfte schnell, aber sie beruhigte sich damit, dass es ebenso gut Régines andere Katzen gewesen sein konnten, die das Licht ausgelöst hatten.

Pippa kämpfte noch mit sich, ob sie es wagen sollte, nachzusehen, als sie den Roller heranknattern hörte. Erleichtert atmete sie aus und eilte zur Haustür, um Régine-Deux zu öffnen.

Ihre Gastgeberin schälte sich gelassen aus dem schweren Ölzeug, das sie vor Wind und Regen geschützt hatte. Ihre Wangen waren gerötet, aber sie wirkte völlig entspannt und vermittelte den Eindruck, als wäre eine nächtliche Rollerfahrt durch peitschenden Regen genau nach ihrem Geschmack.

Régine deutete auf einen alten Rucksack, der aussah, als hätte Luis Trenker ihn vor Jahren auf einer Wandertour durch die Montagne Noire vor der Tür stehenlassen. »Schätze, das ist alles, was Sie für die nächsten Tage brauchen.«

Pippa öffnete den Rucksack und musste grinsen: Sie entdeckte ein buntes Sammelsurium ihrer Kleidung, kein Teil passte zum anderen. Auf dem Laufsteg von Vivian Westwood würde ich damit für Furore sorgen, dachte sie. Sie freute sich, dass Régine auch ein paar Arbeitsmappen und den Laptop samt Tasche eingepackt hatte.

»Dieser Bruno ist wirklich brauchbar«, sagte Régine begeistert und strahlte Pippa an. »Und dieser Name: Bruno Brandauer! BB – diese Initialen stehen für Qualität – nur diesmal hat der weibliche Teil der Weltbevölkerung etwas davon.«

Die Parallele zwischen Bruno und Brigitte Bardot sah Pippa zwar nur in den Anfangsbuchstaben, aber sie gönnte Régine ihre Begeisterung.

»Dieser Hotte Kohlberger ist auch nicht zu verachten«, plauderte ihre Gastgeberin weiter und winkte Pippa, ihr in die Küche zu folgen. »Obwohl er mir ein bisschen zu mager vorkommt. Aber nichts leichter, als ihn auf mein Niveau zu bringen.«

Während Pippa vor ihrem geistigen Auge Hotte sah, der wie Hänsel in einem Käfig saß und von Régine gemästet wurde, vermischte die vermeintliche Hexe in einem Topf Calvados mit ein wenig Wasser und Gewürzen und stellte ihn auf den Herd.

»Die Milch lassen wir jetzt mal weg«, sagte sie, und Pippa nickte begeistert.

»Danke für meine Sachen«, sagte Pippa, »das ist genau, was ich brauche, um mich ein paar Tage vor Ferdinands Zorn zu verstecken. Was hat er denn zu seinem lädierten Lieferwagen gesagt?«

Régine stellte den Herd ab und drehte sich zu ihr um. »Nichts«, erwiderte sie und grinste, »er ringt immer noch nach Worten.«

Mit dem heißen Calvados gingen sie in den Wintergarten hinüber. Bevor Régine sich zu Pippa setzte, legte sie Feuerholz nach, um den Kamin noch einmal anzuheizen.

»Vorhin, kurz bevor Sie kamen«, sagte Pippa zögernd, »hatte ich den Eindruck, jemand schleicht ums Haus.«

Régine hob aufmerksam den Kopf. »Haben Sie jemanden gesehen?«

Pippa überlegte. »Nicht wirklich. Es war mehr so ein Gefühl, aber die Lichter gingen an.«

Die Wirtin runzelte die Stirn, und Pippa fand, sie sollte ihre Geschichte etwas entschärfen. Betont leichthin sagte sie: »Ich nehme an, das waren Tick, Trick und Track – oder wie heißen die bei Ihnen? Riri, Fifi und Loulou, oder? Sie sind ja nur noch zu dritt – Cedric macht hoffentlich bei diesen Spielen nicht mehr mit. Aber die anderen lassen sich bekanntlich weder von Wind noch von Wetter abhalten.«

»Sie glauben, die Chaos-Equipe war hier?«

Pippa zuckte mit den Achseln. »Wer sonst?«

»An jedem anderen Tag könnte das sein – aber nicht heute.«

»Und wieso nicht heute? Kennen Sie die Jungs so gut?«

Régine lächelte. »Besser als so manch anderer. Die vier gehen nicht auf den Berg, ohne bei mir vorbeizukommen und hier eine

Cola zu schnorren. Ich habe mich nie an der Ausgrenzung der Didiers beteiligt. Die Jungs vertrauen mir.«

»Das mag sein, aber mir nicht.«

Régine schüttelte bestimmt den Kopf. »Ich war nicht nur mit Bruno in der Brasserie. Ich war auch bei den Didiers, ich komme sogar geradewegs aus dem Bonace. Keiner der Jungen war heute unterwegs. Das hätte mich auch gewundert. Heute ist der einzige Tag im Jahr, an dem die Jungen sich benehmen. Immer.« Sie sah Pippa ernst an. »Heute ist der fünfundzwanzigste Jahrestag des Verschwindens von Jean Didier.«

Kapitel 21

Pippa schlug die Augen auf und schnupperte. Der Duft frisch aufgebrühten Kaffees zog aus der Küche zu ihr in den ersten Stock und hatte sie geweckt. Sie räkelte sich träge und stellte zufrieden fest, dass sie ausgeruht und erholt war.

Die Sonne flutete ins Zimmer, nichts erinnerte mehr an die stürmische, regnerische Nacht. Pippa stand auf und zuckte zusammen, als ihr aufgeschürftes und angeschwollenes Knie schmerzte, aber ein Blick aus dem Fenster ließ sie ihre Blessuren vergessen: Der Lac Chantilly und das Tal lagen vor ihr und glitzerten im Sonnenlicht.

Nach einer erfrischenden Dusche stand sie vor dem Kleiderschrank und entschied sich für eine Kombination aus wild geblümtem Rock und Ringelshirt. Régine ist selbst schuld, wenn ich vor ihren Augen flimmere wie ein Silvesterfeuerwerk, dachte Pippa, sie hat die Klamotten schließlich ausgesucht.

Régine saß am Küchentisch und las die Tageszeitung. »Guten Morgen. Schick sehen Sie aus. Milchkaffee?«, fragte sie knapp und ging zum Herd.

Pippa nickte. »Liebend gern. Ich habe wunderbar geschlafen, Régine. Ich fühle mich wie im siebten Himmel.«

Ihre Gastgeberin lächelte erfreut und servierte eine große Schale Milchkaffee. Dann stellte sie ein Körbchen mit frischen Croissants auf den Tisch. Pippa griff zu und merkte erst jetzt, wie groß ihr Appetit war. Als Blanquette auf den Stuhl neben ihr sprang, erinnerte Pippa sich wieder an die unheimlichen Vorkommnisse in der Nacht zuvor.

»Können die Miezen den Bewegungsmelder auslösen? Ist das schon vorgekommen?«, fragte sie und streichelte die Katze.

Régine zuckte mit den Schultern. »Mag sein, keine Ahnung.« Sie sah Pippa prüfend an. »Sie haben immer noch die Jungs der Didiers auf Ihrer Liste, nicht wahr?«

»Was soll ich denn denken? Wer sonst würde mich mit Steinen bewerfen? Und mich zu diesem Haus verfolgen?«

Sie diskutierten dieses Thema noch eine Zeitlang, aber Régine blieb dabei, dass sie das weder Eric noch Franck oder Marc Didier zutraute, geschweige denn dem kleinen Cedric.

»Wenn Sie ein wenig arbeiten möchten«, sagte Régine schließlich, »die Terrasse liegt schon in der Sonne. Ich werde stattdessen meine Freizeit genießen – bald werde ich ein volles Haus haben, und dann ist es damit für lange Zeit vorbei.«

Eine Viertelstunde später hatte Pippa sich auf der Terrasse vor dem Wintergarten einen behelfsmäßigen Arbeitsplatz eingerichtet und segnete einmal mehr die Erfinder des Laptops. Sie seufzte glücklich und blickte aus ihrer Vogelperspektive auf dem Hügel über den See bis hinüber zum Vent Fou. Die Geschehnisse im Tal hätten mich beinahe aus der Fassung gebracht, dachte sie, aber jetzt habe ich endlich wieder ein wenig Überblick. Sie freute sich darüber, in Ruhe arbeiten zu können – zumal Régine sie überhaupt nicht störte. Die Wirtin hatte sich mit einem dicken Kochbuch auf eine Liege in den Schatten einer Steineiche zurückgezogen und las konzentriert.

Die Arbeit an den Texten ging Pippa mühelos von der Hand, und sie hatte das Gefühl, dass ihr die Übersetzungen so leicht fielen wie selten zuvor. Ohne sie zu unterbrechen, stellte Régine ihr gegen Mittag ein paar Oliven, Käse, Baguette und ein kühles

Glas Wasser mit frischen Zitronenscheiben auf den Tisch und widmete sich dann wieder ihrer Lektüre.

So ist es perfekt, dachte Pippa, entspannte, kreative Ruhe und Gemeinschaft – und stillschweigendes Einverständnis.

Als sie mit der ersten Arbeitsmappe fertig war, beschloss sie, eine kurze Pause einzulegen. Sie schob den Laptop zur Seite und aß ein wenig Käse und Baguette.

Entspannt zurückgelehnt, kam ihr ein Ausspruch Hemingways in den Sinn: *Wir müssen uns daran gewöhnen: An den wichtigsten Scheidewegen unseres Lebens stehen keine Wegweiser.* Es gab einen Wegweiser zu Régines Paradies, aber keinen zur richtigen Entscheidung über ihr Leben mit – oder ohne – Leo.

Pippa sah zu ihrer Gastgeberin hinüber. Régine-Deux war mit ihrem Leben im Einklang – sie hätte bestimmt nicht damit gewartet, Leos Angebot sofort und unmissverständlich abzulehnen. Warum hatte sie selbst gezögert? Weil sein Vorschlag all das enthielt, was sie sich für ihre Zukunft wünschte: wieder literarische Texte übersetzen und davon leben zu können, und das auch noch in Venedig, der Stadt ihrer Träume. Ja, Leo, genau darum geht es, dachte sie, um den Wegweiser in die Stadt meiner Träume – und nicht etwa um den Mann meiner Träume.

Sie seufzte und nahm die nächste Mappe zur Hand. *Die Lüge tötet die Liebe. Aber die Aufrichtigkeit tötet sie erst recht* war der Titel des nächsten Themas, über das die Professoren sich ausgetauscht hatten.

Das ist mal eine gewagte These, dachte Pippa, die kann nur von einem Mann wie Leo kommen. Sie kicherte und korrigierte sich: Pardon, Hemingway natürlich!

Sie schlug die Mappe auf und starrte auf einen großen Umschlag, der mit ihrem Namen beschriftet war. Pippa war verwirrt – dieses Kuvert hatte definitiv noch nicht in der Mappe gelegen, als sie diese zuletzt in der Hand hatte. Neugierig öffnete sie den Umschlag und zog zu ihrer Verblüffung einen Stadtplan von Toulouse hervor. Als sie ihn auseinanderfaltete, fielen ihr vier weitere Papierstücke entgegen: eine Busfahrkarte, eine Eintrittskarte für die Gemäldegalerie *Fondation Bemberg* und zwei bedruckte Zettel.

Sie bemerkte, dass auf dem Stadtplan mit gelbem Marker ein Rundgang eingezeichnet war. Einige Orte und Plätze waren besonders hervorgehoben und nummeriert – die dazugehörigen Erklärungen zu den Sehenswürdigkeiten fand sie auf einem der beiden Zettel. Die berühmte Galerie war rot markiert, und die Fahrkarte galt für die Strecke von Chantilly-sur-Lac nach Toulouse, für den nächsten Tag um 10.30 Uhr.

Kopfschüttelnd las sie auf dem zweiten Zettel: Mittagessen in der Brasserie *Le Florida,* 14 Uhr, Place du Capitole. Das war alles: Weder eine Unterschrift noch sonst irgendein Hinweis verriet, wem sie die Einladung zu einem Ausflug nach Toulouse verdankte.

Pippa wusste nicht, ob sie sich freuen oder doch lieber misstrauisch sein sollte. Wer hatte diesen Umschlag in die Arbeitsmappe gelegt? War es Tisserand, mit dem sie über die Galerie gesprochen hatte? Schmidt? Pascal? Vielleicht Leo? Oder hatte Pia jemanden beauftragt, sie zu überraschen? Wer immer es sein mochte – er oder sie war heimlich in ihrem Zimmer gewesen, und Pippa sah ihr ungutes Gefühl nach dem nächtlichen Bad mit Tatjana und Cateline bestätigt.

»Régine, darf ich Sie kurz stören?«, fragte Pippa. »Haben Sie den hier in die Mappe getan? Lag er vielleicht auf dem Tisch?« Sie hielt den Umschlag hoch.

Régine legte das Buch beiseite, erhob sich von der Liege und kam zum Tisch. Sie schüttelte den Kopf und studierte interessiert den Inhalt des Kuverts.

»Nie gesehen«, sagte sie schließlich. »Ich habe mir einfach einige Mappen gegriffen – wie versprochen. Aber ich erinnere mich genau, dass die da obenauf lag.« Sie deutete auf die Mappe, in der Pippa den Umschlag gefunden hatte. »Ich dachte noch«, fuhr die Wirtin fort, »dass der Spruch eine ganze Menge Wahrheit beinhaltet. Und dass ich gerade einem Mann so viel Weisheit gar nicht zugetraut hätte.«

So kann man es natürlich auch interpretieren, dachte Pippa.

Régine bemerkte, wie unwohl sich Pippa mit der ungeklärten Herkunft des Umschlags fühlte. »Irgendjemand hat sich also während Ihrer Abwesenheit in Ihr Zimmer geschlichen. Schließen Sie denn nicht ab, wenn Sie gehen?«

»Normalerweise schon, aber als Cedric unter meinem Fenster auftauchte ... ich wollte ja eigentlich nur ganz kurz runter und ihn nach Hause bringen.«

»Das war geradezu eine Einladung – und dann noch die offene Notausgangtür ...«

»Schon gut«, sagte Pippa unbehaglich, »ich gelobe Besserung.«

»Wahrscheinlich hat einer Ihrer Verehrer die einmalige Chance gewittert, Sie endlich vom großen Pulk weg und in seine Arme lotsen zu können. Dafür eignet sich Toulouse ganz wunderbar.«

»Sie meinen wirklich, ich soll die Einladung annehmen und hinfahren?«

Régine zögerte sichtlich. »Das habe ich nicht gesagt. Ich weiß es ehrlich gesagt auch nicht. An Ihrer Stelle wäre ich vorsichtig, nach all diesen ... hm ... *Liebeserklärungen* von gestern. Es könnte eine Falle sein.«

»Es ist auf jeden Fall jemand, der weiß, wie viel mir daran liegt, Toulouse zu sehen. Außerdem: Wer sollte mir etwas antun wollen? Und warum? Was wäre der Grund?«

Régine zuckte mit den Achseln. »Was war gestern der Grund? Irgendjemand mag Sie nicht. Irgendjemand mag Sie überhaupt nicht.«

Pippa unterdrückte ein Lächeln. Aha, dachte sie, Bruno und die Hünin passen nicht nur in Größe und Wortwahl zueinander, auch das Unken beherrschen beide vorzüglich.

Energisch wechselte sie das Thema, denn ihre Stimmung war gut und sollte es bleiben. »Wie ist denn das *Le Florida* so? Empfehlenswert? Leckeres Essen?«

Sofort geriet Régine ins Schwärmen: »Ein Traditionsrestaurant mit riesigen Spiegeln und wunderbaren Belle-Époque-Malereien. Es liegt unter den Arkaden direkt auf dem Place du Capitole, gegenüber vom imponierenden Rathaus. Setzen Sie sich am besten unter einen der Sonnenschirme. Dort kann man es den ganzen Tag aushalten, das Leben und Treiben beobachten und zusehen, wie die Stadt sich im wechselnden Licht verändert: morgens rosa, mittags rotviolett und abends in allen nur erdenklichen Rottönen. Ein solcher Tag – und man hat mehr von Tolosa gesehen als bei einer Stadtrundfahrt.«

»Tolosa?«

»Der okzitanische Name für Toulouse.«

»Klingt nach jeder Menge Temperament. Und das *Le Florida* klingt wie die okzitanische Antwort auf das venezianische *Café Florian.*«

»Das *Florian* kenne ich«, sagte Régine begeistert, »und Sie haben absolut recht.«

»Das will ich sehen«, sagte Pippa entschlossen, »es muss ja nicht gerade um 14 Uhr sein. Wie komme ich hin?«

»Alle Wege führen zum Place du Capitole – aber wenn Sie vorher in der *Fondation Bemberg* waren, biegen Sie einfach links um die Ecke und folgen der Straße. Immer geradeaus, bis Sie auf die Rue Leon Gambetta kommen und dann ...«

»Wie bitte? *Wie* heißt die Straße?«, fiel Pippa Régine ungläubig ins Wort.

»Rue Leon Gambetta – wieso?«, antwortete Régine erstaunt. »Die Straße ist Teil des französischen Jakobsweges und …«

Sie verstummte verblüfft, als Pippa laut herauslachte.

»Ich muss mir keine Gedanken mehr machen, wem ich die Einladung verdanke«, rief Pippa kichernd, »das war mein Noch-Ehemann! Wie ich ihn kenne, legt er im okzitanischen *Florian* einen großen Auftritt hin, Schlag 14 Uhr.«

Régine sah sie fragend an, und Pippa erklärte: »Mein Mann liebt Wortspiele – besonders mit seinem Namen. Verstehen Sie? Er heißt Leonardo Gambetti!«

Régine atmete erleichtert aus. »Doch, das klingt einleuchtend. Und ich hoffe wirklich, Ihre Theorie stimmt.«

»Sie hoffen?«

»Na ja … Ich bin mir nicht sicher, aber seit gestern Nacht habe ich nun mal den Verdacht, dass Ihnen jemand nach dem Leben trachtet. Und schuld wäre unser Autan!«

»Der Wind von gestern?«

Régine winkte ab. »Gestern? Das war noch gar nichts. Das war nur ein Lüftchen, ein harmloser Vorbote. Wenn es hier richtig losgeht, können Sie sich nicht mehr so einfach aus einer Rigole retten.«

Hoppla, so einfach war das gestern nun auch wieder nicht, dachte Pippa, während Régine weitererzählte: »Der Autan bläst drei Tage oder neun oder auch einundzwanzig, und je länger, desto verrückter werden die Leute hier. Und sie machen lauter unberechenbare Sachen. Warum, glauben Sie, heißt Pascals Restaurant wohl *Vent Fou*?«

»Verstehe!«, sagte Pippa. »Für mich sieht es allerdings so aus, als hätten die Kiemenkerle den Wind zum Durchdrehen gar nicht nötig.«

Als wäre das sein Stichwort, kam Wolfgang Schmidt um die Hausecke und direkt auf die Terrasse zu.

»Ist es gestattet?«, rief er schon von weitem.

Régine nickte und winkte ihn huldvoll näher.

Schmidt verneigte sich vor ihr, ergriff ihre Hand und hauchte einen Kuss darauf. »Madame Régine-Deux, ich fühle mich geehrt, ins Paradies vorgelassen zu werden.«

Regine stutzte bei der Anrede, und Schmidt erklärte in blumigen Worten, warum er sie so nannte, und beteuerte, dass in ihrem Falle Reihenfolge keineswegs Rangfolge darstelle – weder bei ihm noch bei Bruno noch bei den anderen Kiemenkerlen.

»Neben Vinzenz' Angelschule gibt es jetzt wohl auch eine Schule für ambitionierte Charmeure«, mutmaßte Pippa ironisch. »Und der Dozent ist garantiert Leo.«

Schmidt lachte und schlug Pippa kumpelhaft auf die Schulter. »Gott sei Dank bist du schon meine Geliebte und ich muss dich nicht mehr erobern, sonst wäre diese Ausbildung für mich eindeutig zu spät gekommen.«

Er ließ sich in einen Stuhl fallen und sah sich um, während Régine den Tisch verließ und ins Haus ging.

»Nicht schlecht, wirklich nicht schlecht«, sagte er anerkennend. »Hier könnte ich es auch aushalten.«

»Régine hat nichts mehr frei«, sagte Pippa schnell und brachte damit die Wirtin zum Lachen, die gerade wieder erschien und einige Landkarten auf dem Tisch ausbreitete.

»Das sind die Rigolen dieser Gegend«, dozierte Régine, »sowohl die oberirdischen als auch die unter der Erde. Wie Sie sehen, hat Pippa gestern Nacht Europas besten Bobfahrern ernsthafte Konkurrenz gemacht.«

»So ist sie, meine Pippa«, flachste Schmidt und beugte sich dann ebenfalls über die Karten. »Ein ausgefeiltes System. *Der dritte Mann* auf Okzitanisch. Ich bin schwer beeindruckt.«

»Und das verdanken wir Pierre-Paul Riquet, dem genialen Vordenker und Erbauer des ältesten funktionierenden Kanalwassersystems der Welt. Beispielhaft seit dreihundert Jahren und heute Weltkulturerbe! Hier in der Gegend ist jeder stolz auf ihn.«

Schmidt zeigte auf einen Punkt im Ortsbereich von Chantilly-sur-Lac. »Das ist doch die Auberge Bonace. Sieh mal an – über die Kanäle ist die Rue Cassoulet 4 direkt mit dem Bonace verbunden. Wozu sollen die Leute hier ihre Haustüren abschließen, wenn jemand, der sich auskennt, ganz leicht durch den Rattenschacht einsteigen kann? Wer weiß, was die Jungs sonst noch alles im und um das Haus getrieben haben.«

»Zugegeben, die vier sind eine echte Landplage, aber sie tun nie etwas wirklich Unehrenhaftes. Streiche ja – Kriminalität: nein.«

»Sicher. Nägel im Reifen, abgebrochene Scheibenwischer, Steine schleudern, Wehre öffnen – und alles zufällig zum passenden Zeitpunkt ...«, gab Schmidt trocken zurück.

»Genau. Und deshalb muss es auch jemand anders gewesen sein. Jemand, der Pippa wirklich verletzen wollte. Das waren nicht die Jungs«, beharrte Régine.

»Ich habe mich besser gefühlt, als ich an dumme oder erklärbare Zufälle glaubte«, sagte Pippa langsam. Allmählich wurde sie nervös.

»In dieser Häufung?«, fragte Régine ironisch. »Glauben Sie, das Schicksal kümmert sich nur um Sie?«

»Ich dachte bisher, es ist umgekehrt, und Pippa kümmert sich um das Schicksal.« Schmidt seufzte theatralisch und zwinkerte Régine zu.

Pippa knuffte ihn in die Seite. »Und genau deshalb stellen wir jetzt auch eine Liste zusammen, auf der wir alle Leute notieren, die mit den drei potentiellen Opfern zu tun hatten.«

»Drei?«, fragte Régine erstaunt.

Pippa hob den Zeigefinger. »Drei: Jean Didier, Franz Teschke – und Pippa Bolle. Und wo alle Stränge zusammenlaufen, da sehen wir genauer hin.«

»Und wieso das?«

Nachdem Pippa nicht antwortete, sah Régine zu Schmidt hinüber.

Der nickte ernst. »Da beginnt unser Rendezvous mit der Gefahr.«

Kapitel 22

Was Sie zu besprechen haben, ist sicher nicht für meine Ohren bestimmt. Außerdem überlasse ich das Denken während der *sieste* bevorzugt anderen«, sagte Régine. Sie machte einen Schritt in Richtung Steineiche. »Sollten Sie mich brauchen – Sie wissen, wo Sie mich finden.«

Noch während Régine es sich bequem machte, kamen ihre drei Katzen wie auf einen unhörbaren Befehl hin angelaufen und legten sich unter das Kopfteil der Liege ins kühle Gras.

»Stift und Papier, bitte«, kommandierte Schmidt.

Er legte das Blatt quer vor sich auf den Tisch und teilte es in der Mitte mit einem Strich. *Was wir wissen* schrieb er über die linke Rubrik und *Was wir wissen wollen* über die rechte.

»Schreib du. Dann kann man es anschließend auch lesen. Wir fangen mit Teschke an.« Er schob Pippa das Blatt zu und lehnte sich zurück. »Also: Es war Mord. Das Holzstück beweist es. Ich habe alle Möglichkeiten durchprobiert. Die Tür kann das Holz nur nach innen drücken. Alles andere ist unmöglich.«

»Alle, die nach dem Auffinden der Leiche um den Kühlwagen standen, haben ausgesagt, wo sie sich zum Zeitpunkt von Teschkes Tod aufhielten. Aber wir können keine der Behauptungen wirklich überprüfen.« Pippa zwinkerte Schmidt zu. »Oder weißt du, wie man Schlaf überprüft, Herr Kommissar? An der Lautstärke des Schnarchens?«

Er verzog das Gesicht zu einem humorlosen Grinsen. »Sehr

witzig – aber du hast leider recht. Wir können so lange nicht nachweisen, dass einer der Kiemenkerle gelogen hat, bis er von einem anderen belastet wird.«

»Unsere erste Frage sollte also lauten: Wer hatte einen Grund, ausgerechnet den Mann umzubringen, den nie etwas anderes interessierte als das Angeln?«

Schmidt schüttelte den Kopf. »Das klingt, als hätte einer der Kiemenkerle ihm den letzten Fang nicht gegönnt. Dieses Motiv scheidet eindeutig aus: Wir waren daran gewöhnt, dass er ständig die besten Fische aus dem Wasser zog.«

»Auch, dass ein Kleinrentner die wertvollste Ausrüstung besaß? Habt ihr euch nie gefragt, wie er sich das leisten konnte?«

»Eigentlich nicht. Irgendwie kam er eben immer durch. Er war bei allen Angelausflügen dabei. Auch bei den kostspieligsten.«

»Aber wie hat er das finanziert? Wie ein Lebenskünstler sah er nicht gerade aus.«

»Einige von uns haben ihm Geld geliehen, nicht nur Vinzenz und ich«, erwiderte Schmidt achselzuckend. »Immer wieder.«

»Obwohl ihr genau wusstet, dass er das nie zurückzahlen würde?«, fragte Pippa ungläubig.

»Wir wollten ihn eben dabeihaben. Er war ein wandelndes Angellexikon, fand immer die fischreichsten Plätze ... Einer für alle, alle für einen. So ist das eben bei den Kiemenkerlen.«

»Und das hat Teschke genau gewusst und ausgenutzt, indem er seine Rolle als armer Rentner nach allen Regeln der Kunst pflegte. Immer schön nach dem Motto: Die können es sich leisten, mich mit durchzuziehen, denen machen ein paar Euro mehr oder weniger nichts aus. Die stehen ja alle in Lohn und Brot.« Pippa hatte sich in Rage geredet.

Schmidt runzelte die Stirn. »Du spielst auf das falsch abgerechnete ...«

»… *unterschlagene*!«, warf Pippa gnadenlos ein.

»… Geld für die Kühlwagenreparatur an?« Schmidt seufzte. Sein Bedürfnis, den toten Angelfreund zu verteidigen, war überdeutlich, aber gleichzeitig wusste er genau, dass er damit in Pippas Augen Zweifel an seiner Objektivität entstehen ließ.

»Ich kann mir keinen Reim darauf machen«, sagte Schmidt endlich, »es sei denn, Franz stand unter Druck und wollte …«

» … oder *musste* …«

»… tatsächlich jemandem Geld zurückzahlen, das er sich geliehen hatte. Und er wusste sich keinen anderen Rat, als dafür eine inoffizielle Anleihe zu nehmen.«

Er zog sich das Blatt heran, nahm einen Stift und schrieb in die rechte Rubrik: *Was hat Teschke mit dem Kühlwagengeld gemacht?* Nach kurzem Zögern fügte er hinzu: *Wieso glaubte Teschke, Achims Boot günstig erwerben zu können?*

Pippa las das Geschriebene und nickte. »Okay. Und jetzt zu den anderen Kiemenkerlen. Wie kamen Vinzenz und Franz miteinander aus?«

»Unser Professor hat es dir angetan, was?« Schmidt grinste wissend. »Glaub nicht, dass ich das nicht gemerkt habe. Du stehst auf ruhige Einzelgänger mit Intellekt.«

»Weshalb aus uns beiden auch nie etwas werden könnte«, murmelte Pippa.

Souverän ignorierte Schmidt ihre Bemerkung und sagte: »Vinzenz ist dieses Jahr zum ersten Mal mit auf großer Fahrt. Er hat sozusagen den Platz des erkrankten Jan-Alex Weber übernommen.«

»Das ist der Weinhändler, richtig? Der schöne Jan – so hast du ihn genannt. Der hat doch diese Gegend entdeckt und sie euch ans Anglerherz gelegt.«

»Genau. Er und Vinzenz gehen oft zusammen angeln.« Er lachte leise und fügte hinzu: »Ich muss mich korrigieren: Sie sitzen oft mit der Angel zusammen am Wasser. Eigentlich gehören sie zur seltenen Spezies der Angelästheten. Ihnen geht es nicht um den Fang, sondern um frische Luft, schöne Landschaft und gute Gesellschaft. Reine Meditation. Für die sie viel Geld ausgeben.«

»Damit bilden die beiden eine krasse Gegenbewegung zu Teschkes Philosophie, oder?«

Schmidt winkte ab. »An beiden perlen dumme Kommentare ab wie Regen an einem Lotosblatt.«

»Du meinst also, Vinzenz war zu abgeklärt, als dass es zwischen ihm und Franz zu ernsten Meinungsverschiedenheiten gekommen wäre?«

»Bis auf die Tatsache, dass Teschke gerne stänkerte«, sagte Schmidt zögernd. »Er hat immer wieder Witze über den schönen Jan und den schöngeistigen Vinzenz gemacht.«

»Du meinst, er hat öffentlich darüber spekuliert, ob die beiden mehr als nur Angelfreunde sind?«, fragte Pippa ungläubig. »Das hätte ich eher Achim Schwätzer zugetraut.«

»Na ja«, Schmidt rutschte verlegen auf seinem Stuhl herum, »Jan und Vinzenz sind die Einzigen, die für Tattis Reize unempfänglich sind, obwohl sie keinen eigenen Anhang haben. Das führte zu Spekulationen, die Franz liebend gerne in die Runde warf. Und nicht nur er – Blasko hat sich auch nicht gerade zurückgehalten.«

»Männergeschwätz auf Stammtischniveau unterscheidet sich eben auch nicht von Frauentratsch«, sagte Pippa.

»Mich haben die ewigen Sticheleien genervt«, gab Schmidt zu, »aber Vinzenz lässt so etwas unbeeindruckt. Für den ist jeder Mensch einfach ein linguistisches Studienobjekt. Immerhin ist er Sprachwissenschaftler.«

»Wenn Vinzenz mir auch noch so sympathisch ist – er ist der Einzige, der ein Zelt für sich allein hat. Er hätte sich besonders leicht und unbemerkt an den Kühlwagen schleichen können, um das Holzstück herauszunehmen.«

»Und er war einer der Letzten, der in seinem Zelt verschwand. Nach unserer Feier am Lagerfeuer haben er und Bruno den Aufräumdienst übernommen. Beide haben mir unabhängig voneinander versichert, dass alle längst im Bett lagen, als sie endlich fertig waren.«

Pippa hob den Finger. »Alle bis auf Gerald.«

Der zu der Zeit noch einen unschönen Disput mit Tatjana hatte, dachte sie. Für die beiden bin dann wohl ich das Alibi – jedenfalls bis zu diesem Moment.

»Gerald sagt, dass im Lager kein Licht mehr brannte und alle schliefen, als er kam«, murmelte Schmidt beim Schreiben.

»Da wir gerade bei Gerald sind: Wie stand der große Vorsitzende zu Teschke?«

Schmidt zuckte mit den Achseln und sah stur auf das Blatt vor ihm. »Wir haben ja schon einmal darüber gesprochen: Gerald hat sich in letzter Zeit sehr verändert. Ich kann dir noch nicht einmal sagen, wie er zu Tatti steht. Ich verstehe die Beziehung der beiden einfach nicht mehr – falls man sie überhaupt noch so nennen darf. Du hättest die zwei früher sehen sollen; sie waren ein Herz und eine Seele. Sonst hätte ich mich nicht so zurückgehalten. Das kannst du mir glauben.«

Jetzt bist du aber schnell vom eigentlichen Thema abgekommen, Wolle, dachte Pippa. Tatjana muss dir wirklich sehr am Herzen liegen.

»Apropos Tatjana«, sagte sie, »hast du schon mit ihr gesprochen?«

Schmidts Kopf schoss ruckartig hoch. »Wie? Was meinst du? Worüber?«

»Mein Malheur mit Geralds Smartphone natürlich.«

Er nickte erleichtert. »Ach so, klar.«

Pippa hatte das Gefühl, dass Schmidt bei ihrer Frage an etwas ganz anderes gedacht hatte und etwas vor ihr verbarg. Hatte er sich Tatjana gegenüber womöglich offenbart?

»Und?«, fragte sie. »Wie hat sie reagiert?«

»Sie meinte nur, dass man ohne sein Handy wieder sehen könne, wie schön seine Ohren sind. Sie hat sich den Wortlaut der Nachricht aufgeschrieben und versprochen, Gerald den Verlust schonend beizubringen.«

»Besser sie als ich.«

Schmidt hatte sich wieder gefangen. »Als ich bei Tatti war, habe ich übrigens eindrucksvoll mitbekommen, wie dünn die Wände des Vent Fou sind.« Er grinste breit. »Man konnte Lothar und Sissi streiten hören. Diese Wände verschaffen ihnen auch gleichzeitig ein Alibi.«

»Was macht dich da so sicher?«

»Tatti erzählte, dass Streit bei den beiden ungewöhnlich ist. Sonst verbringen sie eher romantische Stunden miteinander. Auch nach dem Riesenkarpfen sollen die beiden ... nachtaktiv gewesen sein. Man könnte direkt neidisch werden.«

Pippa lachte und übernahm es, das Alibi des Ehepaares Edelmuth aufzuschreiben. »Bei aller Romantik – hegten unsere Frischvermählten vielleicht irgendeinen Groll gegen Teschke?«

Schmidt schüttelte vehement den Kopf. »Sissi ist nur am Angeln und an Lothar interessiert.«

»Und zu Lothars Missfallen zunehmend in dieser Reihenfolge«, gab Pippa zurück.

Schmidt verzog kurz das Gesicht und sagte: »Lothar ist durch Teschke überhaupt erst zum Angeln gekommen. Und weil Franz ihn mit den Kiemenkerlen zusammengebracht hat, war er dankbar und hat sich ihm verpflichtet gefühlt.«

»Interessant. Auch finanziell?«

Schmidt dachte einen Moment lang nach. »Jetzt wo du fragst:

Als Teschke in Ruhestand ging, hat er Lothar als Nachfolger empfohlen, und der hat den Job auch bekommen. Schon lange her, da kannte er noch nicht einmal Sissi. Das kann nun wirklich keine Rolle mehr spielen.«

Pippa musterte ihn amüsiert. »Nicht gerade eine objektive Antwort, Herr Kommissar.«

»Das ist mein schwierigster Fall, verdammt.« Wolfgang wischte sich Schweiß von der Stirn. »Es sind doch alles meine Freunde.«

Bei allem Verständnis für seine Zwickmühle hatte Pippa nicht vor, ihn zu schonen. »Wir sind noch längst nicht fertig«, drängte sie unerbittlich. »Bruno. Wie stand Bruno zu Franz?«

»Wie Bruno zu allen steht: hilfsbereit und gutmütig. Er würde auch den größten Fisch wegschenken, wenn er damit irgendjemandem helfen oder eine Freude machen könnte.«

»Keine Ecken und Kanten?«

In diesem Moment ging Régine am Tisch vorbei und warf ein: »Nein, keine Ecken und Kanten. Alles sehr weich. Ganz sicher!« Kichernd verschwand sie im Haus.

Schmidt und Pippa zwinkerten sich amüsiert zu, ließen sich aber nicht weiter ablenken.

»Kommen wir zu Hotte und Rudi«, sagte Pippa.

»Unsere siamesischen Zwillinge. Absolut unzertrennlich. Die einzige Gefahr für ihre Freundschaft wäre, dass einer von ihnen mal den ultimativen Fisch aus dem Wasser holt und der andere nicht sofort nachzieht. So etwas könnte vielleicht – aber nur vielleicht – das Gleichgewicht ihrer langjährigen Beziehung ins Wanken bringen. Die beiden teilen sich immer ein Zelt, und es hat noch nie Probleme gegeben.« Er hielt inne und knurrte: »Es sei denn, mit mir. Ihre Schnarchduette sind ohrenbetäubend.«

»Keinerlei Animositäten gegen Teschke? Einzeln oder gemeinsam?«

»Du meinst, der berühmte Neidfaktor?«

Pippa nickte. »Das *Wer-hat-den-Größten*-Spiel. Soll unter Männern nicht unüblich sein.«

»Beide hatten häufig Krach mit Franz. Wenn ich es genau betrachte, sogar verdammt häufig. Aber auf dieser Reise ging es erstaunlich entspannt zu. Nicht nur, was Hotte und Rudi betrifft.«

»Ich bitte dich.« Sie musterte ihn ironisch. »Du kannst nicht leugnen, dass die Zehntausend im Pott für jeden Kiemenkerl ein ernstzunehmender Anreiz sind. Und Hotte und Rudi sind nicht gerade Großverdiener.«

»Stimmt. Und damit haben wir auch die Antwort auf die Frage, womit Teschke ein Boot bezahlen wollte.« Er machte eine entsprechende Notiz und ließ den Stift sinken. »So manch einer hatte schöne Phantasien, in denen die Zehntausend vorkamen. Für den Fall des Falles.«

»Du auch?«, fragte Pippa neugierig.

Schmidt grinste verlegen. »Hochseeangeln. Das wär's. Aber so richtig, nicht eben mal kurz hinter der letzten Boje Hamburgs.« Er verstummte.

»Damit willst du mich doch wohl nicht abspeisen? Ich will Details hören.«

Seine Augen bekamen einen verklärten Blick. »Im Südatlantik gibt es eine Insel namens Ascension. Sie gehört zu den britischen Überseegebieten. Dort leben die größten Exemplare des Blauen Marlin. Er ist der zweitschnellste Fisch der Welt und legt bis zu hundert Stundenkilometer vor. Ich will ihn gar nicht selber fangen. Ich möchte nur einmal mit rausfahren.«

Régine-Deux kam aus dem Haus und stellte ein Tablett mit kleinen Köstlichkeiten und einer Flasche Blanquette auf den Tisch. Sie stemmte die Hände in die Hüften und sagte: »Wenn Ihnen zugucken reicht, nehme ich Sie beim nächsten Mal mit. Aber pfuschen Sie mir nicht in meinen Fang.«

Schmidt fiel vor Staunen die Kinnlade herunter. Dann hauchte er ehrfürchtig: »Sie haben schon Blauen Marlin gefangen?«

Régine-Deux nickte stolz. »Im Golf von Mexiko. Mit einem derart langen Schwert, dass ich für den Transport eine rote Sicherheitsfahne brauchte.«

Wäre Régine-Deux Hemingway begegnet, würde der Titel seines berühmtesten Buches heute wohl *Die pfiffige Hünin und das Meer* lauten, dachte Pippa amüsiert.

Régine-Deux setzte sich an den Tisch und stürzte sich mit Schmidt in leidenschaftliche Fachsimpelei über die Freuden des Angelns und die attraktivsten Gewässer der Welt.

Pippa hörte interessiert zu und sagte schließlich: »Würde jemand für einen solchen Traum ...«

»... den besten Angler der Kiemenkerle aus dem Weg räumen?«, vervollständigte Schmidt ihre unausgesprochene Frage.

»Haben Menschen nicht schon für viel weniger gemordet?«, gab Régine-Deux zu bedenken.

Schmidt schüttelte den Kopf. »Ihr könnt mir glauben: Wenn bei Teschkes Tod Gewalt im Spiel war – und ich bin mehr als bereit, das zu glauben –, dann ist der Grund kein Angelhaken, sondern liegt außerhalb des Wassers. Denn wenn wir ehrlich sind, bestanden unser aller Chancen immer nur in Tibors Wetten. Nur unglaubliches, einmaliges Glück hätte einen von uns über Franz triumphieren lassen. Außerdem: Der Mörder hätte ja mit dem Mord keineswegs automatisch den Gewinn in der Tasche gehabt. Dafür müsste man das Geld stehlen.«

»Wo kommen die Zehntausend eigentlich her?«, fragte Pippa.

»Wir haben ein Fischereigewässer verkauft, das wir kaum nutzen konnten, weil es zu weit weg lag von Berlin. Wir haben es an einen Verein verkauft, der kein eigenes Gewässer hatte.«

Pippa runzelte die Stirn. »Lass mich raten – Teschke hat das Geschäft eingefädelt.«

»Falsch, das waren Achim Schwätzer und Hotte, unser Kassenwart. Achim hat sein Boot auf dem Gewässer und kannte deshalb die Interessenten.«

»Und wenn die zwei gemeinsame Sache gemacht und sich selber etwas in die Tasche gewirtschaftet haben? Vielleicht hat Teschke davon erfahren und …« Pippa zuckte mit den Schultern. »Du weißt schon.«

»Sag mal, was kennst du denn für Leute?«, fragte Schmidt fassungslos. »Sagt dir die Bedeutung des Wortes *Freund* denn gar nichts?«

»Seit ich euch kenne, zweifele ich, ob ich das Wort je richtig verstanden habe«, gab Pippa schnippisch zurück. »Und? Heißt das, du würdest Teschke und Schwätzer als *Freunde* bezeichnen?«

»Du brauchst gar nicht spitzfindig zu werden«, grollte Schmidt, aber dann riss er sich zusammen. »Achim ist jetzt nicht der Idealtypus eines Freundes, das gebe ich zu. Er steht gerne im Mittelpunkt, kann einfach seine Klappe nicht halten und ist ein Meister der mehr oder weniger subtilen Beleidigung.«

»Wohl eher weniger«, murmelte Pippa.

Schmidt grinste kurz und fuhr fort: »Dennoch: Er und Teschke haben sich erstaunlich gut verstanden. Sie haben sich sogar ein Zelt geteilt.«

Pippa schüttelte den Kopf. »Okay – ich gebe mich geschlagen. Ihr geht definitiv toleranter miteinander um, als ich es je mit Achim könnte. Immerhin habt ihr ihm sogar seine Angelausrüstung hinterhergeschleppt, nachdem er beleidigt vom Picknick abgerauscht ist.«

Schmidt stutzte und blickte sie fragend an. »Angelausrüstung?«

»Ihr wart alle weg, und sein Zeug lag noch da. Ich bin dann am Tisch eingenickt, und als ich aufwachte, war seine Ausrüstung verschwunden«, erklärte sie. »Ich dachte, einer von euch ist umgekehrt und hat sie geholt.«

»Von uns ist keiner umgekehrt, das weiß ich hundertprozentig sicher. Und Achim hat nichts davon gesagt, dass ihm etwas fehlt.« Er brach ab und schrieb etwas auf. »Ich muss ihn unbedingt danach fragen.«

Régine-Deux und Schmidt warfen sich einen alarmierten Blick zu. »Das heißt also, irgendjemand war auf dem Berg – oder ist noch einmal zurückgekommen – und hat die Angelausrüstung mitgehen lassen«, sagte Régine langsam.

»Keine schöne Vorstellung, dass da jemand Fremdes an mir vorbeigeschlichen ist, während ich geschlafen habe.« Pippa schüttelte sich.

»Ich bezweifle, dass es ein Fremder war. Es war jemand, der ganz sicher sein wollte, dass Sie ihn nicht verraten können, Pippa. Und er hat sich einiges einfallen lassen, um das zu erreichen.« Régine wechselte noch einen sorgenvollen Blick mit Schmidt.

»Aber Sie haben doch gesagt, dass die Jungs niemals ...«, begehrte Pippa auf.

»Die nicht, aber vielleicht der Mörder von Franz Teschke«, gab Schmidt zu bedenken.

Regine erhob sich und sagte resolut zu Schmidt: »Mein Junge, an die Arbeit. Tun Sie, was Sie schon längst hätten tun sollen: Finden Sie heraus, für wen Pippa eine Gefahr darstellt und warum. Und zwar schnell. Bis dahin bleibt sie hier. Pippa braucht Ruhe. Und Sicherheit.«

Pippa wollte protestieren, kam aber nicht zu Wort, denn Schmidt nickte. »Da gebe ich Ihnen völlig recht, Régine. Behalten Sie sie ruhig noch ein wenig hier oben.«

»Moment mal!«, rief Pippa empört und sprang auf. »Du willst mich nicht nur aus der Schusslinie schaffen – du willst allein ermitteln. Das kommt überhaupt nicht in Frage. Wir sind in Frankreich, mein Lieber, und hier hast du ebenso wenig – oder so viel – Recht dazu wie ich. Ich sehe überhaupt nicht ein, dass …«

Schmidt hielt es ebenfalls nicht mehr auf dem Stuhl. »Halt doch mal die Luft an!«, fuhr er ihr ins Wort. »Sieh wenigstens ein, dass für dich …«

Beherzt stellte Régine-Deux sich zwischen die Streithähne, legte Schmidt die Hand auf die Brust und schob ihn kurzerhand Richtung Weg. »Wir bedanken uns herzlich für Ihr Kommen – ab Sonntag sind Sie hier wieder ein gern gesehener Gast. Und keinen Tag früher.«

»Aber die Liste!«, protestierte Schmidt. »Wir sollten unbedingt damit weitermachen. Und wir müssen über Jean Didier sprechen. Und morgen ist doch erst Samstag.«

»Der Scharfsinn der deutschen Polizei ist mir gerade in diesem Fall eine besondere Beruhigung«, antwortete Régine-Deux. »Bis Sonntag, Herr Kommissar.«

Erst als Schmidt außer Sicht war, setzte sich Régine wieder zu Pippa an den Tisch.

»Ehrlich, Régine – wir hätten ihm ruhig sagen können, dass ich morgen nach Toulouse will und deshalb keine Zeit für …«

»Das sehe ich anders. Je weniger Leute über Ihren Ausflug Bescheid wissen, desto besser. Und auf keinen Fall benutzen Sie die Fahrkarte.«

Pippa sah ergeben ein, dass es keinen Sinn hatte, gegen ihre entschlossene Gastgeberin Widerstand zu leisten. »In Ordnung. Wann geht denn der nächste Bus?«

»Das wird schwierig. Im Winter fahren nicht viele Busse nach Tolosa.«

»Winter?« Pippa zeigte hinauf zur Sonne. »Es ist brütend heiß! Wann fängt denn bitte bei euch der Sommer an?«

»Am 6. Juli, am ersten Ferientag«, erwiderte Régine todernst, »dann legen wir den Schalter um – bis dahin gilt der Winterfahrplan.«

Pippa forschte im Gesicht der Wirtin vergeblich nach einem Zeichen für Ironie. »Das ist nicht euer Ernst?«

Régine nickte. »Aber selbstverständlich. Und deshalb bringe ich Sie morgen früh auf meiner Vespa an die Bahn nach Castelnaudary. So weiß niemand, wo Sie sind. Nicht einmal die Person, die so großes Interesse daran hat, Sie nach Tolosa zu schaffen.«

»Sie glauben also wirklich, dass mich jemand aus dem Weg haben will? Ehrlich, Régine, das kann ich einfach nicht glauben.«

»Ich bin anderen gerne einen Schritt voraus, meine Liebe. Und jetzt zeigen Sie mir die Liste!«

Gehorsam schob Pippa die Liste über den Tisch, und Régine-Deux studierte aufmerksam die Notizen. Dann kräuselte die Wirtin die Lippen und sagte: »Wie gut, dass niemand weiß, wo Sie morgen sind.«

»Wieso?«

Régine-Deux hielt ihr die Liste vors Gesicht. »Fällt Ihnen denn nichts auf?«

So sehr Pippa auch suchte, sie fand nichts. »Nein.«

»Sie sagten doch, Ihr Kommissar Schmidt sei unsterblich in Tatjana Remmertshausen verliebt.«

Pippa nickte.

»Und deshalb gibt er Sie als seine Phantomgeliebte aus?«

Wieder nickte Pippa nur.

»Er kennt jede Person auf dieser Liste, kann sie einschätzen und hat ihr mögliches Motiv und ihr jeweiliges Alibi festgelegt?«

Erneut nickte Pippa, ohne zu verstehen, worauf Régine hinauswollte.

»Er hat sich ausgiebig zu allen Kiemenkerlen geäußert.« Ihre Gastgeberin sah sie durchdringend an. »Nur was er selbst getan und gesehen hat, das wissen wir nicht. Er steht nicht auf der Liste. Sieht aus, als hätte Kommissar Schmidt etwas zu verbergen.«

Kapitel 23

Pippa wartete in aller Frühe auf der Terrasse vor dem Wintergarten auf Régine-Deux und genoss die Aussicht auf den Lac Chantilly. Über dem See lag milchiger Dunst und verstärkte die friedvolle Stille der Landschaft. In ein paar Stunden würde es dort unten von Wochenendausflüglern wimmeln, aber jetzt gab es nur ein paar Angler, die auf frühen Fang hofften. Sie sog tief die frische Luft ein und freute sich auf den Ausflug, den Besuch in der Galerie, auf das Treffen mit Pia – und darauf, das Böse der vergangenen Tage in Toulouse einmal ganz zu vergessen.

Pardon, Régine, ich meine natürlich *Tolosa,* korrigierte sie sich innerlich.

Sie drehte sich um, als sie hinter sich Régine hörte, die ihre kleine Vespa aus der riesigen Garage hinter dem Haus nach draußen schob.

»Vielleicht sollten Sie besser vorsichtig sein – wenn ich mit Oldtimern in Berührung komme, ist das für die gar nicht gesund«, sagte Pippa und deutete auf den Roller.

Régine schnaubte. »Pah – Pascals HY ist zwar ein Oldtimer, aber meine Vespa ist ein echter Klassiker und hält mich schon seit fünfundzwanzig Jahren aus. Und die bringt Sie jetzt auch sicher die zwanzig Kilometer zum Bahnhof von Castelnaudary. Dort werden weder die Kiemenkerle noch Ihr Mann Sie vermuten.«

Pippa blickte misstrauisch auf das klapprig wirkende Zweirad und schaffte es gerade noch, den Halbschalenhelm aufzufangen, den Régine ihr zuwarf.

»Haben Sie Ihre Freundin noch erreicht?«, fragte Régine.

Pippa nickte. »Gestern Abend. Sie kommt direkt ins Café Le Wallace auf dem Place Saint-Georges.«

»Plaça de Sant-Jòrdi«, korrigierte Régine.

»Dahin auch«, gab Pippa grinsend zurück. Den Namen vergesse ich bestimmt nicht, dachte sie, schließlich stand er auch in der Nachricht auf Geralds Smartphone.

Sie zog sich die Baskenmütze vom Kopf und verstaute sie in ihrer Umhängetasche. Dann setzte sie sich den Helm auf und nestelte ungeschickt am Verschlussmechanismus unter ihrem Kinn. »Verdammt! Régine ...?« Pippa hob hilflos die Hände.

Régine bockte den Roller auf und kam ihr zu Hilfe. »Nicht vergessen«, sagte sie, »Tisch 3 draußen in der geschützten Ecke unter der Markise ist für euch reserviert. Einfach hinsetzen, und der beste Kaffee der Welt kommt pronto. Und bitte grüßen Sie die Bedienung von mir.«

»Welche?«

»Ganz gleich – die kennen mich alle.« Lachend schwang Régine sich auf die Vespa. »Aufsitzen, meine Liebe. Es kann losgehen.« Sie deutete mit dem Daumen hinter sich auf das winzige Stück Rückbank, das noch freigeblieben war.

Pippa merkte schnell, dass Régine weder ihre Vespa noch ihre Sozia schonte. In halsbrecherischem Tempo knatterte sie durch Kurven, Steigungen hinauf und Gefälle hinunter, wobei sie die Mitte der Straße bevorzugte. Pippa hatte die Arme um Régines Leibesmitte geschlungen und war damit beschäftigt, nicht vom Sitz zu fallen.

Während der Fahrt redete Régine wie ein Wasserfall und sah sich immer wieder gestikulierend nach Pippa um, die ihre Antworten auf die Fragen ihrer Chauffeuse über das Röhren des Motors hinweg nach vorne brüllte.

»Schauen Sie, wir haben gleich Castelnaudary erreicht! Ich hoffe, Sie kriegen den Zug noch!«, schrie Régine und ließ zu Pippas Entsetzen den Lenker los, um den Ärmel zurückzuschieben und auf ihre Armbanduhr zu sehen. Der Roller machte einen kleinen Schlenker, der Pippas Magen sekundenlang revoltieren ließ.

Régine brachte die Vespa wieder unter Kontrolle und fuhr ungerührt fort: »Castelnaudary ist die Hauptstadt des Cassoulet. Dort gibt es den berühmten Eintopf an jeder Ecke. Ganz gleich, ob Sie ihn mit Schweinefleisch bevorzugen oder lieber Lamm, Gans oder Ente mögen – hier schmeckt er immer.«

»Klingt verlockend«, keuchte Pippa, der das Herz noch immer bis zum Hals schlug.

»Dann sollen Sie ihn haben. Ein gutes Cassoulet braucht mindestens sieben Stunden, das schaffe ich noch. Heute Abend bekommen Sie eines – mit den traditionellen sieben Krusten. Das wird auch meine neuen Gäste freuen. Die Damen sind ganz wild auf meinen Bohneneintopf!«

Viele der entgegenkommenden Autos hupten. Zuerst hielt Pippa das für lautstarken Protest gegen Régines unkonventionellen Fahrstil, aber sie merkte schnell, dass es sich um freundliche Begrüßung handelte.

»Kennt Sie hier jeder?«, brüllte Pippa.

»Allerdings! Ich setze mich ehrenamtlich für die Erhaltung der okzitanischen Sprache ein und erzähle im Winter in den Kindergärten und Grundschulen Geschichten und Märchen auf Okzitanisch«, erzählte Régine stolz. »Ich habe einen Verein gegründet: *Visca Occitània.*«

»Es lebe Okzitanien?«

»Stimmt. Mitglied können alle werden, die Sprache und Kultur unserer Region unterstützen wollen.«

»Hat der Verein viele Mitglieder?«

»Auf jeden Fall mich! Das zählt doppelt.« Régine lachte laut. »Ich rede für zwei.«

Der Stadtverkehr zwang Régine, das Tempo zu drosseln, und so konnte sie Pippa in fast normaler Lautstärke einen offenbar häufig referierten Vortrag über das Okzitanische und seine Verbreitung in Frankreich, Italien, Spanien bis hin nach North Carolina und Argentinien halten.

Pippa hörte interessiert zu, wartete aber darauf, selbst eine Frage zu stellen. Als Régine den Gruß eines entgegenkommenden Rollerfahrers erwiderte, nutzte sie die Gelegenheit.

»Kochen Sie eigentlich auch für andere Gäste? Die nicht bei Ihnen logieren? Ich könnte mir vorstellen, dass die Kiemenkerle über ein richtiges Cassoulet als Abschiedsessen begeistert wären.«

»Das ist leider nicht erlaubt – ich darf nur verköstigen, wer auch bei mir übernachtet. Aber ich gebe oft einiges an das Bonace weiter. Und früher habe ich bei Feiern auch für das Vent Fou gekocht. Aber seit Pascal da ist, ist das nicht mehr nötig. Fragen Sie doch ihn. Ich bin sicher, er fabriziert eine köstliche Variante.«

Unvermittelt beschleunigte Régine, um einen Lastwagen zu überholen, und Pippa konnte sich gerade noch festklammern. Der Motor der Vespa röhrte protestierend, und Pippa war gezwungen, ihre nächste Frage in höchster Lautstärke zu brüllen.

»Wie ist Pascal eigentlich ins Vent Fou gekommen? So eine attraktive Lebensstellung steht doch bestimmt nicht einfach in der Hotel- und Gaststättenzeitung?«

Sie zogen am Lastwagen vorbei, und Régine scherte mit kühnem Schwung vor ihm ein und verlangsamte das Tempo wieder.

»Lisette und Ferdinand suchten einen Nachfolger, der gut kochen kann, den Chantilly akzeptiert und der möglichst aus ihrer Heimat stammt«, antwortete sie. »Das alles trifft auf Pascal zu. Deshalb habe ich ihn empfohlen.«

Pippa dachte, sie hätte sich verhört, und fragte verblüfft: »*Sie* haben ihn empfohlen? Ja, kennen Sie Pascal denn schon länger?«

»Er hat öfter bei mir Urlaub gemacht. Immer, wenn er gemeinsam mit einem Freund die Weingüter der Cabardès bereiste. Bei diesen Gelegenheiten haben wir häufig zusammen gekocht. Er ist ein Meister.« Sie lachte herzlich. »Wenn er tut, was ich sage!«

Régine konzentrierte sich auf den Verkehr an einer Kreuzung und gab Pippa so Gelegenheit, das Gehörte zu verdauen. Als sie weiterfuhren, sagte Pippa vorsichtig: »Sie sind doch mit Cateline befreundet. War es da kein Problem, dass ausgerechnet Sie den Legrands einen Konkurrenten um das Vent Fou vorgeschlagen haben?«

Régine zögerte einen Moment mit ihrer Antwort. Dann sagte sie: »Ich habe einen Koch vorgeschlagen – keinen Konkurrenten. Früher oder später wird sie das begreifen.«

»Also wissen Sie nichts über sein Vorleben? Cateline hat Ihnen nichts gesagt?«

Sie hatten den Bahnhof erreicht. Régine bog schwungvoll auf den Vorplatz ein, bremste und nahm ihren Helm ab. Sie drehte sich zu Pippa um und sah sie ernst an.

»Sein Vorleben? Die Vergangenheit interessiert mich nicht. Viel zu viele Leute leben immer im Rückblick statt in Rück*sicht* anderen gegenüber. Ich nicht. Ich will nicht wissen, welche Suppe er sich früher einmal eingebrockt hat. Ich will essen, was er heute kocht.«

Pippa nickte nachdenklich. Das war eine der nettesten Zurechtweisungen, die sie je bekommen hatte. Und sie war fest entschlossen, sie sich zu merken und danach zu handeln.

Als sie auf den Bahnsteig traten, wurde die Einfahrt des Zuges über die Lautsprecher bereits angekündigt. Sie sahen sich um, konnten aber unter den wenigen wartenden Reisenden kein bekanntes Gesicht entdecken.

»Haben Sie alle Unterlagen, die ich Ihnen gegeben habe?«, fragte Régine fürsorglich.

Pippa klopfte auf ihre Umhängetasche und zählte auf: »Stadtplan, Eintrittskarte, Kleingeld, frisches Taschentuch und ein Regenschirm.«

»Den werden Sie auch brauchen«, sagte Régine nach einem prüfenden Blick zum Himmel. Dann sah sie auf die Bahnhofsuhr. »Aber erst ab 17 Uhr, vorher nicht. Den Tag über werden Sie wunderbares Wetter haben.«

Pippa sah nichts als wolkenlosen, strahlend blauen Himmel und wunderte sich einmal mehr über die Fähigkeiten der einheimischen Bevölkerung, unsichtbare Vorboten für Regen zu erkennen.

Der Zug fuhr ein und hielt mit kreischenden Bremsen. Régine schrie gegen den Lärm an: »Nicht vergessen: um 18 Uhr am Flughafen! Mit der Maschine aus Frankfurt kommen Gäste von mir an, und Sie benutzen mit ihnen den Transfer zurück zum Paradies.«

»Wie erkenne ich den Fahrer?«

»Keine Angst – das werden Sie. Oder besser: Er wird *Sie* erkennen und Sie alle sicher zu mir bringen.«

Herrlich, dachte Pippa, ich muss mich um rein gar nichts kümmern – alles ist perfekt organisiert. Sogar die Rückfahrt nach Chantilly!

»Kein Wunder, dass Ihre Gäste immer zu Ihnen zurückkommen – so wie Sie für uns sorgen«, sagte sie dankbar.

Ein Signal ertönte, gefolgt von der Aufforderung, einzusteigen und die Türen zu schließen.

Régine, die vor Freude über das Kompliment tief errötet war, schob Pippa in den Zug. »Und jetzt ab mit Ihnen – genießen Sie unsere Hauptstadt.«

Während der Bahnfahrt starrte Pippa aus dem Fenster, ohne viel von der Landschaft wahrzunehmen. Das Gespräch mit Régine vom Vorabend ließ sie nicht los. Hatte Wolfgang tatsächlich etwas zu verbergen?

Warum bin ich nicht auf die Idee gekommen, ihn zu fragen, wieso er sich von der französischen Polizei so leicht hat abspeisen lassen?, dachte sie verwirrt. Was soll nicht herauskommen? Hat seine Zuneigung zu Tatjana damit zu tun? Interessiert ihn alles nur noch im direkten Zusammenhang mit ihr?

Pippa schüttelte den Kopf. Sie mochte nicht glauben, dass das der Grund sein sollte. Und wenn doch? Tatjana hatte sich nicht für Teschke interessiert – also interessierte Wolfgang sich auch nicht für ihn? Oder war das Gegenteil der Fall?

Und seine Freunde anlügen konnte er auch, so viel stand fest. Immerhin behauptete er seit einem Jahr, mit Pippa eine Affäre zu haben, um von seiner wahren Liebe abzulenken.

Wieder schüttelte sie den Kopf. Heute soll mir das alles egal sein, dachte sie, heute will ich mich nur amüsieren und Kultur genießen: Tolosa, ich komme!

Sie zog den Stadtplan aus der Tasche, fuhr mit dem Finger die gelb eingezeichnete Route nach und vertiefte sich in die Erklärungen und Empfehlungen, die Régine ihr dazu aufgeschrieben hatte.

Nach weniger als einer Stunde trat Pippa in Toulouse auf den Bahnhofsvorplatz und sah sich nach der automatischen Fahrradverleihstation um, die Régine ihr ans Herz gelegt hatte. In einer langen Reihe standen silberne Fahrräder mit leuchtend roter Abdeckung über den Hinterrädern, die für ein paar Euro benutzt werden konnten. Sie schnappte sich eines davon, schwang sich in den Sattel und gondelte los. Beinahe kam sie sich vor wie zu Hause in Berlin, während sie durch die Straßen kreuzte und weiteren Radlern begegnete, von denen viele ebenfalls mit einem Leihfahrrad aus einer der zahlreichen Stationen in der Innenstadt unterwegs waren. Endlich fühlte sie sich einmal völlig frei und unkontrolliert.

Mühelos fand sie den ruhigen Place Saint-Georges. Er war gepflastert und von Häusern umgeben, wo im Erdgeschoss gastronomische Betriebe mit Tischen im Freien lockten. Pia saß auf einer Bank in der Mitte des Platzes und winkte ihr schon von weitem zu. Pippa stellte das Rad ab und umarmte die Freundin.

»Für uns ist im Le Wallace ein Tisch reserviert«, sagte Pippa und zog Pia mit sich zur großen Kaffeebar. Sie suchten auf der Außenterrasse nach Tisch 3 und setzten sich.

Ein Kellner servierte unaufgefordert den von Régine versprochenen Kaffee, der sich tatsächlich als vorzüglich herausstellte.

»Wie läuft es auf der Baustelle?«, wollte Pia wissen.

Pippa lachte. »Seit unserem Gespräch gestern Abend sind meines Wissens keine Katastrophen passiert. Alles bestens.«

»Und du denkst wirklich, dass es Leo ist, der sich heute mit dir treffen will?« Pia wiegte den Kopf. »Ich habe da meine Bedenken. Vielleicht ist es auch jemand, der dich einfach mal einen Tag aus Chantilly weglocken will, um dich vom Hals zu haben. Genug Staub hast du ja aufgewirbelt.«

»Wohl eher Schlamm als Staub«, sagte Pippa, »und das gleich in zwei Fällen.«

»Bist du sicher, dass die beiden Fälle nicht zusammengehören?«, fragte Pia mit Spannung in der Stimme.

Die Frage überraschte Pippa für einen Moment, aber dann nickte sie. »Ziemlich sicher. Warum sollte der Mord an einem

Berliner Rentner etwas mit dem Verschwinden von Jean Didier zu tun haben? Außerdem: Franz Teschke hat sich nicht einmal an den Nachforschungen über Didier beteiligt!«

»Vielleicht hat er es ja doch getan, und du weißt es nur nicht«, gab Pia zu bedenken. »Was, wenn er sein neu erworbenes Wissen versilbern wollte und damit an den Falschen geraten ist?«

Pippa starrte die Freundin entgeistert an. »Erpressung?«

»Warum denn nicht?« Pia zuckte mit den Schultern. »Wer anderen eine Grube gräbt ...«

»Das wäre natürlich möglich«, sagte Pippa nachdenklich, »aber dann müsste ich auch die Legrands und die Didiers als Verdächtige in Betracht ziehen. O nein, daran will ich nicht einmal denken.«

»In was habe ich dich da nur hineinmanövriert! Ich mache mir wirklich Vorwürfe.« Pia ergriff Pippas Arm. »Bitte hör auf zu ermitteln. Ich könnte es mir nicht verzeihen, wenn dir etwas passiert. Und Karin mir erst recht nicht.«

Pippa runzelte die Stirn. »Du hast sie informiert? Wunderbar – alles, was ich aus gutem Grund verschweige, wird zuverlässig von anderen nach Berlin gemeldet.«

»Was denkst du denn? Dass ich seelenruhig zusehe, wenn ein zu allem entschlossener Mörder dich durch eine wassergefüllte Bobbahn schickt?« Pia war sichtlich in Sorge. »Ich musste mich einfach mit Karin beraten: über Teschkes Tod, die Anschläge auf dich, einfach alles.«

»Dann habt ihr sicher die ganze Nacht telefoniert. Ein Wunder, dass du jetzt schon hier sitzt.«

»Musste ich. Auftrag von Karin.« Pia holte tief Luft. »Wir sind der Meinung, dass du Schmidt alle weiteren Ermittlungen zu Teschke überlassen sollst. Halte dich ganz aus dem Fall heraus. Kümmere dich einfach nur noch um die Baustelle und um deine Übersetzungen.«

»Und wie soll das noch gehen?« Pippa schüttelte den Kopf. »Selbst wenn ich eine solche Entscheidung in die Zeitung setzen lassen würde – der Mörder sieht mich bereits als Bedrohung an. Ich muss weitermachen. Die Flucht nach vorn ist die einzige Lösung.«

»Das haben wir nicht bedacht.« Pia rutschte unbehaglich auf ihrem Stuhl herum. »Du bist bereits in sein Visier geraten. Es bleibt also nichts anderes übrig, als weiterzubohren: bei den Legrands und den Didiers.«

»Genau. Immerhin kenne ich Catelines Alibi – sie war mit Tatjana und mir schwimmen und danach den Rest der Nacht in meiner Wohnung.«

»Und davor? Woher kam sie, als ihr euch begegnet seid? Direkt von zu Hause?«

Pippa versuchte vergeblich, Pias durchdringenden Blick zu ignorieren, und seufzte. »Du meinst, sie hat Cedric nur bei mir entdeckt, weil sie sowieso unterwegs war? Ach, Pia, ich werde noch wahnsinnig. Darf man denn nichts glauben, was man hört, sieht oder gesagt bekommt? Kann alles Lüge sein?«

»Weißt du, seit den Todesfällen auf Schreberwerder habe ich mir angewöhnt, erst einmal alles infrage zu stellen.« Pia lachte leise. »Aber ich vertraue darauf, dass du immer den Weg zu den richtigen Antworten findest.«

»Die Blumen nehme ich dankend an, befürchte aber, dass sie diesmal welken werden.«

»Dann lass dir doch helfen.«

Pippa schüttelte den Kopf. »Das habe ich ja leider versucht – und alles wurde nur noch schlimmer.«

»Dann lies doch mal wieder. Beim Lesen kommst du doch immer auf gute Gedanken. Auf Schreberwerder hat dir Kästner geholfen, in Hideaway war es Shakespeare – diesmal solltest du auf Hemingway hören.«

»Du meinst, meine Kiemenkerle und *Der alte Mann und das Meer.*«

»So ungefähr.« Pia sah sie eindringlich an. »Auf jeden Fall versprich mir, dass du vorsichtig bist. Ruf Karin oder mich ab jetzt jeden Tag an und erstatte Bericht. Und wenn du mich brauchst: Ich lasse alles stehen und liegen und komme sofort. Vergiss das nicht.«

Pippa drückte Pias Hand und genoss das Gefühl echter Freundschaft.

Sie schlürften ihren Kaffee und beobachteten müßig das bunte Treiben auf dem Platz, als Pippa plötzlich den Hals in Richtung Straße reckte.

»Das glaube ich jetzt nicht! Das ist doch Tatjana! Was macht die denn hier?« Pippa sprang auf und rief: »Hallo, Tatjana! Hier!«

Sie wedelte mit der Hand, um Tatjanas Aufmerksamkeit zu erringen. Diese nickte und kam rasch zum Tisch herüber.

Sie wirkte angespannt und in sich gekehrt, sagte aber freundlich: »Hier steckst du also – in Toulouse. Ich habe dich schon vermisst. Du hast dich rargemacht.« Sie nickte Pia grüßend zu. »Beneidenswert, eine Freundin hier zu haben, die du mal für ein paar Tage besuchen kannst.«

Eigentlich bist du diejenige, die sich rargemacht hat, dachte Pippa, du warst nicht einmal beim Picknick auf dem Berg.

»Bist du mit dem Bus hergekommen?«, fragte Pippa.

Tatjana schüttelte den Kopf. »Mit dem Auto, ich hatte eine Mitfahrgelegenheit. Ich muss hier etwas erledigen.«

»Ich habe heute Abend einen Transfer zurück nach Chantilly – willst du mit? Ich bin sicher, das geht. Anruf genügt.«

Wieder schüttelte Tatjana den Kopf. »Danke, nicht nötig. Mein Bekannter nimmt mich wieder mit zurück.«

Dabei dürfte es sich nicht um Gerald handeln, dachte Pippa

und fragte: »Hast du deinem Mann schon mein Malheur mit seinem Smartphone gebeichtet?«

»Noch nicht. Ich besorge ihm gerade Ersatz. Den wird er nicht wieder vergessen. Nirgendwo.« Sie blickte hektisch auf ihre Armbanduhr. »Ich möchte nicht unhöflich sein, aber ich muss los. Eine Verabredung.«

Sie ging quer über den Platz auf ein gegenüberliegendes Gebäude zu und verschwand in einem Torbogen.

Pia sah ihr mit zusammengekniffenen Augen nach. »Nervöse junge Dame.« Sie seufzte. »Trotzdem ist Verabredung auch mein Stichwort. Du hast in Toulouse noch einiges zu entdecken, und ich habe Bonnie versprochen, dass wir heute zusammen durch die Kaufhäuser streifen und sie neu einkleiden.«

»Verstehe: Der Besuch von Sven und Lisa steht an.«

Pia verdrehte die Augen. »Als ob es bei uns zu Hause noch irgendein anderes Thema gäbe.«

Pippa lachte amüsiert. »Angebot: Du kannst einzelne Exemplare oder das ganze Geschwader ruhig ein paar Tage zu mir schicken, dann sehe ich wenigstens meine Patenkinder mal wieder. Bis sie kommen, sollte ich mit meiner Übersetzung so gut wie fertig sein.«

Pia nickte anerkennend. »Kiemenkerle, Blinkerbabys – und dann noch vier Teenager außer Rand und Band. Du schreckst wirklich vor nichts zurück. Dafür zahle ich unseren Kaffee.« Pia legte Geld auf den Tisch. Dann zog sie einen Umschlag aus der Handtasche und gab ihn Pippa. »Der ist für Tibor. Ich … schulde ihm noch etwas …«

»Sag nicht, dass du mit ihm gewettet hast!«, rief Pippa entgeistert.

Pias schuldbewusster Blick war Antwort genug.

»O nein«, sagte Pippa kichernd. »Spuck es aus: Worum ging es?«

»Um die Verlässlichkeit hiesiger Lieferanten im Bereich Sanitärbedarf«, gab Pia zerknirscht Auskunft. »Ich habe Tibors Insiderwissen dramatisch unterschätzt. Für ihn waren die blauen Fliesen fürs Bad in Matt *keine* Überraschung.«

Nachdem Pia sich verabschiedet hatte, schob Pippa ihr Leihfahrrad auf das gegenüberliegende Gebäude zu. Sie spielte mit dem Gedanken, auf Tatjana zu warten, um sie zu fragen, ob sie Lust auf einen Galeriebesuch hätte. Im Inneren des Torbogens entdeckte Pippa ein Hinweisschild und ging neugierig darauf zu. »Privatklinik Saint-Georges«, las sie murmelnd die Aufschrift und sog dann scharf die Luft ein. Es handelte sich um eine Klinik für Menschen, die sich ein Kind wünschten und ohne ärztliche Hilfe keines bekommen konnten.

Oha, dachte Pippa betroffen, daher weht der Wind. Das wird länger dauern, und ganz sicher ist Tatjana nach diesem Termin auch nicht unbedingt nach Gesellschaft zumute.

Sie fuhr das kurze Stück hinunter bis zur Rue Metz und dann direkt vor das L'Hôtel d'Assézat, das die Fondation Bemberg beherbergte. An der Leihstation gegenüber gab sie ihr Fahrrad zurück, ging dann in den Innenhof des prächtigen Gebäudes und blickte sich staunend um. Auf zweisprachigen Tafeln erfuhr sie alles Wissenswerte über die Geschichte des Bauwerks und stellte erfreut fest, dass sie durch ihre Italienisch- und Französischkenntnisse viel mehr Okzitanisch verstand als gedacht.

Meine Güte, diese Pracht ist schon 1555 entstanden, dachte Pippa beeindruckt. Die Kaufleute müssen mit Pastel wirklich ein Vermögen verdient haben, wenn sie sich derart prunkvolle Paläste bauen konnten.

Sie stieg eine Steintreppe zu zwei steinernen Löwen hinauf und schaute sich noch einmal im Innenhof um. Rechts von ihr, auf Höhe des ersten Stockwerkes, führte ein Laubengang an einer Backsteinwand entlang, die sie spontan an ähnliche Gänge in Italien erinnerte. Leo ...

Energisch schüttelte sie die Gedanken an ihn ab und betrat das Gebäude.

»Der Rundgang beginnt eine Treppe über uns im venezianischen Zimmer, Madame«, sagte der Museumsangestellte freundlich.

Denkste, Leo, dachte Pippa, nicht Venedig. Ich mache es anders. Ich beginne ganz oben und schaue mir Bonnard und seine Mitstreiter an, und dann gehe ich die Säle in umgekehrter Reihenfolge zurück. Solltest du tatsächlich im venezianischen Zimmer auf mich warten, hast du bis dahin längst die Geduld verloren.

Sie begab sich direkt in den Saal, der ausschließlich Pierre Bonnard gewidmet war. Auf der Schwelle zögerte sie: Eine Schulklasse saß am Boden und lauschte den Ausführungen ihres Lehrers. Eigentlich hatte Pippa sich auf stille Momente vor farbenprächtigen Bildern gefreut, statt einer Meute Jugendlicher zu begegnen. Sie erkannte aber rasch, dass sie entgegen ihres ersten Eindrucks das große Los gezogen hatte, denn der Pädagoge erzählte spannend und lehrreich von Bonnards geschickter Verwendung des Lichts, seiner Liebe zur Malerei des Gefühls statt der Theorie und seiner grenzenlosen Farbausgelassenheit.

Neugierig folgte Pippa der Gruppe von Raum zu Raum. Dabei lernte sie auch einiges über die Maler um Bonnard, und als der Lehrer seine Schüler aufforderte, sich ein Bild zur näheren Betrachtung auszusuchen, sagte er etwas, was sie hellhörig und nachdenklich zugleich werden ließ: »Seht euch das Bild genau an und fühlt die Wirkung auf euch selbst. Es ist im Bild nicht immer das vorhanden, was wir darin zu sehen glauben. Wir selbst bringen unsere Geschichte mit, und unser Blick interpretiert aufgrund unserer eigenen Welt. Eure Gedanken und Gefühle sind immer echt und wahrhaftig, denn sie gehören ganz euch – das heißt aber nicht, dass der Maler oder der Künstler mit seinem Werk sagen wollte, was ihr in das Bild hineininterpretiert. Macht euch also klar, dass es immer zwei Bilder gibt: das eine, das *ihr* seht, und das andere, das der Künstler gemalt hat.«

Uff, dachte Pippa, das trifft nicht nur auf die Interpretation von Bildern zu. Auch ich schleppe die ganze Zeit meine Gefühle und meine innere Welt mit mir herum, während ich versuche, die Geheimnisse in Chantilly aufzudecken. Wenn ich mich morgen mit Régine-Une und Monsieur Dupont treffe, lasse ich nur die beiden erzählen und verkneife mir meinen Pippa-gefärbten Senf.

Plötzlich konnte sie sich des Gefühls nicht erwehren, auf der Suche nach Jean Didier oder dem Mörder von Franz Teschke irgendetwas übersehen oder ganz falsch angefasst zu haben. Sie brauchte unbedingt frische Luft und trat aus dem Museum in den schönen Laubengang, der die einzelnen Gebäude miteinander verband.

Gedankenverloren stand sie im schattigen Gang und grübelte. Nur aus dem Augenwinkel nahm sie wahr, dass schräg gegenüber ein Mann die Steintreppe zum Eingang des Museums emporstieg und sich dann – genau wie sie zuvor – noch einmal umdrehte, um die Pracht des Innenhofes zu genießen. Er holte krampfhaft Luft und nieste lautstark.

Unwillkürlich sah Pippa genauer hin – und traute ihren Augen nicht. »Abel! Was machst du denn hier?«

Kapitel 24

Abel Hornbusch strahlte, als er Pippa sah. »Hallo, das ist ja eine schöne Überraschung! Nimmst du dir auch eine Auszeit vom Angeln?«

Pippa nickte und sah sich vorsichtig um. »Sind die Kiemenkerle auch hier?«

»Keine Angst.« Er lachte. »Du weißt doch: Sie versammeln sich lieber um einen See als um Gemälde.«

Pippa entspannte sich. »Dann wünsche ich dir viel Spaß beim Rundgang.«

»Wir werden uns bestimmt über den Weg laufen.« Abel tippte mit zwei Fingern grüßend an seine Mütze. Er nieste heftig, als er das Gebäude betrat.

Pippa blieb noch einige Minuten an der frischen Luft, bevor sie den Laubengang wieder verließ. Sie wollte sich den Teil der Ausstellung ansehen, den sie vorher gemieden hatte, um Leo aus dem Weg zu gehen. Während sie durch die Räume schlenderte, hielt sie nach Abel Ausschau, aber der schien sich Zeit zu lassen.

Wie angenehm, dass er sich mir nicht sofort aufgedrängt hat, dachte sie. Jeder andere Kiemenkerl würde jetzt vermutlich an meinen Hacken kleben.

Erst in Saal IV, dem Kaminzimmer, traf sie Abel wieder. Der Raum war einem eleganten Boudoir des 18. Jahrhunderts nachgestaltet. Abel stand vor einem Gemälde und betrachtete es versunken.

Pippa stellte sich neben ihn. »Und – wie gefällt dir dein Ausflug in die Kultur?«

»Wunderbar. So viele Bilder: Blumen, Pferde, Schiffe, Hunde, Hühner, Kühe und nicht ein einziger Fisch – die reine Erholung.« Er verdrehte die Augen. »Ich dachte schon, das Universum besteht nur noch aus Anglern, Ködern und Fischen.«

»Du warst noch nicht bei den Gemälden im oberen Stockwerk – da wirst du fündig.«

Er zog gespielt sorgenvoll die Stirn kraus. »Danke für die Warnung.«

Spontan fragte Pippa: »Wollen wir anschließend zusammen essen gehen?«

»Gern! Was hältst du von einem Picknick an der Garonne? In der Garderobe wartet mein gut gefüllter Rucksack. Ich habe Wein, Käse und Baguette anzubieten.«

»Perfekt«, sagte Pippa begeistert. »Ich bin dabei – falls du genug eingepackt hast. Sonst können wir noch etwas einkaufen.«

Abel schüttelte den Kopf. »Nicht nötig, wir werden beide satt, das verspreche ich dir.«

»Abgemacht. In einer Stunde im Foyer.«

Gutgelaunt schlenderte Pippa weiter durch die Säle und ließ sich Zeit bei der Betrachtung der Ausstellungsstücke.

Ist die geschönt, oder hat er wirklich so gut ausgesehen?, fragte sie sich amüsiert, als sie vor einer Büste des Sonnenkönigs stand.

Begeistert sah sie sich um, als sie den Raum betrat, der Venedigs Kunstschätzen gewidmet war. Ausgesucht schöne Möbelstücke bildeten den eleganten Rahmen für die Veduten von Canaletto, Guardi und Longhi.

Auf einem besonders hübschen Tischchen entdeckte Pippa einen Ständer, der mit einem Tuch aus Samt bedeckt war, um das darunter verborgene Bild vor Sonnenlicht zu schützen. Eine Erklärung in drei Sprachen forderte die Besucher auf, das Tuch zu lüften, um sich eine Zeichnung von Tiepolo anzuschauen, die die Karikatur eines Gentlemans im Profil darstellte.

Pippa hob das Tuch an und erstarrte. Über der Zeichnung lag ein bedruckter Zettel: *Ist Venedig nicht wunderbar? Ich würde gerne mit dir hinfahren, Pippa.*

Sie fuhr herum, aber außer ihr war niemand im Raum. Leo, dachte sie zähneknirschend, wo versteckst du dich? Kann ich dir denn nirgends entkommen? Eines muss ich dir lassen: Die Idee mit dieser Nachricht ist einfallsreich – du arbeitest wirklich mit allen Mitteln. Ich muss ernsthaft darauf achten, dass in mir keine Schneeschmelze einsetzt und du mich herumkriegst. Offensichtlich bin ich durch unkonventionelle Ideen gefährlich leicht zu beeindrucken.

Sie steckte den Zettel in die Tasche und betrachtete die wenig schmeichelhafte Karikatur des Malers. Das Bild passte zu Leo – sollte er tatsächlich zu etwas Ähnlichem wie Selbstironie fähig sein? Sie schüttelte den Kopf. Nicht Leo, nie im Leben. Wieder sah sie sich um. Wann hatte er die Nachricht hier deponiert? Saß er jetzt im *Le Florida* und wartete siegessicher auf sie? Falls ja, würde er vergeblich warten, denn sie würde keinesfalls zur gewünschten Uhrzeit erscheinen, um es herauszufinden.

Ich lasse mich nicht manipulieren, mein Lieber, dachte sie entschlossen und verließ eilig den venezianischen Raum. Nicht, dass Leo doch hinter einem der bodenlangen Vorhänge lauerte.

Pippa ging hinauf in den ersten Stock, um sich die Gemälde von Bonnard noch einmal anzusehen – diesmal ohne die Schüler. Sie traf auf Abel, der eine Mittelmeerlandschaft betrachtete. Ohne viel Umstände zog Pippa ihn am Ärmel zu einem anderen Gemälde.

»Schau mal – *Die Fischer.* Danach hast du doch bestimmt gesucht.«

»Fischer?«, antwortete Abel todernst. »Das Bild interessiert mich nicht – ich bin Angler.«

Sie stießen sich kichernd an und gingen gemeinsam weiter.

Rasch fiel Abel auf, dass Pippa nicht ganz bei der Sache war. »Du siehst dich ständig um – erwartest du jemanden?«

»Ich weiß nicht. Ich habe das Gefühl, mein Noch-Gatte schleicht hier herum.«

»Im gleichen Bus wie ich war er jedenfalls nicht«, sagte Abel, »außer mir sind nur Einheimische mitgefahren.«

Pippa winkte ab. »Er ist mit dem Auto nach Frankreich gekommen. Für öffentliche Verkehrsmittel ist er viel zu ungeduldig.«

»Sollen wir lieber gehen? Wenn du dich so unwohl fühlst ... Mein Magen knurrt ohnehin mittlerweile.«

Pippa war erleichtert, dass Abel diskret genug war, nicht weiter nachzufragen.

»Du musst mir keinen Gefallen tun, Abel«, sagte sie. »Bist du sicher, dass du nicht lieber allein sein möchtest?«

»Ganz sicher. Ich leugne nicht, dass ich einen ausgewachsenen Lagerkoller habe, aber erfreulicherweise bist du ja kein fischfanatischer Kiemenkerl, der nur ein Gesprächsthema kennt, sondern ein charmantes Blinkerbaby.«

»Genau wie du.«

»So ist es.« Abel nickte lächelnd. »Und wir Blinkerbabys wissen Gott sei Dank, dass es auf der Welt noch andere schöne Dinge gibt, als den größten Fisch zu fangen.«

Sie holten ihre Sachen aus der Garderobe und schlenderten ein paar Meter bis zur Pont Neuf, die über die Garonne führte. Auf der alten Brücke blieben sie stehen und genossen schweigend den weiten Blick über das Wasser.

»So schön habe ich es mir nicht vorgestellt«, sagte Pippa schließlich und dachte: Und damit meine ich nicht nur diesen Ausblick.

Abel nickte. »Ich liebe die französische Architektur. Diese prachtvollen Fassaden, die schmiedeeisernen Balkone, die hohen Fenster: ein wundervolles Stadtbild.«

Sie stiegen zur Uferpromenade hinunter und suchten sich einen Platz auf einer Liegewiese. Abel holte ein kariertes Tischtuch aus seinem Rucksack und breitete es aus. Dann packte er Baguette und Käse aus, zog zwei Gläser hervor und öffnete den Wein. Während die beiden das einfache Essen und den leckeren Wein genossen, plauderten sie über die Galerie. Als sie ihren Hunger gestillt hatten, schenkte Abel noch einmal nach.

Mit dem Glas in der Hand blickte Pippa über das Wasser und fragte: »Wisst ihr schon, wie es weitergeht? Mit Teschke, meine ich.«

Abel seufzte. »Übermorgen ist der Termin für die Überführung. Wir begleiten ihn. Wir werden wohl die ganze Nacht durchfahren.«

Dann haben wir nur noch bis Montag Zeit, um dem Mörder auf die Schliche zu kommen, dachte Pippa, aber vielleicht findet Wolfgang das sogar gut, weil er glaubt, auf heimischem Territorium besser ermitteln zu können.

»Es beeindruckt mich, dass alle Kiemenkerle solidarisch sind und nach Hause fahren«, sagte Pippa. »Schließlich müsst ihr euren lang ersehnten Jahresurlaub vorzeitig abbrechen.«

»Das stimmt wohl. Aber es geht um mehr als unsere persönliche Befindlichkeit. Vielleicht bin ich auch deshalb spontan nach Toulouse gefahren. Wenn es schon übermorgen wieder nach Berlin geht, möchte ich wenigstens einen Tag lang etwas anderes sehen als das Camp und den See.« Er zuckte lächelnd mit den Achseln. »Du siehst, aus mir wird nie ein echter Fischer.«

»Angler«, korrigierte Pippa automatisch, »vorhin in der Galerie wusstest du das noch!«

Sie sahen sich lachend an, prosteten sich zu und tranken.

»Und du?«, fragte Abel. »Wie lange wirst du noch hier bleiben?«

»Mindestens bis Mitte Juli«, erwiderte sie, »früher ist die Renovierung in der Rue Cassoulet nicht abgeschlossen.«

Abel schwieg einen Moment. »Ist das der einzige Grund?«

»Ich verstehe nicht ...« Pippa sah ihn erstaunt an, dann ging ihr ein Licht auf. »Du meinst Pascal.«

»Und das Vent Fou.«

»Das Hotel wäre tatsächlich eine interessante Mitgift, besonders weil es Pascal nicht wirklich um mich, sondern um eine zupackende Mitarbeiterin geht. Ich mache mir da nichts vor. Trotzdem – es könnte Spaß machen.«

»Du denkst ernsthaft darüber nach.« Er nickte, als wollte er seine eigenen Worte bestätigen. »Aber du zögerst noch.«

Pippa merkte plötzlich, dass sie über alles reden wollte. Sie erzählte ihm von Leos unangekündigtem Auftauchen und seinem schier unwiderstehlichen Angebot, es noch einmal miteinander zu versuchen und gemeinsam in Venedig zu leben und zu arbeiten.

»Ich liebe Venedig. Ich habe mir immer gewünscht, dort zu leben.«

»Und das geht nur mit Leo? Du hast dich doch bestimmt nicht grundlos von ihm getrennt. Hast du keine anderen Möglichkeiten?«

»Leo hat wirklich seine guten Seiten.« Dazu sagte Abel nichts, sondern hob nur die Brauen. »Und er bietet mir wirtschaftliche Sicherheit«, fügte Pippa hinzu und seufzte.

Abel sammelte einige flache Steinchen auf und versuchte, sie über das Wasser hüpfen zu lassen. Nach einigen vergeblichen Versuchen gab er auf und wandte sich wieder Pippa zu.

»Wir kennen uns nicht gut, aber vielleicht darf ich dir trotzdem einen Rat geben: Mach nicht den gleichen Fehler wie Tatti. Wolfgang sagt, sie hat in der Ehe mit Gerald emotionale und wirtschaftliche Sicherheit gesucht. Und ein warmes Nest für gemeinsame Kinder. Wie man sieht, ist dieser Plan nicht aufgegangen. Materielle Gründe eignen sich schlecht als Grundlage für eine Beziehung.«

Pippa wollte protestieren, hielt aber inne. Abel hatte recht – es gab eine Parallele. »Ich muss Leo dringend loswerden, damit ich mich nicht aus den falschen Gründen wieder auf ihn einlasse.«

»Sei selbstbewusst und mach ihm klar, dass du ein Leben ohne ihn planst. Nutze deine Qualitäten und Talente. Was kannst du am besten?«

Pippa lachte auf. »Übersetzen – aber das hat im letzten Jahr nicht gereicht, um davon zu leben.«

Abel schüttelte den Kopf. »Das meine ich auch nicht: Hüte Häuser. Professionell. Die Menschen vertrauen dir und lassen dich in ihre Welt einziehen, also gründe deine eigene kleine Agentur. Du bist ungebunden, und wo der Schreibtisch steht, an dem du deine Übersetzungen machst, ist völlig egal. So kannst du zwei Fliegen mit einer Klappe schlagen: weiterhin als Übersetzerin arbeiten und gleichzeitig als Haushüterin Geld verdienen.«

Pippa sah ihn überrascht an. »Du meinst, so etwas wird gesucht?«

»Und ob!« Er nieste mehrmals und fuhr dann fort: »Ich sehe die Webseite schon vor mir: *Pippas Haushüter-Service! Die ideale Lösung für Ihr unbewohntes Haus. Überlassen Sie alles mir: Hunde, Katzen, Post, Garten, nervige Nachbarn, lästigen Verwandtenbesuch …*«

Wieder schüttelte ihn ein heftiger Niesanfall.

Pippa kramte eine Packung Papiertaschentücher aus ihrer

Tasche und gab sie ihm kopfschüttelnd. »Wo hast du dir bloß diese mörderische Erkältung geholt?«

»Nach dem Picknick auf dem Berg, vermute ich«, antwortete er mit belegter Stimme, nachdem er sich die Nase geschnäuzt hatte. »Der Rückweg im Regen ... ist aber nicht so schlimm, wirklich.«

»Und jetzt sitzen wir auch noch auf dem kühlen Boden.« Pippa stand auf und begann zusammenzupacken. Schließlich sind wir laut Régine-Deux noch mitten im Winter, dachte sie.

Sie schlenderten auf der Uferpromenade der Garonne entlang bis zur nächsten Brücke.

Abel entfaltete einen Stadtplan und studierte ihn. »Wir sind ganz nah am Place du Capitole. Der soll sehr schön sein, vor allem das Rathaus. Es gibt dort viele Straßencafés. Ich könnte ein heißes Getränk vertragen.«

Pippa stimmte zu, obwohl sie diesen Ort eigentlich hatte meiden wollen. Aber in Abels Gesellschaft fühlte sie sich vor Leos Überredungskünsten sicher.

Sie gingen durch enge Gassen und machten sich gegenseitig auf besonders malerische Ecken aufmerksam.

Abel deutete auf eins der zweisprachigen Straßenschilder. »Französisch und Okzitanisch – und ich dachte immer, Okzitanisch wäre ausgestorben.«

Nach der Enge der Gassen war die Weitläufigkeit des Place du Capitole eine Überraschung: die beeindruckende Fassade des Rathauses, die Bogengänge der Arkaden, das ins Pflaster eingelassene Emblem Okzitaniens. Pippa imponierte die Pracht, die nicht protzig wirkte, sondern Gelassenheit ausstrahlte. Straßenhändler hatten ihre Stände aufgebaut und wurden von Touristen umlagert.

»O nein!«, rief Pippa und zeigte auf einen Verkaufsstand.

»Strohhüte! Bitte halte mich davon ab, einen zu kaufen. Ich schaffe es sonst, mir einzureden, ich besäße keinen einzigen Sonnenhut.«

»Ob die auch Schals und Pudelmützen haben?«, fragte Abel und hustete. »Irgendwie ist mir kalt.«

»Du hast recht, es ist kühler geworden«, sagte Pippa und sah ihn besorgt an. »Der Wind hat aufgefrischt. Wir setzen uns ins *Le Florida*, ein Straßencafé ist zu kalt.«

Sie führte ihn unter die Arkaden in die große Brasserie. Noch genossen die meisten Touristen das schöne Wetter und saßen unter den Sonnenschirmen auf dem Platz, so dass Pippa und Abel mühelos einen Platz im Innern fanden. Sie ergatterten eins der Holztischchen an den rot gepolsterten Bänken, die sich an den Wänden des Gastraums entlangzogen.

»Du hast für das Mittagessen gesorgt – jetzt sorge ich dafür, dass du heißen Wein bekommst«, bestimmte Pippa resolut. »Und auf den Bus nach Chantilly musst du auch nicht warten. Ich muss nur kurz telefonieren.«

Sie gab die Bestellung auf und wählte dann Régine-Deux' Nummer, während Abel die Jugendstilmalereien in der Brasserie bestaunte.

Die Wirtin des Paradies stimmte sofort zu, als Pippa darum bat, Abel zum Flughafentransfer mitbringen zu dürfen.

»Abel? Ist das nicht der kleine Hübsche mit dem Ewan-MacGregor-Charme? Der hätte mir auch gefallen können – aber an BB reicht er nicht heran.« Régine lachte schallend.

Pippa warf einen schnellen Blick zu Abel hinüber, der gerade die Getränke entgegennahm. Sie betete, dass seine Ohren durch die Erkältung zu verstopft waren, um Régines laute Stimme zu hören.

»Der gefällt mir um *einiges* besser als Ihre anderen Verehrer, meine liebe Pippa«, stellte die Hünin munter fest.

Pippa ignorierte geflissentlich die Anspielung der enthusiastischen Pensionswirtin und sagte: »Bis wir zu Hause sind, wird er Fieber haben. Er braucht unbedingt ein ordentliches Bett und Wadenwickel. Haben Sie eine Idee, Régine? Am besten, wir finden etwas ...«

»Natürlich!«, unterbrach die Wirtin begeistert. »Das Sofa am Kamin!«

Das hättest du wohl gern, dachte Pippa und vollendete unbeirrt ihren Satz: »... unten im *Tal*.«

»Das Vent Fou ist ausgebucht.« Régine-Deux schnaubte enttäuscht. »Ich frage Cateline.«

Pippa bedankte sich und beendete das Gespräch. Sie leerte ihr Glas Blanquette in einem Zug und dachte amüsiert: Wenn Frankreich das Land der Liebe ist, dann ist Okzitanien das Land der angedichteten Liebhaber.

Abel hatte seinen heißen Wein ausgetrunken, aber es ging ihm zusehends schlechter. Seine Augen waren gerötet und tränten, sein Gesicht glühte.

Draußen wurde es unerwartet finster, und Abel sah Pippa erschrocken an. »Was ist denn da los?«

Pippa sah auf ihre Armbanduhr. »Der Regen kommt – wie von meiner Wirtin prophezeit.« Die ersten dicken Tropfen klatschten bereits auf das Pflaster des Platzes.

»Wir lassen uns fahren«, bestimmte Pippa.

Abel ging es nun so schlecht, dass er sich widerstandslos von ihr zum nächsten Taxistand lotsen und in ein Taxi schieben ließ. Mit einem Ächzen fiel er auf den Rücksitz. Der Fahrer raste mit quietschenden Reifen los, so als müsste er seine Fahrgäste nicht zum Flughafen Blagnac, sondern in die Notaufnahme des nächsten Krankenhauses bringen.

»Danke, Pippa, das werde ich dir nie vergessen«, sagte Abel heiser.

»Unsinn – du würdest das Gleiche für mich tun.«

»Darauf kannst du wetten.« Er hustete und lehnte mit geschlossenen Augen erschöpft den Kopf zurück.

Sie lächelte und sagte: »Cateline meinte, in Chantilly wäre Freundschaft zwischen Mann und Frau undenkbar – aber hier in Toulouse scheint es mir möglich.«

Abel hielt die Augen geschlossen. »Möglich ist es schon, aber ist es auch immer nötig?«

Als sie am Flughafen ankamen, hatten tiefschwarze Wolken den Himmel verdunkelt, und es schüttete wie aus Eimern. Trotzdem fiel Pippa sofort der vierschrötige Mann unter dem Vordach des Eingangs ins Auge, der ein Schild mit der Aufschrift *Auerbach & Keller* in die Höhe hielt. Zwei Frauen mittleren Alters bugsierten Berge von Gepäck in seine Richtung.

»Thierry bringt uns nach Chantilly zurück!«, rief Pippa überrascht.

Sie half Abel aus dem Taxi und direkt in Thierrys wartenden Geländewagen, in dem ihr Begleiter umgehend einschlief. Dann gesellte sie sich zu ihrem Chauffeur und den beiden Neuankömmlingen, um sie zu begrüßen, und erfuhr, dass Régine gerade für Abel ein Zimmer im Bonace organisiert hatte.

Während der Fahrt durch den strömenden Regen unterhielten sich Régines neue Gäste und Thierry Didier wie alte Freunde.

»Nun, Thierry, wird sich in diesem Jahr die Sonne noch einmal blicken lassen?«, fragte Frau Auerbach, die auf dem Beifahrersitz Platz genommen hatte.

»Wer braucht Sonne, wenn Sie beide in Chantilly sind?«, gab Thierry ungewohnt charmant zurück.

»Wie lange wird der Autan diesmal wehen?«, wollte Frau Keller wissen. »Drei Tage? Neun? Oder länger?«

»Das werde ich erst definitiv sagen können, wenn es richtig losgeht«, antwortete Thierry.

»Richtig losgeht?«, fragte Pippa fassungslos und zeigte nach draußen. »Was bitte schön ist denn das gerade?«

»Das ist der Regen, und wenn der aufhört, kommt der Sturm. Diesmal wird er seinem Namen gerecht, fürchte ich. Ich schätze, Sie können einige Tage nicht vor die Tür«, prophezeite Thierry.

»Wunderbar«, zwitscherte Frau Auerbach entzückt, »dann habe ich Hoffnung, dass ich in diesem Urlaub endlich mal meine Bücherkiste schaffe!«

»Bücherkiste?«, fragte Pippa neugierig.

Die beiden Damen waren hocherfreut, in Pippa nicht nur eine – wenn auch kurzfristige – Mitbewohnerin in Régines Paradies, sondern auch eine gleichgesinnte Bücherfreundin gefunden zu haben. Den Rest der Fahrt verbrachten sie mit lebhaften Diskussionen über lesenswerte Literatur und das Glück, bei Régine erholsame Tage verbringen zu dürfen.

Thierry fuhr zuerst zum Bonace, um Abel abzuliefern. Er hupte kurz, und sofort kam Cateline heraus. Gemeinsam mit Pippa half sie Abel aus dem Auto.

»Er bekommt von mir eine frische Hühnersuppe, und dann stecke ich ihn ins Bett«, sagte Cateline. »Eric war schon im Lager, um die Angler zu informieren, dass Monsieur Abel bei uns bleibt.«

»Ich kann mich nur bedanken«, erwiderte Pippa. »Morgen komme ich vorbei und sehe nach ihm.«

Sie wollte gerade wieder in den Wagen steigen, als Cateline eine Mappe unter ihrer Strickjacke hervorzog, Pippa in die Hand drückte und den Finger auf den Mund legte.

Pippa begriff sofort, dass es sich um die Ermittlungsergebnisse des Detektivs handeln musste. Sie nickte Cateline zu und verstaute die Mappe kommentarlos in ihrer Tasche.

Die Tür des Bonace schloss sich hinter Cateline und Abel, und Pippa machte sich eine gedankliche Notiz: Sie musste die Wirtin beim morgigen Krankenbesuch unbedingt fragen, ob sie in der Nacht des gemeinsamen Bades im Lac Chantilly wirklich direkt von zu Hause gekommen war oder sich noch mit jemand anderem getroffen hatte.

Der Geländewagen mühte sich den Weg hinauf zum Paradies. Thierry beugte sich konzentriert über das Lenkrad und spähte mit zusammengekniffenen Augen in die regnerische Finsternis. Da es hier keine Straßenbeleuchtung gab, war er ganz auf das Licht der Scheinwerfer angewiesen, die den strömenden Regen nur unzulänglich durchdrangen.

»Wie haben Sie Régines Pension eigentlich entdeckt?«, fragte Pippa die beiden Urlauberinnen.

»Unser Weinhändler hat uns davon erzählt«, sagte Frau Keller. »Vor drei Jahren waren wir zum ersten Mal hier und sofort total begeistert. Seither verbringen wir jedes Jahr kurz vor der Hauptsaison unseren Urlaub im Paradies.«

»Ihr Weinhändler hat die Pension empfohlen?«

Frau Keller nickte. »Er ist passionierter Angler und verliebt in die Weine des Languedoc, besonders des Cabardès. Meine Freundin lässt sich die Weine von ihm direkt nach Hause liefern«, sie zwinkerte Pippa zu, »obwohl sie sonst vorwiegend auf Rheingauer Riesling abonniert ist. Aber: *Monsieur Tisserand est un homme très charmant, n'est-ce pas?*«

Sie beugte sich vor und kniff ihrer Freundin auf dem Beifahrersitz sanft in die Wange, woraufhin diese tief errötete und angestrengt aus dem Seitenfenster spähte.

Pippa war für einen Moment wie versteinert. Dann fragte sie verstört: »Tisserand? Wieso Monsieur Tisserand?«

Frau Keller lachte amüsiert. »Nur ein kleines Wortspiel. Eigentlich heißt unser Weinhändler Weber, Jan-Alex Weber.«

Frau Auerbach drehte sich nach hinten um. »Und im Französischen heißt Weber nun mal …«

Pippa schluckte und vollendete: »Tisserand!«

Kapitel 25

»Willkommen!«, rief Régine-Deux herzlich. Sie stand in der Tür ihrer Pension und strahlte, als sie ihre Gäste in Empfang nahm.

»Ich hoffe, Sie haben Hunger mitgebracht! Seit sieben Stunden bereitet sich ein echtes Cassoulet auf Ihre Ankunft vor.«

Die beiden Damen aus Berlin schienen kein Bedürfnis zu haben, sich nach der Reise erst einmal frisch zu machen, sondern steuerten auf diese Ankündigung hin sofort begeistert den Wintergarten an.

Pippa zögerte. Viel lieber wäre sie auf ihr Zimmer gegangen, um Wolfgang Schmidt anzurufen und mit ihm die elektrisierenden Neuigkeiten zu diskutieren. Was würde er sagen, wenn er erfuhr, dass Tisserand, der Maler, in Wirklichkeit sein Kiemenkerl-Kollege Weber sein sollte? Welchen Grund konnte es geben, sich als jemand anders auszugeben? Gab es Streit? Oder hatte es etwas mit Vinzenz zu tun? Immerhin hatten diese beiden sich häufiger allein getroffen. Sollte in der Pärchen-Theorie doch ein Körnchen Wahrheit stecken?

Régine-Deux zog angesichts Pippas Zögern drohend die Augenbrauen zusammen. »Sie wollen doch jetzt nicht kneifen? Kommt überhaupt nicht in Frage, meine Liebe. Mein Cassoulet wartet auf Lob aus Ihrem Mund.«

Pippas Magen knurrte unüberhörbare Zustimmung, und sie entschied, das gemeinsame Essen mit den Damen Auerbach und Keller unauffällig für weitere Recherchen zu nutzen.

Sie setzte sich zu den beiden an den Tisch und sagte: »Dieser nette Weinhändler, den Sie erwähnt haben, wo finde ich den? Ich würde gern Kontakt zu ihm aufnehmen, damit ich nach meiner Rückkehr aus den Montagne Noire nicht auf Blanquette verzichten muss. Mit dieser leckeren Entdeckung möchte ich mit meiner Familie auf meinen Geburtstag anstoßen.«

»Seine Weinhandlung ist in der Kantstraße in Charlottenburg, nicht weit vom Savignyplatz. Ganz leicht zu finden«, erklärte Frau Keller.

»Sie müssen unbedingt hingehen«, fügte Frau Auerbach eifrig hinzu, »Sie können dort sämtliche Weine probieren, Herr Weber berät hervorragend und erfüllt Sonderwünsche, ganz gleich, wie exotisch sie auch sein mögen. Es gibt viele Winzer hier aus der Gegend, die nur ihn beliefern und die er immer wieder besucht. Dadurch kann er beste Qualität garantieren.«

Während die beiden in den höchsten Tönen das Loblied ihres Weinhändlers sangen, hörte Pippa nur mit halbem Ohr zu. Ihre Gedanken beschäftigten sich weiter mit der vermeintlich doppelten Identität Tisserands. Warum verkleidete Weber sich als Tisserand – oder war es in Wirklichkeit umgekehrt? Am liebsten hätte sie sofort Karin angerufen oder, noch besser, ihren Bruder Freddy. Dieses Geheimnis würde den Polizisten in ihm interessieren. Er könnte auch mühelos herausfinden, ob Weber zurzeit in Berlin hinter dem Tresen stand und unter welchem Namen der Mann wo gemeldet war.

»Aber Sie essen ja gar nicht, Pippa! Schmeckt es Ihnen nicht?«, erklang die Stimme der Wirtin direkt neben ihr.

Pippa schreckte aus ihren Gedanken auf und merkte erst jetzt, dass sie schon seit geraumer Zeit auf die braune Tonschale starrte, in der Régine das Cassoulet serviert hatte. Endlich nahm Pippa auch den deftigen Geruch wahr, der ihr aus der Schale in die Nase stieg. Der Eintopf bestand aus weißen Bohnen, Landwurst, durchwachsenem Speck, Gänsefleisch, Kräutern und jeder Menge Knoblauch – genau das Richtige bei diesem unwirtlichen Wetter. Pippa begann schnell zu essen, bevor die strenge Wirtin noch auf die Idee kam, sie zu füttern.

Régine hatte nicht zu viel versprochen – das Cassoulet war ein Gaumenschmaus. Mit großem Eifer wurden die Schüsseln geleert, was ihre Gastgeberin zufrieden zur Kenntnis nahm. Sie war gerade auf dem Weg in die Küche, um Nachschlag für alle zu holen, als die Bewegungsmelder in der Einfahrt aktiviert wurden und die Lampen angingen. Gleich darauf klingelte es an der Haustür, und Régine ging, um zu öffnen.

»Wir haben Ihr Hinweisschild gesehen und hoffen, dass wir bei Ihnen etwas Leckeres zu essen bekommen«, sagte eine sonore männliche Stimme. »Wir sind hungrig und durchgefroren.«

Pippa fiel die Gabel aus der Hand. Das war Leos Stimme – im Schmeichelmodus!

»Haben Sie für den heutigen Abend noch einen freien Tisch? Für zwei Personen?«, fragte Leo jetzt.

Klar, für zwei Personen, dachte Pippa, und ich würde mit Tibor jede Wette eingehen, dass die zweite Person weiblichen Geschlechts ist.

»Es tut mir wirklich leid. Französisches Gesetz«, antwortete Régine mit unüberhörbarem Bedauern. »Ich darf Ihnen nichts servieren, ohne dass Sie hier auch übernachten.«

»Das ist ein wundervoller Vorschlag!«, rief Leo entzückt. »Wir nehmen ein Zimmer.«

Ja, klar, dachte Pippa, und wer ist *wir?*

»Leider bin ich komplett ausgebucht. Ich kann Ihnen erst morgen wieder ein Zimmer anbieten«, sagte Régine.

Pippa hielt es nicht länger auf ihrem Platz, die Neugier war stärker. Sie ging um die Ecke zur Tür, vor der Leo stand – in Begleitung von Tatjana. Leo riss entsetzt die Augen auf, als er

Pippa sah, aber Tatjana rief erfreut: »Pippa! Das ist ja eine Überraschung!«

Pippa genoss in vollen Zügen, Herrin der Situation zu sein, und sagte mit einem breiten Grinsen: »Hallo Tatjana, du kannst gerne bei mir übernachten, wenn du Lust hast. In meinem Zimmer stehen zwei Einzelbetten.« Sie wandte sich Régine zu. »Und dann dürfen wir den netten Herrn als unseren *Bekannten* doch sicher ausnahmsweise an unseren Tisch bitten, oder?«

Tatjana umarmte Pippa herzlich. »Du bist ein echter Schatz. Ich nehme dein Angebot sehr gerne an. Mir steht heute Abend der Sinn weder nach dem Vent Fou noch nach den Kiemenkerlen. Ganz zu schweigen von meinem Mann.«

»Geht mir ganz genauso«, sagte Pippa mit Seitenblick auf Leo, hakte sich bei Tatjana unter und zog sie in den Wintergarten. Leo folgte ihnen langsam, sichtlich überfordert von der unerwarteten Entwicklung des Abends. Dennoch schaffte er es, Tatjana und sich formvollendet und charmant vorzustellen und die Damen Auerbach und Keller im Handstreich um den Finger zu wickeln.

Tatjana wirkte abwesend, während sie einen Moment durch die bodentiefen Fenster des Wintergartens in den Regen hinausblickte. Sie sah erschöpft aus und hatte tiefe Augenringe. Schließlich gab sie sich einen Ruck und sagte zu Régine-Deux: »Wie schön es hier ist. Wenn ein Ort selbst bei Regen so zauberhaft aussieht, dann hat er den Namen Paradies wirklich verdient.«

Leo löffelte schweigend seinen Eintopf, aber Tatjana unterhielt sich bereitwillig mit den neugierigen Urlauberinnen aus Berlin und erzählte, dass Leo und sie einen Ausflug nach Toulouse hinter sich hätten.

Leo hat sie also in die Stadt mitgenommen, dachte Pippa, und sie dann als Trost benutzt, nachdem ich seiner Einladung nicht gefolgt bin. Typisch Leo. Sie unterdrückte gerade noch ein Kichern. Das Schöne ist: Seine Eskapaden machen mir nichts mehr aus. Du bist raus, Leo. Endgültig.

»Während der letzten Tage haben mein Bekannter und ich uns so einiges angesehen«, sagte Tatjana gerade. »Mir war nicht klar, wie viel diese Gegend zu bieten hat. Sie ist unglaublich vielseitig.«

Leo sank mehr und mehr über seinem Teller zusammen und hob kein einziges Mal den Blick. Er löffelte das Cassoulet, als wäre es seine Henkersmahlzeit.

Tatjana hat keinen Schimmer, dass Leo mein Mann ist. Ich bin sicher, er hat sich ihr als italienischer Tourist vorgestellt, der ganz zufällig die gleichen Interessen hat wie sie, dachte Pippa. Und jetzt kann er mit der Situation nicht umgehen Zum allerersten Mal. So habe ich ihn noch nie erlebt – normalerweise genießt er es, wenn er denkt, dass zwei Frauen um ihn konkurrieren.

Sie sah zu ihm hinüber. Vielleicht hat er längst begriffen, dass ich kein Interesse mehr an ihm habe und diese Hängepartie keinem von uns beiden nutzt.

»Mir geht es wie Ihnen«, sagte Pippa zu den beiden Urlauberinnen. »Es ist wunderbar, einen Platz auf der Welt zu haben, an den man immer wieder zurückkehren möchte, weil man weiß, welche Erholung und welches Wohlgefühl man dort empfindet. Man versucht, so oft wie möglich hinzukommen – und wenn man nicht da ist, sehnt man sich dorthin. Bei mir ist dieser Platz Venedig.« Sie sah Leo an. »Aber wenn ich immer dort lebte, würde ich mir das Allerschönste nehmen – das Warten auf die Erfüllung.«

Während die Runde am Tisch Pippas Einwurf diskutierte, hob Leo sein Glas und blickte ihr ernst in die Augen. Dann prostete er ihr zu und nickte. Pippa atmete auf. Er hatte verstanden.

Das Cassoulet war zu Régines Zufriedenheit restlos verputzt worden, und Frau Auerbach und Frau Keller erklärten, jetzt die nötige Bettschwere zu haben. Leo bekam von der sichtlich müden Tatjana einen Kuss auf die Wange, dann begleitete Régine ihre Gäste nach oben zu den Zimmern. Pippa und Leo blieben am Tisch zurück.

»Wann fährst du nach Hause?«, fragte Pippa.

Leo seufzte und drehte sein Glas in den Händen. »Du bestimmst. Wann soll ich fahren?«

»Nach dem Abschiedsessen mit mir, schlage ich vor.«

Leos Augen weiteten sich hoffnungsvoll, aber Pippa schüttelte lächelnd den Kopf. »... und mit den Kiemenkerlen. Morgen Abend. 20 Uhr. Vent Fou.«

Als Leo sich verabschiedet hatte, ging Pippa zu Régine, die in der Küche das Geschirr in die Spülmaschine räumte. Pippa bat sie, ein Gespräch mit Berlin führen zu dürfen. Die Wirtin drückte ihr ein schnurloses Telefon in die Hand und schob sie zurück in den Wintergarten.

Karin nahm sofort ab, und Pippa schwärmte vom schönen Tag in Toulouse und vom Treffen mit Abel. Dann berichtete sie von Leos Auftauchen in weiblicher Begleitung. Es dauerte eine Weile, bis ihr auffiel, dass Karin überhaupt nicht auf die Tatsache reagierte, dass die Scheidung endlich auch für ihn beschlossene Sache war. Kein einziger bissiger Kommentar zu Leo war bei ihr extrem ungewöhnlich.

»Was ist los mit dir – bist du geistig abwesend? Hast du gar nichts zu diesem Tag zu sagen?«

»Allerdings habe ich das«, gab Karin zurück. »Wieso hatte Abel zwei Gläser dabei?«

»Was ... wie meinst du das?«, stotterte Pippa verdattert, aber Karin antwortete nicht.

Pippa fühlte einen kleinen Stich der Enttäuschung bei dem Gedanken, dass Abel auf ein romantisches Picknick mit jemand anderem gehofft hatte.

»Er war doch zum ersten Mal in Toulouse und kannte dort niemanden.« Sie schluckte.

»Außer Tatjana – die ihn dann mit Leo versetzt hat«, trumpfte Karin auf.

»Unsinn«, sagte Pippa, »aber wenn du schon derartig ermittlerisches Gespür entwickelst, habe ich eine schöne Aufgabe für dich.«

Sie bat die Freundin, zu Webers Weinhandlung zu gehen und dort unauffällig die Lage zu sondieren. »Tust du mir den Gefallen, Karin? Du kannst dich doch einfach als Kundin ausgeben.«

»Falls er da ist!«, antwortete Karin.

»Ganz genau! Falls er da ist.«

Pippa wollte sich gerade in die Mappe vertiefen, die Cateline ihr gegeben hatte, als Régine in den Wintergarten trat.

»Sind Sie sicher, dass Sie morgen wieder ins Tal wollen?«

Pippa nickte. »Ganz sicher.«

»Zwischen zehn und zwölf Uhr wird es sturmfrei und trocken sein. Danach kommt es ganz dicke, für mindestens drei Tage.«

»Dann werde ich in dieser Zeit gehen. Danke für den Tipp.«

»Vielleicht sollte ich Sie begleiten«, sagte Régine angelegentlich. »Mir mal wieder die Beine vertreten, das täte mir ganz gut.«

»Bis ins Lager und zurück?«

Régines Gesicht hellte sich auf. »Eine hervorragende Idee! Dann kann ich Ihnen tragen helfen.«

Pippa unterdrückte ein Lächeln. »Und rein zufällig Bruno wiedersehen.«

»Das will ich doch stark hoffen«, sagte die Wirtin. »Und Sie können mit den Herren reden, die heute Mittag nach Ihnen gefragt haben.«

»Nach mir? Hier oben?«

Régine nickte. »Ein gutaussehender Herr, der selbst in Sportkleidung wirkte, als wäre er auf dem Weg zu einem Kongress, war in Begleitung eines jüngeren Kerls aus der Schleimergilde ... klein, drahtig, blond ... Kategorie Anzug ohne Inhalt.«

»Klingt nach Gerald Remmertshausen und Achim Schwätzer.«

»Das sind Kiemenkerle, nicht wahr? Oder haben Sie Fangruppen, von denen ich noch nichts weiß?«

»Kiemenkerle«, bestätigte Pippa. »Der Ältere – Gerald – ist der Gatte der jungen Frau, die heute spontan auf mein Zimmer gezogen ist. Achim ist ihr glühender Verehrer.«

»Interessant.« Régine zog amüsiert die Augenbrauen hoch. »Die zwei waren hochrot im Gesicht – sie sind den ganzen Weg hier herauf gejoggt. Reife Leistung.«

Die wirklich reife Leistung ist die Kombination der beiden, dachte Pippa, Gerald ging es bestimmt um sein Smartphone ... aber wieso die Allianz mit Achim?

»Haben sie gesagt, was sie von mir wollen?«

Die Wirtin schüttelte den Kopf. »Nein. Sie haben sich wieder getrollt, als sie hörten, dass Sie nicht da sind.« Régine gähnte ausgiebig. »Ich gehe ins Bett. Sie kennen sich ja aus. Gute Nacht.«

Endlich hatte Pippa Gelegenheit, sich mit dem Dossier der von Cateline beauftragten Detektei zu beschäftigen. Die ersten Seiten bestanden aus einer langatmigen Beschreibung, wie die Detektive bei der Suche vorgegangen waren. Sowohl die Polizei von Chantilly als auch die in Revel hatten sich zugeknöpft gegeben und keine Informationen zur Verfügung gestellt. Andere Polizeidienststellen hatten sich kooperativer gezeigt. In drei verschiedenen Ländern war wegen des Handels mit gefälschten Ikonen nach Jean Didier gefahndet worden: Polen, Deutschland und Frankreich. Zwar wurde er bei einem Gerichtsverfahren in

Polen mangels Beweisen freigesprochen, bei seinem zweiten Prozess in Straßburg hatte er aber weniger Glück: Jean Didier wanderte wegen Kunstfälscherei für acht Jahre ohne Bewährung hinter Gitter.

Pippa pfiff leise durch die Zähne. Jean Didier saß seit Jahren in Haft! Ein Mitarbeiter der Detektei hatte Jean im Gefängnis besucht und mit ihm geredet. Catelines Bitte, ihm schreiben zu dürfen, hatte Didier kategorisch abgelehnt. Nach Einschätzung des Detektivs deshalb, weil Jean sich wegen seiner kriminellen Laufbahn vor seinen Verwandten schämte. Also hatte die Wirtin des Bonace seit vier Jahren nichts mehr von ihm gehört.

Und du, Cateline, hast du aus der gleichen Scham heraus nichts von deinem Wissen über Jean preisgegeben?, dachte Pippa. Ist dir ein Knacki in der Familie peinlich? Oder wolltest du Thierry vor einer Enttäuschung schützen? Lässt du dich und deine Familie deshalb weiterhin verdächtigen und ausgrenzen? Ist dieser Preis nicht zu hoch?

Den Abschluss des Berichtes bildeten Gesprächsprotokolle. Die Detektei hatte Prozesszeugen befragt und sich auch mit jenem Geschädigten unterhalten, dessen gefälschte Ikone Jean schließlich überführte. Es folgte das Gespräch mit einem Gefängniswärter, dann das mit einer jungen Frau, die sich selbst als Jeans Freundin bezeichnete. Das letzte Interview der Mappe enthielt die Aussage eines Mannes, mit dem Jean in der Gefängnisküche gearbeitet hatte. Pippa schnappte nach Luft.

»Hast du da kochen gelernt, Pascal Gascard?«

Leise drückte Pippa die Klinke ihrer Zimmertür, um Tatjana nicht zu wecken. Im Zimmer brannte eine Nachttischlampe, und Tatjana stand vollständig angezogen am Fenster und sah hinaus in die verregnete Dunkelheit. Jetzt drehte sie sich langsam zu Pippa um.

»Du bist ja noch wach«, sagte Pippa, »dabei hast du schon vorhin müde ausgesehen.«

Tatjana zuckte mit den Schultern und deutete auf eine von Pippas Arbeitsmappen, die auf dem Bett lagen. Auf der obersten stand: *Einen Menschen erkennt man daran, wie er sich rächt.* »Ich frage mich, woran man meine Rache erkennen würde. Was glaubst du?«

Pippa erschrak, denn Tatjana klang sehr ernst. »Was ist los? Möchtest du reden?«

Abrupt schlug Tatjanas Stimmung um. »Nein! Ich möchte nicht reden!«, fauchte sie. »Ich möchte toben, um mich schlagen, kreischen, Gift und Galle spucken, explodieren – morden!«

Spontan ging Pippa zu ihr und zog sie an der Hand zur Tür. »Dann passt das Wetter perfekt. Wir gehen raus in den Regen und den Sturm. Mit dem Wind zu kämpfen wird deiner Wut guttun.«

An der Garderobe ließ Tatjana sich widerstandslos in Ölzeug stecken und wartete stumm, bis Pippa ebenfalls regensicher eingepackt war. Unter einem riesigen Golfschirm und mit einer Taschenlampe bewaffnet gingen sie in die Nacht hinaus.

Untergehakt liefen sie schweigend durch den Wald. Die Bäume schützten sie ein wenig vor der Gewalt des Regens. Der Lichtstrahl der Taschenlampe wies ihnen den Weg bis zur Brücke, auf der Tatjana stehenblieb und lange ins schwarze Wasser starrte.

Plötzlich sagte sie: »Gerald hat mich betrogen.«

»Oje, bei diesem Thema bin ich Expertin.« Pippa seufzte. »Ist es das erste Mal, oder geht das schon eine ganze Weile? Weißt du, wer sie ist?«

»Sie? So einfach ist es leider nicht.« Tatjana lachte bitter auf. »Damit käme ich vielleicht klar. Es ist schlimmer. Elementarer. Er kann mich nie geliebt haben, nicht einen Moment lang – sonst hätte er mir das nicht angetan.«

Tatjana sah wieder gedankenverloren ins Wasser.

»Tut mir leid, aber du müsstest mir ein wenig mehr erzählen, sonst blicke ich nicht durch«, drängte Pippa vorsichtig.

»Er hat mich mit falschen Versprechungen in die Ehe gelockt. Ich bin maßlos enttäuscht«, sagte Tatjana so leise, dass Pippa sie durch den rauschenden Regen kaum verstehen konnte.

Pippa wartete einen Moment, dann bat sie: »Du musst etwas konkreter werden, sonst wird auch mein Trost ein pauschaler sein. Pauschal und völlig wirkungslos.«

Unvermittelt grinste Tatjana und drehte sich zu Pippa um. »Hat dir schon mal jemand gesagt, wie widerlich unbeeindruckt du sein kannst? Ich ziehe hier alle Register einer echten Drama-Queen, und du fragst ganz pragmatisch nach den Gründen.«

»Pragmatisch hat man mich noch nie genannt«, sagte Pippa. »Im Gegenteil, es hieß immer: *Pippa, komm aus deinem Wolkenkuckucksheim* oder *Pippa, bitte mehr Sachlichkeit, die Welt ist kein Zirkus.*«

»Ach nein, kein Zirkus? Fühlt sich aber ganz so an.«

Die beiden lächelten sich verschwörerisch zu.

Dann atmete Tatjana tief durch. »Also gut, dann öffnen wir mal das Glas mit dem Eingemachten.« Sie zögerte kurz, fuhr dann aber fort: »In meinem Leben gibt es zwei Dinge, die ich mir fast verzweifelt gewünscht habe: Gerald heiraten und mit ihm eine Familie gründen. Ich mag auf dich nicht gerade mütterlich wirken, aber ich wollte immer unbedingt Kinder. Am liebsten zwei oder drei.«

»Mütterliche Typen werden generell überbewertet. Die riechen nach Aufopferung und Klammern«, warf Pippa ein. »Ich ziehe Eltern vor, die einfach nur lieben.«

»Ja, nicht wahr? Genau so habe ich es mir vorgestellt, und ich hielt Gerald für den idealen Partner, um diesen Wunsch zu verwirklichen.«

»Habt ihr denn nie darüber gesprochen? Hast du ihm nicht gesagt, dass du unbedingt Kinder möchtest?«

Tatjana winkte ab. »Unzählige Male. Mindestens so häufig wie *Ich liebe dich,* das kannst du mir glauben.«

»Und er?«

»Das ist es ja. Er war absolut einverstanden. Er freut sich auf Kinder und kann es kaum erwarten, hat er geschwärmt. Das ist es ja, was mich so wütend macht. Hätte er gesagt, dass er sich zu alt fühlt oder aus irgendeinem anderen Grund keine Kinder möchte, hätte ich das akzeptiert. Zwar schweren Herzens – aber ich hätte es akzeptiert.«

»Deine Liebe zu ihm ist größer als dein Wunsch nach Kindern?«

»Vergangenheitsform, wenn ich bitten darf. Dieser Mann hat meine Liebe nicht verdient.« Wütend schlug sie mit der Hand auf das Brückengeländer.

»Was ist passiert?«, fragte Pippa sanft.

»Seit Jahren versuche ich, schwanger zu werden, und es hat nie geklappt. Gut, dachte ich, das ist anderen Paaren auch schon so gegangen. Aber Gerald ist schließlich Arzt, der kennt sich aus und kann sich Rat bei Kollegen holen. Wir werden das hinkriegen, ganz sicher.«

Pippa gab der aufgelösten Frau Zeit, sich wieder zu sammeln, und stellte keine weiteren Fragen. Sie glaubte Tatjana, dass diese trotz des langen, vergeblichen Wartens auf eine Schwangerschaft weiterhin auf die Erfüllung ihrer Wünsche gehofft hatte – mit Geralds aktiver Unterstützung.

»Ich bin von Arzt zu Arzt gerannt. Zu sämtlichen Kapazitäten, die Gerald als kompetent erachtete und zu denen er Vertrauen hatte. Man sagte mir schließlich, das Problem läge bei mir.«

»O Tatjana, das tut mir leid. Aber wieso bist du wütend auf Gerald? Hat er dich deshalb fallenlassen?«

Vehement schüttelte Tatjana den Kopf. »Zuerst dachte ich auch, das wäre der Grund für seine Veränderung. Er zeigte plötzlich immer weniger Interesse an mir und der Umsetzung unserer Familienpläne. Er wurde leichter wütend, er war nur noch selten zu Hause, er war nicht mehr der Mann, in den ich mich verliebt hatte. Er stand ständig unter Strom. Wie ein Dampfdrucktopf. Und ich reagierte mit Vorwürfen und dummen Spielchen, um wieder seine Aufmerksamkeit zu erregen.«

»Pascal?«

»Das war die dümmste Idee von allen.« Sie seufzte schwer. »Jedenfalls haben Gerald und ich uns immer weiter voneinander entfernt. Wir redeten kaum noch. Ich bestand darauf, ihn in diesen Urlaub zu begleiten, weil ich hoffte, hier kämen wir uns wieder näher. Ohne das tägliche Einerlei.«

»Und das hat nicht geklappt.«

»Allerdings nicht. Gerald ist ständig allein unterwegs und macht sich nicht nur den Kiemenkerlen, sondern auch mir gegenüber rar.«

Deshalb die getrennten Unterkünfte, dachte Pippa. Sie zuckte zusammen, als Tatjana wieder mit der Faust auf das Geländer schlug.

»Und jetzt weiß ich auch, warum: Er hat sich in Toulouse untersuchen lassen, um herauszufinden, ob es möglich ist, seine Sterilisierung rückgängig zu machen!«

Unvermittelt packte sie Pippa bei den Schultern. »Kannst du dir das vorstellen? Er hat mich in dem Wissen geheiratet, dass ich mir Kinder wünsche – und mir verschwiegen, dass er schon seit zehn Jahren sterilisiert ist! Er hat mich glauben lassen, es läge an mir!«

Tatjana ließ Pippa abrupt los. Sie senkte den Kopf und sagte leise: »Er hat meiner Liebe nicht vertraut.«

Kapitel 26

Am nächsten Morgen saß Pippa allein im Wintergarten, denn Tatjana schlief noch tief und fest und die beiden Damen aus Berlin zogen ihre Bahnen im Pool. Pippa genoss ihr vorerst letztes Frühstück im Paradies, während Régine-Deux in der Küche bereits das Mittagessen vorbereitete.

Nach dem Frühstück ging Pippa ihr zur Hand und bemerkte, dass Régine deutlich zurückhaltender wirkte als sonst. Auf ihre besorgte Frage antwortete die Wirtin: »Ich habe schlecht geschlafen. Das macht der schwarze Autan. Da bekomme ich selten ein Auge zu.«

»Der schwarze Autan?«, fragte Pippa erstaunt. »Gibt es den Wind in mehreren Farben?«

»Der weiße Autan ist trocken und weht meist bei schönem Wetter. Er verstärkt im Winter die Kälte und im Sommer die Hitze«, erklärte Régine. »Der schwarze Autan ist, Gott sei Dank, seltener. Er bringt schwülwarme Luft und dunkle Wolken. Und häufig heftigen Regen.« Sie seufzte. »Für diese Variante bin ich besonders anfällig, da werfe ich gerne mal Salz in den Milchcafé und putze meine Sonntagsschuhe mit Foie gras.«

»Möchten Sie sich ausruhen?«, fragte Pippa.

Ein spitzbübisches Lächeln umspielte Régines Mundwinkel. »Nicht ohne charmante Gesellschaft.«

Nachdem die beiden die Küche auf Hochglanz gebracht hatten, holte Régine eine dicke, in Leder gebundene Kladde und einen Füllfederhalter und legte beides vor Pippa auf den Tisch.

»Bitte tragen Sie sich in mein Gästebuch ein, bevor Sie gehen. Aber nur beste Referenzen und übertriebene Schmeicheleien«, sagte sie, »sonst werde ich die Seite herausreißen. Die Legende, dass meine Gäste keinen größeren Wunsch haben, als wieder ins Paradies zurückzukehren, muss weiterleben.«

Pippa lachte und schlug das Buch auf. Zwei Drittel der Seiten waren bereits beschrieben, und sie blätterte zum ersten freien Blatt vor, das mit einem Seidenband markiert war. Sie dachte kurz nach und schrieb dann: *Für eine Gastgeberin, die weiß, was nasse Katzen wünschen. Vielen Dank für drei wunderbare Tage und Nächte und die Aufnahme ins Paradies. A lèu, Régine-Deux, ich komme wieder. Ihre Pippa Bolle.*

Pippa schraubte die Kappe auf den Füller und blätterte durch das Gästebuch. Schnell las sie sich an den Widmungen fest, die ebenso enthusiastisch waren wie ihre eigene. Régine-Deux hatte keine ehemaligen Gäste, sondern Freunde in aller Welt, die sich zurücksehnten ins Paradies.

Moment mal, dachte Pippa, wenn Pascal so oft hier war, müsste er doch eigentlich auch …

Sie schlug die erste Seite auf und fand Einträge, die sechs Jahre zurücklagen. Sie suchte fieberhaft und wurde fündig:

Madame: zum zweiten Mal haben Sie uns himmlische Frei-Zeit beschert – wir werden keinen französischen Wein mehr trinken können, ohne an Sie zu denken. Bis zum nächsten Mal im Paradies!

Ihr Pascal Gascard

Pippa glaubte ihren Augen nicht zu trauen, als gleich darunter eine zweite Unterschrift zu finden war: *Jan Weber.*

Aufgeregt schleppte Pippa das Buch zu Régine in die Küche und ließ sich von ihr bestätigen, dass es sich bei diesem Jan um den Mann handelte, mit dem Pascal im Paradies gewohnt und die Weingüter der Gegend abgeklappert hatte.

»Wollen Sie immer noch mit mir ins Tal kommen?«, fragte Pippa.

Die Wirtin nickte. »Das Essen ist vorbereitet. Ich habe Zeit.«

»Dann bräuchte ich Sie für eine Gegenüberstellung!«

Auf Régines neugierigen Blick hin erzählte Pippa von ihrer Vermutung, dass es sich bei Weber und Tisserand um ein und dieselbe Person handelte.

»Was Sie nicht sagen!« Régine war begeistert. »Und was ist dabei für mich drin?«

Pippa hatte sich mittlerweile an Régines Art gewöhnt und eine Antwort parat. »Ein Deal: Ich hüte dieses Haus mit allem, was dazugehört, und Sie können mitten in der Hochsaison ein paar Tage freimachen und auf Städtetour gehen. Wie wäre es zum Beispiel mit Berlin?« Pippa grinste, als sich das Gesicht ihrer Gastgeberin aufhellte. »Und am besten über meinem vierzigsten Geburtstag.«

»Abgemacht.«

Sie schüttelten sich feierlich die Hände, und Régine fügte hinzu: »Und? Welches Ergebnis der Gegenüberstellung wünschen Sie für dieses Angebot?«

Da Tatjana noch immer schlief, machten Pippa und Régine sich ohne sie auf den Weg ins Tal. Pippa hatte ihre Siebensachen in Régines Rucksack verstaut, den sie auf dem Rücken trug. Das Angebot der Wirtin, ihn zu übernehmen, hatte sie entrüstet abgelehnt.

Da die Erde aufgeweicht und der Weg glitschig war, hakten die Frauen sich unter, um den steilen Pfad unfallfrei zu bewältigen.

»Ich frage mich, welchen Grund Weber haben könnte, sich als Tisserand auszugeben«, sagte Pippa.

»Um etwas zu verbergen natürlich. Pascal und er haben irgendeinen Plan. Sie müssen jetzt nur noch herausfinden, welchen.«

»Ich hatte mich schon gewundert, dass Sie Tisserand nicht kannten, denn er hat mir gegenüber in den höchsten Tönen von Ihrer Pension geschwärmt.«

»Ich vergesse nie einen schönen Mann, der bei mir gewohnt hat – und er mich auch nicht!«

Sie lachten und gerieten prompt ins Straucheln. Pippa versuchte vergeblich, sich an Régine zu klammern, aber es war zu spät, sie verlor das Gleichgewicht: Mit Schwung und rudernden Armen pflügte sie durch nasses Moos und Dreck, um schließlich im Gebüsch zu landen.

Prustend zerrte Régine an der hilflos kichernden Pippa, bis sie sie befreit hatte und wieder auf die Beine stellen konnte.

»Sie haben Ihren Schlüssel verloren.« Régine bückte sich und fischte einen Schlüsselring mit auffälligem Anhänger aus der aufgewühlten Erde unter dem Strauch. Sie ließ ihn klimpernd in Pippas matschige Hand fallen.

»Du liebe Güte – so weit geht meine Angelleidenschaft nun doch nicht«, sagte Pippa angesichts des Plastikkarpfens, der sie glotzäugig von der Handfläche anglubschte. »*Carp Power* – ich fasse es nicht. Das ist nicht mein Schlüsselbund. Aber ich habe das Ding schon mal gesehen, und das kann nur bei einem der Kiemenkerle gewesen sein.«

Sie sah auf und bemerkte, dass Régine hektisch damit beschäftigt war, ihre Haare und Kleidung zu ordnen. Dann zauberte die Hünin ein strahlendes Lächeln auf ihr Gesicht, warf sich in Positur und schaute den Weg hinunter. Pippa folgte ihrem Blick und entdeckte, dass Wolfgang Schmidt und Bruno ihnen entgegenkamen.

Bruno winkte und rief: »Wir wollen Pippa abholen, damit sie ihr Gepäck nicht schleppen muss. Das ist für eine allein zu schwer. Viel zu schwer.«

»Den Rucksack schaffe ich nun wirklich ohne Hilfe«, sagte

Pippa und hielt den Schlüsselring hoch. »Du kannst den hier tragen, wenn du willst.«

Aber Bruno war bereits abgelenkt: Galant bot er Régine den Arm. Die beiden gingen gemeinsam den Weg hinunter, vertieft in ein angeregtes Gespräch.

»Damit sind wir wohl abgemeldet«, sagte Schmidt und nahm Pippa den Schlüsselring ab. »Der gehört Achim. Das sind die Schlüssel zu seiner *Yacht*.«

»Achim hat eine Yacht?«, fragte Pippa ungläubig.

»Na ja, wohl eher ein Boot. Es liegt auf unserem früheren Fischereigewässer«, Schmidt grinste breit, »und es heißt?«

»Du machst Witze – *Yacht*?«

Schmidt zuckte mit den Achseln und grinste noch breiter.

»Mehr Pose geht nicht.« Pippa schüttelte sich.

»Auf jeden Fall wird er froh sein, wenn er seinen Schlüssel wiederbekommt. Vor allem den unersetzlichen Anhänger.«

Pippa stieß Wolfgang auffordernd an. »Lass uns gehen, wir haben nur ein kurzes Zeitfenster ohne Regen, sagt Régine. Kurz nach Mittag geht es wieder los, und bis dahin will ich noch einiges erledigen.«

»Aber … Tatti … müssen wir nicht noch …« Schmidt blickte sehnsüchtig in Richtung Paradies.

»Auf sie warten?« Pippa stemmte die Hände in die Seiten. »Lass dir eines gesagt sein, mein Lieber: Bevor sie bei euch nicht endlich zu *Tatjana* wird, habt ihr alle keine Chance.«

Sie gingen weiter, und Pippa gab Wolfgang eine Zusammenfassung ihrer aktuellen Erkenntnisse.

»Alexandre Tisserand soll Jan-Alex Weber sein?«, rief Schmidt fassungslos. »Das kann nicht sein. Ich hätte ihn doch erkennen müssen, immerhin angeln wir seit drei Jahren miteinander. Völlig unmöglich!«

»Und er kennt Pascal.«

»Natürlich kennt er Pascal – wir *alle* kennen Pascal«, sagte er ungeduldig, noch immer mit der Vorstellung kämpfend, »deswegen kommen wir ja auch jedes Jahr her. Kann schon sein, dass Weber hier mit ihm ein paar Urlaubstage verbracht hat, um mit ihm über die Weingüter zu fahren. Das wundert mich nicht. Sind die beiden eben befreundet. Aber wozu das Versteckspiel? Jan hätte doch ganz offiziell mitfahren können.« Er schüttelte den Kopf.

»Vielleicht wollte er doch ab und an mit Vinzenz alleine sein?« Sie hatten das Camp erreicht, und Pippa zeigte auf Beringers Zelt. »Ein abgelegenes Zelt. Ein kuscheliges Zimmer im Vent Fou ...«

»Das werden wir ja sehen«, sagte Schmidt grimmig.

Mit großen Schritten überquerte er den Campingplatz und riss ohne Vorwarnung den Reißverschluss an Beringers Zelt auf.

Pippa erspähte kurz Vinzenz, der mit Packen beschäftigt war, dann kletterte Schmidt zu ihm hinein und verdeckte die Sicht. Der Reißverschluss wurde wieder geschlossen. Pippa ging auf und ab und spitzte die Ohren, hörte aber nur unverständliche Wortfetzen, da die Männer mit gedämpfter Stimme sprachen.

Endlich steckte Vinzenz seinen Kopf aus dem Zelt und lud Pippa mit einer Handbewegung ein, sich zu ihnen zu gesellen. Auf allen vieren kroch sie hinein. Der Platz reichte gerade, dass alle drei im Kreis sitzen konnten.

»Bevor ihr es durch das ganze Lager posaunt«, sagte Vinzenz so ruhig und gelassen wie stets, »natürlich wusste ich, dass Jan hier ist. Es war schließlich meine Idee.«

»Bitte? Und wieso die Scharade?«, fragte Pippa. »Kompliment übrigens. Da ihn nicht einmal unser Kommissar erkannt hat, war die Verkleidung wohl perfekt.«

Vinzenz nahm Pippas Hand und küsste sie. »Merci. Aber das ist zu viel des Lobes – es zeigt eher, dass die Kiemenkerle zwar

Fische sehr genau ansehen, aber ansonsten mit einer gewissen Unaufmerksamkeit – oder soll ich es Gleichgültigkeit nennen? – durchs Leben gehen.«

»Sie hat gefragt, *wieso,* Vinzenz«, warf Schmidt ungehalten ein, »und ich würde das auch gerne wissen.«

Beringer hob abwehrend die Hände. »Es ist nicht an mir, euch das zu sagen, denn mit mir hat es nichts zu tun. Ihr müsst ihn schon selbst fragen.«

»Vinzenz, es ist wichtig!« Pippa sah ihn bittend an.

Beringer wand sich einen Moment, dann gab er sich einen Ruck. »Also gut: Jan wollte einfach nicht in den Wettbewerb einbezogen sein, sondern Urlaub machen. Malen, spazieren gehen, ein wenig angeln, weiter nichts. Bei den Kiemenkerlen geht es ja immer nur um größer, länger, fetter. Das war ihm zu viel.«

Schmidt starrte ihn an und platzte schließlich heraus: »Das ist alles?«

»Ich war kurz davor, seinem Beispiel zu folgen.« Vinzenz grinste entwaffnend. »Ich wollte mich als alte Dame verkleiden, aber ich habe keine Perücke gefunden, die auf meinem kahlen Schädel halten wollte!«

Als Pippa und Wolfgang wieder aus dem Zelt kletterten und über den Platz gingen, konnten sie eine beeindruckende Vorführung sehen: Régine-Deux demonstrierte Bruno und weiteren Bewunderern aus den Reihen der Kiemenkerle, wie ein ordentlicher Schwung mit der Angel auszusehen hat.

Schmidt deutete zurück auf Beringers Zelt. »Ganz schön fadenscheinig.«

»Du glaubst ihm nicht?«

»Ich weiß nicht.« Er kratzte sich nachdenklich am Kopf. »Obwohl – wenn ich ehrlich bin: Ich habe auch schon daran gedacht, die Angel einfach mal nur zum Spaß ins Wasser zu halten.

Aber dann beißt einer an, und mich packt wieder der Ehrgeiz, mal einen richtig fetten Brocken an Land zu ziehen.«

»Du willst dich beweisen!«, rief Pippa. »Das hast du doch gar nicht nötig: Du bringst Mörder zur Strecke – reicht dir das nicht?«

Schmidt seufzte. »Du hast deine Übersetzungen und deinen Hemingway. Du kannst ganz darin abtauchen. Es füllt dich aus. Ich dagegen habe es immer mit Verbrechen zu tun. Ich brauche entsprechenden Ausgleich. Du verstehst das nicht.«

»Ich vielleicht nicht, aber Hemingway versteht dich. Er war schließlich Jäger, Boxer, Hochseefischer, Kriegsberichterstatter ...«

»Das hört sich spannend an, vielleicht sollte ich ihn doch mal lesen«, erwiderte Schmidt. »Kannst du mir was empfehlen?«

»Das nicht, aber ich möchte ihn zitieren«, gab Pippa trocken zurück. »Seine Meinung zu Anglern: *Das interessanteste Geschöpf der Zoologie ist der Fisch. Er wächst noch, während er längst verspeist ist.*« Sie knuffte ihn in die Seite. »*Wenigstens in den Augen des Anglers.*«

Wolfgang lachte. »Den Satz muss ich unbedingt mal gegenüber Achim oder anderen verbissenen Kiemenkerlen verwenden.«

In diesem Moment sah Pippa, dass Gerald Remmertshausen auf dem Damm eilig in Richtung Camp lief.

»Ich möchte kurz mit Gerald reden«, sagte sie und wollte Schmidt stehenlassen, aber der folgte ihr auf den Fersen. »Ich komme mit. Es ist an der Zeit, ihm mitzuteilen, dass Teschkes Tod kein Unfall war.«

»Nein, Wolfgang, lass uns damit noch warten«, bat Pippa, aber er war nicht mehr aufzuhalten.

Verdammt, dachte Pippa, ich muss allein mit Gerald reden. Wie stelle ich das bloß an?

Doch weder Wolfgang noch sie kamen bei Gerald zu Wort. Remmertshausen stürmte an ihnen vorbei und rief: »Kommt mit! Für heute Nachmittag gibt es Sturmwarnung! Schwarzer Autan! Es werden Windgeschwindigkeiten bis zu hundert Stundenkilometern erwartet. Das wird kein Spaß. Wir müssen alles sichern oder im Bus verstauen. Das Küchenzelt bauen wir ab, es bietet zu viel Angriffsfläche. Und wir müssen noch einmal alle Heringe überprüfen, wir wollen schließlich keine bösen Überraschungen erleben. Wir sollten alle zusammenrufen, wir brauchen jede Hand!«

Schmidt versuchte, etwas zu sagen, aber Gerald achtete kaum auf ihn, sondern marschierte in die Mitte des Lagers. Pippa und Wolfgang Schmidt folgten ihm. »Und wenn ich sage alle, dann meine ich diesmal wirklich *alle*«, kommandierte Gerald. »Das gilt auch für den verliebten Lothar und für Achim. Wo sind die beiden überhaupt?«

»Lothar wird bei Sissi sein«, sagte Schmidt, »und Achim habe ich schon den ganzen Morgen nicht gesehen. Zum Mittagessen wird er todsicher auftauchen. Das tut er immer. Ich alarmiere die anderen.«

Er ging los, um die anderen Kiemenkerle zu warnen, und Pippa fand endlich Gelegenheit, mit Gerald zu sprechen.

Sie zog sein beschädigtes Smartphone aus dem Rucksack und übergab es ihm. »Es tut mir wirklich leid. Vielleicht ist es doch noch zu retten?«

Gerald nahm das Telefon entgegen und steckte es achtlos in die Hosentasche. »Schon in Ordnung. Es wäre nur schön gewesen, wenn ich schon am Donnerstag Bescheid gewusst hätte. Das hätte mir einen Tag Suche erspart.«

Er hat erst Freitag erfahren, dass ich sein Handy habe?, dachte Pippa verwundert.

»Und dann renne ich auch noch den verdammten Berg hinauf, um es abzuholen – und Sie sind nicht mal da.« Er schnaubte empört.

»Aber ... Tatjana wusste doch gar nicht, dass ich im Paradies bin.«

»Wieso Tatti? Was hat Tatti damit zu tun?« Er sah sie irritiert an. »Ich habe wie verrückt mein Handy gesucht, und Wolfgang hat mir am Freitagabend angeboten, seins zu benutzen. Bei der Gelegenheit hat er mir von Ihrem Malheur mit meinem Smartphone erzählt.«

»Sie haben es nicht von Tatjana erfahren? Und was ist mit der Nachricht?« Pippa wusste nicht mehr, was sie sagen sollte, und brach ab.

Remmertshausen zog drohend die Brauen zusammen. »Nachricht? Welche Nachricht?«

Pippa wurde heiß, als sie wiederholte, was sie auf dem Display gelesen hatte: *Ergebnis wie erwartet. Wiederherstellung chancenlos. Clinique privée Hôpital Saint-Georges, Toulouse.*

Remmertshausen erbleichte. »Tatti kennt diese Nachricht?«

Pippa nickte zögernd.

»Verdammt, verdammt, verdammt«, zischte er mit zusammengebissenen Zähnen, »das hätte ich ihr gerne erspart.«

Pippa wähnte sich schon in Sicherheit, als er sie unvermittelt anbrüllte: »Müssen Sie sich eigentlich in alles einmischen? Können Sie Ihre Nase nicht aus Dingen heraushalten, die Sie nichts angehen?«

Er schnaubte buchstäblich vor Wut, aber Pippa reichte es. »Sie haben wirklich keinen Grund, sich aufs hohe Ross zu setzen!«, schrie sie zurück. »Nicht nach all dem, was Sie Tatjana angetan haben!«

Gerald erstarrte, dann sah er sich vorsichtig um, ob jemand ihren Ausbruch gehört haben könnte. Er packte Pippa am Arm und zog sie vom Zeltplatz zum Rand des Camps. Obwohl sie außer Hörweite der anderen waren, sprach er gepresst und leise, mühsam um Beherrschung ringend. »Was soll das heißen? Welche Lügen hat sie Ihnen aufgetischt?«

Pippa fuhr zurück. Auf die Idee, dass Tatjana gelogen haben könnte, war sie bisher nicht gekommen. Sie fasste kurz zusammen, was sie von ihr erfahren hatte.

Gerald sah aus, als wäre schlagartig sämtliche Energie aus ihm gewichen. Er stöhnte und ließ die Schultern hängen. »Sie haben keine Ahnung, was Sie da angerichtet haben. Und ich hatte gehofft, es wäre endlich vorbei.«

Pippa sah ihn erschrocken an. »Vorbei? Was meinen Sie? Was soll vorbei sein?«

Gerald senkte die Stimme, so dass sie kaum noch hörbar war. »Tatjana ist krank. Psychisch krank.«

»Den Eindruck machte sie mir aber gar nicht«, sagte Pippa misstrauisch.

Remmertshausen blickte sich wieder um und führte sie auf den Damm. Sie gingen einige Schritte, dann sagte er: »Ja, Außenstehende merken es häufig nicht. Leider. Oder: Gott sei Dank. Ganz wie Sie wollen.« Er wischte sich fahrig den Schweiß von der Stirn. »Ich leide schon seit Jahren darunter – und es wird immer schlimmer. Erst waren es nur kleine Ungereimtheiten, aber irgendwann merkte ich, dass aus ihren vielen kleinen Lügen immer größere wurden – und dass sie ihre Geschichten selbst glaubte.«

»Es geht hier überhaupt nicht um Tatjanas Kinderwunsch?«

Gerald schüttelte den Kopf. »Leider nein. Tatjana ist Pseudologin. Und diese Krankheit ist nicht so selten, wie man meinen möchte.«

»Ich verstehe nicht, wovon Sie reden.«

Gerald lehnte sich müde an die Brüstung des Dammes und blickte über das Wasser. Dann sagte er: »Pseudologie ist das krankhafte Verlangen eines Menschen, zu lügen, zu übertreiben und sich seine Welt ständig nach seinen Wünschen umzugestalten. Motivation ist häufig das Bedürfnis nach Wichtigkeit, nach Geltung und Anerkennung – und nach Liebe.« Er machte eine Pause und erklärte weiter: »Eine besondere Form der Krankheit ist es, wenn der Patient körperliche Beschwerden erfindet und durch Lügen untermauert, um die Aufmerksamkeit der Ärzte zu erreichen. Tatjana hat das perfektioniert. Sie hat einen Arzt geheiratet.«

Pippa schwieg betroffen, dann murmelte sie: »Ich weiß nicht, was ich sagen soll.«

Remmertshausen schüttelte den Kopf. »Nichts. Aber mir wäre lieb, wenn niemand davon erfahren würde.«

Pippa legte ihm die Hand auf den Arm, um ihm zu zeigen, dass er nichts weiter erklären musste. Sie sah sich vorsichtig nach Régine-Deux und Bruno um, aber von den beiden war nichts zu sehen.

Gut so, dann haben sie wenigstens nichts mitgekriegt. Die Gegenüberstellung darf gerne warten, ich muss erst verdauen, was ich gerade gehört habe.

Pippa nickte Gerald zu und wandte sich ab, um über den Damm zu gehen. Als sie sich noch einmal umdrehte, stand Gerald Remmertshausen noch immer an der Brüstung und sah ihr nach.

Kapitel 27

Langsam spazierte Pippa über den Damm davon.
Deshalb war Gerald nie eifersüchtig, dachte sie, er wusste, dass ihr Verhalten der Krankheit geschuldet war und sie nur Aufmerksamkeit erregen wollte – obwohl er doch eigentlich nie ganz sicher sein konnte, ob sie nicht doch ... Ob Tatjana sich all dessen bewusst ist? Wohl nicht. Letzte Nacht hat sie mich absolut überzeugt. Wie weiß man, wann sie die Wahrheit sagt?

Pippa blieb einen Moment stehen. Und wenn Gerald mit dieser Erklärung nur von seiner eigenen Unzulänglichkeit ablenken will?

»Pippa, schläfst du im Gehen?«

Sie schreckte aus ihren Gedanken auf. Sissi und Lothar standen direkt vor ihr.

»Du hättest uns beinahe über den Haufen gerannt«, sagte Sissi und sah sie forschend an.

»Entschuldigt – ich habe geträumt.«

»Kommst du aus dem Camp?«, fragte Sissi. »Wir sind gerade auf dem Weg dorthin, um die Jungs vor dem Sturm zu warnen. Ferdinand sagt, sie sollen zusammenpacken und alle ins Vent Fou kommen. Er stellt den Veranstaltungssaal als Notunterkunft zur Verfügung.«

»Wird es so schlimm?«

Lothar zuckte mit den Achseln. »Ich glaube, Ferdinand will einfach sichergehen.«

»Ist doch lustig!«, plapperte Sissi aufgeregt. »Wie früher bei

Klassenfahrten in der Jugendherberge. Wir sitzen alle zusammen und quatschen die ganze Nacht.«

Lothar warf ihr einen entsetzten Blick zu. »Aber wir beide doch nicht, wozu hast du ein Zimmer im Vent Fou? Du hast keine Ahnung, wie laut Hotte und Rudi schnarchen!«

Sissi winkte lachend ab und zog Lothar weiter.

»Soll ich euch helfen?«, rief Pippa ihnen hinterher. »Jemand muss doch Teschkes Sachen packen!«

»Nicht nötig«, antwortete Lothar, »das haben Rudi und ich bereits erledigt.« Er blieb stehen und fügte hinzu: »Und stell dir vor: Wir haben jede Menge Geld gefunden.«

Pippa ging neugierig die paar Schritte zurück zu den Edelmuths. »Geld? Bei Teschke? Ich dachte, er besäße keinen Cent.«

»Da haben wir uns wohl getäuscht«, sagte Lothar. »Es sind dreitausend Euro, mehr als er dem Verein schuldet. Wir werden davon die Kühlwagentür reparieren lassen. Und dann verkaufen wir das Mistding – von uns will da keiner mehr rein.«

»Verständlich. Und das viele Geld lag einfach so in seinem Zelt? Das ist ja unglaublich.«

Lothar winkte ab. »Nein, natürlich nicht. Wir mussten seinen Kram ja überall zusammensuchen. Hier eine Angel, da eine Reuse, lauter verdammt teures Zeug. Im Zelt fanden wir eine Fernbedienung, und Rudi wusste, wozu die gehörte: zu einem Futterboot.«

»Futterboot? Was ist das denn?«

»Typisch Franz – teuer und sinnlos. So ein Ding kostet mehr als sechshundert Euro. Du füllst es mit Futter und manövrierst es per Fernbedienung auf den See hinaus. Totaler Quatsch. Wir mussten also das Futterboot finden und ranholen. Es war dahinten.« Er zeigte hinüber zu den Sümpfen am Wald. »Aber nicht mit Futter befüllt, sondern mit Geld. Wasserdicht verpackt.«

»Und das lag einfach so am Ufer?«

»Nee, er hatte es mit Angelschnur an einer Baumwurzel befestigt. Wir hätten es wahrscheinlich nie entdeckt, wenn dort nicht auch eine seiner Ruten ausgelegen hätte.«

»Sieht ganz so aus, als hätte euer großer Angelheld sich schon öfter auf eure Kosten bereichert«, bemerkte Sissi bissig, »und nicht erst, als es um die Reparatur des Kühlwagens ging.«

»Kein schöner Gedanke«, sagte Lothar zerknirscht, »aber für mich persönlich ist das Geld trotzdem eine Erleichterung.«

»Wieso das?«, fragte Pippa erstaunt.

Lothar seufzte. »Rudi soll zwar auch ein paar Sachen bekommen, aber ich bin Teschkes Nachlassverwalter und Erbe. Und ich dachte, ich muss das ganze Zeug erst mühselig verkaufen, um einen Berg Schulden zu tilgen.«

»Nicht mal im Tod lässt uns dieser Mann von der Angel.« Sissi verdrehte die Augen. »Und Lothar glaubt immer noch, er muss ihm dankbar sein, weil er ihn zu den Kiemenkerlen gebracht hat.«

Pippa lachte auf. »Was gibt es denn da dankbar zu sein? Die Kiemenkerle sind doch keine Freimaurerloge. Lothar hätte jederzeit Mitglied werden können.«

»Wie oft habe ich das schon gesagt«, stöhnte Sissi und wandte sich ihrem Mann zu. »Und dann wären wir nicht immer diesen Sticheleien ausgesetzt. Angeln ist Volkssport. Du darfst angeln *und* verheiratet sein. Und ich darf das auch. Passen wir nicht ganz toll zusammen?«

»Du verstehst das nicht!«, brummte Lothar und ging missmutig davon.

»So geht das nun schon, seit wir hier sind«, sagte Sissi und korrigierte sich dann. »Nein, erst seit ich es wage, selbst die Rute ins Wasser zu halten, und die anderen ihn deshalb aufziehen.« Sie kicherte. »Weil ich besser bin als er.«

Pippa dachte an Schmidts Bemerkung über die dünnen Wände im Vent Fou. »Ich dachte, ihr versteht euch ganz gut.«

»Keine Spur. Und so was nennt sich Hochzeitsreise.« Sissi sah ihrem Gatten traurig hinterher. »Wir haben gerade mal eine Nacht nicht gezankt, die allererste. Seither streiten wir uns über jede Kleinigkeit.«

»Heißt das, ihr wart in der Nacht von Teschkes Tod nicht zusammen?«

»O doch – aber an das, was wir uns da an den Kopf geworfen haben, mag ich gar nicht mehr denken. Es war schrecklich.«

Pippa enthielt sich eines Kommentars, aber in ihrem Kopf arbeitete es heftig. Wieso hatte Tatjana Wolfgang gegenüber das Gegenteil behauptet? Den Unterschied zwischen Liebesgeflüster und Beleidigungen sollte man doch erkennen können. Wer log hier? Und wer gewann – oder verlor – dabei sein Alibi?

Sie zwang sich, Sissi weiter zuzuhören, die gerade sagte: »Sein Mentor ist tot, und Lothar hat ein schlechtes Gewissen, weil er sich in den letzten Wochen nicht genug um den alten Mann gekümmert hat.«

»Verständlich, aber völlig unnötig.«

»Genau. Und ich lebe noch.« Sissi sah triumphierend in Richtung Camp. »Ich werde noch heute dafür sorgen, dass ihm das endlich klarwird.«

»Dann verabschiede ich mich schon mal für den Rest des Tages von euch beiden.« Pippa wandte sich zum Gehen. »Macht es euch gemütlich und denkt mal nicht an den Rest der Welt. Viel Glück.«

Noch nachdenklicher als zuvor setzte Pippa ihren Weg fort. Erst Geralds Enthüllung über Tatjanas Krankheit, der unerwartete Geldfund und nun auch noch die Erkenntnis, dass Sissis Aussage nicht mit der von Tatjana übereinstimmte.

Pippa entschied spontan, zuerst Tibor zu besuchen. Danach

würde sie im Bonace nach Abel sehen und mit Cateline reden. Ihr Rucksack war ein Leichtgewicht, und sie brauchte nicht erst im Vent Fou vorbeizugehen, um ihn loszuwerden.

Ehe sie die Rue Cassoulet erreichte, begegnete ihr Régine-Une, die sich mit einer bis zum Rand gefüllten Einkaufstasche abschleppte.

»Hallo, Pippa!« Régine-Une sah auf ihre Armbanduhr. »Du bist früh dran – oder willst du beim Kochen helfen?«

Auf Pippas verständnislosen Blick hin fügte sie hinzu: »Hat Lisette dir nicht Bescheid gesagt?«

»Ich war seit Tagen nicht im Vent Fou«, erklärte Pippa, »was sollte Lisette mir sagen?«

Régine-Une stellte die schwere Tasche ab. »Der Autan kommt – und da hat die Gendarmerie Hochsaison. In der Wache gehen alle Hilferufe ein, und die freiwilligen Helfer werden von dort aus koordiniert. Deshalb fällt unsere Verabredung heute Abend aus.«

»Verstehe, aber schade ist es trotzdem«, sagte Pippa enttäuscht. »Ich möchte so gern wissen, was in der Polizeiakte steht.«

»Das wirst du. Oder glaubst du, Gendarm Dupont ließe sich eine Chance entgehen, sich endlich mit mir zu treffen? Da würde er lauter heulen als der Sturm!«

Sie nahm die Einkaufstasche wieder auf und ging zusammen mit Pippa Richtung Bonace und Polizeiwache.

»Sei in etwa einer Stunde in der Dienstwohnung der Gendarmerie. Und stell dich auf Ratatouille mit viel Knoblauch ein. In riesigen Mengen, damit die Polizei die Nacht durchsteht, falls es Einsätze gibt.«

»Allmählich macht ihr mir Angst. Ferdinand richtet im Vent Fou eine Notunterkunft für die Camper ein, die Polizei ist in höchster Alarmbereitschaft. Wird der Sturm wirklich so heftig?«

Régine-Une schüttelte den Kopf. »Weniger der Wind als die

Menschen. Die spielen bei diesem Wetter verrückt, da muss man auf alles gefasst sein. Oder was meinst du, woher das Vent Fou seinen Namen hat?«

»Vielleicht sollte ich doch besser zusehen, dass ich nach Hause komme, und wir treffen uns ein anderes Mal?«

Wieder blickte Régine-Une auf ihre Armbanduhr. »Keine Sorge – für ein paar Stunden ist hier noch alles ruhig.«

Sie hatten das Bonace erreicht und blieben auf der gegenüberliegenden Straßenseite stehen.

Pippa wollte sich gerade verabschieden, als Leo aus der Tür der Auberge trat und über die Straße rief: »Pippa! Mein Gott, bin ich erleichtert, dich zu sehen. Ich wollte gerade mit dem Auto los und dich vom Berg holen. Bei diesem Wetter sollte man wirklich nicht durch den Wald laufen.«

Während er auf sie zukam, zwinkerte Régine-Une Pippa anerkennend zu und flüsterte: »Ich sehe dich dann später – nachdem er dich *gerettet* hat.«

Pippa wollte erst protestieren, erinnerte sich dann aber, dass sie ohnehin noch Fragen an Leo hatte.

Pippa zog ihren überraschten Noch-Gatten zur Tür der Brasserie. Der Wirt war gerade dabei, die Fensterfront mit stabilen Holzplatten zu verbarrikadieren.

»Erwarten Sie eine Demonstrationen von gewaltbereiten Steinewerfern?«, fragte Leo.

Der Wirt nickte grimmig. »Allerdings, und zwar eine von ungewöhnlicher Stärke. Der Wind kommt uns nachher besuchen, aber er wirft nicht mit Steinen, sondern mit Ästen. Und ich brauche keine Totholzhecke vor meinem Tresen.«

»Bekommen wir trotzdem einen Kaffee bei Ihnen?«, fragte Pippa freundlich.

Der Wirt antwortete mit einer Geste, die Pippa mittlerweile

schon erwartete: Er sah auf die Armbanduhr. »In Ordnung«, sagte er schließlich, »aber ab jetzt mit Gefahrenzulage. Ich schließe um Punkt 13 Uhr, Sie haben eine knappe halbe Stunde.«

»Kommen Leute hier jemals ein zweites Mal her?«, raunte Leo Pippa ins Ohr.

Sie kicherte. »Ich weiß nicht, was du meinst. Er hat uns vor dem Sturm gewarnt und genau gesagt, wie viel Zeit wir noch haben, uns in Sicherheit zu bringen. Das ist doch sehr nett von ihm.«

»Das nennst du doch nicht etwa freundlich«, murrte Leo.

»Das nenn ich okzitanisch – kann mühelos mit dem Umgangston der Transvaalstraße mithalten. Ich fühle mich hier wie zu Hause.«

Sie stellte ihren Rucksack ab und setzte sich mit Leo an einen Tisch. Bei der Tochter des Wirts orderten sie zwei Milchkaffee, die ihnen in Rekordgeschwindigkeit serviert wurden.

»Ich vermute, es hat wenig Sinn, noch einen Versuch zu wagen?«, fragte Leo und sah Pippa hoffnungsvoll an.

Genießerisch trank Pippa ihren Kaffee. »Immer – nur nicht mehr bei mir, Leo. Ich hatte schon immer den Verdacht, dass wir besser Freunde geworden wären statt ein Ehepaar.«

Leo kommentierte ihre Bemerkung nicht, sondern starrte griesgrämig in seinen Kaffee. »Das soll Kaffee sein? Leider schiefgegangen.« Er stellte die Tasse so heftig auf den Tisch, dass die Flüssigkeit über den Rand schwappte.

Pippa grinste. Dann sagte sie: »Aber ich gebe zu, dass du mich in letzter Zeit beeindruckt hast. Die Einladung nach Toulouse war gut eingefädelt. Hoffentlich hast du nicht zu lange auf mich gewartet.«

Leo sah sie verständnislos an. »Entschuldige, wovon redest du?«

Jetzt war Pippa irritiert. »Das okzitanische Café Florian?

Das venezianische Zimmer im Museum? Die Rue Leon Gambetta?«

»Wenn es mir irgendwie nützt, habe ich selbstverständlich damit zu tun.« Er grinste sie entwaffnend an. »Ich fürchte nur, du würdest schnell merken, dass ich mich mit fremden Federn schmücke.«

Pippa berichtete ihm von der Einladung nach Toulouse, dem Zettel unter dem Samt und ihren Bemühungen, ihm zu entkommen.

»Ich wünschte, ich wäre der anonyme Absender gewesen«, sagte Leo beinahe wehmütig. »Aber ich habe nur Tatjana einen Gefallen getan und sie in die Stadt gefahren. Bis ich sie wieder abholen konnte, bin ich durch die Geschäfte gebummelt. Ich muss zugeben – Toulouse ist eine schöne Stadt. Für französische Verhältnisse jedenfalls.«

Pippa lachte. »Okzitanische Verhältnisse – und die reichen im Osten bis ins italienische Piemont. Es besteht also kein Grund zur Angst vor Konkurrenz.« Sie wurde wieder ernst. »Aber umso mehr interessiert mich jetzt, wer sich dann die Mühe gemacht hat, mich für einen Tag nach Toulouse zu locken – oder aus Chantilly weg.«

»Du hast genug Verehrer, die dafür infrage kommen.«

Pippa trank ihren Kaffee aus und sagte: »Schönes Stichwort, Leo. Verehrer. Du hast doch in den letzten Tagen ziemlich viel Zeit mit Tatjana verbracht.«

Leo räusperte sich unbehaglich. »Wirklich, Pippa, es ist nichts passiert. Es war nicht, was du denkst. Rein freundschaftlich.«

»Armer Leo, so viel Mühe und keine Belohnung?« Pippa legte amüsiert ihre Hand auf seinen Arm. »Tja, mein Lieber – Tatjana ist eben aus anderem Holz geschnitzt als deine Studentinnen.«

Er warf ihr einen schnellen Blick zu. »Hatten wir uns nicht gerade auf *gute Freunde* geeinigt?«

»Ganz genau. Und deshalb hoffe ich auch auf deine freundschaftliche Mithilfe. Ist dir an Tatjana irgendetwas aufgefallen?«

»Die gesamte Frau ist eine auffallende Erscheinung.«

»Da gebe ich dir recht«, sagte Pippa. »Aber ich denke da an anderes: Verhalten, Vorlieben, Angewohnheiten – irgendetwas.«

Leo nickte nachdenklich. »Allerdings. Sie hat immer sofort das Weite gesucht, wenn ein bestimmter Angler auftauchte: Armin oder Achim oder so.«

»Diesen Fluchtreflex entwickelt jede Frau. Sonst nichts?«

Leo überlegte einen Moment. »Wenn ich es recht bedenke: Ihrem Mann gegenüber hat sie sich ebenso verhalten.«

»Du meinst, sie ist ihm aus dem Weg gegangen?«, hakte Pippa interessiert nach.

»Sie wollte lieber mit mir Ausflüge machen, als die Zeit mit ihm zu verbringen. Ein bisschen wie bei mir und dir.« Er warf Pippa einen Blick zu, aber die reagierte nicht auf die Anspielung. »Wir sind durch die gesamten Montagne Noire gefahren. Wirklich, ein schönes Fleckchen Erde – und das ausgerechnet in Frankreich.«

»Sonst nichts Erwähnenswertes?«

»Nichts.«

Pippa bemerkte, dass der Wirt mit verschränkten Armen an der Tür stand und sie auffordernd ansah.

»Ich glaube, es wird Zeit zu gehen«, sagte sie, legte Geld auf den Tisch und stand auf. »Komm, ich begleite dich zum Bonace.«

Im Eingangsbereich des Bonace verabschiedete Leo sich von Pippa mit einer freundschaftlichen Umarmung.

»Ich werde jetzt gleich losfahren, Pippa. Meinen persönlichen Sturm habe ich ja hinter mir.« Er sah sie traurig an. »Du weißt, totale Flaute ist nicht so mein Ding.«

Pippa nickte und spürte wider Erwarten einen Kloß im Hals, als Leo ohne ein weiteres Wort ging.

Dann sah sie sich neugierig um, da sie die Auberge bisher nur von außen kannte. Einem kleinen Empfangstresen aus hellem Holz gegenüber befand sich eine geschmackvolle Sitzgruppe, und an den hellgrau getünchten Wänden hingen Drucke von alten Aquarellen, bei denen ein Thema dominierte: Fische.

Klein, aber fein, dachte Pippa anerkennend, als ein Fußball die Treppe heruntergehopst kam und neben ihr an die Wand prallte. Lautes Getrappel von Schritten im Obergeschoss folgte.

... und quicklebendig, führte Pippa ihren Gedanken amüsiert weiter, im Prospekt steht vermutlich *Ein lebhaftes und kinderfreundliches Haus, Familienanschluss inklusive.*

Sie betätigte die Klingel am Empfang.

Prompt trat Cateline aus einer Tür hinter dem Tresen, während gleichzeitig ihre Söhne die Treppe ins Erdgeschoss heruntergepoltert kamen. Bei Pippas Anblick blieben sie wie angewurzelt stehen. Die Jungs schauten synchron erst zu ihrer Mutter und danach zu Pippa, dann schlichen sie sich Schritt für Schritt Richtung Eingangstür.

Cateline kam blitzschnell hinter dem Tresen hervor und packte sich den erstbesten am Schlafittchen. Solidarisch blieben seine Brüder stehen, während Cedric am ausgestreckten Arm seiner Mutter zappelte.

»Guten Tag, Pippa. Schön, dass du mal vorbeischaust. Die jungen Herren hier haben dir etwas zu sagen.«

»Nö, eigentlich nicht«, platzte Cedric heraus und wurde dafür von seiner Mutter geschüttelt wie ein Hundewelpe.

Sein großer Bruder Eric guckte angelegentlich an die Decke, als er murmelte: »Wir wollten Sie mit dem Zeugs nicht erschrecken.«

»Jungs …«, sagte Cateline drohend.

»Es tut uns wirklich total leid«, fügte Marc kleinlaut hinzu.

Pippa bemühte sich um eine ernste Miene. »Ich nehme an, wir reden von der Voodoowand. Wirklich, sehr eindrucksvoll.«

»Ja, nicht wahr?«, rief Franck. »Sogar wir haben uns gegruselt. Deshalb haben wir uns auch nicht getraut, noch mal hinzugehen und alles wieder abzubauen.«

»Wir haben das in einem Voodoo-Film gesehen«, erklärte Marc eifrig, »da hat das super funktioniert.«

Cedric befreite sich aus dem Griff seiner Mutter. »Bei uns leider nicht.«

»Pascal ist nicht wieder weggegangen«, murrte Marc, »der ist immer noch hier.«

»… und nervt total«, flüsterte Cedric.

»Wie eine richtige Entschuldigung hört sich das für mich nicht an, meine Lieben«, sagte Cateline, »dazu gehört nämlich Reue.«

»Also, ich hab ganz viel Reue, ehrlich!«, rief Cedric. »Aber ich gehe bestimmt nicht noch mal in den stinkigen Rattengang.« Seine Brüder nickten vehement.

Auf ein Nicken Catelines hin flitzten sie allesamt erleichtert zur Tür hinaus.

»Gerade noch rechtzeitig«, sagte Pippa, »noch eine Sekunde, und ich hätte gelacht.«

»Schlimmer als ein Sack Flöhe.« Cateline schüttelte lächelnd den Kopf. »Du willst sicher zu Abel. Es geht ihm schon besser, aber der Arzt will ihn auf keinen Fall mit den Kiemenkerlen nach Hause fahren lassen.«

Pippa spürte eine ganz unangemessene Freude über diese Ankündigung. Wunderbar, dachte sie, während sie Cateline in den ersten Stock folgte. Dann sind nicht alle auf einmal weg. Es wäre für mich sonst sehr plötzlich sehr ruhig am See.

»Komm, ich bringe dich zu ihm«, sagte Cateline und ging vor Pippa in den ersten Stock. Oben im Flur hielt Pippa Cateline auf.

»Warte kurz«, bat sie. »Ich habe den Bericht gelesen. Du wusstest also, wer Pascal ist. Du bist gar nicht wütend auf ihn, weil er sich bei Lisette und Ferdinand eingenistet hat.«

»Stimmt. Ich bin sauer, weil er Jeans Vertrauen missbraucht hat.«

»Du denkst, die beiden haben sich im Gefängnis gegenseitig ihr Leben erzählt ...«

»... und Pascal hat es ausgenutzt, dass Jean nie wieder herkommen würde. Jean wollte ja keinen Kontakt, ich durfte ihm nicht einmal schreiben. Für ihn ist dieser Teil seines Lebens ein für alle Mal abgeschlossen. Und das weiß Pascal genau.«

»Er kann diese Lücke gefahrlos ausfüllen«, sagte Pippa nachdenklich.

»Er hat Jeans Vertrauen missbraucht«, wiederholte Cateline, »und jetzt genießt er die Früchte seines Verrats.«

»Vor drei Jahren brach der Bericht ab. Du hast seither nichts von Jean gehört?«, bohrte Pippa weiter.

»Nichts.« Cateline blickte sich um und zog Pippa in ein leeres Gästezimmer. Sie machte die Tür zu, bevor sie flüsterte: »Bis letzten Dienstag.«

»Was?«

»Ich war in Revel einkaufen. Und als ich zu Hause meine Tasche auspackte, lag ein Brief darin. Anonym.«

Diese Form der Kommunikation scheint hier sehr beliebt zu sein, dachte Pippa.

Cateline sah sie lange an, und Pippa rollte mit den Augen. Sie sagte: »Bitte, keine Spannungspausen. Ich bin schon aufgeregt genug.«

»Also gut. Jemand schrieb, dass er Nachricht von Jean für mich hätte. Und dass er sich mit mir treffen wolle, um sie mir zu geben. Ich solle allein kommen. Donnerstag. Um Mitternacht. Zur Treppe, die vom Parkplatz auf den Damm führt.«

»Hast du Thierry davon erzählt?«

»Natürlich nicht! Er hätte mich niemals gehen lassen!«

Pippa schüttelte den Kopf. »Merkt er denn nicht, wenn du dich mitten in der Nacht aus dem Haus schleichst?«

»Donnerstags geht Thierry immer zum Nachtangeln, zusammen mit unserem ältesten Sohn. Und niemals an den Lac Chantilly. Es gibt ja genug andere Möglichkeiten in der Umgebung.«

Das muss der Verfasser der Nachricht gewusst haben, sonst hätte er einen anderen Tag vorgeschlagen, überlegte Pippa.

»Ich war schon weit vor Mitternacht dort. Ich bin mit dem Auto gefahren und habe auf dem Parkplatz gewartet.«

»Du dachtest, der große Unbekannte hat diese Stelle gewählt, weil er mit dem Auto kommt.«

»Genau.« Cateline nickte. »Und ich wollte mir einen Vorteil verschaffen, indem ich mich frühzeitig auf die Lauer lege. Dann hätte ich ihn kommen sehen. Und ich wollte sicher sein, nicht in eine Falle zu tappen.«

»Aber ist der Parkplatz um diese Zeit nicht leer? Wäre dein Auto nicht aufgefallen?«

Über Catelines Gesicht huschte ein Lächeln. »Ganz im Gegenteil: Unser Waldparkplatz ist bei Liebespärchen sehr beliebt. Nachts herrscht dort Rushhour. Ich konnte ganz sicher sein, dass mein Auto nicht auffiel. Außerdem stand ich im Schatten des Kiemenkerl-Busses. Aber ich habe vergeblich gewartet.«

»Es ist niemand gekommen«, sagte Pippa enttäuscht.

»Niemand. Ich habe mich dann aus der Deckung gewagt und bin die Treppe hoch auf den Damm. Am Ufer standen zwei Angler, und im Lager brannte noch in ein, zwei Zelten Licht. Von meinem Unbekannten keine Spur. Und in diesem Moment …«

»... hast du deinen Cedric gesehen, wie er Steine an mein Fenster warf«, vervollständigte Pippa.

»Ich wollte aber nicht, dass ihr zwei merkt, woher ich komme, also bin ich mit dem Auto ganz schnell wieder nach Hause und euch zu Fuß entgegengekommen.«

»Deshalb warst du so schnell und komplett angezogen bei uns. Hab ich mir's doch gedacht. Und seitdem hat sich der ominöse Briefschreiber nicht wieder bei dir gemeldet?«

»Kein Wort. Es ist zum Verrücktwerden.«

»Hast du den Brief noch?«

Pippas Aufregung stieg, als Cateline nickte und einen zerknitterten Zettel aus dem Ausschnitt zog. »Ich habe ihn immer bei mir.«

Pippa nahm den Brief entgegen, faltete ihn auseinander und strich ihn glatt. Ihr stockte der Atem, als sie Franz Teschkes Handschrift erkannte. Sie täuschte sich bestimmt nicht – sie kannte seine krakeligen Buchstaben von den kursierenden Wettscheinen.

»Meinst du, es war nur ein schlechter Scherz?«, fragte Cateline zaghaft.

»Nein, das glaube ich nicht«, sagte Pippa langsam. »Ich fürchte nur, der Verfasser dieser Nachricht hält keine Verabredungen mehr ein.«

Kapitel 28

Ein vorsichtiger Blick in Abels Zimmer hatte gezeigt, dass dieser tief und fest schlief, und Pippa hatte es vorgezogen, ihn nicht zu wecken. Jetzt stand sie mit Cateline vor dem Bonace.

»Bestell Abel bitte Grüße von mir. Ich versuche es später noch mal«, sagte Pippa.

Cateline blickte zweifelnd zum aschfahlen Himmel. »Später solltest du lieber zusehen, dass du nach Hause kommst. Hier draußen wird es bald sehr ungemütlich. Wenn dich ein herumfliegender Ast trifft, haben wir zwei Kranke.«

»Vielleicht schaffe ich es ja noch, bevor das Chaos ausbricht.«

Pippa winkte zum Abschied und ging ein Haus weiter zur Gendarmerie. Wie Régine-Une beschrieben hatte, führte an der rechten Hausseite eine Außentreppe in den ersten Stock zu Duponts Dienstwohnung. Als Pippa hinaufstieg, sah sie durch ein Fenster, dass unten in der Gendarmerie jemand umherlief und telefonierte.

Hauptsache, es ist nicht Dupont, der Sonntagsdienst macht, dachte Pippa, mein Magen knurrt und verlangt nach Nahrung.

Sie hatte kaum geklingelt, als die Tür von Régine-Une geöffnet wurde, die eine karierte Schürze umgebunden und ein Geschirrtuch zur Kopfbedeckung umfunktioniert hatte. Intensiver Knoblauchduft wehte aus der Wohnung.

»Oh, riecht das gut«, sagte Pippa.

»Und schmeckt auch so. Hast du Hunger?«

»Ich könnte für zwei futtern!«

»Da bist du nicht die Einzige.« Régine-Une grinste. »Wir werden auch bald essen.«

Pippa folgte ihr bis in die Wohnküche. Gendarm Dupont stand in Hemdsärmeln an einem altertümlichen Gasherd und rührte mit einem riesigen Holzlöffel in einem Topf, in dem es lautstark brodelte. Bei ihrem Eintreten drehte er sich zu ihnen um.

»Darf ich vorstellen«, sagte Régine-Une, »Pierre Dupont – Pippa Bolle.«

Pippa lächelte. »Wir hatten bereits das Vergnügen. Vielen Dank für die Einladung.«

Sie streckte ihm die Hand hin, die der kauzige Dupont allerdings geflissentlich ignorierte.

»Einladung? Nicht von mir«, brummte er und wandte sich wieder dem Topf zu.

»Wie es aussieht, ist heute Nackenbeißer-Tag«, flüsterte Pippa.

Régine-Une lachte leise. »Unterabteilung berühmter Sternekoch trifft arme Spülhilfe, um genau zu sein.« Sie deutete auf den Arbeitstresen, der den Raum zum Esszimmer teilte. Dort lag aufgeschlagen ein dicker Liebesroman. »Pierre kocht ausschließlich nach Rezepten aus seiner Lieblingsreihe. Und zwar hervorragend.«

Dupont war offenbar für Komplimente dieser Art empfänglich. »Die funktionieren immer. Und die Geschichten erst! Kann ich nur empfehlen, wenn Sie mal ein gutes Buch lesen wollen. Die Reihe heißt *Grand Hotel,* und dieser Roman *Tränen am Spülstein.* Also, die Küchenhilfe ist ein Mädchen aus den Vorstädten von Paris. Sie ist wahnsinnig talentiert, aber zu arm, um in eine der berühmten Kochschulen …«

Er gab großzügig Pfeffer ins Ratatouille und verstummte mitten im Satz, so als würde das Würzen seine gesamte Konzentration beanspruchen. Dann drehte er sich zu ihnen um, runzelte die Stirn und sagte in beachtlichem Deutsch: »Was steht ihr hier noch rum? Deckt den Tisch, das hier ist so gut wie fertig und muss gegessen werden, solange es heiß ist. Régine, du kümmerst dich um den Wein und das Wasser.«

Pippa sah überrascht von Régine zu Pierre Dupont. »Sie sprechen ja Deutsch!«

»Natürlich spreche ich Deutsch. Schließlich besuche ich seit sechs Jahren Lisettes Koch... Sprachkurse.« Er stellte sich stolz vor seine Suppe, und Pippa ahnte, dass das Rezept dieses Ratatouille nicht nur aus dem Liebesroman, sondern auch aus Pascals Feder stammte.

»Als ich mit Kommissar Schmidt bei Ihnen war, musste er französisch sprechen.«

Der Koch-Gendarm nickte mit dem erzieherischen Eifer eines Grundschullehrers. »Das sollte Sie lehren, niemals die *sieste* zu unterschätzen.« Dann sah er Régine gebieterisch an. »Was ist jetzt: Teller, Bestecke, Brot. Ich sehe nichts!«

Régine-Une bedeutete Pippa, sich an den Esstisch zu setzen, und sagte leise: »Lass mich das lieber allein machen. Je weniger Lärm wir verursachen, desto besser für uns – und den großen Meister.«

Ist der von sich eingenommen, dachte Pippa, das Maß seiner Verehrung für Régine-Une ist seit dem letzten Treffen aber drastisch gesunken.

»Ist der nur an seinen Cowboytagen in dich verliebt?«, flüsterte Pippa. »Bieten ihm die Nackenbeißer-Tage so viel Gefühl, dass er dann für die echte Liebe verloren ist?«

Régine-Une lachte leise. »Ich bin ganz zufrieden mit dieser Aufteilung. Und jetzt decke ich lieber den Tisch, bevor ich Ärger kriege.«

Pippa war entschlossen, sich vom griesgrämigen Dupont nicht

einschüchtern zu lassen, und sagte: »Spannen Sie mich nicht länger auf die Folter: Haben Sie die Akte einsehen können?«

Pierre Dupont fuhr herum. »Ja – und ich möchte an dieser Stelle noch einmal betonen, dass ich mit der Weitergabe der Informationen nicht einverstanden bin. Es ist nicht gut, wenn man aus alten Akten plaudert. Das ist meine Meinung.« Er starrte sie herausfordernd an. »Und dabei bleibe ich.«

»Ach ja?«, schoss Pippa zurück. »Es ist aber auch nicht gut, einfach einen Toten nach Deutschland abzuschieben – ganz gleich, wie seltsam die Begleitumstände seines Todes sind. Das ist *meine* Meinung.«

In Duponts Gesicht malte sich Überraschung. »Seltsam? Für mich waren die nicht seltsam. Den Unfall mit der Kühlwagentür habe ich ordnungsgemäß gemeldet und an die entsprechenden Stellen weitergeleitet. Der Gendarmerie von Chantilly sind keinerlei Vorwürfe zu machen.«

Wahrscheinlich hat er recht, dachte Pippa, in Deutschland wären die Untersuchungen auch auf Unfall hinausgelaufen. Immerhin wird nur ein Bruchteil aller Morde auch erkannt, sagt Freddy.

»Außerdem möchte ich darum bitten, die Fälle nicht zu vermischen«, fuhr Dupont in beleidigtem Ton fort. »Der Tod des deutschen Anglers hat nun wirklich nichts mit Jean Didier zu tun.«

Abrupt wandte er sich um, stellte den Herd ab und begann, das Ratatouille aus dem Topf in eine große Terrine zu schöpfen.

Pippa sah erstaunt, dass Régine-Une den Tisch für vier Personen deckte. »Wer kommt denn noch? Jean Didier?«, fragte sie scherzhaft.

Régine-Une schüttelte amüsiert den Kopf. »Nein – nur du, ich und die Polizei.«

Pierre kam mit der Terrine und stellte sie auf den Tisch. Als er sich gerade gesetzt hatte, ging die Tür auf und – Gendarm Dupont betrat die Wohnung. Pippa blieb der Mund offen stehen.

Der Polizist warf ein Westernheft auf den Tresen und rieb sich die Hände. »Ah – wie lecker das duftet! Ein Rezept aus dem Grand Hotel, hoffe ich.«

Pierre Dupont nickte und füllte die Teller. »Selbstverständlich, Paul. Setz dich, wir haben nur auf dich gewartet.«

Pippa gewann langsam ihre Fassung zurück. »Zwillinge!«

»Eineiig«, erklärte Régine-Une, als wäre das nicht ganz offensichtlich.

»Du gemeine ...« Pippa stieß sie an. »Warum hast du mir das nicht gesagt?!«

»Die beiden wollen nicht, dass Fremde davon erfahren«, sagte Régine-Une, was die Duponts mit einem Grinsen quittierten. »So können sie sich ihre Dienste nicht nur selber einteilen, sondern auch ihre Schichten nach Belieben untereinander tauschen.«

Paul Dupont sah Pippa an. »Wer es erfährt, gehört in Chantilly dazu und weiß, wie er uns auseinanderhalten kann.«

Pippa deutete auf die beiden Hefte auf dem Tresen. »Natürlich, am Lesestoff.«

Régine-Une lachte herzlich. »Daran auch. Darf ich offiziell vorstellen: Paul Dupont, verantwortlich dienstags, donnerstags und samstags. Pierre Dupont – unser Koch –, montags, mittwochs und freitags. Sonntags nach Bedarf, bei Autan sind beide im Dauerdienst.«

Die beiden Polizisten nickten – völlig synchron.

»Gibt es bei euch alles im Doppelpack?«, fragte Pippa kopfschüttelnd.

Paul Dupont warf Régine-Une einen sehnsüchtigen Blick zu. »Schön wär's.«

Pippa lobte Pierre Dupont in den höchsten Tönen für das Ratatouille und verdiente sich damit einen ordentlichen Nachschlag.

Obwohl von ihrem Kompliment sichtlich geschmeichelt, sagte er mürrisch: »Trotzdem ist es gar nicht gut, aus alten Akten irgendwelche Dinge auszuplaudern. Das bringt nur Arbeit. Ihr werdet sehen.«

»Eigentlich hoffe ich, dass es Arbeit vermeidet – und eine ganze Menge aufklärt«, erwiderte Pippa.

Pierre Dupont schüttelte den Kopf. »Solche Geschichten soll man ruhenlassen.«

Ich muss ihn bei seinen Vorlieben kriegen, dachte Pippa. »Aber in Liebesromanen ist das doch auch immer so: Ein winziges Detail wird gefunden, ein Missverständnis wird dadurch aufgeklärt – und die kleine Spülhilfe und der Sternekoch können endlich zusammen glücklich werden.«

»Sie kennen den Roman!« Pierre Dupont riss die Augen auf. »Und jetzt haben Sie mir das Ende verraten!«

Blitzschnell hob Pippa ihre Serviette zum Mund, um ihre Heiterkeit zu verbergen. Als sie sich wieder gefangen hatte, wandte sie sich an Paul Dupont, in der Hoffnung, dass er redseliger war. »War es schwierig, Akteneinsicht zu erlangen?«

»Nur, die Akte zu finden«, erwiderte er und widmete sich seelenruhig wieder seinem Essen.

»Nun spann uns nicht so auf die Folter! Erzähl schon!«, rief Régine-Une ungeduldig.

Paul Dupont hatte seinen Teller sorgfältig leergekratzt. Er lehnte sich auf seinem Stuhl zurück und sagte: »Es ist alles akribisch dokumentiert. Die Suchaktionen, die Befragungen, alles.« Er griff nach seinem Glas, leerte es und schenkte erst allen anderen und dann sich selbst nach.

»Paul Dupont!«, fauchte Régine-Une. »Ich gönne dir deinen

Genuss und verstehe, dass du ihn auskosten willst. Aber lass uns nicht zappeln. Gibt es irgendwelche Erkenntnisse? Ergebnisse? Feststellungen?«

»Keine.«

»Keine?«, riefen Pippa und Régine-Une wie aus einem Mund.

Der Polizist nickte bedächtig. »Die Untersuchungen wurden eingestellt.«

Pippa winkte ab. »Natürlich wurden sie irgendwann eingestellt – aber was war davor? Wurde festgestellt, dass es sich bei dem Blut nicht um menschliches, sondern um Rattenblut handelt?«

»Das Blut wurde nicht weiter untersucht.«

»Wie bitte?« Pippa konnte es nicht fassen. »Aber warum denn nicht?«

»Weil Jean Didier der Polizei mitgeteilt hat, dass es Rattenblut ist«, sagte Paul Dupont.

Pippa verstand die Welt nicht mehr. »Jean? Aber wieso denn Jean?«

»Er erschien auf einer Wache in Toulouse und machte eine Aussage. Die wurde an uns weitergeleitet – und Revel hat die Akte geschlossen. Ende der Ermittlungen.«

»Wann war das denn?«, fragte Pippa fassungslos. »Ab wann wusste die Polizei, dass es Jean gutgeht?«

»Ab Tag drei seines Verschwindens. Ab 15.04 Uhr, um genau zu sein.«

»Aber das hätte man Thierry Didier doch mitteilen müssen! Das kann man doch der Familie …«

Paul Dupont hob die Hand, um sie zu unterbrechen. »Thierry wurde informiert. Auf dem Revier von Revel. Um 18.30 Uhr, also dreieinhalb Stunden, nachdem die Polizei Bescheid wusste.«

Pippa verschlug es die Sprache. Sie starrte stumm vor sich hin, während sie versuchte, das Gehörte zu verarbeiten. Dann konstatierte sie: »Thierry und Cateline wussten also, dass es Jean gutgeht.«

»Das ist nicht ganz richtig«, erwiderte Paul Dupont. »Da Cateline durch die Aufregung gerade ihr ungeborenes Kind verloren hatte, wollte Thierry sie schonen. Er behielt alles für sich. Er hat nicht mal versucht, den Auftrag für die *Toilette* des Stausees zu stornieren. Dafür opferte er lieber sein Haus in der Rue Cassoulet. Er war wie besessen davon, dass niemand etwas merkt – vor allem sie nicht.«

»Alles nur aus Angst vor Gesichtsverlust und aus verletztem Stolz?« Pippa konnte es nicht glauben.

»Alles, um nicht beichten zu müssen, was er dann tat. Er war außer sich vor Wut wegen Jean. Ich denke, es ist seinem Zorn geschuldet, dass er ...« Der Polizist zuckte mit den Schultern.

»Dass er dann *was* tat?«, drängte Régine-Une ihn zum Weiterreden.

»Thierry Didier erteilte der Polizei die schriftliche Anweisung, seinem Sohn eine bestimmte Nachricht zukommen zu lassen. Jean war volljährig, also geschah das auch. Und Jean blieb verschwunden.«

Pippa schlug das Herz bis zum Hals, als sie Paul Dupont fragend ansah.

»Thierry hat seinem Sohn verboten, sich je wieder bei ihm blicken zu lassen.« Paul Dupont seufzte. »Es steht alles in der Akte. Er tobte auf dem Revier wie ein Wilder und schwor, dass er Jean nie wieder in Catelines Nähe lassen würde. Er werde mit seiner jungen Frau ein neues Leben beginnen – so als habe Jean nie existiert.«

»Er hat es all die Jahre gewusst und Cateline nichts gesagt«, flüsterte Pippa erschüttert und fügte in Gedanken hinzu: Und umgekehrt.

»So viel zur Musterehe der Didiers«, sagte Régine-Une. »Unter Vertrauen und Ehrlichkeit verstehe ich etwas anderes.«

Pierre Dupont, der in der Zwischenzeit gespült hatte, kam an den Tisch. »Habe ich es nicht gesagt? Es ist nicht gut, alte Akten zu öffnen.«

Pierre Dupont begleitete Pippa nach draußen.

»Wir wollen den beiden ein wenig Zweisamkeit gönnen«, sagte er betont mürrisch.

Du hast eben doch ein weiches Herz, dachte Pippa, wenigstens dafür sind die Liebesschnulzen gut. Vielleicht sollte ich auch mal wieder eine lesen. Ein bisschen heile Welt wäre genau, was ich jetzt brauchen könnte.

Der Gendarm gab ihr noch die Empfehlung mit auf den Weg, sich so schnell wie möglich in Sicherheit zu begeben, dann verabschiedete er sich auf seinen Posten in der Gendarmerie.

Mit einem Blick auf den sich verdüsternden Himmel schulterte Pippa den Rucksack und machte sich auf den Weg in die Rue Cassoulet.

Tibor kam sofort aus seinem Wohnwagen, begrüßte sie erfreut und informierte über die Fortschritte im Haus. »Gott sei Dank sind die Fensterläden termingerecht gekommen. Alles ist montiert – der Sturm wird vergebens daran rütteln.«

»Ich habe etwas für Sie«, sagte Pippa, zog Pias Umschlag aus ihrer Umhängetasche und gab ihn Tibor.

Dieser öffnete das Kuvert und holte die Geldscheine heraus. »Sehr willkommen!«, sagte er begeistert. Er steckte das Geld in die Hosentasche und fuhr fort: »Meine Crew und ich haben uns als Sturmhelfer gemeldet. Diese kleinen Jungs hier finanzieren uns die Wärmflasche danach.«

»Dann sehe ich euch später im Vent Fou. Ich habe mich mit der Vorstellung, dass der Sturm euren Wohnwagen durchschüttelt, ohnehin nicht wohl gefühlt. Meldet euch später bei mir, ich gebe einen aus.«

»Was denn?«, fragte Tibor zweifelnd. »Heißen Kakao?«

»Mit Schuss.«

Pippa bat Tibor um eine Taschenlampe und ließ sich von ihm die Falltür zum Kriechkeller öffnen. Sie wollte einige der Zeitungsartikel von der Voodoowand holen, um sie Pia zu zeigen.

Nur noch dies und das Gespräch mit Pascal, dann schreibe ich meinen kleinen Bericht für Pia, dachte Pippa. Ich hoffe, ihr reicht die Gewissheit, dass in ihrem Haus kein Mord geschehen ist – und sie behält alles andere für sich, bis die Legrands und die Didiers wieder selber miteinander reden.

Sie kletterte in den Kanal, der jetzt viel feuchter war als bei ihrem ersten Besuch. Die Wassermassen, die bei den starken Regenfällen hindurchgeflossen waren, hatten die Voodoowand fast komplett mitgerissen; lediglich ein Foto von Pascal samt Rattenschwanz hatte überlebt. Enttäuscht sah sie, dass auch die Zeitungsartikel verschwunden waren. Sie leuchtete den Tunnel aus in der Hoffnung, noch Reste zu finden, und entdeckte die Bruchstücke einige Meter weiter.

Obwohl sie zerrissen waren, versuchte Pippa, die Fragmente vorsichtig von der Wand abzulösen, um sie später zu trocknen und zusammenzukleben. Als sie aus der schwarzen Tiefe des Tunnels Stimmen hörte, erstarrte sie mitten in der Bewegung.

»Was ist da los?«, rief Tibor aus dem Kriechkeller und kam durch das Loch in der Mauer zu ihr.

»Scht!« Pippa winkte Tibor zu sich und knipste ihre Taschenlampe aus. Sie drückten sich in eine Mauernische. Der Lichtstrahl einer Lampe und die Stimmen kamen näher.

»Falls Sie wetten möchten, wer da kommt …«, bot Tibor leise an.

»Wäre unfair. Ich weiß, wer kommt«, gab Pippa zurück.

Die Besucher waren nur noch wenige Meter entfernt, als Pippa aus der Nische sprang, die Taschenlampe anknipste und das Licht direkt auf den ersten von ihnen richtete.

»Guten Tag, Thierry!«, rief sie.

Thierry Didier blieb wie angewurzelt stehen. Eric, der älteste der Viererbande, konnte nicht rechtzeitig reagieren und rannte gegen seinen Vater. Thierry stolperte nach vorn, und aus dem Eimer, den er in den Händen hielt, schwappte ein Schwall Seifenwasser über Pippa und Tibor.

Thierry schnappte nach Luft. »Pippa, haben Sie mich erschreckt!«

»Das hätte ich auch ohne diesen Kommentar gemerkt«, sagte Pippa und sah an ihrer triefenden Jacke hinunter. »Ihre Reaktion war unmissverständlich.« Sie prustete und brach in Lachen aus, in das die Männer einstimmten.

»Was um Himmels willen wollen Sie hier mit dem Putzwasser?«, fragte Pippa, nachdem sich alle wieder beruhigt hatten.

»Die Wand reinigen«, erklärte Thierry, und Eric nickte. »Wir wollten nicht, dass der Regen alles in den See spült.«

»Lobenswert, aber zu spät«, sagte Pippa. Sie deutete auf das Foto an der Wand. »Das ist alles, was vom Versuch Ihrer Söhne, Ihr familiäres Problem zu lösen, noch übrig ist. Vielleicht wäre es an der Zeit, sich mal mit Ihrer Frau an einen Tisch zu setzen und endlich auszupacken?«

Thierry runzelte besorgt die Stirn. »Aber Cateline …«

»… wird Ihnen nicht weglaufen«, fiel Pippa ihm ins Wort. »Ganz bestimmt nicht. Das verspreche ich Ihnen.«

Zurück im Erdgeschoss lehnte Pippa das von Tibor angebotene Handtuch dankend ab. »Auf dem Weg zum Vent Fou werde ich ohnehin wieder nass.« Sie deutete nach draußen in den leichten Regen.

Sie nahm den Rucksack hoch und wollte gehen, als Tibor sie aufhielt. »Einen Moment noch«, sagte er, ging zu einem Spind und schloss ihn auf. Er holte ein paar Wettscheine heraus und gab sie Pippa.

Sie blätterte durch die Scheine.

»Die sind ja alle von Franz Teschke.«

Tibor nickte. »Eben. An wen soll ich seine Einsätze zurückgeben?«

»Sein Erbe und Nachlassverwalter ist Lothar Edelmuth. Aber behalten Sie das Geld doch – für Ihre Auslagen und Ihren Aufwand.«

Tibor riss die Augen auf. »Sind Sie sicher?«

Seine sichtliche Fassungslosigkeit machte Pippa stutzig. »Wieso – wie viel Geld ist es denn?«

»Zweitausend Euro!«

Auf dem Weg zum Vent Fou grübelte Pippa, wie Teschke, der stets klamme Kleinrentner, auf legalem Wege zu so viel Geld gekommen sein könnte. Erst die dreitausend Euro aus dem Futterboot, jetzt seine Wetteinsätze.

Sie sah sich die selbstgemachten Wettscheine näher an: Teschke hatte gegen seine Kollegen gewettet, so sicher war er sich gewesen, dass sein Fang der Siegerfisch des Wettbewerbs werden würde. Er hatte jeweils hundert Euro pro Kilo zum Nächstplatzierten gesetzt, ein schönes Sümmchen – kein Wunder, dass jemandem der Kragen geplatzt war.

Aber wem?

Im Vent Fou herrschte Trubel, denn der Veranstaltungssaal wurde mit Hochdruck zur Notunterkunft umfunktioniert. Freiwillige Helfer schleppten Feldbetten, Tische und Stühle in den Raum und bauten alles auf. Pippa schlängelte sich durch die

Leute und stieg sofort in ihre Wohnung hinauf, um sich trockene Kleider anzuziehen.

Danach ging sie zum Fenster und stellte fest, dass ihr Fernglas schon wieder vom Schreibtisch auf die Fensterbank gewandert war.

Wer ist der Spion, der mein Zimmer und mein Fernglas benutzt?, fragte sich Pippa. Es muss jemand sein, der an den Generalschlüssel kommt – also Pascal, Lisette oder Ferdinand. Und von euch dreien, Pascal, bist du der Wahrscheinlichste. Sie sah hinüber zum Camp der Kiemenkerle. Der Regen war stärker geworden, und die durchnässten Männer kämpften gegen den Wind, während sie das Lager abbauten, um alles in den Bus zu laden.

Pippa setzte sich an den Tisch und öffnete die Mappe, in der sie die feuchten Zeitungsfragmente aus dem Tunnel transportiert hatte. Vorsichtig löste sie die Fetzen voneinander und strich sie auf weißem Papier behutsam glatt. Dann legte sie die Artikel auf den Blättern zum Trocknen auf die Heizung.

Sie wollte gerade ihren Computer hochfahren, um im Internet nach Informationen über die Symptome von Pseudologie zu suchen, als Karin anrief.

»Dein Weinhändler ist im Urlaub«, teilte ihr die Freundin aufgeregt mit. »Es hängt ein Schild in der Tür, dass der Laden zurzeit Betriebsferien hat.«

»Danke, Karin. Dieses Puzzleteilchen hat mir noch gefehlt.« Pippa erzählte vom anonymen Brief an Cateline und umriss in kurzen Worten, zu welchen neuen Erkenntnissen sie in der Zwischenzeit gelangt war. »Jean Didier ist also putzmunter und sitzt in einem Elsässer Gefängnis«, schloss sie ihren Bericht. »Sowohl Cateline als auch Thierry wussten genau, dass er nicht tot ist, haben das aber seit Jahren voreinander verheimlicht. Für mich ist das Rätsel gelöst.«

»Für mich nicht«, sagte Karin.

»Was fehlt dir denn noch?«, fragte Pippa erstaunt.

»Was Franz Teschke damit zu tun hatte, zum Beispiel. Du hast mir gerade erzählt, dass er sich mitten in der Nacht mit Cateline treffen wollte und ihr eine Nachricht von Jean versprochen hat. Leider ist er nicht mehr in der Lage, uns höchstpersönlich dazu Auskunft zu geben.«

»Verdammt, du hast recht.«

»Ich freue mich, das zu hören, es ist ein so seltenes Vergnügen.«

Pippa überhörte die Anspielung. »Was schlägt die große Detektivin also als nächsten Schritt vor?«

»Stell Pascal zur Rede«, sagte Karin bestimmt. »Es muss irgendeine rationale Erklärung für dieses Durcheinander geben, sonst wäre ich doch nicht ...«

»... auf ihn reingefallen?«

»... auf seine Vorschläge eingegangen«, vollendete Karin ungerührt. »Frag ihn also, was das alles sollte, und vergiss vor allem eines nicht ...«

»Ja?«, fragte Pippa gespannt.

»Mich anschließend anzurufen und mir brühwarm zu berichten.«

»Ich weiß, dass ich mit ihm reden muss, aber am liebsten würde ich mich davor drücken.« Pippa stöhnte. »Was soll ich ihm denn sagen? Wie fange ich an?«

»Ist doch ganz einfach: Du konfrontierst ihn mit deinen Erkenntnissen«, sagte Karin. »Ich denke, es war so: Pascal hat Jean Didier im Gefängnis kennengelernt und so vom Vent Fou erfahren. Als Pascal wieder draußen war, hat er sich mit seinem Weinkumpel Jan-Alex Weber unauffällig in der Gegend umgesehen, sich bei der Paradies-Wirtin beliebt gemacht und dafür gesorgt, dass sie ihn im Vent Fou einführt. Und jetzt sitzt er fest im Sattel, und Jan-Alex Weber guckt als Alexandre Tisserand verkleidet seelenruhig zu.«

»Schön und gut. Und wirklich plausibel. Aber warum?«

»Was *warum?*«

»Warum taucht Weber als Tisserand in Chantilly auf?«, überlegte Pippa. »Er hätte doch einfach mit den Kiemenkerlen herkommen können. Als Jan-Alex Weber. Wozu diese Maskerade?«

»Er wird einen triftigen Grund haben.«

»Das ist mir klar«, gab Pippa zurück, »aber welchen?«

»Was weiß ich? Vielleicht wollte er nicht, dass man ihn erkennt, weil das Pascals Pläne gefährdet hätte. Er musste eben sichergehen, dass alles rund läuft, bevor er sich hinter seiner Staffelei hervorwagt.«

Pippa sah die schönen Bilder vor sich, die unter seinen Händen entstanden waren. Er malt mit geradezu religiöser Andacht, dachte sie – und hielt den Atem an, als sie begriff.

»Hallo, bist du noch da?«, drang Karins Stimme an ihr Ohr.

»Religiöse Andacht! Malerei! Ikonen!«, rief Pippa elektrisiert. »Das ist es! Der Mann sitzt gar nicht mehr im Gefängnis.«

»Wie bitte? Ich verstehe nicht.«

»Meine Liebe, ich muss dringend etwas erledigen, ich rufe dich später wieder an«, sagte Pippa ungeduldig und beendete das Gespräch, ohne Karins Protest zu beachten.

Aufgeregt rannte sie zu den Zeitungsausschnitten auf der Heizung. Sie nahm Blatt für Blatt zur Hand und studierte sie.

Da war der Beweis! Sie sank auf einen Stuhl und starrte auf das Zeitungsfragment. Es zeigte ein Foto des vermissten Jungen, mit der Bildunterschrift: *Jean-Alexandre Didier, 18 Jahre.*

Pippa schlug sich vor die Stirn und rief: »Gott, war ich blöd!«

Kapitel 29

Pippa stand vor der Schwingtür zur Restaurantküche des Vent Fou und atmete langsam ein und aus.

Jetzt bist du reif, Pascal, dachte sie, aber vorher muss ich ruhig werden. Einatmen, ausatmen …

Durch das Bullauge in der Tür sah sie die gesamte Brigade auf Hochtouren arbeiten; auch Lisette und Ferdinand halfen mit. Alles musste vorbereitet sein, wenn der Sturm über den Ort hereinbrach. Wie ein Dirigent seinen Taktstock schwang Pascal einen Kochlöffel und delegierte die Aufgaben, die von seinen Helfern mit einem im Chor gebrüllten »Oui, Chef!« in die Tat umgesetzt wurden. Dann ging der Koch an den Herd und nahm den Deckel von einem Topf, dessen Rand ihm bis zur Brust reichte. Eine große Dampfwolke stieg auf.

Jetzt oder nie, dachte Pippa, gab sich einen Ruck und stieß die Tür auf.

Pascal fuhr herum. Er lächelte erfreut, als er Pippa sah, aber dann setzte er ein gespielt strenges Gesicht auf. »Ah – du kommst, um mir zum Verlust meines treuen Citroën HY zu kondolieren. Wirklich mutig. Dann kannst du auch gleich die Brühe kosten. Du musst später ohnehin helfen, die Suppe zu verteilen.«

Pippa gab keine Antwort. Sie ging auf Pascal zu und blieb dicht vor ihm stehen. In der Küche wurde es still, niemand arbeitete mehr. Die Küchenhelfer stießen sich grinsend an, Lisette und Ferdinand spitzten die Ohren. Pippa sah Pascal direkt in die

Augen und sagte, unhörbar für die anderen: »Wo ist Jean-Alexandre Didier?«

Pascal beugte sich ungerührt wieder über den Topf, streute Curry hinein, rührte um und antwortete schließlich achselzuckend: »Woher soll ich das wissen?«

Pippas Stimme war ruhig. »Und Jan-Alex Weber? Wo ist der?« Für einen winzigen Augenblick erstarrte Pascal, fasste sich wieder, nahm eine riesige Pfanne vom Haken und stellte sie mit einem Knall auf den Herd.

»Wer soll das sein?«, fragte er, ohne sie anzusehen.

»Sag du's mir!«, schoss Pippa zurück.

Pascal reagierte nicht.

»Wenn du es mir sagst, weiß ich, dass es für diese ganze Scharade einen harmlosen Grund gibt«, sagte Pippa gefährlich leise, »wenn nicht, landet ihr beide auf meiner Verdächtigenliste zum Tode von Franz Teschke. Dann muss ich davon ausgehen, dass er sterben musste, weil er mir oder Cateline etwas Wichtiges hätte verraten können.«

Pascal wandte sich zu seinen Leuten um und brüllte: »Raus hier! Alle raus hier – aber sofort! Und keiner kommt wieder, bevor ich rufe!«

Alle zogen Töpfe vom Herd oder ließen ihre Arbeit liegen und stehen. Ferdinand machte den Versuch, etwas zu sagen, aber Pascal deutete nur wortlos zur Tür.

Pippa vergewisserte sich mit einem Blick, dass alle die Küche verlassen hatten.

»Also, wo ist er?«

Pascal seufzte. »Appartement 2.«

»Dachte ich's doch. Tisserands Wohnung – oder besser Jean-Alexandre Didiers Wohnung?«

Pascal sah Pippa vorsichtig an, während weiter Currypulver in den Topf rieselte.

»Gib es endlich zu, Pascal: Du warst nicht in Berlin, um mich einschätzen zu lernen oder aus der Ferne zu bewundern, wie du behauptet hast. Du hast dich mit Jan Weber getroffen, um diese Maskerade zu besprechen.«

Pascal zuckte zusammen und starrte entsetzt auf das Gewürz in seiner Hand. »Verdammt! Zu viel Curry!«, zischte er und griff zur Kochsahne, die er großzügig in die Suppe gab, um den allzu asiatischen Einschlag wieder zu neutralisieren.

»Ja und nein«, sagte er dann, »er sollte eben auch mit dir einverstanden sein.«

Das wird ja immer schöner, dachte Pippa. »Und? War der gnädige Herr *einverstanden*?«

Pascal nickte vehement. »Er war begeistert! Und er wollte unbedingt dabei sein, wenn ich dich endlich kennenlerne.«

Ferdinand steckte seinen Kopf zur Tür herein.

»*Raus* hat er gesagt«, fauchte Pippa, und Ferdinand verschwand eilig wieder.

Pascal probierte die Brühe und verzog das Gesicht. »Auf ein Neues«, murmelte er, ging mit dem Topf zum Ausguss und leerte ihn aus. Er spülte den Topf und stellte ihn zurück auf den Herd, dann gab er Gemüse hinein und schwitzte es an. Nach ein paar Minuten goss er Wasser und Wein dazu, verschloss den Topf mit einem Deckel und drehte sich wieder zu ihr um. Vorsichtig forschte er in ihrem Gesicht nach einem Stimmungswechsel.

Netter Versuch, Zeit zu schinden und mich abzulenken, Pascal, dachte Pippa, klappt aber nicht.

»Wenn du glaubst, dass ich dir die Geschichte abnehme, bist du schiefgewickelt«, sagte Pippa unerbittlich.

Pascal wandte den Blick ab und seufzte. »Tust du nicht?«

»Welches Interesse sollte Jan-Alex Weber haben, wen du heiratest, es sei denn ... Moment!«

Sie ging raschen Schrittes zur Schwingtür und stieß sie auf. Ein Pulk von Leuten sprang erschrocken zurück: Nicht nur die halbe Küchenbrigade samt der Legrands hatte sich zum Lauschen versammelt, auch Wolfgang Schmidt und ein paar andere Kiemenkerle blickten sie neugierig an.

»Seid ihr euch endlich einig?«, fragte Ferdinand neugierig. »Wird das jetzt was mit euch beiden?«

Pippa nahm keine Notiz von ihm, sondern winkte Lisette heran. »Steht Jean-Alexandre Didier immer noch als Erbe in eurem Testament?«

Lisette nickte erstaunt. »Ja – warum fragst du? Wir waren einfach noch nicht bereit ...«

»Wann wolltet ihr das ändern?«

»Wenn Pascal heiratet. Als Hochzeitsgeschenk sozusagen.«

»Großartige Idee, wirklich.« Pippa entdeckte Vinzenz unter den Umstehenden. Sie zeigte auf ihn und sagte: »Du kommst auch noch dran, verlass dich drauf. Denk dir schon mal eine einleuchtende Erklärung aus, warum du in der Sache drinhängst.«

Sie drehte sich um und ging wütend zurück in die Küche. Von ihrem Schwung pendelten die Schwingtüren heftig, bevor sie wieder zum Stillstand kamen.

»Jetzt verstehe ich endlich«, knurrte Pippa, »ich sollte dabei helfen, dir das Vent Fou zu sichern. Nach einer gewissen Schonzeit hättet ihr mich rausgekickt – und die Legrands wahrscheinlich gleich mit, damit ihr euer schönes, warmes Nest ganz für euch habt. Ich war nichts als eine passende Spielfigur. Habt ihr Wetten darauf abgeschlossen, wer die gutgläubige Pippa am gründlichsten reinlegt? Wie hoch sind denn die Quoten bei Tibor?« Wütend schlug sie auf den Arbeitstisch.

Pascal hob abwehrend die Hände. »So war es nicht, wirklich nicht!«

»Ach nein? Wie war es denn? Jean und du, ihr hattet ja in

langen Nächten im Knast genug Zeit, alles haarklein auszutüfteln. Erzähl doch mal.«

»Was meinst du?«, fragte er ehrlich verblüfft. »Woher weißt du …«

»… dass du im Gefängnis gesessen hast? Tja, mein Lieber, ihr habt das Monopol auf *Kabale und Liebe* eben nicht gepachtet. Also – raus mit der Sprache: Weshalb warst du im Knast? Hochstapelei? Gebrochene Eheversprechen? Schmuggelei? Kunsthandel?«

Ein Lächeln huschte über sein Gesicht. »Du überschätzt meine kriminelle Energie.«

»Ach ja?« Pippa ärgerte sich, dass er ihre Anschuldigungen überaus komisch zu finden schien.

»Ich war dort, was ich auch hier bin: Koch!«, sagte er in einem Tonfall, als spräche er mit einem Kind.

»Wie bitte?«

»Ich habe die Gefängnisküche geleitet, Pippa! Oder glaubst du, die Insassen bekommen jeden Tag zerkochte Bohnen im Blechnapf vorgesetzt?«

Pippa war einen Moment lang zu perplex, um zu reagieren, dann lachte sie laut.

Von beiden unbemerkt hatte Jan Weber alias Alexandre Tisserand die Küche betreten. Jetzt stellte er sich neben seinen Freund.

»Pascal hat mir sehr geholfen«, sagte er und schlug dem Koch freundschaftlich auf die Schulter. »Mir ging es im Gefängnis nicht gerade gut. Ich war schlicht nicht die übliche Klientel dieser Anstalt und hatte mit einigen meiner … Kollegen ziemliche Probleme. Die haben mir ordentlich zugesetzt. Ich wäre untergegangen. Das wurde erst anders, als Pascal mich in die Gefängnisküche holte. Ich hatte endlich eine sinnvolle Aufgabe und fand in Pascal einen echten Freund. Er half mir, wegen guter

Führung vorzeitig freizukommen. Danach sind wir zusammen nach Berlin, haben unser Wissen und unser Geld zusammengelegt und den Weinhandel eröffnet. Pascal hat mir nichts weniger als das Leben gerettet.«

»So viel zur deutschen Ehefrau und deiner Vorliebe für die schöne deutsche Sprache, Monsieur Tisserand«, ätzte Pippa. »Übrigens – wie soll ich dich denn ab jetzt nennen? Jan? Alexandre? Jean? *Lügner*?«

»Jean ist mir recht«, erwiderte er und lächelte.

»Heimweh ist mächtig. Deshalb sind wir immer häufiger hierhergefahren«, erzählte Pascal weiter. »Zuerst haben wir vorsichtshalber weiter weg gewohnt, aus Angst, dass jemand Jean erkennt.«

»Aber mehr als zwanzig Jahre sind eine lange Zeit«, übernahm Jean wieder, »besonders, wenn man als unfertiger Teenager weggegangen ist. Ich sehnte mich nach Chantilly und dem See. Wir wurden immer mutiger – und niemand hat mich je erkannt.«

Pippa war entschlossen, sich nicht weichklopfen zu lassen. »Mir kommen die Tränen. Wirklich rührend. Und trotzdem hat es euch nicht gereicht, im Paradies zu wohnen und dort paradiesisch glücklich zu sein. Nein, ihr musstet unbedingt mich da mit reinziehen. Dafür gibt es keine Entschuldigung – aber ich will wenigstens eine Erklärung.«

»Erst lief ja alles super«, sagte Pascal. »Ich bekam den Job im Vent Fou, und wir planten, über die nächsten Jahre hin eine behutsame Annäherung zu versuchen. Aber plötzlich entschieden Lisette und Ferdinand, sich schon in diesem Jahr aus dem Geschäft zurückzuziehen. Und sie hatten eine Bedingung für die Übergabe an mich.«

»Dass du eine Partnerin findest, die dir im Vent Fou hilft«, warf Pippa ein.

»Sie sind eine andere Generation – sie glauben, es gibt keinen anderen Weg als mit einer Frau an meiner Seite.« Pascal nickte unglücklich. »Dann verkauften sie auch noch das Haus in der Rue Cassoulet an die Peschmanns. Für uns wurde die Zeit plötzlich knapp, und Pia Peschmann erzählte immer so viel von ihren Berliner Freunden und besonders von dir.«

»Und da hattest du den glorreichen Einfall, mich für eure Pläne einzuspannen.«

Pascal schüttelte vehement den Kopf. »Nein. Das war nicht ich.«

Pippa blickte zu Jean. Der zuckte mit den Schultern und sagte: »Das war Régine.«

»*Waaaaas?* Die vom Paradies? Régine-Deux?« Pippa runzelte die Stirn. »Wer noch? Wer hat mich noch bei meinen Ermittlungen *unterstützt* und wusste die ganze Zeit Bescheid?«

»Vinzenz«, gestand Pascal und trat vorsichtshalber einen Schritt zur Seite.

Pippa schloss für einen Moment ergeben die Augen und befahl: »Hol ihn rein.«

Jean ging eilig hinaus und kehrte Sekunden später mit Vinzenz Beringer im Schlepptau zurück.

Pippa verschränkte die Arme vor der Brust und musterte Vinzenz von oben bis unten. »Ich muss dich wohl nicht mehr fragen, woher du dein fundiertes Wissen über Jean Didier hattest. Ich bin enttäuscht. Von dir hätte ich am allerwenigsten erwartet, dass du dich an einer derartigen Schmierenkomödie beteiligst.«

»Bitte um Entschuldigung.« Vinzenz verbeugte sich. »Aber ich war wirklich überzeugt, dass wir auf diese Weise zwischen den Didiers und den Legrands endlich Frieden stiften können. Fünfundzwanzig Jahre Feindschaft und Groll sind genug.«

Gegen ihren Willen musste Pippa zugeben, dass alle sich sehr für Jean eingesetzt hatten. »Du kannst stolz sein, Jean«, sagte sie, »du hast ein paar echte Freunde.«

»Ohne sie hätte ich es nie gewagt«, erwiderte dieser strahlend.

»Aber wieso habe ich so lange gebraucht, euch auf die Schliche zu kommen?«, fragte Pippa kopfschüttelnd.

Vinzenz lächelte. »Es ist die uralte Grundregel des Spiels: Alle glauben die Lüge – keiner glaubt die Wahrheit.«

Genau, dachte Pippa, wie bei Tatjana. Und auch der Lehrer in der Galerie hat zu seinen Schülern Ähnliches gesagt.

Sie nickte langsam. »Dennoch: Hattet ihr keine Angst, dass man auf die Namensgleichheiten aufmerksam wird? Jean-Alexandre Didier, Jan-Alex Weber, Alexandre Tisserand. Wie sollte das auf die Dauer gutgehen?«

»Die Idee verdanken wir unserem Sprachwissenschaftler«, sagte Jean und zeigte auf Vinzenz. »Die Namen dienten meinem Schutz: Er sagte, ich würde weniger Fehler machen, je mehr Ähnlichkeiten vorhanden sind.«

»Ganz gleich, ob ihn jemand Jan oder Jean, Alexandre oder Alex rief – er konnte immer gefahrlos reagieren«, erklärte Vinzenz. »Er hätte glaubhaft versichern können, sich verhört zu haben.«

»Jetzt verstehe ich, warum du am Abend im Lager so viel mehr zu berichten wusstest als Sissi. Aber dein Bericht hatte entscheidende Lücken. Du hast uns nicht die ganze Wahrheit gesagt. Du hast nicht erwähnt, dass Lisette und Ferdinand mit auf dem verhängnisvollen Treffen waren.«

»Sagen wir: Ich habe nicht die ganze Wahrheit verraten«, gab Vinzenz zu.

»Leg dich nie mit einem Sprachwissenschaftler an!« Jean Didier lächelte.

»Was ist das? Ein schmissiger Werbeslogan für eine verkannte

Wissenschaft?« Pippa war wider Willen beeindruckt von den drei Männern, die sich so viel Mühe gegeben hatten, schlechte Vergangenheit in gute Zukunft zu verwandeln. Aber sie wollte sich noch nicht geschlagen geben.

In diesem Moment platzte Wolfgang Schmidt in die Küche und stutzte. »Sieh da – unser Undercover-Kiemenkerl«, sagte er zu Tisserand. Dann wandte er sich Pascal zu und verkündete: »Gendarm Dupont fragt nach der Gulaschkanone für die Sturmhelfer!« Er lehnte sich mit der Hüfte an die Arbeitsplatte und naschte vom geschnittenen Gemüse.

Pascal riss den Deckel vom Suppentopf und fluchte. »Verdammt, das habe ich völlig vergessen. Ich muss mich beeilen. Kannst du mir helfen, Pippa? Packst du schon mal das Brot zusammen?«

»Ich wüsste jemanden, der dir helfen kann: die Didiers«, sagte Pippa ernst. »Lass sie endlich holen, dann kannst du ihnen auch gleich deinen Kumpel vorstellen.«

Jean Didier keuchte entsetzt. »Bist du wahnsinnig?«

»Auch nicht wahnsinniger als eure Maskerade und euer dämlicher Plan – den Franz Teschke ja offenbar durchschaut hat«, konterte Pippa gelassen.

Vinzenz, Pascal und Jean stöhnten unisono auf.

»Es ist wirklich ironisch«, sagte Jean dann, »da will ich zum fünfundzwanzigsten Jahrestag meines unrühmlichen Verschwindens endlich alles wieder ins Lot bringen – und mache alles nur noch schlimmer.«

»Wie bitte?«, unterbrach Schmidt. »Du bist auch Jean Didier? Ich fasse es nicht. Jetzt fehlt nur noch, dass ihr drei Teschke auf dem Gewissen habt.«

»Natürlich *nicht*«, gab Jean ärgerlich zurück. »Also wirklich, Wolle!«

Vinzenz hob die Hand. »Immer mit der Ruhe. Hier geht es

um mehr als unsere persönlichen Befindlichkeiten. Ein Mensch ist gewaltsam gestorben, und das muss aufgeklärt werden. Möglichst ohne dass Unschuldige verleumdet werden oder darunter leiden müssen. Deshalb werden wir alle Fragen dazu wahrheitsgemäß beantworten.«

Schmidt räusperte sich. »Also Klartext, bitte. Habt ihr Teschke auf dem Gewissen, weil er euch auf die Schliche gekommen ist? Hat er die Maskerade durchschaut und gedroht, euch zu verraten? Was habt ihr mit Teschkes Tod zu tun?«

»Mit Teschkes Tod gar nichts«, sagte Jean, »aber wir haben mit seiner unstillbaren Gier nach teurem Angelzeug und seiner kreativen Suche nach Geldquellen Bekanntschaft gemacht.«

»Er hat Geld dafür verlangt, dass er sich aus Pippas Recherchen wegen Jean heraushält«, erklärte Vinzenz. »An dem Abend, als wir uns alle im Lager getroffen haben, um die Ergebnisse unserer Ermittlungen auszutauschen, haben wir ihn zum Angeln geschickt.«

»Wir wollten verhindern, dass er sich verplappert«, fügte Jean hinzu, »denn das hätte er garantiert getan. Sein Schweigen hat uns einiges gekostet.«

»Ihr habt euch erpressen lassen, obwohl ihr ohnehin vorhattet, alles aufzudecken?«, fragte Pippa erstaunt.

»Aber es war doch noch viel zu früh!«, rief Pascal. »Erst sollten die Didiers und die Legrands Jean kennenlernen – aber noch nicht als *Jean*! Er sollte sich ihnen erst später offenbaren, wenn sie ihn genug mögen, um ihm nicht mehr böse zu sein. Régine vom Paradies hatte einen genauen Zeitplan ausgetüftelt, immer einen kleinen Schritt nach dem anderen – und es war noch nicht so weit. Régine hätte genau gewusst, wann die Zeit reif war.«

»Zweifellos«, sagte Pippa trocken.

»Aber selbst ich war mit Blindheit geschlagen, Jan … *Jean*.«

Schmidt schüttelte den Kopf. »Wieso hat ausgerechnet Teschke dich erkannt?«

»Hat er ja nicht«, jammerte Pascal, »er hat einfach gut kombiniert.«

»Mir ist ein idiotischer Fehler unterlaufen«, gestand Jean, »ich habe bei Tibor einen Wettschein gekauft und mit *Weber* unterzeichnet.«

Die Wettscheine haben nicht nur die Jungs reingerissen, dachte Pippa, immerhin habe ich mit ihrer Hilfe Teschke als Erpresser entlarvt.

»An die sprachlichen Fallstricke haben wir gedacht«, sagte Vinzenz, »aber nicht an die Macht der Gewohnheit beim Unterschreiben.«

»Und wie viel hat euch das gekostet?«, fragte Pippa.

»Tausend Euro«, stieß Pascal hervor.

»Tausend Euro? Das geht ja noch.« Da gab es schon ganz andere Summen, dachte Pippa.

»Von *jedem,* von Jean, Vinzenz und mir«, grollte Pascal. »Der alte Mann hat eins und eins zusammengezählt und mir auf den Kopf zugesagt, dass ich mit von der Partie bin.«

»Dreitausend Euro also«, kommentierte Schmidt, »ganz schön happig für ein paar Tage Klappe halten.«

»So teuer war es nun auch wieder nicht.« Vinzenz zuckte mit den Achseln. »Schließlich hat Teschke mich Monat für Monat angebettelt. Ich hatte mir vorgenommen, anschließend einige Monate lang mit meinen milden Gaben auszusetzen.«

Den erschüttert wirklich gar nichts, dachte Pippa.

»Unter diesem Aspekt müsste die Erpressung doch gerade dich unglaublich geärgert haben, Vinzenz«, sagte Schmidt.

Dieser schüttelte den Kopf. »Nein – mir war klar, dass Franz einmal in seinem Leben das Gefühl von Macht haben wollte.«

»Und wenn er sich nicht mit dieser Summe zufriedengegeben

hätte und immer wieder angekommen wäre?«, fragte Schmidt. »Oder euch trotzdem verraten hätte? An jemanden, der mehr zahlt?«

»Und genau das hatte er vor!«, rief Pippa.

»Was?«, riefen die Männer im Chor.

Pippa berichtete von dem anonymen Schreiben, das Cateline von Teschke bekommen hatte, und auch, dass sie am Donnerstag auf dem Parkplatz am Damm vergeblich auf ihn gewartet hatte.

Jean schüttelte den Kopf, und Pascal zischte: »Diese kleine Ratte!«

»An dem Tag hat er unser Schweigegeld kassiert«, sagte Vinzenz, und Jean fügte hinzu: »Und ist sofort nach Revel in den Angelladen gefahren.«

»Und hat bei der Gelegenheit Cateline den anonymen Brief in die Einkaufstasche geschmuggelt«, mutmaßte Pippa.

Pascal verdrehte die Augen. »Und wir dachten, in Revel kann er wenigstens kein Unheil anrichten. Hier in Chantilly konnten wir Teschke nämlich ständig unter Beobachtung halten. Vinzenz hatte ihn im Lager unter Kontrolle, Jean und ich kümmerten uns abwechselnd um den Rest.«

Vinzenz warf Jean einen auffordernden Blick zu. Dieser nickte und sagte: »Apropos, wir müssen dir etwas beichten, Pippa. Von deinem Zimmerfenster aus hat man den besten Blick über den gesamten See. Dein Fernglas ist wirklich gut. Hohe Dämmerungsleistung. Ideal für die Jagd.«

»Ihr wart das!«, rief Pippa. Und irgendwann habt ihr mir dabei die Einladung nach Toulouse in die Mappe gelegt, dachte sie, eigentlich ganz nett von euch.

Fast schon versöhnt sah sie Jean und Pascal an. »Dann tut es mir leid, dass ich nicht um 14 Uhr im *Le Florida* war – das war eine schöne Geste. Danke.«

Die beiden Männer wechselten einen irritierten Blick. »Wovon sprichst du?«

Auf Pippas Erklärung hin versicherten beide glaubhaft, nicht die Urheber der Einladung nach Toulouse gewesen zu sein.

»Aber ich hätte diese Idee gern gehabt«, sagte Jean.

»Darf ich das irgendwann nachholen?«, fragte Pascal hoffnungsvoll. »Du bist ja noch eine Weile hier.«

»Ich bitte sogar darum. Wir drei gehen zusammen aus, und ihr ladet mich ein – als Wiedergutmachung für eure Pläne mit mir.«

Dann stutzte Pippa. »Moment mal. Ich habe eure Besuche doch erst in der Nacht bemerkt, als Teschke schon tot war. Was habt ihr denn danach beobachtet?«

Pascal und Jean erröteten. Dann murmelte Jean: »Wassernixen.«

Pippa wusste nicht, ob sie lachen oder schimpfen sollte. »Ihr seid wie die Chaotenbande der Didiers. Hinter allem Blödsinn, den ihr fabriziert, steckt immer der beste Wille. Frei nach dem Motto: *Moralisch ist, wonach man sich gut fühlt. Unmoralisch ist, wonach man sich schlecht fühlt.*«

»Lass mich raten – Hemingway«, kommentierte Schmidt.

»Recht hat der Mann.« Vinzenz stieß Jean an. »Und du geh dich endlich rasieren und nimm die Perücke ab. Du bist mir mit langen Haaren einfach zu attraktiv.« Er fuhr sich mit der Hand über seine Glatze. »Und hör auf mit dem grässlichen Akzent. Ab sofort bist du wieder Jean Didier.«

Die Küchentür schwang auf, und Pierre Dupont kam herein.

»Hast du mich vergessen, Pascal? Ich brauche die Gulaschkanone! Das Wetteramt hat den Autan hochgestuft. Heute Nacht wird er hier Windstärke 12 erreichen.« Er machte eine dramatische Pause. »Venturi-Effekt«, fügte er hinzu, als wäre damit alles erklärt.

Er blickte auf seine Armbanduhr. »Uns bleibt nicht mehr viel Zeit, bis es losgeht. Höchstens noch zwei Stunden. Das Camp muss ganz abgebaut werden, sonst werden die Zelte zu fliegenden Teppichen. Und holt den Bus vom Waldparkplatz.« Er nickte Pascal zu. »Euer Haus und das Bonace wurden zu offiziellen Notunterkünften erklärt. Richte dich darauf ein, dass es voll wird.«

Pascal wurde umgehend aktiv. »Wir holen auch die Notbetten vom Speicher. Jean und Vinzenz, ihr helft dabei. Schmidt und Pippa – ihr sagt den Kiemenkerlen Bescheid.«

Pierre Dupont nickte Schmidt bestätigend zu. »Jetzt.«

»Die ideale Aufgabe für uns«, sagte Pippa zu Schmidt, als sie die Küche verließen, »unsere Mission ist schließlich noch nicht zu Ende.«

»Was meinst du?« Schmidt sah sie genervt an.

»Ich glaube ohne weiteres, dass Jean, Pascal und Vinzenz sich in Sicherheit glaubten und deshalb kein Motiv hatten, Teschke zu ermorden. Aber wer war es dann?«

Kapitel 30

Im Veranstaltungssaal des Vent Fou herrschte eine so ausgelassene Stimmung wie beim Unterhaltungsprogramm eines Ferienclubs.

»Die scheinen das alles für einen Riesenspaß zu halten. Fehlt nur noch die Polonaise mit einem Animateur an der Spitze«, murmelte Pippa Wolfgang Schmidt zu.

Abgesehen davon, dass sich überall Gepäck türmte, hatten die Angler es sich gemütlich gemacht. Einige spielten Skat, alle tranken Wein, ein Kofferradio dudelte.

»… der hat Hotte und mich zwei Stunden lang mit unserem Ruderboot kreuz und quer über den See gezogen, bis er endlich genug hatte!«, erzählte Rudi gerade und breitete die Arme weit aus. »Ein Prachthecht, bestimmt anderthalb Meter lang! Stimmt's, Hotte?«

»Wenn nicht noch länger«, bestätigte dieser. »Wir wären beinahe gekentert, als wir den Kawenzmann ins Boot gehievt haben. Als Köder haben wir lediglich Dosenmais benutzt!«

Sissi riss bewundernd die Augen auf. Lothar und Blasko stießen sich grinsend an, prosteten Rudi und Hotte aber so anerkennend zu, als würden sie die Geschichte glauben.

»Kennt ihr den Witz von dem Angler, der ein Portemonnaie mit fünfhundert Euro aus dem See gezogen hat?«, fragte Blasko in die Runde. Ohne eine Antwort abzuwarten, fuhr er fort: »Am nächsten Tag riefen dreihundert Kollegen an und wollten wissen, welchen Köder er benutzt hat!«

Die Männer grölten vor Lachen, und Hotte rief: »Das nenne ich mal ein amtliches Abschiedsfest! Auf Lisette und Ferdinand!«

Schmidt verdrehte die Augen und klatschte laut in die Hände, um sich Gehör zu verschaffen. Alle sahen ihn neugierig an.

»Ich will euch nicht den Spaß verderben«, sagte Schmidt, »aber hier im Ort sind alle in höchster Alarmbereitschaft wegen des Sturms. Das hier ist eine Notunterkunft, Männer. Mit allem, was dazugehört. Keiner weiß, wie lange wir uns hier verschanzen müssen. Aber bevor wir uns weiter häuslich einrichten, sollten wir die Reste des Lagers abbauen und den Bus hinter das Vent Fou in die Remise fahren.«

»Damit kommst du reichlich spät!« – »Alles längst passiert!« – »Erzähl uns mal was Neues, Wolle!« – »Hat Gendarm Dupont uns schon gesagt, und wir haben pronto reagiert!«, riefen die Männer durcheinander und wandten sich wieder ihren jeweiligen Beschäftigungen zu.

»Bitte? Dupont hat mich doch gerade gebeten, das in die Hand zu nehmen«, fragte Schmidt entgeistert. »Wie geht denn das?«

»Wenn du wüsstest, was hier alles geht«, erwiderte Pippa.

Pippa suchte sich eine ruhige Ecke, zog ihr Handy aus der Tasche und wählte die Nummer von Régine-Deux, um mit der umtriebigen Paradies-Wirtin ein Hühnchen zu rupfen.

»Falsche Schlange«, sagte Pippa nur, als Régine sich meldete.

»Oh, danke.« Régine-Deux war geschmeichelt. »Ich denke wegen meines darstellerischen Talents tatsächlich daran, eine Laienspielgruppe für okzitanische Stücke zu gründen.« Ernst fuhr sie fort: »Ihr Scharfsinn ist aber auch nicht zu verachten. Wie sind Sie uns auf die Schliche gekommen?«

Pippa berichtete von den verräterischen Zeitungsausschnitten und ihrem Gespräch mit Karin Wittig.

»Und dann haben die Jungs Ihnen alles gestanden, nur weil Sie Druck gemacht haben? Chapeau, meine Liebe. Ich dachte schon, ich müsste tatsächlich eine Gegenüberstellung inszenieren.«

Wider Willen musste Pippa lachen. »Gott bewahre, Sie haben wirklich genug inszeniert! Aber Spaß beiseite – wie geht es euch oben auf dem Berg?«

»Wegen des Autan? Wir sind für alles gerüstet. Die Damen Auerbach und Keller kennen den schwarzen Wind schon vom letzten Jahr und wappnen sich bereits mit Cinsault aus meinem Weinkeller.« Régine hüstelte und fügte leiser hinzu: »Wenn es ganz schlimm wird, ist ja Bruno hier und beschützt uns.«

Ich habe noch nie eine Frau gesehen, die weniger hilflos wirkt als du, dachte Pippa, sagte aber: »Dann kann Ihnen ja nichts passieren.«

»Das will ich doch nicht hoffen!«, rief Régine entrüstet und brachte Pippa damit zum Lachen.

»Eine Bitte habe ich noch: Sind Sie so nett und holen mir Tatjana ans Telefon?«

»Tatjana ist schon vor Stunden ins Tal aufgebrochen. Ist sie nicht bei euch?«

»Jedenfalls nicht hier unten bei den anderen. Dann schaue ich auf ihrem Zimmer nach. Bis bald, Régine, wir sehen uns nach dem Sturm.«

»Moment!«, rief die Wirtin und sagte vorsichtig: »Pippa, vertrauen Sie den Jungs. Jean und Pascal sind Goldstücke, genau wie der Professor. Aber die anderen Männer ... seien Sie bitte vorsichtig, ja?«

»Was meinen Sie?«, fragte Pippa erstaunt.

Régines Stimme war eindringlich. »Wenn sich herumspricht, dass Sie Tisserand entlarvt oder vielmehr Jean gefunden haben, dann wird es der Person, die Sie durch die Rigole geschickt hat, mulmig werden. Dann bekommt sie Angst, dass es auch ihr an den Kragen geht. Das könnte für Sie gefährlich werden.«

»Noch gefährlicher?« Pippa versuchte zu scherzen, obwohl ihr Régines Warnung unter die Haut ging.

»Dieser verdammte Wind treibt uns alle zu unbedachten Handlungen. Passen Sie auf sich auf. Bleiben Sie nicht allein im Zimmer. Gehen Sie nicht allein nach draußen. Hören Sie? Auch nicht mit Kommissar Schmidt!«

»Auch nicht mit Wolfgang? Aber warum denn nicht?«

»Der Tod des alten Mannes ist nach wie vor nicht aufgeklärt. Und der Herr Kommissar reißt sich nicht gerade ein Bein dafür aus, dass sich das ändert.« Sie machte eine Pause. »Wenigstens meiner Meinung nach. Deshalb habe ich Abel angerufen, er soll sich bei Ihnen einquartieren. Ein kranker Leibwächter ist besser als gar keiner.«

Pippa steckte das Handy ein und bemerkte, dass es im Raum deutlich ruhiger geworden war. Die Männer saßen still da und lauschten nach draußen. Der Wind pfiff ums Haus, die Wipfel der Bäume rauschten, und ab und zu knackte es laut, wenn ein Ast abbrach. Aus dem Lautsprecher des Radios drang nur noch atmosphärisches Knistern und Krachen.

Die Kiemenkerle sahen sich unbehaglich an. Als Ferdinand und Thierry den Raum betraten, schienen die Männer sich ein wenig zu entspannen.

Eine heftige Böe fuhr in den Schornstein und heulte wie ein Gespenst. Betont munter sagte Rudi: »Diese Musik finde ich gerade nicht so schön. Kann jemand mal eine andere Platte auflegen?«

Blasko straffte die Schultern und wandte sich an Ferdinand. »Zeit für eine Lagebesprechung. Wir müssen Strategien und Notfallpläne erarbeiten. Melde mich freiwillig, alles generalstabsmäßig zu koordinieren. Wir brauchen Informationen. Frei heraus: Was haben wir zu erwarten?«

Ferdinand war sich seiner düsteren Wirkung bewusst. »Der schwarze Autan kommt, der Teufelswind.«

Thierry ergänzte: »Von einigen auch Todeswind genannt …«

Die Angler schnappten kollektiv nach Luft, und selbst Blasko wurde eine Spur blasser.

»Das ist die Zeit, in der auch die besten Freunde sich gegenseitig umbringen …«, spann Ferdinand den Faden weiter.

»… oder die größten Feinde sich gegenseitig helfen«, fuhr Thierry fort und nickte beinahe unmerklich in Ferdinands Richtung, der das Nicken erwiderte.

So hat auch der schwärzeste Wind sein Gutes, dachte Pippa, wenn er euch wieder aufeinander zu weht. Sie sah Amüsement in den Augen der beiden aufblitzen und erkannte, dass sie Spaß daran hatten, den sonst so großmäuligen Anglern den Ernst der Lage auf ihre Weise zu verdeutlichen.

»Der Wind kommt von Südwesten her und muss zwischen den Pyrenäen und unseren Montagne Noire hindurch«, erläuterte Ferdinand. »Wenn er diese Enge passiert, wird er schneller.«

»*Viel* schneller«, ergänzte Thierry. »Nennt sich Venturi-Effekt.«

»Genau über Chantilly und Revel erreicht er regelmäßig die höchste Geschwindigkeit.«

»Und die größte Wucht.«

Die Köpfe der Zuhörer gingen zwischen den beiden Männern hin und her, die sich gekonnt die Bälle zuwarfen.

»Da sollte man besser gut gedeckte Dächer und fest gemauerte Schornsteine haben und sein Auto nicht in der Nähe eines Baumes parken.«

Thierry hob mahnend den Finger. »Der Autan bringt Schlaflosigkeit, einen Anstieg der Prügeleien, erhöhte Selbstmordrate bei Franzosen und unangenehme Ehestreitigkeiten …«

»Ganz genau – und den könnt ihr gleich haben, wenn ihr

weiter untätig rumsteht und Geschichten erzählt.« Alle fuhren herum.

Lisette stand in der Tür und stemmte empört die Hände in die Seiten. »Wir erwarten Windgeschwindigkeiten von bis zu hundertzwanzig Stundenkilometern. In spätestens drei Stunden treibt der Wind hier alles vor sich her, was sich nicht vorher in Sicherheit gebracht hat. Bis dahin will ich alle Blinkerbabys und Kiemenkerle in Sicherheit wissen. Dann könnt ihr von mir aus weiter Seemannsgarn spinnen.«

Pippa hatte die zarte Frau noch nie so entschieden gesehen. Jetzt glaubte auch sie, dass es draußen in Kürze deutlich unangenehmer zugehen würde, als sie es sich bisher vorstellen konnte.

»Also«, sagte Lisette streng, »wer fehlt?«

Das war das Stichwort für Blasko. Er sprang auf und rief: »Gut, dass ich eine Liste für die Aufgabenverteilung angelegt habe.« Nacheinander las er die Namen von seinem Klemmbrett ab. Bei jedem »Hier!« machte er einen Haken, dann sah er in die Runde und schnarrte: »Stelle fest: Alle anwesend bis auf Bruno Brandauer, Abel Hornbusch, Achim Schwätzer und das Ehepaar Remmertshausen.«

»Bruno ist vorhin mit dieser Riesenbraut ins Paradies abgezischt – der steht bestimmt unter ganz speziellem Schutz«, sagte Hotte, was bei den Kiemenkerlen anzügliches Gelächter auslöste.

Lisette nickte. »Bruno ist also in Sicherheit. Abel Hornbusch ist gerade von Cateline hergebracht worden. Laut Régine du Paradis hat Pippa ihm angeboten, sein Krankenlager in ihrer Wohnung aufzuschlagen. Pippa?«

Diese nickte, und Wolfgang Schmidt musste sich prompt einige spitze Bemerkungen gefallen lassen. »Da wäre ich aber vorsichtig, sonst wird aus deinem Ex-Schwager auch dein Ex-Freund!« – »Pass bloß auf deine Freundin auf, Wolle!« – »Wenn wir erst einmal weg sind und er mit ihr allein ist ...«

»Ich bringe Abel nach oben«, sagte Lisette, vom allgemeinen Aufruhr gänzlich unbeeindruckt. »Dann kann ich gleich überprüfen, ob Herr und Frau Remmertshausen in ihrem Appartement sind.«

Als Lisette gegangen war, sah Schmidt sich um. Froh, von sich selbst ablenken zu können, fragte er in die Runde: »Und wo ist Achim?« Der Kommissar zog den Schlüsselring mit dem Karpfenanhänger aus der Hosentasche und ließ ihn von einem Finger baumeln. »Ich habe hier immer noch seinen *Yacht*-Schlüssel.«

Die Angler sahen sich verdutzt an.

Lothar sagte: »Sissi und ich kommen gerade aus ihrer Wohnung. Wir haben Achim den ganzen Tag noch nicht gesehen, auch nicht vorhin im Lager.«

Blasko nickte. »Ich auch nicht. Ich dachte, Achim wollte sich mal wieder vor der Arbeit drücken.«

»Gerald müsste Bescheid wissen«, warf Hotte ein, »die beiden waren in letzter Zeit schier unzertrennlich. Aber der ist ja auch nicht da.«

Schmidt winkte ungeduldig ab. »Schön, dass wir jetzt wissen, wer Achim *nicht* gesehen hat. Hat denn irgendjemand eine Ahnung, wo er sein könnte?«

»Immer wenn man ihn braucht, ist er nicht da«, grummelte Rudi, »und wenn man ihn garantiert nicht braucht, taucht er todsicher auf. Ich mache mir keine Sorgen um ihn. Wenn es da draußen richtig ungemütlich wird, wird er kommen und uns fragen, ob wir daran gedacht haben, seine Sachen wegzuräumen.«

Lisette kam atemlos in den Raum gelaufen. »Weder Tatjana Remmertshausen noch ihr Mann sind oben in der Wohnung.«

»Wolfgang, ruf Tatjana auf ihrem Handy an«, bat Pippa.

»Das ist überflüssig.« Lisette hob die Hand und zeigte Tatjanas Mobiltelefon. »Es lag oben auf dem Tisch.«

Schmidt runzelte die Stirn. »Verdammt. Wo steckt sie bloß?«

»Blasko – Sie machen eine Liste von den Orten, an denen die drei vermissten Personen sich aufhalten könnten«, kommandierte Ferdinand, und Blasko nickte begeistert. »Die drei haben wahrscheinlich keine Ahnung, in welcher Gefahr sie bei diesem Wetter schweben.«

»Ich sage der Gendarmerie Bescheid«, verkündete Thierry. »Die sollen entscheiden, was zu tun ist.« Eilig ging er hinaus.

»Tibor und seine Crew müssten auch jeden Moment hier sein. Die helfen bestimmt, falls wir nach den Vermissten suchen müssen«, sagte Pippa.

»Darauf können Sie wetten!«, rief Tibor, der mit seinen Leuten in diesem Moment auftauchte.

Die Kiemenkerle standen zusammen und machten Vorschläge, wo die drei sich möglicherweise aufhalten könnten. Blasko, ganz in seinem Element, schrieb alles auf.

Der Sturm zerrte an den Läden der bodentiefen Fenster, dass diese laut klapperten. Das hohe Heulen des Windes war allgegenwärtig, flaute für kurze Momente ab, wurde dann wieder stärker. Durch die Ritzen der Läden konnte man sehen, dass die Welt draußen alle Farbe verloren hatte.

Bei einer besonders heftigen Böe zuckte Hotte zusammen. »Ein Spaß wird das nicht, die drei zu suchen.«

»Das soll auch keine romantische Nachtwanderung werden«, herrschte Schmidt ihn an. »Denkst du, sie sind freiwillig da draußen und spielen Verstecken mit uns? Ihnen muss etwas passiert sein!«

»Wieso ruft Gerald uns nicht einfach an, wenn er Hilfe braucht?«, maulte Rudi. »Er redet doch sonst auch immer nur mit seinem Handy.«

»Weil er keins mehr hat«, blaffte Schmidt.

»Und selbst wenn er eins hätte«, sagte Ferdinand. »Bei dieser Witterung funktionieren sie oft nicht.«

Thierry kam in Begleitung von Pierre Dupont zurück in den Raum. Der Gendarm machte ein besorgtes Gesicht.

»Das sind keine guten Neuigkeiten, meine Herrschaften.« Er klang, als wünschte er gerade jetzt jeden Touristen zum Teufel. »Thierry sagt, Sie haben eine Liste der möglichen Aufenthaltsorte der Vermissten aufgestellt. Kann ich die einmal sehen? Solange der Sturm noch nicht so schlimm ist ...«

Noch nicht so schlimm?, dachte Pippa entsetzt. Wie schlimm wird es denn *noch*?

»... können wir mit Geländewagen der Gendarmerie die entsprechenden Wege abfahren. Ich brauche ein paar Leute als Beifahrer, die die Idio... die gesuchten Personen kennen. Alle anderen bleiben hier.«

Ferdinand übergab dem Gendarmen die Aufstellung.

»Ah, der Campingplatz.« Dupont studierte die Liste. »Es kann nicht schaden, da noch einmal jemanden hinzuschicken und einen Zettel am Schwarzen Brett zu hinterlassen, dass hier alle auf ein Lebenszeichen warten. Über den Damm ist das so gut wie ungefährlich und geht am schnellsten.« Der Gendarm sah sich um. »Kollege Schmidt, wenn Sie das übernehmen würden?«

Der Kommissar nickte, erleichtert, etwas tun zu können. Dann sah er zu Pippa hinüber. »Kommst du mit?«

Pippa sprintete in den ersten Stock, um Regenmantel, Südwester und ihr Fernglas zu holen.

Abel lag auf dem Sofa und las in einer ihrer Arbeitsmappen. Er machte ein schuldbewusstes Gesicht, als Pippa hereinkam.

»Entschuldige ... ich bin einfach an deine Sachen gegangen. Mir war langweilig, und ich habe etwas zu lesen gesucht.«

»Macht nichts. Schön, dass es dir etwas besser geht«, sagte Pippa, während sie ihren Regenmantel zuknöpfte.

Abel beobachtete sie stirnrunzelnd. »Was hast du vor?«

Pippa flocht ihre langen Haare zu einem dicken Zopf, den sie unter dem Südwester verstauen wollte. »Ich will mit Wolfgang noch mal zum Parkplatz. Eine Nachricht für Tatjana hinterlassen.«

»Kommt nicht in Frage. Régine-Deux hat mir befohlen, dich mit allen Mitteln von solchen Plänen abzuhalten. Du solltest nicht mit den Kiemenkerlen allein sein«, sagte Abel und seufzte. »Nicht einmal mit Wolfgang.«

Pippa starrte Abel entsetzt an. »Sie glaubt tatsächlich, dass mein Leben in Gefahr ist?«

Abel Hornbusch nickte ernst. »Was glaubst du, warum ich auf diesem Sofa liege? Régine hat mich herbeordert, damit ich auf dich aufpasse.«

Pippa ließ sich auf einen Stuhl fallen, als sie begriff, dass Abels und Régines Besorgnis echt waren. All ihre Energie wich plötzlich einem mulmigen Gefühl. »In Ordnung, ich werde auf Régine-Deux hören«, sagte sie leise. »Wie sagt Hemingway so schön: *Man ist nicht feige, wenn man weiß, was dumm ist.*«

Abel war sichtlich erleichtert. »*Die* Mappe habe ich auch schon gelesen. Wirklich interessant, was Professor Trapp dazu sagt.« Er hob die Mappe, die in seinem Schoß lag. »Aber diesen Satz finde ich noch besser: *Einen Menschen erkennt man daran, wie er sich rächt.* Hier sagt er, dass man das vor allem in der Rückschau beurteilen kann. Man muss sich nur die Mittel ansehen, die jemand angewendet hat, um sich zu rächen. Wird eine Figur in Hemingways Romanen respektlos behandelt oder gedemütigt, wählt sie eine Form der Rache, die den Übeltäter mit seinen eigenen Waffen schlägt.«

»Du hast recht.« In Pippas Kopf arbeitete es. »Das Zitat meint vor allem Rückschau auf bereits stattgefundene Rache.« Sie schluckte. »Tatjana und Teschke ... Aber warum?«

Als Pippa nachdenklich in den großen Saal zurückkehrte, hatte Pierre Dupont bereits Ferdinand zum Beifahrer für seinen Polizeiwagen bestimmt und Tibor auf die Wache geschickt, um von dort aus mit auf Patrouille zu fahren.

Jetzt zeigte er auf Cateline. »Du machst hier Telefondienst, Régine ist in der Gendarmerie. Nehmt alle eingehenden Hilferufe auf und leitet sie an uns weiter. Besonders, wenn einer der drei Schwachkö... Vermissten auftaucht. Pippa, wenn Sie vielleicht helfen wollen?«

Pippa nickte und pellte sich aus ihrer Regenkleidung. Sie bemerkte Schmidts skeptischen Blick und hob fragend die Brauen.

»Plötzlich so vernünftig?«, fragte Schmidt. »Ich denke, du gehst mit mir?«

»Mir reichen Stürme im Wasserglas«, gab Pippa zurück, »echte mitten im Wald sind mir zu gefährlich.«

»Hm«, sagte Schmidt, wenig überzeugt. »Borgst du mir dann dein Fernglas?«

Pippa reichte es ihm. »Ich sollte Leihgebühren nehmen, dann hätte ich den Kaufpreis schon wieder raus. Oder genug Geld, mir ein echtes Nachtsichtgerät leisten zu können.«

Schmidt nahm wortlos das Fernglas und stapfte aus der Tür.

»Sie können nicht überall sein, Monsieur Dupont. Ich aktiviere deshalb die Kiemenkerle«, erklärte Blasko schneidig. »Schlage vor, wir suchen mit einem Boot den See ab.«

Die Angler warfen sich alarmierte Blicke zu.

Zu ihrer Erleichterung lehnte Dupont den Vorschlag kategorisch ab. »Falls ich mich vorhin nicht klar genug ausgedrückt habe: Bei diesem Wetter geht niemand auf den See. Und auch nicht irgendwo anders hin. Sie bleiben alle, wo Sie sind: hier!«

Pippa hielt Dupont, Ferdinand und Thierry die Tür auf, als die drei zum Polizeiwagen eilten, um sich auf die erste Patrouillenfahrt zu machen.

Sie sah ihnen nach. Ihre Gedanken überschlugen sich. Wenn Tatjana schuld an Teschkes Tod war, konnte es gut sein, dass sie nicht gefunden werden wollte.

Plötzlich spürte sie, dass jemand hinter ihr stand, fuhr herum und blickte in Jean Didiers Gesicht.

»Jean, verdammt! Du hast mich erschreckt. Keine Traute gehabt, dich Thierry anzuschließen?«

»Du denkst, ich habe Angst vor dem Herrn Papa?« Er schüttelte grinsend den Kopf. »Ich wollte nur warten, bis alle weg sind, und dich entführen. Ich glaube nämlich, ich weiß, wo Tatjana ist. Ich habe sie dort gemalt, an ihrem Lieblingsplatz.«

»Ich weiß, wo du meinst: die Bank bei den zwei Buchen, außerhalb von Chantilly. Die kenne ich«, sagte Pippa aufgeregt. »Warum hast du das vorhin nicht gesagt?«

»Weil ich das Gefühl habe, dass Tatjana lieber von uns gefunden werden möchte als von anderen.«

Pippa sah Jean Didier in die Augen, dann nickte sie. »Verstehe. Bist du sicher, dass der Platz nicht auf der Liste steht?«

»Ich glaube nicht. Ich war die meiste Zeit in der Küche und habe schön meine Klappe gehalten.«

»Dann los.«

Pippa griff nach ihrem Regenmantel und dachte: Mit dir darf ich ja gehen, hat Régine-Deux gesagt, und je schneller ich bei Tatjana bin und je weniger Leute dabei sind, desto besser.

Der überraschend warme Wind riss sie beinahe von den Füßen, als sie vor die Tür des Vent Fou traten. Pippa verlor das Gleichgewicht und taumelte ein paar Schritte zurück gegen die Hauswand, Jean zog sie an der Hand zu sich und hakte sie unter. Gemeinsam stemmten sie sich gegen den Wind, bis Pippa sich sicher fühlte und sich wieder von ihm löste. Wenn sie die Hände in die Manteltaschen steckte und dem Sturm möglichst wenig

Angriffsfläche bot, kam sie gut vorwärts. Sie gingen über den Kiesweg in Richtung Straße und passierten die überdachte Terrasse. An der geschützten Innenseite lehnte eine schattenhafte Gestalt, die an einer Zigarette zog. Das Aufleuchten der Glut erhellte das Gesicht: Thierry.

Er löste sich aus dem Schatten und schloss sich ihnen wortlos an.

Unwillkürlich ging Pippa etwas schneller, um Vater und Sohn in ihrem ersten gemeinsamen Moment seit fünfundzwanzig Jahren die Gelegenheit zur Aussprache zu lassen, aber die Männer schwiegen. Sie liefen nebeneinander her, als wäre es das Normalste der Welt.

Männer, dachte Pippa, Männer und ihre überschwänglichen Gefühlsäußerungen!

Sie warf einen kurzen Blick über die Schulter und sah das Lächeln auf den Gesichtern der beiden.

Manchmal sind Worte einfach überflüssig, korrigierte sie ihren ersten Eindruck und stapfte weiter in dem Hochgefühl, einen besonderen Moment erlebt zu haben.

Beim Anblick des Lac Chantilly blieb sie abrupt stehen. Nichts erinnerte mehr an die sanften Blautöne des Sees, auf dem die Sonne glitzerte. Jetzt war das Gewässer tiefschwarz und unruhig, schaumige Gischt wirbelte auf der Oberfläche. Bedrohlich und beunruhigend.

Chantilly lag wie ausgestorben. Die Straßen waren menschenleer, alle Einwohner hatten sich hinter den dicht verschlossenen Fensterläden ihrer Häuser in Sicherheit gebracht. Das Dorf wartete auf den Sturm.

Sie nahmen den gleichen Weg, den Pippa an ihrem ersten Tag in Chantilly-sur-Lac zusammen mit Pia gegangen war, und kämpften sich gegen den Wind den Hügel hinauf.

Pippa dachte an Schmidt und seine Hingabe an Tatjana. Kann

es wirklich gesund sein, derart selbstlos zu lieben? Und wie weit würde er wirklich für sie gehen?

Durch das Heulen des Windes hörte sie, dass ihr Name gerufen wurde: Wolfgang Schmidt eilte im Laufschritt hinter ihnen her.

»Was machst du denn hier?«, wollte sie wissen, als er sie keuchend erreicht hatte.

Schmidt rang nach Luft. »Dein Fernglas ist wirklich gut.«

Und deshalb habe ich dich jetzt doch an den Hacken, dachte Pippa. Aber immerhin bin ich nicht allein mit dir – das würde Régine-Deux überhaupt nicht gefallen.

»Weiter«, kommandierte Thierry, und sie setzten ihren Weg fort.

Regen setzte ein, der zu Pippas Erleichterung nicht so kalt war, wie sie befürchtet hatte. Dicke Tropfen peitschten ihnen ins Gesicht, so dass sie kaum etwas sehen konnten. Fast blind erreichten sie die Bank unter den Buchen und wischten sich das Wasser aus den Augen.

Angesichts der Szene, die sich ihnen darbot, schnappte Pippa nach Luft.

Über den dunklen Himmel jagten schwarze Wolken, und der Wind toste durch die Baumwipfel. Tatjana saß ruhig, beinahe gelassen, auf der Bank, als würde sie auf Erlösung warten An jede der Buchen war ein nackter Mann gebunden: Links zerrte Achim wütend an seinen Fesseln, rechts Gerald. Ihre Kleidung lag sorgfältig gefaltet vor ihnen auf der Erde, beschwert mit einem Stein. Tatjana hatte die Männer mit ihren eigenen Socken geknebelt, damit sie nicht um Hilfe schreien konnten.

»Wie eine Rachegöttin«, murmelte Thierry beinahe ehrfürchtig. Er wollte sein Handy nehmen, um die Gendarmerie zu informieren, aber sein Sohn bedeutete ihm zu warten.

Tatjana reagierte mit keinem Blick, keiner Bewegung auf ihr

Eintreffen. Sie saß einfach da – stolze, bedauernswerte Schönheit.

Schmidt griff nach Pippas Arm. »Himmel! Was ist denn hier los?«

»Tatjana hat Franz Teschke getötet«, erwiderte Pippa leise.

Kapitel 31

Pippa, Thierry und Jean standen überwältigt da, aber Schmidt rannte zur Bank und kniete sich vor Tatjana in den Matsch.

Diese sah ihn nicht an. Sehr ruhig und sehr gelassen sagte sie: »Ich hatte nicht vor, die beiden zu töten. Ich will nur, dass sie reden. Ich will wissen, warum sie mir das angetan haben.«

»Wie um alles in der Welt hat sie die beiden Männer an die Bäume gekriegt?«, fragte Thierry leise.

»Tatjana wird allgemein unterschätzt«, gab Pippa zurück. »Wer so schön ist wie sie, hat es leicht, gemocht zu werden, wird aber selten ernst genommen. Tatjana wird sie überrumpelt haben.«

»Außerdem weht der Schwarze Wind«, sagte Jean. »Da ist alles möglich.«

Wie auf ein geheimes Kommando gingen Thierry und sein Sohn zu den gefesselten Männern, um sie von den Knebeln zu befreien.

Während Gerald um Luft rang, schrie Achim sofort: »Bindet uns los! Aber dalli! Das ist Freiheitsberaubung! Schmidt! Tu was!«

Dieser zuckte mit den Schultern und sagte: »Ich finde, ihr steht da ganz gut.«

»Was soll das? Hilf mir!« Achim begriff, dass von Wolfgang Schmidt kein Beistand zu erwarten war. Er sah den Mann neben sich an und registrierte erst jetzt, wer dort stand. »Jan? Wie kommst du denn hierher? Schnell, Kumpel, binde mich los.«

Jean Didier machte keine Anstalten, der Aufforderung zu folgen, sondern sagte lapidar: »Freiheit gegen Wahrheit, Achim.«

»Es wird einen triftigen Grund geben, dass ihr da steht – den wüssten wir gerne«, ergänzte sein Vater.

Ein Polizeiwagen brauste heran und hielt mit quietschenden Reifen neben Pippa. Paul Dupont und Tibor, der auf dem Beifahrersitz saß, ließen die Seitenscheibe herunterfahren und musterten das Bild, das sich ihnen bot.

»Ich habe ja schon einiges gesehen …«, sagte Tibor und brach ab, weil ihm die Worte fehlten.

»Der Autan.« Paul Duponts Analyse der Situation war kurz und knapp. Er wandte sich an Pippa. »Was geht hier vor?«

»Die Aufklärung eines Mordfalles. Fragen Sie mich nur nicht, wie.«

Der Gendarm nickte gelassen. »Der Strom ist ausgefallen. Komplett. Wir haben keine Verbindung mehr zu den anderen. Kein Handy, kein Funk, nichts. Ich fahre mit Tibor in die Gendarmerie und sage Bescheid. Dann suche ich Pierre und komme zurück.«

Er gab Gas und fuhr in Richtung Polizeistation davon.

Gerald Remmertshausen zerrte wütend an seinen Fesseln. »Was soll denn das bedeuten? Spielt jetzt auch die Polizei verrückt? Bindet uns gefälligst los!«

»Genau!«, schrie Achim Schwätzer. »Ihr macht euch der Beihilfe schuldig! Tatti ist wahnsinnig geworden, und ihr tut so, als ob wir …« Wieder kämpfte er vergeblich gegen die Fesseln an und fauchte: »Wartet nur – wenn ich losgemacht bin, zeige ich es euch! Allen! Macht euch auf was gefasst! Du besonders, Jan.«

»Ein gutes Argument, dich zu lassen, wo du bist«, sagte Jean Didier ungerührt.

Schmidt hatte sich neben Tatjana auf die Bank gesetzt und

den Arm um sie gelegt. Sie zeigte keinerlei Reaktion auf das, was um sie herum passierte.

Thierry wiegte den Kopf. »Es wird immer schlimmer. Je länger der Autan weht, desto verrückter werden die Leute.«

»Auch gefährlicher?«, fragte Schmidt interessiert.

Jean nickte. »Unberechenbar. Prädikat: Äußerst abgedreht.«

»Gilt bei dieser Wetterlage purer Jähzorn als mildernder Umstand?«, fragte Schmidt weiter.

»Bei dieser Wetterlage gilt nahezu alles als entschuldbar.« Thierry warf Jean einen Blick zu. »Sogar unterlassene Hilfeleistung.«

»Deshalb brauchen wir Ruhe.« Jean gab seinem Vater einen Wink, und die beiden stopften die Knebel wieder in Geralds und Achims Mund.

Jetzt hörte man nur noch den Wind pfeifen.

Aus der gleichen Richtung wie zuvor Paul Dupont näherte sich der Geländewagen seines Bruders, mit Ferdinand als Beifahrer. Die beiden bremsten abrupt und stiegen aus, die Blicke ungläubig auf die Szenerie gerichtet.

»Ah – Sie haben die Vermissten also gefunden«, sagte Pierre Dupont. »Ich finde zwar auch, dass den dreien für ihren gefährlichen Ausflug Tadel gebührt, aber ob ich so weit gegangen wäre, sie gleich ...«

Thierry ging zu Dupont und flüsterte ihm eindringlich etwas ins Ohr, während der Gendarm erst zu Pippa, dann zu Gerald und Achim sah.

Die Versuche der beiden Männer, trotz der Knebel zu schreien, ignorierte er geflissentlich. Zuletzt verweilte sein Blick auf Tatjana, die zusammengesunken auf der Bank saß. Als Thierry ausgeredet hatte, nickte Dupont.

Schmidt starrte Dupont verwirrt an. »Wo kommen Sie denn

so schnell … Sie sind doch gerade erst … Ich verstehe nicht«, stammelte er.

»Kennst du die Geschichte vom Hasen und dem Igel?«, fragte Pippa. »Das ist die okzitanische Version.«

Mit einer Handbewegung brachte der Gendarm alle zum Schweigen. »Madame«, sagte er zu Tatjana und verschränkte die Arme vor der Brust, »ich denke, Sie haben uns etwas zu sagen.«

Zuerst rührte Tatjana sich nicht. Schließlich erwiderte sie leise, aber gefasst: »Ich möchte eine Aussage machen.«

»Und mir erklären, wie und warum Sie die beiden Herren an die Bäume …« Dupont konnte seinen Satz nicht beenden, denn Tatjana unterbrach ihn mit einem Kopfschütteln.

»Nein, das nicht.« Sie machte eine Pause. »Ich habe Franz Teschke getötet.«

Die Stille, die auf ihre Worte folgte, war beinahe greifbar. Alle sahen Tatjana an und warteten darauf, dass sie weiterredete.

»Es tut mir wirklich leid, ich wollte das nicht!«, brach es aus ihr heraus. »Ich wollte ihm nur einen Schreck einjagen. Ich dachte, er kann den Kühlwagen von innen öffnen. Ich hatte keine Ahnung, dass die Tür kaputt ist. Ich wusste doch nicht, dass er darin … darin … Ich habe ihn auf dem Gewissen!«

In den Gesichtern der Umstehenden mischten sich Entsetzen und Mitleid für die verzweifelte Frau.

Schmidt wollte etwas sagen, aber Tatjana stoppte ihn mit einer Handbewegung. »Nein, Wolfgang, du nicht, nicht jetzt. Ich will keine Hilfe. Ich will das selbst tun.«

Tatjana befreite sich von seinem Arm und richtete sich auf. »Teschke war nur an Geld und an seinem verdammten Karpfen interessiert. Ich wollte ihn erschrecken – so sehr, wie er mich erschreckt hat. Ich hatte keine Ahnung, was ich damit anrichte«, erzählte sie mit klarer, fester Stimme.

»Deshalb warst du so betroffen, als du von Franz' Tod erfahren hast«, sagte Pippa.

Tatjana nickte. »Und in der Nacht, als ihr, Cateline und du, euch auf mich gestürzt habt, um mich aus dem See zu retten, da hattet ihr nicht ganz unrecht mit eurer Vermutung. Ich weiß tatsächlich nicht, was ich getan hätte, wenn ihr nicht gekommen wärt. Ich fühlte mich, ach was, ich fühle mich noch immer sterbenselend.«

Darum hat in jener Nacht auch ihr Magen revoltiert, dachte Pippa. Es war Scham, Schuldgefühl und schlechtes Gewissen.

»Aber warum, Madame?«, fragte Dupont. »Was hat Teschke Ihnen getan?«

Müde wandte Tatjana den Kopf und sah nacheinander Gerald und Achim an. »Das können die beiden euch besser erzählen als ich.«

Die Knebel wurden entfernt, und die Männer brüllten sofort los.

»Halt den Mund, Tatti!«, keifte Achim Schwätzer mit hochrotem Gesicht. »Wir haben gar nichts zu sagen – und du auch nicht!«

»Tatti, hör endlich auf mit deinen Lügengeschichten!«, brüllte Gerald gleichzeitig. Er wandte sich den Umstehenden zu. »Ihr dürft ihr kein Wort glauben! Sie ist eine krankhafte Lügnerin!«

Tatjana drehte sich zu ihrem Mann um. Sehr schön, sehr stolz und sehr würdevoll sagte sie zu ihm: »Musst du mir noch das Letzte nehmen, was mir geblieben ist, Herr Doktor? Meine Ehrlichkeit?«

»Die Ärmste«, murmelte Ferdinand, und Pierre Dupont nickte zustimmend.

Gerald hingegen ließ sich nicht beeindrucken. »All das hier ist Zeichen ihrer Krankheit. Sie ist nicht zurechnungsfähig!«, beharrte er und erreichte damit, dass Thierry ihm wieder den Knebel verpasste.

»Genau wie alle anderen Weiber!«, schrie Achim Schwätzer und nickte in Pippas Richtung. »Die da auch!«

Sein Gesicht verzog sich zu einer hämischen Fratze. »Dein Glück, dass es schon dämmerig war. Im Hellen hätte ich dich nicht verfehlt.«

Unwillkürlich wich Pippa einen Schritt zurück. »Du warst das? Du hast mich mit Steinen beworfen?«

»Wieso musstest du blöde Kuh den Schmidt auch unbedingt auf das Stück Holz aufmerksam machen?«, ereiferte Achim sich weiter mit überschlagender Stimme.

»Du hast uns belauscht«, sagte Pippa langsam. »Oben auf dem Berg. Und du bist zurückgekommen – und zwar nicht nur, um dein Angelzeug zu holen.«

Achim Schwätzer nickte und grinste verzerrt. »Was steckst du deine dreiste Nase auch ständig in Dinge, die dich nichts angehen?«

Pippa ging ein paar Schritte auf ihn zu. »Mord geht immer und jeden etwas an.«

»Ich wünschte, du wärst in der Wasserrinne ersoffen«, zischte Schwätzer.

Blitzschnell verstopfte Jean auch ihm den Mund wieder mit dem Knebel. »Dann wissen wir jetzt auch, wer für den Nagel im Autoreifen verantwortlich ist«, kommentierte er gelassen. »Es wird Pascal freuen zu hören, wer seinen geliebten HY auf dem Gewissen hat – und wer dafür bezahlen wird.«

Wütend schnaubte Achim Schwätzer durch den Knebel und versuchte vergeblich, Jean mit einem Kopfstoß zu treffen.

»Ich bin froh, wenn ich alles von der Seele habe«, sagte Tatjana in die Stille, die Schwätzers Geständnis folgte. »Ich will nichts beschönigen. Gerald und ich hatten in jener Nacht einen schrecklichen Streit. Ich wollte, dass er Achim zur Rede stellt, ihn zur Rechenschaft zieht.«

Tatjana holte tief Luft. »Achim hatte am Abend zuvor auf einem Spaziergang versucht, meine Traurigkeit und Niedergeschlagenheit wegen meiner Kinderlosigkeit auszunutzen. Er ... Achim ... versuchte, mich zu verführen. Er bedrängte mich. Mitten im Wald. Sehr plump und sehr massiv.«

Dabei hat der Widerling sicher seinen *Yacht*-Schlüssel verloren. Pippa wurde übel. Und wir saßen alle ruhig im Camp und hörten Vinzenz' Vortrag über Jean Didier zu.

»Ich wehrte mich natürlich«, erzählte Tatjana weiter, »aber Achim lachte mich aus und behauptete, Gerald sei der Letzte, der etwas dagegen hätte, der habe längst das Interesse an mir verloren.«

Achim Schwätzer stieß ein Gurgeln aus, und Jean entfernte den Knebel.

»Keine Ahnung, was ich an dir gefunden habe«, geiferte Schwätzer mit hervorquellenden Augen, »du bist genauso unbrauchbar wie der Rest und ...«

»Keine Beleidigungen mehr«, murmelte Jean und schob den Knebel wieder in Achims Mund. Dabei ging er nicht sonderlich sanft vor.

»Das werte ich als Bestätigung der Sachlage und als Geständnis«, sagte Dupont ruhig.

»Gerald hat mir nicht geglaubt«, fuhr Tatjana fort. »Achim sei sein bester Freund, sagte er. Schlimmer noch: Er tat so, als hätte ich mich dem Kerl an den Hals geworfen – und als wäre das die einzig glaubhafte Version.«

Remmertshausen tobte wütend in seinen Fesseln, und auf ein Nicken von Dupont zog Thierry den Knebel heraus.

»Du bist ein Idiot, Achim!«, schrie Gerald. »Deinetwegen stehen wir jetzt hier und machen uns zum Gespött! Du bist so dämlich, wie du klein bist! Konntest du dich nicht mit dem zufriedengeben, was ich dir gezahlt habe? War das nicht genug? Wir hatten eine verdammte Abmachung!«

»Ach ja?«, sagte Dupont. »Und wie sah die aus?«

»Ich sage nichts«, presste Gerald zwischen zusammengebissenen Zähnen hervor.

»Wie Sie wollen«, gab Dupont zurück. »Sie stehen da am Baum, nicht ich.« Er wandte sich wieder Tatjana zu. »Wollen Sie fortfahren, Madame?«

Sie nickte. »Ich hätte in der Nacht auf meinem Zimmer bleiben sollen. Aber ich wollte unbedingt einen letzten Versuch machen, mich mit Gerald zu versöhnen. Ich wollte unsere Ehe retten.«

Dupont war deutlich anzusehen, dass Tatjanas Worte seine Leidenschaft für Liebesromane ansprachen.

So viel zu Tatjanas Leichtlebigkeit, dachte Pippa.

»Ich rannte über den Damm und traf Franz am Ablauf des Sees«, erzählte Tatjana. »Mit seiner Angel. Er war aufgekratzt und hatte getrunken. Er hielt mich auf und redete von nichts anderem als seinem blöden Karpfen. Und davon, dass er sich ein Boot wie das von Achim zulegen will. Ich hatte keine Lust, ihm zuzuhören, und sagte, die dämliche Angelei interessiere im Moment herzlich wenig. Da packte er mich.« Unwillkürlich rieb sie ihr linkes Handgelenk. »*Ich will ein Boot und ich will es schnell,* sagte er, *und du wirst dafür sorgen, dass es noch schneller geht.* Er verlangte dreitausend Euro, sonst würde er allen erzählen, ich hätte versucht, Achim zu verführen.«

Schmidt fuhr hoch. »Aber das stimmte doch gar nicht!« Auf einen warnenden Blick von Pippa hin zog er den Kopf ein und verstummte.

»Teschke sagte, er habe mich und Achim im Wald gesehen, und es wäre nun an mir, für seine wohlwollende Interpretation zu bezahlen. Ich bekam einen Riesenschreck«, sagte Tatjana.

»Teschke redete und redete. Dass er für Geld darauf verzichtet hätte, sich an den Ermittlungen über Jean Didier zu beteiligen, und dass sich das nun doppelt auszahlen würde.« Jean knurrte wütend, sie warf ihm einen Seitenblick zu und sprach dann weiter: »Teschke machte mir unmissverständlich deutlich, dass er seine Version der Szene im Wald auf jeden Fall verkaufen würde. Entweder an mich oder an Gerald. Aber ich hätte das – so nannte er es – Vorkaufsrecht.«

Sie brauchte eine Pause, um sich zu sammeln. Dann fuhr sie fort: »Mir war sofort klar: Gerald würde ihm mehr glauben als mir. Ich würde meinen Mann verlieren, und Achim wäre fein raus. Ich stimmte also zu und versprach Teschke, ihm das Geld zu geben. Er freute sich wie ein Schneekönig und schleppte mich zum Kühlwagen, um mir den Karpfen zu zeigen. Es war völlig absurd. Gerade noch hatte er mich erpresst, jetzt wollte er mir wie ein stolzes Kind diesen Fisch vorführen. Aber ich hätte alles getan, um ihn zu besänftigen. Ich hatte wirklich Angst vor seinem Schandmaul.« Sie schüttelte traurig den Kopf. »Am Kühlwagen trafen wir ausgerechnet auf Gerald und Achim. Sie stritten sich, und Gerald sagte gerade: *Du Idiot gefährdest alles. Wir hatten eine Abmachung.*« Sie blickte ihren Gatten an. »Genau wie eben.«

Schmidt sprang auf und stieß Remmertshausen unsanft an. »Stimmt das?«

Er zog den Knebel heraus, aber Gerald nickte nur.

»Teschke genoss die Situation«, berichtete Tatjana, »er lachte und baute sich breitbeinig vor ihnen auf. *Spurt Achim nicht mehr richtig?*, fragte er Gerald und bot sich an, *auszuhelfen,* wie er das nannte. Dazu sei er keineswegs zu alt und noch dazu billiger. Seine Kontonummer sei Gerald ja bekannt.«

»Der Mann hat aber auch keine Gelegenheit ausgelassen, Geld zu machen«, flüsterte Ferdinand Pippa angewidert ins Ohr.

»Ich verstand natürlich nicht, was vor sich ging«, fuhr Tatjana fort und erschauerte sichtlich, »aber ich war sicher, es hatte etwas mit mir zu tun. Ich fragte Teschke, was seine Andeutungen sollten. *Es geht um deinen Kinderwahn*, gab er hämisch zurück. *Geht es um den nicht immer?*«

»Hör endlich auf, Tatti«, befahl Gerald herrisch. »Niemand glaubt dir. Deine Lügen sind schlimmer als jeder Groschenroman. Erzähl sie jemand anderem.«

»Tut sie ja gerade«, sagte Dupont, »und ich *liebe* Groschenromane.«

Auf sein Zeichen hin redete Tatjana weiter. »Ich hatte keine Ahnung, dass irgendeiner der Kiemenkerle etwas wusste von meinen verzweifelten Versuchen, schwanger zu werden. Also habe ich meinen Mann danach gefragt.«

»Dem möchte ich mich anschließen«, warf Dupont ein und sah Gerald an. »Woher wusste Monsieur Teschke davon?«

Remmertshausen errötete. »Ich habe Achim und ihm in einer schwachen Stunde davon erzählt. Kein Mann hält es aus, wenn es bei seiner Frau kein anderes Thema mehr gibt.«

»Komisch, wieso glaube ich das jetzt nicht?«, sagte Pippa angriffslustig. »Eine Frau wie Tatjana hätte bestimmt nach Lösungen gesucht, anstatt zu lamentieren.« Sie begegnete Tatjanas dankbarem Blick.

»Tatti ist krank.« Gerald sprach betont professionell. »Ich musste in der Nacht verhindern, dass sie völlig durchdreht. Ich wollte nicht, dass sie den ganzen Parkplatz zusammenschreit und das Camp aufweckt. Ich wollte sie beruhigen und Teschke ablenken, also bat ich ihn, Tatjana den Karpfen zu zeigen.«

»Wer soll das denn glauben?«, platzte es aus Pippa heraus. »Warum sollte der Anblick eines riesigen toten Fisches sie beschwichtigen? Das wäre wirklich krank.«

Remmertshausen musterte sie überheblich. »Bei Tattis Krankheit reichen oft schon ein wenig Zuwendung und Wichtignehmen. Eigentlich gilt das für jede Frau. Sie wissen ja, wie die sind.« Bei dem letzten Satz sah er Dupont an.

»Nein, weiß ich nicht«, erwiderte dieser trocken, »aber ich lerne heute so einiges. Über Frauen und über Männer.«

»Teschke kletterte in den Kühlwagen, um den Fisch zu holen.« Tatjana seufzte. »Leider war ich abgelenkt, weil ich versuchte, Gerald zu erklären, dass Achim und Teschke alles andere als gute Freunde sind.«

Gerald Remmertshausen unterbrach seine Frau. »Ich kannte die beiden länger als du. Also kannte ich sie auch besser.«

Tatjana warf ihrem Mann einen mitleidigen Blick zu. »Du kennst nicht mal dich selbst.«

Pierre Dupont machte eine ungeduldige Handbewegung, und Tatjana fuhr fort: »Ich folgte Teschke in den Kühlwagen und blieb in der Tür stehen, damit das Licht der Parkplatzbeleuchtung den Innenraum beleuchten konnte. Dabei hörte ich einen Laut. Es klang, als würde ein Tannenzapfen zur Erde fallen. Ich habe mir nichts dabei gedacht.« Sie sammelte sich einen Moment. »Leider.«

Tatjana sah Dupont offen an.

»Mittlerweile weiß ich, dass ich das Holzstück beim Öffnen der Tür aus dem Wagen gekickt haben muss.« Sie schluckte. »Aber ich war an nichts anderem interessiert, als von Teschke zu erfahren, was Gerald ihm über meinen Kinderwunsch erzählt hatte. Franz höhnte, ich würde mich wohl für einen guten Fang halten. Dabei ließen Gerald und Achim mich in Wirklichkeit wie eine Marionette an ihren Fäden tanzen. Ich wollte wissen, wie er das meint. Er lachte und flüsterte: *Hast du denn immer noch nichts kapiert? Nicht du bist das Problem. Gerald kann keine Kinder kriegen.*« Sie schwieg einen Moment, und es herrschte absolute Stille, selbst der Wind schien innezuhalten. »Das zog mir den Boden unter den Füßen weg. Eine Sicherung brannte durch. Ich bin raus und habe die Tür zugeknallt. Ich hetzte die Treppe zum Damm hoch, so als wären Furien hinter mir her. Ohne mich noch einmal umzudrehen, bin ich zum Vent Fou gerannt.«

Wortlos wechselten Schmidt und Dupont einen Blick, wollten aber Tatjana nicht unterbrechen.

»Als ich dann am nächsten Tag ins Lager kam, erfuhr ich, dass Teschke im Kühlwagen gestorben ist. Ich bin also schuld.« Tatjana holte tief Luft. »Achim und Gerald haben mich dann bearbeitet und mir versprochen, niemandem etwas zu erzählen. Es sei gut, dass Teschke ausgeschaltet sei, sonst hätte er niemals Ruhe gegeben und uns immer weiter erpresst, sagten sie.«

»Wir wollten nur dein Bestes!«, rief Gerald Remmertshausen.

»Natürlich, ihr eine Krankheit anzudichten und sie damit für unzurechnungsfähig zu erklären«, ätzte Pippa. »Prima Idee!«

»Ich wollte erst nicht mitmachen«, fuhr Tatjana fort. »Aber die beiden ließen nicht locker. Sie schlugen mir vor, ein paar Tage ohne die Kiemenkerle zu verbringen. Damit ich mich vom ersten Schock erholen und in Ruhe über ihren Vorschlag nachdenken kann. Irgendwann war ich mürbe genug, um einzulenken. Warum sollte ich wegen eines gierigen alten Mannes für Jahre hinter Gitter? Ich konnte einfach nicht mehr klar denken. Ich habe mich überreden lassen – und gehofft, dass es nie rauskommt. Schrecklich, wirklich schrecklich. Ich verstehe nicht, wie ich das machen konnte.« Sie richtete sich auf und zeigte auf Gerald und Achim. »Sie haben mir den Respekt vor einem Menschenleben genommen. Sie haben mir meine Selbstachtung genommen. Sie haben mich zur Mörderin gemacht.«

Tatjana schlug die Hände vors Gesicht. Als sie wieder aufsah, hatte sie Tränen in den Augen. »Ich war zu lange blind vor Liebe, hatte sogar noch Mitleid mit meinem Mann. Ich dachte, er ist vielleicht aus Altersgründen nicht mehr zeugungsfähig und wird damit nicht fertig. Ich wollte ihm helfen. Ich hoffte, ihm beweisen zu können, dass ich nur ihn will, dass mir alles andere egal ist – auch eigene Kinder. Ich dachte, für seine Zufriedenheit … für unser Glück ist alles entschuldbar, alles erlaubt.«

Gerald ließ den Kopf hängen, und Pippa bemerkte, dass er keinen Versuch mehr machte, seine Version der Geschichte zu verteidigen.

Beinahe sanft fragte Dupont: »Und warum jetzt das hier?« Er deutete auf die beiden gefesselten Männer.

»Weil Pippa eine Nachricht auf Geralds Smartphone gelesen hat«, erwiderte Tatjana. »Von einer Klinik, die sich mit Unfruchtbarkeit beschäftigt. Ich habe die Nachricht vor Gerald verschwiegen und mir dort heimlich einen Termin besorgt. Ich hoffte, in der Klinik erfahren zu können, wie ich ihm helfen kann. Ich fuhr nach Toulouse. Und das hat alles verändert.«

»Inwiefern?«, fragte Dupont.

»Weil ich dort die Wahrheit erfahren habe.«

Dupont sah Gerald auffordernd an.

Remmertshausen verzog unwillig das Gesicht. »Ich habe mich in der Klinik untersuchen lassen. Ich wollte wissen, ob meine Sterilisierung sich rückgängig machen lässt.« Er seufzte. »Es gibt Fälle, bei denen das möglich ist, aber ich gehöre nicht dazu.«

»Ist allen klar, was das heißt?«, rief Tatjana wütend aus. »Dieser Mann hat mich jahrelang von einem Arzt zum nächsten geschickt, wohl wissend, dass *er* für meine Kinderlosigkeit verantwortlich ist! Er war schon vor unserer Hochzeit sterilisiert.« Tatjana schloss kurz die Augen und holte tief Luft. »Die Berichte meiner Untersuchungen gingen natürlich immer direkt an den Herrn Doktor, der mir das niederschmetternde Ergebnis dann schonend beigebracht hat. Ha! Das Ergebnis! Lauter Lügen waren es! Die ganzen Jahre habe ich mich gequält, und wofür? Für nichts! Er hat meine Leichtgläubigkeit und mein Vertrauen ausgenutzt. Und meine Liebe.«

»Tatti, bitte, das verstehst du falsch«, flehte Gerald. »Als ich mich vor zwanzig Jahren sterilisieren ließ, ahnte ich einfach nicht, dass ich noch einmal eine Frau wie dich treffen würde. Eine Frau, mit der ich eine Familie gründen will. Ich war ebenso verzweifelt wie du!«

»Nicht die Mitleidstour«, schoss Tatjana bitter zurück. »Du hättest es mir sagen können. Man kann mit mir reden. Ich habe nicht nur Markentaschen, Parfümflakons und Diamantringe im Kopf. Es ging mir nie um dein Geld. Ich hätte dich auch ohne geheiratet. Sogar mit dem Wissen, dass du keine Kinder bekommen kannst. Aber für dich war *ich* nur ein Schmuckstück.« Sie machte eine Pause. »Du hast mich nicht ernst genommen.«

»Ich habe deiner Liebe nicht getraut«, gab Gerald zu.

»Nein, Gerald«, sagte Tatjana traurig, »viel schlimmer: Du hast *deiner* Liebe nicht getraut.«

»Warum ausgerechnet in Toulouse, Monsieur Remmertshausen?«, unterbrach Dupont das Zwiegespräch der beiden. »Gibt es in Deutschland keine Ärzte, die herausfinden können, ob man Sie wieder in den ... ursprünglichen Zustand zurückversetzen kann?«

Gerald senkte den Blick. »Ich bin in der Ärzteschaft sehr bekannt. Ich gelte als Koryphäe auf meinem Gebiet. Ich ...«

»Unsinn!«, unterbrach Tatjana ihn barsch. »Wolfgang hat mir geholfen, herauszufinden, dass du schlicht zu keiner dieser Praxen mehr gehen konntest. Sie hatten alle bereits deine Daten, nicht wahr? Oder soll ich besser sagen: Achims Daten!«

Pippas Blick wanderte zu Schmidt. Jetzt verstehe ich, dachte sie und nickte ihm anerkennend zu, *dabei* hast du Tatjana geholfen. Deshalb habt ihr euch getroffen.

»Gerald ist nie selbst zu den Untersuchungen erschienen, sondern hat Achim Schwätzer geschickt«, erklärte Schmidt. »So konnte er seinen Zustand vertuschen, hat sich aber Achim gleichzeitig ausgeliefert.«

»Ich dachte, du verlässt mich, wenn du von der Sterilisierung erfährst. Und ich habe immer gedacht, du gibst die Hoffnung auf ein Kind einfach irgendwann auf«, sagte Gerald zu Tatjana, aber die sah ihn nicht einmal an.

»Und das alles, um Ihr Gesicht zu wahren?«, fragte Pippa fassungslos. »Auf Kosten Ihrer Frau?«

Tatjana erhob sich von der Bank und stellte sich nah vor ihren Mann. »Ausgerechnet *Achim*. Als ob es da nicht bessere Männer gegeben hätte.« Sie wandte sich zu den anderen um, die sprachlos zusahen. »Aber vernünftige Männer würden so eine Schweinerei, so einen Betrug nicht mitmachen – die würden nicht derart tief sinken, um so ein schäbiges Ziel zu erreichen.«

Zumindest Thierry, Schmidt und auch Dupont fühlten sich bei Tatjanas Worten sichtlich unbehaglich. Achim tobte grunzend in seinen Fesseln, durch den Knebel der Möglichkeit beraubt, seinen wütenden Kommentar dazuzugeben.

»Und niemand anderer als du, Achim, hätte diese *Abmachung* unter *Männern* als Freifahrtschein angesehen, mir nachzustellen und mich zu belästigen.« Tatjana fixierte Schwätzer starr, während sie sich ihm langsam näherte. »Oder was hast du zur Verteidigung deiner oder Geralds *Männlichkeit* zu sagen?« Sie verharrte einen Moment vor ihm, dann spuckte sie ihm vor die Füße.

Achim zuckte zurück und rollte panisch mit den Augen.

Ungerührt entfernte Jean den Knebel, und Schwätzer wimmerte: »Ihr müsst mich vor ihr schützen! Ihr seht doch, dass sie wahnsinnig ist! Wer weiß, was sie mir sonst noch antut!«

Beinahe hätte Pippa laut gelacht, als auf diesen Satz hin alle Männer auf Achims empfindlichstes Körperteil starrten.

»Bitte! Sie darf mir nichts tun!«, bettelte Achim weiter. »Steht nicht einfach so rum! Helft mir!«

Tatjana schüttelte angeekelt den Kopf. »Bei dir ist jede Rache verschwendete Energie. Ich mache mir an dir die Hände nicht schmutzig.« Sie setzte sich wieder auf die Bank.

Sofort zeterte Achim: »Die ist nicht zurechnungsfähig. Die doch nicht! Bringt sie in die Klapse, wo sie hingehört.«

Niemand rührte sich.

»Die ist doch verrückt«, keifte Achim schrill, »und jähzornig. Und sie hat schon einen Menschen auf dem Gewissen.« Als er merkte, dass er keine Hilfe bekommen würde, brüllte er: »Ich zeige euch an! Alle! Wegen unterlassener Hilfeleistung! Tut endlich was!«

Tatjana fuhr herum. »Und was hast du für Teschke getan? Wo war deine Hilfeleistung? Du warst noch am Kühlwagen, als ich fortlief.« Sie sah zu ihrem Mann hinüber. »Und du auch, Gerald. Ihr wusstet beide, was ich nicht wusste – dass die Verriegelung von innen nicht öffnet.«

Achim Schwätzer wurde blass und schluckte krampfhaft. »Sie war es, sie ganz allein. Sie ist die Mörderin«, krächzte er heiser. »Sie hat die Tür zugeschlagen. Ich habe es selbst gesehen! Genau wie Gerald!«

Unter den angewiderten Blicken der Umstehenden verstummte er erschrocken.

Dupont straffte die Schultern. »Ganz genau. Sie haben es beide gesehen. Und weder Sie noch Herr Remmertshausen haben die Tür wieder geöffnet. Ich nehme Sie fest. Alle drei.«

Epilog

17. Juli. Dieser Tag gehört mir, nur mir, dachte Pippa, als sie an ihrem Geburtstagsmorgen aufwachte. Die Sonne schien genau auf ihr Gesicht. Kaiserwetter, dachte sie. Wie passend.

Pippa stand auf und ging ans Fenster. Unten im Tal schimmerte der Lac Chantilly. Sie seufzte zufrieden und griff nach ihrem Fernglas. Chantilly-sur-Lac, gerade noch klein wie ein Spielzeugdorf, war plötzlich ganz nah.

Sie nahm Pias Haus in der Rue Cassoulet ins Visier und stellte die Schärfe ein. Gerade manövrierte jemand den Wohnwagen der Bauarbeiter durch das nagelneue Gartentor hinaus auf die Straße, während Tibor und einige seiner Männer dabei waren, die Möbel der Peschmanns aus einem großen LKW zu laden und ins Haus zu tragen.

»*Adieu-siatz,* Tibor«, sagte Pippa leise, »*bonjorn,* Pia.«

Sie schwenkte das Fernglas hinüber zum Bonace. In den weit geöffneten Fenstern der Auberge lagen die Betten zum Lüften.

Gästewechsel, dachte Pippa, genau wie hier bei uns.

Sie lachte, als ein Ball aus einem Fenster flog und zielsicher gegen den Kopf des Gendarmen prallte, der mit einer Baguettestange unter dem Arm auf die Dienststelle zustrebte. Dupont schüttelte die Faust und schimpfte – für Pippa lautlos wie ein Stummfilm.

»Selbst wenn ich nicht wüsste, dass heute Liebesromantag ist, Pierre Dupont«, murmelte Pippa, »spätestens an dieser Reaktion hätte ich dich erkannt.«

Das Fernglas wanderte weiter, und sie entdeckte am Ostufer des Sees zwei Angler.

»Das ist aber keine gute Stelle, Jungs. Da ist viel zu viel los. Das wird nix.«

Sie lächelte über sich selbst. Oje, ich bin infiziert, dachte sie, und zwar nicht nur vom Angeln, sondern von Pias Wunderland rund um den See. Hier sollte jeder mindestens zwei Mal herkommen.

Pippa ließ das Fernglas sinken.

Alle Ereignisse und Menschen schienen sich im See zu spiegeln. Rätselhafte Doppelungen überall: zwei ungewöhnliche Fälle, zwei Kulturen in einem Land, zwei Gendarmen, die sich nur am Lesestoff unterscheiden lassen, zwei Régines, die immer dann auftauchten, wenn ich Hilfe oder Antworten brauchte, zwei wiedervereinte Familien, zwei falsche und zwei echte Verehrer und – grinsend sah sie an sich herunter, zwei Kilo mehr auf den Rippen dank zweier hervorragender Köche. Eine echte Herausforderung, dieses Okzitanien.

Im Erdgeschoss klingelte das Telefon. Régine-Deux' Stimme und ihr herzhaftes Lachen drangen bis hinauf in Pippas Zimmer. Nur Sekunden später klopfte es an der Zimmertür, und die Wirtin steckte ihren Kopf herein.

»Telefon für Sie«, verkündete Régine strahlend und übergab ihr den schnurlosen Apparat. »Der schöne Jean. Aus Berlin. Da kommt sicher noch mehr – Ihre Familie, Ihre Freundin Karin, Ihre diversen Fangruppen. Wir sollten eine Standleitung legen.« Sie zwinkerte Pippa zu. »Oder doch besser die Verbindung einfach kappen? Sie entscheiden, Sie sind das Geburtstagskind.«

Lachend scheuchte Pippa die Wirtin mit einer Handbewegung aus dem Zimmer und meldete sich.

»Alles Liebe zum Geburtstag«, sagte Jean, »auch im Namen der Kiemenkerle! Wie geht es dir?«

»Dumme Frage – ich bin im Paradies! Und dir?«

»Seit es kein Exil mehr ist, genieße ich Berlin in vollen Zügen«, erwiderte Jean. »Ich wollte nie ernsthaft zurück nach Chantilly. Ich wollte nur Frieden schließen und endlich wieder Kontakt zu meiner Familie. Mein Anteil am Vent Fou ist in Pascals Händen bestens aufgehoben.«

Und ich werde Stammkundin in deiner Weinhandlung, dachte Pippa erfreut und fragte: »Du kommst nicht zurück?«

»Nur zu Besuch. Und du?«

»Du meinst Pascal. Auch nur zu Besuch, aber das sehr, sehr gerne. Zu mehr werde ich ja auch nicht mehr gebraucht, seit Eric Lehrling in seiner Küche wird.«

Jean lachte. »Eric ist weniger begeistert davon, einer regelmäßigen Arbeit nachzugehen. Ich bin gespannt, wie das Publikum auf seine kulinarischen Kreationen reagiert. Ich mag mir das gar nicht ausmalen!«

»Bruderliebe!« Pippa seufzte theatralisch. »Da kenne ich mich aus!«

»Mein Vater meint, Eric könnte seine eigene Menükarte entwerfen: *La cuisine folle* – original verrückte Autanküche.«

Pippa überlegte, wie sie möglichst elegant einen Themenwechsel einleiten könnte, fragte dann aber geradeheraus: »Warst du auf Teschkes Beerdigung?«

»Wir waren alle da. Alle Kiemenkerle – und noch sehr viel mehr Leute«, sagte Jean. »Hotte hat geunkt, das seien alles Geschädigte, die sich vergewissern wollten, dass von Teschke wirklich nichts mehr zu befürchten ist.«

Pippa unterdrückte ein Lachen. »Die Kiemenkerle und ihr Verständnis von Freundschaft – über den Tod hinaus. Und was machen Lothar und Sissi? Läuft es bei den beiden jetzt besser?«

»Die Kiemenkerle werden die beiden nicht mehr häufig zu Gesicht bekommen. Lothar und Sissi haben sich vom Nachlass ein Boot gekauft, schippern durch die Inselwelt bei Schreberwerder und genießen endlich ungestörte Zweisamkeit.«

»Beneidenswert.«

»Bei Achim und Gerald geht es weniger harmonisch zu: Die liegen miteinander im Krieg. Sie können sich gegenseitig gar nicht genug belasten.«

»Nutzt ihnen das denn?«

»Eher im Gegenteil. Gerald hat einen der teuersten Strafverteidiger Berlins engagiert, aber selbst der geht von einer saftigen Gefängnisstrafe aus.«

»Und Tatjana?« Pippa wagte kaum zu fragen, ihr schlug das Herz bis zum Hals.

»Das sieht gut aus. Wir hoffen, dass sie freigesprochen wird.«

»Das hoffe ich auch«, sagte Pippa leise.

Nach dem Gespräch mit Jean blieb Pippa keine Gelegenheit, ihren Gedanken nachzuhängen, denn Régine-Deux klopfte erneut und kam mit einem Tablett herein.

»Jetzt bin ich dran zu gratulieren«, sagte sie und stellte das Tablett neben Pippa aufs Bett. Ein Milchkaffee duftete mit Croissants um die Wette, die Dekoration bestand aus einer Vase mit zwei Rosen in den Landesfarben Okzitaniens: eine blutrot, die andere knallgelb. An der Vase lehnte ein Kuvert, daneben lag ein rot verpacktes Geschenk. Am Päckchen war eine Anstecknadel mit dem gelben, verschlungenen Kreuz-Emblem der Region befestigt – das konnte nur von Régine-Deux sein.

»Der Brief ist von Tatjana!«, rief Pippa erfreut.

»Los, aufmachen und lesen.« Régines Augen blitzten neugierig.

Pippa schüttelte den Kopf. »Zuerst Ihr Geschenk.«

Sie löste das Emblem vom Päckchen, und Régine erklärte: »Das ist das Abzeichen meines Vereins. Hiermit sind Sie Mitglied – für die nächsten vierzig Jahre.« Sie kicherte. »Die Rechnung für den Jahresbeitrag kommt zu Beginn des Winters.«

»Also direkt nach den Sommerferien.« Pippa lachte und riss das Päckchen auf. Sie fand zwei Kassetten, von Régine selbst besprochen: ein Okzitanisch-Sprachkurs für Kinder.

Pippa bekam einen Kloß im Hals. »*Mercé plan*«, sagte sie gerührt.

Die sichtlich zufriedene Régine-Deux ließ keine sentimentale Stimmung aufkommen und zeigte ungeduldig auf den Brief. »Jetzt aber! Was schreibt sie?«

Pippa öffnete das Kuvert, zog den Brief heraus und überflog rasch die Glückwünsche.

»Hören Sie sich das an«, sagte Pippa und las vor: »*Wenn dies alles vorbei ist, will ich wegziehen. Ich habe keine Ahnung, wohin. Ich kenne nur Berlin. Häuser hüten wäre eine prima Gelegenheit, andere Landschaften kennenzulernen und mich umzusehen. Könntest Du Dir vorstellen, mich bei Dir zu beschäftigen, wenn das Geschäft bei Dir brummt? Ich bin nicht sehr talentiert – aber ich habe gelernt, die Klappe zu halten, nicht immer auf andere zu hören und Geheimnisse zu bewahren. Wenn ich für Dich als Mitarbeiterin in Frage käme, würde ich mich sehr freuen.*«

»Und das ist alles?«, fragte die Wirtin.

»Nur noch ihre Unterschrift und ein Nachsatz: *Wir sehen uns beim Prozess.*«

»Kein Wort über Schmidt?«

»Kein einziges. Und auch kein Wort über Achim oder Gerald.«

Régine winkte ab. »Die haben es auch nicht verdient. Zwei feige Kerle, die sich auf Tatjanas Kosten von einem hartnäckigen kleinen Erpresser befreien wollten. Erbärmlich. Für die wäre jedes Wort zu viel.«

»Gerald tut mir leid«, sagte Pippa. »Wenn er sich nur getraut hätte, ihr gleich die Wahrheit zu sagen.«

Die Hünin schüttelte unnachgiebig den Kopf: »Der hat Tatjana nicht verdient. Ich hoffe, sie kommt doch noch mit dem liebeskranken Kommissar zusammen.«

»Romantikerin.«

Pippa duschte ausgiebig und entschied sich für luftige und bequeme Kleidung. Im gegenüberliegenden Zimmer bereitete Régine bereits alles für die neuen Gäste vor, die am folgenden Tag eintreffen sollten. Pippa ging zu ihr, um zu helfen.

»Ist es wirklich okay, dass ich eine ganze Woche wegbleibe?«, fragte die Wirtin nicht zum ersten Mal.

»Absolut. Die Übersetzungen sind fertig, Peschmanns Umzug läuft wunderbar ohne mich, und wenn ich wirklich professionell Häuser hüten will, ist Ihr Paradies die allerbeste Übung. Ab morgen früh stehe ich Ihren Gästen zur uneingeschränkten Verfügung.«

»Verwöhnen Sie sie nicht zu sehr!«

In einer perfekten Imitation ihrer Wirtin gab Pippa zurück: »Das hier ist Okzitanien – es wird schon alles seinen Gang gehen.«

Sie putzten das Zimmer und bezogen dann gemeinsam die Betten.

»Seltsamer Fall«, sagte Régine-Deux nachdenklich, »ein Mord und drei Mörder. Und dennoch alles lückenlos aufgeklärt.«

»Nicht ganz. Es gibt etwas, das mich schon seit Wochen wurmt. Für jede Kleinigkeit habe ich die Lösung gefunden – aber auf einige Fragen kenne ich noch immer keine Antwort.«

»Ah ja? Und die wären?«

Pippa beobachtete Régine genau. »Erstens. Als ich nach meiner Wildwassertour in der Rigole hier allein war: Wer war der nächtliche Besucher, der sich nicht mit den Bewegungsmeldern auskannte?«

Régine wandte sich rasch ab. Sie ging zum Fenster, um völlig unnötigerweise die Vorhänge zu arrangieren – und bestätigte damit Pippas Verdacht. »Also los, wer war es? Sie wissen es doch!«

Die Wirtin drehte sich zu ihr um und sagte empört: »Dass Sie das nicht längst selbst herausgefunden haben. Eine Schande!«

»Wer war es?«, wiederholte Pippa.

»Schatten in der Nacht hätten Ihnen nichts anhaben können«, erwiderte Régine geheimnisvoll, »denn Sie hatten draußen einen Bewacher.«

Pippa verdrehte die Augen. »Nicht nur mein Körper ist heute vierzig geworden, auch mein Gehirn. Ich bitte um Nachhilfe.«

»Also gut.« Régine seufzte. »Ich war wirklich in Sorge um Ihre Sicherheit. Ich habe Bruno gefragt, wem er uneingeschränkt vertraut, und denjenigen haben wir auf den Berg geschickt, um auf Sie aufzupassen.«

Pippa fiel die Kinnlade herunter. »Bitte: Wer?«

»Wenn Sie nur ein bisschen nachdenken, müsste Ihnen klarwerden, wer da in eiskalter, regnerischer Nacht seine Zeit opferte – und als Belohnung eine mächtige Erkältung kassierte.«

»Abel!«, rief Pippa verblüfft. »Hat man Ihnen schon mal gesagt, Régine, dass neben Ihren Einfällen und Intrigen die von Madame Pompadour wie Stümperei wirken?«

Die Wirtin lachte schallend. »Nein, aber es verstehen auch nur wenige, so reizende Komplimente zu machen wie Sie, meine Liebe!«

Ein Hupkonzert auf der Einfahrt vor dem Paradies unterbrach ihr Gespräch, und Régine rief: »Das ist mein Taxi!«

Als Pippa und Régine nach unten kamen, kletterten Thierry Didier und seine drei jüngsten Söhne gerade aus dem großen

Geländewagen. Die Jungs verlangten lautstark nach ihrer traditionellen Cola, während ihr Vater die Klappe zum Kofferraum öffnete. Régine verschwand im Haus, um das gewünschte Getränk und ihr Gepäck zu holen.

»Herzlichen Glückwunsch zum Geburtstag, Madame Pippa«, sagte Marc Didier und fuhr ohne Umschweife fort: »Sind Sie nächste Woche für unseren Durst zuständig?«

Zur sichtlichen Freude der Jungs nickte Pippa.

Franck und Marc warfen Cedric einen auffordernden Blick zu.

»Wenn das so ist, haben wir ein Geburtstagsgeschenk für Sie«, sagte der wichtig und zog eine selbstgebaute Zwille aus der Tasche. »Zur Verteidigung.«

»Danke schön!« Pippa nahm die Zwille entgegen, legte einen Kieselstein ein und ballerte ihn zielsicher gegen eine große Steineiche. Holzsplitter rieselten zu Boden.

»Nicht schlecht!«, riefen Marc und Franck und sahen Pippa respektvoll an.

»Hab ich euch doch gesagt.« Cedric nickte so zufrieden, als wäre ihm selbst der Treffer gelungen. »Madame Pippa ist Detektivin. Sie kann mit Waffen umgehen.«

Thierry Didier schob seinen Jüngsten zur Seite und überreichte Pippa einen großen wattierten Umschlag und ein schmales längliches Paket.

»Soll ich Ihnen heute geben«, brummte er. »Von einem früheren Gast: Monsieur Leonardo Gambetti.«

Ehe Pippa reagieren konnte, schleppte Régine ächzend drei große Gepäckstücke an ihr vorbei zum Geländewagen. Pippa legte Kuvert und Geschenk vor die Eingangstür und eilte der Wirtin zu Hilfe. Doch als sie versuchte, es Régine gleichzutun und eine der Taschen in den Kofferraum zu hieven, kapitulierte sie sofort. Das Gepäckstück rührte sich keinen Zentimeter.

»Das wird eine teure Angelegenheit«, unkte Pippa, »bei so einer Menge Übergepäck.«

»Bruno muss doch mal wieder was Ordentliches essen«, sagte Régine, »ich war extra auf der Ferme de Las Cases.« Nacheinander deutete sie auf ihre drei Reisetaschen: »Melsat.« – »Rosa Knoblauch, erntefrisch.« – »Zwanzig Sorten Käse.«

»Und wenn wir nicht bald fahren, wird das alles hier vor der Tür schimmelig«, unterbrach Thierry sie barsch, stellte die Taschen ohne sichtliche Kraftanstrengung ins Auto und stieg ein. Die Jungs winkten Pippa zum Abschied, kletterten eilig auf die Rückbank und überließen Régine den Beifahrersitz.

Kaum hatte diese die Tür geschlossen, gab Thierry Gas. Er wendete gekonnt und brauste los, stoppte aber nach wenigen Metern mit quietschenden Bremsen.

Régine ließ ihr Fenster herunter, streckte den Kopf heraus und rief: »Cateline und Thierry helfen Ihnen, wenn Sie Fragen haben! Und wenn ...«

Pippa erfuhr nicht, was Régine noch sagen wollte, denn Thierry verlor endgültig die Geduld. Er legte einen Kavaliersstart hin, und einen Augenblick später war der Geländewagen hinter der nächsten Wegbiegung verschwunden.

Pippa nahm Thierrys Mitbringsel und ging ins Haus. Im Wintergarten entdeckte sie gerührt, dass Régine heimlich einen Geburtstagstisch aufgebaut hatte: Um eine Vase mit Sommerblumen gruppierten sich Glückwunschkarten und Geschenke. Auf einer Kiste Blanquette lag die gleichnamige Katze und schlief.

»Schade, dass ich nur den Wein mit nach Berlin nehmen darf«, sagte Pippa und streichelte das Tier.

»Zum Anstoßen mit Deinem Geburtstagsbesuch! Deine Kiemenkerle«, stand auf der dazugehörigen Karte.

Dann werde ich wohl wie Miss Sophie beim *Dinner for one*

am Tisch sitzen und mit abwesenden Freunden trinken, dachte Pippa, auf einmal ein wenig wehmütig. Plötzlich war sie nicht mehr sicher, ob es eine gute Idee gewesen war, den Tag allein zu verbringen.

Um sich abzulenken, beschäftigte sie sich mit den anderen Geschenken. Ein besonders großes entpuppte sich nach dem Auspacken als der goldene Fair-Play-Pokal, den das Vent Fou ursprünglich für den Wettbewerb vorgesehen hatte. Erfreut las Pippa die gemeinsame Widmung der Familien Legrand und Didier an sie.

In einem Umschlag der hiesigen Gendarmerie fand sie eine Einladung zu einem zünftigen Western-Abend im Unterstand auf dem Berg, Tex-Mex-Food inklusive. Unterschrieben war der Gutschein von Régine-Une und den Dupont-Zwillingen.

In einer großen Hutschachtel entdeckte sie das Geschenk der Peschmanns: einen Sonnenhut in beeindruckender Größe, mit breiter Krempe und Tüllschal.

Du darfst mich gern weiterhin mit Sonnenhüten versorgen, Pia, dachte Pippa gerührt und erinnerte sich an das Exemplar, das sie auf Schreberwerder bekommen hatte.

Das Auspacken der Geschenke wurde von einem Telefonat mit ihren Patenkindern Lisa und Sven unterbrochen, die versprachen, sich in der kommenden Woche für zwei Tage von Bonnie und Daniel zu trennen, um im Paradies bei allen anfallenden Arbeiten zu helfen.

»Gehst du heute Abend ins Vent Fou, um dich von Pascal verwöhnen zu lassen?«, fragte Lisa.

»Pascal und Jean schenken mir zwar ein Geburtstags-Festessen, aber Pascal wird es direkt ins Paradies liefern. Régine-Deux hat unter der Steineiche den Tisch für mich gedeckt – mit Seeblick, ganz romantisch.« Beim Gedanken an den bevorstehenden Gaumenschmaus lief Pippa das Wasser im Munde zusammen.

»Ist das denn schön, so ganz allein?«, fragte ihre Patentochter.

Auch Pippa kamen wieder Zweifel. Sie sah hinüber zur Steineiche. Régine hatte ein große Tuch über den vorbereiteten Tisch gebreitet, um Geschirr und Besteck vor Tieren und Blättern zu schützen.

»Im Baum hängen Lampions«, sagte Pippa statt einer ehrlichen Antwort. »Ich freue mich darauf, in ihrem schummrigen Licht Pascals Delikatessen zu genießen. Die will ich mit niemandem teilen.«

Nach dem Gespräch mit Lisa und Sven wandte sich Pippa ihren Geburtstagskarten zu. Zu ihrer Erheiterung schrieben Tibor und seine Crew nur: *Wir sehen uns wieder, wetten?*

Aus dem liebevollen Brief ihrer Eltern erfuhr Pippa, dass der Umbau ihrer Dachwohnung abgeschlossen war. Dank Freddys Einsatz war ihr Inventar aus dem Hochparterre bereits nach oben gewandert, und Oma Hetty hatte mit ein paar Kleinmöbeln aus ihrem ehemaligen Cottage zusätzlich für Gemütlichkeit gesorgt. *Es wird Zeit, dass Du zurückkommst,* las Pippa. *Deine Grandma lässt Dir ausrichten, dass nur Du noch in der Wohnung fehlst – und ein Haustier!*

Das erneute Klingeln des Telefons rettete Pippa davor, sentimental zu werden. Karin gratulierte ihr überschwänglich und überraschte sie mit der Neuigkeit, dass die Hausgemeinschaft der Transvaalstraße für ein Flugticket nach Venedig gesammelt hatte. Pippa brauchte nur noch Tag und Stunde zu nennen, wann sie in die Stadt ihrer Träume reisen wollte.

Pippa jubelte und bat die Freundin, sich in ihrem Namen bei allen für das perfekte Geschenk zu bedanken.

Dann sagte Karin: »Außerdem sind wir mal wieder mächtig stolz auf dich. Ede Glasbrenner nennt die Aufklärung der Geheimnisse am Lac schon Pippas *Wasser-Fälle.*«

»Dabei habe ich gar nicht alles herausgefunden.« Pippa verzog den Mund. »Ehrlich, ich wüsste zu gerne, wer mich nach Toulouse gelockt hat. Von wem stammte die Nachricht unter dem Samttuch des Tiepolo-Bildes? Wer wollte mich im *Florida* treffen?«

»Und für wen war Abels zweites Glas?«, warf Karin ein.

Pippa verdrehte die Augen. »Könntest du dich bitte wenigstens an meinem einschneidenden Geburtstag mal mehr für *mein* Liebesleben interessieren als für das anderer Leute?«

»Tu ich«, sagte Karin beschwichtigend. »Ich soll dich nämlich von deinem *Liebhaber* grüßen.«

Pippa wusste sofort, auf wen Karin anspielte. »Wolfgang!«, rief sie ehrlich erfreut. »Wie geht es ihm?«

»Er denkt darüber nach, sich versetzen zu lassen.«

»Was? Wohin denn?«

»Egal wohin. Altmark, Heide, Harz – Hauptsache, es gibt dort keinen Angelverein.«

Pippa stellte den Blanquette kalt und nahm dann das Kuvert von Leo in die Hand. Zu ihrer Freude fand sie darin eine Kopie der von ihm unterschriebenen Scheidungspapiere. Exakt drei Jahre, dann sind wir geschieden, dachte sie. Wer hindert mich jetzt noch, neue Allianzen zu schmieden? Auf zu neuen Ufern!

Erst jetzt fiel ihr die beiliegende Karte auf. *»Ich hoffe, mein Geschenk erfreut Dich und beschert Dir große Erfolge. Ich finde, es passt perfekt zu Dir, Cara.«*

Leos Geschenk lehnte noch immer unausgepackt an der Wand neben dem Geburtstagstisch. Neugierig riss Pippa das Geschenkpapier ab und öffnete den länglichen Karton.

»Leo!«, rief sie spontan, denn sie fand darin eine traumschöne Angelrute mit Korkgriff. Sie lachte, als sie das Logo der Herstellerfirma entdeckte: *Shakespeare* stand in geschwungenen Lettern auf dem Schaft der Rute.

Sorgfältig legte sie die Angel wieder in den Karton und schickte liebevolle Gedanken nach Italien.

Pippa fütterte die Katzen, dann verbrachte sie den Tag mit Professor Libris Biographie über Hemingway auf Régines Sonnenliege. Zwischendurch schwamm sie ein paar Runden im Pool, um sich abzukühlen, und fühlte sich herrlich faul.

Doch obwohl selbst Debbie und Nicola sich aus Hideaway meldeten, um im Namen ihrer englischen Freunde zu gratulieren, wurde Pippa das unbestimmte Gefühl nicht los, dass irgendetwas zur Perfektion des Tages fehlte.

Am Abend holte sie den Blanquette aus dem Kühlschrank und brachte ihn zum Tisch unter der Steineiche. Sie nahm vorsichtig das schützende Tuch von der bereits vorbereiteten Tafel und stutzte. Der Tisch war ländlich dekoriert, mit rustikalem Geschirr, antikem Besteck und grobleinenen Servietten auf Platzsets aus hellgrünem Moos. Nur Gläser fehlten.

»Zwei Teller«, murmelte Pippa, »will Pascal mir Gesellschaft leisten?«

Pippa öffnete gerade den Wein, als die Sturmglocke an der Eingangstür läutete.

Pascal, dachte Pippa und rief: »Ich bin hinten!«

Aber der Mann, der in den Garten kam, war nicht Pascal – und das Essen brachte er auch nicht.

»Lass mich raten«, sagte Pippa und errötete bei seinem Anblick, »das hat Régine-Deux eingefädelt.«

Ihr Gegenüber lächelte. »Ich habe zwei Gläser dabei.«

Merci – Danke – Mercé!

Landschaft ist für uns nicht nur dekorative Kulisse einer Geschichte, sondern wesentlicher Bestandteil der Handlung.

Wir halten es für ein besonderes Privileg, unsere Krimis überall dort spielen lassen zu dürfen, wo wir uns uneingeschränkt wohl fühlen. Bevor wir zu schreiben beginnen, fügen wir dem gewählten Landstrich ein fiktives Detail hinzu, das uns ermöglicht, in unserer literarischen Wunschheimat zu morden und Pippa eine Aufgabe zu geben. Wir hoffen aber jedes Mal, dass diejenigen unter unseren Lesern, die sich in der Region auskennen, den Phantasieort dennoch als typisch für die Gegend wahrnehmen. Ohne die idyllischen Garteninseln in der Havel gäbe es kein Schreberwerder, ohne die zauberhaften Cotswolds kein Hideaway – und ohne die facettenreichen Montagne Noire kein Chantilly-sur-Lac.

Als wir die Schwarzen Berge zum ersten Mal sahen, fühlte es sich gleich so an, als wäre ein Teil unserer Geschichtenwelt Wirklichkeit geworden. Chantilly-sur-Lac und seine Bewohner sind unsere Huldigung an die uns liebgewordene Region und ihre beeindruckende Vielfalt.

Unser Dank für die Unterstützung dieses Vorhabens geht an

… Jürgen, dessen Arbeit in Toulouse den Weg für Pippa und die Kiemenkerle bereitete und der unermüdlich dafür sorgt, dass nicht nur die Angler so oft wie möglich wiederkommen können …

… alle, die uns diesen besonderen Landstrich so verlockend

erscheinen lassen: von den Besitzern und Mitarbeitern (besonders der Küche!) der Hôtellerie du Lac über die Informanten im Musée Canal du Midi am Lac St. Ferréol bis hin zu Régine vom Touristenbüro in Revel, ohne deren profunde Kenntnisse wir uns niemals derart bezaubernde Ortschaften, Seen und Plätze geangelt hätten.

... Régine aus der Domaine d'Esperou. Vielen Dank für die Rettung aus dem Regen und die Aufnahme ins Paradies. Wir kommen wieder.

Jede Flasche Blanquette trinken wir auf Euch und auf die Hügel der Montagne Noire – wir hoffen, Ihr bleibt, wie Ihr seid – gerade mit oder durch den verrückten Wind und den erfrischenden Regen.

... das Fishing-Center in Wilhelmshaven und besonders Jonas, für die Geduld bei unseren endlosen Fragen.

... die Pure Fishing Deutschland GmbH und Herrn Heiko Jakob für die freundliche Genehmigung, den Markennamen »Shakespeare« verwenden zu dürfen. Für Pippa kann es nur eine Angel geben!

... Peter für die rechtlich einwandfreien Tipps zu Pippas Scheidung auf Italienisch. Hätte sie doch bloß in Deutschland geheiratet!

... Herrn Ludwig Franke für seine unschätzbare Beratung auf Deutsch und Französisch sowie Domergue Sumien und Dr. Angelica Rieger für das Okzitanische. So charmant und schnell ist uns noch nie geholfen worden.

... unsere aufmerksamen Testleser, deren unermüdlichem Einsatz wir gute Gespräche und die Vermeidung großer und kleiner Form- und Ablauffehler sowie viele Hinweise auf Unklarheiten im Text verdanken: Sabine K., Gerdi, Marilen und Dieter aus Wiesbaden, Martina B. aus Hamburg (wie gut, dass Du Geralds Smartphone immer dabeihast), Martina F. in

Nicaragua (Pippa träumt von einem Besuch auf deiner Finca), Martina L. aus Bochum und Kirsten aus Wilhelmshaven, sowie Anke aus Mainz, die sich Pippa zusammen mit einem guten Glas Single Malt Whisky einverleibt. Jedes Mal, wenn Ihr um Lesenachschub bittet, ist uns das Ansporn. Sehen wir uns in Band 4?

... Simone Jöst, die sich anbot, dem Buch viel Zeit zu widmen, und uns damit aus einer zeitlichen Lese- und Korrekturpatsche half.

... Julia Wagner vom Ullstein Verlag, deren Freude an Pippa uns trägt und Zukunft gibt. Danke, dass Pippa reisen darf, wohin sie will.

... Uta Rupprecht, unsere aufmerksame und wohlmeinende Lektorin. Danke für Ihre sorgfältige Arbeit – und Ihre augenzwinkernden Kommentare.

... unsere Agentin Margit Schönberger, die mit all ihrem Einsatz für unsere Arbeit verdient hat, dass Pippa irgendwann ein Haus in Österreich hütet. Danke, dass Du immer für uns Zeit hast.

... alle, die die Begeisterung für Okzitanien mit uns teilen und die Sprache, Kultur, die Musik und die besondere Atmosphäre dieses zauberhaften Landes aufrechterhalten. Frankreich kann sich glücklich schätzen.

Adieu-siatz, los amics. A lèu!

Auerbach & Keller

Unter allen Beeten ist Ruh'

Ein Schrebergarten-Krimi
ISBN 978-3-548-61037-5

Pippa Bolle hat die Nase voll von ihrer verrückten Berliner Familien-WG und bietet ihre Dienste als Haushüterin in der beschaulichen Kleingartenkolonie auf der Insel Schreberwerder an. Das Paradies für jeden Großstädter! Bienen summen, Vögel zwitschern, das Havelwasser plätschert. Doch die Ruhe trügt: Nachbarn streiten sich um Grundstücke, ein Unternehmer träumt vom großen Coup. Und dann gibt es auch schon die erste Tote ...
Miss Marple war gestern: Jetzt ermittelt Pippa Bolle in ihrem ersten Fall!

www.list-taschenbuch.de

List

L450

Tessa Hennig
Emma verduftet

Roman
ISBN 978-3-548-61092-4

Jetzt reicht's! Jahrelang hat sich Emma um Mann, Tochter und Firma gekümmert. Doch dann kommt auf einer Reise nach Südfrankreich die große Enttäuschung: Ihr Mann interessiert sich mehr für russische Schönheiten als für seine Frau, und die in Nizza studierende Tochter besucht lieber Partys als Vorlesungen. Kurzentschlossen verduftet Emma und landet unverhofft auf dem Feld des attraktiven Lavendelbauern David. Zusammen mit ihrer besten Freundin, der temperamentvollen Nora, stellt Emma fortan die Männerwelt auf den Kopf. Kann das gutgehen?